崔富章 注譯
莊耀郎 校閱

新譯嵇中散集

三民書局 印行

刊印古籍今注新譯叢書緣起

劉振強

人類歷史發展，每至偏執一端，往而不返的關頭，總有一股新興的反本運動繼起，要求回顧過往的源頭，從中汲取新生的創造力量。孔子所謂的述而不作，溫故知新，以及西方文藝復興所強調的再生精神，都體現了創造源頭這股日新不竭的力量。古典之所以重要，古籍之所以不可不讀，正在這層尋本與啟示的意義上。處於現代世界而倡言讀古書，並不是迷信傳統，更不是故步自封；而是當我們愈懂得聆聽來自根源的聲音，我們就愈懂得如何向歷史追問，也就愈能夠清醒正對當世的苦厄。要擴大心量，冥契古今心靈，會通宇宙精神，不能不由學會讀古書這一層根本的工夫做起。

基於這樣的想法，本局自草創以來，即懷著注譯傳統重要典籍的理想，由第一部的四書做起，希望藉由文字障礙的掃除，幫助有心的讀者，打開禁錮於古老話語中的豐沛寶藏。我們工作的原則是「兼取諸家，直注明解」。一方面熔鑄眾說，擇善而從；一方面也力求明白可喻，達到學術普及化的要求。叢書自陸續出刊以來，頗受各界的喜愛，使我們得到很大的鼓勵，也有信心繼續推廣這項工作。隨著海峽兩岸的交流，我們注譯的成員，也由臺灣各大學的教授，擴及大陸各有專長的學者。陣容的充實，使我們有更多的資源，整理更多樣化的古籍。兼採經、史、子、集四部的要典，重拾對通才器識的重視，將是我們進一步工作的目標。

古籍的注譯，固然是一件繁難的工作，但其實也只是整個工作的開端而已，最後的完成與意義的賦予，全賴讀者的閱讀與自得自證。我們期望這項工作能有助於為世界文化的未來匯流，注入一股源頭活水；也希望各界博雅君子不吝指正，讓我們的步伐能夠更堅穩地走下去。

新譯嵇中散集　目次

第二卷

導讀

嵇康，字叔夜，曾做過曹魏的中散大夫，故世稱「嵇中散」。出生於魏文帝（曹丕）黃初四年（西元二二三年），魏元帝（曹奐）景元三年（西元二六二年）被司馬氏殺害，只活了四十歲。他是三國時期的重要作家，著作有《嵇康集》十五卷錄一卷，《春秋左氏傳音》三卷，《聖賢高士傳贊》三卷等。自從嵇康被司馬昭下令殺害以後，歷經一千七百餘年，他的作品有所散佚，但其主要部分流傳至今，這就是《嵇康集》十卷。我們將這十卷中的全部作品，逐篇撰寫題解，分段加注，並譯為語體，目的是幫助一般程度的讀者初步看懂原著，進而領略其要義，欣賞其文采。在閱讀、欣賞嵇康的詩文之前，我們得先就嵇康的生平、作品概貌及其結集流傳等三個方面作一簡要介紹，論世知人，權作導讀。

一、生平事蹟

嵇康的遠祖本姓「奚」，居會稽郡上虞（今浙江上虞），先世避怨仇，遷徙至譙國銍縣的嵇山北側（今安徽濉溪縣臨渙集西三十里），遂改姓「嵇」。他的父親名嵇昭，字子遠，督軍糧，治書侍御史（掌律令），早卒。母孫氏，性溫柔慈祥。兄長二人，長兄名、字不詳；次兄名喜，字公穆，入仕途，曾任晉朝的徐州、揚州刺史，官至太僕、宗正卿。嵇康出生不久，父親就過世了，由母親和兄長撫育長大。他個子很高，有七尺八寸，相當於現在的一八八公分以上，「美詞氣，有風儀」（《晉書》本傳）。《世說新語・容止》轉述載記云：「嵇康身長七尺八寸，風姿特秀。見者嘆曰：『蕭蕭肅肅，爽朗清舉。』或曰：『肅肅如松下風，高而徐引。』山公曰：『嵇叔夜之為人也，巖巖若孤松之獨立；其醉也，傀俄若玉山之將崩。』」「有人語王戎曰：『嵇延祖（康子嵇紹）卓卓如野鶴之在雞群。』答曰：『君未見其父耳！』」山公（山濤）、王戎都是「竹林七賢」中人，跟嵇康有密切的接觸，可以想見，嵇康高大英挺，風度翩翩，一定是當時公認的美男子。

魏明帝（曹叡）太和二年（西元二二八年）下詔：「尊儒貴學，王教之本也。……申敕郡國，貢士以經學為先。」時嵇康六歲，處在魏陪都譙郡（治所在今安徽亳縣）這樣的特殊地區，必定接受過儒學的教育和薰陶，故而有《春秋左氏傳音》一類的著作，而且在現存的嵇康詩文中，可以看出，他對《易》、《書》、《詩》、《春秋左傳》等經典相當熟悉，且運用自如。他讀書的方式不是死記硬背，而是重在理解，得其要領，閱讀面很廣泛，特別喜歡《老子》、《莊子》，聲言「老子、莊子，吾之師也」。嵇康多才多藝。他擅長彈琴作曲，〈長清〉、〈短清〉、〈長側〉、〈短側〉等琴曲相傳是他的作品，合稱為「嵇氏四弄」；他善書法，尤工於草書，墨跡被列入「草書妙品」（唐張懷瓘《書斷》）；他更長於詠詩著論，師心使氣，清峻拔俗。《三國志・魏書・王粲傳》附載云：「譙郡嵇康，文辭壯麗，好言老、莊，而尚奇任俠。」比嵇康小九歲的陳壽，處在西晉司馬氏的一統天下，因形格勢禁，對嵇康只能這樣略帶一筆，分量卻是很重的。原來這位接受過儒學崇實教育而又揚言師法老莊玄虛之道的嵇康，不只是舞文弄墨，「文辭壯麗」而已；他還有「尚奇任俠」，將理想付諸實際行動的決心和勇氣。他並不怎麼苟同於莊周的「齊物」（齊同萬物），而是「抱玄守一」，有所抱負，有所堅持的硬骨頭。

魏明帝景初二年（西元二三八年），嵇康十六歲那年，「著〈遊山九詠〉，明帝異其文辭，問左右曰：『斯人安在？吾欲擢之！』遂起家為潯陽長。」（《北堂書鈔》引《嵇康集》）嵇康二十歲前後，被曹操的兒子沛穆王曹林看中，把女兒長樂亭主下嫁給他，成了皇室的外戚，遷郎中，拜中散大夫，「秩六百石，第七品，僅備顧問，並無日常事務，屬於散官。」（白化文、許德楠《阮籍嵇康年表》）嵇康有了俸祿六百石、掌議論的中散大夫這個虛銜，舉家遷往曹魏宗室聚集的河內郡，居住在山陽達二十年之久，直至被司馬昭殺害。山陽故城在今河南焦作以東修武縣西北三十五里，即現在的雲臺山風景區一帶。相傳太行山支脈有白鹿山，上有天門谷，百家岩（一說天門山今謂之百家岩），即嵇康隱居處。正是在這豫、晉兩省交界之地，在磊落雄壯的太行山環抱中，在那清幽的靈山秀水之間，嵇康與阮籍、山濤、向秀、阮咸、王戎、劉伶等名士相與友善，常集於竹林之下，肆意酣暢，世謂之「竹林七賢」。豫其流者，還有嵇康的好朋友呂安。他們嘯傲山林，摒棄禮俗，彈箏撫琴，飲酒詠詩，清談玄遠，高倡自然，「或率爾相攜，觀原野，極遊浪之勢，亦不計遠近；或經日乃歸，復修常業。」（《太平御覽》引《向秀別傳》）「于時風譽扇于海內，至于今詠之。」（《世說新語・任誕》注引孫盛《晉陽秋》）東晉秘書監孫盛上距魏末已近百年，猶能感受到「七賢」之風，可見「竹林七賢」的活動，在當時的思想界、文化界，影響非常之大，聲譽非常之高，其中堅人物當首推嵇康。

與山陽同屬河內郡的溫縣（今河南溫縣），便是司馬懿的家鄉。當竹林名士們避世清談之際，司馬氏集團步步進逼，漸漸控制了曹魏政權。魏（曹芳）嘉平元年（西元二四九年），司馬懿發動「高平陵之變」，捕殺輔政的大將軍曹爽以及何晏等八人，夷其三族，殺戮數千人；嘉平三年（西元二五一年），揚州刺史王淩在淮南為魏起兵，反對司馬氏，司馬懿逼死王淩，誅楚王曹彪，並收其餘黨，夷三族，暴屍三日；嘉平六年（西元二五四年），司馬師殺中書令李豐及夏侯玄等，夷三族，又以荒淫不孝罪廢黜皇帝曹芳，另立曹髦為帝；魏（曹髦）正元二年（西元二五五年），鎮東大將軍毌丘儉、揚州刺史文欽起兵於淮南，反對司馬氏，很快被司馬師鎮壓下去，毌丘儉被殺，「傳首京都」；魏（曹髦）甘露二年（西年二五七年），鎮東大將軍諸葛誕第三次起兵淮南（壽春），司馬昭以二十六萬兵力，挾持皇帝、皇太后討伐，次年四月殺諸葛誕，夷三族。至此，軍政大權，進退百官，都在司馬昭的掌握之中，曹魏皇帝已被架空。甘露五年（西元二六〇年），「帝見威權日去，不勝其忿。乃召侍中王沈、尚書王經、散騎常侍王業，謂曰：司馬昭之心，路人所知也。吾不能坐受廢辱，今日當與卿等自出討之。」（《三國志・魏書・三少帝紀》裴松之注引《漢晉春秋》）曹髦「帥僮僕數百，鼓譟而出」，前往攻打司馬昭，司馬昭心腹賈充的部下成濟，揮戈直刺曹髦，洞胸而「刃出于背」，曹髦「自陷大禍」，死於非命。司馬昭又立曹奐為帝，這就是魏元帝，自然更是一個傀儡。元帝景元三年（西元二六二年），司馬昭藉口「呂安事件」殺害嵇康；景元四年（西元二六三年），司馬昭派兵伐蜀成功，次年進封晉王；咸熙二年（西元二六五年）八月，司馬昭病死，司馬炎繼位為晉王，年底，曹奐禪位，司馬炎代魏稱帝，這就是晉武帝。

以阮籍、嵇康為代表的「竹林名士」們，逍遙於林泉之間，曠放不羈，「得意忘形」，自我陶醉，固然與漢末以來的個性解放思潮有直接的關聯，但更為切實的原由是躲避司馬氏集團的籠絡、威逼和利誘，表明不與之合作。而在政壇上迅猛崛起的司馬氏集團，恰恰是名士們的剋星。特別是司馬師，不僅集軍政大權於一身，且頗有才學，幾乎與正始清談的領袖人物何晏、夏侯玄齊名，他代父掌權之後，更是加緊網羅人才，「禮」、「法」並用，軟硬兼施，拉攏培植力量。山濤、王戎、阮籍等相繼走出竹林，做了司馬氏的官，山濤、王戎甚至成了司馬氏集團的重要人物，西晉以後又都位至高官。嵇康是真名士，他始終不與司馬氏合作，並且堅決與之鬥爭，展現出他思想、性格「尚奇任俠」、慷慨任性的一面。㈠投身批評王肅（司馬昭的妻父）的太學辯難活動，撰寫〈管蔡論〉。甘露元年（西元二五六年）二月，皇帝曹髦宴群臣於太極東堂，「講述禮典，遂言帝王優劣之差」，盛讚少康中興夏朝之功德：「有夏既衰，后相殆滅，少康收集夏眾，復禹之績，……祀夏配天，不失舊物，非至德弘仁，豈濟斯勳？」批評劉邦「因士崩之勢，仗一時之權，專任智力以成功業，行事動靜，多違聖檢。」（《三國志・魏書・三少帝紀》裴松之注引《魏氏春秋》）弦外之音，不言自明。同年四月，曹髦幸太學，跟諸儒博士講論《易》、《尚書》、《禮記》，表彰鄭玄，點名批評王肅曲解經意：「夫大人者，與天地合其德，與日月合其明，思無不周，明無不照，今王肅云『堯意不能明鯀，是以試用』。如此，聖人之明有所未盡邪？」博士庾峻對曰：「臣竊觀經傳，聖人行事不能無失，是以堯失之四凶，周公失之二叔，仲尼失之宰予。」帝曰：「堯之任鯀，九載無成，汨陳五行，民用昏墊。至於仲尼失之宰予，言行之間，輕重不同也。至于周公、管、蔡之事，亦《尚書》所載，皆博士所當通也。」峻對曰：「此皆先賢所疑，非臣寡見所能究論。」（《三國志・魏書・三少帝紀》）庾峻博士乃王肅門徒，他似乎覺察到一點味道，不敢再以「奉遵師說」推脫，承認自己識見寡陋，不能通曉。《嵇康集》中有一篇〈管蔡論〉，大意是：管、蔡本是「服教殉義，忠誠自然」的淑善之人，「功業有績，……名冠當時」的有功之臣，周文王、周武王、周公旦信用他們，舉而任之，「三聖未為不明」；武王突然病故，成王年幼，周公旦「踐政」——攝政稱王，管、蔡懷疑周公有貳心，不利於成王，「遂乃抗言率眾，欲除國患」，出發點是「翼存天子」；管、蔡「懷忠抱誠」而不通曉聖人的權變之術，「稱兵叛亂，所惑者廣」，周公不得已「流涕行誅」。這些論述，跟儒家傳統觀點（即文章開頭所寫「時人全謂管、蔡為凶頑」）大相逕庭，而跟曹髦的論調卻是頗為一致。這不是偶然的巧合，文章以「爾乃大義得通，……時論亦將釋然而大解也」結束，當是太學辯論的作品之一。曹魏時期，經學論壇上主要是「王學」與「鄭學」之爭，雙方的代表人物是王肅和鄭玄的門徒孫炎。王學居主導地位，列於學官，太學中的「諸儒博士」多出其門下。王肅卒於甘露元年（月份不詳），「門生縗経者以百數」（《三國志・魏書・王朗傳》附）。在這樣的背景之下，曹髦以帝王之尊，蒞臨太學，斥責王肅，震動之大，可想而知。就這一論題的政治敏感性（觸及司馬氏集團）、學術深廣性、學派對抗性而言，必定引發一場激烈而持久的大辯論。嵇康走出竹林，投身於辯難之中，直到甘露三年（西元二五八年），還有人看見他在洛陽太學「寫《石經》古文」（《世說新語・言語》注引嵇紹〈趙至敘〉，又見《晉書・文苑傳・趙至》）。嵇康以其卓絕的才學，名士的風度，活躍於太學辯論講壇，「風器非常」，自是循規蹈矩的博士諸儒所望塵莫及，在太學生中產生很大的影響，所以數年之後嵇康被殺時，竟有「太學生三千人上書，請以為師」（《世說新語・雅量》）的壯觀場景出現。㈡司馬昭的心腹鍾會「造訪」，嵇康不予理睬。甘露三年（西元二五八年），鍾會遷司隸校尉（儼然一京都地區衛戍司令也），志滿意得，乘肥衣輕，賓從如雲，造訪嵇康。嵇康正與向秀在大樹下打鐵（箕踞而鍛），「康揚槌不輟，傍若無人，移時不交一言。鍾起去，康曰：『何所聞而來？何所見而去？』鍾曰：『聞所聞而來，見所見而去！』」「會深銜之。」（見《世說新語・簡傲》暨《三國志・魏書・王粲傳》裴注引孫盛《魏氏春秋》）㈢司馬昭徵召嵇康做官，康避地河東（今山西夏縣一帶）。嵇康在太學的言論，引起了司馬氏集團的警覺。特別是他精心推究、描摹的管、蔡形象，在魏晉易代之際的特殊政治背景下，客觀上便具備某種可比性：「周公攝政，管蔡流言；司馬執權，淮南三叛。其事正對。」（明人張采語，轉引自戴明揚《嵇康集校注》）「淮南三叛」指的就是王淩、毌丘儉、諸葛誕先後三次在淮南起兵反對司馬氏。司馬氏輔政亦以周公自居，王肅等人為司馬氏篡位製造禮教根據，甚至杜撰湯、武、周、孔的話（俞正燮《癸已存稿》卷七〈書文選幽憤詩後〉）。如此一來，嵇康的〈管蔡論〉便有含沙射影之嫌，所以司馬氏的威逼和利誘接踵而來。先是鍾會「造訪」，惡狠狠地丟下兩句話而去；接著就是司馬昭辟（徵召）康做官：「大將軍嘗欲辟康。康既有絕世之言，又從子不善，避之河東，或云避世。」（孫盛《魏氏春秋》）從甘露三年到五年（西元二五八——二六〇年），三個年頭，嵇康雲遊於河東郡到汲郡（今山西夏縣至河南汲縣）的山林岩穴之間，與高士孫登、王烈為伍，學養生之術，外榮華，去滋味，遊心於寂寞，以無為為貴，「遺物棄鄙累，逍遙遊太和。」然而他總是不能忘情世事，「戀土思所親，能不氣憤盈？」「雖逸亦以難，非余心所嘉。」從他與二郭的贈答詩作中，我們感受到充滿憤懣和憂傷的情緒，嵇康對司馬氏的威逼始終耿耿於懷。(四)與山巨源絕交，聲明自己「非湯、武，而薄周、孔」。西元二六〇年（曹髦甘露五年，曹奐景元元年），太學生趙至在鄴（河北臨漳西南鄴鎮東一里半）找到嵇康，「至具道太學中事，便逐先君歸山陽。」（《世說新語・言語》注引嵇紹〈趙至敘〉，又見《晉書・文苑傳・趙至》）西元二六一年（魏元帝曹奐景元二年），山濤（字巨源）由尚書吏部郎遷散騎侍郎，吏部郎出缺，山濤舉薦嵇康，這實在是司馬昭「辟康」的繼續，嵇康為此宣布與山濤絕交，奮筆寫下〈與山巨源絕交書〉，列舉他做官有「九患」（七不堪、二不可），不堪流俗，不能與俗人「塵囂臭處」，「又每非湯、武，而薄周、孔（又常常非難商湯、周武王，還鄙薄周公、孔子等聖人）；在人間（指出仕）不止此事，會顯世教所不容」（顯然為禮教所不容）。這樣的信，足以震動朝野。史書記載說：「及山濤為選曹郎，舉康自代，康答書拒絕，因自說不堪流俗，而非薄湯武。大將軍聞而怒焉。」（《三國志・魏書・王粲傳》裴松之注引孫盛《魏氏春秋》）「大將軍」者，司馬昭也，震怒為何？魯迅（周樹人）先生分析得好：「非薄了湯、武、周、孔，在現時代是不要緊的，但在當時卻關係非小。湯、武是以武定天下的；周公是輔成王的；孔子是祖述堯舜，而堯舜是禪讓天下的。嵇康都說不好，那麼，教司馬懿〔氏〕篡位的時候，怎麼辦才是好呢？沒有辦法。在這一點上，嵇康於司馬氏的辦事上有了直接的影響，因此就非死不可了。」（〈魏晉風度及文章與藥及酒之關係〉，載《魯迅全集》第三卷）(五)與呂長悌絕交，為呂安辯誣，被司馬氏收捕入獄。東平呂巽（長悌）、呂安（仲悌）兄弟，都是嵇康的朋友，「東平呂安，服康高致，每一相思，輒千里命駕，康友而善之。」（《晉書・嵇康傳》）景元三年（西元二六二年），呂巽奸淫呂安妻徐氏，呂安欲告發，經嵇康調解平息。不料呂巽背後誣告呂安事母不孝，發配徙邊。嵇康因此作〈與呂長悌絕交書〉，斥責他「包藏禍心」。呂安發配途中，寫信給嵇康，稱「顧影中原，憤氣雲踊，……披艱掃穢，蕩海夷岳，蹴崑崙使西倒，蹋太山令東覆，平滌九區，恢維宇宙，斯亦吾之鄙願也。」此信被截獲，呂安被捉回投入監獄，「安引康為證，康義不負心，明保其事。」（孫盛《魏氏春秋》）「呂安罹事，康詣獄以明之。鍾會庭論康曰：『今皇道開明，四海風靡，邊鄙無詭隨之民，街巷無異口之議。而康上不臣天子，下不事王侯，輕時傲世，不為物用，無益于今，有敗于俗。昔太公誅華士，孔子戮少正卯，以其負才亂群惑眾也。今不誅康，無以清潔王道！』于是錄康閉獄。」（《世說新語・雅量》劉孝標注引《文士傳》）㈥彈琴一曲，從容赴死。嵇康被捕以後，鍾會乘機又進讒言：『嵇康，臥龍也，不可起；公（案：司馬昭時任大將軍，封晉公）無憂天下，顧以康為慮耳。』因譖『康欲助毌丘儉，賴山濤不聽。昔齊戮華士，魯誅少正卯，誠以害時亂教，故聖賢去之。康、安等言論放蕩，非毀典謨，帝王者所不宜容。宜因釁除之（應當找個藉口除掉他），以淳風俗。』帝（案：指司馬昭。司馬炎代魏之後，追尊司馬昭為『文帝』）既昵聽信會，遂並害之。」（《晉書・嵇康傳》）嵇康即將在洛陽東市受刑，有太學生三千人請求釋放他，請做他們的老師，司馬氏不允許。嵇康神氣不變，從容轉身看看太陽的影子，索琴彈之，曲終，說道：「從前袁孝尼要跟我學〈廣陵散〉，我總是不肯教給他，〈廣陵散〉從此成為絕響啦！」〈廣陵散〉，即蔡邕《琴操》中的河間雜曲〈聶政刺韓王曲〉，描寫戰國時代的刺客聶政為報嚴仲子知遇之恩，刺死韓相俠累，然後毀容自殺的悲壯故事，旋律激昂慷慨，那「紛披燦爛，戈矛縱橫」的〈廣陵散〉琴音，也許正是「剛腸疾惡」、「尚奇任俠」的嵇康精神的藝術昇華。特殊的時代把這位「志在守樸，養素全真」的竹林真名士推上了政治舞臺，曠世奇才就這樣犧牲於魏晉易代之際的政治風浪中。

二、作品簡述

今本《嵇康集》，收載嵇康的詩歌六十首（又附嵇喜、郭遐周、郭遐叔、阮德如答贈詩十四首）；韻文三篇（〈琴賦〉、〈卜疑〉、〈太師箴〉）；論文九篇（〈養生論〉、〈答難養生論〉、〈聲無哀樂論〉、〈釋私論〉、〈管蔡論〉、〈明膽論〉、〈難自然好學論〉、〈難宅無吉凶攝生論〉、〈答釋難宅無吉凶攝生論〉，又附向子期、張叔遼、阮德如辯難論文四篇）；書信兩篇（〈與山巨源絕交書〉、〈與呂長悌絕交書〉）；誡子書一篇（〈家誡〉）。下面按類加以介紹。

(一)詩　歌

嵇康的六十首詩作中，有四言詩三十首，五言詩十二首，六言詩十首，樂府詩七首，騷體詩一首。

〈四言十八首贈兄秀才入軍〉是嵇康早期作品之一。他繼承了《詩經》的優良傳統，運用並發展了比興手法，即景抒情，情景交融，平和自然。讓我們舉例以明之：

〔其五〕穆穆惠風，扇彼輕塵；奕奕素波，轉此游鱗。伊我之勞，有懷遐人。寤言永思，實鍾所親。

〔其六〕所親安在?舍我遠邁。棄此蓀芷,襲彼蕭艾。雖曰幽深,豈無顛沛?言念君子,不遐有害。

和風吹拂,碧波蕩漾,田野間偶或有輕塵飄起,池塘裡游魚歷歷可數,一派和平寧靜的氣象。從軍遠行的親人,此時此刻,你在何方?詩人為之憂傷不已。兄長嵇喜,竟拋棄了這芬芳的香草,而去尋求那蕭艾之類的惡草,不久定有禍殃的。感情真摯,言辭懇切,一唱三嘆,真有《詩三百》之風。再如第十四首:

息徒蘭圃,秣馬華山;流磻平皐,垂綸長川。目送歸鴻,手揮五弦。俯仰自得,遊心泰玄。嘉彼釣叟,得魚忘筌。郢人逝矣,誰可盡言?

蘭圃,花山,平坦的草澤中射鳥,長長的大河邊垂釣,「目送歸鴻(大雁),手揮五弦(琴)」,逍遙於自然無為的大道之中,得意忘言,何等灑脫!可惜知音的「郢人」消逝了,還有誰可與暢談呢?字裡行間,瀟灑脫俗的「魏晉風度」,生動可見!

〈代秋胡歌詩〉是嵇康仿效樂府民歌的精神和藝術特色而創作的七首新詩:「富貴憂患多」、「貴盛難為工」、「忠信可久安」、「酒色令人枯」、「遊心于玄默」、「思行遊八極」、「徘徊于層城(天庭)」。這七首詩以說理為主,哲理味很濃。但由於吸收了樂府民歌的藝術手法,四言之間穿插五言，「歌以言之，酒色令人枯」，不避重句，一唱三嘆，生動活潑，頗富有感染力。

觸景生情，抒情言志，這在嵇康後期的詩作中表現得尤為突出，讓我們舉《嵇康集》開卷第一篇〈五言古風〉為例：

> 雙鸞匿景曜，戢翼太山崖。抗首嗽朝露，晞陽振羽儀。長鳴戲雲中，時下息蘭池。自謂絕塵埃，終始永不虧。何意世多艱，虞人來我維。雲網塞四區，高羅正參差。奮迅勢不便，六翮無所施。隱姿就長纓，卒為時所羈。單雄翩獨逝，哀吟傷生離。徘徊戀儔侶，慷慨高山陂。鳥盡良弓藏，謀極身必危。吉凶雖在己，世路多嶮巇。安得反初服，抱玉寶六奇。逍遙遊太清，攜手相追隨。

全詩二十八句。前八句寫雙鸞生活在自然之中，和諧自得，「自謂絕塵埃，終始永不虧」，隨天地自然更生變化，形（身）精（心）永不會虧損；中間八句寫山官（虞人）遍置羅網，雙鸞被「長纓」所縛，「隱姿就長纓，卒為時所羈」，終於被時世所羈縻，這句話語意雙關，既是寫鸞鳥，又是寫人，詩人於不知不覺之中已經進入角色之中；最後十二句寫雄鸞不得已獨自飛走，慷慨悲歌：「安得反初服，抱玉寶六奇」，怎樣才能掙脫名位的羈縻，返回原來的純樸美好的狀態，懷抱著自然的美質，珍惜過人的才智呢？詩人幻想著潔身自好，再次自由遨遊於雲天自然之間，「逍遙遊太清，攜手相追隨。」「太清」是道家所認為的最完美的境界，人間仙境。本詩以較多的篇幅著力描寫雙鸞的生活情態及其不幸遭遇，筆法細膩，語意雙關，形象地揭示了魏晉易代之際險惡的政治環境，「雲網塞四區，高羅正參差」，表明詩人不與司馬氏合作的堅定志向。這首詩，舊注多以為屬贈兄秀才入軍詩作之一。細讀之，但覺超世絕俗之情懷溢於言表，並發出「安得反初服」這般沈痛的呼喊，不會是早年之作，可能寫作於嵇康三十六歲（西元二五八年）被司馬氏逼迫，別婦拋雛，避難河東途中，「單雄翩獨逝，哀吟傷生離」，「徘徊戀儔侶，慷慨高山陂」，正是詩人流浪飄泊於山林岩穴之間的自我寫照。

〈述志詩〉二首是嵇康四十歲被捕入獄後的作品。他寫道：

> 潛龍育神軀，躍鱗戲蘭池。延頸慕大庭，寢足俟皇羲。慶雲未垂降，槃桓朝陽陂。悠悠非我儔，圭步應俗宜。殊類難徧周，鄙議紛流離。轗軻丁悔吝，雅志不得施。耕耨感甯越，馬席激張儀。逝將離群侶，杖策追洪崖。焦明振六翮，羅者安所羈？浮遊泰清中，更求新相知。比翼翔雲漢，飲露食瓊枝。多謝世間人，夙駕咸馳驅。沖靜得自然，榮華何足為！

第一首五言二十六句。第一至第六句寫慶雲（五彩雲）未降，潛龍不得飛升；七至十二句寫自己被世俗小人所包圍，志向不得施展；十三至十八句寫詩人要拔俗高飛，使羅網空設；十九至二十六句，遠遊雲天之外，虛靜自然，要什麼榮華富貴！他把自己比作靈異的潛龍，高飛的焦明鳥，要騰飛，要衝決羅網，投入「自然無為」的世外境界。第二首寫得更具體：「巖穴多隱逸，輕舉求吾師。晨登箕山嶺，日夕不知飢。玄居養營魄，千載長自綏。」詩人要輕盈飛升到箕山之上，尋找唐堯時代的隱逸高士巢父、許由，從早到晚，連飢餓的感覺也沒有了，仿佛那就是他一生追求的最高理想境界。

嵇康的志向，不在建功立業，不在榮華富貴，似乎也不在著書立說。「權智相傾奪，名位不可居。鸞鳳避罻羅，遠託崑崙墟。」（〈五言詩三首答二郭〉）「榮名穢人身，高位多災患。未若捐外累，肆志養浩然。」（〈五言詩一首與阮德如〉）他全心地投入「自然無為」的老莊境界，看似玄遠虛無，實則是包含了一股「浩然之氣」的，那就是保持心靈的潔淨，與虛偽的俗世相對立，與聖人名教相對立，拒絕司馬氏集團的利誘籠絡，絕不與之合作。嵇康所處的時代，名義上還是曹魏的天下，實際上皇權已經架空，軍政大權，乃至經學名教的解釋權，全部落入司馬氏集團手中。作為曹魏的女婿，嵇康內心縈繞著深沈的憂思，那是對時代的憂患意識，難以排遣的。於是他寄之瑤琴，發為歌吟，「心之憂矣，永嘯長吟。」「彈琴咏詩，聊以忘憂。」「身貴名賤，榮辱何在？貴得肆志，縱心無悔。」以求情感的解脫與昇華，到玄遠之境中求安慰。正如有學者所指出的，嵇康的執著和超脫，「心之憂矣」和「俯仰自得」，都是真實的，這種矛盾正構成了「嵇志清峻」的藝術風格。

如果說嵇康在獄中寫的〈述志詩〉依然託喻清遠，不乏浪漫主義的想像；那他在獄中寫的〈幽憤詩〉則是悲憤峻烈，堪稱現實主義的傑作。〈幽憤詩〉四言八十六句，以自傳的形式，述說平生。詩人自知處於生死的邊緣，情與理的衝突，反覆而激烈。一方面，他對自己的恃才傲物，輕肆直言，不無悔恨之意：「惟此褊心，顯明臧否。感悟思愆，怛若創痏。」（只是由於自己器量小，一心想讓善惡分明。而今醒悟思量過錯，心痛好似揭瘡疤。）另一方面，他又覺得並非自己做錯了什麼：「欲寡其過，謗議沸騰。性不傷物，頻致怨憎。」（平生只想少過失，誹謗議論卻像湯水沸騰。我天性不會去傷害別人，卻頻繁招致怨怒和憎恨。）一方面，他覺得此次入獄，「匪降自天，實由頑疏。」（災禍不是憑空而來，實在是由於自己的頑固和粗疏。）同時他又認為是「理弊患結，卒致囹圄。」（真理被遮蔽了禍患就生成，終於入獄遭到囚禁。）「雖曰義直，神辱志沮。」（雖然我大義正直，如今卻精神受辱志意沮喪。）「實恥訟冤，時不我與。」（面對獄吏鄙陋的審問，我實在羞於申辯，只怪我生不逢時。）一方面，他認為「窮達有命，亦有何求？」另一方面，他又「懲難思復，心焉內疚。」一方面，他幻想著「采薇山阿，散髮巖岫。永嘯長吟，頤性養壽。」另一方面，他又恥於訟冤，不肯為出獄作出任何努力。這就是矛盾的嵇康，更是執著的嵇康，剛直不屈的嵇康！正是因為他經受了如此殘酷的衝突和鬥爭的考驗，才有刑場上「顧視日影，索琴彈之」，慷慨赴死，視死如歸的嵇康！

嵇康的筆端，時時流露著理性的思考，調子是深沈的，厚實的。這雖加強了詩作的力度，卻也局限了藝術發展的空間。在中國詩歌發展史上，嵇康的詩歌創作成績平平，他的主要成就在散文，特別是論說文。

㈡韻文

今本《嵇康集》收載他寫的韻文共三篇，〈琴賦〉、〈卜疑〉和〈太師箴〉。

〈琴賦〉是嵇康傳世作品中唯一的一篇賦。開頭一段是「序」，不用韻的，內容是說明作賦的原因。嵇康是一位古琴演奏家，琴曲作家，音樂理論家，當然最有資格批評眾多的音樂詩賦作者們「不解音聲」、「未盡其理」、「未達禮樂之情」，徒有華麗的外表而已。中間大段是賦的本身，要押韻的。首先寫到製作琴面的材料——梧桐樹生長在極其險要而幽美的自然環境之中；次寫雅琴起源於逸人高士們「思假物以託心」；依次寫到琴的製作、彈琴技法、琴曲曲名、演奏場景，等等。作者以鋪排誇張的手法，形象地描繪出彈奏琴曲的美的意境；進而把琴音的受眾區分為兩類：一類是「聞之」者，另一類是「聽之」者。「聞之」者指不甚解樂而善懷多感，聲激心移，觸緒動情的人，即所謂「懷戚者」和「康樂者」。「聽之」者指聚精會神，以領略音樂之本體的人，即所謂無哀無樂的「和平者」：「若和平者聽之，則怡養悅愉，淑穆玄真；恬虛樂古，棄事遺身。」嵇康認為只有心平氣和之人，才有可能是「解音」、「識音」的人。最末一段是「亂」（或稱「訊」），總括全篇要旨，讚美琴德深遠，「能盡雅琴，惟至人兮！」（能夠盡知雅琴之至善至美的，唯有淡泊平和的逸人高士啊！）跟第一段「序」文「眾器之中，琴德最優」首尾呼應。這是一篇借琴抒情、以琴擬人的佳作，「賦必有關著自己痛癢處，如嵇康敘琴，向秀感笛，豈可與無病呻吟者同語！」（《藝概》）劉熙載可謂是嵇康的知音者。

〈卜疑〉是摹仿屈原的〈卜居〉而創作的韻文。嵇康與屈原，精神上頗有相通之處。〈卜疑〉的布局謀篇，跟〈卜居〉完全一致，截然劃分為三個段落。第一段敘明「卜疑」的原由，說的是有位「宏達先生」（嵇康自擬），本以為「忠信、篤敬，直道而行之」，便可以走遍天下；不料「大道既隱，智巧滋繁」，一切都變了型，「遠念長想，超然自失」，於是到太史貞父寓所，對他說：「吾有所疑，願子卜之。」第二段寫卜問事由。他一連提出二十八個問題，每兩個為一組，問：「誰得誰失？何凶何吉？」第三段是太史貞父的回答：「吾聞至人不相，達人不卜。若先生者，文明在中，見素抱朴……方將觀大鵬于南溟，又何憂于人間之委曲！」太史貞父把這位「宏達先生」譽為莊周筆下的「大鵬」，翱翔於九萬里高空，還憂慮什麼人間世俗的變故曲折？這實際上就是肯定了他的志向和選擇，勸他從幽憤中解脫出來，轉入曠達逍遙之境界，「用君之心，行君之意！」〈卜疑〉的核心是第二段十四組二十八問。有幾組是一正一反，旗幟鮮明：「吾寧發憤陳誠，讜言帝廷，不屈王公乎？將卑懦委隨，承旨倚靡，為面從乎？」「寧斥逐凶佞，守正不傾，明否臧乎？將傲倪滑稽，挾智任術，為智囊乎？」有幾組問題則在可否疑似之間，屬於如何選擇的：「寧與王喬赤松為侶乎？將追伊摯而友尚父乎？」（我是寧願跟王子喬、赤松子等仙人為伍呢？還是學伊尹、呂尚（姜太公）的樣去建功立業呢？）「寧如市南子之神勇內固，山淵其志乎？將如毛公藺生之龍驤虎步，慕為壯士乎？」這些都反映出嵇康內心深處的矛盾和衝突。〈卜疑〉當作於西元二六〇年魏帝曹髦被殺害之後，在皇權架空、司馬氏高壓政策之下，嵇康精神上的苦悶、憂慮和無奈，是難以排遣的，他想起了五百年前的屈原，那敢於跟禍國殃民的奸佞黨人作針鋒相對鬥爭的高大形象。可是，時代畢竟不同，公開反對司馬氏是行不通的，「寧如伯奮仲堪，二八為偶；排擯共骸（鯀），令失所乎？將如箕山之夫，白水之女，輕賤唐虞，而笑大禹乎？」嵇康自知沒有能力像歷史傳說中的伯奮、仲堪等十六個人聯為一體，驅逐共工和鯀那樣，排除司馬氏集團的勢力；只能學著隱居箕山的高士許由、巢父的樣，輕賤唐堯、虞舜，不屑與之為伍，又借用白水岸邊浣衣女子的口吻，嘲諷心勞形困的大禹，這就是所謂「非堯舜而薄周孔」了，一種間接的、怪異的表露內心掙扎的方式。

〈太師箴〉是一篇摹擬太師規誡帝王的口吻寫成的韻文。「太師」之職始於周初成王時期，周公為「師」（太師），召公為「保」（太保），是青少國君的監護者。漢以後，歷代相沿以太師、太傅、太保為三公，多為大官加銜，表示恩寵而無實職。「箴」是一種文體，是寓有勸誡意義的文辭，多用韻文寫成。「箴者，所以攻疾防患，喻針石也。」（《文心雕龍‧銘箴》）「浩浩太素，陽曜陰凝。」（浩浩的元始混沌之氣，陽氣照耀陰氣凝聚，形成了宇宙天地。）一開頭，作者便以哲學的眼光，從廣袤的時空來觀察世界，討論問題。第一段從天地生成寫到堯、舜禪讓，「君道自然，必託賢明」；第二段寫舜禹之後，「大道沈淪」，「漸私其親」，造立仁義禮儀，使人民「夭性喪真」，而國君「宰割天下，以奉其私」，禍亂相尋，亡國繼踵；第三段正面告誡居帝王之位者，「無曰我尊，慢爾德音；無曰我強，肆于驕淫。」

（不要只以為我最尊貴，怠慢了大道德音；也不要只想到我是多麼強大有力，放肆地驕奢淫逸。）而應該「唯賢是授，何必親戚？」「虛心導人，允求儻言。」（謙虛地引導人民，誠心地求取善言。）考慮到曹魏王朝自魏明帝駕崩之後，繼位的曹芳、曹髦、曹奐都是青少國君，史稱「三少帝」，嵇康〈太師箴〉之作，當是具有某種針對性的，「君位益侈，臣路生心。竭智謀國，不吝灰沈。」（君王日益放縱隨心所欲，臣下滋生叛離之心，竭力謀奪君位，不惜冒險身亡。）這從側面反映了嵇康對曹魏政權所面臨的嚴峻形勢的深深的憂慮。

(三)論說文

今本《嵇康集》收載論文九篇，幾乎篇篇精彩，勝義紛呈，令人耳目一新。〈釋私論〉是辨「公私之理」，務求「釋私」的專論，很有些特別的見解。「釋」是去除、排除的意思，「私」則指隱匿真情、不肯公開、密而不宣。嵇康筆下的「公私之理」就是：一個志道存善的人，心裡想的卻無不隱匿，這就是有「私」；一個欲望並不善良的人，心裡想的卻無不明講，這就是有「公」。如此說來，嵇康就把「公私之理」與「是非之理」相分離，旨在促使「善以盡善，非以救非」（善者表露心識得以盡其善，非者表露心識得以救其非），公成而私敗。文章舉出許多歷史人物為例，說明只有言無苟諱，行無苟隱，體清神正，是非允當，才是賢人君子的優異品格。嵇康進而提出「越名教而任自然」（超越名教束縛而聽任自然之理）的命題。也就是說，人們應該排除以名教規定的是非為是非的心理，而追求自然、自由地生活。這兒說的「名教」，一般指的是儒家要指，出自周公、孔子《六經》之類，形成為禮法，約束、規範人們的行為。司馬氏集團正是打著名教禮法的旗號施行篡位活動的，造成嚴重的道德虛偽現象。嵇康響亮地提出「越名教而任自然」的主張，即反對人為的外在的虛偽的行為準則，而崇奉發自內心的真誠自然的道德，坦蕩無私，光明正大。

〈難自然好學論〉可說是〈釋私論〉的姊妹篇。當時有個叫張叔遼的人，作〈自然好學論〉，認為《六經》好比太陽，「以長夜之冥，得照太陽，情變鬱陶，而發其蒙也」，人們學習《六經》，是自然之好也。這實際上就是「名教出于自然」（王弼）主張的翻版，跟嵇康「越名教而任自然」的主張不同。〈難自然好學論〉指出：「《六經》紛錯，百家繁熾，開榮利之途，故奔騖而不覺」，有似「自然」，其實是利益驅動，「積學明經，以代稼穡」，可謂一針見血！如果有一天，《六經》被當作「蕪穢」之物，「仁義」等變為臭腐死鼠，人人都會拋棄它們，則「不學，未必為長夜；《六經》未必為太陽」了。嵇康進一步指出：「《六經》以抑引（抑制牽引）為主，人性以從欲為歡。抑引則違其願，從欲則得自然。然則自然之得，不由抑引之《六經》；全性之本，不須犯情之禮律；固知仁義務于理偽（仁義是用來約束人的行為），非養真（存養自然天性）之要術；廉讓生于爭奪，非自然之所出也。」這就是說，《六經》、禮律、仁義、廉讓等等，都是人之自然真性的對立物，進一步闡明了「越名教而任自然」的道理。

〈管蔡論〉是一篇歷史人物專論，對「亂臣賊子」管叔、蔡叔重新評價。西元二五六年，魏帝曹髦蒞臨太學，給《尚書》博士庾峻出了這個題目，庾峻不敢作，而由嵇康完成了。本論認為，管叔、蔡叔是忠誠自然的淑善之人，周文王的好兒子；周滅殷之後，分別被封於管、蔡兩地，功業有績，名冠當時，是周武王的好弟弟；武王駕崩，成王年幼，周公旦居攝，管叔蔡叔懷疑周公有貳心，「遂乃抗言率眾，欲除國患。翼存天子，甘心毀旦（周公姬旦）」。只是由於「不達聖權」（不通曉聖人的權變之術），判斷失誤，形同「稱兵叛亂」，周公不得已而「流涕行誅」。就這樣，嵇康不僅為管蔡恢復了名譽，而且維護了文王、武王的最高權威。給「今上」曹髦交了一份出色的答卷，「時論亦將釋然而大解也」。「時論」者，社會輿論廣泛關注，猶如「焦點」之謂也。一千多年前的兩個歷史人物，引發一場辯難，更深一層必有現實矛盾推動所致。投入這場辯論的各色人等中，拿「抗言率眾，欲除國患」的管叔、蔡叔，比擬反對司馬氏輔政的「淮南三叛」的，當是不乏其人。

〈明膽論〉是嵇康與呂安辯論「明」、「膽」關係的記錄。「明」是智慧，即認識事物、辨別是非的能力；「膽」是膽量，即人們遇事決斷行動的勇氣。呂安的論點是：「人有膽不可無明，有明便有膽矣。」強調「明」的支配地位。嵇康認為：「明、膽異氣，不能相生。」「明」是由於陽氣的炫耀，「膽」是由於陰氣的凝聚；陰、陽異氣，所以「明不生膽」，反對「有明便有膽」的觀點。他提出：「元氣陶鑠，眾生稟焉。賦受有多少，故才性有昏明。」（浩浩元氣陶冶化育，萬物眾生稟受天地陰陽之氣而化生。賦受的元氣有多有少，所以才性有昏有明。）除了至人可臻完美，一般的人總有所欠缺，「或明于見物，或勇于決斷」；有時會「明有所塞」（明有盈縮），有時又會「勇有所撓」（膽有盈縮）。中等才性的人，「二氣存一體，則明能運膽」，明與膽「進退相扶」，「相須以合德」（相互需要又相互配合）。嵇康力圖從哲理的角度闡述「明」（智慧）與「膽」（膽量）的相互關係，在認識論上有積極意義；但他僅用所稟賦自然界的氣的不同，來說明「明膽殊用」，反映了古代樸素唯物論的局限性。

〈養生論〉、〈答難養生論〉是嵇康的代表作之一。西元二五八年（甘露三年），嵇康受司馬氏逼迫，避地河東，有三年時間，浪跡於河東、汲郡之間的山林岩穴之中，與高士孫登、王烈為伍，學養生之術，「烈嘗得石髓，如飴，即自服半，餘半與康，皆凝而為石。」（《晉書・嵇康傳》）西元二六〇年（曹髦甘露五年，曹奐景元元年），嵇康回到山陽，〈養生論〉當是此時的作品。「形恃神以立，神須形以存」，養生包括養神和養形兩個方面。先論養神。「精神之于形骸，猶國之有君也。神躁于中，形喪于外；猶君昏于上，國亂于下也。」寥寥數語，極通俗的比喻，就把抽象的精神的重要性寫得活靈活現。養神的要領是「泊然無感，而體氣和平」，即修性安心，「愛憎不棲于情，憂喜不留于意」，就是說要把愛憎、憂喜、哀樂等一切情緒從心地精神中驅除淨盡，保持一種極平和的精神境界。養形的要領是堅持長期服藥，反對「惟五穀是見，聲色是耽」，「滋味煎其府藏，醴醪煮其腸胃」。所謂服藥，就是王烈所得「石髓」即尚未凝固的鐘乳，以及由鐘乳、赤石脂石英等組配成的「五石散」之類，據說有「上藥」一百二十種，「中藥」一百二十種，複雜得很，所以服食者「萬無一能成也」。

其實，〈養生論〉的價值並不在嵇康所提倡的「養神」、「養形」之術本身，而在於他描繪出一派無汙染的、醇白獨著的精神文明境界：「清虛靜泰，少私寡欲。知名位之傷德，故忽而不營，非欲而彊禁也。識厚味之害性，故棄而弗顧，非貪而後抑也。」這幅理想的圖景，跟醜惡的異化的現實世界相對立，具有不朽的美學價值！

向秀作〈難養生論〉，詰難嵇康，批評〈養生論〉違背人類的自然性情。他說：「人含五行而生，口思五味，目思五色，感而思室，飢而求食，自然之理也。」從養生角度，要求人們「節哀樂，和喜怒，適飲食，調寒暑」是可以的；而要人們「絕五穀，去滋味，窒情欲，抑富貴」，則「背情失性，而不本天理」，是違反天理自然的。嵇康作〈答難養生論〉以應之。嵇康重申，他的「養生大理」是：滅名利，除喜怒，去聲色，絕滋味，養精神。如何實行呢？他主張關閉心智（智用，智慧），使「人欲」止於本能階段（性動）。「性動者，遇物而當，足則無餘；智用者，從感而求，倦而不已。故世之所患，禍之所由，常在于智用，不在于性動。」他設想，使人的眼睛都跟瞎子一樣，不辨美女與醜婦（西施與嫫母）；使人的嘴巴失去味覺，不辨美味與粗糧（精粺與糟糠），這樣也就不知道賢愚好醜，不會「以愛憎亂心」，就能「遠害生之具，御益性之物；則始可與言養性命矣。」如果心智不能完全關閉，「滋味嘗染于口，聲色已開其心」，則要「以至理遣之，多算勝之」。他舉例說，「嗜酒者自抑于鴆醴（有毒的美酒），貪食者忍飢于漏脯（變質的肉食）。知吉凶之理，故背之不惑，棄之不疑也。」這就是「多算勝之」，「用智遂生」（運用心智控制欲動，順遂生命）。他進一步指出，「若以從欲為得性，則渴酌者非病，淫湎者非過，桀、跖之徒皆得自然，非本論所以明至理之意也。」「至理」云何？「以大和為至樂，則榮華不足顧也；以恬澹為至味，則酒色不足欽也。苟得意有地，俗之所樂，皆糞土耳，何足戀哉？」他的意思是說，精神上以大時空的諧和自然（宇宙萬事萬物）為最高級的歡樂，以恬澹無味為最高級的美味；「有主于中，以內樂外；雖無鐘鼓，樂已具矣」；而眼前的榮華、酒色，乃至寵辱、得失、名位、資財之類，統統不屑一顧，猶如糞土、贅瘤、塵垢一般。「使智止于恬（恬澹），性足于和（平和）。然後神以默醇（淳樸），體以和成（安定）」，「順天和以自然，以道德為師友，翫陰陽之變化，得長生之永久，任自然以託身，並天地而不朽者，孰享之哉？」嵇康論養生，仍不失清談本色。他這一套玄言高論，在現實生活中，恐怕是無法兌現的。人是萬物之靈。人的智慧，人的追求，推動著社會不斷發展；把人拉回到原始質樸狀態去的設想，只能是幻想。這是問題的一個方面。從另一方面看，人類社會所產生的醜惡現象，奴役和壓迫，掠奪和剝削，強權和殺伐，損人利己，侵犯人權等等，無一不跟人的心智、欲望相關聯。這一點，置身於極其殘酷黑暗的魏晉易代之際的嵇康，感受尤為深切。他幻想通過養生的途徑，排除人的貪欲，恢復人類原始的質樸和自然。他寫道：「世之難得者，非財也，非榮也，患意之不足耳！意足者，雖耦耕甽畝，被褐啜菽，莫不自得；不足者，雖養以天下，委以萬物，猶未愜然。則足者不須外（身外之物），不足者無外之不須也。無不須，故無往而不乏；無所須，故無適而不足。不以榮華肆志，不以隱約趨俗。混乎與萬物並行，不可寵辱，此真有富貴也。故遺貴欲貴者（遺忘已得之尊貴更欲求尊貴的人），賤及之（卑賤就盯上了他）；忘富欲富者，貧得之（富了還想再富的人，他便得到了貧窮）；理之然也。今居榮華而憂，雖與榮華偕老，亦所以終身長愁耳。故老子曰：樂莫大于無憂，富莫大于知足。此之謂也。」文筆自然，說理細密，令人感悟不已，擊節讚嘆！嵇康養生論的價值，並不在服食養生，不在瓊蕊玉英，金丹石菌，紫芝黃精，松實水玉，石髓雲母等上藥、中藥之類，而是在於他創作出一幅精神世界的「桃花源」，那裡沒有貴賤之別，沒有貧富之分，人們過著自然淳樸的生活。「耕而為食，蠶而為衣，衣食周身，則餘天下之財。猶渴者飲河，快然以足，不羨洪流。豈待積斂，然後乃富哉？君子之用心若此。蓋將以名位為贅瘤，資財為塵垢也。安用富貴乎？」這種「烏托邦」式的理想當然是脫離現實的，但是，實際生活中滋生的醜陋事象無不大量存在，卻使這種幻想存活在人們的精神裡，獲得了永恆的生命力，顯示出無限的美學價值。閱讀嵇康的〈養生論〉和〈答難養生論〉，不能拘泥於字面，要知道他意在言外，要能夠「得意忘言」，方能登堂入室，領悟其精微。

〈聲無哀樂論〉是一篇極為重要的音樂美學論著。嵇康反覆論證，音樂本身不表現人的哀、樂之情。音樂一定是和諧的（音聲有自然之和），又應該是平和的（聲音以平和為體），這跟他「泊然無感，而體氣和平」的養生理論是一致的，寫作年代當與〈養生論〉相接近，或稍早。論文採用問答式，通過「秦客」（俗儒化身）和「東野主人」（作者自況）的八次辯難，層層深入。「秦客」認為：聲有哀樂，引經傳所載，前史美談，作為論據。嵇康批評說：「夫推類辨物，當先求之自然之理。理已足，然後借古義以明之耳。今未得之于心，而多恃前言以為談證，自此以往，恐巧歷不能紀。」古書所載前人關於音樂的言論，特別是所謂「師襄奏操，而仲尼覩文王之容」之類，「此皆俗儒妄記，欲神其事，而追為耳」，為了神化聖人先賢而事後附會的，欺騙了後世之人。那麼，什麼是音樂的「自然之理」呢？嵇康認為：音樂必定具有和諧的形式美，即「音聲有自然之和」；而沒有特定的呈顯方式，即「和聲無象」；不表現具體內容（包括人的哀樂之情），即「音聲無常」。另一方面，他又主張：音樂應該以平和的精神作為根本，即「聲音以平和為體」，使聽者的心境進入平和狀態。只有既是和諧的又是平和的音樂，才是真、善、美的音樂；只是和諧、美妙動聽卻不夠平和的音樂，則是美而不善的音樂。嵇康把音樂視作獨立的客觀事物，有它自己的規律，自身的屬性，那就是「和諧」；他把哀、樂視作人們內心的主觀感情，「自以事會，先遘于心，但因和聲，以自顯發」，並非音樂自身有哀、樂；這就是「心之與聲，明為二物」，「外內殊用，彼我異名」，兩者不是一回事，即「聲無哀樂」也。嵇康把音樂作為一個獨立的對象加以研究，對深入理解音樂的本質、音樂的審美感受、音樂的功用有重要意義，不愧為中國音樂史，乃至世界音樂史上的天才傑作。當然，音樂，即使是純音樂，既不是光溜溜的自然物，也不是純生理現象，「聲無哀樂」的論題有相當的創造性，但對音樂理論的詮釋也不是完全充分。不過，嵇康獨特的音樂美學思想，已經達到了同時代人所不可企及的高度。

嵇康與河內太守阮侃（德如）為文字之交，有詩作往還。阮侃作〈宅無吉凶攝生論〉，認為宅（陽宅、陰宅）無吉凶之別，欲求「壽強」（生命強健，長壽），只有注意養生（攝生）

才行，反對「忌祟」之類的迷信無知行為，主張「專氣致柔，少私寡欲；直行性情之所宜，而合養生之正度。求之于懷抱之內，而得之矣」。宗旨是：養生之道，全在自身之諧和。嵇康作〈難宅無吉凶攝生論〉，聲稱自己怯於專斷，「進不敢定禍福于卜相（卜筮、相命），退不敢謂家（宅）無吉凶也。」批評阮侃「獨斷」，指出養生僅僅局限於自身諧和是不夠的，全方位的養生之道，不止於「一和」（人體之和），更需要外部自然環境的諧和，實現最高的和諧——自然之和，即「大和」、「天和」、「大順」，順應自然。這是嵇康養生理論及其美學思想的重要特徵。阮侃又作〈釋難宅無吉凶攝生論〉，批評嵇康「遊非其域，儻有忘歸之累」（神遊於不可能知曉的領域，犯了執迷不悟的毛病）。嵇康再作〈答釋難宅無吉凶攝生論〉，認為既然「智之所知，未若所不知者眾。」對於未知的事物，就要勇於探索，窺探幽隱之理，使認識不斷發展，不能一概斥之為「妄求」而裹足不前。此乃嵇康這兩篇論文的精義所在。

魯迅（周樹人）在〈魏晉風度及文章與藥及酒之關係〉中說：「嵇康的論文，比阮籍更好，思想新穎，往往與古時舊說反對。」古時舊說，許多是合理的，是歷史經驗的總結；也有些是未盡合理的，甚至包含了偏見和謬誤的成分。嵇康在「談玄」氛圍中養成了窮究事理的習慣，對古時舊說，特別是束縛人的思想行為的名教禮法，常常要放到「自然之理」的天平上秤一秤：「夫推類辨物，當先求之自然之理。理已足，然後借古義以明之耳。」這是嵇康的思維方式，也是他的寫作方法。深奧的名理文章，在嵇康筆下，卻顯得流暢自然，猶如面對面交談，心靈與心靈的對話一般，真是「越名教而任自然」！

(四)書 信

嵇康自河東返回山陽之後，老朋友山濤（巨源）有意推舉他出來做官。嵇康憤激之中答書拒絕，寫下了著名的〈與山巨源絕交書〉。這封信妙就妙在貌似「絕交」，實則揭露官場的黑暗和醜惡，「有必不堪者七，甚不可者二」一段最為嚴厲。嵇康聲稱，出仕做官，有七種情況是一定受不了的。「不喜俗人，而當與之共事，或賓客盈坐，鳴聲聒耳，塵囂臭處，千變百伎，在人目前，六不堪也。」（官場上俗人滿坐，鳴叫聲嘈雜於耳，塵埃飛揚臭氣熏天，花招伎倆層出不窮，天天擺在眼前，這是第六種忍受不了的情況。）寥寥數語，便把官場的醜惡景象刻劃得入木三分，令人叫絕！嵇康勸山濤不可「己嗜臭腐（腐鼠，喻官位），食鴛雛以死鼠也。」峻切之中不乏幽默。「每非湯、武，而薄周、孔；在人間不止此事，會顯世教所不容；此甚不可一也。」嵇康算是有自知之明。據說司馬昭「聞而怒焉」，嵇康就要大難臨頭了。第二年，發生呂安事件。嵇康極力為之辯誣，並寫下了〈與呂長悌絕交書〉。呂長悌者，呂巽也，呂安之兄。誣陷呂安並把他投入監獄的主謀，就是這位「兄長」。面對「至交」呂巽的陰謀詭計，嵇康無計可施，只有絕交而已。「臨書恨恨」，這封信寫得簡短、果決，跟〈與山巨源絕交書〉的借題發揮，長篇大論，風格迥然不同。

(五)家 誡

嵇康入獄之後，自知難免一死，因此寫下了這篇〈家誡〉，告誡尚未成年的子女應該如何做人。「人無志，非人也。」要固守志向，「守死無貳」，這是最重要的。此外便是做人要小心，對地方長官要敬而遠之，說話要謹慎，不參與竊竊私議，不探聽別人的隱私，非通家至親不接受厚禮，非舊交、賢士不接受邀請吃飯，不強勸人酒，自己不醉酒等等，一條又一條地教訓，層次較為散漫。這正是嵇康身陷囹圄、心煩慮亂之時的真實寫照。「嵇康是那樣高傲的人，而他教子就要這樣地庸庸碌碌。因此我們知道，嵇康自己對於他自己的舉動也是不滿意的。這是因為他們生於亂世，不得已，才有這樣的行為，並非他們的本懷。但又於此可見魏晉的破壞禮教者，實在是相信禮教到固執之極的。」（魯迅〈魏晉風度及文章與藥及酒之關係〉）

三、結集流傳

嵇康被司馬氏殺害，他的生命結束了，但他的作品長存人間，他的精神是不朽的。現在，我們把一千七百餘年來《嵇康集》的傳播源流，向讀者作一個簡要的說明。

(一)西晉時期

結集題名《嵇康集》，著錄於荀綽《冀州記》一書中。《三國志・魏書・邴原傳》裴松之注引荀綽《冀州記》云：「鉅鹿張貔，字邵虎。祖父泰，字伯陽，有名於魏。父邈，字叔遼，遼東太守，著〈自然好學論〉，在《嵇康集》。為人弘深有遠識，恢恢然使求之者莫能測也。宦歷二官，元康初為城陽太守，未行而卒。」考荀綽字彥舒，潁川潁陰（今河南許昌）人，晉秘書監荀勗之孫，博學有才能，嘗任下邳太守，「永嘉末為司空從事中郎，沒於石勒，為勒參軍。」（《晉書・荀勗傳》附）西晉末年，懷帝永嘉年間（西元三〇七——三一三年），羯人石勒攻城略地，俘獲甚眾，並於西元三一九年稱趙王，建立後趙政權。石勒嘗在冀州集衣冠人物為「君子營」，凡真有才幹之士人，大都量才錄用。荀綽既「沒於石勒，為勒參軍」，居留冀州，因有《冀州記》之作，記有張叔遼「著〈自然好學論〉，在《嵇康集》」，與今本《嵇康集》內容相合，他的記述是可信的。其時距嵇康被殺僅六十年左右，距張叔遼之死才二十幾年，是我們今天所能見到的著錄《嵇康集》之最早文獻資料。《冀州記》原書已佚，《三國志》裴松之注多次稱引，《世說新語》注、《文選》注亦每引用，《太平御覽》卷二百四十七並引，足證荀綽確有此書。

㈡東晉時期

東晉王朝是南渡士族亦即僑姓士族和當地的吳姓士族聯合起來，支持司馬氏稱帝的政權。王導、王敦為首的琅玡王氏，是擁立司馬睿的主力。王導從安東司馬到丞相，執政權於朝內，提倡「儉以足用」，主張「鎮之以靜，群情自安」（《晉書・王導傳》）。「舊云，王丞相過江左，止道〈聲無哀樂〉（嵇康著）、〈養生〉（嵇康著）、〈言盡意〉（歐陽建著）三理而已。」（《世說新語・文學》）三論之中，嵇康居其二，可見王導對嵇康的作品，對嵇康的精神，是何等推崇！無怪乎東晉秘書監孫盛（約西元三一〇——三八〇年間）在所著《魏氏春秋》中稱「康所著諸文論六、七萬言，皆為世所玩詠」（《三國志・魏書・王粲傳》附裴松之注引）了。

(三)南朝蕭梁時期

《嵇康集》十五卷錄一卷。著錄在《隋書・經籍志》。《隋書》十志，實為梁、陳、北齊、北周、隋五代而作，又稱《五代史志》。魏徵（西元五八〇——六四三年）撰〈經籍志〉時，根據隋代國家藏書中至唐初仍見存者著錄書名、卷數、著者，同時附錄梁代藏書，以明自梁歷陳、齊、周、隋，圖書之散佚殘缺，足資考證。魏徵之時，梁代國家藏書早已不復存在，但據《梁天監六年四部目錄》、《梁東宮四部目錄》、《文德殿四部目錄》、《七錄》等梁代公私藏書目錄迻錄，著錄依據是可靠的。

(四)隋

《嵇康集》十三卷。著錄於《隋書・經籍志》。唐初得隋煬帝東都藏書，「命司農少卿宋遵貴載之以船，泝河西上，將致京師，行經底柱，多被漂沒，其所存者，十不一二；其目錄亦為所漸濡，時有殘缺。今考見存，分為四部，合條為一萬四千四百六十六部，有八萬九千六百六十六卷。」（〈隋書經籍志序〉）其經部春秋家著錄「《春秋左氏傳音》三卷，魏中散大夫嵇康撰」；史部雜傳類著錄「《聖賢高士傳贊》三卷，嵇康撰周續之注」；集部別集類著錄「魏中散大夫《嵇康集》十三卷」。這一著錄表明，《嵇康集》等三種十九卷，唐初都「見存」，只是跟梁代相比，《嵇康集》佚二卷並錄一卷。

(五)唐

《嵇康集》十五卷。著錄於《唐書・經籍志》、《新唐書・藝文志》。五代（石）晉時期（西元九三六——九四六年）劉昫等纂修《唐書・經籍志》，其時唐代藏書大多散佚，劉昫等但據唐玄宗開元九年（西元七二一年）元行沖奏上《開元群書四部錄》二百卷及稍後之毋煚撰《古今書錄》四十卷迻錄。宋仁宗慶曆四年至嘉祐五年（西元一〇四四——一〇六〇年），歐陽修等纂修《新唐書・藝文志》，亦係根據開元書目而成，只是增補了開元以後作家一千三百九十家，一萬三千零二十七卷而已。所載《嵇康集》十五卷，姚振宗認為「或並《左傳音》、《聖賢高士傳》、《嵇荀錄》及他家贈答詩文，合為一編者。」（《隋書經籍志考證》）周樹人認為：《嵇康集》「在梁有十五卷，錄一卷。至隋佚二卷。唐世復出，而失其〈錄〉。」（〈嵇康集序〉）

(六)宋

《嵇康集》十卷。著錄於《崇文總目》。王堯臣、歐陽修等編成於宋仁宗慶曆元年（西元一〇四一年），三年之後，歐陽修才奉敕纂修《新唐書》，其〈藝文志〉著錄「《嵇康集》十五卷」，非見存圖書可知也。晁公武《郡齋讀書志》：「《嵇康集》十卷。右魏嵇康叔夜，譙國人。康美詞氣，有風儀；土木形骸，不自藻飾；學不師授，博覽該通；長好《莊》、《老》，屬文玄遠；以魏宗室婚，拜中散大夫；景元初，鍾會譖於晉文帝，遇害。」（宋理宗淳祐九年袁州刊本卷四上）陳振孫《直齋書錄解題》：「《嵇中散集》十卷。魏中散大夫譙嵇叔夜撰。本姓奚，自會稽徙譙之銍縣嵇山，家其側，遂氏焉。取『稽』字之上，志其本也。所著文論六、七萬言，今存于世者，僅如此。」（清乾隆四庫館輯錄《永樂大典》本卷十六）王楙《野客叢書》卷八：「僕得毘陵賀方回家所藏繕寫《嵇康集》十卷，有詩六十八首，……集又有〈宅無吉凶攝生論〉難上、中、下三篇，〈難張叔遼自然好學論〉一首，〈管蔡論〉、〈釋私論〉、〈明膽論〉等文，其詞旨玄遠，率根於理，讀之可想見當時之風致。《崇文總目》謂『《嵇康集》十卷』，正此本耳。〈唐藝文志〉謂『《嵇康集》十五卷』，不知『五卷』謂何？」元代中葉，脫脫等裁併宋代國史志及館閣書目，撰修《宋史・藝文志》，亦著錄「《嵇康集》十卷」。

(七)元

《嵇康集》十卷。著錄於馬端臨《文獻通考・經籍考》。

(八)明

《嵇中散集》十卷。傳本：(1)明嘉靖四年（西元一五二五年）黃省曾刊本，凡詩四十七篇、賦一篇、書二篇、雜著二篇、論九篇、箴一篇、家誡一篇，而雜著中〈嵇荀錄〉一篇，有錄無書，實共詩文六十二篇，跟王楙所見宋本篇數不同，又有散佚，《四庫提要》認為「非宋本之舊，蓋明嘉靖乙酉吳縣黃省曾重輯也」。(2)明萬曆中新安程榮校刊本，較多異文，然大略仍與黃本不甚遠。(3)明萬曆天啟間新安汪氏刊本，收入汪士賢編輯《漢魏諸名家集》中。(4)明婁東張氏刊本，收入張溥編輯《漢魏六朝百三名家集》（又名《漢魏六朝一百三家集》）中，源出黃本，總為一卷，增〈懷香賦〉一首、〈原憲〉等贊六首，而不附贈答論難諸原作。(5)明張燮刊本，亦出黃本，惟變亂次第，改為六卷。

上述五種傳本，大體以黃省曾本為代表，一是書名改題《嵇中散集》，二是內容減少（如〈宅無吉凶攝生論〉難下全佚等），惟篇帙仍標「十卷」，與宋本相同而已。

考明人傳本中，有明成化、弘治間長州藏書家吳寬（西元一四三五——一五〇四年）叢書堂鈔本一部，謂源出宋本，為世所重。其書歷經吳門汪伯子（念貽）、張燕昌（芑堂）、鮑廷博（淥飲）、黃丕烈（蕘圃）、王雨樓諸家收藏，王氏並藏過錄副本一部（有道光十五年吳縣吳志忠字有堂別號妙道人校跋、道光二十七年烏程程餘慶校跋）。其副本後歸歸安陸心源皕宋樓，《皕宋樓藏書志》云：「余以明刊本校之，知明本脫落甚多。〈答難養生論〉『不殊於榆柳也』下脫『然松柏之生，各以良殖遂性，若養松於灰壤』三句；〈聲無哀樂論〉『人情以躁靜』下脫『專散為應，譬猶遊觀於都肆，則目濫而情放；留察於曲度，則思靜』二十五字；〈明膽論〉『夫惟至』下脫『明能無所惑，至膽』七字；〈答釋難宅無吉凶攝生論〉『為卜無所益也』下脫『若得無恙，為相敗於卜，何云成相耶』二句；『未若所不知』下脫『者眾，此較通世之常滯，然智所不知』十四字，及『不可以妄求也』脫『以』字，誤『求』為『論』，遂至不成文義。其餘單詞隻句，足以校補誤字缺文者，不可條舉。書貴舊鈔，良有以也。」王雨樓所藏正本（吳氏叢書堂校宋鈔本）後歸學部圖書館，繆荃孫《學部圖書館善本書目》著錄；民國初歸京師圖書館，周樹人寓目，亟寫得之，復取傳世諸本比勘，著其同異，於民國十三年完成輯校，民國二十七年六月排印《嵇康集》十卷，輯入《魯迅全集》第九卷；西元一九五六年文學古籍刊行社又影印出版魯迅校正稿本。周氏〈序〉稱：「細審此本，似與黃省曾所刻同出一祖。惟黃刻率意妄改，此本遂得稍稍勝之。然經朱墨校後，則又漸近黃刻。所幸校不甚密，故留遺佳字尚復不少。中散遺文，世間已無更善于此者矣。」「又審舊鈔原亦不足十卷。其第一卷有闕葉；第二卷佚前，有人以〈琴賦〉足之；第三卷佚後，有人以〈養生論〉足之；第九卷當為〈難宅無吉凶攝生論〉下，而全佚；則分第六卷中之〈自然好學論〉等二篇為第七卷，改第七、第八卷為八、九兩卷，以為完書。黃、汪、程三家本皆如此，今亦不改。蓋較王楙所見之繕寫十卷本，卷數無異，而實佚其一卷及兩半卷矣。」

通過對嵇康作品傳播史的考察，我們可以得出如下的幾點認識：(1)嵇康詩文，至遲到西晉時期已經結集，書名叫作《嵇康集》；(2)自西晉至元朝，嵇康的詩文集一直題作《嵇康集》；(3)明代以後，始改題作《嵇中散集》（今本《直齋書錄解題》作《嵇中散集》者，以其輯自明《永樂大典》本，陳振孫原書失傳，而元代馬端臨《文獻通考·經籍考》引陳氏《解題》作《嵇康集》可證）；(4)《嵇康集》卷數，南朝蕭梁時有十五卷錄一卷，隋代存十三卷，北宋以後存十卷，明代又佚兩卷，傳世僅八卷左右，今亦無從補救；(5)《嵇康集》版本，宋元本未見，唯明本六種，清本數種耳，目前所知學界公認明吳寬叢書堂鈔宋本最為善本，周樹人（魯迅）迻錄輯校，前後達十餘遍，可謂精校本。因此，我們選用一九五六年文學古籍刊行社影印周樹人手鈔手校《嵇康集》十卷為底本，參以別本，擇善而從，以求得近真的正文，在這個基礎之上展開注釋和語譯工作。在撰寫導讀、題解、章旨以及注釋、語譯過程中，既勇於表露自己的見解，師心以遣論；亦致力於搜集、整理、融合歷代學者的研究心得，在繼承中求得發展，只是限於本書的體例，未能一一注出，在此一併致謝！陳安君女士，麻亞煒女士，曾給我許多具體的幫助，我要向她們表示特別的感謝！

崔富章

丙子冬至日識於

杭州大學河南宿舍

第一卷

五言古風一首

【題解】明成化、弘治年間，長州（吳縣，蘇州）藏書家吳寬（西元一四三五——一五〇四年）叢書堂鈔本《嵇康集》十卷，集前目錄首列「五言古風一首」，而卷端題作「五言」，下注云：「一本作古意。」墨校（不知出何人之手）改題「五言古意一首」。西元一九一三年，紹興周樹人（魯迅）據吳寬鈔本（時藏京師圖書館）寫出，於此篇從墨校改題「五言古意一首」，集前目錄並改。今仍以吳鈔本集前目錄所列篇題為準，題作「五言古風」。

這是一首五言古體詩。近體詩（律詩）形成以前，除楚辭體的各種詩歌體裁，也稱作古詩、古風。古體詩格律比較自由，不拘對仗、平仄，篇幅長短不限，句子可以整齊劃一為四言、五言、六言、七言體，也可雜用長短句，隨意變化，為雜言體。嵇康創作有四言、五言、六言、七言體詩歌，亦有雜言體，均屬古體詩（古風）範圍。

這首五言詩，舊注多以為屬贈兄秀才公穆入軍詩。細讀之，但覺詩人超世絕俗之情溢於言表，並發出「安得反初服」這般沈痛、幾近絕望的呼喊，不會是早年之作。可能寫於三十六歲那年被迫別婦拋雛避難河東途中，「單雄翩獨逝，哀吟傷生離」，「徘徊戀儔侶，慷慨高山陂」，正是詩人旅途中的自我寫照。

全詩二十八句。前八句寫雙鸞生活在自然之中，和諧自得；中間八句寫管理山林的官員布置羅網，雙鸞被「長纓」所縛；最後十二句寫雄鸞不得已獨自飛走，慷慨悲歌：「安得反初服，抱玉寶六奇。」幻想著潔身自好，再次自由遨遊於雲天之間。詩人以較多的篇幅著力描寫雙鸞的生活情態及其不幸遭遇，筆法細膩，語意雙關，形象地揭露了魏晉易代之際險惡的政治環境（雲網塞四區，高羅正參差），表明詩人絕不與司馬氏合作的堅定志向。這首詩，曾受到鍾嶸的高度讚揚：「叔夜〈雙鸞〉，五言之警策者也。」（〈詩品序〉）

雙鸞匿景曜❶，戢翼太山崖❷。抗首嗽朝露❸，晞陽振羽儀❹。長鳴
戲雲中，時下息蘭池❺。自謂絕塵埃，終始永不虧❻。何意世多艱，虞
人來我維❼。雲網塞四區❽，高羅正參差❾。奮迅勢不便，六翮❿無所施。
隱姿就長纓⓫，卒為時所羈⓬。單雄翩獨逝⓭，哀吟傷生離。徘徊戀儔侶，
慷慨高山陂⓮。鳥盡良弓藏，謀極身必危⓯。吉凶雖在己，世路多嶮巇⓰。

安得反初服⑰，抱玉寶六奇⑱。逍遙遊太清⑲，攜手相追隨。

【注釋】❶雙鸞匿景曜　雙鸞藏匿了靈異不凡的光彩。鸞，傳說中鳳凰一類的鳥。《說文》：「鸞，亦神靈之精也，赤色五彩，雞形，鳴中五音，頌聲作則至。」《逸周書・王會》記載：周成王時，氐羌獻鸞鳥。許慎「頌聲作則至」一語，指的就是周成王之世。匿，藏。景曜，靈異出眾的光彩。景，大。曜，光；明亮。❷戢翼太山崖　收斂羽翼棲息在泰山之崖。戢，斂。太山，泰山。❸抗首嗽朝露　昂首吮吸清晨的露珠。抗，舉；昂。嗽，吮吸。❹晞陽振羽儀　面對朝陽整理著羽毛的儀飾。晞，曬。振，通「整」。整頓；整理。儀，儀飾；儀表；儀容。《周易・漸卦》：「上九，鴻漸于陸，其羽可用為儀，吉。」（上九，大雁飛行漸進於高山，羽毛可作潔美的儀飾，吉祥。）〈漸卦〉闡明循序漸進之理，「鴻」（大雁）飛所歷，由低漸高，由近漸遠，直至「上九」高位，儀型萬方。詩人暗用其典，故「振」字不作「奮迅」、「振迅」解。❺時下息蘭池　蘭池，長滿蘭草的池塘。《周易・漸卦》中的「鴻」（大雁）是水鳥，詩人心目中的「鸞」恐亦近似，故云「時下息蘭池」也。❻自謂絕塵埃終始永不虧　隨天地更生變化永不虧損。《莊子・達生》：「形精不虧，是謂能移。」（形體和精神不受虧損，就叫做能夠推移造化。）詩人暗用其意，謂雙鸞往來於太山之崖、雲中、蘭池等「絕塵埃」之地，能夠隨自然更生變化，形（身）精（心）永不會虧損。❼虞人來我維　掌管山澤的官員來捕捉我。虞人，古代掌管山澤的官稱「虞」或「虞人」。維，繫物的大繩。這裡是繫、縛的意思。（「維」通「惟」。考慮；計度。「我維」即謀算（算計）我之意，亦可通。）❽雲網塞四區　雲一般的大網布滿四方。四區，四方。❾高羅正參差　高高的鳥網正在上下鋪張。羅，捕鳥的網。參差，不齊貌。形容鳥網多。❿六翮　鳥的翅膀。翮，鳥羽莖下端中空部分。這裡指長在兩翼的大羽毛。揚雄〈連珠〉：「鸞鳳養六翮以淩雲。」⓫隱姿就長纓　隱沒天姿忍受繩索的束縛。隱，隱沒；漸漸看不見。就，歸；趨；從。這裡是就範的意思。長纓，長繩索。《漢書・終軍傳》：「軍自請：「願受長纓，必羈南越王而致之闕下！」」顏師古注：「言如馬羈也。」詩人的意思是鸞鳥被長纓縛住。❿卒為時所羈　終於被時世所羈縻。時，時世；時勢。羈，羈縻；羈絆；繫住。⓭單雄翩獨逝　孤單的雄鸞迅猛疾飛獨自遠去。翩，疾飛貌。逝，往；去。⓮陂　山坡。⓯鳥盡良弓藏二句　飛鳥打盡良弓就被收藏起來，智謀用盡自身必遭危亡。謀，智謀；謀劃。極，窮極；窮盡。《史記・淮陰侯列傳》記載韓信被劉邦逮捕以後，感慨道：「果若人言：『狡兔死，良狗亨（烹）；高鳥盡，良弓藏；敵國破，謀臣亡。』天下已定，我固當亨（烹）。」詩人暗用其事。⓰嶮巇　艱險難行貌。⓱安得反初服　怎樣才能掙脫羈縻（拋棄名位）返回原來的純潔狀態呢？反，同「返」。初服，當初未入仕時的服飾。指入仕前的純潔美好狀態。屈原〈離騷〉：「進不入以離憂兮，退將復修吾初服。」（進仕朝廷未被真正接納，反而遭到了罪戾，現在要潔身隱退，繼續進修原有的品德。）⓲抱玉寶六奇　懷抱美玉珍藏奇計。抱玉，指懷抱自然美質。《老子》七十章：「聖人被褐懷玉。」（聖人好似外面穿著粗布衣服，懷內藏著寶玉。）言隱藏不外露。寶六奇，珍愛才智。寶，寶貴；珍愛。六奇，六出奇計。泛指出奇制勝的過人智謀。語出《史記・陳丞相世家》：「（陳平）凡六出奇計，輒益邑，凡六益封。奇計或頗秘，世莫能聞也。」⓳太清　道家所認為的最完美的境界，三清境（玉清、上清、太清）之一。這裡泛指仙境。

【語　譯】雙鸞隱藏了靈異不凡的光彩，收斂羽翼棲息在泰山之崖巔。昂首吮吸清晨的露珠，在朝陽裡整理著美如裝飾的羽毛。引頸長鳴嬉戲在白雲中，時而飛落停息在蘭草叢生的池塘邊。自以為斷絕了世俗塵埃，隨天地自然更生變化永不虧損。誰料想世事這麼多艱險，掌管山澤的官吏正在算計我。雲一般的大網布滿四方，高高的鳥網正在上下鋪張。迅猛疾飛勢所不便，強勁的翅膀無法施展。只好隱沒天姿忍受繩索的束縛，終於被時世所羈縻。孤單的雄鸞翻騰疾飛獨自遠去，哀聲吟唱著生離的悲傷。它依戀伴侶徘徊不前，慷慨悲歌在高高的山坡上。飛鳥打盡了良弓就要被收藏，智謀用盡自身必遭危亡。吉凶雖然在自己，世路卻是多麼艱險難行。怎樣才能回復當初自然的生活狀態，懷抱美玉珍藏智謀，逍遙遨遊於太清聖境，手拉著手啊長相隨！

四言十八首贈兄秀才入軍

【題解】這組詩題為〈四言十八首贈兄秀才入軍〉，當是嵇康為其兄嵇喜從軍而作。嵇喜，字公穆，舉秀才，「入軍」當在其後不久。司馬氏代魏之後，嵇喜曾任徐州、揚州刺史，官至太僕、宗正卿（九卿之一，掌管皇族宗室事務等）。嵇喜、嵇康兩兄弟的生活態度很不一樣，但在早年當未形成尖銳衝突。嵇康在詩中抒發了別離思念之情，表現得頗為淒婉、感傷，處處流露出對仕途兇險的擔憂和失去知己的孤獨寂寞。詩歌以豐富的想像，表明詩人的心跡：託好老莊，「俯仰自得，遊心泰玄」；「乘風高逝，遠登靈丘（崑崙山上仙人出沒之地）」；「寂乎無累（沒有世俗功利牽累），何求于人？」本詩在寫作上受《詩經》影響較大，運用四言形式，甚至採用《詩經》成句，託物言志，一唱三嘆，情致悠遠。「目送歸鴻，手揮五弦」等被傳為千古名句，東晉畫家顧愷之據此意境畫出嵇康圖像。

從這十八首詩的內容來看，恐不盡是贈兄之作，「自非盡為一時之作，後人編輯歸入一題耳」（戴明揚《嵇康集校注》）。亦有人認為「其中兼有贈答，而不盡叔夜之作」（逯欽立《漢魏六朝文學論集》），大約是錯簡所致。這些意見，都值得參考。

鴛鴦于飛❶，肅肅❷其羽。朝遊高原，夕宿蘭渚❸。邕邕❹和鳴，顧眄儔侶❺。俛仰慷慨❻，優游容與❼。

【注　釋】❶鴛鴦于飛　一對鴛鴦在飛著。鴛鴦，鳥類，雌雄偶居不離，古稱「匹鳥」，後因此比喻夫婦。此處以鴛鴦喻兄弟。❷肅肅　羽聲。❸蘭渚　長滿蘭草的小洲。渚，水中的小塊陸地。《爾雅・釋水》：「水中可居者曰洲，小洲曰渚。」❹邕邕　和鳴聲。❺顧眄儔侶　回頭斜視伴侶。眄，斜視。底本作「盻」。周樹人校曰：「類聚作眄，黃本及《詩紀》並作眄。」今據改。儔侶，伴侶。❻俛仰慷慨　一會兒仰頭，一會兒低頭，相隨著非常快樂。俛，「俯」的異體字。慷慨，康樂。❼優游容與　自由自在，相互嬉戲。優游，悠閑自樂。容與，遊戲貌。

【語　譯】一對鴛鴦飛啊飛，美麗的羽毛肅肅有聲。早晨遨遊在高高的平原上，夜晚棲宿在蘭草的小洲中。協調的和鳴聲邕邕動聽，回頭再看看自己的伴侶。忽而仰面時而低首，嬉戲相隨，悠閑歡樂。

鴛鴦于飛，嘯侶命儔❶。朝遊高原，夕宿中洲❷。交頸振翼，容與清流。咀嚼蘭蕙❸，俛仰優游。

【注　釋】❶嘯侶命儔　呼喚自己的伴侶。嘯、命，皆指呼叫，呼喚。❷中洲　洲中，水中可居之地曰洲。❸蘭蕙　香草。

【語　譯】一對鴛鴦飛啊飛，聲聲呼喚自己的伴侶。早晨遨遊在高高的平原上，夜晚棲居在美麗的沙洲中。交頸相吻振翼修容，嬉戲相隨在清清流水中。咀嚼著芳香的蕙蘭，忽而仰面時而低首，多麼悠閑歡樂。

泳彼長川，言息其滸❶；陟❷彼高岡，言刈其楚❸。嗟我征邁❹，獨行踽踽❺；仰彼凱風❻，泣涕如雨。

【注　釋】❶言息其滸　在水邊上停息。言，語詞，用在動詞前面。無義。滸，水涯。❷陟　升；登。❸言刈其楚　割取荊草。刈，割。楚，灌木名。即牡荊，古人常用它來贈親友。❹征邁　行走。❺踽踽　孤獨貌。《毛傳》：「踽踽，無所親也。」❻凱風　南風。

【語　譯】我浮游在浩浩的長流中，只有在水邊停息一會兒；我登上那高高的山岡，割取荊棘當燭燒。可嘆我踏上征途，無親無友，從此孤獨行走；仰面吹著那南風，我傷心痛哭淚如雨流。

泳彼長川，言息其沚❶；陟彼高岡，言刈其杞❷。嗟我獨征，靡瞻靡恃❸；仰彼凱風，載坐載起❹。

【注釋】❶沚　水中的小洲。❷杞　枸杞，俗稱枸杞子，可作藥。❸靡瞻靡恃　沒有瞻仰依恃之人。即孤獨無依。魏文帝〈短歌行〉：「靡瞻靡恃，泣涕漣漣。」❹載坐載起　又是坐下，又是站起。指坐立不安心神不定的樣子。載，則；又。

【語譯】我浮游在那浩浩的長流中，憩息在水中的小洲上；我登上那高高的山岡，採些枸杞嘗一嘗。可嘆我獨自踏上征途，無依無靠沒有親友；仰面吹著那南風，我坐立不安心緒波動。

穆穆惠風❶，扇彼輕塵；奕奕素波❷，轉此游鱗❸。伊我之勞❹，有懷遐人❺。寤❻言永思，實鍾所親❼。

【注釋】❶穆穆惠風　柔和的清風。穆，溫和。惠，恩惠；好。❷奕奕素波　浩浩的白浪水波。奕，盛；大。素，白。❸轉此游鱗　魚兒在水波中翻滾暢游。鱗，魚類。❹伊我之勞　我那憂傷啊。伊，發語詞。無義。❺遐人　遠方的人。遐，遠。周樹人校曰：「各本作佳」，亦可通。❻寤　睡醒。❼實鍾所親　思念之情凝聚在兄長身上。鍾，聚集。所親，所親的人。此處指入軍的嵇喜。

【語譯】柔和的清風，扇起那輕輕的塵埃；浩蕩的水波，讓魚兒翻騰暢游。我心中的憂傷啊，是想著遠行的親人。夢醒之後長久的思念，只因繫情我的長兄。

所親安在？舍我遠邁。棄此蓀芷❶，襲彼蕭艾❷。雖曰幽深❸，豈無顛沛？言念君子，不遐有害❹。

【注　釋】❶蓀芷　香草。❷襲彼蕭艾　穿上官服。襲，衣上加衣。司馬相如〈上林賦〉：「襲朝服。」蕭、艾，賤草。此處用香草比喻隱居時穿的衣服，用賤草比喻入仕後穿的官服。❸幽深　昏暗深遠的地方。指有香草生長的地方。張衡〈怨詩〉：「雖曰幽深，厥美彌嘉。」❹不遐有害　不無有害。馬瑞辰《毛詩傳箋通釋》云：「不遐」即「不無」。

【語　譯】兄長啊你在何方？拋下我獨行遠方。捨棄了美如香草的初服，穿上了賤如惡草的官服。雖說窮居像幽深昏暗卻有芬芳，仕途兇險難道就沒有顛仆？想起你君子的高尚，恐怕會禍至遭殃。

人生壽促❶，天地長久❷。百年之期❸，孰云其壽？思欲登仙，以濟不朽。攬轡踟躕❹，仰顧我友。

【注　釋】❶壽促　壽命短促。❷天地長久　天地是永存的。魏武帝〈秋胡行〉：「天地何長久，人道居之短。」❸百年之期　人的壽命期限。鄭玄注《禮記‧曲禮上》：「人壽以百年為期。」❹攬轡踟躕　拉住馬的繮繩徘徊不前。轡，駕馭牲口的繮繩。踟躕，徘徊不進；猶豫。

【語　譯】人的生命多麼短促，天地浩渺才永世長存。即使活到百歲，誰說就是長壽？很想羽化成仙，成為永不腐朽的生命。我牽著馬兒在路邊徘徊，抬頭望著遠方的親友。

我友焉之❶？隔茲山梁❷。誰謂河❸廣？一葦可航❹。徒恨永離，逝彼路長❺。瞻仰弗及，徙倚彷徨。

【注釋】❶焉之　往何處去。焉，哪裡。之，往；到。❷隔茲山梁　隔著這山山水水。茲，此；這。梁，橋。❸河　指黃河。❹一葦可航　一片葦葉就可以渡河。葦，蘆葦葉。喻小舟。航，渡。❺逝彼路長　去路遙遠。逝，去；往。

【語譯】我的朋友啊你在何方？隔著千山萬水怎麼相望。誰說黃河無邊無際多麼寬廣，一片葦葉便可渡河。只恨你我別離太久，去路遙遙沒有盡頭。仰面眺望不見你的容顏，只是彷徨心中憂愁。

良馬既閑❶，麗服有暉❷。左攬繁若❸，右接忘歸❹。風馳電逝，躡景追飛❺。凌厲中原❻，顧盼生姿❼。

【注釋】❶良馬既閑　好馬已經受過訓練。閑，習；熟練。《詩・大雅・卷阿》：「君子之馬，既閑且馳。」❷暉　光輝。❸繁若　又作「繁弱」。大弓名。❹右接忘歸　右手將箭插在弓弦上。接，插。忘歸，良箭名。《新序》：「楚王載繁弱之弓，忘歸之矢，以射兕於雲夢。」❺躡景追飛　追飛逐影。躡，追逐。景，同「影」。飛，飛鳥。❻凌厲中原　飛馳遼闊的原野中。凌厲，迅疾勇猛。❼顧盼生姿　一顧一盼都顯示英武的姿態。盼，看。

【語　譯】良馬已經訓練得很熟練，漂亮的戎裝熠熠生輝。左手握著「繁若」大弓，右手按插著「忘歸」名箭。風馳電閃，追飛掠影。迅猛馳向遼闊的原野，一顧一盼都顯示英雄的姿態。

攜我好仇❶，載我輕車❷，南凌長阜❸，北厲❹清渠。仰落驚鴻❺，
俯引❻淵魚，盤遊于田❼，其樂只且❽。

【注　釋】❶仇　伴侶。此指秀才軍中之伴侶。❷輕車　戰車。此處謂以戰車為獵。❸南淩長阜　向南直登連綿的山坡。淩，或作「凌」。升；登。阜，土丘。❹厲　渡。❺仰落驚鴻　仰面擊落天上的大雁。落，擊落。驚鴻，大雁。曹植〈洛神賦〉：「翩若驚鴻。」❻引　取。❼盤遊于田　盤桓往來於打獵中。盤遊，盤桓往來。田，田獵。❽只且　表示歡快的語氣詞。

【語　譯】手挽著我的好朋友，乘上那沒有遮蓋的戰車，向南直登連綿的山坡，往北渡過清清的溝渠。仰頭擊落天上的大雁，俯首捕捉深淵中的魚。盤桓往來在田獵中，其樂實在無窮。

淩高遠眄❶，俯仰咨嗟❷。怨彼幽縶❸，邈爾路遐❹。雖有好音，誰
與清歌？雖有朱顏，誰與發華？仰訴高雲，俯託清波。乘流遠遁❺，抱
恨山阿❻。

【注釋】❶淩高遠眄　登高遠望。眄，看。❷俯仰咨嗟　俯視仰望，無不感嘆。咨嗟，表感嘆。❸怨彼幽縶　怨恨那無形的幽禁。怨，底本作「宛」。周樹人校曰：「各本作怨。」今據改。縶，繫住。❹邈邇路遐　路途遙遠。邈邇，路遠貌。底本作「室邇」。周樹人校曰：「各本作邈邇。」今據改。❺遁　逃跑。❻山阿　山的曲隅處。此指葬身之地。《漢書・王嘉傳》：「死者不抱恨而入地。」

【語譯】我登上高處遠望，俯首仰面無不感傷。怨恨那無形的幽禁，路途竟如此遙遙。雖有美妙的音樂，誰能與我同聲歌唱？雖有青春的容顏，誰來看我的華光煥發？仰面向白雲傾訴衷腸，低頭託水波轉達哀傷。讓我乘著清流走得遠遠的，抱恨終身在深山窩。

輕車迅邁，息彼長林。春木載榮❶，布葉垂陰❷。習習谷風❸，吹我素琴。咬咬❹黃鳥，顧儔弄音❺。感寤❻馳情，思我所欽❼。心之憂矣，永嘯長吟。

【注釋】❶春木載榮　春天的樹木長滿了綠葉。載，充滿。《詩・大雅・生民》：「厥聲載路。」榮，草。此指樹上的葉子。《爾雅》：「木謂之華，草謂之榮。」❷布葉垂陰　鋪滿了樹葉投下的陰影。布，鋪。❸習習谷風　東風吹得多和煦。《毛詩傳》：「習習，和舒貌；東風謂之谷風。」❹咬咬　鳥鳴聲。❺顧儔弄音　向伴侶炫耀自己美妙的聲音。古歌曰：「黃鳥鳴相追，咬咬弄好音。」儔，伴侶。底本作「疇」。周樹人校曰：「各本作儔。」今據改。弄，戲弄；表現。❻寤　覺悟。❼所欽　所敬重的人。欽，敬。

【語　譯】輕車奔馳，停息在樹林裡。綠葉滿枝，垂落一片濃蔭。徐徐東風，吹得琴兒弦動。黃鳥咬咬，向著伴兒歌唱。感悟馳情，想起素所敬重的你。心中憂傷，唯有長嘯低吟。

浩浩洪流，帶我邦畿❶；萋萋❷綠林，奮榮揚暉❸。魚龍瀺灂❹，山鳥群飛；駕言遊之❺，日夕忘歸。思我良朋，如渴如飢；願言不獲❻，愴矣其悲❼。

【注　釋】❶帶我邦畿　河流縈繞我的家鄉。帶，帶子。用作動詞。邦畿，古代指直轄於天子的疆域。《詩・商頌・玄鳥》：「邦畿千里，維民所止。」❷萋萋　草木茂盛的樣子。❸奮榮揚暉　花兒含苞欲放發出光輝。古詩：「含英揚光輝。」❹瀺灂　水流聲。宋玉〈高唐賦〉：「巨石溺之瀺灂。」❺駕言遊之　駕車出遊。言，助詞，無義。❻願言不獲　想念你而不能見到你。願，念。《詩・邶風・二子乘舟》：「願言思子。」❼愴矣其悲　其悲愴矣。愴，悲傷。

【語　譯】浩浩蕩蕩的流水，縈繞我美麗的家鄉；蔥蔥蘢蘢的綠樹林裡，花兒含苞欲放閃出光輝。魚龍伴著潺潺水聲，群群山鳥已經高飛；駕著車兒遊山玩水，心中惆悵日暮忘歸。思念我的好友，如渴如飢；想你而不能見你，悲傷難已。

息徒蘭圃❶，秣馬華山❷；流磻平皐❸，垂綸長川❹。目送歸鴻，手揮五弦。俯仰自得，遊心泰玄❺。嘉彼釣叟，得魚忘筌❻。郢人逝矣，誰可盡言❼？

【注釋】❶息徒蘭圃　大家在長著蘭草的田園裡休息。徒，眾。蘭圃，長著蘭草的田園。❷秣馬華山　讓馬兒在長滿花草的山上餵養。秣，養。華山，長著花草的山。❸流磻平皐　在平坦的草澤地上射箭擊鳥。磻，在繫箭的生絲繩上加繫的一塊小石頭。《文選・西京賦》：「磻不特絓（掛，繫），往必加雙。」平，平坦。皐，同「皋」。草澤地。❹垂綸長川　在長河裡釣魚。垂綸，垂釣。綸，繫釣鉤的線。❺遊心泰玄　神遊在大道之中，謂對大道心領神會。泰玄，大道，即道家所謂的精神境界。❻得魚忘筌　得到了魚，忘記了捕魚的竹籠，是「得意忘言」的比喻，謂只要得其本質，一切外在的手段都不顧及了。《莊子・外物》記載：魚簍是寄存魚的工具，捕得了魚之後，就要忘掉魚簍；兔網是寄存兔的工具，抓得了兔之後，就要忘掉兔網；語言是寄存意念的工具，掌握到意念之後，就要忘掉語言。❼郢人逝矣誰可盡言　郢人逝矣，知者已不在了。郢人，楚人。逝，逝世。《莊子・徐无鬼》記載：莊子去為友人送葬，路過惠子的墳墓。莊子對跟從他的人說：「從前有個刷牆的人，他把白土泥塗在自己的鼻尖上，像蒼蠅翅膀那麼薄，他請匠石用斧頭給他砍掉。匠石掄起斧頭，好像刮風一般順勁砍去，把白土泥砍掉了，但傷不著鼻子。刷牆的人立在那裡，面不改色。宋元君聽說這件事情，就把匠石召來，對他說：你試試為我作一下看。匠石說：我本來曾經砍過這個，不過我的對手早已死去了。自從惠先生死後，沒有誰能夠作我的對手了！我沒有可以在一起談論的了！」嵇康用此事說明，像匠石在郢人亡後，莊子在惠子死後一樣，有智慧的朋友已經不在，自己即使有了得道的感悟，也沒有可談的人了。

【語譯】我們在蘭草芬芳的田園裡歇息，讓馬兒在長滿花草的山上放養；在平坦的草澤地上，我們射箭擊鳥，在長河裡我們盡情垂釣。目送大雁千里回歸，手撥琴弦輕輕彈奏。逍遙自在，神遊於自然無為的大道之中。讚賞那釣魚的老翁，捕得了魚就忘掉了竹籠。知己的人兒已經逝去，誰人可與暢談？

閑夜肅清❶，朗月照軒❷，微風動幃❸，組帳高褰❹。旨酒盈樽，莫與交歡。琴瑟在御❺，誰與鼓彈？仰慕同趣❻，其馨若蘭。佳人不存，能不永歎！

【注釋】❶肅清　肅穆冷清。❷軒　長廊的窗戶。❸幃　本作「褘」，今據《文選》袁本注校改。即帷帳。❹組帳高褰　用絲帶把帷帳繫住，高高掛起來。組，絲帶。褰，揭起；掛。❺御　用。《楚辭・九章・涉江》：「腥臊並御，芳不得薄兮。」❻同趣　志趣相投的人。

【語譯】深邃的夜啊！肅穆冷清，明月升起朗照軒窗，微風輕輕吹動帷帳，揭起帷帳高高掛起。杯中的美酒滿滿斟上，無人對飲共享芬芳。琴瑟在前，誰人與我彈奏？思慕志同道合的人，同心的言語如幽蘭馨香。知己的人兒已經遠去，能不長聲悲嘆！

乘風高逝❶，遠登靈丘❷。結好松喬❸，攜手俱遊。朝發泰華❹，夕宿神洲❺。彈琴詠詩，聊以忘憂。

【注　釋】❶乘風高逝　乘風遨遊飛翔。逝，飛。❷靈丘　神話中仙人出沒的地方，傳說在崑崙山上。《楚辭．九懷》：「飛翔兮靈丘。」❸結好松喬　與松喬結友。松，赤松子。《列仙傳》卷上：「赤松子者，神農時雨師也，服水玉（水晶）以教神農，能入火自燒。至崑崙山上，常止西王母石室中，隨風雨上下。」喬，王子喬。《列仙傳》卷上：「王子喬者，周靈王太子晉也。好吹笙作鳳凰鳴，遊伊、洛間，道士浮丘公接以上嵩高山。後於緱山乘白鶴駐山頭，數日，舉手謝時人而去。❹泰華　即「太華」。神話中的山名。《山海經．西山經》：「松果之山，西六十里曰太華之山，削成而四方，其高五千仞，其廣十里。」❺神洲　神話中的地名。《河圖．括地象》：「崑崙東南，地方五千里，名曰神洲。」

【語　譯】乘風飛翔遨遊，登上崑崙山上的靈丘。與赤松子、王子喬結為朋友，攜手一起暢遊。早上從泰華出發，夜晚就宿在神洲。彈著琴兒吟詩唱歌，讓我暫且忘記憂愁。

琴詩可樂，遠遊可珍❶。含道獨往❷，棄智遺身❸。寂乎無累❹，何求于人？長寄靈丘，怡志養神。

【注　釋】❶遠遊可珍　遠遊很可珍貴。《楚辭．遠遊》：「悲時俗之迫阨兮，願輕舉而遠遊。」珍，珍貴。

❷含道獨往　懷著大道，獨來獨往。意思是，與世俗不同流合汙。含，懷。底本作「舍」。周樹人校曰：「黃汪程本作含」，今據改。獨往，《莊子・在宥》：「獨往獨來，是謂獨有。」❸棄智遺身　拋棄智慮，忘記形體的存在。意思是，不與人鬥智謀利，拋棄身外之物，與自然融為一體。《老子》：「絕聖棄智，民利百倍。」❹寂乎無累　內心清靜而沒有世俗的牽累。《莊子・達生》：「棄世則無累。」

【語　譯】彈琴吟詩可以自樂，輕舉遠遊十分珍貴。心懷大道獨來獨往，拋棄智慮把自身遺忘。清寂無為沒有牽累，對人又有什麼可求？永久寄住靈丘仙山，調養精神延年益壽。

流俗難寤❶，逐物不還❷。至人遠鑒❸，歸之自然。萬物為一❹，四海同宅❺。與彼共之，予何所惜。生若浮寄❻，暫見忽終❼。世故紛紜，棄之八戎❽。澤雉❾雖飢，不願園林❿。安能服御⓫，勞形苦心⓬。身貴名賤⓭，榮辱何在？貴得肆志⓮，縱心無悔。

【注　釋】❶流俗難寤　世俗的人很難覺悟。流俗，世俗。俗，底本作「代」。周樹人校曰：「各本作俗。」今據改。寤，覺悟。❷逐物不還　《莊子・天下》：「惠施之才，駘蕩而不得，逐萬物而不反，是窮響以聲，形與影競走也。」意思是，惠施這樣的才學，言辭放蕩而毫無所得；追逐萬物而不肯回頭；他簡直是如同用本聲來窮究應聲，用形體和陰影並走一樣。❸至人遠鑒　最完美的人有遠見卓識。至人，最完美的人。《莊子・逍遙遊》：「不離于真，謂之至人。」遠鑒，看得深遠。❹萬物為一　萬物共為一體。《莊子・齊物論》：「天地與我並生，而萬物與我為一。」❺四海同宅　四海同居一域。宅，居舍。❻生若浮寄　人的生命皆如水上漂浮寄生的小萍草，倏忽即逝。指生命短暫。❼暫見忽終　短暫地顯露一下就終止了。見，同「現」。❽八戎　古稱中原以外的少數民族地區為「八戎」。《史記・商君列傳》：「施德諸侯，而八戎來服。」❾澤雉　水澤中的野鳥。❿不願園林　不想到園林中受困。《莊子・養生主》：「澤雉十步一啄，百步一飲，不蘄畜乎樊中。」⓫安能服御　怎麼能從人的駕御。此指入仕做官。⓬勞形苦心　身體疲勞，精神憔悴。《莊子・漁父》：「苦心勞形，以危其真。」⓭身貴名賤　身體貴重，名聲輕賤。⓮貴得肆志　可貴的是能夠伸展自己的志向。

【語　譯】世俗的人啊很難醒悟，追逐名利不知回顧。完美的人看得深遠，將自己歸於自然。萬物共為一體，四海同居一宅。與君共享自然，我還有什麼愛戀不捨。生命猶如水上浮萍，短暫一現就此消失。世事紛繁，將它拋到邊遠。草澤雉雞雖然飢餓，也不願關在園林飽餐。我怎能入仕聽人擺布，疲勞形體苦惱精神。看重自身，輕賤虛名，榮辱算得了什麼？可貴的是能夠伸展自己的志願。

秀才答四首 附

【題解】這幾首詩是嵇喜對嵇康贈詩的答詩。前三首與嵇康的詩頗有異趣，從詩中所表現的情感可以看出，嵇喜主張順應潮流，趨時而變。他認為入仕乃時代所需，只要有機會就當積極參與。第四首詩則崇尚超凡脫俗，主張遊仙隱居。主旨和風格與前三首不一，似非嵇喜所作，當出自嵇康之手，可能是《嵇康集》在流傳過程中發生闕頁錯簡造成的。

華堂臨浚沼❶，靈芝茂清泉。仰瞻春禽翔，俯察綠水濱❷。消遙步蘭渚❸，感物懷古人。李叟寄周朝❹，莊生遊漆園❺。時至忽蟬蛻❻，變化無常端。

【注釋】❶華堂臨浚沼　華麗的居室面對著深深的池塘。浚沼，深池。浚，深。❷濱　水邊。❸蘭渚　長著蘭草的小洲。❹李叟寄周朝　老子寄身於周朝。指老子也當過官。李叟，指老子。《史記・老子韓非列傳》：「老子者……姓李氏，名耳，字伯陽，謚曰聃。周守藏室之史也。」❺莊生遊漆園　莊子遊歷漆園。指莊子曾在漆園做過小官。莊生，指莊子。《史記・老子韓非列傳》：「莊子者，蒙人也，名周。周嘗為蒙漆園吏。」漆園，地名。❻時至忽蟬蛻　時機一到很快就解脫了。時至，時機來到了。蟬蛻，比喻解脫。《史記・屈原賈生列傳》：

「蟬蛻于澤穢，以浮游塵埃之外。」

【語　譯】華麗的住宅面對著深深的池沼，茂盛的靈芝生長在清清的泉水旁。仰望春天的鳥兒在天空飛翔，俯看綠水中的魚兒游得歡暢。逍遙漫步在長滿蘭草的小洲中，感慨美景，思念古人，又生欣慕。李叟寄身於周朝，莊生遊歷於漆園。時機一到，忽然蟬蛻於濁穢，人生的變化本來就無常。

君子體通變❶，否泰非常理❷。當流則蟻行❸，時逝則鵲起❹。達者鑒通機❺，盛衰為表裏❻。列仙殉❼生命，松喬安足齒？縱軀任世度❽，至人不私己❾。

【注　釋】❶君子體通變　君子能趨時而變，不拘常規。體，體驗；實踐。《荀子・修身》：「好法而行，士也；篤志而體，君子也。」通變，靈活運用，趨時而變。《易・繫辭》：「變通者，趣時者也。」❷否泰非常理　好與壞，禍與福並不是固定不變的。否，壞。泰，好。常理，固定不變的事理。❸當流則蟻行　時勢順應時就像螞蟻一樣堅持不懈，努力前進。當流，順時。❹時逝則鵲起　時勢背逆時就像鵲失去巢穴一樣驚起飛去。比喻見機行事。《文選》謝玄暉〈和伏武昌登孫權故城〉：「鵲起登吳山，鳳翔陵楚甸。」李注引《莊子》佚文：「莊子曰：『鵲上城之垝，巢於高榆之顛，城壞巢折，淩風而起。故君子之居世也，得時則義（蟻）行，失時則鵲起。』」（《藝文類聚》卷八十八、卷九十二亦引《莊子》此語，今本《莊子》無此文。）時逝，時機已經過去了。❺達者鑒通機　通達的人明白變通的機關。❻盛衰為表裏　盛衰互為表裡，不能截然分開。❼殉　求。❽縱軀任世度　放開身軀隨時而用世。度，度量；使用。❾至人不私己　完美的人是不獨愛惜自己的。至人，古代用以指思想道德等某方面達到最高境界的人。不私己，不獨愛自己。《莊子・逍遙遊》：「至人無己。」至人不知道什麼是自己。意思是：去我順物。

【語　譯】君子通達趨時而變，好壞禍福本無常。時勢順應就如螞蟻奮力而行，時勢背逆時就如鵲鳥驚飛。通達的人明白變通的機關，盛衰猶如表裡又怎能分開。眾仙人追求生命不衰，赤松子王子喬又何足與他們並列？放開身軀隨時用世，完美的人從不私愛自己。

達人與物化❶，無俗不可安❷。都邑可優遊❸，何必棲山原？孔父策良駟❹，不云世路難。出處因時資❺，潛躍無常端。保心守道居，覩變安能遷❻？

【注　釋】❶達人與物化　明達的人隨著事物的變化而通變。物化，與事物一同變化。典出《莊子・齊物論》：「昔者莊周夢為蝴蝶，栩栩然蝴蝶也。自喻適志與！不知周也。俄然覺，則蘧蘧然周也。不知周之夢為蝴蝶與？蝴蝶之夢為周與！周與蝴蝶，則必有分矣。此之謂物化。」❷無俗不可安　沒有不可安然處之的世道風俗，隨世而安。❸都邑可優遊　進入都城可以悠閑自在的生活。此指入仕。張衡〈歸田賦〉：「遊都邑以永久。」❹孔父策良駟　孔子駕著車子。孔父，指孔子。《後漢書・申屠剛傳》：「損益之際，孔父攸歎。」《方言》：「凡尊老，南楚謂之父。」駟，四馬。一車四馬。❺出處因時資　出仕隱居隨時代的取用與否。❻覩變安能遷　看到事物的變化，能安也能遷。《禮記・曲禮上》：「安安而能遷。」

【語譯】明達的人與事物一同變化，世道風俗皆可隨處而安。都城可以悠閑自在，又何必居住深山原野。孔子求仕駕車策馬，不說世路茫茫艱難。或出或處隨時用世與否，神龍潛躍本無常規可言。保持心性守道而居，見到變化能安也能遷。

飭車駐駟❶，駕言出遊❷。南厲伊渚❸，北登邙丘❹。青林華茂，青
鳥群嬉。感寤長懷，能不永思？永思伊何❺，思齊大儀❻。凌雲輕邁，
託身靈螭❼。遙集玄圃❽，釋轡華池❾。華木夜光❿，沙棠離離⓫。俯漱
神泉⓬，仰嘰瓊枝⓭。棲心浩素⓮，終始不虧⓯。

【注釋】❶飭車駐駟　整理好車子，四馬站立。飭，通「飾」。正。駐，馬立。❷駕言出遊　駕車出遊。《詩・邶風・泉水》：「駕言出遊，以寫（瀉）我憂。」言，助詞。無義。❸南厲伊渚　往南渡過伊水。厲，渡；涉。伊渚，伊河。《水經》：「伊水東北至洛陽縣。」❹北登邙丘　向北登上邙山。邙丘，邙山。河南洛陽北山上邑。❺永思伊何　為什麼思念得那麼深呢？伊，語氣助詞。無義。❻思齊大儀　思念升登太空。齊，通「躋」。升；登。大儀，同「太儀」。太極；太空。《楚辭・遠遊》：「朝發軔於太儀兮。」❼託身靈螭　身體寄託於神龍。《楚辭・九歌》：「駕兩龍兮驂螭。」螭，無角的龍。❽遙集玄圃　遠遠地停息在仙境裡的花園中。集，停；

止。玄圃，神話中天帝的花園，傳說在崑崙山上。❾釋轡華池　將馬兒釋放在華池。轡，拉住牲口的繮繩。華池，神話中的地名。即瑤池，在崑崙山上。❿華木夜光　若木在夜晚發光。華木，若木。神話中的樹名，一稱太陽神樹，生於太陽升起、降落之處。《楚辭・天問》：「羲和之未揚，若華何光？」注：「日未出之時，若木何能有明赤之光華？」⓫沙棠離離　沙棠果纍纍下垂。沙棠，神木。據說食之可入水不溺。《山海經・西山經》：「崑崙之丘，有木焉，其狀如棠，黃華赤實，其味如李而無核，名曰沙棠，可以御水，食之使人不溺。」離離，果實纍纍顏色鮮明的樣子。⓬神泉　神水。《淮南子・墬形》：「河水，赤水，弱水，洋水，凡四水者，帝之神泉，以和百藥，以潤萬物。」⓭嘰　食。《漢書・司馬相如傳》：「噍咀芝英兮嘰瓊華。」⓮棲心浩素　心棲止在素樸的大道上。⓯不虧　保持自然本性，不受損害。

【語　譯】整飭好車子，四馬站立，快駕車兒去遊玩。南渡伊水，北登邙山。樹林青翠繁茂，青鳥群群嬉鬧。觸景感悟長懷念，豈能不深深的思念？思念得那麼深，心中究竟想什麼？想的是登上太空，乘雲輕行，駕著神龍。我停息在遙遠的玄圃，將馬兒放在崑崙瑤池。若木夜晚閃閃發光，沙棠碩果纍纍滿樹。俯首神泉漱口，仰頭咀食瓊枝。心境純真，始終不損。

幽憤詩一首

【題解】嵇康因呂安事，被誣，繫於獄中，寫下了這首詩，故以「幽憤」名之。呂安是呂巽庶弟，其妻徐氏遭呂巽奸淫。事發後，呂巽因與司馬昭的謀士鍾會關係甚密，故反告呂安誹謗自己，又誣其不孝，呂安因此被囚。嵇康與呂巽、呂安素有交往。呂安曾與嵇康提起過想告發呂巽玷汙其妻，後經嵇康勸說，作罷。呂安入獄後，請嵇康作證，嵇康義不容辭，親自到獄中替呂安辨誣。鍾會本來就對嵇康不滿，乘機勸司馬昭藉此將呂安與嵇康一起殺掉。司馬昭對嵇康耿耿於懷，便接受鍾會惡毒的建議，繫康入獄，終以所謂「清潔王道」而誅康。

嵇康在這首詩中回顧了自己的一生，表達了十分矛盾的心情。字裡行間雖然流露出詩人對自己的任性有點後悔之意，但終究認為自己的主張是正確的。「采薇山阿，散髮巖岫」的結尾仍表明和司馬氏不合作的意思，無論怎樣的政治迫害也不能改變自己的志向和情操。詩歌直抒胸臆，催人淚下。

嗟余薄祜❶，少遭不造❷。哀煢靡識❸，越在繈緥❹。母兄鞠育❺，

有慈無威。恃愛肆姐❻，不訓不師❼。爰及冠帶❽，馮寵自放❾。抗心希

古⑩，任其所尚⑪。託好老莊⑫，賤物貴身。志在守樸⑬，養素全真⑭。曰余不敏，好善闇人⑮。子玉之敗⑯，屢增惟塵⑰。大人含弘⑱，藏垢懷恥⑲。民之多僻⑳，政不由己。惟此褊心㉑，顯明臧否㉒。感悟思愆㉓，怛若創痏㉔。欲寡其過㉕，謗議沸騰㉖。性不傷物㉗，頻致怨憎。昔慚柳下㉘，今愧孫登㉙。內負宿心㉚，外恧良朋㉛。仰慕嚴鄭㉜，樂道㉝閑居。與世無營㉞，神氣晏如㉟。咨予不淑㊱，嬰累多虞㊲。匪降自天，實由頑疏㊳。理弊患結㊴，卒致囹圄㊵。對答鄙訊㊶，縶此幽阻㊷。實恥訟冤㊸，時不我與㊹。雖曰義直，神辱志沮。澡身滄浪㊺，豈云能補。嗈嗈㊻鳴鴈，厲翼北遊。順時而動㊼，得意無憂。嗟我憤歎，曾莫能儔㊽。事與願違，遘茲淹留㊾。窮達有命㊿，亦有何求？古人有言，善莫近名(51)。奉時恭默(52)，咎悔不生(53)。萬石周慎(54)，安親保榮。世務紛紜，祗攪予情。安樂必誡(55)，乃終利貞(56)。煌煌靈芝，一年三秀(57)。予獨何人，有志不就。懲難思復(58)，心焉內疚。庶勗將來(59)，無馨無臭。采薇山阿(60)，散髮巖岫(61)。永嘯長吟，頤性養壽⑫。

【注釋】❶薄祜　福分淺。祜，福。《詩・小雅・信南山》：「受天之祜。」❷不造　家道未成。造，成。❸哀煢靡識　可憐我孤單無靠不懂事。煢，本指沒有兄弟，也泛指孤單。靡識，無知。❹越在繈緥　年幼，尚在繈緥之中。越在，遠在。繈緥，嬰兒包被。❺鞠育　養育。鞠，養。❻恃愛肆姐　靠著母兄的慈愛，縱而成嬌。恃，倚仗。肆，恣；放縱。姐，嬌。「姐」為「嫭」之省，《說文》：「嫭，嬌也。」底本作「姐」。據《讀書續紀》校改。❼不訓不師　不垂訓教，不立師傅。❽爰及冠帶　於是到了成年時。爰，乃；於是。冠帶，加冠束帶，謂成年。❾馮寵自放　依仗寵愛放縱自己。馮，依仗。放，放縱。❿抗心希古　心志高尚，仰慕古人之道。抗，通「亢」。高；高尚。希，通「睎」。企望；仰慕。⓫尚　崇尚。⓬託好老莊　把自己的好樂寄託於老子、莊子之道，恬靜無欲。⓭守樸　守住本性。樸，本質。⓮養素全真　涵養純潔的素質，保全精誠的志向。真，精誠之至；真心。⓯好善闇人　常好善道而不擅長識別人。這裡指錯擇呂巽為友。闇人，不通人事關係。闇，通「暗」。⓰子玉之敗　春秋時楚國大夫子玉因驕傲而打了敗仗，自殺身亡。子玉是楚令尹子文所推舉的，此指用人不當。楚成王將攻打宋國，派子文在睽這個地方練兵。子文為了使子玉有突出的表現，練兵時故意草率疏忽，僅半日就結束，並且沒有懲罰一個人。子玉又在蔿地練兵，一整天才結束。他為人剛暴，軍紀嚴而刑罰酷，用鞭子抽打了七個人，還用箭穿了三個人的耳朵。退職的老臣們紛紛祝賀子文引用了子玉，子文很高興，請大家喝酒。當時蔿賈還年輕（楚國名相孫叔敖之父），他到後，不向子文祝賀。子文問他何故，他說：我不知道該祝賀什麼。子玉如對他國作戰，必致失敗，您所推舉的人對國家無益，我為什麼要祝賀你呢！⓱屢增惟塵　當朝進舉小人一類的事多得如塵沙之積。詩人對呂巽、鍾會等人的穢行十分憤怒，司馬昭聽信讒言是不知人，亦如子文用子玉之不當，這是嵇康諷刺當朝進舉小人之意。屢增，言當時此類事很多。惟，同「維」。無義。塵，塵垢。比喻小人所造成的憂患。⑱大人含弘　天子能含其大道，包容一切。大人，天子；當政者。弘，光大。⑲藏垢懷恥　包藏垢穢，懷納諸恥。比喻藏納了許多無恥小人。懷，藏。垢，汙垢。比喻小人。⑳民之多僻　天子不察臣下之過，致使左右多邪臣。民，臣下。僻，邪僻。㉑惟此褊心　我是如此褊急。這是嵇康對自己的嘲諷，也是對當政者的不滿。惟，發語詞。無義。褊，心胸狹窄；器量小。㉒顯明臧否　使善惡分明。臧，善。否，惡；非。㉓愆　過失。㉔怛若創痏　像揭傷疤似的發痛。怛，痛。創，創傷。痏，傷疤。㉕欲寡其過　想使自己的過失少一些。㉖謗議沸騰　惡毒攻擊的言論很激烈。㉗性不傷物　我的本性不會傷害別人。李善注引《莊子》：「仲尼謂顏回曰：『聖人處物不傷者，物亦不能傷也。』」又荀悅《申鑒・俗嫌》：「仁者內不傷性，外不傷物。」㉘昔慙柳下　我不善於處世而愧對柳下惠。柳下惠做法官，多次地被撤職。有人對他說：「您不可以離開魯國嗎？」他道：「正直地工作，到哪裡去不會被多次地撤職呢？不正直地工作，為什麼一定要離開祖國呢？」慙，同「慚」。慚愧。㉙孫登　與嵇康同時的隱士。當初嵇康在山中採藥，見隱者孫登，想和他交談，但孫登對他默然不應。直到一年後嵇康將離去時，再次去問他：「先生竟然沒有要說的話嗎？」孫登才說：「您才多識寡，要想免於今世之禍是很難了。」㉚內負宿心　辜負了自己的本心。宿心，宿昔之心；本心。㉛外恧良朋　有愧於自己的好友。恧，慚愧。㉜嚴鄭　嚴，嚴君平。鄭，鄭子真。《漢書》記載，這兩人「皆修身保性」。㉝樂道　貧而樂道。㉞與世無營　李善注引蔡邕〈釋誨〉曰：「安貧樂賤，與世無營。」營，謀求名利。㉟神氣晏如　精神平靜安然。晏，平靜；安逸。㊱咨予不淑　可嘆我處事不善。咨，嗟。表感嘆之聲。予，我。淑，善良。㊲嬰累多虞　因塵網的纏繞，捆綁而多憂慮。嬰，環繞。累，通「縲」。捆綁，亦指綁人用的繩索。虞，憂愁。㊳頑疏　固執粗疏。㊴理弊患結　公理障蔽，結成憂患。㊵囹圄　牢獄。司馬遷〈報任少卿書〉：「深幽囹圄之中，誰可告愬者！」㊶對答鄙訊　回答獄吏鄙陋的審問。訊，審問。㊷縶此幽阻　關在獄中與親友阻隔，不通信息。縶，拘囚。㊸實恥訟冤　實在是以申訴冤情為羞恥。訟，申訴；打官司。㊹時不我與　謂我生不逢時，不遇明君，時勢使然也。㊺澡身滄浪　用清水洗雪身上的汙垢。滄浪，水色清碧。《孟子・離婁》載〈孺子歌〉曰：「滄浪之水清兮，可以濯吾纓；滄浪之水濁兮，可以濯吾足。」㊻嗈嗈　鳥和鳴聲。底本作「雍雍」。據周樹人校改。㊼順時而動　不失時機而行動。㊽曾莫能儔　竟然沒有人能和我相伴。曾，竟然。儔，伴侶；同輩。張衡〈思玄賦〉：「仰矯首以遙望兮，魂憪惘而無儔。」㊾遘茲淹留　遭到囚禁而久留於獄中。遘，遇；遭遇。淹留，久留。淹，久。㊿窮達有命　困窘與通達自有天命。窮，困頓。達，通達。(51)善莫近名　做善事不要做到出名的程度。《莊子・養生主》：「為善莫近名，為惡莫近刑。」(52)奉時恭默　遵奉時勢，恭敬不言。(53)咎悔不生　不產生憂慮。咎悔，憂患。(54)萬石周慎　石奮這一家人處世周密謹慎。萬石，漢代石奮。石奮和他的四個兒子俸祿都是二千石，合為萬石。景帝稱石奮為萬石君。(55)安樂必誡　雖處安樂，必定警戒。(56)利貞　時運吉祥。(57)三秀　開三次花。秀，開花。(58)懲難思復　讓這次災難作為懲戒，恢復我當初的志向。(59)庶勗將來　希望今後再作勉勵。庶，希望。勗，勉勵。《詩・邶風・燕燕》：「以勗寡人。」(60)采薇山阿　在深山裡採薇而食。此指隱居山林，躲避世事。薇，植物名。山阿，山中曲處。《史記・伯夷列傳》：「武王已平殷亂，天下宗周，而伯夷、叔齊恥之，義不食周粟，隱於首陽山，采薇而食之。」(61)散髮巖岫　披散頭髮，住在高山洞穴中。岫，山穴。(62)頤性養壽　保養天性以獲長壽。頤，養。

【語　譯】我的福分多淺啊！年幼就遭不幸。可憐我孤單不懂事，在繈緥中就失去了父親。母親和兄長養育我成人，只有慈愛沒有威嚴。母兄溺愛使我恣意驕縱，不受訓教不立師傅。到了加冠束帶已是成年，依恃寵愛益發放任。心氣清高企慕古人，任憑意氣崇尚聖賢高士。喜歡託身於老莊之道，輕賤外物而寶貴自身。志在守住本體本性，涵養純樸的質素全真的自我。可是我太不機敏，一心向善卻不會識別人。由於所信非人而壞事，每每憂患接踵至。大人先生包容寬宏，藏下垢穢又懷納諸恥。臣下多邪僻之徒，國家大政都不由自主掌握。只由於自己器量小，一心想讓善惡分明。而今醒悟思過錯，心痛如割好像揭瘡疤。平生只想少過失，誹謗議論卻像湯水沸騰。我天性不會傷害別人，卻不斷招來大家的怨憎。昔日羞慚於柳下惠，而今愧對孫登。我辜負了養生的初衷，又怎麼面對良朋好友。真仰慕嚴、鄭二君啊！安貧樂道悠然閑居。與世無求，與人無爭，精神竟那般安逸平靜。可嘆我處事不善，憂愁多慮，受世網的纏繞。災禍不是從天而降，實在是因為我的愚頑和粗疏。真理被遮蔽禍患就生成，終於鋃鐺入獄遭囚禁。回答獄吏鄙陋的審問，關在與世隔絕的昏暗牢房裡。實在以申訴冤情為羞恥，只怪我生不逢時。雖然我大義正直，如今卻精神受辱，志意沮喪。即使投身清碧的水中，恥辱豈能洗雪？嗈嗈鳴叫的大雁啊！正振翅向北遨遊。它們也能順應時節而行動，領會天意，無憂無愁。可嘆我悲憤感慨，竟不能相伴同行。事情總與美好的願望違背，遭囚禁久留牢籠。困窘通達自有天命，我又何必苦苦追求。古人有言，切莫因做善事而出名。恭敬沈默遵奉時勢，憂患就永遠不會產生。萬石君為人多麼周密謹慎，合家安寧永保榮華。那紛紜繁雜的世事啊，只會攪亂我的心志。身處安樂時務必警戒，才能順時安定永保吉利。那閃閃發光的靈芝啊，一年要開三次鮮豔的花。獨獨我不知為什麼，有志向卻終難實現。懲戒災禍我還想恢復初志，內心真感到深深的痛苦啊！希望今後再勉勵自己，永遠隱居，默默無聞。到那深山老林中採薇而食，從此披頭散髮住在高山洞穴中。長嘯低吟悠閑自在，保養真性永享天年。

【研　析】嵇康的〈幽憤詩〉素被人們推崇。它既具有四言詩「文約而意廣」的特點，同時又「不為『風』，『雅』所羈，直寫胸中語」（何焯《文選評》）。

全詩敘事有條不紊，僅在三百多字中，就完成了一篇言簡意明的「自傳」。從幼年喪父，受母兄寵愛到放任性格的形成；從平生宿願到事與願違，囚禁監獄的人生遭遇；從自己不善處世，屢遭誹謗到揭示現實的複雜矛盾，一一展開。敘中有議，議中有情，讀來感人至深，可謂「文約而意廣」。詩中雖無激昂之辭，卻浸透了作者強烈的憤慨之情，看似自怨自責，實則若隱若晦。字裡行間充滿了對黑暗政治的不滿，鋒芒直露，詩句峻烈。如：「子玉之敗，屢增惟塵。大人含弘，藏垢懷恥。」多麼顯明地表達了詩人的「胸中語」。又如「對答鄙訊，縶此幽阻。實恥訟冤，時不我與」，實在也是一種不甘屈服的抗爭之心的表露。結尾「采薇山阿，散髮巖岫。永嘯長吟，頤性養壽。」則更是表明了不共世俗的高潔志向。

李贄曰：「夫天下固有不畏死而為義者，是故終其身樂義而忘死，則此死固康之所快也，何以自責為也？」（《焚書》）可見此詩的主旨仍為「明志」，而非「自責自悔」，正如方廷珪所云：「哀而不傷，怨而不亂，性情品格，高出魏、晉幾許。」（《文選集成》）

述志詩二首

【題解】這兩首詩，心氣高潔，充滿幻想，表現了詩人不與世俗共流的志向。他以「潛龍」、「焦明」、「神鳳」、「神龜」自喻，居高臨下，氣度非凡；又將世俗小人比作「斥鷃」、「蛸蛙」，嘲諷他們的無知無識，目光短淺。詩人對自己的遭遇雖然也流露出一點悔恨，更多的是激憤，言明自己不再受世事的羈絆，將遠走高飛，去追隨自己仰慕已久的高士。其間詩人那絢麗多彩的想像，為本詩創造了極美的意境。

潛龍育神軀❶，躍鱗戲蘭池❷。延頸慕大庭❸，寢足俟皇羲❹。慶雲未垂降❺，槃桓朝陽陂❻。悠悠非我儔❼，圭步應俗宜❽。殊類難偏周❾，鄙議紛流離❿。轗軻丁悔吝⓫，雅志不得施⓬。耕耨感甯越⓭，馬席激張儀⓮，逝將離群侶⓯，杖策追洪崖⓰。焦明振六翮⓱，羅者安所羈⓲？浮游泰清中⓳，更求新相知。比翼翔雲漢⓴，飲露食瓊枝。多謝世間人，夙駕咸馳驅㉑。沖靜㉒得自然，榮華何足為！

【注 釋】❶潛龍育神軀 潛伏的蛟龍培育牠那神靈的身軀。意思是詩人將自己喻為潛龍，培養超凡的品性。❷躍鱗戲蘭池 在蘭池中歡騰遊戲，忽而躍出水面使龍鱗閃現。蘭池，長滿蘭草的清水池。❸延頸慕大庭 仰慕大庭氏的至治之世。延頸，伸長頭頸。大庭，傳說中的古代帝王神農氏的別稱。❹寢足俟皇羲 停止腳步靜候伏羲氏的降臨。寢，息。俟，等待。❺慶雲未垂降 五彩雲霞尚未降落。慶雲，五色彩雲。曹植詩：「慶雲未時興，雲龍潛作魚。」❻槃桓朝陽陂 潛龍在朝著太陽的池沼中徘徊游弋。槃桓，徘徊不前。陂，池沼。❼悠悠非我儔 世俗之人那麼多，但都不是我的同類人。悠悠，眾多貌。《史記・孔子世家》：「桀溺曰：『悠悠者，天下皆是也。』」儔，同伴；同類。❽圭步應俗宜 世人每走半步都與俗事相應。意思是人們只是不斷地做著庸俗的事情。圭步，同「跬」。半步。圭，底本作□，吳鈔本作「圭」。今據補。宜，事。❾殊類難偏周 和自己不同類的人難以完全相合。殊類，和自己不一樣的人。偏周，處處都調合。❿鄙議紛流離 誹謗之言紛紛擴散。流離，放散。⓫轗軻丁悔吝 因人生坎坷常遭憂患。轗軻，同「坎坷」。指人生經歷多有磨難。丁，當；遭逢。悔吝，憂慮；憂患。吝，同「吝」。⓬雅志不得施 高尚的志向不能得到施展。雅，高尚；不庸俗。⓭耕耨感甯越 耕作的辛苦激起甯越棄耕苦學。耨，除草。甯越，戰國趙地中牟（今河南鶴壁西）人，覺得種田太辛苦，對他的朋友說：「做什麼事才能免此辛苦呢？」朋友告訴他說：「沒有比讀書更好的了。學習三十年就可以如你的願了。」甯越說：「我用十五年吧。別人休息，我不敢休息；別人睡覺，我不敢睡覺。」十五年後，甯越終於成為周威公的老師。⓮馬席激張儀 坐馬鞍席的恥辱激起張儀到秦國謀取相位。馬席，馬鞍的墊子。張儀，戰國時秦相。《藝文類聚》卷六十九引《史記》文曰：「蘇秦激張儀令相秦，以馬韉席坐之。」讓他坐在馬鞍的墊子上，以此羞辱他。⓯逝將離群侶 發誓離開周圍的庸俗小人。逝，通「誓」。⓰杖策追洪崖 揚鞭策馬追趕洪崖。洪崖，人名。長壽的隱士。《列仙傳》：「洪崖先生，姓張氏，堯時已三千歲。」⓱焦明振六翮 焦明鳥振奮起牠的翅膀。焦明，鳥名。狀如鳳凰。「明」底本作「朋」。周樹人校曰：「案當作『明』，程本並改焦為鷦，尤謬。」翮，鳥羽莖下端中空部分。⓲羈 繫住。⓳浮遊泰清中 在天空中遨遊。⓴雲漢 天河。㉑夙駕咸馳

驅　都早早駕車和我一起奔馳。夙，早。底本作「息」。周樹人校曰：「各本作夙」。今據改。咸，都。底本作「惑」。周樹人校曰：「各本作咸」。今據改。㉒沖靜　淡泊虛靜。

【語　譯】潛伏的蛟龍培育那神靈的身軀，牠忽而躍出水面在蘭池中歡游。伸長脖子仰慕那大庭氏的至德之世，停止腳步靜候伏羲氏的降臨。吉祥的五色彩雲還沒有降落到人世，神龍仍在朝陽的池沼中徘徊游弋。天下萬物卻沒有我的同伴，世人每走半步都與俗事相應。我實在難和異類處處合拍，誹謗的言論便紛紛飛揚。人生的坎坷常使我遭逢憂患，高尚的志向不能得到施展。種田的辛勞觸動甯越棄耕求學，坐馬鞍席的恥辱激起張儀西去秦國。我發誓要離開這群世俗之人，揚鞭策馬去追趕那長壽的隱士洪崖先生。焦明鳥已經展翅飛翔，張網的人又怎能將牠捉住？牠在茫茫的太空中遨遊，再去尋找自己的新伙伴。比翼飛向天河邊，瓊樹枝上飲清露。多多勸告世間人，早早駕車和我一起奔馳。淡泊寧靜得自然，要什麼榮華富貴！

斥鷃擅蒿林❶，仰笑神鳳飛❷。坎井蝤蛙宅❸，神龜安所歸❹？恨自用身拙❺，任意多永思。遠實❻與世殊，義譽非所希❼。往事既已繆❽，來者猶可追❾。何為人事間❿，自令心不夷⓫？慷慨思古人，夢想見容暉⓬。願與知己遇⓭，舒憤啟幽微⓮。巖穴多隱逸，輕舉⓯求吾師。晨登箕山⑯嶺，日夕不知飢。玄居養營魄⑰，千載長自綏⑱。

【注　釋】❶斥鷃擅蒿林　小小的麻雀專在矮樹林裡飛來飛去。斥鷃，小雀。擅，專。底本作「檀」。周樹人校曰：「各本作擅。」今據改。蒿林，蒿草叢。❷仰笑神鳳飛　仰著頭嘲笑飛翔在天空中的大鳥。神鳳，指《莊子》中寫的大鵬。《莊子・逍遙遊》記載：北方不毛之地以北，有一片迷茫的大海，乃是通天的淵池，那裡有一條大魚，牠的寬度有好幾千里，誰也不知道牠究竟有多長，牠的名字叫鯤。還有一隻大鳥，牠的名字叫鵬；牠的背好像泰山那麼高，牠的翅膀好像天邊的雲朵那麼大，捲起狂暴的旋風，直衝到高空九萬里以外；牠超過了雲氣，揹負著青天，然後打算向南飛，準備到南極去。池塘邊上的鷃雀就嘲笑牠說：「牠究竟要往哪裡去呢？我升騰起來向上飛，也不過幾丈高就得下來，在叢草裡飛來飛去，這也就算飛得很可以的了。可是牠究竟往哪裡去呢？」詩人的用意是：見識淺本領小的人竟以自己的無知無能嘲笑有崇高志向的人。神，底本作「鸞」。周樹人校曰：「各本作神。」今據改。❸坎井蝤蛙宅　破井是蜉蝣和青蛙的住處。坎井，壞井。蝤，蜉蝣。一種壽命很短的小蟲。❹神龜安所歸　神龜怎麼能歸宿在破井裡呢？《莊子・秋水》載：破井裡的蛤蟆對東海裡的老龜說：「我高興了，出來，就在井欄上跳躂跳躂；進去，就在缺磚少瓦的井口邊休息休息；跳到水裡，水就齊著我的兩腋和兩腮；跳到泥裡，泥就沒到我的腳脖和腳面；我回頭看看那虷蟲、螃蟹和蝌蚪，牠們都趕不上我。況且，我獨霸著這一窪之水，享受這破井之樂，這也算是夠美的了。先生為什麼不經常進來參觀參觀呢？」東海的老龜聽了牠的話，左腳還沒有邁進井裡，可是右腿就已經被絆住了。❺拙　笨拙。❻遠實　遠離蒙師。即「學不師受」之意，跟〈幽憤詩〉中「恃愛肆姐，不訓不師」相近。語出《周易・蒙卦》：「『六四，困蒙，吝。』〈象〉曰：『困蒙之吝，獨遠實也。』」意思是：困陷於蒙昧之中的憾惜，說明「六四」獨自遠離剛健篤實的蒙師。〈蒙卦〉取名「蒙穉」，其義在於揭示「啟發蒙穉」的道理，全卦緊扣「教」、「學」兩端，抒發其教育思想。六爻大旨，二陽爻（九二、上九）喻「師」，四陰爻（初六、六三、六四、六五）喻「蒙童」。「九二，包蒙，吉。」意思是：老師（九二）被蒙穉者（初六、六三、六四、六五）所環繞，猶如蒙師居於眾學子之中正在施教，故「吉」。「九」為陽為實，「六」為陰為虛，四陰爻之中只有「六四」遠離「九」，故〈象〉稱為「獨遠實」。遠離蒙師，所以陷於困昧之中。嵇康用此典，表面相合，實反其意。❼義譽非所希　世人的稱譽並非我所企望得到的。義，常理。譽，稱述；稱譽。「義譽」一詞出自《莊子・人間世》：「彼其所保與眾異；以義譽之，不亦遠乎？」意思是說：它（社壇上的大櫟樹）保存生命的道術與眾不同（指大櫟樹木質鬆散，無所可用，卻能替土神助威，即以無用為有用，所以命長），如果用常理來論述它，那就越說越遠了。詩人託好老莊，以此自況。❽繆　通「謬」。錯誤。❾來者猶可追　未來的還可以彌補。語出《論語・微子》：「往者不可諫，來者猶可追。」意思是：過去的不能再挽回，未來的還來得及。追，趕得上；來得及。❿何為人事間　戴明揚校曰：「《歷代詩選》作『何為人間事』。」可從。意思是：為什麼因人世間的俗事。《史記・留侯世家》：「願棄人間事，從赤松子遊耳。」⓫自令心不夷　使自己心境不平和。夷，悅；平；平和。《詩・鄭風・風雨》：「既見君子，云胡不夷？」《毛詩傳》：「夷，說（悅）也。」朱熹《詩集傳》：「夷，平也。」王先謙《詩三家義集疏》：「魯說云：夷，喜也。」考此詩第三章作「既見君子，云胡不喜？」故「夷」字的解說當以朱熹《集傳》近是。⓬夢想見容暉　夢想之中還能看到古人的風姿。容暉，容顏風采。《古詩十九首・凜凜歲云暮》：「獨宿累長夜，夢想見容輝。」⓭過　過從；往來。周樹人校曰：「各本作遇。」亦通。⓮舒憤啟幽微　為抒發憂憤打開自己的心扉。啟，打開。幽微，內心奧秘。⓯輕舉　輕盈飛升。⓰箕山　在今河南登封東南，又名許由山。傳說為堯時的隱士巢父、許由隱居之處。⓱營魄　魂魄；精神。⓲綏　安。

【語　譯】小麻雀專在蒿草蓬草灌木叢間活動，仰頭嘲笑飛翔在九萬里高空的大鵬。蜉蝣青蛙安住在破井裡，東海大神龜又怎能在這兒歸宿？恨我師心自用而身手笨拙，任性率意而只會沈思。遠離蒙師與眾不同，世俗稱譽我從不企望。過去的事已經荒謬，未來的還可以彌補。為什麼世間俗事，使自己心境不平？慷慨激昂思慕那古時的君子，在夢想之中還能看到古人的容顏風采。我渴望與知己過從交遊，抒發憤懣打開心扉。山巖林間多住著隱逸的高士，輕身高飛尋求我的老師。清晨登上許由、巢父隱居的箕山之巔，到晚上也不感覺飢餓。深山隱居怡養精神，千秋萬載永世心安。

遊仙詩一首

【題解】屈原屢遭挫折，在深深的憂患中幻想託配仙人俱遊，求得暫時的解脫。嵇康〈遊仙〉，與屈原的〈遠遊〉，在精神上是相通的。詩人想像自己能如同蟬脫殼一般拋盡世俗濁穢的牽累，結交新知長住崑崙仙境，「長與俗人別，誰能覩其蹤？」憤世嫉俗之情，溢於言表。詩人不是徑直議論，而是通過高山青松、王喬俱遊、相逢黃老、娛戲玄圃、採藥鍾山、臨觴奏樂、雅歌和美等具體入微的描繪，反襯出現實環境的險惡。「蟬蛻棄穢累」，詩人的性格是何等率真可愛！這首詩在寫作取材上明顯地受到《楚辭》的影響。

遙望山上松，隆谷❶鬱青蔥。自遇❷一何高，獨立邊無叢。願想遊其下，蹊❸路絕不通。王喬❹弃❺我去，乘雲駕六龍。飄颻戲玄圃❻，黃老❼路相逢。授我自然道❽，曠❾若發童蒙。採藥鍾山❿嵎⓫，服食改姿容。蟬蛻⓬棄穢累，結交家梧桐⓭。臨觴奏〈九韶〉⓮，雅歌何邕邕⓯？長與俗人別，誰能覩其蹤⓰？

【注　釋】❶谷　當作「冬」。戴明揚校曰：《藝文類聚》八十八引晉王凝之妻謝氏〈擬嵇中散詩〉云：「遙望山上松，隆冬不能彫。」即仍作「冬」字。❷自遇　自許；自視。❸蹊　山中小路。❹王喬　即王子喬。仙人。相傳為周靈王太子晉，好吹笙，能學鳳凰鳴叫，道人浮丘公把他接上嵩山。後來在緱山（今河南偃師）乘白鶴於山頭停駐數日，舉手謝時人而去（《列仙傳》）。❺弃　周樹人校曰：「當作『昇』。《說文》云『舉也』。」今按：《說文》一書中，「昇」字在「𠬞」部，「異」字在「異」部，為兩個不同的字，「昇」非「異」之簡化字。鈔本因形體相近而誤作「弃」，明刻諸本演化為「棄」，則益遠矣。❻玄圃　即「縣（懸）圃」。神話傳說中的崑崙仙境之一。❼黃老　黃帝和老子。詩人心儀的老師。❽授我自然道　神授我自然之道。授，心授；神授。《楚辭・遠遊》：「道可受兮而不可傳。」（仙人之道可以神授而不可言傳。）受，通「授」。自然道，老子和莊子所主張的效法自然之道。《老子》二十五章：「人法地，地法天，天法道，道法自然。」❾曠　明。❿鍾山　傳說在崑崙山西北，盛產美玉。《楚辭・哀時命》：「願至崑崙之懸圃兮，采鍾山之玉英。」王逸注：「鍾山，在崑崙山西北。鍾山之玉，燒之三日，其色不變。言己自知不用，願避世遠去，上崑崙山，遊于懸圃，采玉英咀而嚼之，以延壽也。」⓫嵎　山曲；山勢彎曲險阻的地方。⓬蟬蛻　蟬脫殼。蛻，蟬、蛇之類脫下的皮。這裡是脫去皮殼的意思。⓭結交家梧桐　結友居板桐。結交，結友。家，居住。梧桐，各本作「板桐」，是。板桐，傳說中的山名，仙家所居。《水經・河水注》：「崑崙之山三級，下曰樊桐，一名板桐；二曰玄圃，一名閬風；上曰層城，一名天庭。」⓮臨觴奏九韶　面對酒杯彈奏〈九韶〉。觴，酒杯。代指酒。九韶，虞舜時的樂曲名。⓯邕邕　和諧，和美的狀態。邕，通「雍」。⓰蹤　蹤跡。

【語　譯】遙望山上的青松，隆冬季節依然鬱鬱蔥蔥。它自視何等崇高，挺拔獨立周邊沒有別的樹叢。我心想到松下遊玩，可惜山道斷絕路途不通。王子喬攜我同去，乘著雲彩駕著六龍。飄飄然遊戲在崑崙玄圃，黃帝、老子在途中相逢。神授法自然的大道，我茅塞頓開如孩童啟蒙。採藥於崑崙鍾山之側，服食玉英仙藥使我換了姿容。像蟬脫殼一般我拋棄了世俗的濁穢拖累，結交仙友居住在崑崙板桐。面對美酒我彈奏著〈九韶〉，高雅的樂曲聲和美融融。從此與俗人分別，誰還能看到我的行蹤？

六言詩十首

【題　解】這組詩讚頌唐堯、虞舜、子文、柳下惠、原憲等古代聖賢高士，可能跟《聖賢高士傳贊》是同時期的作品。詩人崇尚自然無為的老莊之道，輕賤外物，寶貴自身，鼓吹得意（志）忘形，形陋體逸，抵制法網密布、憲令滋章的醜惡現實，批評「世俗殉榮」、「貪人不思」，告誡「位高勢重禍基」、「金玉滿堂莫守」，「生生厚招咎」（養生太優厚招致禍災）。寫得具體生動，簡練凝重，不少詩句直接脫胎於《老子》，富有哲理意味。第九首「老萊妻賢明」，老萊子成為配角，可謂別出心裁，獨具隻眼。

惟上古堯舜❶：二人功德齊均❷，不以天下私親❸，高尚簡樸慈順❹，
寧濟四海蒸民❺。

【注　釋】❶惟上古堯舜　周樹人曰：「各本分每首之第一句別置一行立為題目，《詩紀》亦同。」❷齊均　同等。❸不以天下私親　不把天下私授給親人。《呂氏春秋・去私》：「堯有子十人，不與其子而授舜；舜有子九人，不與其子而授禹；至公也。」私，愛；偏愛。親，六親；親人。❹慈順　慈祥和順。❺寧濟四海蒸民　專心救助天下百姓。寧，安寧；安心。蒸民，民眾；百姓。蒸，眾。

【語譯】惟上古堯舜：二人功德真是相當，不把天下私下授受，高尚簡樸慈祥和順，專心救助天下百姓。

唐虞世道治❶：萬國穆親無事❷，賢愚各自得志，晏然逸豫內忘❸，
佳哉爾時可憙❹。

【注釋】❶唐虞世道治　堯舜時代，天下大治。《論語》：「唐虞之際，於斯為盛。」唐，堯號。虞，舜號。❷萬國穆親無事　天下和穆相親無征伐之事。萬國，萬邦侯國。指天下。穆，和睦；和順。親，相親。❸晏然逸豫內忘　安然愉悅忘懷一切。晏然，安然。逸豫，愉悅；歡樂；愜意。《後漢書・竇武傳》：「天下逸豫，謂當中興。」內忘，內心忘懷一切。謂心滿意足，忘懷一切榮辱得失。❹憙　同「喜」。

【語譯】唐虞世道治：萬國和穆相親沒有紛爭，賢者愚者各得其所，安然愉悅忘懷一切，堯舜治世真是萬民歡洽。

智慧用有❶為：法令滋章寇生❷，自然相召不停❸。大人玄寂無聲❹，
鎮之以靜自正❺。

【注　釋】❶有　「有」字各本字奪。周樹人校曰：蓋「何」字之譌。❷法令滋章寇生　法令繁多周密，寇賊卻到處叢生。《老子》五十七章：「法令滋彰，盜賊多有。」（法令越周密，盜賊就更多。）滋章，越漸顯明周密。謂纖細不遺。章，同「彰」。顯明。❸自然相召不停　寇賊與法令相呼應，層出不窮。自，周樹人校曰：「各本作紛。」可從。❹大人玄寂無聲　聖人默靜無文，不發號施令。大人，有道德並居於高位的人，聖人，如〈太師箴〉中提到的赫胥氏、伏羲氏、堯、舜等「先王」。玄寂，幽遠靜默。指無為而治。《新語・至德》：「君子之為治也，塊然若無事，寂然若無聲。」❺鎮之以靜自正　聖人（先王）靜默鎮定，天下自然正常。《老子》三十七章：「鎮之以無名之樸，夫亦將無欲。無欲以靜，天下將自正。」（用沒有名稱的「樸」來鎮服它，那就會沒有欲望。沒有欲望就會平靜，天下會自然正常。）

【語　譯】智慧用何為：法令周密盜賊就叢生，相互呼應層出不窮。聖人默靜不發號施令，鎮之以無名之「樸」天下自然正定。

名與身孰親❶：哀哉世俗殉榮❷，馳騖❸竭力喪精，得失相紛❹憂驚，
自貪勤苦不寧。

【注　釋】❶名與身孰親　榮譽和生命哪一個可愛？語出《老子》四十四章。孰，疑問代詞。哪一個，表示選擇。親，愛。❷殉榮　為榮譽而死；不顧生命以求取榮名。❸馳騖　奔馳；追逐。騖，亂馳。❹紛　亂；雜亂；混雜。

【語　譯】名與身孰親：可憐世人不顧生命求榮名，奔走追逐精疲力竭，得失錯雜相出又憂又驚，

自找勤苦不得安寧。

生生厚招咎❶：金玉滿堂莫守❷，古人安此粗醜，獨以道德為友，
故能延期❸不朽❹。

【注　釋】❶生生厚招咎　養生得太優厚則招致災禍。生生，養生；為生命而營生。前「生」字為動詞，後「生」字為名詞。厚，優厚；過分。招咎，招災。咎，災也。《老子》五十章：「生之徒十有三，死之徒十有三，人之生生而動，動皆之死地，亦十有三。夫何故？以其生生之厚。」（長壽的人佔十分之三，夭亡的人佔十分之三；為了厚自養生而妄動，妄動都走向死地的人，也佔十分之三。那是什麼緣故？由於他們養生得太優厚太過分。）《老子》七十五章：「民之輕死，以其上生生之厚，是以輕死。」（人民不怕死，是因為他們的統治者養生太優厚，因此不怕死。）蘇轍《道德真經注》：「上以利欲先民，民亦爭厚其生，故輕死而求利不厭。」以上皆可釋嵇康「生生厚招咎」命題之意。❷金玉滿堂莫守　金玉堆滿一屋，沒有人能夠守住它。語出《老子》九章：「金玉滿堂，莫之能守。」❸期　指百年之期。人壽以百年為期。❹不朽　這裡是不衰老的意思。

【語　譯】生生厚招咎：金玉滿堂沒有人能夠永遠守住，古人安於貧困簡陋，只把道德作為朋友，所以能夠延年益壽。

名行顯患滋❶：位高勢重禍基，美色伐性❷不疑，厚味腊❸毒難治，

如何貪人不思。

【注　釋】❶名行顯患滋　名行顯赫禍患便滋生。❷美色伐性　美色損傷性命。伐，敗壞；損傷。❸腊　本意乾肉或做成乾肉。這裡作副詞，表示程度，相當於「極」。或表示時間，相當於「久」。《國語．周語下》：「高位寔疾僨，厚味寔腊毒。」腊，亟也；極也。寔，實。

【語　譯】名行顯赫禍患便滋生：位高權重是肇禍的根基，美色會傷敗性命不容置疑，佳肴厚味極毒難以醫治，為什麼貪婪的人們不想不思？

東方朔至清❶：外似貪污內貞❷，穢身滑稽隱名❸，不為世累所纓❹，
所以知足無營❺。

【注　釋】❶東方朔至清　東方朔最為清純。東方朔（西元前一五四——前九三年），西漢文學家。平原厭次（今山東惠民）人，字曼倩。漢武帝時，為太中大夫。性詼諧滑稽，傳說很多。善辭賦，〈答客難〉、〈七諫〉等較為有名。《漢書．藝文志》「雜家」著錄有「東方朔二十篇」，今散佚。《神異經》、《海內十洲記》等是託名於他的作品。事蹟詳司馬遷《史記．滑稽列傳》、班固《漢書》本傳。至清，最為清純。清，潔淨；純潔；清廉。❷外似貪污內貞　外表好似貪婪汙濁而內心清正。貪污，貪婪汙濁。《史記．滑稽列傳》記載，漢武帝曾下令賜東方朔飯食於御前。東方朔把飯吃光之後，還要把吃剩的肉用衣襟包走，衣服全弄髒了。內貞，內心清正。貞，通「正」。❸穢身滑稽隱名　汙穢的身體滑稽的舉止是為了隱藏自己的名聲。《史記．滑稽列傳》記載，漢武帝

左右群臣大多以東方朔為「狂」。東方朔回答說：「如朔等所謂避世於朝廷間者也！古之人乃避世於深山中。」酒酣歌曰：「陸沈於俗，避世金馬門！宮殿中可以避世全身，何必深山之中蒿廬之下？」❹不為世累所纓　不被世俗的牽累所束縛。世累，世俗的牽累，連累。指功名利祿等。纓，通「嬰」、「攖」。纏繞；擾亂。東方朔「穢身滑稽」，避免漢武帝猜忌，立足於朝，得到不少賞賜，美酒粱飯，錢財甚多，但他的主要意圖是伺機進諫，「至老，朔且死時，諫曰：『《詩》云：營營青蠅，止于蕃；愷悌君子，無信讒言；讒言罔極，交亂四國。願陛下遠巧佞，退讒言！』帝曰：『今顧東方朔多善言！』」（《史記・滑稽列傳》）❺所以知足無營　所以知道滿足不會惑亂。營，通「䁝」。惑亂。《說文解字・目部》：「䁝，惑也。」段玉裁注：「䁝、惑，雙聲字。各本誤刪䁝，今依《廣韻》補。」《淮南子・原道》：「不足以營（䁝）其精神，亂其志氣。」據《史記・滑稽列傳》記載，博士諸先生曾與東方朔論議辯難，認為東方朔的才智不亞於蘇秦、張儀，可他們「都卿相之位，澤及後世」，而東方朔「官不過侍郎，位不過執戟，意者尚有遺行（失德，品德有缺點）邪？其故何也？」東方朔答曰：「是故非子之所能備也。彼一時也，此一時也，豈可同哉！……時移則事異，雖然，安可不務修身乎？……子何疑於余哉！」言修身約己，不至於惑亂，並無「遺行」也。

【語　譯】東方朔至清：外表好似貪婪汙濁而內心其實清正，汙穢的身體滑稽的舉止為的是隱藏名聲，自己不被功名利祿所束縛，所以知道滿足而不會惑亂。

楚子文善仕❶：三為令尹不喜❷，柳下降身蒙恥❸，不以爵祿為己，
靖恭❹古惟二子。

【注釋】❶楚子文善仕　楚國大夫子文善於對待做官之事。子文，名叫鬬穀於菟，楚國大夫。仕，底本作「士」。周樹人校曰：「各本作仕。」今據改。❷三為令尹不喜　（子文）三次做宰相，都沒有高興的樣子。三，表示次數之多，不一定是實數。令尹，楚國君之下的最高行政長官，相當於宰相。據《左傳》記載，子文於魯莊公三十年（西元前六六四年）開始做令尹，到魯僖公二十三年（西元前六三七年）讓位給子玉，其間二十八年，可能多次被罷免又被任命。《論語．公冶長》：「令尹子文三仕為令尹，無喜色；三已之，無慍色。」《國語．楚語》：「昔子文三舍令尹，無一日之積。」❸柳下降身蒙恥　柳下惠降職蒙受恥辱。柳下，柳下惠，春秋時魯國人。降身，降職；撤職。《論語．微子》：「柳下惠為士師，三黜。人曰：『子未可以去乎？』曰：『直道而事人，焉往而不三黜？枉道而事人，何必去父母之邦？』」（柳下惠做獄官，多次被撤職。有人對他說：「你不可以離開魯國嗎？」他回答道：「正直地工作，到哪裡去而不多次被撤職？不正直地工作，為什麼一定要離開祖國呢？」）柳下惠事蹟又見《列女傳》：「柳下惠死，其妻誄之曰：『蒙恥救人，德彌大兮。』」❹靖恭　盡心負責。靖，謀劃。恭，敬；負責。語出《詩．小雅．小明》：「靖恭爾位，正直是與。」（認真做好本職事，親近正直靠賢良。）

【語譯】楚子文善仕：（子文）三次做宰相高官都沒有高興的樣子，柳下惠三次被罷官蒙受恥辱，他們做官不是為了自己，恭奉職守的官員自古只有這兩位。

老萊妻❶賢明：不願夫子相荊❷，將身避祿隱耕❸，樂道閑居采蓱❹，
終厲高節不傾❺。

【注　釋】❶老萊妻　老萊子的妻子。老萊子，春秋末年楚國的隱士，「著書十五篇，言道家之用。」（《史記·老子韓非列傳》）《列女傳》載：「老萊子逃世，耕於蒙山之陽，楚王駕至老萊子之門，曰：『守國之孤，願變先生之志。』老萊子曰：『諾！』王去。其妻戴畚挾薪樵而來，曰：『何車跡之眾也？』老萊子曰：『楚王欲使吾守國之政。』妻曰：『許之乎？』曰：『然。』妻曰：『妾聞之，可食以酒肉者，可隨以鞭捶；可授以官祿者，可隨以鈇鉞。今先生食人酒肉，受人官祿，為人所制也，能免於患乎？妾不能為人所制！』投其畚而去，至江南而止。老萊子乃隨其妻而居之。君子謂老萊子妻果於從善。」❷不願夫子相荊　不願意丈夫做楚國的宰相。夫子，此處指丈夫。相荊，即相楚，做楚國的宰相。荊，指楚國，亦稱「荊楚」。相，宰相，名詞用如動詞，做宰相，即《列女傳》所謂「守國之政」之意，楚國官制謂之「令尹」。❸將身避祿隱耕　獨自出走避居他鄉。指老萊子妻「投其畚而去」。將，拿；把。將身，各本作「相將」。相從、相偕之意，亦可通。但詳察《列女傳》所載本事，實為老萊妻一個人果斷出走，「至江南而止，老萊子乃隨其妻而居之」，並非事先協商一致、相偕而行，原文仍以「將身」為是。❹樂道閑居采蓱　樂於大道安然隱居採蓱而食。指老萊子追隨其妻逃避功名利祿至「江南」過清貧的日子。閑，安靜。蓱，各本作「萍」。一種水草，生池水邊，可食。❺終厲高節不傾　終於激勵老萊子保持高風亮節不傾覆。厲，本義為磨刀石（後寫作「礪」）。引申為磨礪、勉勵、激勵等。

【語　譯】老萊妻賢明：不願意丈夫做楚國的宰相，斷然出走避居他鄉；（老萊子）追隨其妻採蓱而食樂道閑居，終於砥礪高風亮節不致傾覆。

嗟古賢原憲❶：棄背膏粱❷朱顏，樂此屢空❸飢寒，形陋體逸心寬，

得志一世❹無患。

【注　釋】❶原憲　春秋末期魯國人。約生於西元前五一五年，卒年不詳。姓原，名憲，字子思。一說姓原，名思，字憲。孔子的學生。孔子死後，他隱居於衛。《史記・仲尼弟子列傳》載：「孔子卒，原憲亡在草澤之中。子貢相衛，結駟連騎，排藜藿，入窮閭，過謝原憲。憲攝敝衣冠見子貢。子貢恥之，曰：『夫子豈病乎？』原憲曰：『吾聞之：無財者謂之貧，學道而不行者謂之病。若憲，貧也，非病也。』子貢慚，不懌而去，終身恥其言之過也。」《莊子・讓王》以讚賞的態度引述原憲言辭之後，續寫道：「子貢逡巡而退，有愧色。原憲笑曰：『夫希世而行，比周而友，學以為人，教以為己，仁義之慝，輿馬之飾，憲不忍為也。』」意思是，觀望社會風向而行事，親近合得來的就結為朋黨，學習是為了求取名譽，教學是為了賺取錢財，假借仁義去做壞事，出門就是文車大馬，我是不忍心這樣做的！❷膏粱　精美的食品。膏，肉之肥者。粱，食之精者。指精細而色白的小米。❸屢空　常常空乏；貧窮。❹一世　一輩子。戴明揚校注引《呂氏春秋注》：「終一人之身為世。」

【語　譯】嗟古賢原憲：美食美女不屑一顧，貧窮飢寒樂在其中，衣服破陋身體自在心地寬大，得志忘形一輩子沒有禍患。

重作六言詩十首代秋胡歌詩七首

【題解】嵇康前有六言詩十首之作。此「重作六言詩十首」已佚，僅存標題而已。今所有者，只〈代秋胡歌詩〉七首也。〈秋胡歌詩〉即〈秋胡行〉，漢樂府舊題。本事是魯人秋胡外出做官，歸家路上輕薄無行，其妻則端正忠烈，投河而死。後人哀而賦之，為〈秋胡行〉，亦稱作〈秋胡歌詩〉（漢代人把當時由樂府機關所編錄和演奏的詩篇稱為「歌詩」），魏晉六朝時人開始稱這些歌詩為「樂府」或「樂府詩」。魏晉以後歷代作家仿製的樂府作品，亦歸類於樂府體詩之中，其間大量的沿用樂府舊題，繼承和仿效舊樂府詩的精神和藝術特色，實際已不入樂的詩。曹操、曹丕皆有〈秋胡行〉之作。嵇康〈代秋胡歌詩〉七首，雖亦不及秋胡本事，但作品精神不無相通之處。這組詩表現了作者的人生觀和處世原則，主題比較明確：「富貴尊榮」，憂患就特多；貧賤易安居，富貴難善終；忠信可久安；酒色令人枯；絕智棄學，追蹤無欲無憂的「古之真人」（《莊子・大宗師》描繪的大道體現者）；「乘雲遊八極」，最後以隱居遊仙超脫塵世，作為詩人追求的理想境界。這些正是嵇康一生中比較穩定的思想傾向。詩作直抒胸臆，質樸自然，重疊句的運用，一唱三嘆，更強化了主題的表達。

富貴尊榮，憂患諒❶獨多。古人所懼，豐屋蔀家❷。人害其上❸，獸惡網羅。惟有貧賤，可以無他。歌以言之，富貴憂患多。

【注釋】❶諒　誠然；一定。❷豐屋蔀家　《易・豐卦》：「豐其屋，蔀其家，闚其戶，闃（寂靜）其無人，三歲不覿（見），凶。」意思是：豐大房屋，障蔽居室，對著窗戶闚視，寂靜毫無人蹤，時過三年仍不見露面，如此深藏自蔽必有凶險。豐，厚。蔀，障；蔽。❸人害其上　人就因此而遭禍。害，遭禍害。

【語譯】富貴尊榮，憂患一定特別多。古人所怕，大屋障蔽，深藏凶象。人們遭禍就在於此，烏獸憎惡網羅。只有貧賤，才沒有意外。詩歌因而這樣唱：富貴憂患何其多。

貧賤易居❶，貴盛難為工❷。恥接直言❸，與禍相逢。變故萬端，俾吉作凶❹。思牽黃犬❺，其志莫從❻。歌以言之，貴盛難為工。

【注釋】❶貧賤易居　貧賤容易安居。居，安居。❷貴盛難為工　富貴難以善終。《後漢書・馮衍傳》：「上疏曰：『富貴易為善，貧賤難為工也。』」此詩特反言之。工，精善；巧。❸恥接直言　恥於接受直言。❹俾吉作凶　使吉成凶。《荀子・賦》：「以危為安，以吉為凶。」俾，使。❺思牽黃犬　《史記・李斯列傳》載：秦二世即位後，趙高用事，李斯因上書言趙高之短，遇禍。臨斬前，李斯顧謂其中子曰：「吾欲與若（你）復牽黃犬，俱出上蔡東門，逐狡兔，豈可得乎？」❻其志莫從　不能達成自己的心願。

【語譯】貧賤易於安居，富貴難得善終。恥於接受直言，容易與禍害相逢。世事變化萬端，使吉轉成為凶。李斯想要得到牽犬之樂，其志意也終無法實現。詩歌因而這樣唱：富貴難善終。

勞謙無悔❶，忠信可久安。天道害盈❷，好勝者殘❸。強梁致災❹，多事招患。欲得安樂，獨有無僁❺。歌以言之，忠信可久安。

【注　釋】❶勞謙無悔　勤勞謙遜就沒有罪悔。《易・謙卦・九三》：「勞謙，君子有終吉。」悔，咎。❷天道害盈　天道以盈滿為患。《易・豐卦・彖》：「日中則昃，月盈則食；天地盈虛，與時消息，而況於人乎？況於鬼神乎？」意思是，太陽正居中天必將西斜，月亮圓滿盈盛必將虧蝕；天地大自然有盈滿有虧虛，都伴隨一定的時候更替著消亡與生息，又何況人呢？何況鬼神呢？❸好勝者殘　好勝必招致殘害損傷。❹強梁致災　強暴必招致災禍。強梁，多力；剛暴。❺獨有無僁　只有沒有過錯。僁，或作「愆」。皕宋樓鈔本有校語云：「案『愆』字為正。」愆，過錯。

【語　譯】勤勞謙虛沒有罪悔，忠實守信就可久安。天道尚以盈滿為患，逞強好勝必定遭受殘害。剛強暴力會招致滅頂之災，多事後患難免不斷。要想保得快樂平安，只有為人不犯過失。詩歌因而這樣唱：忠信就可久安。

役神者弊❶，極欲令人枯。顏回短折，不及童烏❷。縱體淫恣，莫不早徂❸。酒色何物？自令不辜❹。歌以言之，酒色令人枯。

【注釋】❶役神者弊　勞神容易使人疲敝。役神，役使精神。役，使。弊，疲敝。❷顏回短折不及童烏　顏回昧於養生而短折，還不如童烏夭於天命。顏回短折，《論語》：「有顏回者好學，不幸短命死矣。」不及童烏，不，底本作「下」。周樹人校曰：「各本作不。」今據改。童烏，漢文學家揚雄之子，九歲即能與其父討論《太玄》，早卒。《法言・問神》：「育而不苗者，吾家之童烏乎！九齡而與我玄文。」注：「童烏，子雲之子也。仲尼悼顏淵（回）苗而不秀，子雲傷童烏育而不苗。」又，戴明揚引黃節語：「至於童烏之年，短於顏子，乃由天命，不關養生。是顏子昧於養生而短折，不如童烏之委於天命也。」❸早徂　早死。徂，通「殂」。《說文》：「殂，往死也。」❹酒色何物自令不辜　自貪酒色，仍不悟酒色為何物，則謂酒色無罪，故加速自身死亡。

【語譯】勞心勞神疲敝傷人，肆意縱欲使人喪生。顏回好學可惜短命，還不如童烏委於天命。放縱自己毫不顧忌，無不早早喪命。酒色何物？執迷不悟，自謂無罪以致乏絕。詩歌因而這樣唱，酒色使人枯竭。

絕智棄學，遊心于玄默❶。過而復悔，當不自得❷。垂釣一壑，如樂一國❸。被髮行歌❹，和氣四塞❺。歌以言之，遊心于玄默。

【注釋】❶玄默　幽深恬默，無憂無為。❷過而復悔當不自得　《莊子・大宗師》：「古之真人……過而弗悔，當而不自得也。」意思是：古代的真人（天道體現者），有了過失，也不懊悔；作得適當，也不自鳴得意。過者，謂於事有所過失也；當者，謂行之得當也。眾人之情，於事有所過失則後悔，作之得當，則自以為得意，真人不然。故曰：「過而弗悔，當而不自得也。」復，「弗」字之誤。❸垂釣一壑如樂一國　垂釣於一溝一壑，如同歡樂於一國（天下）。如，吳鈔原本作「如」，周校本誤「好」。今逕改。《漢書・敘傳》：「班嗣報桓生書曰：『若夫嚴子者，絕聖棄智，修生保真，清虛澹泊，歸之自然，獨師友造化，而不為世俗所役者也。漁釣于一壑，則萬物不奸其志，栖遲于一邱，則天下不易其樂。』」樂，歡樂。❹被髮行歌　披散頭髮，邊走邊唱。謂棄冠不仕，悠閑自得。❺和氣四塞　和順之氣充滿四周。

【語　譯】拋棄智慧才華，讓心靈遊於幽深恬默之境。有了過失不必懊悔，作得適當也不自鳴得意。垂釣於淵壑，如同歡樂於一國。披散頭髮，邊行邊歌，和氣充滿四周。詩歌因此這樣唱：讓心靈遊於幽深恬默。

思與王喬❶，乘雲遊八極❷。陵厲五岳❸，忽行萬億❹。授我神藥，
自生羽翼。呼吸太和❺，練形易色❻。歌以言之，思行遊八極。

【注　釋】❶王喬　王子喬。古仙人，見〈贈兄秀才入軍〉第十六首注❸。❷八極　八方之極。《淮南子・墜形》：「天地之間，九州八極。」❸陵厲五岳　飛越五大高山。陵厲，飛升跨越。五岳，泰山為東岳，華山為西岳，衡山為南岳，恆山為北岳，嵩山為中岳。❹忽行萬億　倏忽間行走萬里之遙。萬億，遙遠之極。魏文帝〈折楊柳行〉：「輕舉乘浮雲，倏忽行萬億。」❺太和　陰陽之氣。即宇宙之精氣。❻練形易色　修練形體，

改變容貌。練形，《神仙傳》：「仙家有太陰練形之法。」易色，還童。即變得年輕。

【語　譯】想與王子喬，乘雲遨遊八方。飛渡五岳之巔，忽行萬里之遠。給我神藥，自生羽翅翱翔。呼吸精氣，修練形神，容顏煥發返老還童。詩歌因此這樣唱：只想遨遊八方。

徘徊鍾山❶，息駕于層城❷。上蔭華蓋❸，下采若英❹。受道王母❺，遂升紫庭❻。逍遙天衢❼，千載長生。歌以言之，徘徊于層城。

【注　釋】❶鍾山　傳說中的神山。此指崑崙山。❷層城　崑崙山的最高層。《水經・河水注》：「崑崙之山三級，下曰樊桐，一名板桐；二曰玄圃，一名閬風；上曰層城，一名天庭，是謂大帝之居。」❸華蓋　日月光環。指吉祥雲氣。❹若英　杜若的花。若，杜若。香草名。英，花。《楚辭・九歌》：「浴蘭湯兮沐芳華，采衣兮若英。」❺受道王母　接受王母的道術。王母，即西王母。《神仙傳》：「王母者，神人也，在崑崙山中。」❻紫庭　指天庭。❼天衢　天上的道路。衢，大路。

【語　譯】在鍾山上徘徊，在崑崙山頂止息。上有光環籠罩，下採若英芬芳。接受王母道術，終於飛升天堂。逍遙漫步天街，從此長生不老。詩歌因此這樣唱：徘徊在崑崙山頂之上。

思親詩一首

【題　解】這是一首悼念母兄的七言騷體詩。嵇康幼年喪父，由母、兄撫養成人，與母、兄感情至深。長兄去世三、四年之後母親也離開了人世，使嵇康頓覺失去依靠，看到家中舊物，不由悲從中來。該詩運用頻頻換韻的方法表現失去至親後悲痛的心情，感人至深。

奈何愁兮愁無聊❶，恒惻惻兮心若抽❷。愁奈何兮悲思多，情鬱結兮不可化❸。奄無恃❹兮孤煢煢❺，內自悼兮欷失聲。思報德兮邈❻已絕，感鞠育❼兮情剝裂❽。嗟母兄兮永潛藏，想形容❾兮內摧傷。感陽春兮思慈親，欲一見兮路無因❿。望南山兮發哀歎，感机杖⓫兮涕汍瀾⓬。念疇昔⓭兮母兄在，心逸豫⓮兮壽四海⓯。忽已逝兮不可追，心窮約兮但有悲。上空堂兮廓⓰無依，覩遺物兮心崩摧⓱。中夜悲兮當誰告，獨抆⓲淚兮抱哀戚。親日遠⓳兮思日深，戀所生兮淚流襟。慈母沒兮誰予驕，顧自憐兮心忉忉⑳。訴蒼天兮遠不聞，淚如雨兮歎成雲。欲棄憂兮尋復來，痛殷殷兮不可裁㉑。

【注釋】❶聊　依賴。❷抽　撕裂。❸化　化解。❹恃　依靠。❺煢煢　孤單；無依無靠。❻邈　遠。❼鞠育　養育。❽剝裂　撕裂。❾形容　音容笑貌。❿因　依據。⓫机杖　机，或作「几」。几案。杖，手杖。指親人生前用物。⓬汍瀾　流淚不絕的樣子。⓭疇昔　過去。⓮逸豫　安逸。⓯壽四海　壽，殷翔、郭全芝以為「壽」為「儔」之缺壞，「儔四海」即與四海為儔、與四海為友（《嵇康集注》）。⓰廓　空。⓱崩摧　五臟欲裂。形容悲痛欲絕。⓲抆　擦拭。⓳親日遠　親人相離愈隔愈久。遠，久。〈古詩十九首．行行重行行〉：「相去日已遠，衣帶日已緩。」⓴忉忉　憂愁。㉑裁　節；消退。

【語譯】我怎麼停止憂愁啊，憂愁得無所依靠；總是悲淒啊，心好像被撕裂。無法停止憂愁啊，悲思無限；憂鬱的情緒纏繞在心頭啊，不能化解。突然間沒有了依靠啊，孤孤單單；內心為自己悲傷啊，痛哭失聲。想報答你們的恩德啊，你們已經遠離永別；想起對我的養育之恩啊，我的心都撕裂。感嘆母親兄長啊，永遠不相見；每想到他們的音容笑貌啊，我心中傷痛。感受到春日的溫暖的陽光啊，更是思念我的親人；想與他們相見啊，卻無路可尋。遙望南山啊，我悲嘆母兄壽命短促；看到案几與手杖啊，便忍不住淚如雨下。憶往昔啊，母兄健在的時候；我多麼愉快啊，志在四方。突然間一切都失去了啊，我無處追尋；心中空蕩蕩啊，只有悲傷。走進空空的房間啊，我沒有了依靠；看著他們的遺物啊，我的心都要碎了。深夜裡我的悲傷啊，無人傾訴；只能擦著眼淚啊，獨自傷心。親人相離愈隔愈久啊，我的思念越來越深；思念我的母親啊，淚流滿襟。失去了慈母啊，誰來疼愛我；只有顧影自憐啊，我心如刀割。向蒼天哭訴啊，高高在上的青天無法聽見；我的淚流像雨水啊，嘆息化作了雲。想停止悲愁啊，悲愁卻總伴隨著我；刻骨銘心的悲痛啊，無法節制。

詩三首　郭遐周贈附

【題解】這是郭遐周贈嵇康的三首五言詩。郭遐周的生平事蹟，我們不得其詳。從詩作內容看，他是嵇康的好友。他對嵇康為「時俗」所迫，避地外出寄予很大的同情，也對司馬氏表示了憤怨。據考證，嵇康在司馬昭威逼之下不得已避地河東，時間在西元二五八——二六〇年之間，郭氏贈詩當作於此時。

亮❶無佐世才，時俗所不量❷。歸我北山阿，逍遙以相佯❸。同氣自相求❹，虎嘯谷風涼❺。惟余與嵇生，未面分好章❻。古人美傾蓋❼，方❽此何不臧❾。援箏執鳴琴，攜手遊空房。棲遲衡門下❿，何願于姬姜⓫？中⓬心好永年，年永懷樂康。我友不斯卒⓭，改計⓮適他方。嚴車⓯感發日，翻然⓰將高翔。離別在旦夕，惆悵以增傷。

【注釋】❶亮　明白；清楚。何晏〈景福殿賦〉：「覩農人之耘耔，亮稼穡之艱難。」❷量　度量；任用。❸相佯　同「徜徉」。亦寫作「倡佯」、「相羊」、「尚羊」，疊韻連綿詞，徘徊遊戲的樣子。❹同氣自相求　語出

《周易・乾卦・文言》：「同聲相應，同氣相求。」（同類的聲音互相感應，同樣的氣息互相求合。）同氣，這裡指的是氣質相同，志趣相投。❺虎嘯谷風涼　語出《淮南子・天文》：「虎嘯而谷風至。」《周易・乾卦・文言》：「水流濕，火就燥；雲從龍，風從虎。」（水向濕處流，火向乾處燒；景雲隨著龍吟而出，谷風隨著虎嘯而生。）各以類相從之意。❻未面分好章　尚未見面就情志瞭然。分好，情分志趣。章，同「彰」。顯，明。❼古人美傾蓋　古人以停車交蓋長談為美事。美，形容詞意動用法。以……為美。傾蓋，謂停車交蓋，雙方車蓋稍傾斜。蓋，車蓋。形如傘。《孔子家語・致思》：「孔子之郯，遭程子于途，傾蓋而語終日，甚相親。」「傾蓋」常用來形容朋友相遇，親切談話的情況。有時也指偶然接語的新朋友。❽方　比。❾臧　善。❿棲遲衡門下　棲息在橫木為門的困境中。棲遲，疊韻連綿詞。棲息，盤桓之意。衡門，橫木為門，貧者所居也。《詩・陳風・衡門》：「衡門之下，可以棲遲。」⓫姬姜　婦人之美稱。黃帝姬姓，炎帝姜姓，二姓之後，子孫昌盛，其家之女美者尤多，遂以「姬姜」為婦人之美稱。《左傳・成公九年》：「雖有姬姜，無棄蕉萃。」杜預注：「姬、姜，大國之女。」本詩意為公侯之女、大家閨秀。⓬中　底本作「甘」。各本作「予」。戴明揚校曰：「『予』字吳鈔本塗改而成，原鈔似作『中』。周校本作『甘』，於義不合。」今據改。⓭不斯卒　不終處於此地。各本作「不期卒」，則「卒」同「猝」。突然。謂不意卒然而去也。亦可通。⓮改計　改變計劃。⓯嚴車　裝車。謂整治車駕，準備出行。⓰翻然　飛翔貌。形容轉換啟動得很快。

【語　譯】我明白自己沒有輔佐世道的才能，時俗不會量才用我的。回歸我的北山之阿，逍遙自在遊戲徘徊。同樣的氣質自然相互求合，谷風習習隨著虎嘯而生。我跟嵇先生，未見面已經神交。古人以「傾蓋」接語為美談，比之我們有何不當？一起撥彈箏琴，攜手同遊空房。棲息在橫木為門的簡陋房屋裡，怎能想娶大家閨秀？中心喜好長壽，長壽就包含著康樂。可是我的朋友不能終處於此地，改變計劃要往別的地方。車駕已經整裝待發呀，轉眼間就將遠走高飛。離別的日子就是今天啊，真令人惆悵哀傷。

風人❶重離別，行道猶遲遲❷。宋玉哀登山，臨水送將歸❸。伊此往昔事，言之以增悲。歎我與嵇生，忽然將永離。俯察淵魚遊，仰觀雙鳥飛。厲翼太清中❹，徘徊于丹池❺。欽哉❻得其所，令我心獨違❼。言別在斯須❽，惄焉如朝飢❾。

【注釋】❶風人　詩人。這裡指的是《詩經》中十五〈國風〉的作者及其詩篇。❷行道猶遲遲　語出《詩・邶風・谷風》：「行道遲遲，中心有違。」詩人寫的是一名棄婦被迫離開夫家，所以「走出家門慢吞吞，腳心兒向前心不忍。」❸宋玉哀登山二句　兩句本宋玉〈九辯〉第三、四句：「憭慄兮若在遠行，登山臨水兮送將歸。」（悽愴啊好像在遠行之中，又像登山臨水送人歸去。）宋玉，戰國末期楚國作家，代表作品是〈九辯〉，收在王逸輯注的《楚辭章句》裡。送將歸，送將歸之人，送別的意思。❹厲翼太清中　振翅飛翔在太空中。厲翼，奮翼；振翅飛翔。太清，天空；太空。❺丹池　神話傳說中的水名，據說是太陽洗澡的地方。陶淵明〈讀山海經〉詩：「靈人侍丹池，朝朝為日浴。」❻欽哉　欽羨呀。欽，敬佩；欽佩；欽羨。❼違　違背。行動（欽哉得其所）和心意（傷別離）相違背。❽言別在斯須　告別就在這一刻。斯須，這會兒；頃刻之間；須臾。❾惄焉如朝飢　語本《詩・周南・汝墳》：「未見君子，惄如朝飢。」（好久沒見我丈夫，心裡愁得像清早缺口糧。）惄，《韓詩》作「愵」。思念發愁。

【語　譯】詩人看重離別之情，上路之後還是慢慢吞吞。宋玉悽愴悲哀的，正是那登山臨水送別將歸的人。這些往昔的事兒，說起來就愈加悲傷。可憐我跟嵇先生，忽然之間將要永久地分離。低頭看看深水中魚兒成群結隊地游，抬頭仰望成雙作對的鳥兒在飛翔。振翅疾飛在太空中，徘徊於太陽洗澡的丹池旁邊。欽羨你呀終得其所，卻使我的心裡不是滋味。告別就在這一刻，愁得我好似早晨斷了糧。

離別自古有，人非比目魚❶。君子不懷土❷，豈更得安居❸？四海皆兄弟，何患無彼姝❹！巖穴隱傳說❺，空谷納白駒❻。方各以類聚，物亦以群殊❼。所在有智賢，何憂不此如❽？所貴身名存，功烈在簡書。年時已過歷，日月忽其除。勗❾哉乎嵇生，敬德以慎軀。

【注　釋】❶比目魚　魚綱鰈形目魚類的總稱。此類魚的特徵是兩目生在頭部同一側。兩目同在右側者叫鰈，同在左側者叫鮃，古人誤以為此類魚總是結伴而行。《爾雅・釋地》：「東方有比目魚焉，不比不行，其名謂之鰈。」比，緊靠；並列。❷君子不懷土　語本《論語・里仁》：「君子懷德，小人懷土。」（君子懷念道德，小人懷念鄉土。）懷，懷念；思戀。土，故土；故鄉。❸豈更得安居　難道是為了另尋安居之地嗎？更，改。❹彼姝　那個美好的人。指忠順賢德之人。《詩・鄘風・干旄》：「彼姝者子，何以畀之？」（那位忠順賢才之士，我贈給他什麼呢？）《毛傳》：「姝，順貌。」❺傳說　商代武丁時期築路（一說築牆）的奴隸，執役於虞、虢之間，殷高宗（武丁）舉以為相。傳說輔佐武丁，文治武功，陵轢千古，可以說是商王國最為強盛的時期。❻空谷納白駒　語本《詩・小雅・白駒》：「皎皎白駒，在彼空谷。」（渾身潔白的小馬，在那邊的山谷裡。）《毛傳》解釋道：「宣王之末不能用賢，賢者有乘白駒而去者。」白駒，小白馬。喻指賢者。❼方各以類聚二句　語本《周易・繫辭傳上》：「方以類聚，物以群分。」（道術以門類相聚合，事物以種群相區分。）方，道也。謂性行法術，抽象的意識觀念。物，指具體的事物。如動物、植物等。這兩句的大旨是：無論是抽象的道術觀念，還是具體的事物形態，都是以群、類相分合的。❽不此如　不如此；不像此地。在上古漢語裡，用否定詞「不」的否定句，如果賓語是一個代詞，一般總是放在動詞的前面。後代作家由於仿古的關係，亦偶或沿用這一類結構。❾勗　勉勵。

【語　譯】離別分手是自古就有的常事，人畢竟不是一定得緊緊靠在一起才行的比目魚。君子不懷念故土，哪裡是說另尋安居之地？四海之內皆兄弟，擔心什麼沒有忠順賢才之士！巖穴中隱匿著傳說那樣的賢良之才，空空的山谷迎接乘白駒而入的賢者。道術以門類相聚合，事物以種群相區別。哪兒都有智者賢者，擔心什麼不如此地？值得寶貴的是身與名俱存，功烈記載在天子的策命裡。歲曆已翻光，一年的光陰倏忽流逝。勉力吧嵇生，敬修品德保重身體。

詩五首　郭遐叔贈 附

【題解】這是郭遐叔贈嵇康的五首詩，其中四言詩四首，五言詩一首。郭遐叔的生平事蹟，我們不得其詳。從贈詩內容判斷，他跟郭遐周一樣，同是嵇康「交重情親」的好朋友。詩中讚揚嵇康是「溫其如玉」的君子，無雙的「鸑鳥」，一唱三嘆，抒發了深深的別離之情。這五首詩，跟郭遐周的三首贈詩，當同期寫作於嵇康避地河東前後，即西元二五八——二六〇年之間。

每念遘❶會，惟日不足❷。昕往宵歸❸，常苦其速。歡接無厭❹，如川赴谷。如何忽爾，將適他俗？言駕有日，巾車❺命僕。思言君子，溫其如玉❻。心之憂矣，視丹如綠。

【注釋】❶遘　遇。❷惟日不足　只感到時間不充足。惟，只。語本《詩・小雅・天保》：「降爾遐福，維日不足。」（賜給你大福，天天怕不足。）「日」，底本作「曰」，亦可通。❸昕往宵歸　晨往夜歸。昕，拂曉。宵，夜。❹厭　足。❺巾車　裝車。巾，飾也；衣也。❻思言君子二句　語本《詩・秦風・小戎》：「言念君子，溫其如玉。」（我思念的君子，溫潤和美玉一般。）溫，溫潤，謂性情和美。

【語　譯】每次相遇會面，都感到時間不夠。晨往夜歸，常苦其速。歡會接談永遠沒有滿足的時候，如同川流奔向深谷一般。為什麼忽然間，你將遠去他鄉？出發有期，僕人已在裝車帷。我思念的君子，溫潤和美玉一般。心中憂愁煩亂極了，眼睛竟把紅色看成了綠色。

如何忽爾，超將遠遊。情以怵惕❶，惟思惟憂。展轉反側❷，寤寐追求❸。馳情運想，神往形留。心之憂矣，增其勞❹愁。

【注　釋】❶情以怵惕　心中因而戒懼。情，心中；心情。怵惕，戒懼。❷展轉反側　語本《詩・周南・關雎》：「悠哉悠哉，輾轉反側。」（相思深情無限長，翻來覆去難以成眠。）展，同「輾」。就是轉。反，覆身。側，側身而臥。❸寤寐追求　這裡的意思是日夜思念。化用《詩・周南・關雎》：「窈窕淑女，寤寐求之。」（純潔美麗好姑娘，白天想她夢裡也愛。）寤，睡醒。寐，睡著。一說，「寤寐，猶夢寐也。」（馬瑞辰《毛詩傳箋通釋》）亦可通。❹勞　憂愁；操心。

【語　譯】怎麼忽然間，超然遠遊？我的心情因此而憂懼，愈想愈愁。翻來覆去睡不著，日思夜想都是你。情思奔騰隨你起伏，形體雖留在原地，而精神隨你而去。我的內心煩亂極了，不斷增長著無聊的愁緒。

不見可欲，使心不亂❶。譬彼造化❷，抗無崖畔❸。封疆畫界❹，事利任難❺。惟予與子，本不同貫❻。交重情親，欲面無筭。如何忽爾，時適他館？明發不寐❼，耿耿極旦❽。心之憂矣，增其憤歎！

【注釋】❶不見可欲二句　本《老子》三章：「不見可欲，使民心不亂。」（眼睛不看逗人貪圖之物，使心中不至於被惑亂。）❷造化　天地自然之道。❸抗無崖畔　高遠而沒有邊際。抗，通「亢」。高。崖畔，邊際。❹封疆畫界　人世間劃分疆界。這裡指郡縣疆界。《新語・道基》：「后稷乃列封疆，畫界畔，以分土地之宜。」❺事利任難　分手異地雖極其便易而做起來很難。指思想情感上難以隔斷。❻貫　名籍。❼明發不寐　這裡有通宵達旦（自夕至明）之意。語本《詩・小雅・小宛》：「明發不寐，有懷二人。」（到天亮還沒睡著，又想念爹娘。）明發，天剛亮。❽耿耿極旦　眼兒睜睜到天明。《詩・邶風・柏舟》：「耿耿不寐，如有隱憂。」朱熹《集傳》：「耿耿，小明，憂之貌。」謂夜間張目不眠。一說，耿耿，猶儆儆、警警。不安也；心煩耳熱也。亦可通。極，至；達。

【語　譯】眼睛不看逗人貪圖之物，使自己心中不會惑亂。譬如天地自然之道，高尚遠大而沒有邊際。人世間封疆劃界，使人們分手便捷而做起來真難。我跟您啊，本來名籍不同。交情卻是這般地深厚而親近，時時刻刻想見面。怎麼忽然間，就要到別處去？急得我一夜沒睡著，眼兒睜睜到天明。我心中煩亂極了，不斷增長著幽憤慨嘆！

天地悠長，人生若忽。苟❶非知命，安❷保旦夕。思與君子，窮年卒歲。優哉逍遙，幸無隕越❸。如何君子，超將遠邁？我情願關❹，我言願結❺。心之憂矣，良以忉怛❻。

【注釋】❶苟　假使；如果。❷安　怎麼；哪裡。「安」是疑問代詞用作狀語。❸隕越　顛墜。❹關　塞；不通。❺結　凝結；梗阻；結疙瘩。❻良以忉怛　真真是哀傷不已。良，的確。忉怛，哀傷貌。《詩・齊風・甫田》：「無思遠人，勞心忉忉。」「無思遠人，勞心怛怛。」《毛傳》：「忉忉，憂勞也。」「怛怛，猶忉忉也。」皆憂勞之意。

【語譯】天地悠悠而長久，人生短暫忽如寄。如果不是樂天知命的人，哪裡保得住旦夕安寧。我多麼想與君子，一年到頭在一起。優游逍遙，希望不會有災禍降臨。為什麼你這位君子，將超然遠行？我的心情鬱結難過，我心裡有許多話一時都說不出。我內心煩亂極了，真真是哀傷不止。

君子交有義，不必常相從。天地有明理，遠近無異同。三仁❶不齊迹，貴在等賢蹤❷。眾鳥群相追，鷙鳥獨無雙❸。何必相呴濡❹，江海自從容。願各保遐年❺，有緣復來東。

【注釋】❶三仁　三位仁人。指殷商末年的微子、箕子、比干三位賢者。微子，名啟，紂王的同母兄，他出生的時候，母親尚為帝乙之妾，其後才立為妻，然後生了紂，帝乙死後，紂得嗣立。箕子，紂王的叔父，紂王無道，箕子進諫而不聽，便披髮佯狂，降為奴隸。比干，也是紂王的叔父，力諫紂王，紂王說，我聽說聖人的心有七個孔，便剖開他的心而死。把上述三人稱為「三仁」，始於孔子。《論語．微子》：「微子去之，箕子為之奴，比干諫而死。子曰：『殷有三仁焉。』」❷蹤　蹤跡。❸鷙鳥獨無雙　鷙鳥不與燕雀為群。屈原〈離騷〉：「鷙鳥之不群兮，自前世而固然。」王逸注：「鷙，執也。謂能執伏眾鳥，鷹鸇之類也，以喻忠正。言鷙鳥執志剛厲，特處不群，以言忠正之士，亦執分守節，不隨俗人，自前世固然，非獨於今，比干、伯夷是也。」❹呴濡　呴，開口出氣；吐氣。濡，沾濕。語出《莊子．大宗師》：「泉涸，魚相與處于陸，相呴以濕，相濡以沫，不如相忘于江湖。」（泉源枯竭了，所有的魚一同居住在陸地上，它們用濕氣互相呼吸，用口沫互相沾濕，這樣相依為命，還不如在江湖之中相互忘掉得好。）❺遐年　即遐齡、高齡。《魏書．常景傳》：「以知命為遐齡。」此處是「餘年」的意思。遐，長久；遠。

【語　譯】君子交遊重道義，不一定要天天聚在一起。天地有明理，遠近無差別。殷末三仁行跡不一，可貴的是他們同有賢良的表現和業績。眾鳥成群相追逐，鷙鳥卻從不與燕雀凡鳥為群。何必像失水的魚兒一般用濕氣相互呼吸用口沫相互沾濕，到江海中是何等的自在從容。但願各自保遐年，有機會再回山陽來。

五言詩三首答二郭

【題解】西元二五八年前後，嵇康被迫「避地河東」。郭遐周、郭遐叔贈詩挽留，嵇康作詩以答之。第一首寫此次遠行是出於不得已，「戀土思所親，能不氣憤盈？」第二首寫隱遁非所願：「雖逸亦以難，非余心所嘉。豈若翔區外（人事之外），飡瓊漱朝霞？」表示要絕世仙遊。第三首寫世道險惡，「權智相傾奪，名位不可居。」不值得為功名而殉身，「去去從所志，敢謝道不俱。」委婉地流露出自己的信仰跟二郭不完全一致。全詩充滿憤懣和憂傷的情緒，幻想求老莊為之解脫。執著與超脫的結合，構成了「嵇志清峻」（劉勰《文心雕龍・明詩》）的藝術風格。

天下悠悠❶者，不能趨上京❷。二郭懷不群❸，超然來北征❹。樂道託蓬廬❺，雅志無所營❻。良時遘❼其願，遂結歡愛情。君子義是親，恩好篤❽平生。寡智自生災，屢使眾釁❾成。豫子匿梁側❿，聶政變其形⓫。顧此懷怛惕⓬，慮在苟自寧。今當⓭寄他域，嚴駕⓮不得停。本圖終宴婉⓯，今更不克并⓰。二子贈嘉詩，馥如幽蘭馨。戀土思所親，能不氣憤盈⓱？

【注釋】❶悠悠　眾多貌。《史記・孔子世家》：「桀溺曰：『悠悠者天下皆是也。』」「悠悠」，今本《論語・微子》作「滔滔」。❷上京　首都。這裡當指洛陽。❸懷不群　胸懷不凡。不群，不凡；非同一般；超軼群倫。❹超然來北征　飄飄然雙雙北征。班彪〈北征賦〉：「遂奮袂以北征兮，超絕迹而遠遊。」新莽代漢，班彪避難涼州，發長安，至安定，作〈北征賦〉。二郭（郭遐周、郭遐叔）不「趨上京」而來山陽，當有抵制司馬氏集團之寓意，跟班彪賦〈北征〉之宗旨暗合。❺蓬廬　茅舍。❻營　通「䁝」。惑亂。❼遘　遇；遭遇。❽篤厚。❾釁　瑕隙；隔閡。❿豫子匿梁側　豫讓藏伏在橋梁的一側。豫子，豫讓，春秋戰國間晉國人，智（知）伯瑤的門客。當時智氏、韓氏、趙氏、魏氏四家卿大夫掌握著晉國的命運。西元前四五五年，智伯伐趙襄子。趙襄子聯合韓、魏於西元前四五三年捉住了智伯瑤，殺了智氏全族，瓜分了智氏的全部土地。豫讓忠於智伯，多次行刺趙襄子未遂。後來他漆身為厲（癩），吞炭為啞，使形狀不可知，行乞於市，以待時機。襄子當出，豫讓伏於所當過之橋下，襄子至橋，馬驚，使人問之，果豫讓也。豫讓曰：「今日之事，臣固伏誅，然願請君子之衣而擊之焉，以致報讎之意，則雖死不恨！」於是襄子大義之，使使持衣與豫讓，豫讓拔劍三躍而擊之，曰：「吾可以下報智伯矣！」遂伏劍自殺（《史記・刺客列傳》）。⓫聶政變其形　聶政自刑其身改變形狀。聶政（？——西元前三九七年），戰國時韓國軹（今河南濟源東南）人，因殺人避仇，與母、姊逃到齊國，以狗屠為事。韓烈侯時，嚴遂（仲子）和國相俠累（即韓傀）爭權結怨，求聶政代為報仇。聶政獨行仗劍至韓，「直入上階，刺殺俠累，左右大亂。聶政大呼，所擊殺者數十人。因自皮面決眼（以刀刺其面皮，剜出眼睛），自屠出腸，遂以死。」（《史記・刺客列傳》）變其形，毀容殘身，欲令人不識，以保護其姊和「知己者」嚴仲子等人。⓬怛惕　憂懼不安。⓭當　副詞。相當於「將」、「將要」、「即將」。⓮嚴駕　整治車馬。⓯宴婉　即「嬿婉」、「燕婉」。安和美好的樣子。⓰今更不克并　現在改變了不能聚合在一塊。更，改；改變。克，能。并，聚合。⓱憤盈　充滿；積聚。

【語　譯】天下的芸芸眾生，恨不能跑到洛陽做高官。二郭的胸懷卻非同一般，超然北征到山陽。安貧樂道棲茅舍，志向高雅不為世俗所惑。難得吉日合心願，我與君結下歡愛深情。君子唯義是親，恩愛友好終生深厚。缺少小聰明會生出災禍，每每造成與世人的種種隔閡。想當年刺客豫讓藏在橋下，聶政毀容殘身變形狀。這些都令人憂懼心驚，我只想苟且安寧。如今將要寄身他鄉，正在裝束車馬不得稍停。原本想一直和順相處下去，現在改變了不能再聚合在一塊。二位臨別贈嘉詩，洋溢著幽蘭般芬芳。我依戀故土思念親人，怎能不怒火滿腔？

昔蒙父兄祚❶，少得離負荷❷。因疏❸遂成嬾❹，寢迹❺北山阿。但❻
願養性命，終己靡有他❼。良辰不我期，當年值紛華。懍慄❽趣世教，
常恐纓❾網羅。羲農❿邈以遠，拊膺獨咨嗟⓫。朔戒貴尚容⓬，漁父好揚
波⓭。雖逸⓮亦以難，非余心所嘉。豈若翔區外⓯，飧⓰瓊漱朝霞？遺⓱
物棄鄙累，逍遙遊太和⓲。結友集靈岳⓳，彈琴登⓴清歌。有能從我者，
古人何足多！

【注　釋】❶祚　福。❷負荷　背負肩荷；負擔。負，背負。荷，擔。❸疏　粗疏；不切實際。❹嬾　同「懶」。❺寢迹　息跡；隱跡。指隱居。❻但　只。❼終己靡有他　終自己一生無他求。靡，無。這句化用《詩・鄘風・

柏舟》中「之死矢靡它」（誓死不會變心腸）。❽懍慄　戒懼瑟縮小心翼翼的樣子。懍，危懼；戒懼。慄，恐懼；瑟縮。吳寬叢書堂鈔本《嵇康集》作「懍慓」，戴明揚校曰：「吳鈔本原鈔『慓』字為『慄』字之誤。」今據改。周樹人校本作「坎懍」，誤。❾纓　纏繞；觸網。❿羲農　伏羲氏和神農氏，我國原始社會末期的氏族首領之一。傳說伏羲、女媧兄妹相婚而產生了人類，又傳說他教民結網、製作八卦等，其遺墟在陳（今河南淮陽）。神農與炎帝本為二人，漢代以後綜合成一，被尊之為農業之神，歷代學者皆確認炎帝氏族發明並發展了農業。⓫拊膺獨咨嗟　輕拍著胸膛獨自嘆息。拊，撫摸；拍；輕擊。膺，胸。咨嗟，嘆息；讚嘆。⓬朔戒貴尚容　東方朔告誡以崇尚容身避害的人為貴。朔，東方朔。揚雄《法言・淵騫》載：「或問：東方生名過實者何也？曰……。請問名？曰：詼達惡比。曰：非夷、齊而是柳下惠，戒其子以尚容。……」尚容，崇尚容身避害的人。底本作「明戒貴尚用」。周樹人校曰：「明」，各本作「朔」。「用」，各本作「容」。今據改。又，戴明揚校曰：「明」為「朔」字之誤，「用」為「中」字之誤。《藝文類聚》卷二十三引東方朔戒子曰：「明者處世，莫尚於中。」中，適中。亦可通。⓭漁父好揚波　漁父以隨波逐流為能事。《楚辭・漁父》：「世人皆濁，何不淈其泥而揚其波？」（世間人人都混濁，何不攪混泥水推波助浪？）漁父勸屈原「不凝滯于物，而能與世推移」，即順時應變的意思。⓮逸　隱遁；遁世隱居。⓯區外　人世之外。指仙境。⓰飧　晚飯。《國語・晉語二》：「里克辟奠，不飧而寢。」⓱遺　棄。⓲太和　大和；至高至極的和諧。這裡指太空。⓳靈岳　仙山。⓴登　上。

【語　譯】從前承蒙父兄的福佑，少年時代得以沒有負擔。由粗疏養成懶散，隱遁在北山之阿。一心想保養天性和生命，終生無他求。只恨我生不逢辰，丁壯之年正值紛華盛麗。小心翼翼迎合世教，常常害怕被網羅纏繞。伏羲、神農邈茫而遙遠，我輕拍著胸部獨自嘆息。東方朔告誡以崇尚容身避害為貴，漁父則以隨波逐流為能事。即使是遁世隱居也很難啊，這些都不是我衷心願意的。哪裡比得上翱翔於人世之外，晚餐瓊玉早漱朝霞？拋棄外物和世俗的牽累，逍遙遠遊和諧的太空仙界。結友集於靈岳仙山，彈琴上清歌。有志同道合的人相追隨，古人何足重！

詳觀淩❶世務，屯❷險多憂虞。施報更相市❸，大道匿不舒。夷❹路殖枳棘❺，安步❻將焉如？權智相傾奪，名位不可居。鸞鳳避罻羅❼，遠託崑崙墟。莊周悼靈龜❽，越搜畏王輿❾。至人存諸己❿，隱樸樂玄虛⓫。功名何足殉，乃欲列簡書？所好亮⓬若茲，楊氏歎交衢⓭。去去從所志，敢謝道不俱⓮。

【注釋】❶淩　疾馳；疾行。❷屯　難；艱困。❸市　交易。❹夷　平。❺枳棘　多刺的灌木。枳，落葉灌木或小喬木，莖上有刺，漿果球形味酸苦，也叫枸橘。棘，酸棗樹，多刺。❻安步　緩緩步行。底本作「心安」。周樹人校曰：「各本作安步。」戴明揚校曰：「作安步更合。」今徑改。❼罻羅　小網；鳥網。罻，小網。❽莊周悼靈龜　莊周傷悼死後藏之廟堂的神龜。《莊子．秋水》載：莊子在濮水釣魚，楚王派兩個人來問候他，說：「大王想請你去掌管國家！」莊子持竿不顧，說道：「我聽說，楚國有個神龜，死了三千年了，楚王用佩巾包著，用竹器盛著，藏在廟堂之上。這個神龜呀，牠是情願死了留卜遺骨而被珍貴呢，還是寧願活著在泥塗中拖著尾巴爬呢？」來人說：「寧願活著在泥塗中拖著尾巴爬。」莊子說：「請回吧！我寧願拖著尾巴在泥塗中爬！」❾越搜畏王輿　越國王子搜怕坐國王的專車。《莊子．讓王》載：越國連續三代君王被殺，王子搜害怕，逃亡到丹穴。國人找到丹穴，用艾火把他薰出來，請他乘坐「王輿」（國王專車）。王子搜抓著扶手上了車，仰天而呼道：「君乎！君乎！獨不可以舍我乎？」（君位啊，君位啊，難道不可以饒了我這個人嗎？）搜，底本作「稷」，形近而訛，今據《莊子・讓王》改。❿至人存諸己　語本《莊子・人間世》：「古之至人，先存諸己，而後存諸人。」（古代的至人，先在自己身上確立起來（指道的修養），然後才能培養造就別人。）存，立。諸，「之於」的合音。⓫隱樸樂玄虛　復歸自然而無求無欲。隱，憑靠。樸，老子用語。指原始自然質樸的存在，即指「道」。《老子》三十二章：「道常，無名，樸。雖小，天下莫能臣。」（道是永恆的，沒有名稱的，全真混樸的。即使很小，天下誰也不能臣服它。）「樸」亦無名，《老子》三十七章：「道常，無名。侯王若能守之，萬物將自化。化而欲作，吾將鎮之以無名之樸。鎮之以無名之樸，夫亦將無欲。無欲以靜，天下將自正。」（意思是：發展變化那麼欲望就將萌動起來，我會用沒有名稱的樸來鎮服它。沒有欲望就會平靜，天下會自然正常。）這裡描述的正是「玄虛」境界。⓬亮　通「諒」。信；誠然。⓭楊氏歎交衢　楊朱慨嘆於大道多歧。楊氏，楊朱，戰國初期道家，魏國人。善辯。主張「貴生」、「重己」，「全性葆真，不以物累形」，一意於保全個人的天性和生命。《列子・楊朱》載：「楊子之鄰人亡羊。楊子曰：『何追者之眾？』曰：『多歧路。』既反（返）。問：『獲羊乎？』曰：『亡之矣！』曰：『奚亡之？』曰：『歧路之中又有歧焉，吾不知所之。』楊子慼然變容。門人怪之。心都子曰：『大道以多歧亡羊，學者以多方喪身。』」⓮道不俱　道不同。二郭詩中有「所貴身名存，功烈在簡書」的話，而嵇康則認為：「功名何足殉，乃欲列簡書？」不贊成二郭的觀點。

【語　譯】仔細觀察這多變的世道，險象環生令人驚心。彼此間恩恩仇仇，大道隱沒不得舒展。平坦路上栽滿荊棘，真不知如何落腳？權變巧偽相互傾軋爭奪，聲名和爵位不可居留。鸞和鳳逃避網羅，遠託崑崙之上。莊周傷悼死掉的神龜，越國王子搜畏懼國王的專車。古代的至人存「道」於自身，復歸自然之「樸」無憂無慮。功名不值得為之殉身，還要什麼載入史冊？我的心境顯豁如此，楊朱也曾慨嘆道路縱橫交錯。決計離去了，我只是遵從自己的志向，豈敢說我們的信仰有什麼不同！

五言詩一首與阮德如

【題解】這是一首贈別詩。阮德如，名侃，字德如，尉氏（今河南尉氏）人，有俊才，仕至河內太守，與嵇康為友。阮侃官場失意，被迫離職返回家鄉，嵇康傷心地寫下了這首詩。詩人詠歌知己者之間的友誼，揭露「榮名穢人身，高位多災患」的險惡現實，勸朋友捐棄名位，全心地修養自己的浩然正氣！

含哀還舊廬，感切傷心肝。良時遘❶吾子，談慰臭如蘭❷。疇昔❸恨不早，既面侔舊歡❹。不悟❺卒永離，念隔❻悵增歎。事故無不有，別易良會難。郢人忽以逝，匠石寢不言❼。澤雉窮野草❽，靈龜樂泥蟠❾。榮名穢❿人身，高位多災患。未若捐外累⓫，肆志養浩然⓬。顏氏希有虞⓭，隰子慕黃軒⓮。涓⓯彭⓰獨何人，惟在志所安。漸漬⓱殉近欲，一往不可攀⓲。生生在豫積⓳，勿以怵⓴自寬。南土旱㉑不涼，衿計宜早完㉒。君其愛德素㉓，行路慎風寒。自力致㉔所懷，臨文情辛酸。

【注　釋】❶邂　遇。❷談慰臭如蘭　言談投機感覺像蘭草一樣芬芳。《周易・繫辭上》：「二人同心，其利斷金；同心之言，其臭如蘭。」（兩人心意相同，猶如利刃可以切斷金屬；心意相契的言語，其氣味像蘭草一樣芬芳。）臭，氣味；氣息。❸疇昔　往昔。指初次見面之時。❹既面侔舊歡　一見面就如同老朋友一般。面，見面。侔，齊；等同。舊歡，舊交；老朋友。❺不悟　不料；想不到。❻隔　隔離；闊別。❼郢人忽以逝二句　刷牆的郢人飄然消逝，匠人石就寂靜無言。指沒有談話投契的對象。典出《莊子・徐无鬼》。詳見〈贈兄秀才入軍〉第十四首「郢人逝矣，誰可盡言？」本詩中的「郢人」喻指阮德如，「匠石」為作者自擬。❽澤雉窮野草　池澤邊上的野雞終身願自由生活在野草裡。澤雉，草澤中的野雞。窮，全部；自始至終。《莊子・養生主》載，澤雉走十步才啄一次食，走一百步才喝一次水；但牠並不希望被畜養在樊籠之中。籠中的雉，精神雖然飽滿，可是並不自由舒適啊！❾靈龜樂泥蟠　供在廟堂上的神龜寧願拖著尾巴在泥塗中爬。典出《莊子・秋水》，詳見〈答二郭〉第三首注❽。蟠，屈。指「曳尾塗中」。❿穢　汙穢；玷汙。⓫捐外累　捐棄身外之累。捐，棄。累，指榮譽、祿位等，即上兩句中的「榮名」、「高位」。⓬浩然　浩然之氣，意志和信仰。《孟子・公孫丑上》：（孟子曰）「我知言，我善養吾浩然之氣。」（我善於分析別人的言辭，也善於培養我的浩然之氣。）（公孫丑曰）「敢問何謂浩然之氣？」（孟子）曰：「難言也。其為氣也，至大至剛，以直養而無害（用正義去培養它，一點不加傷害），則塞于天地之間。」⓭顏氏希有虞　顏回企慕虞舜。顏氏，指顏回（西元前五二一——前四九〇年），字子淵，孔子最得意的學生。希，企慕。有虞，虞舜。《孟子・滕文公上》：「顏淵曰：『舜，何人也？予，何人也？有為者亦若是。』」（舜是什麼樣的人，我也是什麼樣的人，有作為的人也會像他那樣。）⓮隰子慕黃軒　隰朋企慕黃帝。隰子，隰朋，姓隰名朋，齊國賢臣，輔佐齊桓公四十一年。黃軒，黃帝號軒轅。《莊子・徐无鬼》載管仲病重，齊桓公請他推薦繼任之人。管仲對曰：「無已，則隰朋可。其為人也，上忘而下畔（伴），愧不若黃帝，而哀不己若者。」（非要我推薦不可，我認為隰朋可以。隰朋的為人，對上無心窺察無心計較，對下親善團結，對比不上黃帝而自感慚愧，且能憐愛不如自己的人。）⓯涓　涓子。《列仙傳》：「涓子者，齊人也，好餌術，接食其精，至三百年乃見（現）于齊，著《天人經》四十八篇。後釣于荷澤，得鯉魚，腹中有書。隱于宕山，能致風雨。受伯陽九仙法。」⑯彭　彭祖，姓籛名鏗，傳說曾進雉羹於堯，封於彭城，歷夏至殷末已七百六十七歲，而不衰老，「王令采女乘輜軿問道于彭祖，彭祖曰：『吾遺腹而生，三歲而失母，遇犬戎之亂，流離西域，百有餘年。加以少枯，喪四十九妻，失五十四子，數遭憂患，和氣折傷，榮衛焦枯，恐不度世，所聞淺薄，不足宣傳。』乃去，不知所之。其後七十餘年，聞人于流沙之國西見之。」（《神仙傳》）⑰漸漬　浸潤。⑱攀　攀援。⑲生生在豫積　養生之道在於逸悅的積累。生生，養生。語出《老子》五十章，詳〈六言詩十首〉第五首注❶。豫，逸豫；悅樂；安適。⑳怵　底本作「休」。周樹人校曰：「各本作怵。」今徑改。怵，通「訹」。《廣雅》：「訹，誘也。」此承上文「近欲」而言。㉑早　底本作「垾」。周樹人校曰：「各本作早。」今據改。㉒衿計宜早完　禦寒的衣物要早一點準備好。衿計，衣物諸事。衿，衣的交領。《顏氏家訓·書證》：「古者，斜領下連於衿，故謂領為衿。」此泛指衣服。完，底本作「看」。周樹人校曰：「各本作完。」今據改。戴明揚曰：「此謂當于未涼之時，早完冬計也。」㉓德素　德性；自然本性。㉔致　表達；求得。

【語譯】我含著哀傷回到家中，離別真叫人痛心。想當初天賜良機遇到你，交談存問情投意合。當時相見恨晚，一見面就如同老朋友一般。想不到如今突然分離，念闊別惆悵又喟嘆。意料不到的變故人人都有，別時容易見時難。粉牆的郢人飄然遠逝，高超的匠石只好寂靜無言。池澤邊上的野雞願終身生活在草澤裡，供在廟堂之上的神龜寧願選擇拖著尾巴在泥塗中爬。榮名使人身汙穢，高位常帶來災禍。倒不如捐棄名位，全心修養自己的浩然之氣。顏回仰慕虞舜，隰朋企羨黃帝。唯獨涓子、彭祖是什麼樣的人，一心只追求理得心安。沈溺於眼前的欲望，歲月流逝不可追還。養生之道在於愉悅安適，不因誘惑而自亂。南方雖然因乾旱尚不覺得冷，但是禦寒的衣物應及早準備完善。希望你善自珍攝，一路上小心風寒。言有盡而意無窮，提筆動情萬般辛酸湧上心頭。

五言詩二首　阮德如答附

【題解】阮德如被迫離職返鄉，與嵇康分別，哀傷過人。上路之後，阮德如寫下了第一首詩，深情地回憶兩人「蘭石」般芳潔而牢固的友誼，相互切磋琢磨學問的樂趣，描繪了「臨輿執手訣，良誨一何精！佳言盈我身，援帶以自銘」的送別場景，繪聲繪色。第二首則是收到嵇康贈詩之後的答詩，表示要以榮啟期為榜樣，自得其樂，隱居養生，勸嵇康不要過度悲傷，消除憂慮，切勿以離別之情而毀傷身體，表達了情同手足的真摯友情，十分感人。

旦發溫泉廬，夕宿宣陽城❶。顧眄❷懷惆悵，言❸思我友生。會遇一何幸，及子遘歡情。交際雖未久，思我愛發誠。良玉須切磋❹，璵璠就其形❺。隨珠❻豈不曜，雕瑩啟光榮。與子猶蘭石❼，堅芳互相成。庶幾弘古道，伐檀俟河清❽。不謂中離別，飄飄然遠征。臨輿執手訣，良誨一何精！佳言盈我身，援帶❾以自銘。唐虞曠❿千載，三代⓫不我并。洙泗⓬久以往，微言⓭誰為聽？曾參易簀斃⓮，仲由結其纓⓯。晉楚安足慕⓰，屢空以守貞⑰。潛龍尚泥蟠⑱，神龜隱其靈⑲。庶保吾子言，養真以全生。東野⑳多所患，暫往不久停。幸子無損思，逍遙以自寧。

【注釋】❶宣陽城　地名。在今河南修武境內。〔道光〕《修武縣志・故城考》：「今縣東南十八里宣陽驛，尚有廢城址。」❷顧眄　回視。眄，斜視；不正面看。底本作「盻」。周樹人校曰：「各本作眄。」據改。❸言　用在動詞「思」之前，助詞，無實義。一說，「言」字用作詞頭，放在動詞前面。❹良玉須切磋　良玉必須治理加工。須，副詞。表示事實上或情理上必要，相當於「應」、「必須」。切磋，原指刻製骨器。這裡泛指治理加工骨器、玉器、石器的工藝。《詩・衛風・淇澳》：「有匪（斐）君子，如切如磋，如琢如磨。」（有位君子文采斐然，似象牙經過切磋，又似美玉經過琢磨。）切、磋、琢、磨，古代治骨器、玉器、石器等的不同工藝。這裡用來比喻人的研究學問和鍛煉品德精益求精。❺璵璠就其形　璵璠呈現出美玉本色。璵璠，寶玉。《說文》引孔子曰：「美哉璵璠！遠而望之，奐若也；近而視之，瑟若也。」❻隨珠　隨侯之珠。即明月珠，夜明珠。相傳隨侯（隨國國君）見一大蛇受了重傷，取藥救治。後來這條蛇「於夜中銜大珠以報之，因名曰隨侯之珠，蓋明月珠也」。詳《淮南子・覽冥》「隨侯之珠」注。❼蘭石　蘭石之交。指友誼芳潔如蘭，堅固如石。亦指個人品性。《論衡・本性》：「稟蘭石之性，故有堅香之驗。」❽伐檀俟河清　隱居以待太平。伐檀，語出《詩・魏風・伐檀》：「坎坎伐檀兮，寘之河之干兮，河水清且漣猗。」（砍伐檀樹聲聲響，放在河邊岸堤上，河水清清起波浪。）詩人寫的是實景。《毛傳》解釋為：「伐檀以俟世用，若俟河水清且漣。」《鄭箋》：「是謂君子之人，不得進仕也。」後世遂以「伐檀」為隱士所為，「河清」隱喻治世，太平之世。❾帶　指古人腰間繫的大帶，又名「紳」，可用來寫字記事，以備忘卻。❿曠　遠。⓫三代　夏、商、周三代。⓬洙泗　兩條河的名稱，均在魯國境內，洙水是泗水的支流。《禮記・檀弓上》：「曾子曰：『吾與汝事夫子於洙泗之間。』」這裡指以孔子為代表的魯文化傳統。⑬微言　精微要妙之言。這裡指孔子的話。⑭曾參易簀斃　曾參要求換蓆子而後死。曾參，孔子弟子。簀，蓆子；鋪墊用具。《禮記・檀弓上》記載：曾參病重，臨死前睡的蓆子是季孫氏贈送的。身邊童子提醒說：「華而睆（華美好看），大夫之簀（蓆）與？」（按照禮制，只有大夫才能睡這種規格的蓆子。）曾參聽到這話，大吃一驚，命令兒子曾元把他扶起來換蓆。曾元不願更換，曾子批評他，堅定地說：「吾得正而斃焉！」曾元「舉扶而易之，反（返）席未安而沒。」⑮仲由結其纓　子路結好帽纓而後死。仲由，即子路，孔子弟子。纓，繫帽的帶子；冠繫。《左傳・哀公十五年》載：衛國內亂，仲由（子路）參與其事，在爭鬥過程中，「石乞、盂黶敵子路，以戈擊之，斷纓，子路曰：『君子死，冠不免！』結纓而死。」⑯晉楚安足慕　晉國和楚國的財富有什麼值得羨慕的。《孟子・公孫丑下》：「曾子曰：『晉楚之富，不可及也；彼以其富，我以吾仁；彼以其爵，我以吾義，吾何慊乎哉？』」（晉、楚的財富，是我們趕不上的。但是，他有他的財富，我有我的仁；他有他的爵位，我有我的義，我怎麼會覺得比他少了什麼呢？）⑰屢空以守貞　（顏回）身處貧乏之中而堅守節操。《論語・先進》：「子曰：『回也其庶乎，屢空。賜不受命，而貨殖焉，億則屢中。』」（顏回的學問道德差不多了吧，可每每處在貧乏之中。端木賜（子貢）不安本分，去囤積生財，猜測行情，竟每每猜中了。）屢空，常常貧乏；窮得很。⑱潛龍尚泥蟠　當作「神龜尚泥蟠」。神龜愛的是盤屈於泥塗之中。典出《莊子・秋水》，詳〈答二郭〉第三首注❽。⑲神龜隱其靈　當作「潛龍隱其靈」。潛龍隱藏了它的靈光。⑳東野　當指作者的家鄉尉氏一帶。《後漢書・劉陶傳》：「臣東野狂暗，不達大義。」戴明揚校注：「陶，潁川潁陰人。此詩東野，亦當指潁川也。」今按：潁川在許昌以東，與尉氏縣鄰近，此詩「東野」當借指其家鄉也。

【語　譯】早晨從溫泉廬出發，傍晚歇宿在宣陽城裡。回顧來路心中滿懷惆悵，思念我的朋友。相遇是多麼幸運，得以跟您結交歡樂情誼。我們交往的時間雖不算長，對我的友愛卻是發自內心真誠。良玉必須經過切磋琢磨，璵璠方能呈現出美玉本色。隨侯之珠豈不閃亮，雕磨使它大放光明。

我跟您的友誼芳潔如蘭堅固如石，堅固、芳香互相促成。希望弘揚古道，隱居待太平。不料中途離別分手，我一個人飄飄然遠行。登車前握手告別，您的教誨是多麼精當！佳言充滿我心中，提起紳帶記下來。堯舜是千載所無，夏商周三代我也趕不上。孔子早已過世，他的精微要妙之言誰還能夠聽到？曾參要求換條普通墊蓆而後死，子路要結好帽纓再死。晉楚的財富哪裡值得羨慕，顏回每每在貧乏之中堅守節操。神龜愛的是盤屈於泥塗之中，潛龍要隱藏起它的靈光。我力求遵循您的贈言，涵養天真以保全生命。東野那地方多有潛在的憂患，我暫時前往不會久留。希望您勿被思念之情所損傷，逍遙閑適自我安寧。

雙美不易居❶，嘉會故❷難常。爰自憩斯土❸，與子遘蘭芳❹。常願永遊集，拊翼❺同廻翔。不悟卒❻永離，壹別為異鄉。四牡❼一何速，征人去路長。步顧懷想像，遊目屢不❽行。撫軫❾增嘆息，念子安能忘。恬和❿為道基，老氏惡強梁⓫。患至有身災，榮子知所康⓬。蟠龜實可樂，明戒在刳腸⓭。新詩⓮何篤穆，申詠曾愷悕⓯。舒檢⓰詔良訊，終然永厭藏。還誓必不食，復得同林房。願子盪憂慮，無以情自傷。候路忘所次，聊以酬來章。

【注釋】❶居　止；停。❷故　本來。❸爰自憩斯土　自從休息在這地方。爰，於。憩，休息。❹與子遘蘭芳　跟您結下蘭芳般的友情。《孔子家語・六本》：「與善人居，如入芝蘭之室，久而不聞其香。」遘，交結。❺拊翼　拍擊著翅膀。拊，拍；擊。❻卒　同「猝」。倉促；突然。❼四牡　四匹公馬。牡，公馬。❽不　底本作「大」。周樹人校曰：「各本作太。」戴明揚校曰：「此當為『不』字之誤。」今據戴校改。❾軫　車廂底部四面的橫木。亦為車的代稱。❿恬和　恬靜平和。⓫老氏惡強梁　老子厭惡強橫逞兇的人。老氏，老子。《老子》四十二章：「強梁者不得其死，吾將以為教父。」（強橫逞兇的人不得好死，我將奉為教育的條目。）強梁，強橫逞兇。⓬榮子知所康　榮啟期是明曉康樂之道的人。榮子，榮啟期，春秋時的隱士，與孔子同時。《列子・天瑞》載：孔子遊于太（泰）山，見榮啟期行乎郕之野，鹿裘帶索，鼓琴而歌。孔子問曰：「先生所以樂何也？」對曰：「吾樂甚多。天生萬物，唯人為貴，吾得為人，是一樂也；男女之別，男尊女卑，故以男為貴，吾既得為男矣，是二樂也；人生有不見日月，不免襁褓者，吾既已行年九十矣，是三樂也；貧者士之常也，死者人之終也，處常得終，當何憂哉？」孔子曰：「善乎！能自寬者也。」⓭蟠龜實可樂二句　自由爬行的神龜誠然可樂，但牠卻免不掉刳腸之災。蟠，盤屈；爬行。即「曳尾塗中」（見《莊子・秋水》）。典出《莊子・外物》：宋元君夜半夢見神龜對自己說：「打漁的人余且逮住了我。」第二天，宋元君命令余且來朝見，獻白龜。宋元君兩次想殺掉牠，兩次想養活牠，心中遲疑不定。占卜一下，說：「殺掉這隻龜，用牠作占卜，吉利。」於是把牠剖肚挖腸，用火燔牠的背殼作占卜，七十二次，沒有一次不應驗的。孔子評論這事說：「這龜的神通能夠向宋元君託夢，卻不能逃脫余且的網；智慧能夠占卜七十二次而次次靈驗，卻不能逃脫殺身之禍。即使有最高的智慧，也禁不住一萬人去謀算牠的！」刳，剖開而挖空。⓮新詩　指嵇康的贈別詩。⓯愷忼　同「慨慷」。感慨；悲嘆。⓰檢　古代封書題簽。以木為函，復題署函上以禁閉之，即書函之封蓋。後世以紙為函，「檢」指印窠封題，猶今之信封也。

【語　譯】雙美相合不容易長久，美好的聚會本來就難常有。自從來到這個地方，跟您結下蘭芳般的友情。時時盼望長久地交遊聚首，像鸞鳳一樣拍擊著翅膀共同盤旋飛翔。不料突然間要長久地分別，一下子變成為異鄉之人。四匹公馬跑得有多快呀，征人要走的路很長。一步一回首眷戀這兒的一草一木，看來看去不忍離開。撫摸著車子長長地嘆息，心裡記住您呀怎能忘懷。恬靜平和是道的基因，老子一向厭惡強橫逞兇的人。禍患釀成必有身災，榮啟期才是明曉康樂之道的人。自由爬行的神龜誠然可樂，但牠卻免不了刳腸之災。您的贈詩多麼誠摯和親切，我反覆吟詠慨慷動容。打開信函全是良善的告誡，我要永久地把它珍藏。歸來時一定不食誓言，跟您一起隱居養生。希望您消除憂慮，不要因為離別之情而毀傷身體。等候出發忘了駐紮的地名，姑且就在此地酬答您的贈詩。

酒會詩一首

【題　解】這首詩當作於阮德如離去之後不久。詩中寫林木芳華，崇臺流水，揮弦獻酤，雅詠清談，異氣同音，寄心知己，當為竹林七賢之遊。「輕丸斃飛禽，纖綸出鱣鮪」，「出」字可謂傳神之筆。「酒中念幽人，守故彌終始。」縱情山水的表象下，是一副憤世嫉俗的熱心腸。

樂哉菀❶中遊，周覽無窮已。百卉吐芳華，崇臺邈高跱❷。林木紛交錯，玄池戲魴鯉❸。輕丸❹斃飛禽，纖綸❺出鱣鮪❻。坐中發美讚，異氣同音軌❼。臨川獻清酤❽，微歌❾發皓齒。素琴揮雅操❿，清聲隨風起。斯會豈不樂，恨無東野子⓫。酒中念幽人⓬，守故彌終始⓭。但當體七弦，寄心在知己。

【注　釋】❶菀　通「苑」。畜養禽獸的園林。詩人把自然山林景觀想像成人工造成的「苑囿」。❷跱　聳立；站立。❸玄池戲魴鯉　玄池中遊戲著魴鯉等魚。玄池，神話傳說中的水池名。《穆天子傳》：「天子西征，至于玄池。」此處借以泛指水塘之類。魴，魚名。形似鯿魚。❹丸　彈丸。❺綸　釣魚用的絲線。❻鱣鮪　兩種魚名。鱣，即鰉魚。鮪，鱘魚。❼軌　道。❽清酤　酤，酒名。釀造時間短，味淡，故云清酤。❾微歌　美妙的歌聲。微，妙。❿雅操　高雅的曲調。⓫東野子　當指阮侃（字德如），尉氏人，官至河內太守，與嵇康為友，被迫離職返鄉，嵇康賦詩贈別，阮侃有答詩二首。⓬酒中念幽人　酒會中間懷念幽人高士。中，半。幽人，幽靜安恬的人；不自我淆亂心中信念的人。三國時期一般指高士。這裡當指阮侃。⓭守故彌終始　守持正固自始至終。這句讚揚阮德如的品性。《周易·履卦》：「九二，履道坦坦，幽人貞吉。」（九二，小心行走在平易坦坦的大道上，幽靜安恬的人守持正固可獲吉祥。）〈象〉曰：「幽人貞吉，中不自亂也。」（幽靜安恬的人守持正固可獲吉祥，說明「九二」不自我淆亂心中的循禮信念。）〈阮德如答詩〉之一「曾參易簣斃，仲由結其纓。晉楚安足慕，屢空以守貞」等詩句，可為此二句作注腳。

【語　譯】苑囿治遊多快樂呀，四處參觀沒個完。奇花異草吐露著芳華，樓臺亭閣遠遠地高聳。林木茂密紛然交錯，玄池中戲遊著鮪鯉。輕輕的彈丸擊落飛鳥，纖細的絲線釣出了鱣鮪。酒席中發出美好的讚語，異口同聲真來勁。面臨大江獻上清酒一杯，白齒紅唇輕歌妙美。素琴彈奏出高雅的樂曲，清切的琴聲隨風飄飛。這樣的聚會怎不快樂？恨只恨席上少了東野子。舉杯懷念那位幽人高士，守持正固自始至終。特應當體現在七弦琴上，在知己間方可寄託心聲。

四言詩十一首

【題　解】這組詩可能不是一時之作，其中部分作品，當創作於七賢竹林之遊時段。詩人幾乎是用白描的手法，淡淡幾筆，描繪出山水、花草、禽鳥的自然自得情態；接著筆鋒一轉，抒發「鍾期不存，我志誰賞」、「心之憂矣，孰識玄機」、「長嘯清原，惟以告哀」的孤寂、無奈而又執著的情懷；然後到老子、莊子那兒去尋求超脫：「猗與莊老，棲遲永年」、「齊物養生，與道逍遙」。這就是劉勰、鍾嶸所說的「嵇志清峻」、「託諭清遠」的藝術風格。置身自然美景之中卻難以排遣心頭的憂思，現實世界的執著追求與精神世界的尋求超脫，這就是矛盾的嵇康，真實的嵇康，這組詩可說是詩人質性的自然流露。

淡淡❶流水，淪胥❷而逝。汎汎❸柏舟，載❹浮載滯。微嘯❺清風，
鼓檝容裔❻。放櫂❼投竿，優游卒歲。

【注　釋】❶淡淡　水流平滿貌。《太平御覽》卷六百一十七引此句作「淵淵綠水」。❷淪胥　相率。❸汎汎　漂流的樣子。❹載　乃；則。❺嘯　撮口呼出的聲音。即打唿哨。❻鼓檝容裔　拍打著船槳徘徊。鼓，拍打。檝，同「楫」。短槳。容裔，同「容與」。徘徊；漫步。❼櫂　長槳。

【語　譯】平平滿滿的一川綠水，相率流淌而去。漂浮河面的柏木舟，半浮半沈走走停停。在清風中微聲長嘯，拍打著船槳徘徊。索性放掉槳兒投下釣竿，樂悠悠地度過這個歲月。

婉❶彼鴛鴦，戢翼❷而遊。俯唼❸綠藻，託身洪流。朝翔素瀨❹，夕棲靈洲。搖蕩清波，與之沈浮。

【注　釋】❶婉　美好和順。❷戢翼　收斂羽翼。戢，收斂；收藏。❸唼　水鳥、魚類爭食貌。也作「唼喋」。形容成群的魚、水鳥吃東西的聲音。❹瀨　流經沙石的激流。

【語　譯】那對美麗的鴛鴦，收斂羽翼水中優游。俯首啄食綠藻，昂首託身於洪流之中。清晨翔遊於沙灘急流，傍晚棲息在芳草靈洲。終日搖蕩在清波裡，和諧地忽沈忽浮。

藻氾❶蘭沚❷，和聲激朗。操縵❸清商❹，遊心大象❺。傾昧❻脩身，惠音遺響。鍾期不存❼，我志誰賞。

【注　釋】❶藻氾　生長綠藻的水涯。藻，水草名。也叫蘊藻或聚藻，古時供食用。氾，通「涘」。水涯。❷蘭沚　生長蘭草的小洲。沚，水中小塊陸地；小洲。❸操縵　操弄琴瑟之弦。縵，弦索。❹清商　曲調；歌曲。

❺大象　大道。《老子》三十五章：「執大象，天下往。」（掌握著道，天下人都會歸附。）❻傾昧　陷入暗昧境界。指「明道」狀態。《老子》四十一章：「明道若昧，循道若退。」（懂得道好像是愚昧，循道前進好像在後退。）意思是說，明道之人，若暗昧無見。❼鍾期不存　鍾子期不存在了。《呂氏春秋．本味》：「伯牙鼓琴，鍾子期聽之。方鼓琴而志在泰山，鍾子期曰：善哉夫鼓琴，巍巍乎若泰山！少選之間，而志在流水，鍾子期又曰：善哉乎鼓琴，湯湯乎若流水！鍾子期死，伯牙破琴絕弦，終身不復鼓琴，以為世無足復為鼓琴者。」

【語　譯】生長著綠藻的水涯蘭草的小洲，和諧的音聲激切清朗。操弄琴弦演奏清商，心中嚮往大道無形。明道若昧脩身養性，柔和的音聲遺響不絕。知音的鍾子期死了，我的志趣誰還能夠賞識。

斂弦❶散思，遊釣九淵❷。重流千仞❸，或餌者懸❹。猗與❺莊老，

棲遲❻永年。實惟龍化❼，蕩志浩然。

【注　釋】❶斂弦　收斂琴弦。即放下琴瑟。❷九淵　九旋之淵，言至深也。❸重流千仞　重重深淵八千尺。仞，八尺為一仞。❹或餌者懸　迷惑於香餌的魚兒便被釣將起來。《呂氏春秋．功名》：「善釣者出魚乎千（一本作「十」）仞之下，餌香也。」或，通「惑」。迷惑。懸，懸掛；懸在釣竿下。❺猗與　讚嘆詞。❻棲遲　遊息；安身。❼實惟龍化　實在就是龍所化生。惟，同「唯」。龍化，龍所化生。指老子。《史記．老子韓非列傳》載，孔子曾向老子請教禮，回來之後對弟子說：「吾今日見老子，其猶龍邪？」《莊子．天運》寫孔子問禮歸來後，三天沒跟弟子們談過話。學生問他，他說：「吾乃今於是乎見龍（我現在總算看到了龍）。龍，合而成體，散而成章，乘乎雲氣，而養乎陰陽。」

【語譯】收斂琴弦散心思，遊玩垂釣深水邊。重重深淵八千尺，迷惑於香餌的魚還是被釣起懸在竿下。可歌頌啊莊周和老聃，遊息無為得長壽。實在就是龍所化生，坦蕩胸懷充盈浩然之氣。

肅肅苓風❶，分生江湄❷。卻❸背華林，俯泝丹坻❹。含陽吐英，履霜不衰。嗟我殊觀，百卉俱腓❺。心之憂矣，孰識玄機。

【注釋】❶肅肅苓風　颯颯秋風飄著苓香。肅肅，《詩經》中用來描繪鳥羽振動聲。這裡指風聲。苓，香草名。即卷耳，可做菜食。❷江湄　江邊。苓性喜潮濕，多生於水邊濕地。❸卻　仰。❹俯泝丹坻　下對紅色的小洲。泝，今通用「溯」為正體。本意是逆流而上。這裡是「朝向」的意思。坻，小渚；水中的小塊陸地。底本作「坧」。周樹人校曰：「各本作坻。」今據改。❺百卉俱腓　百草乾枯盡凋零。卉，草。腓，通「痱」。草木枯萎。《詩・小雅・四月》：「秋日淒淒，百卉俱腓。」

【語譯】颯颯秋風飄著苓香，從江邊那兒吹過來。上面緊靠繁茂的樹林，下面對著紅色的小洲。吸收陽光開放花朵，經霜也不衰敗。可是我又看到另一景觀，百草都已乾枯凋零。這現象令人憂傷啊，有誰能識得其中的奧妙？

猗猗蘭藹❶，殖彼中原。綠葉幽茂，麗藻豐繁❷。馥馥❸蕙芳，順風而宣❹。將御椒房❺，吐薰龍軒❻。瞻彼秋草，悵矣惟騫❼。

【注　釋】❶猗猗蘭靄　柔弱美盛的秋蘭豐茂連片。猗猗，柔弱而美盛的樣子。一說，柔弱下垂的樣子。蘭靄，蘭草像霧靄一般。形容秋蘭豐茂連成一片又一片。❷綠葉幽茂麗藻豐繁　麗藻豐繁，當作「麗蕊濃繁」（據戴明揚校注）。上句寫蘭葉，下句寫蘭蕊，正相對應。❸馥馥　香氣。❹宣　傳播；飄揚。❺御椒房　用之於皇后住的椒房裡。御，用；奉。椒房，採用花椒和泥塗壁，取其溫而芬芳，祛惡氣。一般指后妃居室。❻龍軒　皇帝乘坐的車。❼騫　虧；虧損。這裡指枯萎。

【語　譯】柔弱而美盛的秋蘭豐茂連片，生長在肥沃的中原。碧綠的葉子幽雅而茂密，美麗的花蕊濃密繁生。蕙蘭的陣陣芳香，順著風兒散播飄揚。將要被採用在椒房裡，在龍軒中吐發芳香。再看那深秋的草，唉呀都已枯萎。

泆泆❶白雲，順風而回。淵淵❷綠水，盈坎而頹❸。乘流遙邁，息躬蘭隈❹。杖策答諸❺，納之素懷❻。長嘯清原，惟以告哀。

【注　釋】❶泆泆　輕飄飄的樣子。❷淵淵　水深的樣子。❸頹　水流向下。❹息躬蘭隈　歇息在長有蘭草的水灣。息，底本作「自」。周樹人校曰：「或息之訛。」今據改。躬，身軀。隈，水流彎曲處。❺杖策答諸　拄杖答之。杖策，即策杖，拄杖。諸，代詞，作賓語，相當於「之」。❻素懷　平生之懷抱。

【語　譯】輕輕的白雲，順著風兒飄揚。深深的綠水，盈滿坎坑向下淌。乘流遠行，歇息在蘭草芬芳的水灣。拄杖吟詩酬答，融入我平生之懷抱。長嘯於寂靜的原野，只有這樣傾洩自己的悲哀。

眇眇❶翔鸞，舒翼太清❷。俯眺紫辰，仰看素庭。凌躡玄虛，浮沈無形。將遊區外❸，嘯侶長鳴。神□❹不存，誰與獨征？

【注　釋】❶眇眇　瞇著眼遠望的樣子。❷太清　太空；高空。❸區外　世外；塵外。❹神□　底本字缺。當作「神人」。

【語　譯】瞇著眼遠望那飛翔的鸞鳥，在高空舒展羽翼。低頭眺望星辰，抬頭仰看天庭。腳下是玄妙虛空，沈浮於無形大道。將要遨遊塵俗之外，呼喚伴侶鳴叫不已。神人不存，誰伴我特立獨行？

有舟浮覆，紼纚是維❶。栝檝松櫂❷，汎❸若龍微。□津❹經險，越濟不歸。思友長林，抱璞山嵋❺。守器殉業，不能奮飛。

【注　釋】❶紼纚是維　大繩索拴住浮動的船。紼纚，船纜。紼，繫船的麻繩。纚，拉船用的竹索。是，代詞。指浮覆的舟。維，繫。《詩・小雅・采菽》：「汎汎楊舟，紼纚維之。」（漂漂蕩蕩楊木船，繩兒索兒拴住它。）

❷栝檝松櫂　檜木製作的短槳、松木製作的長槳。栝，檜木。檝，同「楫」。短槳。櫂，同「棹」。長槳。❸汎　周校本作「有」，吳鈔原本作「汎」。❹□津　底本「津」上脫字，以意當補「歷」字。❺抱璞山嵋　抱著玉璞哭於楚山腳下。指卞和，春秋時楚國人。相傳他覓得玉璞，兩次獻給楚王，都被判作欺騙行為，先後被砍掉雙腳。楚文王即位，「和乃抱其璞哭于楚山之下，三日三夜，淚盡而繼之以血……，文王乃使人理其璞而得寶焉，遂命曰和氏之璧。」（《韓非子・和氏》）璞，周校本誤作「樸」。吳鈔原本作「璞」。

【語　譯】舟船浮沈不定，有船纜把它拴住。檜木的短槳和松木的長槳，搖動時猶如龍鬚一般。歷經渡口和險要，跋山涉水不得回歸。想望與長林為友，抱著玉璞哭於楚山腳下。固守寶器為之失去雙腳，就如同鳥兒不能奮飛。

羽化❶華岳，超遊清霄。雲蓋習習❷，六龍❸飄飄。左佩椒桂，右綴蘭苕❹。淩陽讚路❺，王子奉軺❻。婉孌❼名山，真人是要❽。齊物❾養生❿，與道⓫逍遙。

【注　釋】❶羽化　飛升成仙。❷習習　屢飛貌。這裡形容雲彩隨風飄移。❸六龍　即「六螭」。六條無角龍，神話傳說中太陽乘的車子由羲和駕駛，用六龍拉車。❹苕　草名。也叫凌霄、紫葳。夏秋開花。❺淩陽讚路　仙人淩陽子明引路。淩陽，一作陵陽，指仙人陵陽子明。《史記・司馬相如列傳》張守節《正義》引《列仙傳》：「子明于沛銍縣旋溪釣得白龍，放之。後白龍來迎子明去，止陵陽山上百餘年，遂得仙也。」❻王子奉軺　仙人王子喬駕車。王子，王子喬，一作王子晉。《楚辭・遠遊》洪興祖補注引《列仙傳》：「王子喬，周靈王太子晉也。好吹笙作鳳鳴，游伊洛間，道士浮丘公接上嵩高山，三十餘年。後來于山上見桓良，曰：『告我家，七月七日，待我緱氏山頭。』果乘白鵠住山顛，望之不得到，舉手謝時人，數日去。」奉軺，駕車。軺，小馬車。❼婉孌　美好貌。❽真人是要　邀請仙人。真人，仙人。《莊子》書中，以「真人」、「至人」、「聖人」、「神人」等名稱，來區分智慧之高低、上下、偏全。「真人」是最高境界，天道的體現者。後來「真人」一詞為方士所習用，成為服食求仙的對象。東漢之後，「方士」之名漸為「道士」所取代（方術之士與有道之士其初義本相當），道士已成神仙者稱之為「真人」，「登仙」亦稱「登真」。是，代詞。指「真人」。要，通「邀」。邀請。❾齊物　齊同事物之彼此與是非。莊周有〈齊物論〉，他認為：由大道觀察事物本不分彼此，是齊同的，而人們關於是非、然否的爭論都是出於私心成見所致。從道的觀點看來，萬物是齊同的，物論（對萬物的評論）也應該是齊同的。「天下之物之言，皆可齊一視之，不必致辨，守道而已。」（王先謙注）❿養生　保養性命。莊周有〈養生主〉，論養生之道，這個「道」就是「緣督以為經」（把遵循自然之理以為常法）。⓫道　指老莊之道。《老子》二十五章：「人法地，地法天，天法道，道法自然。」意思是說，天、地、人都必須遵循道，遵循自然法則。

【語　譯】羽化登仙華岳山，超然飄遊清澄的雲霄。雲彩車蓋飄忽忽，六龍駕車輕盈盈。左邊佩帶花椒和菌桂，右邊點綴秋蘭和紫葳。淩陽子明前引路，仙人王子喬來駕車。美妙名山遍遊歷，真人正是我邀請。萬物齊同養性命，自然之道樂逍遙。

微風輕扇，雲氣四除。皦皦❶朗月，麗❷于高隅。興命公子，攜手
同車。龍驥❸翼翼，揚鑣踟躕❹。肅肅宵征❺，造❻我友廬。光燈吐耀，

華幔⑦長舒。鸞觴⑧酌醴，神鼎烹魚。弦超子野⑨，歎過綿駒⑩。流詠太素⑪，俯讚玄虛⑫。疇剋英賢，與爾剖符⑬。

【注釋】❶皦皦　指玉石之白。引申為明亮。❷麗　附著。❸龍驤　高大的駿馬。❹揚鑣踟躕　昂首抬腳。揚鑣，昂首。鑣，勒馬口具。與銜連用，「銜」在口內，「鑣」在口旁。銜、鑣多以金屬製作，連接以皮革製作的「勒」，三物一體，通稱為「勒」，即馬頭絡銜也。踟躕，徘徊。這裡描寫馬抬腳踏步即將出發的情態。❺肅肅宵征　語出《詩・召南・小星》：「肅肅宵征，夙夜在公。」（急急匆匆趕夜路，早早晚晚為公忙。）肅肅，疾速貌。宵，夜。征，行。❻造　前往訪候。❼幔　帷帳。❽鸞觴　雕有鸞鳥圖案的酒器。觴，盛滿酒的酒杯。也泛指酒器。❾子野　師曠字子野，是春秋時期晉國著名樂師。❿歎過綿駒　歌唱勝過綿駒。歎，這裡指唱歌。綿駒，春秋時期齊國的歌唱家。⓫太素　構成宇宙萬物始基的最初物質形態。《易緯・乾鑿度》：「太素者，質之始也。」⓬玄虛　無求無欲的境界。即「無為自化，清靜自正」（司馬遷《史記・老子韓非列傳》）的境界。⓭疇剋英賢二句　誰為英賢之士，當與之契合同樂耳。疇，誰。周樹人校曰：「各本作孰。」剋，能。周校本作「克」。吳寬叢書堂原鈔本作「剋」。英賢，才俊之質。爾，你。指「英賢」。剖符，剖開符契，兩人各執一半，盟誓約信之意。此處是心志契合，即符契內合之意。

【語譯】微風輕吹，雲氣四散。朗月皎潔，高掛天際。乘輿呼喚公子，攜起手一同登車。駿馬肩並著肩，昂首抬起腳。急急匆匆趕夜路，造訪友朋的家。明亮的燈炷射出耀眼光芒，華麗的帷帳長垂舒展。雕著鸞鳥圖案的杯子斟滿甜酒，具有神異色彩的鼎烹著鮮魚。琴聲和諧超過師曠，歌聲動人勝過綿駒。頌歌那萬物始基的混沌元氣，俯首讚美那無求無欲的玄妙大道。有誰堪稱英才之士，我當與之同樂逍遙！

五言詩三首

【題　解】這組詩富有哲理意味。第一首「人生譬朝露」，寫生命短暫，羅網密布，仁義、禮法之類的名教束縛，使人喪失了淳樸自然的真性，「真人不屢存，高唱誰當和。」第二首「修夜寂無為」，寫世道衰微，禮法之士利祿之徒求索不止，殊不知「得失自己來，榮辱相蠶食」，更不知那萬物始基的浩浩元氣的可貴就在無色無欲，淵靜和澹泊體現著自然之道。第三首「俗人不可親」，寫自己慷慨遠遊，離開俗人的穢濁世界，追蹤仙人赤松子和王子喬，「徘徊戲靈岳，彈琴詠泰真」，又服了嫦娥進獻的妙藥，縱身飛到北斗星旁，俯視可悲的人間社會，「何足久託身」？這首詩具有浪漫主義色彩，在嵇康詩作中是不多見的。

人生譬朝露，世變多百羅❶。苟必有終極❷，彭聃❸不足多。仁義澆
淳樸，前識喪道華❹。留弱❺喪自然，天真難可和❻。郢人審匠石❼，鍾
子識伯牙❽。真人❾不屢存，高唱誰當和❿。

【注　釋】❶羅　羅網。❷終極　盡頭。指生命終結。❸彭聃　彭祖和老聃。彭祖，傳說以長壽著稱，歷經虞、夏、商三代，活了八百多歲。老聃，姓李名耳，字伯陽，諡曰聃。周之守藏史（管理藏書的史官），後退隱，著

《道德經》五千言。他以修道養生，活到一百六十歲。❹仁義澆淳樸前識喪道華　上句言仁義使淳樸渾厚的風俗變得澆薄，下句言禮法更令淳樸渾厚的自然之道喪失淨盡，而且把社會引向邪偽。《老子》三十八章：「是以大丈夫處其厚不居其薄，處其實不居其華。」(因此大丈夫採取那渾厚，不取那澆薄；採取那樸實，不取那虛華。) 嵇康此詩，以「大丈夫」自擬，所鄙薄的「禮法之士」，矛頭指向司馬氏集團。仁義澆淳樸，仁義使淳樸渾厚的風俗變得澆薄了。澆，薄。嵇康認為，堯舜以前，是自然淳樸的和諧時期，舜禹之後，進入人為的不和諧時期，造立「仁義」，制為名分，使人民「夭性喪真」。前識喪道華，語本《老子》三十八章：「失道而後德，失德而後仁，失仁而後義，失義而後禮。夫禮者，忠信之薄而亂之首；前識者，道之華而愚之始。」意思是說，在先後喪失了道、德、仁、義之後出現「禮」，禮是忠信的不足而且是動亂的禍首，制禮的人自謂有先見，實在只是道的皮毛虛飾，而且是邪偽的開始。前識，即先見。謂制禮之人自以為有先見也。喪，喪失。道華，道的皮毛虛飾。❺留弱　留住青春年少。弱，年少。《禮記・曲禮上》：「人生十年曰幼，學；二十曰弱，冠；……」古代男子二十歲行冠禮，故有「弱冠」之稱。❻和　附和；仿照著做。❼郢人審匠石　典出《莊子・徐无鬼》。詳〈贈兄秀才入軍〉第十四首注❼。審，詳知。❽鍾子識伯牙　典出《呂氏春秋・本味》。詳〈四言詩十一首〉第三首注❼。識，知；知音。❾真人　《莊子・大宗師》篇中的「古之真人」，是天道的體現者，最高境界的人。後來方士服食求仙的對象亦習稱為「真人」。東漢以後，道士登仙者稱為「真人」。嵇康詩中的「真人」所指不一，當詳察上下文而審定。這裡的「真人」當指像「郢人」、「鍾子期」那樣的有真才實學的知音和搭檔。❿和　聲音相應，和諧地跟著唱或伴奏。

【語　譯】人生短暫如同朝露，時世多變羅網密布。如果一定有個盡頭，彭祖和老聃的長壽又何必看得太重。仁義使淳樸渾厚的風俗變得澆薄，禮法更喪盡大道引向邪偽。想留住青春年少違背自然，少年的天真難以附和。那位刷牆的郢人詳知匠人石技藝高超，善聽的鍾子期能辨識伯牙的志向。這等知音不會常存常有，高士放歌又有誰會跟著唱和。

修夜家❶無為，獨步光庭側。仰首看天衢❷，流光曜❸八極。撫心悼季世❹，遙念大道逼❺。飄飄當路士❻，悠悠進自棘❼。得失自己來❽，榮辱相蠶食。朱紫雖❾玄黃，太素❿貴無色。淵⓫淡體至道，色化同消息⓬。

【注釋】❶家　同「寂」。❷衢　四通八達的道路。❸曜　照亮。❹季世　末世；衰世。❺逼　狹窄；局促。❻當路士　擔任重要官職的人。這裡泛指官場追名逐利的禮法之士。❼棘　植物名。即「酸棗」。有刺草木的通稱，如「荊棘叢生」。這裡比喻仕途艱難險惡。❽得失自己來　或得或失都是由自身招引來的。自，從；由。❾雖　周樹人校曰：「疑當作雜。」可從。❿太素　構成宇宙萬物始基的最初物質形態；混沌的元氣。⓫淵　深遠。⓬色化同消息　顏色的生滅消長是相同的。化，化生；變化。消息，生滅；盛衰。消，消滅。息，增長。

【語譯】長夜靜寂無所事事，獨自在庭院一側散步。抬頭看看天空四通八達，星月交相輝映照亮八極。手按胸口痛悼衰沒的世運，遙想古昔的大道竟變得如此狹窄和局促。飄飄然追逐名利的官場士人，陷在荊棘中艱難地競進。人的得或失皆緣於自身招引而來，榮耀和恥辱互相蠶食。大紅大紫又雜有黑色黃色，萬物始基的混沌元氣卻貴在無色。淵深和淡泊體現著自然之道，顏色的生滅消長是齊同的。

俗人不可親，松喬❶是可鄰。何為穢濁間❷，動搖增垢塵。慷慨之❸遠遊，整駕俟❹良辰。輕舉翔區外❺，濯翼扶桑❻津。徘徊戲靈岳❼，彈琴詠泰真❽。滄水❾澡五藏，變化忽若神。恒娥進妙藥❿，毛羽翕⓫光新。一縱發開陽⓬，俯視當路人。哀哉世間人⓭，何足久託身？

【注釋】❶松喬　赤松子和王子喬，傳說中的兩位仙人。松，赤松子，神農時為雨師，服食水玉（水晶），以教神農，能入火自燒。至崑崙山上，常止西王母石室中，隨風雨上下。炎帝少女追之，亦得仙俱去（《列仙傳》卷上）。喬，王子喬，即周靈王太子晉。好吹笙作鳳凰鳴，遊伊洛間，道士浮丘公接以上嵩高山，三十餘年。後來於山上見桓良，對他說：「告我家，七月七日，待我緱氏山頭。」至時，果然乘白鶴駐山頭，舉手謝時人，數日去。❷穢濁間　世俗間；俗人之間。❸之　往。❹俟　等待。❺區外　人世之外。❻扶桑　神話中的樹名。亦稱太陽神樹，相傳為太陽初升之處，其下有暘（湯）谷，為太陽洗澡之處。實際上，「扶桑」乃日出東方時的雲霞現象的物化，暘（湯）谷一般指的即渤海。❼靈岳　神仙居住的高山。❽泰真　即太真，太素，構成宇宙萬物始基的元氣。❾滄水　清水。❿恒娥進妙藥　恒娥獻出不死之藥。恒娥，一作「姮娥」。即「常娥」、「嫦娥」，神話中善射的英雄羿（夷羿）的妻子。據《歸藏》、《淮南子》等古籍記述，羿請不死之藥於西王母，未及服食之，恒娥盜食之，得仙，奔入月中為月精也。妙藥，不死之藥。⓫翕　盛貌。⓬開陽　星名。北斗第六星。⓭世間人　周樹人校曰：「疑當作人間世。」可從。

【語譯】世俗之人實在不能親近，赤松子、王子喬那班仙人才可以為鄰。何必生活在濁穢的世俗之間，動不動就麻煩不斷！我要爽爽快快去遠遊，整裝車駕等待吉日良辰。輕身騰空翱翔於人世之外，直飛太陽洗澡的扶桑樹下把翅膀洗滌。在神仙住的靈岳徘徊遊戲，彈著雅琴歌詠那宇宙始基的浩浩元氣。用山澗的清水洗淨五臟六腑，變易化生成神人一般。嫦娥進獻長生仙藥，我毛羽豐盛光亮如新。一縱身飛到北斗星旁，俯視那為名利奔走的世間俗人。真可悲呀人間的社會，有什麼值得人們長久託身呢？

第二卷

琴賦并序

【題　解】這是嵇康傳世作品中唯一的一篇賦。賦是文體的一種，是由《詩經》、《楚辭》發展而來的，一般包括三個部分：前面有序，中間是賦的本身，末尾有「亂」或「訊」等。「序」是說明作賦的原因，「亂」或「訊」用以概括全篇的大意。

在序中，嵇康對前人只是追求詞藻華麗，而「不解音聲」、「未盡其理」的音樂詩賦提出了批評。中間部分用大段的篇幅，鋪排誇張的手法，形象地描繪出彈奏琴曲的美妙意境。他寫到琴的材料、琴的起源、琴的製作、彈琴技法、琴曲曲名、演奏場景等等；通過這些描寫，發表自己的見解。嵇康把琴曲的聽眾區分為兩類：一類是「聞之」者，即不甚解樂而善懷多感，聲激心移，觸緒動情的人，「懷戚者」、「康樂者」均屬此類；一類是「聽之」者，即聚精會神以領略樂之本體的人，「若和平者聽之，則怡養悅愉，淑穆玄真；恬虛樂古，棄事遺身。」只有心平氣和的「和平者」，才是「解音」、「識音」的人。結尾「亂曰」總結道：平和恬靜的琴德，深不可測；浩瀚諧和的琴聲，冠眾器之首；盡知雅琴至善至美的，唯有「至人」！

這是一篇藉琴抒情的佳作。劉熙載《藝概》云：「賦必有關著自己痛癢處，如嵇康敘琴，向秀感笛，豈可與無病呻吟者同語！」可謂一語中的。

余少好音聲，長而翫❶之。以為物有盛衰，而此❷無變；滋味有厭❸，而此不勌❹。可以❺導養神氣，宣和情志，處窮獨而不悶❻者，莫近于音聲也。是故復之❼而不足，則吟詠❽以肆志；吟詠之不足，則寄❾言以廣意。然八音之器❿，歌舞之象，歷世才士，並為之賦頌⓫，其體制風流，莫不相襲：稱其材幹，則以危苦為上⓬；賦其聲音，則以悲哀為主⓭；美其感化，則以垂涕為貴⓮。麗則麗矣⓯，然未盡⓰其理也。推其所由，似元⓱不解音聲；覽其旨趣⓲，亦未達禮樂之情⓳也。眾器之中，琴德⓴最優。故綴敘所懷，以為之賦。其辭曰：

【章　旨】這段是〈琴賦〉的序言，說明作賦的原因。序與賦本身在形式上的差別，是賦用韻而序不用韻。作者坦言：自己從小就喜歡音樂，樂此不疲。歷代才士，賦頌多多，但由於不解音聲，未達禮樂之情，而「未盡其理」。

【注　釋】❶[illegible]　當為「翫」之訛。翫，習；研習；練習。❷此　代詞，指代「好音聲」。❸厭　飽；滿足；討厭；嫌。❹勌　同「倦」。倦怠；懈怠。❺以　用。❻處窮獨而不悶　身處於不得仕進不能顯貴的孤獨境況中而並不憂悶。處，居住。引申為立身，存身。窮，阻塞不通。發展為不得仕進、不能顯貴，跟「通」、「達」相對。獨，單獨；孤獨。❼復之　取其音聲而反覆之。復，反覆。❽吟詠　以詩歌譜之音聲。❾寄　託。❿八音之器　發出八種音聲的樂器。八音，指金、石、絲、竹、匏、土、革、木等八種音聲。器，樂器。如鐘（金）、磬（石）、琴（絲）、簫笛（竹）、笙竽（匏）、壎（土）、鼓（革）、柷敔（木）等。⓫竝為之賦頌　一個個的為它們作賦作頌。竝，同「並」。賦，文體的一種，其性質在詩和散文之間。頌，文體的一種，一般是韻文。⓬稱其材幹二句　稱揚樂器的材幹，則以生長於極危險極艱苦環境者為上品。材幹，材料主體。幹，體。稱，揚；譽。其，指音樂器具。危苦，高危艱苦之地段，謂生於高峻也。馬融〈長笛賦〉等開始一段都是寫這類的內容。上，通「尚」。崇尚；尊崇。⓭賦其聲音二句　鋪陳樂器的聲音，則以悲沈哀怨為根本。賦，通「敷」。鋪展；頒布；陳述。主，事物的根本。⓮美其感化二句　讚美音樂的感化效應，則以令聽眾感動涕泣為可貴。貴，崇尚；重視。這裡是以某種情況為可貴的意思。⓯麗則麗矣　華麗是夠華麗的了。麗，華麗。⓰盡　竭；完。⓱元　同「原」。⓲旨趣　旨意。趣，意。⓳情　本性；實情。⓴琴德　琴的德性。桓譚《新論》：「八音廣博，琴德最優。」

【語　譯】我從小就喜歡音樂，長大以後一直不斷地練習欣賞。我以為世間萬物都是有盛有衰的，而我對音樂的愛好卻沒有改變；美食美味也會有滿足膩嫌的時候，而我對音樂的喜愛卻從未倦怠。

可用來導養神氣，宣和情志，使自己身處在不得仕進不能顯貴的孤獨境況中而不感到憂悶的，沒有什麼比音樂更親近的了。因而取其音聲而反覆玩味仍覺得不足，則以詩歌譜之音聲來抒發心志；吟詠歌唱還不滿足，就託言辭賦以闡發志意。然而發出金、石、絲、竹、匏、土、革、木等八種音聲的樂器，歌舞之容，歷代才士，統統給它們寫過賦頌。那些文章的體制風格，沒有不是相互因襲的：稱揚樂器的材料主體，則以生長於極危險極艱苦環境者為最好；描繪它的聲音，則以悲哀為根本；讚美它的感化效應，則以令人哭泣垂涕為可貴。華麗是夠華麗的了，但是卻未能完全闡發出音樂的道理。究其原因，似乎原本就不理解音樂；察其旨意，也並未通曉禮樂的本性情實。眾多的樂器之中，琴的德性最為優越。所以附敘心懷，而為它作賦。其辭曰：

惟椅梧[1]之所生兮，託峻嶽[2]之崇岡。披重壤以誕載[3]兮，參[4]辰極而高驤。含天地之醇和兮，吸日月之休[5]光。鬱紛紜以獨茂兮，飛英蕤[6]于昊蒼[7]。夕納景[8]于虞淵[9]兮，旦晞[10]幹于九陽[11]。經千載以待價[12]兮，寂神跱[13]而永康。

且其山川形勢，則盤紆隱深，磪嵬[14]岑嵓[15]，互嶺巉巖[16]，岞崿[17]嶇崟[18]，丹崖嶮巇[19]，青壁萬尋[20]。若乃重巘[21]增起，偃蹇[22]雲覆，邈[23]隆崇[24]

以極壯，崛巍巍而特秀，蒸靈液以播㉕雲，據神淵而吐溜㉖。

爾乃顛波奔突，狂赴爭流，觸巖觝隈㉗，鬱怒彪休㉘，洶湧騰薄㉙，奮沫揚濤，瀄汩㉚澎湃，蜿蟺㉛相糾。放肆大川，濟乎中州，安回徐邁，寂爾長浮。澹乎洋洋㉜，縈抱山丘。

詳觀其區土之所產毓㉝，奧宇之所寶殖，珍怪琅玕㉞，瑤瑾翕赩㉟，叢集累積，奐衍㊱于其側。若乃春蘭被㊲其東，沙棠㊳殖其西，涓子宅其陽㊴，玉醴㊵涌其前，玄雲蔭其上，翔鸞集其巔，清露潤其膚，惠風流其間，竦㊶肅肅以靜謐，密微微其清閑。夫所以經營其左右者，固以自然神麗，而足思願愛樂矣。

【章　旨】首章描寫製作琴面的材料梧桐樹的生育環境極其幽美。它託身於峻嶺高岡之上，「含天地之醇和兮，吸日月之休光。」周圍是層巒疊障，雲霧繚繞；山泉淙淙，溪流揚濤；寶石美玉，春蘭沙棠，玄雲翔鸞，清露惠風，全是賞心悅目的自然神麗之物。

【注　釋】❶椅梧　梧桐樹。一說，指高大疏理的泡桐。❷嶽　泛指大山或山的最高峰。❸披重壤以誕載　衝開厚重的土石而誕生。披，開。載，生。❹參　接近。❺休　美好。❻英蕤　花。英，花。蕤，下垂的花。❼昊蒼　蒼天。昊、蒼，皆天名也。一說，春為蒼天，夏為昊天。❽景　同「影」。❾虞淵　神話傳說中的地名，日落之處。❿晞　曬。⓫九陽　九天之崖，神話傳說中的日出之處。⓬經千載以待價　歷經千年的生長而等待識貨的人。待價，即「待賈」（價、賈，古字通）。《論語・子罕》中記載孔子與子貢的對話：「子貢道：這裡有一塊美玉，把它放在櫃子裡藏起來呢？還是找一個識貨的人（善賈）賣掉呢？孔子道：賣掉，賣掉！我是在等待識貨者（待賈）哩。」⓭跱　立。⓮確嵬　同「崔嵬」。山勢高峻貌。⓯岑嵓　山勢危險的樣子。嵓，山巖。⓰巉巖　險峻的樣子。巖，同「岩」。⓱岝崿　險峻的樣子。⓲嶇崟　山石高險的樣子。⓳嶮巇　險要高峻的樣子。⓴尋　古代長度單位。八尺為尋。一說，七尺為尋；六尺為尋。㉑巘　形狀似甑的山（上大下小）；或指險峻的山峰。㉒偃蹇　高而不平的樣子。㉓邈　遠。㉔隆崇　竦起。㉕播　布。㉖溜　水流。㉗觝隈　抵達山之彎曲處。觝，通「抵」。抵達。隗，山彎曲處。㉘彪休　發怒的樣子。㉙騰薄　翻騰衝撞。騰，底本作「滕」。周樹人校曰：「各本作騰。」今據改。薄，迫近的樣子。㉚瀄汩　水流激蕩衝擊聲。㉛蛩蟺　曲屈盤旋的樣子。㉜澹乎洋洋　水面平靜寬闊。澹，定；安定；安靜。這裡是指水面平靜的樣子。洋洋，盛大。㉝毓　同「育」。㉞琅玕　像玉的石頭。㉟瑤瑾翕艴　瑤瑾美玉光亮瑩瑩。瑤瑾，都是美玉。翕艴，形容玉色美盛。㊱奐衍　散布。奐，一本作渙，散貌。衍，溢也。㊲被　覆蓋。㊳沙棠　樹名。見於《山海經・西山經》：（崑崙之丘）「有木焉，其狀如棠，華黃赤實，其味如李，而無核，名曰沙棠，可以禦水，食之使人不溺。」郭璞注引《呂氏春秋》曰：「果之美者，沙棠之實。」㊴涓子宅其陽　涓子居住在它的南面。涓子，人名。《文選》卷十八嵇叔夜〈琴賦〉李善注引《列仙傳》曰：「涓子者，齊人，好餌朮，著《天地人經》三十八篇。釣于澤，得符鯉魚中，隱于宕山，能致風雨。造伯陽九山法，淮南王少得文，不能解其音旨。其《琴心》三篇，有條理焉。」㊵玉醴　指甘美的泉水。㊶竦　肅敬；聳立。

【語　譯】梧桐樹生長的地方啊，寄身於峻嶺高岡。衝開厚厚的土層而誕生啊，直參辰星而高驤在天空。飽含天地間的純淨諧和之氣啊，吮吸著日月美好的光輝。枝葉紛繁而獨自茂盛啊，落花飄飛於蒼天。傍晚息影於日落的虞淵啊，早晨曬枝幹於日出的九陽。經過千年的生長而等待識貨的人啊，寂靜地屹立而一直安康。

梧桐所處的山川形勢，則是屈折回環幽僻深邃，山嶺崔嵬山石突出，犬牙交錯高高低低，紅色的山崖險要高峻，青色的峭壁高達萬丈。至於雲霧繚繞，山峰一個個聳出雲端，雲覆山腰，遠望高竦而極其壯大，崛起巍巍而特秀，山氣蒸騰而布為行雲，據神淵而泉湧。

山澗溪水泛著浪花狂跑直衝，競相奔流。衝撞山崖，抵達山彎，如怒氣大作，洶湧翻騰，激起浪花四濺，波濤飛揚，澎湃激蕩，洄旋盤繞。匯入大川，到達中州，靜靜洄旋，慢慢流淌，寂靜無聲，日夜長流。平靜的水面非常寬闊，縈抱著一座座山丘。

詳觀當地之所產育，宇內之所寶殖，似玉般珍怪的琅玕石，色澤瑩瑩的瑤瑾美玉，叢集累積，布滿了梧桐的周圍。至於春蘭覆蓋在它的東邊，沙棠繁殖在它的西邊，仙人涓子住居在它的南邊，清泉湧出在它的前面，黑玄蔭蔽在它的上空，飛翔的鳳凰棲息在它的枝頭，清露滋潤著它的皮膚，和順的風兒吹過它的空隙間，它高高聳立而靜謐，枝葉幽密而自然清閑。凡是附靠在它的左右四周的，本來都是自然神麗之物，而足以讓人思慕愛樂的了。

于是遯世之士❶，榮期❷、綺季❸之儔，乃相與登飛梁、越幽壑，援瓊枝、陟峻崿❹，以游乎其下。周旋永望，邈若凌飛；邪睨❺崑崙，俯瞰❻海湄；指蒼梧❼之迢遞，臨迴江之威夷❽；悟時俗之多累，仰箕山之餘輝❾；羨斯嶽之弘敞，心慊慊❿以忘歸；情舒放而遠覽，接軒轅⓫之遺音⓬；慕老童于騩隅⓭，欽泰容⓮之高吟；顧茲梧而興慮，思假物以託心。

乃斲孫枝⓯，準量所任⓰；至人攄⓱思，制為雅琴。

乃使離子督墨⓲，匠石奮斤⓳；夔襄薦法⓴，般倕騁神㉑；鎪會裛厠㉒，朗密調均；華繪雕琢，布藻垂文；錯以犀象㉓，藉以翠綠㉔；弦以園客之絲㉕，徽以鍾山之玉㉖；爰有龍鳳之象，古人之形㉗；伯牙揮手，鍾期聽聲㉘；華容灼爚㉙，發采揚明；何其麗也！伶倫比律㉚，田連操張㉛；進御君子，新聲嘐亮㉜；何其偉也！

【章 旨】本章寫琴的起源和琴的製作。嵇康認為，古琴的創製出自遁世隱居的高士，修養極高的「至人」之手。琴的製作過程，從面板、底板的準量合縫，到琴軫、琴弦、琴徽等的選配，無一不凝結著山林之士的清高之氣。

【注　釋】❶遯世之士　隱居的人。❷榮期　即榮啟期。春秋時人。《列子・天瑞》：「孔子遊于太山，見榮啟期行乎郕（魯國邑名。今山東汶上北二十里有郕城。）之野，鹿裘帶索，鼓琴而歌。孔子問曰：『先生所以樂何也？』對曰：『吾樂甚多。天生萬物，唯人為貴，吾得為人，是一樂也；男女之別，男尊女卑，故以男為貴，吾既得為男矣，是二樂也；人生有不見日月，不充襁褓者，吾既已行年九十矣，是三樂也；貧者士之常也，死者人之終也，處常得終，當何憂哉？』孔子曰：『善乎！能自寬者也。』」❸綺季　即綺里季。秦末隱士。班固《漢書・王貢兩龔鮑傳》：「漢興，有園公、綺里季、夏黃公、甪里先生，此四人者，當秦之世，避而入商雒深山，以待天下之定也。自高祖聞而召之，不至。其後呂后用留侯計，使皇太子卑辭束帛，致禮安車，迎而致之。四人既至，從太子見高祖，客而敬之。」顏師古注：「四皓稱號，本起於此。更無姓名可稱。知此蓋隱居之人，匿迹遠害，不自標顯，秘其氏族，故史傳無得而詳。」班固《漢書・敘傳》：「四皓遯秦，古之逸民。」❹陟峻崿　登上高峻的山崖。陟，登。峻崿，高峻山崖。陟，底本作「涉」，明顯誤字，今徑改。❺眄　斜視。❻矙　通「瞰」。俯視。❼蒼梧　山名。又名九嶷山。在今湖南寧遠境，相傳舜死葬蒼梧。❽威夷　曲折迂迴。❾仰箕山之餘輝　仰慕高士許由之遺風。箕山，山名，在河南登封東南，傳說是許由隱身之處。《文選》李善注引《高士傳》曰：「堯讓位於許由，由辭曰：『鷦鷯巢在深林，不過一枝；偃鼠飲河，不過滿腹。』隱乎沛澤。堯讓不已，於是遁於中岳，潁水之陽，箕山之下。死因葬於箕山之巔十五里，堯因就封其墓，號曰箕公。字仲武，陽城槐里人也。」嵇康《聖賢高士傳贊》曰：「許由養神，宅於箕阿，德真體全，擇日登遐。」❿愷慷　樂也，快樂，底本作「慷慨」。周樹人校曰：「《文選考異》云：當作『愷慷』。（李）善引《爾雅》：『愷，慷，樂也。』慷即康字。是其本作『愷慷』甚明。」今據改。⓫軒轅　即黃帝，傳說姓公孫，名曰軒轅，號黃帝。⓬遺音　李善注：「謂琴也。」呂延濟注：「昔黃帝使伶倫入嶰谷，取竹調律。今遠覽，思接其遺音，欲取椅桐為琴也。」梁章鉅曰：「黃帝使伶倫截竹，樂律起於黃帝，故云接軒轅之遺音。」⓭慕老童于騩隅　仰慕騩山腳下的老童。老童，一作「老僮」，黃帝之玄孫，帝顓頊高陽之子，見於《大戴禮記・帝繫》。騩隅，騩山之一角，老童居之。《山海經・西山經》：「(三危之山) 又西一百九十里曰騩山。其上多玉而無石。神耆童居之，其音常如鐘磬。」郭璞注：「耆童，老童，顓頊之子。」騩山，在今青海省東部。⑭泰容　傳說為黃帝的樂師。⑮乃斲孫枝　就砍伐側生的枝條。斲，同「斫」。砍；砍伐。孫枝，(梧桐) 側生的枝條。《太平御覽》引《風俗通義》：「梧桐生于嶧山之陽，岩石之上，採東南孫枝為琴，聲極清麗。」蘇軾《東坡志林》：「凡木本實而末虛，惟梧反之。試取小枝削，皆堅實如蠟，而其本皆中虛空。故世所以貴孫枝者，貴其實也，實故絲中有木聲。」⑯準量所任　度量 (製琴) 所需用的。準，平。任，使；用。⑰攄　抒發。⑱離子督墨　明察秋毫的離婁打墨線。離子，即離婁。黃帝時人，視力特強。傳說黃帝亡其玄珠，使離婁索之。能視百里之外，見秋毫之末。督墨，打正墨線 (量直)。督，正。⑲匠石奮斤　匠石揮舞斧頭。匠石，匠人名石。奮，動；揮動。斤，斧頭。《莊子・徐无鬼》載，有個郢人 (刷牆的人)，他把石灰塗在鼻尖上，像蒼蠅翅膀那麼薄，請匠石用斧頭砍掉。匠石運斤成風 (掄起斧頭，好像刮風一般)，任意砍去，石灰泥除盡，而鼻子卻一點也沒傷著，那位郢人一動不動地站在那兒，面不改色。嵇康運用這個典故，意思是請最出色的匠人來製琴。⑳夔襄薦法　舜的樂官夔和教孔子學琴的師襄進獻製法。夔，傳說為堯舜時代的樂師。襄，師襄。春秋時期衛國樂師，孔子曾經向他學習彈琴。薦，進；進獻。㉑般倕騁神　魯班和工倕施展絕技。般，即魯班，一作魯般，公輸般，春秋時期魯國的能工巧匠。倕，即工倕，傳說為堯時的巧匠，是他製作規矩準繩，使天下仿焉。㉒鏤會裛廁　製作琴體的共鳴箱。鏤，刻鏤。指加工琴的面板和背板。會，合縫。指把面板、背板合攏。裛廁，纏裹 (密封) 邊沿。裛，纏裹。廁，通「側」。邊沿。㉓錯以犀象　(琴軫和雁足) 分別做成犀、象二獸之形。錯，間雜，二物相間之意。琴軫在琴頭部位，用木製或玉製，轉動琴軫使絨剅因鬆緊而改變長短以調音或轉調。雁足在琴底近琴尾部位，一般是兩個木柱，以固定琴弦。㉔藉以翠綠　(琴薦和琴囊) 分別採用翠綠二色。藉，鋪；墊；憑藉。㉕弦以園客之絲　用仙人園客的蠶絲做七根琴弦。園客，仙人。李善注引《列仙傳》曰：園客者，濟陰 (今山東定陶西北) 人也。常種五色香草，積數十年，食其實。一旦，有五色神蛾，止香樹 (草) 末，(園) 客收而薦之以布，生桑蠶焉。時有好女夜至，自稱我與君作妻，道蠶狀。(園) 客與俱。蠶得百頭，繭皆如甕。繅繭（繅絲）六十日乃盡。訖則俱去，莫知所如。㉖徽以鍾山之玉　採用鍾山產的玉石製作琴徽。徽，琴徽，又稱徽位，指琴面外側的十三個圓點，一般用貝殼、磁或金屬製成，是泛音的標誌，也是音位的重要根據。在任一徽位處用左手指輕按琴弦，右手指挑弦，即可奏出「泛音」。㉗爰有龍鳳之象二句　於是琴體具有了龍鳳的氣象，古人的形貌。李善注引《西京雜記》曰：「趙后有寶琴曰鳳凰，皆以金玉隱起，為龍螭鸞鳳古賢列女之象。」優良的琴經常有人寫詩題詞刻在琴背，並根據琴的特點、造型和製作者的意願命名。琴體的某些部位，也已形成以龍鳳命名之定制。如琴額的「龍舌」、琴尾的「龍齦」、琴底的「龍池」、「鳳沼」等。㉘伯牙揮手二句　伯牙彈琴，鍾子期知音。伯牙，春秋時代的琴師。《荀子・勸學》有「伯牙鼓琴，六馬仰秣」之說，可見他琴藝之高超。《呂氏春秋・本味》有鍾子期聽伯牙彈琴的記載。當伯牙彈琴而「志在泰山」時，鍾子期曰：「善哉乎鼓琴！巍巍乎若泰山。」伯牙彈琴「志在流水」時，鍾子期曰：「善哉乎鼓琴！湯湯乎若流水。」鍾子期死後，「伯牙破琴絕弦，終身不復鼓琴，以為世無足復為鼓琴者。」㉙灼爚　豔色；光亮。爚，同「爍」。光明。㉚伶倫比律　伶倫校定音律。伶倫，相傳為黃帝時代的樂官，是發明律呂據以制樂的始祖。《呂氏春秋・古樂》記載「昔黃帝令伶倫作為律」，說伶倫模擬自然界的鳳凰鳴聲，選擇內腔和腔壁生長勻稱的竹管，製作了十二律，暗示著「雄鳴為六」，是六個陽律；「雌鳴亦六」，是六個陰呂。比律，校定律呂。比，次；次第；校定。㉛田連操張　田連彈奏。田連，一作成連，春秋時代善彈琴者。傳說伯牙曾學琴於成連先生，先生曰：「吾能傳曲而不能移情，吾師有方子春，善于琴，能作人之情，今在東海上，子能與我同事之乎？」伯牙曰：「夫子有命，敢不敬從！」乃隨成連到東海蓬萊山，聞海水澎湃群鳥悲號之聲，心有所感，乃撥琴而作〈水仙操〉。從此伯牙成為天下之妙手。㉜嘐亮　同「嘹亮」。

【語　譯】於是避世隱居的人，榮啟期、綺里季之類，乃先後登臨飛橋，越過深谷，攀援著玉樹的枝條，登上高峻的山崖，遊息在梧桐樹下。盤桓流連，久久地觀望，飄飄然如同凌空飛翔！斜視崑崙山，俯瞰大海邊；指點遙遠的蒼梧，面對迂迴的江流；領悟到世俗有太多的牽累，景仰終老箕山的高士許由的遺跡；羨慕此山的恢弘敞亮，心裡快樂而忘記了歸去；舒暢曠達而極目遠望，神接軒轅黃帝時代的律呂遺音；仰慕那音如鐘磬的老童居住在騩山一隅，更欽敬黃帝樂師泰容的高亢吟唱；回頭看著這裡的梧桐而興起作琴的念頭，要借助外物以寄託心願；於是就砍伐梧桐側生的枝條，度量好所需用的尺寸，得道的至人抒發智慧，製作雅琴。

於是叫明察秋毫的離婁打正墨線，請運斤成風的匠石揮舞斧頭；堯舜的樂師夔和教孔子學琴的師襄提供法式，能工巧匠魯班和工倕施展絕技；把共鳴箱做得嚴絲合縫，琴體大方細密協調勻稱；還要加以華美的彩繪和雕琢的玉飾，揚美藻之采垂典雅之文；琴軫和雁足分別做成犀牛和大象二獸之形，琴薦和琴囊分別鋪以翠綠兩種色彩；琴弦採自仙人園客的蠶絲，琴徽鑲嵌上鍾山的美玉。就這樣琴便具有了龍鳳的姿態，古人的神貌。琴藝高超的伯牙在這兒彈琴，知音的鍾子期聽音辨聲；華美的面容光亮閃爍，燦爛鮮明，是何等的美妙呀！發明律呂的伶倫在校定音律，伯牙的老師田連親手彈奏；奉獻給君子大雅，新曲嘹亮，是何等的壯觀呀！

及其初調[1]，則角羽[2]俱起，宮徵[3]相證。參發並趣[4]，上下[5]累應，踸踔[6]磥硌[7]，美聲將興。固以和昶[8]而足耽[9]矣。爾乃理正聲[10]，奏妙曲；揚〈白雪〉⓫，發〈清角〉⓬。紛淋浪以流離，奐淫衍而優渥⓭。粲奕奕而高逝，馳岌岌以相屬⓮。沛騰遌⓯而競趣，翕韡曄⓰而繁縟。狀若崇山，又象流波。浩兮湯湯⓱，鬱兮峩峩。怫惘⓲煩冤，紆餘⓳婆娑。陵縱⓴播逸，霍濩㉑紛葩。檢容授節，應變合度。兢㉒名擅業，安規徐步。洋洋習習，聲烈遐布。含顯媚以送終，流餘響于泰素㉓。

【章旨】本章寫琴弦初調，彈奏〈白雪〉、〈清角〉等樂曲，極力描摹琴聲之美妙。

【注釋】❶初調　開始試音。❷角羽　古代樂律五聲音階中的兩個音級。❸宮徵　五聲音階中的兩個音級。❹趣　趨。❺上下　指徵位上下。❻踸踔　變化無常。❼磥硌　壯大貌。形容聲音宏大。❽和昶　協和通暢。❾耽　樂。❿理正聲　演奏以平和為體的音樂。⓫白雪　高雅樂曲名稱，傳說為春秋時期晉國著名的音樂家師曠所演奏。⓬清角　角是五音之一。清角，弦急，其聲清也。一說，〈清角〉，樂曲名，相傳為黃帝所作。⓭優渥　優裕豐厚。⓮屬　聯；連接。⓯遌　觸接。⓰韡曄　光彩盛明。⓱湯湯　浩大貌。⓲怫惘　聲音鬱結不暢。⓳紆餘　婉轉曲折。⓴陵縱　聲音高。㉑霍濩　波浪聲。㉒兢　小心謹慎貌；戒慎。㉓泰素　即「太素」，質之始也。指構成宇宙的原始物質，元始混沌之氣。這裡指太空。

【語譯】等到開始調弦，角、羽聲迸發，宮、徵聲相互驗證，一會兒交替發聲，一會兒一齊彈奏，徵位上下移動和聲相應。音聲多變而響亮，美妙的音樂即將興起。本來就是憑著協和通暢，而使人樂在其中。接著便演奏以平和為體的音樂，彈奏美妙的琴曲，高雅的〈白雪〉播揚，〈清角〉嘹亮。琴聲琳琅而悠揚，音樂繁富厚實而異常優美。如閃光的流星在天際消逝，如連綿的高山在奔馳起伏。五聲競相爭發，音色華美而豐贍。樂曲的形象如同志在高山，又像志在流水。浩大寬博，意境巍峨。有時蘊積不散，曲折多繁。琴聲激越奔放，如水流瀉下，似繁花盛開。端正容止，收斂繁亂之音，一節一拍變化有度。樂聲小心翼翼，循規蹈矩。洋洋灑灑，琴聲遠播。含其明媚之音以送初終之曲，餘音在太空中裊繞。

若乃高軒飛觀❶，廣夏閑❷房，冬夜肅清❸，朗月垂光，新衣翠粲，纓徽❹流芳。于是器冷❺弦調，心閑❻手敏，觸攙❼如志，唯意所擬。初涉〈淥水〉❽、中奏〈清徵〉❾。雅昶❿〈唐堯〉，終詠〈微子〉⓫。寬明弘潤，優遊躇跱⓬。拊⓭弦安歌，新聲代起。歌曰：「凌扶搖兮憩瀛洲⓮，要列子兮為好仇⓯。餐沆瀣⓰兮帶朝霞，眇翩翩兮薄⓱天遊。齊⓲萬物兮超自得，委⓳性命兮任去留。激清響以赴會⓴，何弦歌之綢繆㉑。」于是曲引向闌㉒，眾音將歇。改弦易調，奇弄乃發㉓。揚和顏，攘皓腕㉔，飛纖指以馳騖，紛澀譶以流漫㉕。或徘徊顧慕，擁鬱抑按；盤桓毓養，從容秘翫；闥爾㉖奮逸，風駭雲亂；牢落㉗凌厲，布濩㉘半散㉙；豐融披離㉚，斐韡㉛奐爛；英聲發越，采采㉜粲粲㉝。或間聲㉞錯糅，狀若詭赴㉟；雙美㊱並進，駢㊲馳翼驅。初若將乖㊳，後卒同趣㊴。或曲而不屈，或㊵直而不倨。或相凌而不亂，或相雜而不殊㊶。時劫掎㊷以慷慨，或怨嫿㊸而躊躇。忽飄颻以輕邁，乍留聯而扶疏。或參譚㊹繁促，複疊攢仄㊺；從橫㊻駱驛㊼，奔遯相逼。拊嗟㊽累讚，間不容息。瓌豔㊾奇偉，殫㊿不可識。

【章　旨】本章描寫在高軒飛觀、廣廈閑房裡，在冬天的月夜，彈琴歌唱的情景。作者以富有想像力的筆觸，對琴聲的美妙變化，作了形象地描摹。

【注　釋】❶高軒飛觀　高高的窗廊飛起的樓闕。軒，長廊；有窗的長廊。以敞朗為特點的建築物。觀，古代宮門外高臺上的望樓，亦稱為闕。泛指高大的建築物。❷閑　大。❸肅清　清靜；安靜清爽。❹纓徽　女子佩帶的香囊。❺冷　當作「泠」，輕妙。周樹人校曰：「《文選》李善本作泠。」❻閑　通「嫺」。熟練；閑雅。❼捤　同「批」。反手相擊。❽淥水　舞曲名。❾清徵　樂曲名。❿袒　通「暢」。⓫微子　殷紂王之兄。此處指古曲

〈微子操〉。李善注引《七略》曰：「微子傷殷之將亡，終不可奈何，見鴻鵠高飛，援琴作操。」操，樂曲體裁之一。⓬躊跱　即「跱躇」，與踟躇、躊躇等皆相通。⓭拊　拍；輕擊。⓮凌扶搖兮憩瀛洲　乘著旋風啊到瀛洲去憩息。凌，乘。扶搖，旋風。憩，休息。瀛洲，古代方士相傳渤海有蓬萊、方丈、瀛洲等三神山。⓯要列子兮為好仇　邀請列禦寇啊結個好伴侶。要，邀請；相約。列子，列禦寇。戰國初期鄭國人。傳說他很窮，以清靜無為、特立獨行處世。據說他曾經仙人指點，能「御風而行」。仇，通「讎」。伴侶。⓰沆瀣　夜間的水氣；露水。⓱薄　至；迫近。⓲齊　齊同；齊等。⓳委　安；隨。⓴赴會　交會；交響。謂歌聲與琴聲節奏相符。會，節會。㉑綢繆　纏綿；糾結。㉒于是曲引向闌　此時序曲接近尾聲。引，樂曲體裁之一。闌，將結束之音。李善注：「引亦曲也。半在半罷謂之闌。」㉓奇弄乃發　奇妙的樂音就生發出來。弄，小曲；樂曲。戴明揚《嵇康集校注》引梁元帝《纂要》曰：「琴曲有暢，有操，有引，有弄。」《琴論》曰：「弄者，情性和暢，寬泰之名。」《文選・洞簫賦》注：「弄，小曲也。」㉔攘皓腕　捋起衣袖顯露膚色雪白的手腕。攘，捋袖。皓，白色。㉕紛儸譶以流漫　聲音紛繁而舒放散漫。儸譶，聲音紛繁。㉖闥爾　豁然；快速貌。㉗牢落　稀疏貌。㉘布濩　布露；散布。㉙半散　欲散而還聚。半，通「泮」。分；散也。㉚披離　分散貌。㉛斐韡　光彩。㉜采采　眾多也。㉝粲粲　繁盛貌。㉞間聲　姦聲，與上文正聲對言。正聲之外，繁手而淫者為姦聲。此指變聲。㉟詭赴　異趨。謂姦聲錯出，若與正聲異趨也。詭，異。赴，趨。㊱雙美　指正聲與姦聲。㊲駢　併也。㊳乖　乖離；乖違；背離。㊴趣　同「趨」。㊵或　底本無。周樹人校曰：「張燮本屈下有或字。五臣本《文選》同。」今徑補。㊶殊　斷絕；分開。㊷劫掎　激切。㊸怨嫭　哀怨而嬌媚。嫭，嬌。㊹參譚　相隨貌。㊺攢仄　聚聲。㊻從橫　同「縱橫」。㊼駱驛　同「絡繹」。㊽拊嗟　撫嘆。㊾瓌豔　瑰麗豔美。瓌，同「瑰」。㊿殫　盡。

【語　譯】至於在那軒敞的長廊和飛簷的樓觀，寬廣的華夏空大的房間裡，冬天的深夜肅穆冷清，朗月垂光，新衣翠粲，香囊流芳。這時樂器輕妙，琴弦協調，心領神會，手指敏捷，彈擊自如，隨心所欲。開始彈的是〈淥水〉，中間奏的是〈清徵〉，還有高雅流暢的〈唐堯〉，終了演奏的是〈微子〉。琴聲寬厚明朗，宏大圓潤，悠閑從容，婉轉徘徊。輕拍琴弦安然放歌，新的聲樂接著升起：「乘著旋風啊到瀛洲去憩息，邀請列禦寇啊結個好伴侶。飽餐深夜的水氣啊再披上絢麗的朝霞，翩翩起飛啊到天宮遨遊。齊同萬物啊我超然自得，委隨性命啊任其去留。激發清亮的歌喉與琴聲節奏相符，弦聲歌聲啊是何等的纏綿諧和。」

序曲接近尾聲，眾音即將停歇。此時改弦易調，奇妙的樂音生發出來。仰起美麗和悅的面龐，捋起衣袖顯露潔白的手腕，飛動纖纖玉指疾速彈撥，聲音紛繁而舒放散漫。或徘徊顧慕，凝聚不散，以指揉弦，從容舒緩；忽而快速拂弦，猶如風雲翻捲；忽而稀疏激烈，流韻慢慢分散傳布；琴聲清晰流暢，明麗輝煌；美聲發越，紛繁鏗鏘。有時雜曲錯糅，異曲同趨；雙美並奏，二曲齊鳴。初起好似乖離，後來和諧統一。琴聲委婉而志不屈，琴聲剛直而志不倨。雅俗雜錯而不亂，高下相間而不斷。時而激切慷慨，時而哀怨低回。忽而飄搖輕舉，忽而留連而扶疏。有時音節緊湊繁促，複疊集攏；有時又縱橫絡繹，奔遯相逼。令人撫嘆不止，連連稱讚。琴聲瑰麗奇偉，難以形容。

若乃閑舒都雅❶，洪纖❷有宜，清和條昶❸，案衍❹陸離❺，穆溫柔以怡懌❻，婉順敘而委蛇❼。或乘險❽投會，邀隙❾趨危，嚶❿若離鵾⓫鳴清池，翼若浮鴻⑫翔層崖，紛文斐尾⑬，慊縿⑭離纚⑮，微風餘音，靡靡猗猗⑯。或摟捥擽捋⑰，縹繚潎洌⑱，輕行浮彈⑲，明嫿⑳睽慧㉑，疾而不速，留而不滯，翩緜飄邈，微音迅逝。遠而聽之，若鸞鳳㉒和鳴戲雲中；迫㉓而察之，若眾葩敷榮曜春風㉔，既豐贍㉕以多姿，又善始而令㉖終。嗟姣妙㉗以弘麗，何變態之無窮！

【章　旨】本章繼續描繪彈奏動作，協調閑雅，琴音美妙和變化無窮。

【注　釋】❶都雅　閑雅。都，閑。❷洪纖　大小；強弱。❸條昶　條貫通暢。昶，通「暢」。❹案衍　不平的樣子。案，同「按」。抑制。衍，溢；高揚。這裡描摹彈弦動作，一起一伏。❺陸離　雙聲連綿詞，形容長長的樣子。這裡似是描摹撫弦動作。❻怡懌　歡快。❼委蛇　同「逶迤」。聲音曲折悠長。❽乘險　凌空。❾邀隙　入穴。❿譻　同「嚶」。鳥鳴聲。此指樂音和鳴。⓫離鵾　失去伴侶的鵾雞。⓬浮鴻　飛鴻。一本作「游鴻」，離群之雁。亦可通。⓭尾　當作「娓」，美。⓮慊縿　羽毛下垂的樣子。⓯離纚　連綿不斷。⓰猗猗　餘音梟梟。⓱摟捥擽捋　皆手撫弦之貌，彈琴的四種指法。摟，抹。一說以指勾弦。捥，批，反手擊弦。擽，擊；彈。捋，輕滑。⓲縹繚潎洌　形容四種指法彈弦發出的四種琴聲，皆狀聲之詞。⓳輕行浮彈　信手輕彈。⓴明嫿　明快美好。㉑睽慧　觀賞讚美。㉒鸞鳳　鸞鳥和鳳凰。㉓迫　近。㉔若眾葩敷榮曜春風　像眾花盛開在春風吹拂下閃耀著光彩。葩，花。敷榮，盛開。曜，放光彩。㉕豐贍　樂聲繁富。㉖令　善；美。㉗姣妙　美妙。

【語　譯】演奏舒緩閑雅，琴音大小適宜，清和流暢，起伏有度，和穆溫柔而歡快，婉轉諧和而悠揚。有時音聲高揚而合節，跌入峽谷而低迴，樂音和鳴猶似失伴的鶤雞在清池嚶嚶鳴叫，又像離群的鴻雁飛翔在重重山崖；文采繁盛，娓娓動聽，像鳥羽下垂，連綿不斷，微風餘音，輕柔裊裊。有時運用抹、批、擊、捋等指法，發出縹、繚、潎、洌等琴聲，信手輕彈，明快美好，欣賞讚嘆，節奏迅疾而不緊迫，弦緩而不滯重，琴聲聯綿飄向遠方，微妙的聲音迅即消逝。站在遠處聆聽，像鸞鳳和鳴遊戲於雲中；近處細聽，宛如百花盛開笑迎春風。既繁富而多姿，又善始而善終。啊，多麼美妙而弘麗，何等的變態而奧妙無窮！

若夫三春之初❶，麗服以時❷，乃攜友生❸，以遨以嬉。涉蘭圃，登重基❹；背長林❺，翳❻華芝❼；臨清流，賦新詩。嘉魚龍之逸豫❽，樂百卉之榮滋❾。理重華之遺操❿，慨遠慕而常⓫思。若乃華堂曲宴⓬，密友近賓，蘭肴⓭兼御⓮，旨酒⓯清醇。進南荊⓰，發〈西秦〉⓱，紹〈陵陽〉⓲，度〈巴人〉⓳。變用雜而竝⓴起，竦㉑眾聽而駭神。料㉒殊功而比操㉓，豈笙籥之能倫㉔！

【章　旨】本章描寫陽春三月，在山林清溪之間，在華堂曲宴之際，演奏琴曲的美景，決非其他樂器所可比擬。

【注　釋】❶三春之初　指農曆三月初。三春，農曆正月稱孟春，二月稱仲春，三月稱季春。這裡指的是季春。❷以時　因時；入時。❸友生　故舊門生，此處泛指朋友。❹重基　高山。❺長林　高大的樹林。❻翳　蔭蔽。❼華芝　華蓋，指車篷。李周翰注曰：「翳，蔭也。華芝，蓋也。意長林之翳如蓋也。」❽逸豫　閑逸自得。❾榮滋　生長繁茂。❿重華之遺操　虞舜的琴曲。重華，虞舜名。遺操，遺留下來的樂曲。李善注《文選》引《琴道》：「舜操者，昔虞舜聖德玄遠，遂升天子，喟然念親，巍巍上帝之位不足保，援琴作操。」操，琴曲的一種。⓫常　各本作「長」，當從之。⓬曲宴　小型宴會。⓭蘭肴　蘭花、佳肴。⓮兼御　並用。⓯旨酒　美酒。⓰南荊　李善注《文選》：「南荊，即荊艷，楚舞也。」⓱西秦　秦樂。⓲紹陵陽　接續〈陵陽〉樂曲。紹，接續。陵陽，古代高雅樂曲，即〈陽春〉。⓳度巴人　彈奏民間俗曲〈巴人〉。度，彈奏。巴人，古代俗曲名。⓴竝　同「並」。㉑竦　振動。㉒料　衡量。㉓比操　比較其他樂器音色之優劣。㉔豈笙籥之能倫　哪裡是笙籥所能相提並論的。笙、籥，皆管樂器。倫，相比；比擬。

【語　譯】若在陽春三月之初，穿上鮮麗入時的服裝，呼朋喚友，去郊外遨遊嬉戲。經過蘭圃，登上高山，背靠茂林，頭蓋華芝，立足於山澗清溪，吟誦新作詩篇。讚美那魚龍閑逸自得，喜看那草木百卉滋長茂盛。彈起虞舜當年遺留下來的琴曲，心中慨然仰慕思念聖賢的美德。若在華麗的廳堂舉辦小型宴會，邀請密友近賓，賞蘭花，品佳肴，飲美酒，味清醇。進上南荊楚舞，彈起〈西秦〉大曲，接續〈陵陽〉雅樂，演奏〈巴人〉俗調。雅曲俗調交響齊鳴，四座竦耳傾聽而心神搖蕩。論其奇異功效而與別的樂器比較音色之優劣，哪裡是笙、籥等管樂器所能比擬的！

若次❶其曲引❷所宜，則〈廣陵〉、〈止息〉，〈東武〉、〈太山〉；〈飛龍〉、〈鹿鳴〉，〈鵾雞〉、〈遊弦〉❸。更唱迭奏，聲若自然。流楚窈窕❹，懲躁雪煩。下逮謠俗，蔡氏五曲❺。〈王昭〉❻、〈楚妃〉❼，〈千里〉❽、〈別鶴〉❾。猶有一切❿，承間簉⓫乏，亦有可觀者焉。

【章　旨】本章概述〈廣陵〉等古琴曲有「懲躁雪煩」之效，蔡氏五曲等謠俗之曲「亦有可觀者焉」。

【注　釋】❶次　次第；排次序。❷曲引　樂曲。「引」也是曲。❸廣陵止息四句　以上八種皆古琴曲名。唯〈廣陵〉傳世，餘七種皆失傳。❹流楚窈窕　流利清晰窈窕悅耳之聲。流楚，流利清晰的聲音。❺蔡氏五曲　蔡邕所作五個琴曲。蔡氏，蔡邕，東漢文學家，精通音律。五曲，指蔡邕所作〈遊春〉、〈淥水〉、〈坐愁〉、〈秋思〉、〈幽居〉等。郭茂倩《樂府詩集》卷五十九引《琴書》：「邕，嘉平初，入青溪訪鬼谷先生，所居山有五曲，一曲製一弄。山之東曲，常有仙人遊，故作〈遊春〉；南曲有澗，冬夏常淥，故作〈淥水〉；中曲即鬼谷先生舊所居也，深邃岑寂，故作〈幽居〉；北曲高巖，猿鳥所集，感物愁坐，故作〈坐愁〉；西曲灌木吟秋，故作〈秋思〉。三年曲成，出示馬融，甚異之。」曲譜失傳，其詞載於郭茂倩《樂府詩集》。❻王昭　指樂曲〈昭君怨〉，其譜傳世。❼楚妃　指樂曲〈楚妃嘆〉，息嬀製。其譜失傳。❽千里　指樂曲〈千里吟〉，已佚。❾別鶴　指樂曲〈別鶴操〉，商陵牧子製，譜傳世。李善注《文選》引蔡邕《琴操》：「商陵牧子，娶妻五年，無子，父兄欲為改娶。牧子援琴鼓之，嘆別鶴以舒其憤懣，故曰〈別鶴操〉。」崔豹《古今注》：「〈別鶴操〉，商陵牧子所作。牧子娶妻，五年無子，父母將為之改娶。妻聞之，中夜起，聞鶴聲，倚戶而悲。牧子聞之，愴然歌曰：將飛比翼隔天端，山川悠遠路漫漫。攬衣不寢食。後人因以為樂章也。」❿一切 權時；權宜。⓫簉 雜；雜廁。李周翰注《文選》：「簉，雜也。言此諸曲，權時以承古雅之間，以雜于頓乏之際，亦有可觀也。」

【語譯】若按適當的次序把各種琴曲排列起來，像〈廣陵〉、〈止息〉、〈東武〉、〈太山〉；〈飛龍〉、〈鹿鳴〉、〈鵾雞〉、〈遊弦〉等等，交替彈唱，聲如自然之音，流利清晰窈窕美好的琴聲，足以懲止躁競雪蕩煩懣。下及謠俗之曲，蔡氏〈五曲〉、〈王昭〉、〈楚妃〉、〈千里〉、〈別鶴〉等等，乃有權宜以承古雅之間，雜陳於困頓窮乏之際，也很可欣賞的。

然非夫曠遠者❶，不能與之❷嬉遊；非夫淵靜者❸，不能與之閑止❹；非夫放達者❺，不能與之無悋❻；非夫至精者❼，不能與之析理也。

若論其體勢❽，詳其風聲❾；器和❿故響逸，張急⓫故聲清；間遼故音庳⓬，弦長故徽鳴⓭。性潔靜以端理⓮，含至德之和平⓯。誠可以感盪心志，而發洩幽情矣！是故懷戚者⓰聞之，則莫不憯懍⓱慘悽，愀愴⓲傷心；含哀懊咿⓳，不能自禁。其康樂者聞之，則欨愉⓴懽釋㉑，抃舞踊溢㉒；留連㉓瀾漫，嗢噱㉔終日。若和平者聽之，則怡養悅愉，淑穆㉕玄真㉖；

恬虛㉗樂古，棄事遺身。是以伯夷㉘以之廉，顏回㉙以之仁，比干㉚以之忠，尾生㉛以之信，惠施㉜以之辯給㉝，萬石㉞以之訥慎㉟。其餘觸類而長㊱，所致非一；同歸殊途，或文或質。總中和㊲以統物，咸日用而不失。其感人動物，蓋亦弘矣。于時也，金石㊳寢聲，匏竹㊴屏氣，王豹輟謳㊵，狄牙喪味㊶。天吳㊷踊躍于重淵，王喬㊸披雲而下墜。舞鸑鷟㊹于庭階，游女㊺飄焉而來萃。感天地以致和，況蚑行之眾類㊻。嘉斯器之懿茂㊼，詠茲文㊽以自慰。永服御㊾而不厭，信古今之所貴。

【章旨】琴聲可以感盪心志、發洩幽情，感人動物，功用弘大，超越其他樂器之上。但非超塵脫俗之人，不能盡雅琴之趣。

【注釋】❶曠遠者　心胸開闊的人。❷之　代詞，它，指琴。❸淵靜者　深沈安詳的人。❹閑止　悠閑相處。❺放達者　放縱豁達的人。❻𠫤　同「吝」。貪欲；私心。❼至精者　道德修養最純粹的人。❽體勢　琴體結構。❾風聲　琴的聲音。❿器和　琴體各部分搭配和諧。⓫張急　弦緊。⓬間遼故音庳　琴弦距嶽山遼遠則能漸次發出低沈之音。戴明揚注：「間者，謂嶽山（即岳山，指琴額用以架弦的橫木）與左手取音處之間隔，去嶽愈遠，則音愈低，琴之間隔最遠，故能取庳下之音也。」庳，低沈。⓭弦長故徽鳴　琴弦長長的則需糾緊徽索以取音。徽鳴，糾徽索而取音也。徽，琴軫繫弦之繩謂之徽，後人乃以琴面識點為徽（朱駿聲《說文通訓定聲》）。⑭端理　正直。⑮和平　平和；心平氣和。⑯懷戚者　心懷憂慮的人。⑰憯懍　哀傷畏懼。⑱愀愴　憂傷。⑲懊咿　內悲。⑳欣愉　欣悅的樣子。欣，笑貌。㉑懽釋　歡樂開懷。釋，縱；解。㉒抃舞踊溢　手舞足蹈。抃舞，鼓掌舞蹈。踊溢，跳躍。㉓留連　同「流連」。㉔嘔噱　大笑。㉕淑穆　恬淡閑適。㉖玄真　歸於純樸之境。㉗恬虛　恬淡虛靜。《莊子・天道》：「夫虛靜恬淡，寂漠無為者，天地之平，而道德之至。」㉘伯夷　殷商末期孤竹國（今河北盧龍南）君的兒子。孤竹君想在他死後立叔齊為君。他死後，叔齊讓位給哥哥伯夷。伯夷不肯，說：「這是父親的意思。」隨後伯夷就出走了。叔齊不肯繼位，就也出走了。國人立了孤竹君的仲子為君。兄弟二人來到周地，這時西伯姬昌已死，周武王繼位，帥師伐紂，兩人叩馬而諫：「父親死了不埋葬，卻帶著隊伍去打仗，能說是孝嗎？周為商臣，以臣伐君，能說是仁嗎？」武王滅商，伯夷、叔齊以武王的做法可恥，義不食周粟，隱居於首陽山（今山西永濟南），採食野菜山果，飢餓而死。《孟子・盡心下》：「聖人，百世之師也，伯夷、柳下惠是也。故聞伯夷之風者，頑夫廉，懦夫有立志。（聽到伯夷的風操的人，貪得無厭的人也變得清廉起來了，懦弱的人也能有獨立不屈的意志了。）……」㉙顏回　孔子最賞識的弟子。字子淵，特好學，安貧樂道，只活了三十歲（一說四十一歲），英年早逝，孔子極為痛惜。《列子・仲尼》：「子夏問孔子曰：顏回之為人奚若？子曰：回之仁，賢於丘也。」㉚比干　殷紂王叔父，一說紂王庶兄。紂王淫亂禍國，比干犯顏強諫，紂王大怒，剖其心而死。㉛尾生　人名，生平不詳。《莊子・盜跖》：「尾生與女子期于梁（橋）下，女子不來，水至不去，抱梁柱而死。」㉜惠施　戰國中期宋國人。名家代表人物之一，認為一切事物的差別、對立，都是相對的，很善於辯論。曾做過魏國相。㉝辯給　能言善辯。給，口才敏捷。㉞萬石　即「萬石君」石奮，漢初人。石奮與其四個兒子（石建、石甲、石乙、石慶）皆官至二千石，漢景帝號奮為「萬石君」。㉟訥慎　慎言。石奮父子以訓行孝謹著稱於世。㊱長　增長；類推。㊲中和　《禮記・中庸》：「喜怒哀樂之未發謂之中，發而皆中節謂之和……致中和，天地位焉，萬物育焉。」㊳金石　泛指金、石製作的樂器。㊴匏

竹　泛指匏、竹製作的樂器。㊵王豹輟謳　王豹停止歌唱。王豹，古代歌手。《孟子・告子下》：「昔者王豹處於淇，而河西善謳。」（從前王豹住在淇水旁邊，連河西的人都會唱歌。）㊶狄牙喪味　狄牙喪失了味覺。狄牙，即易牙，春秋時齊國名廚，以善烹調得寵於齊桓公。李善注《文選》引《淮南子》曰：「淄、澠之水合，狄牙嘗而知之。」㊷天吳　水神。李善注《文選》引《山海經》曰：「朝陽之谷，有神名曰天吳，是為水伯。其形首足尾並，人面而色青。」㊸王喬　即王子喬，古代傳說中的仙人，能騰雲駕霧。《列仙傳》：「王子喬者，太子晉也，道人浮丘公接以上嵩高山。」㊹鸑鷟　神鳥，鳳類。㊺游女　傳說中的漢水女神。㊻況蚑行之眾類　更何況一般的各色人物。蚑，《說文・虫部》：「蚑，行也。从虫，支聲。」李善注《文選》據《說文》引申曰：「凡生之類，行皆曰蚑。」蓋謂動物行走。嵇康「蚑行」並用，統指名人、仙人、水神、女神、神鳥之下的能力不同的各式各樣的人物。㊼懿茂　美盛。㊽茲文　指此篇〈琴賦〉。㊾服御　使用；享用。指彈琴。

【語　譯】然而，非心胸開闊的人，不能與琴同樂；非沈靜平和的人，不能與琴閑處；非放縱豁達的人，不能與琴無私；非道德純粹的人，不能與琴明理。若論琴的體制結構，考察辨析琴的聲音，各部位和諧則音響閑逸，弦緊則琴聲清越；琴弦距嶽山愈遠則發音次第低沈，琴弦長長的則糾緊徽索以便取音演奏。本性潔靜而正直，蘊含至德於和平之象，確能感動人的心靈志意，抒發幽情的呀！所以，心懷憂慮的人聽琴，莫不悲哀畏懼，悽悽慘慘，愁容憔悴，悲傷不已，難以自禁。康樂的人聽琴，則喜形於色，笑逐顏開，手舞足蹈，流連瀾漫，終日笑容滿面。要是心氣平和的人聽琴，則怡養悅愉，恬淡閑適，歸於純樸境界，清心寡欲，喜好古道，擺脫事累，置身物外。所以琴使伯夷保持高風亮節，使顏回保持仁愛，使比干保持忠貞，使尾生死守信義，使惠施能言善辯，使萬石父子訓行孝謹。以此類推，還可舉出許多。琴聲帶給各人的感受千差萬別，但殊途而同歸，或文采斐然，或質樸厚重，都是中和天地之氣，統理萬物趨向和諧，終日用之而不可失。琴音的感人動物，應該說是很弘大的呵！雅琴發聲之際，金、石類樂器失聲，匏、竹類樂器屏氣不發；名歌手王豹停止了歌唱，名廚狄牙喪失了味覺；水神天吳在深淵裡踊躍，仙人王子喬披著彩雲降臨；神鳥鸑鷟在庭階下起舞，漢水女神飄飄然前來聚會，感天地以致和，更何況一般的各色人物。讚雅琴之美盛，詠此賦以自慰。一生彈奏而不知滿足，難怪從古至今對它如此珍重。

亂❶曰：愔愔❷琴德，不可測兮；體清心遠，邈❸難極兮。良質美手，遇今世兮；紛綸翕❹響，冠眾藝兮。識音者希❺，孰❻能珍兮；能盡雅琴，惟至人兮！

【章　旨】結尾總結全文，對琴德、琴聲、至人作總的讚美。

【注　釋】❶亂　音樂的末章。這兒的「亂曰」，實際上是全篇的結束語。❷愔愔　安靜和悅的樣子。❸邈　遠。❹翕　合；和順。❺希　同「稀」。❻孰　誰。這是一個疑問代詞，通常表示選擇。

【語　譯】亂曰：平和恬靜的琴德，深不可測啊；它體清心遠，殊難窮盡啊！佳琴高手，幸遇於今世啊；琴音浩瀚諧和，穩居眾樂器之首啊！知音稀少，有誰會珍惜它啊；能盡知雅琴之至善至美的，唯有「至人」呀！

與山巨源絕交書

【題解】山巨源，名濤，字巨源，河內懷縣（今河南武陟西南）人，早年隱居不仕，為「竹林七賢」之一。後未堅持隱居，四十歲以後出仕為官；他任尚書吏部郎時，曾想請嵇康出來代替自己的職務，未成。一年後，約在魏元帝景元二到三年（西元二六一——二六二年）之間，嵇康寫下了這封有名的絕交書。嵇康在信中固然是責怪山濤不該糾纏自己出仕，且書末說「並以為別」，實際上並非真的與之告絕。兩年後，當嵇康被害入獄，臨刑前對兒子說：「山公（即山濤）尚在，汝不孤矣！」（《白氏六帖事類集》卷七〈恤孤〉二十五）可見兩人友誼深厚，並未「絕交」。這篇文章的矛頭是指向當時控制朝政大權、假借禮法之名而陰謀篡魏自立的司馬氏集團。嵇康絕世不仕，就是表示與這種政治現實相對抗。信中推崇老、莊，強調任真，力言本性不堪出仕，針對司馬氏統治下的虛偽、殘酷的政治作了揭露和批判，字裡行間表露出不與世俗同流合汙的情操。所以劉勰說他：「文辭縱放而不失風華，志高而文偉。」（《文心雕龍・書記》）

康白：足下❶昔稱吾于潁川❷，吾常❸謂之知言❹。然經怪此❺，意尚未熟悉于足下，何從便得之也。前年從河東❻還，顯宗❼、阿都❽說足下議以吾自代，事雖不行❾，知足下故❿不知之。足下傍通⓫，多可而少怪；吾直性狹中⓬，多所不堪⓭，偶與足下相知耳。間聞足下遷⓮，惕然⓯不喜。恐足下羞庖人⓰之獨割，引尸祝以自助⓱；手薦鸞刀⓲，謾之羶腥⓳。故具為足下陳其可否。

【章旨】以上是第一段，寫自己與山濤性情不合，不堪流俗，不願同流合汙而「謾之羶腥」，說明寫這封絕交書的緣由。

【注釋】❶足下　對人的敬稱，書札中常用的敬語，此處指稱山濤。❷潁川　指山嶔，山濤的族父，曾為潁川（今河南許昌東）太守，此處以官稱之。❸常　一本作「嘗」，曾經。❹知言　知己之言。❺然經怪此　然而（我）常常覺得奇怪這件事。經，常。此，指上述「知言」之事。又，戴明揚《嵇康集校注》斷句為：「然經怪此意，尚未熟悉于足下」，則「此意」指下文「尚未熟悉……」而言，亦可通。❻河東　地名，在今山西夏縣西北。❼顯宗　公孫崇，字顯宗，譙國（今河南夏邑）人，曾為尚書郎。❽阿都　呂安，字仲悌，小名阿都，與嵇康為至交。❾事雖不行　事情雖然沒有成功。事，指「議以吾自代」之事。不行，不成。❿故　通「固」。⓫傍通　博通；無所不通。此處指善於應變。⓬狹中　心地狹窄。中，心。通作「衷」。⓭堪　忍受。⓮間聞足下遷　最近聽說足下升官。間，最近。聞，聽到。遷，升官。山濤為吏部郎後即遷為大將軍從事中郎。⓯惕然　憂懼貌。⓰庖人　廚師；炊事員。⓱引尸祝以自助　拉尸、祝來幫助自己。尸祝，古代祭祀時任尸和祝的人。尸，古代代表死者受祭的活人；或以神主、神像代之，亦曰「尸」。祝，執祭版對「尸」祝禱的人，祭祀儀式的主持者。典出《莊子・逍遙遊》：「庖人雖不治庖，尸祝不越樽俎而代之矣。」⑱手薦鸞刀　手執屠刀。薦，舉。鸞刀，屠宰用的刀。鸞，刀把上裝飾的鈴。⑲謾之羶腥　沾染羶腥的氣味。謾，各本作「漫」，沾汙。羶，羊臭。腥，魚臭。

【語　譯】嵇康告白：足下從前在潁川太守那裡稱說我不願出仕的話，我曾說那是知己之言。然而我常常奇怪這件事，心想我還沒有為足下所熟悉，您從何處得知我的志趣呢？前年自河東回來後，公孫崇和呂安告訴我足下打算要我替代您的職務。這件事情雖然沒有成功，但由此知道足下原來還是並不了解我。足下博通，善於應變，遇事多肯定而少疑怪；我可是心地狹小的直性子人，許多事不能忍受，只是偶然與您相識罷了。近聞足下又高升了，我深為憂慮不快。恐怕足下獨自做這樣的官害羞，要拉我當助手，就像廚師羞於一個人屠宰，想拉祭師去幫忙一樣，讓我手執屠刀，沾染上一身羶腥氣。因此我要向足下細陳其可否之緣故。

吾昔讀書，得並介之人❶；或謂無之，今乃信其真有耳。性有所不堪❷，真不可強❸。今空語同知有達人❹而無所不堪，外不殊俗❺，而內不失正❻；與一世同其波流，而悔吝不生耳。老子❼、莊周❽，吾之師也，親居賤職❾；柳下惠❿、東方朔⓫，達人也，安乎卑位⓬；吾豈敢短⓭之哉！又仲尼兼愛，不羞執鞭⑭；子文無欲卿相，而三登令尹⑮；是乃君子思濟物⑯之意也。所謂達則兼善而不渝⑰；窮則自得而無悶⑱也。以此觀之，故堯舜之君世⑲，許由之巖棲⑳，子房之佐漢㉑，接輿之行歌㉒，其揆一也㉓。仰瞻㉔數君，可謂能遂其志者也。故君子百行㉕，殊途而同致㉖。循性而動㉗，各附所安㉘。故有處朝廷而不出，入山林而不返之論㉙。且延陵高子臧之風㉚，長卿慕相如之節㉛。志氣所託，亦不可奪也。

【章旨】以上是第二段，含兩層意思：從「吾昔讀書」至「悔吝不生」，暗諷山濤自許為「並介之人」（既能兼善天下又是耿介孤直的人）；從「老子、莊周」至段末，歷舉古時聖君、賢人、達士、隱者，都是順其本性，不為物移，或出或處，不可兼得，說明「並介之人」並不存在。

【注釋】❶並介之人　既能兼善天下又是耿介孤直的人。並，這裡是兼善天下的意思。介，耿介孤直。❷不堪　不能忍受。❸強　勉強。❹今空語同知有達人　現在空說什麼彼此共知有這樣一種通達之人。空語，空說。達人，通達之人。❺外不殊俗　外表上不異於世俗。❻內不失正　內心沒有失去正道。❼老子　即老聃。春秋時楚國苦縣（今河南鹿邑東）人。與孔子同時而年稍長，有人說是道家的鼻祖，著有《道德經》（一作《德道經》）

五千餘言。❽莊周　戰國時期蒙（今河南商丘）人，大約和孟子同時或稍後。他繼承並發展了老子的思想，為道家學派代表人物，世稱老莊。傳世《莊子》一書共三十三篇，學術界一般認為其中的〈內篇〉（七篇）大體是莊周自著，〈外篇〉、〈雜篇〉則是莊周後學所作。❾賤職　卑下的職位。老子曾為周朝柱下史（管理藏書的史官），莊周曾為漆園吏，二人職位都很低。❿柳下惠　即展禽，名獲，字季，春秋時魯國大夫，食邑在柳下，卒諡「惠」，後人因稱之為柳下惠。曾任士師（掌管刑獄的官），被罷職三次，有人勸他到別國去，他說：「直道而事人，焉往而不三黜？枉道而事人，何必去父母之邦！」（見《論語・微子》）⓫東方朔　西漢平原厭次（今山東惠民）人，字曼倩，武帝時官至太中大夫。性恢諧，善辭賦，有〈答客難〉、〈七諫〉等。⓬安乎卑位　安於小官。卑位，低賤的官位。⓭短　缺點；過失。此處作動詞用，意為輕視。⓮仲尼兼愛二句　孔子主張泛愛眾人，不在意做個車伕。孔子（西元前五五一——前四七九年），名丘，字仲尼。春秋時魯國曲阜人。主張仁愛之說，為儒家的鼻祖。兼愛，沒有差等的愛，本是墨家學說，此指孔子的仁愛。不羞執鞭，不以執鞭為羞恥。執鞭，拿馬鞭。指當車伕，泛指低賤的工作。⓯子文無欲卿相二句　子文沒有當卿相的欲望，而三登令尹高位。子文，即鬬穀於菟，楚成王八年（西元前六六四年）任令尹。三登令尹，楚成王三十五年（西元前六三七年）讓位於子玉，此後二十八年間，幾次被罷免又被任命。令尹，楚國的最高官職，掌管軍、政大權，相當於宰相。⓰濟物　救世濟人。物，人。⓱達則兼善而不渝　得志的時候，能照顧百姓而不改初衷。達，得志。兼善，惠澤普施於百姓。不渝，不變。⓲窮則自得而無悶　不得志的時候能自在自足而沒有憂愁。窮，窮困；不得志；不得意。指仕途閉塞。無悶，無憂慮。⓳堯舜之君世　堯舜為君於世。堯舜，儒家所推崇的兩位古代聖君。君世，為君於世。君，作動詞用，做君主。⓴許由之巖棲　許由棲身於山巖之間。許由，堯時隱士。堯想讓位於許由，由不願接受，就逃到箕山隱居起來。巖棲，隱居山林。巖，高峻的山。棲，居住。㉑子房之佐漢　子房輔佐漢王劉邦。子房，張良字子房，曾輔佐劉邦統一天下，建立漢朝。㉒接輿之行歌　接輿邊走邊唱。接輿，春秋時楚國的隱士。曾唱著歌走過孔子的車旁，諷勸孔子歸隱。㉓其揆一也　原則是一致的。揆，法度；原則。一，一致；相同。㉔仰瞻　舉目而視，表示敬仰。㉕百行　各種各樣的行為表現。㉖殊途而同致　所走的途徑不一而終歸到達同一目標。㉗循性而動　順著本性而為。㉘各附所安　各得其所安。附，歸附。㉙故有處朝廷而不出二句　語出《韓詩外傳》五：「朝廷之人為祿，故入而不出；山林之人為名，故往而不返。」㉚延陵高子臧之風　季札崇尚子臧的風範。延陵，春秋時吳國公子，姓延陵，名季札。子臧，曹國公子，一名欣時。西元前五七八年，曹宣公死，諸侯與曹人要立子臧，子臧因非本分，離國而去。西元前五五九年，吳國諸樊要立季札，季札辭絕，並引子臧不做曹國君的事以自勉。㉛長卿慕相如之節　司馬相如欽敬藺相如的節操。長卿，司馬相如（西元前一七九——前一一八年）字長卿，西漢辭賦家。相如，藺相如，戰國時期趙國人，以「完璧歸趙」拜上大夫，「澠池之會」以後拜上卿。司馬長卿幼名「犬子」，後慕藺相如之為人，更名相如。

【語　譯】我從前讀書，見書上寫到既能兼善天下又耿介孤直的人；有人說這樣的人是沒有的，今天我才相信是真有的哩！而我卻是生性耿直，許多事忍受不了，完全不能勉強。現在空說什麼人人共知有通達之人，無所不能忍受，外表與俗人無異，而內心又沒有失去正道；他能與世俗隨波逐流而不生悔恨之心。老子、莊周是我所師法的人，柳下惠、東方朔是通達之人，他們都安居卑職，我豈敢妄評他們！孔子兼愛，為了道義，曾說即使去執鞭趕車也不覺羞愧；子文沒有當卿相的欲望，而三登令尹的高位；這些都是君子想救世濟人的心意啊！這就是所謂達則兼善天下而始終不渝，窮則獨善其身而自得無悶的人。由此看來，堯舜當了世上的君主，許由逃避到山裡隱居，張良輔佐劉邦統一天下，接輿且行且歌諷勸孔子歸隱，他們的出處行為雖然不同，而原則卻是一致的。令人景仰的堯舜、許由、張良、接輿諸君，可說是能夠實現其志向的人了。所以君子的行為各有不同，但殊途同歸，都是順著本性而行，各得其所。因此，古書上就有「處朝廷而不出，入山林而不返」之類的說法。延陵季札崇尚子臧不做國君的風範，司馬長卿欽敬藺相如的風骨節操。這些乃是人的志向氣節之所寄託，是不能強加改變的。

吾每讀尚子平❶、臺孝威❷傳，慨然慕之❸，想其為人。加少孤露❹，母兄見驕❺，不涉經學❻。性復疏嬾❼，筋駑肉緩❽。頭面常一月十五日不洗。不大悶癢，不能沐❾也。每常❿小便而忍不起，令胞⓫中略轉乃起耳。又縱逸來久⓬，情意傲散⓭，簡與禮相背⓮，嬾與慢相成⓯。而為儕類見寬⓰，不攻其過⓱。又讀《莊》《老》，重增其放⓲，故使榮進之心日頹，任實之情轉篤⓳。此猶禽鹿，少見馴育，則服從教制⓴；長而見羈，則狂顧頓纓，赴蹈湯火㉑。雖飾以金鑣㉒，饗以嘉肴㉓，愈思長林，而志在豐草也。

【章　旨】以上是第三段，敘述自己的生活遭遇，表明由此而養成的放蕩不羈的性格難以改變，猶如野外長大的禽鹿，受不了人為的束縛，總是「思長林，而志在豐草也」。

【注釋】❶尚子平　即向子平，名向長字子平，河內朝歌人，生活於西漢、東漢之間，有道術，潛隱於家，不仕王莽。通《老子》、《易》，安貧樂道，讀《易》至〈損益卦〉，喟然嘆曰：「吾知富貴不如貧賤，未知存何如亡爾！」遂肆意，俱遊五岳名山，不知所終。❷臺孝威　臺佟字孝威，魏郡鄴人，東漢隱士。隱於武安山中，鑿穴為居，採藥自給。州刺史去見他，說他居身清苦，他回答道：「佟幸得保終性命，存神養和；如明使君（指稱刺史）奉宣詔書，夕惕庶事，反不苦邪？」❸慨然慕之　非常仰慕他們。慨然，讚嘆貌。慕之，仰慕這兩個人。嵇康有《高士傳》，尚（向）子平、臺孝威皆入選。❹加少孤露　加之以（我）年少喪父又瘦弱。加，加之以。少，年少。孤，嵇康幼年喪父。露，瘦弱。❺母兄見驕　被母親和兄長驕愛。驕，愛。❻不涉經學　未曾涉獵（讀過）經典之書。涉，及。經學，注釋、闡述儒家經典之學。❼疏嬾　疏頑懶惰。嬾，同「懶」。❽筋駑肉緩　筋骨遲鈍肌肉鬆弛。駑，原指劣馬，此處喻人的筋骨遲鈍。緩，鬆弛。❾不能沐　不耐洗頭。能，義與「耐」通。不能，不耐。沐，洗頭。此處解釋為沐浴（洗澡）亦可。❿常　《太平御覽》引作「當」。⓫胞　本意指胎衣，此處謂膀胱。⓬縱逸來久　放縱耽逸由來已久。⓭傲散　孤傲散漫。⓮簡與禮相背　簡略與禮法相違背。簡，簡略；舉止隨便。禮，禮法。⓯嬾與慢相成　懶惰與傲慢相輔相成。嬾，同「懶」。慢，傲慢。⓰儕類見寬　被同輩們寬容。儕類，同輩、同類的人們。儕，輩；類。見寬，被寬容。⓱不攻其過　不受到責備。其，指自己的性情舉止。過，過失。⓲重增其放　更助長了我的放任。重，增益；加重。放，放任；放蕩。⓳榮進之心日頹二句　榮譽仕進之心日漸減弱，放任本性之情愈益強烈。榮進，榮譽仕進。頹，減弱。任實，放任本性。篤，厚。⓴此猶禽鹿三句　這如同捉來一頭鹿，小的經過馴育，那就會服從主人的管教和約制。禽，同「擒」。少，小。見馴育，被馴育。教制，管教約制。又按，禽鹿，一說即禽獸。戴明揚《嵇康集校注》引《史記・李斯列傳》：「此禽獸視肉。」《索隱》曰：「禽鹿，猶禽獸也。」可備一說。然細考《史記・李斯列傳》上下文意暨李斯之主旨，「禽鹿」似指擒養之鹿，非籠統之「禽獸」，李斯運用「禽鹿」、「廁中鼠」之處境等具體形象，以論辯自己的主張。唐代司馬貞《索隱》搬用《說文》「鹿，獸也」一條，釋「禽鹿」為「禽獸」，其方法實不可取。㉑長而見羈三句　長大的鹿被擒，則瘋狂四顧，亂蹦亂跳著掙脫羈繩，赴湯蹈火也全然不顧。羈，束縛。頓纓，掙扎擺脫羈繩。纓，絲繩，此指拴鹿之羈繩。㉒雖飾以金鑣　即使給牠帶上金籠頭。雖，即使。鑣，原指馬籠頭。金鑣，言其華麗富貴。㉓饗以嘉肴　拿最好的飼料餵牠。饗，飲宴；享受。嘉肴，佳美肉食。

【語譯】我每次讀到尚子平、臺孝威的傳，總是禁不住深深地讚嘆和仰慕，常想像他們的為人。加上因為我幼年喪父，體格瘦弱，受到母親和兄長的驕愛，所以不去讀那些教人修身仕進的儒家經典。性情疏頑懶惰，不受拘束；筋骨遲鈍，肌肉鬆弛。頭面常一月半月不洗，如果不是特別發悶發癢，我是沒有耐性洗浴的。每當要小便時總忍著不起床，令尿在膀胱中略略轉動而將脹出時才起身。我放縱閑逸已久，情意孤傲散漫，舉止隨便是與禮法相違背的，而性情懶散與為人傲慢則相輔相成。這疏懶傲慢的性情，卻為同輩和朋友們所寬容，並不受到責備。我又讀《莊子》和《老子》，更加助長了我的放任。由於上述原因，使我對於做官以求榮利的進取心一天天減弱，而放縱任性的情意愈益強烈。這就好比一頭鹿，從小捉來馴育，那牠就會服從主人的管教和約制；如果野外長大以後再捉來約束，那牠一定會瘋狂蹦跳著掙脫羈繩，赴湯蹈火也在所不顧；即使給牠帶上金籠頭，拿最好的飼料餵牠，牠反而愈加思念濃密的樹林，只想回到那無拘無束的有豐盛水草的原野中去。

阮嗣宗口不論人過❶，吾每師之❷，而未能及。至性過人❸，與物無傷，唯飲酒過差❹耳。至為禮法之士所繩❺，疾之如讎❻，幸賴大將軍保持之耳❼。吾以不如嗣宗之賢，而有慢弛之闕❽。又不識人情，闇于機宜❾，無萬石之慎❿，而有好盡之累⓫。久與事接，疵釁日興⓬。雖欲無患，其可得乎？又人倫有禮，朝廷有法；自惟至熟⓭，有必不堪者七，甚不可者二⓮。臥喜晚起，而當關呼之不置⓯；一不堪也。抱琴行吟，弋釣⓰草野，而吏卒守之，不得妄動；二不堪也。危坐一時⓱，痺不得搖⓲；性⓳復多蝨，把搔無已⓴，而當裹以章服㉑，揖拜上官；三不堪也。素不便書㉒，又不喜作書；而人間多事，堆案盈机㉓；不相酬答，則犯教傷義；欲自勉強，則不能久㉔；四不堪也。不喜弔喪，而人道㉕以此為重，已為未見恕者所怨，至欲見中傷者；雖懼然㉖自責，然性不可化㉗，欲降心㉘順俗，則詭故不情㉙，亦終不能獲「無咎無譽㉚」，如此五不堪也。不喜俗人，而當與之共事，或賓客盈坐，鳴聲聒㉛耳，塵囂臭處㉜，千變百伎㉝，在人目前，六不堪也。心不耐煩，而官事鞅掌㉞，萬機㉟纏其心，世故㊱煩其慮，七不堪也。又每非湯、武，而薄周、孔㊲；在人間不止此事㊳，會顯世教所不容㊴；此甚不可一也。剛腸疾惡㊵，輕肆㊶直言，遇事便發；此甚不可二也。以促中小心之性㊷，統此九患㊸，不有外難，當有內病。寧㊹可久處人間邪？

【章　旨】以上是第四段，陳述自己不願出仕做官的理由。分為三個層次敘述：第一層從「阮嗣宗口不論人過」至「雖欲無患，其可得乎？」，說的是阮籍天性純厚，與物無傷，尚且受到禮法之士的彈劾，而我生性傲慢，不通禮法，又不識人情，又怎能與人事接觸！第二層從「人倫有禮，朝廷有法」至「此甚不可二也」，列舉自己若出仕則有一定不能忍受的七件事，絕對不可以的兩件事，具體分析不能做官的理由。第三層總結上述原因，判定自己出仕必將災禍臨頭。

【注　釋】❶阮嗣宗口不論人過　阮籍說話不議論別人的過錯。阮嗣宗，阮籍（西元二一〇——二六三年），字嗣宗，陳留尉氏（今河南尉氏）人，「竹林七賢」之一，與嵇康齊名。他的主要作品是八十二首五言〈詠懷詩〉。過，過錯；過失。❷師之　以之為師，指學習他口不論人過這一長處。❸至性過人　性情純厚超過一般人。至性，性情純厚。過人，超過一般人。❹過差　過失；差錯。差，差錯。❺所繩　所彈劾。繩，繩削。指彈劾。❻疾之如讎　恨之如仇敵。疾，恨。讎，同「仇」。❼幸賴大將軍保持之耳　幸虧有大將軍保護他。賴，依靠。

大將軍，指司馬昭（西元二一一——二六五年），河內溫縣（今河南溫縣西）人，司馬懿之子，司馬師之弟，繼司馬師之後為曹魏大將軍，專國政，日謀代魏。保持，保護。據史書記載：阮籍任性放蕩，敗禮傷教，有人曾建議「投之四裔，以潔王道」，司馬昭曰：「此賢素羸病，君當恕之。」阮籍又能為青白眼，見禮俗之士，以白眼對之。「由是禮法之士，疾之若讎，而帝每保護之。」❽慢弛之闕　傲慢懶散之缺點。慢，傲慢。弛，懶散。闕，缺點；闕失。❾闇于機宜　不明事理。闇，同「暗」。不明。機宜，事理。❿無萬石之慎　沒有萬石君的謹慎。萬石，即萬石君，名石奮（？——西元前一二四年），漢文帝時任太中大夫，太子太傅，子四人皆官至二千名，景帝曰：「石君及四子皆二千石，人臣尊寵乃集其門，號奮為萬石君。」石氏父子為官處事馴行孝謹，恭謹無與比，以謹慎聞名於世。⓫好盡之累　直言盡情之毛病。好，喜好；喜愛。盡，直言盡情，不知避忌。累，負累，意猶「毛病」。⓬疵釁日興　毛病事端常常發生。疵，小毛病。釁，事端。⓭自惟至熟　自己思慮爛熟。惟，思。至熟，爛熟。⓮必不堪者七二句　必定不能承受的有七件，一定不適合的有兩件。堪，忍受；承受。可，適合；適應。⓯當關呼之不置　守門的差役呼喊不停。當關，門房；守門的差役。不置，不停歇。⓰弋釣　射鳥釣魚。弋，用繩繫在箭上射。⓱危坐一時　端坐一個時辰。危坐，端坐。一時，一個時辰。時，時辰，相當於兩個小時。我國古代將一晝夜分為十二個時辰。「一時」亦可解釋為「一定的時間」，此指官府規定的辦公時間。⓲痺不得搖　腿腳麻痺了也不得搖動。⓳性　生而自然。⓴把搔無已　用手搔癢不止。把搔，用手搔癢。已，止。㉑章服　古代以日、月、星辰、龍、蟒、鳥獸等圖紋作為等級標誌的禮服。㉒素不便書　素來不善於寫信札。素，素來；一向。便，習。書，寫信札。㉓堆案盈机　（公文信件）堆滿案几。机，同「几」。㉔久　底本作「之」，周樹人校「各本作久」，據改。㉕人道　人情世故。㉖懼然　警惕貌。㉗性不可化　本性不能改變。化，變。㉘降心　抑制著心意。㉙詭故不情　違我故志，不得本情。詭，違；違背。故，本來面貌。情，真實；誠實。㉚無咎無譽　語出《易・坤卦・文言》：「括囊，無咎無譽。」意思是，束緊囊口，免遭咎害，不求讚譽。譬喻謹慎處世的道理。咎，災；災禍；災害。譽，讚譽。㉛聒　喧鬨；嘈雜。㉜塵囂臭處　塵囂穢氣之處。塵囂，聲音嘈雜，塵埃飛揚。㉝千變百伎　各種各樣的花招伎倆。伎，伎倆。㉞鞅掌　形容忙迫紛擾的樣子。語出《詩・小雅・北山》：「或棲遲偃仰，或王事鞅掌。」《毛傳》：「鞅掌，失容也。」言事多忙亂不暇整理儀容，引申指公事忙碌。㉟萬機　一作「機務」。機，官府要務。㊱世故　世俗人情。㊲非湯武二句　非難商湯、周武王，鄙薄周公、孔子。湯，商湯，西元前十六世紀攻滅夏桀，建立商朝。武，周武王姬發，西元前十一世紀攻滅商紂王，建立周朝。周，周公旦，周武王之弟，因采邑在周（今陝西岐山縣北），稱為周公，曾助武王滅商。周武王滅商後兩年病死，成王年幼，由周公攝政，功績卓著。孔，孔子（西元前五五一——前四七九年），春秋末期思想家、政治家、教育家，儒家的創始人。湯、武、周、孔四人是漢以來儒家奉為正統的明君聖人。㊳在人間不止此事　出仕為官不停止這件事。人間，指出仕而言。此事，指「非湯、武，而薄周、孔」。㊴會顯世教所不容　恰好明顯地為禮教所不能容忍。會，適；恰好。顯，明顯；顯然。世教，禮教。㊵剛腸疾惡　性情倔強疾惡如仇。㊶輕肆　輕率放肆。㊷促中小心之性　心胸狹隘的本性。中，同「衷」。㊸九患　指上述七不堪二大不可九件事。㊹寧　怎能。

【語　譯】阮嗣宗說話不議論人過失，我常常想學習他這一長處，但是未能達到。阮嗣宗天性純厚超過一般人，他待人接物，無相害之心，只是有愛喝酒的小毛病而已。就因為這小缺點，他竟受到禮法之士的彈劾，恨之如仇，幸虧得到了大將軍的保護。我不如嗣宗的天賦材資，卻有傲慢懶散的缺點；又不通人情，不懂事理；沒有萬石君父子那般謹慎，卻有愛直言盡情、不知避忌的毛病；我若長久與人事相接觸，那得罪人的事情每天會發生，即使想求個太平無事，那又怎能得到呢？人倫有禮，朝廷有法，自己深思熟慮，我有一定不能忍受的事情七件，一定不適應的事情二件。第一件不能忍受的是我喜歡睡懶覺，但是做官以後，守門的差役就要叫我起來。第二件不能忍受的是我喜歡抱著琴漫步行吟，或在野外射鳥釣魚，但是做官以後，出入有吏卒守著，不能隨意行動。第三件不能忍受的是做官要端正地坐著辦公，腿腳麻痺也不能動搖，而我身上生來又多蝨子，搔起癢來沒個完，然而還要戴禮帽穿禮服，去拜迎官長。第四件不能忍受的是平素不學習寫信札，也不喜歡寫信札，但做官之後，人事紛紜，公文信件堆滿几案，如不應酬，則犯教傷義，若勉強去做，又不能持久。第五件不能忍受的是我不喜歡弔喪，但人情世俗對此卻很看重，以為這樣的行為不被寬恕，反遭怨恨，甚至還有藉此中傷我的人。即使我警惕自責，本性終究不能改變；想降心隨俗，則違我故志不夠誠實，也終歸做不到不露心跡無咎無譽。我不喜歡俗人，但做官以後就得與他們共事，賓客盈坐，嘈雜聲刺耳；在那囂塵穢氣之處，花招伎倆千奇百怪，全擺在目前，這是我第六件不能忍受的事情。我的心不能耐受煩亂，做官之後公事忙碌紛擾，官府要務纏住我的心，世俗人情令我思慮紛繁，這是我第七件不能忍受的事。還有，我常常非難商湯、周武王，鄙薄周公、孔子，如果在世間做官而不停止這種議論，恰好明顯的為禮教所不容，這是萬萬不可做官的第一件事。我性情剛直，疾惡如仇，直言不諱，這種脾氣遇事便發，這是萬萬不可做官的第二件事。像我這種心胸狹小之人，加之以「七不堪」、「二不可」之九件事情，即使沒有外來的災難，也當有內在的病痛發生，這教我怎能長久地生活在人間呢？

又聞道士遺言，餌❶朮、黃精❷，令人久壽，意甚信之。游山澤，觀魚鳥，心甚樂之。一行作吏❸，此事便廢，安能舍❹其所樂，而從其所懼哉！

【章旨】以上是第五段，寫自己的興趣愛好所在，補充不能為官的理由。

【注釋】❶餌 食。❷朮黃精 朮精、黃精皆中藥名。李善《文選》注引《本草經》說：「朮，黃精，久服輕身延年。」❸一行作吏 一去做官吏。一行，猶言「一去」。❹舍 捨。

【語譯】又聽道士傳言，服食朮、黃精，可使人長壽，我很相信這話。遊山玩水，觀賞魚鳥，我心裡很是快樂。一去做官，這種生活便無法維持。我怎麼能捨棄自己樂意的事，而去做那些自己所怕做的事呢！

夫❶人之相知，貴識其天性，因而濟之❷。禹不迫伯成子高，全其節也❸。仲尼不假蓋于子夏，護其短也❹。近諸葛孔明，不逼元直以入蜀❺，華子魚不強幼安以卿相❻，此可謂能相終始，真相知也。足下見直木不可以為輪❼，曲木不可以為桷❽；蓋不欲枉❾其天才，令得其所也。故四民❿有業，各以得志為樂。唯達者為能通之。此似足下度⓫內耳。不可自見好章甫⓬，強越人以文冕⓭也；己嗜臭腐，食鴛雛以死鼠也⓮。

吾頃學養生之術⑮，方外榮華⑯，去滋味，遊心于寂寞⑰，以無為為貴。縱無九患，尚不顧足下所好者⑱；又有心悶疾，頃⑲轉增篤。私意自試，必不能堪其所不樂，自卜已審⑳。若道盡塗窮，斯已㉑耳。足下無事冤之㉒，令轉于溝壑㉓也。

【章旨】以上是第六段，說明朋友相知，貴在順其天性而予以幫助，令得其所，各以得志為樂。我現在學養生之術，「以無為為貴」，即使沒有「九患」，我也不屑於光顧仕宦名位之類。責備山濤欲「舉以自代」無異於逼自己陷入溝壑之中。

【注釋】❶夫　發語詞。❷因而濟之　因循（其天性）幫助他。因，循。濟，成就；幫助。❸禹不迫伯成子高二句　夏禹不迫使伯成子高（當諸侯），是為了成全他的節操。禹，夏禹。伯成子高，傳說中的三代賢者。據《莊子・天地》載述，夏禹曾去訪問伯成子高，伯成子高正在野外耕地。禹趨就下風，站著問道：從前，帝堯做天子的時候，您立為諸侯。堯傳授天子之位給舜，舜又傳給我，而您卻辭退諸侯之位而回家種地。請問這是什麼原因？子高說：從前堯做天子的時候，用不著獎賞，人民都很積極；用不著懲罰，人們都不敢做壞事。現在你賞罰並用人們反而不善良，道德從此衰落，刑罰從此建立，後世之亂自此始矣！你還不快走開，不要耽誤了我種地！節，節操；操守。❹仲尼不假蓋于子夏二句　孔子不向子夏借傘，是為了掩飾他的短處。假，借。蓋，雨傘。子夏，卜商字子夏，衛國人，孔子弟子。護，掩護；掩飾。短，短處；缺陷。據《孔子家語》載述，子夏為人吝嗇，故孔子不向他借傘，免得暴露子夏的短處。孔子說過：「吾聞與人交，推其長者，違其短者，故能久也。」❺諸葛孔明二句　諸葛亮不逼迫徐庶入蜀。諸葛亮（西元一八一——二三四年），字孔明，三國時期瑯琊陽都（今山東沂南）人，為蜀漢劉備的主要謀臣，著名的政治家、軍事家。元直，徐庶，字元直。庶本追隨劉備集團，後因其母被曹操俘獲，不得已而投曹操，諸葛亮並未加以阻留。❻華子魚不強幼安以卿相　華子魚不勉強幼安當卿相。華子魚，華歆字子魚，三國魏文帝時司徒。強，勉強。幼安，管寧字幼安。魏文帝詔舉獨行君子，華歆舉薦管寧，管寧舉家浮海而歸。明帝時，華歆為太尉，又舉薦管寧，仍推辭不受。❼輪　車輪。❽桷　方形的椽子。❾枉　屈；枉曲。❿四民　指士、農、工、商。⓫度　識度。⓬章甫　禮帽。一說殷代冠名。⓭強越人以文冕　強迫越人戴華冠。強，使用強力；強迫；勉強。越人，古越地居民。文冕，飾有圖紋的華冠，即章甫。《莊子‧逍遙遊》：「宋人資章甫而適諸越。越人斷髮文身，無所用之。」⓮己嗜臭腐二句　自己嗜好臭腐之物，就給鴛雛吃死老鼠。己，底本作「自以」，周樹人校「各本作己」，己，以形近而訛，徑改。食，通「飼」。給吃。鴛雛，鳥名，一作鵷雛。死鼠，喻官位，權位。這裡運用的是《莊子‧秋水》所載惠施相梁的故事，莊子把相位視為「腐鼠」，把惠施比作吃腐鼠的「鴟」（鷂鷹），自喻為「非梧桐不止，非練實（竹米）不食，非醴泉不飲」的「鵷雛」。嵇康在這裡罵山濤為嗜臭腐的「鴟」。⓯吾頃學養生之術　我不久前開始學習養生之術。頃，少頃；不久。養生之術，保養身心，延年益壽的方法。⓰方外榮華　正摒棄榮華。方，正。外，鄙棄；摒棄。⓱遊心于寂寞　心神嚮往安靜無慮的狀態。遊心，心神嚮往。寂寞，安靜無思慮之累。⓲縱無九患二句　即使沒有上述九種災患，我也不會光顧您所嗜好的那一套（官位）。縱，即使。九患，指「七必不堪」、「二大不可」諸事。顧，顧念；光顧。足下所好者，您所愛好的，指官位腐鼠之類。⓳頃　近來。⓴自卜已審　自己考慮已定。卜，考慮。審，審定。㉑已　止。㉒足下無事冤之　您無端地冤屈我。冤，冤屈；冤枉。㉓令轉于溝壑　使我輾轉流離於溝壑之間，指棄屍於溝壑山谷之中。

【語　譯】人的相互了解，貴在認識彼此的天性，然後順其天性加以成全。夏禹不逼迫伯成子高出來做諸侯，是為了成全他的節操。孔子不向子夏借傘，是為了掩飾他的短處。諸葛亮不以入蜀逼迫徐庶，華子魚不以卿相之尊強迫幼安出仕，這些人才可以說是能自始至終做朋友，是真正相知的人。您看直木不能做車輪，曲木不能當椽子，因為人們不願意委屈天生的材料，而使它們各得其所。士、農、工、商各有職業，各自以能夠實現自己的志願為樂事，只有通達之人能懂得其中的道理，這應是您所明瞭的。不可以自視為漂亮的華冠，就強迫越人戴飾有圖紋的帽子；不可自己嗜好臭腐之物，就給鴛雛吃死老鼠。我不久前學習養生之術，正鄙棄榮華富貴，摒除美味，心境恬淡寂寞，以無為為貴。即使沒有前面說的「九患」，我也不屑於看看足下所喜好的那些東西。我又有心悶之病，近來更加重了，私自盤算，必定不能忍受自己所不樂意做的事。自己經過考慮並已作出決定，如果我無路可走，也就算了。您真是平白無故使我受委屈，令我輾轉溝壑、陷於絕境啊！

吾新失母兄之歡，意常悽切❶。女年十三，男兒八歲，未及成人；況復多病。顧此悢悢❷，如何可言！今但願守陋巷❸，教養子孫，時與親舊敘離闊❹，陳說平生❺。濁酒一杯，彈琴一曲，志願畢矣。足下若嬲之不置❻，不過欲為官得人，以益時用耳。足下舊知吾潦倒麤疏❼，不切事情❽，自惟亦皆不如今日之賢能也❾。若以俗人皆喜榮華，獨能離之❿以為快，此最近之，可得言耳。然使長才廣度⓫，無所不淹⓬，而能不營⓭，乃可貴耳。若吾多病，因欲離事自全⓮，以保餘年，此真所乏⓯耳；豈可見黃門而稱貞⓰哉！若趣欲共登王途⓱，期于相致⓲，共為歡益⓳，一旦迫之，必發狂疾。自非重怨⓴，不至此也。

【章旨】以上是第七段，說明剛剛死了母親和兄長，兒女年幼，自己「但願守陋巷，教養子孫，時與親舊敘離闊」，以度餘年。我一向潦倒粗疏，沒有實際辦事能力，只不過俗人喜榮華而我獨能離之以為快而已。若一旦迫使我出仕，必發狂疾。

【注釋】❶悽切　悲切。悽，底本作「寃」，據戴明揚校本改。❷悢悢　悲傷。❸陋巷　小巷。語出《論語・雍也》：「子曰：賢哉，回也！一簞食，一瓢飲，在陋巷，人不堪其憂，回也不改其樂。賢哉，回也！」❹敘離闊　敘談分離闊別之情。闊，分開，此謂離別。❺陳說平生　陳述談談平生往事。❻嬲之不置　纏住不放。嬲，相擾；糾纏。不置，不停止。置，放；放下。❼足下舊知吾潦倒麤疏　您以往知道我潦倒疏慢，不守禮法。舊知，過去知道。潦倒麤疏，懶散疏慢，不守禮法。麤，同「粗」。❽不切事情　不切近事物的情實，即上述潦倒粗疏之表現。情，情實；情形。❾自惟亦皆不如今日句　自己想想也都不如現已在位的賢能人士。自惟，自思；自己想。賢能，賢達能人。❿離之　離開它（榮華）。⓫然使長才廣度　然而假使有大才大度。「然」下底本有「後」字，衍文，據戴明揚校本刪。使，假使。長才，長大之才。廣度，大度；度量很大。⑫無所不淹　無不貫通。淹，淹通；貫通。⑬不營　不經營；不營求。此處指不喜愛榮華，不謀求仕進。⑭離事自全　遠離人事（仕宦）以自我保全。事，人事，指出仕為官。⑮所乏　所短，指缺乏「長才廣度，無所不淹」之才能。⑯見黃門而稱貞　看見宦官而稱讚他守貞。黃門，閹者。指宦官。貞，正。這句說的是：閹者不能為人道之事，故近婦人亦無所謂失德。但這是天性有缺，不能說成「守貞」。嵇康的意思是：我不出仕，是真有所缺乏，跟那種「長才廣度，無所不淹，而能不營」的可貴隱者不同，不值得稱讚。⑰若趣欲共登王途　如果急於要我跟你一同做官。趣，急；急於。王途，仕途，指做官。⑱期于相致　務須招致。期，必定；務須。致，招致。⑲歡益　歡樂。益，饒；多。⑳自非重怨　除非有深重的怨恨。自非，若非；除非。重怨，深重的怨恨；深仇大恨。

【語　譯】我剛死了母親和兄長，失去了他們的歡愛，心中時常悲切。女孩十三歲，男孩才八歲，還沒有長大成人，況且又經常生病。想到這些，心中的悲傷不知從何說起。現在我只想守在小巷子裡，教養子孫，時常與親朋故舊敘說別離之情，談論平生往事，喝一杯濁酒，彈一支琴曲，我的心願就滿足了。您若是纏住我不放，那也不過是為了替官府得人才，為當世所用而已。您從前就知道我不願出仕，現在我更是潦倒粗疏，不切近世事情實，我自己也認為各方面都不如今天在朝的賢能之士。倘若認為俗人都喜歡榮華富貴，而我獨能離棄它，並且以此為快意之事，這話才最接近我的性情，可以這麼說。假如原來是個才能高、度量大、無所不通的人，而能不營謀於仕途官位，那才可貴。至於像我這樣有許多毛病，因而想離事自全，以保餘年的人，是真的無才能、不適合做官，怎能見了閹割之人就稱讚他守貞呢！倘若急於要我共登仕途，務須把我招去，跟您共作歡樂，一旦來逼迫我，那我一定會發瘋的。若不是有深仇大恨，是不至於做到這等地步的。

野人有快炙背、美芹子者❶，欲獻之至尊❷，雖有區區❸之意，亦已疏矣❹。願足下無似之。其意如此❺，既以解足下❻，並以為別❼。嵇康白❽。

【章　旨】以上是最後一段，借用「野人獻曝」的故事，諷諭山濤「舉以自代」是同樣愚蠢的做法，表明與之絕交。

【注　釋】❶野人有快炙背句　田野之人有以炙背為快活、以芹子為美味的。野人，田夫；農夫。炙，烤；曬。快炙背，以炙背為快。「快」作動詞，形容詞意動用法。美芹子，以芹子為美味。「美」亦作動詞用，形容詞意動用法。芹子，芹菜子。❷欲獻之至尊　想把它獻給最尊貴的人。之，指快炙背、美芹子。至尊，最尊貴者。故事源出《列子・楊朱》篇，說的是宋國有位田夫，穿著破麻衣過冬，開春後下地耕作，赤膊曬太陽，感覺好極了，勝過住廣廈溫室、穿絲綿皮襖。他回到家裡對妻子說：「太陽曬背的暖和感覺，人們都不知道，把它獻給君王，定有重賞。」村裡有個小財主告訴他：從前有個以胡豆為美味、枲莖芹萍子為甘甜的人，向鄉豪讚不絕口。鄉豪取而嘗之，先是刺痛了嘴，接著肚子也痛起來。眾人都譏笑他，埋怨他，「其人大慚」。❸區區　猶拳拳，忠愛專一的意思。❹亦已疏矣　也未免太不切實際了。疏，遠；迂闊；不切實際。❺其意如此　這封信的意思就是這樣。❻既以解足下　既是用來擺脫足下（的推薦）。解，擺脫的意思。❼並以為別　同時用來向您告別。別，告別。這裡是絕交的意思。❽白　告語。《正字通》：「下告上曰稟白，同輩述事陳義亦曰白。」

【語　譯】田野之人有感覺春天太陽曬背很愜意的，有以芹菜子為美味的，於是想獻給最尊貴的人。雖說這人確有忠愛誠懇之意，也未免太不切實際了。但願您不要像那個野人。我寫這封信的意思就是如此，既用來擺脫足下對我的推薦，同時也是用作告別的。嵇康告白。

與呂長悌絕交書

【題解】這封信寫於魏元帝景元三年（西元二六二年），比〈與山巨源絕交書〉晚一年左右。東平（今山東東平）人呂巽（字長悌）、呂安（字仲悌）兄弟，皆與嵇康相親善，許以至交。呂巽出仕，為相國掾，有寵於司馬氏集團。呂安俊才，妻徐氏貌美。景元二年（西元二六一年），呂巽使徐氏醉而淫之。醜惡發露，呂安忿極，欲告巽遣妻，向嵇康諮詢，嵇康盡力阻止，又得到呂巽不再打擊呂安的保證，呂安才聽從了嵇康的意見，不再檢舉上告。不料第二年，呂巽竟偷偷上告呂安「撾母」不孝（撾，音抓，擊、打的意思），表求徙邊，呂安因此下獄。嵇康既極力為呂安辯誣，同時寫下了這封〈絕交書〉，直斥呂巽出爾反爾、包藏禍心，並聲明與之絕交。文章簡述作者與呂氏兄弟建交的過程，重點揭露呂長悌「陰自阻疑，密表擊都」（都，阿都，即呂安）的醜惡嘴臉。「隨筆寫去，不立格局，而風度自佳，所謂不假雕琢，大雅絕倫者也。」（《漢魏別解》載茅坤評語）

康白❶：昔與足下年時相比❷，以數面相親❸。足下篤意❹，遂成大好❺。由是許足下以至交❻。雖出處殊途❼，而歡愛不衰❽也。及中間少知阿都⑨，志力開悟⑩。每喜足下家復有此弟。而阿都⑪去年向吾有言，誠忿足下⑫，意欲發舉，吾深抑之⑬，亦自恃每謂足下不得迫之，故從吾言⑭。間令足下因其順吾，與之順親⑮，蓋惜足下門戶，欲令彼此無恙也。又足下許吾，終不擊都⑯，以子、父交為誓⑰。吾乃慨然感足下重言⑱，慰解都⑲，都遂釋然⑳，不復興意㉑。足下陰自阻疑㉒，密表擊都㉓，先首服誣都㉔。此為都故信吾㉕，又手無言㉖，何意足下包藏禍心邪？都之含忍㉗足下，實由吾言。今都獲罪㉘，吾為負之。吾之負都，由足下之負吾也。悵然失圖㉙，復何言哉！若此，無心復與足下交矣。古人絕交不出醜言㉚，從此別矣！臨書恨恨㉛。嵇康白。

【注釋】❶白　告白。❷與足下年時相比　（我）與你年齡相近。年時，年齡。相比，相近。比，並列；緊靠；近。❸以數面相親　因幾次見面而相親密。面，見面；相遇。❹篤意　厚意。❺大好　朋友。❻由是許足下以至交　由此跟足下以至交相推許。由，底本作「猶」，周樹人校：「各本作由。」據改。由是，由此。至交，深交；好朋友。❼出處殊途　各自志趣不同。出，出世；隱居。處，入仕；做官。《易・繫辭上》曰：「君子之道，或出或處。」❽不衰　不減。❾及中間少知阿都　來往間稍稍了解阿都。中間，交往中間。少，稍。阿都，呂長悌之弟呂安。⑩志力開悟　心力穎悟。志力，心力。開悟，穎悟；曠達。⑪阿都　底本無「阿」字，據戴明揚校本補。⑫誠忿足下　實在忿恨你。⑬意欲發舉二句　有意要告發，我竭力阻止他。發舉，告發。指呂長悌姦汙呂安妻徐氏，醜惡發露，呂安欲告巽（呂長悌）遣妻，以諮於嵇康，康喻而抑之。⑭亦自恃每謂足下不得迫之二句　也是我自許多次跟你講過不得迫害呂安，所以呂安才聽從了我的勸告。自恃，自負；自許。⑮間令足下因其順吾二句　趁機使你因他順著我而與他順親。間，間隙，此指乘呂安不再發舉之間隙。趁機。⑯又足下許吾二句　足下又曾答應我，始終不會打擊阿都。許，答應。擊，打擊；迫害。⑰以子父交為誓　以先父在天之靈洞察加禍於己、並以兒子夭折（無後）為誓。⑱重言　莊重之言。指誓言。⑲慰解都　寬慰勸解阿都。慰解，寬慰勸解。都，阿都；呂安。⑳釋然　情緒輕鬆，此指諒解。一說「釋」借為「懌」，樂也，意解之樂也。㉑不復興意　不再興起告發之意。㉒阻疑　疑慮不解。㉓密表擊都　秘密上表迫害阿都。㉔首服誣都　發難陷害阿都。首服，首事；製造事端。猶言發難。誣都，誣陷阿都，指呂巽（長悌）誣告呂安（仲悌）撾（擊，打）母不孝之事。㉕此為都故信吾　這都是因為阿都一向相信我。此，指上文「都遂釋然，不復興意」，不告發。為，由；因。都，阿都。故，舊；過去。㉖又手無言　又不是沒有（你的）誓言在先。手，各本無「手」字，周樹人校曰：「疑當作非。」言，指呂長悌「以子、父交為誓」，即「重言」。㉗含忍　含恨容忍。㉘獲罪　得罪名，指呂巽暗中誣告呂安事母不孝被囚禁。㉙圖　謀；謀劃。㉚醜言　惡語。《戰國策．燕策》載樂毅〈報燕惠王書〉曰：「臣聞古之君子，交絕不出惡聲。」謂絕交不說對方的壞話。㉛悢悢　「悢悢，誠款也。」（桂馥《札樸》）這裡是遺憾不止的意思。

【語　譯】嵇康告白：過去我與你年歲相仿，經過幾次見面而相互親近，承蒙你的厚意，我們成了好朋友，從此以至交相推許。雖然我出世、你居官走的是兩條不同的路，但我們之間的歡愛之情並沒有減弱。交往中間略微了解到阿都心曠放達，常常為你家裡還有這樣一個弟弟而欣喜。但是阿都去年對我說過許多話，他實在忿恨你，想到官府揭發檢舉你的醜行，我竭力阻止他。我也自恃與你為至交，多次跟你講過不許迫害弟弟，因此呂安聽從了我的話語。我本想你會抓住呂安順著我的時機，與他親近，這全是為了愛惜足下的門庭，想使你們兄弟之間彼此都沒有禍患。又因為你曾答應我決不打擊阿都，並以先父在天之靈的洞察和自己無後為誓言，我竟慨然感激足下的莊重之言，寬慰勸解阿都，他釋然諒解，不再有檢舉的意念。你卻私自疑慮，偷偷上書攻擊阿都，先發難誣陷阿都。這都是因為阿都過去相信我的話，你又有不迫害呂安的誓言在先，哪裡想到足下包藏此等禍心呢？阿都含恨容忍你，實在是因為聽了我的話。現在阿都無端獲罪，我是辜負他的人。我辜負阿都，是由於足下辜負我啊！我悵然若失，不知如何是好，還有什麼可說呢！這樣，我無心再與足下交往了。古人絕交不出惡語，從此別了！臨書深深遺憾不已。嵇康白。

第三卷

卜疑

【題解】本篇寫有位宏達先生，本是遵奉「忠信、篤敬」之教的虔誠儒者，處在「大道既隱」的時代，現實生活令他失望，於矛盾徬徨之中向太史貞父求卜。他一口氣提出了二十八個問題，有些是正、反對應，實際上是無疑而卜，借占卜以發抒內心之不平；有些則在可否疑似之間，反映出作者思想上的矛盾，苦悶的心境；總的看來，其主旨還是批判「好貴慕名」這類當時社會上流行的世俗虛偽風氣，表明自己不肯同流合汙的志向。太史貞父對宏達先生提出的具體問題表面上不置可否，但十分讚許宏達先生之人格，譽之為莊周筆下的「大鵬」，翱翔於九萬里高空，還憂慮什麼世俗的曲折變故！這實際上就是勸他從幽憤中解脫出來，轉入曠達逍遙之境界。

本文在寫作形式上模擬《楚辭・卜居》。文中的宏達先生，就是嵇康的自我寫照。

有宏達先生❶者：恢廓其度❷，寂寥疏闊❸。方而不制❹，廉而不割❺。超世獨步，懷玉被褐❻。交不苟合❼，仕不期達❽。常以為忠信、篤敬，直道❾而行之，可以居九夷❿，遊八蠻⓫，浮滄海，踐河源⓬；甲兵不足忌，猛獸不為患。是以機心⓭不存，泊然純素⓮；從容縱肆，遺忘好惡。以天道為一指⓯，不識品物之細故⓰也。然而大道既隱，智巧滋繁；世俗膠加⓱，人情萬端。利之所在，若鳥之逐鸞⓲。富為積蠹⓳，貴為聚怨。動者多累，靜者鮮患。爾乃⓴思丘中之隱士，樂川上之執竿㉑也。於是遠念長想，超然自失。郢人既沒，誰為吾質㉒？聖人吾不得見，冀聞之于數術㉓。乃適太史貞父之廬㉔，而訪之曰：「吾有所疑，願子卜之。」貞父乃危坐㉕揲著㉖，拂几㉗陳龜㉘，曰：「君何以命之？」

【章旨】文章開頭擬構有位宏達先生，固守儒家忠信篤敬之教，真誠奉行，以為這樣便可走遍天下；然而現實情況是「大道既隱，智巧滋繁；世俗膠加，人情萬端」，於是他又思念那些山林間隱逸的人。懷著矛盾的心情，他走向太史貞卜之廬，說道：「吾有所疑，願子卜之。」

【注釋】❶宏達先生　作者假託的人物。❷恢廓其度　氣度恢宏廣大。恢廓，廣大；寬廣。度，氣度。❸寂寥疏闊　心境恬靜而開闊。寂寥，靜寂空虛。謂心境恬靜。疏闊，粗疏簡略。謂不拘小節。❹方而不制　方正自然不需人為的裁制。方，方正。制，斷；裁。❺廉而不割　稜角分明而不需人為的分割。廉，稜邊。割，削割。❻懷玉被褐　懷揣美玉身穿粗麻衣服。被，披；穿。褐，粗麻衣服。❼交不苟合　交朋友不苟且求合。交，交遊；交朋友。苟合，苟且求合。❽仕不期達　做官不求飛黃騰達。期，期望。達，通達；官運亨通。❾直道　正道。這裡指自然，真誠，不摻雜一點虛偽。❿九夷　古代稱東方邊遠地區居民為夷，其類有九：一曰玄菟，二曰樂浪，三曰高驪，四曰滿飾，五曰鳧臾，六曰索家，七曰東屠，八曰倭人，九曰天鄙。⓫八蠻　古代稱南方邊遠地區居民為蠻，其類有八：一曰天竺，二曰咳首，三曰焦饒，四曰跂踵，五曰穿胸，六曰儋耳，七曰狗軹，八曰旁脊。⓬河源　黃河源頭。⓭機心　巧詐之心。⓮泊然純素　淡泊純樸。⓯以天道為一指　語出《莊子．齊物論》：「天地一指也，萬物一馬也。」意謂：天地間的一切可說是一個概念，萬物都可說是馬。郭象注曰：「至人知天地一指也，萬物一馬也，故浩然大寧，而天地萬物，各當其分，同於自得，而無是無非也。」嵇康的意思是說宏達先生已達到至人境界。⓰不識品物之細故　不去識別各類事物的細微末節。品物，各類事物。細故，細微末節。⓱膠加　古代雙聲字，糾葛難分的樣子。⓲鸞　鳳凰。⓳蠹　蛀蟲。⓴爾乃　於是就。㉑執竿　釣魚。㉒郢人既沒二句　那個郢人已經死了，有誰堪當我的對手？郢，楚國國都。《莊子．徐无鬼》記載，有個郢人把石灰塗在鼻尖上，像蒼蠅翅那麼薄，叫匠石（匠人姓名）削掉它。匠石運斤（揮動斧頭）成風，隨手把石灰全部砍光，而鼻尖卻沒傷著。郢人立不失容。宋元君聽說這事，就把匠石召來，對他說：「你試著為我作一下看。」匠石說：「能與我配合的對手（郢人）早已死了！」質，對手；相互配合的人；對象。㉓術數　方術，有關天文、曆法、占卜的知識之類。底本作「數術」，底本所從出之吳鈔本作「術數」，朱校改，今從原鈔本。㉔乃適太史貞父之廬　就往太史貞父的寄居之所。適，往；到。貞父，假託的人名。廬，暫時止宿之處。㉕危坐　端正坐著。㉖揲蓍　拿著蓍草的莖。㉗几　擱置物件的小桌子。底本作「占」，周樹人校曰：

「各本作几。」徑改。㉘陳龜　陳列龜殼，古人將龜殼置於火上烤，視其裂紋以斷吉凶，曰卜。

【語　譯】有個宏達先生：氣度恢宏，意態恬靜而開闊；為人方正自然而無須裁制，稜角分明而無須削割；超脫世俗高視闊步，懷揣美玉身披粗麻衣服；不苟且交友，做官亦不求飛黃騰達。他常以為，言語忠誠老實，行為忠厚嚴肅，出於真誠而不摻雜一點虛偽，就可以居九夷之地、遊八蠻之荒、漂浮滄海之中、踏上黃河源頭，戰事不足懼，猛獸不成為禍患。因此他坦蕩無慮，不存巧詐之心，淡泊純樸，從容放任，遺忘了好惡。他以天地自然為一個概念，不知道區別各類事物的細小末節。然而大道已經隱沒，智巧滋生繁衍；世俗糾葛難分，人情萬端；利益所在，人們就像鳥兒追隨鳳凰一般；富有積累了災害，尊貴聚集了怨恨；追求富貴的人多憂患，守靜無為的人就少有禍患。於是就思慕山丘之中的隱士，喜愛河岸上執竿釣魚的人。遠思遐想，悵然自失。那個配合匠石運斤成風的郢人已經死了，有誰堪當與我配合的對手呢？聖人我是不能見到了，希望在術數中聽聽他的教誨。我於是前往太史貞父寄居之所，訪問他說：「我有疑惑之事，想請您占卜一下。」貞父便端正坐好，拿起蓍草，輕拂小桌子，擺出龜殼，說道：「先生要我占卜什麼事呢？」

先生曰：「吾寧發憤陳誠❶，讜言帝廷❷，不屈王公乎？將卑懦委隨❸，承旨倚靡❹，為面從❺乎？寧愷悌弘覆❻，施而不德❼乎？將進趨世利，苟容偷合乎？寧隱居行義，推至誠乎？將崇飾矯誣❽，養虛名乎？

寧斥逐凶佞⑨，守正不傾，明否臧⑩乎？將傲倪⑪滑稽，挾智任術⑫，為智囊乎？寧與王喬赤松為侶⑬乎？將追伊摯⑭而友尚父⑮乎？寧隱鱗藏彩，若淵中之龍乎？將舒翼揚聲，若雲間之鴻⑯乎？寧外化其形⑰，內隱其情，屈身隨時，陸沈⑱無名，雖若人間，實處冥冥乎？將激昂為清，銳思為精；行與世異，心與俗并⑲；所在必聞，恆熒熒⑳乎？寧寥落㉑閑放㉒，無所矜尚㉓；彼我為一，不爭不讓；遊心㉔皓素㉕，忽然坐忘㉖；追羲農㉗而不及，行中路而惆悵乎？將慷慨為壯，感慨為亮；上干萬乘㉘，下凌將相；尊嚴其容，高自度抗㉙；常如失職，懷恨怏怏乎？寧聚貨千億，擊鐘鼎食㉚；枕藉㉛芬芳，婉孌㉜美色乎？將苦身竭力，翦除荊棘；山居谷飲，倚嵒㉝而息乎？寧如伯奮仲堪㉞，二八為偶㉟；排擯共鮌㊱，今失所乎？將如箕山之夫㊲，白水之女㊳，輕賤唐虞㊴，而笑大禹㊵乎？寧如泰伯㊶之隱德，潛讓而不揚乎？將如季札之顯節義慕為子臧㊷乎？寧如老聃之清淨微妙，守玄抱一㊸乎？將如莊周之齊物㊹，變化洞達，而放逸乎？寧如夷吾之不羞束縛[45]，而終立霸功乎？將如魯連之輕世肆志[46]，高談從容乎？寧如市南子之神勇內固，山淵其志[47]乎？將如毛公藺生之龍驤虎步[48]，慕為壯士乎？此誰得誰失？何凶何吉？時移俗易，好貴慕名。臧文不讓位于柳季[49]，公孫不歸美于董生[50]；賈誼一當于明主[51]，絳灌作色而揚聲[52]。況今千龍並馳，萬驥俱[53]征；紛紜交競，逝若流星；敢不惟[54]思，謀于老成[55]哉！」

【章　旨】本段是全文的核心部分，作者一口氣提出了二十八種處世方式，涉及數十名歷史傳說人物及喻指對象；有些是正方、反方之對應關係，作者無疑而「卜」，借占卜發抒內心之不平；有些則在可否疑似之間，正、反界限不清，反映出作者思想上的矛盾。在經歷數十年現實生活磨練之後，人的思想認識也會發生變化，前後交織在一起。本段的主旨還是批判「好貴慕名」這類當時社會上流行的世俗虛偽風氣，表明自己不同流合汙的志向。

【注　釋】❶吾寧發憤陳誠　我寧願發出憋悶在心頭的話、陳述自己的一片真誠。寧，寧願，與後面的「將」相呼應，「寧願……還是……」的意思。憤，煩悶。引申為憋悶。❷讜言帝廷　向朝廷直言。讜，直言；善言；正直的言論。帝廷，朝廷。❸將卑懦委隨　還是卑怯懦弱拘謹不展。將，還是，與前句的「寧」相呼應，表示選擇之意。卑懦，卑怯懦弱。委隨，四肢伸屈不靈，疲軟病態。這裡是形容拘謹的狀態。❹倚靡　樹被風吹得披拂搖擺的樣子，這裡是形容順從（旨意）的樣子。❺面從　面諛。表面順從，唯唯諾諾。❻寧愷悌弘覆　寧願和樂平易地庇護萬物。愷悌，和樂平易。弘覆，廣庇萬物。❼施而不德　施惠而不顯示己德。《左傳・襄公二十九年》載：宋國發生饑荒，宋平公令大夫都要借糧食給百姓，司城氏借穀子給民，卻不記自己的名字。叔向因此讚揚說：「施而不德，樂氏加焉。」❽崇飾矯誣　聚集巧偽以曲為直以假為真。崇，充；增長；聚。飾，文飾；偽裝。矯，假託；詐稱。誣，欺騙；虛妄不實。❾凶佞　兇惡諂媚之人。❿否臧　好壞。否，壞。臧，好。⓫傲倪　驕矜；輕視；傲視；自寬縱之貌。倪，底本作「諧」。周樹人校曰：「二張本作睨。他本作倪。」據他本改。⓬任術　玩弄權術。底本作「佯迷」，周樹人校曰：「各本作任術。」徑改。⓭與王喬赤松為侶　跟王子喬、赤松子為伴侶。王喬，王子喬，周靈王太子晉，好吹笙，遊伊洛之間，道人浮丘公接以上嵩山，後於緱山乘白鶴駐山頭，數日，舉手謝時人而仙去。見《列仙傳》。赤松，赤松子，神農時雨師，服水玉以教神農，能入火不燒，見《列仙傳》。⓮伊摯　即伊尹，商湯的賢相，輔佐商湯攻滅夏桀，湯死後，又輔佐外丙、仲壬二王。⓯尚父　即呂望，姜姓，呂氏，名望，字子牙；又稱呂尚、姜尚。早年困於殷都朝歌，一度為屠宰之人，後遇周文王，始被舉用，官太師（武官名），也稱師尚父。文王死後，輔佐武王滅商有大功，封於齊。有太公之稱，俗稱姜太公。⓰鴻　大雁。⓱外化其形　外在的形體漸漸變化，指人體逐漸衰老。⓲陸沈　無水而沈，喻指埋沒於世俗，不為人知。《莊子・則陽》：「方且與世違，而心不屑與之俱，是陸沈者也。」郭象注：「人中隱者，譬無水而沈也。」⓳并　通「屏」。屏除；屏棄。⓴熒熒　光彩耀眼的樣子。㉑寥落　空寂；寂寞。㉒閑放　閑靜曠達。㉓矜尚　誇耀。㉔遊心　用心；嚮往。㉕皓素　即太素，道家指稱未曾汙染過的質體。《列子・天瑞》：「太素者，質之始也。」㉖坐忘　靜坐而心虛靜，道家提倡的淡泊無為、物我兩忘的精神修養境界。㉗羲農　傳說中的遠古帝王。羲，伏羲氏。農，神農氏。㉘上干萬乘　上求天子。干，求；遊說。萬乘，萬乘之君，代指天子。㉙度抗　氣度高昂。抗，通「亢」。高。㉚鼎食　列鼎而食，指豪侈生活。鼎，古代炊器，多用青銅製成，圓形，三足兩耳，也有長方四足的。諸侯五鼎食（牛、羊、豕、魚、麋），卿大夫三鼎。㉛枕藉　枕墊。㉜婉孌　年少而美好的樣子，這兒指親愛。㉝嵒　各本作「巖」。㉞伯奮仲堪　傳說為高辛氏的兩個才子。㉟二八為偶　據《左傳・文公十八年》載述，昔高陽氏有才子八人，謂之「八愷」；高辛氏有才子八人，謂之「八元」；「舜臣堯，舉八愷，使主后土；舉八元，使布五教於四方。」㊱排擯共鮌　排棄共工、鮌。共，共工。鮌，同「鯀」。禹之父。《左傳・文公十八年》載述，「舜臣堯，流四凶族：渾敦、窮奇、檮杌、饕餮，投諸四裔，以禦魑魅。」杜預注：「窮奇謂共工，檮杌謂鮌。」㊲箕山之夫　指堯時的隱士許由。據《呂氏春秋・求人》載述，堯曾想把天下讓給許由，由不願接受，遁居於箕山之下。㊳白水之女　周樹人校曰：各本作「潁水之父」，舊校從之，「水」上一字為所滅，不可辨，案蓋「白」字也。舊校甚非。今按：周校甚是。㊴輕賤唐虞　輕視唐堯、虞舜。指許由等人。據皇甫謐《高士傳》載述，許由遁居箕山之下，堯又召為九州長，由不欲聞之，洗耳于潁水濱。時其友巢父牽犢欲飲之，見由洗耳，問其故，……巢父曰：「子若處高岸深谷，人道不能通，誰能見子？子故浮游，欲聞求其名譽，污我犢口！」牽犢上流飲之。㊵笑大禹　譏諷大禹。指白水之女。據《文選》卷四十四司馬長卿〈難蜀父老〉李善注引《莊子》曰：「兩祖女浣於白水之上者，禹過之而趨曰：『治天下奈何？』女曰：『股無胈，脛不生毛，顏色烈凍，手足胼胝，何以至是也！』」（兩個袒露著臂膊的女子在白水邊洗衣裳，大禹過白水而趨前問道：「治理天下怎麼樣？」二女子說：「(你) 大腿上沒有白肉，小腿不生毛，臉面烈日曬暴雨淋，手上腳上長滿老繭，怎麼弄成這個樣子啊！」）㊶泰伯　即太伯。古公亶父（周太王）之長子。古公看好少子季歷的兒子昌，欲立季歷以便傳位給姬昌（文王）。長子太伯、次子仲雍得知太王之意，便一起避居江南（今蘇州一帶），並改從當地風俗，斷髮文身，表示再也不回岐下繼君位。下文「隱德，潛讓而不揚」云云，指此而言。太伯自號勾吳，周武王追封為「吳伯」，史稱「吳太伯」。㊷季札之顯節義慕為子臧　季札顯明守節，願附於子臧之義。季札，吳王壽夢少子，壽夢欲立之，季札辭；壽夢卒，長子諸樊將立季札，季札謝曰：「曹宣公之卒也，諸侯與曹人不義曹君（曹成公負芻殺太子自立），將立子臧（子臧、負芻皆宣公庶子），子臧去之，以成曹君。君子曰：『能守節矣！』君（諸樊），義嗣，誰敢干君？有國，非吾節也，札雖不才，願附於子臧之義！」（《史記・吳太伯世家》）43守玄抱一　守其深遠莫測懷抱著道。抱一，守道。「一」即道之別稱。《老子》三十九章：「天得一以清，地得一以寧，神得一以靈，谷得一以盈，萬物得一以生，侯王得一以為天下貞。」44齊物　莊周有〈齊物論〉一篇。齊物謂齊同事物之彼此與是非。莊周主張，萬物是齊同的，物論（人們對客觀事物的評論）也應該是齊同的。45如夷吾之不厺束縛　如同管仲那樣不以身受束縛桎梏之辱為遺憾。夷吾（？——西元前六四五年），即管仲，春秋時齊國潁上人，著名政治家，輔佐齊桓公，成為春秋時期第一個霸主。不厺束縛，指的是管仲初事公子糾奔魯，鮑叔牙事公子小白奔莒。齊襄公被殺，齊國內亂，無君。公子糾、公子小白爭立，小白先入立為桓公，威脅魯國殺死公子糾，管仲被束縛押回齊國。至齊，由鮑叔牙推薦，桓公拜管仲為相，贏得「九合諸侯一匡天下」的霸主地位。厺，同「吝」。恨惜也。46如魯連之輕世肆志　如同魯仲連那樣輕世肆志。魯連，即魯仲連，戰國時齊人，善於遊說列國，主張合縱以拒秦。輕世肆志，輕視世俗榮祿，隨意放縱。《史記・魯仲連鄒陽列傳》：「田單屠聊城歸，而言魯連，欲爵之，魯連逃隱于海上，曰：吾與（與其）富貴而詘（屈服）于人，寧貧賤而輕世肆志焉。」47如市南子二句　如同市南子那樣神勇堅定，志向如山淵般不可動搖。市南子，姓熊，名宜僚，楚國勇士。據《左傳・哀公十六年》記述，白公勝欲殺令尹子西，事先跟石乞謀曰：「王與二卿士（令尹子西、司馬子期），皆五百人當之，則可矣。」乞曰：「不可得也。」又曰：「市南有熊宜僚者，若得之，可以當五百人矣。」乞乃從白公見市南子，與之言，說（悅）；告之故（殺子西），辭；承之以劍（拔劍指其喉），不動。《莊子・徐无鬼》稱「市南宜僚弄丸（玩球），而兩家之難解（免）。」《釋文》引司馬云：「宜僚善弄丸，白公將作亂，往告之，不許也；承之以劍，不動，弄丸如故，曰『吾亦不泄子。』白公遂殺子西、子期，嘆息兩家而已，宜僚不預其患。」山淵其志，謂其志向像山一樣崇高，像淵海一樣深邃。淵，底本作「泉」，周樹人校曰：「各本作淵。」當從之。48將如毛公藺生句　還是如同毛遂、藺相如那樣像龍一般騰躍、像虎一樣雄壯。毛公，毛遂，戰國時趙人，平原君門下的食客。秦兵圍攻邯鄲，趙王使平原君求救於楚。毛遂自薦偕行。至楚，平原君見楚王，日出言之，日中不決，毛遂按劍歷階而上，楚王叱下，毛遂按劍而前曰：「王之命，懸於遂手！……合從（縱）者，為楚非為趙也！」楚王曰：「唯唯，誠若先生之言，謹奉社稷而以從（縱）。」平原君返趙，楚使春申君將兵救趙。藺生，藺相如，戰國時趙人，宦者令繆賢舍人。趙惠文王得楚和氏璧，秦昭王表示願以十五城易之，藺相如奉璧入秦，秦王得璧而無意償城，相如以其勇敢和智謀，面斥秦王，完璧歸趙，拜為上大夫；其後又以在澠池之會上立大功，拜為上卿。驤，騰躍。㊾臧文不讓位于柳季　臧文仲不讓官位給柳下惠。臧文，即臧文仲，魯國的大夫臧孫辰，歷仕魯莊公、閔公、僖公、文公四朝。不讓位，指臧文仲知賢不舉，偷安於位。孔子曾說：「臧文仲大概是個做官不管事的人，他明知柳下惠賢良，卻不給他官位。」（原文見《論語・衛靈公》）柳季，魯僖公時賢者，本名展獲，字禽，五十歲以後改字季，食邑名柳下，又稱柳下季，這裡省稱柳季；卒諡「惠」，後世一般稱柳下惠。㊿公孫不歸美于董生　公孫弘不肯歸美於董仲舒。公孫弘（西元前二〇〇——前一二一年），西漢菑川薛（今山東滕縣南）人。字季。少為獄吏。年四十餘始治《春秋公羊傳》，以熟悉文法吏治，被武帝任命為丞相。董生，即董仲舒（西元前一七九——前一〇四年），西漢廣川（今河北棗強東）人，專治《春秋公羊傳》，著有《春秋繁露》等，學術水平在公孫弘之上，因批評公孫弘阿諛奉承，遭弘忌恨。時漢武帝之兄膠西王十分兇暴，多次殘害國相，公孫弘趁機對漢武帝說，只有董仲舒可以做膠西王的國相。「膠西王聞仲舒大儒，善待之。仲舒恐久獲罪，病免。」（詳見《史記・儒林列傳》）(51)賈誼一當于明主　賈誼剛剛遇上明主。賈誼（西元前二〇〇——前一六八年），西漢洛陽（今河南洛陽東）人。時稱賈生。年少有才氣，漢文帝召以為博士，超遷，一歲中至太中大夫，天子議以為賈生任公卿之位。明主，指漢文帝。(52)絳灌作色而揚聲　周勃、灌嬰臉色一變而大說賈誼的壞話。絳，周勃（？——西元前一六九年），西漢沛縣（今江蘇沛縣）人，早年隨劉邦起事，以軍功封絳侯。呂后死，平定諸呂叛亂，迎立文帝，任右丞相。灌，灌嬰（？——西元前一七六年），西漢睢陽（今河南商丘南）人，早年隨劉邦起事，後與周勃等迎立文帝，官至丞相。揚聲，聲揚，指大說賈誼的壞話。《史記・屈原賈生列傳》載述，

「天子議以為賈生任公卿之位。絳、灌、東陽侯、馮敞之屬盡害之，乃短賈生曰：『洛陽之人，年少初學，專欲擅權，紛亂諸事。』于是天子後亦疏之，不用其議，乃以賈生為長沙王太傅。」㊸俱　周樹人校曰：各本作「徂」。可從。徂，往。㊹惟　思。㊺老成　德高望重的老人，指太史貞父。

【語　譯】宏達先生說：「我是寧可發出憋悶在心頭的話陳述自己的一片忠誠，直言於朝廷，不向王公貴族屈服呢？還是卑怯軟弱，秉承旨意，馴服順從，唯唯諾諾呢？是寧可和樂平易地庇護萬物，施惠而不顯示自己的美德呢？還是追逐世俗之利，苟且偷生呢？是寧可避世隱居仗義而行，推至誠之心於他人呢？還是巧偽詐騙，抬高那虛假的名聲呢？是寧可斥逐兇惡佞倖之人，守正不傾，明示好壞呢？還是驕矜圓滑，心懷智巧，玩弄權術，成為一個智囊呢？是寧可與仙人王子喬、赤松子為伴侶呢？還是追隨伊尹而以呂尚為友呢？是寧可隱藏自己的鱗片和色彩，像深淵中的蛟龍呢？還是舒翼揚聲，猶如雲天間的鴻雁呢？是寧可讓外在的形體變化衰老，內隱真情，屈身隨時，埋沒於世俗，雖似活在人間，實處冥冥之中呢？還是激昂清醒，銳思精明，行為與世人不同，心中摒棄世俗，所在必聞，使自己永放光彩呢？是寧可寂寞曠達，無所誇耀，進入那彼我為一，不爭不讓，沒有是非差別的精神境界，心在純淨無比的皓素中遨遊，忽然物我兩忘，追蹤伏羲神農而不及，行至中途而茫然失措呢？還是慷慨激昂顯示強壯，感慨長嘆顯示亮節，對上遊說天子，對下駕馭將相，使儀容尊嚴，氣度不凡，自以為高，時時如丟失了官職，心懷忿恨，怏怏不樂呢？是寧可聚貨千億，擊鐘奏樂列鼎而食，枕藉芬芳，親愛美色呢？還是苦身竭力，翦除荊棘，居深山之中，飲山谷之水，靠著山岩而棲息呢？是寧願如伯奮、仲堪等十六才子同被虞舜舉用，排棄共工和鯀，使他們流離失所呢？還是像箕山下隱居的許由、白水邊洗衣的祖女那樣，輕賤唐堯、虞舜，而嘲笑大禹呢？是寧願像泰伯那樣隱沒自己的德行，暗暗讓位於小弟而不張揚呢？還是像季札那樣顯明守節，願附於子臧之義呢？是寧願像老聃那樣清淨無為，微妙玄通，守其深遠莫測而懷抱著道呢？還是像莊周那樣把萬物視為齊同，洞察一切變化，放縱隨意呢？是寧願像管仲那樣不以被捆綁押回國為遺憾，終於立下輔佐桓公稱霸的功勞呢？還是像魯仲連那樣輕世肆志，高談闊論，從容不迫呢？是寧願像市南子那樣神奇英勇，內心堅定，獨立不移，意志如同高山、深淵一般呢？還是像毛遂、藺相如那樣龍騰虎躍，羨慕他們成為壯士呢？上述種種，誰得誰失？何凶何吉？時間推移，風俗變化，喜歡顯貴，羨慕虛名。臧文仲不舉薦柳下惠，公孫弘不肯讚美董仲舒；賈誼剛遇上明主重用，絳侯周勃、大臣灌嬰等人就發怒變色，大聲說壞話。何況現在是千龍並馳，萬馬奔騰，紛紜競爭，如同天上的流星一般飄忽流逝；在這種形勢下，我哪敢不反覆思慮，而求教於德高望重的老人您啊！」

太史貞父曰：「吾聞至人不相❶，達人不卜❷。若先生者，文明在中，見素抱朴❸。內不愧心，外不負俗。交不為利，仕不謀祿。鑒乎古今，滌情蕩欲。夫如是，呂梁可以遊❹，陽谷可以浴❺；方將觀大鵬于南溟❻，又何憂于人間之委曲！」

【章　旨】本段結尾，是太史貞父的答語。他表面上不置可否，但十分讚許宏達先生的為人，稱之為莊周筆下的「大鵬」，勸他從幽憤中解脫出來，轉入曠達逍遙之境界。

【注　釋】❶至人不相　能與「道」為一的人是不看相的。至人，莊周想像中的完人。《莊子・天下》：「不離于真，謂之至人。」莊子及其後學從樸實不偽方面稱「道」為「真」。至，底本作「志」。周樹人校曰：「各本作至。」是，徑改。相，看相；相面。❷達人不卜　通達之人不占卜。達人，通達的人；明曉事理的人。卜，占卜。❸見素抱朴　注視平凡，保持質樸。朴，同「樸」。❹呂梁可以遊　呂梁那樣的瀑布激流中也能夠游。呂梁，在今江蘇銅山縣東南，《水經注》：「呂，宋邑也，縣對泗水。泗水之上，有石梁焉，故曰呂梁也。……懸濤澎湃，實為泗險。孔子所謂『魚鱉不能游』，又云『懸水三十仞，流沫九十里』，今則不能矣。」孔子遊覽呂梁，見一丈夫游水的故事，載述於《莊子・達生》。❺陽谷可以浴　太陽洗澡的暘谷也可以去沐浴。陽谷，即暘谷，一作湯谷，神話傳說中太陽升起洗澡的地方。❻方將觀大鵬于南溟　（我）正要在南海觀看大鵬。意思是說：你將像大鵬一樣高飛南海。大鵬，大鳥；神鳥。《莊子・逍遙遊》：「北冥（北海）有魚，其名為鯤。鯤之大，不知其幾千里也。化而為鳥，其名為鵬。鵬之背，不知其幾千里也。怒而飛，其翼若垂天之雲。是鳥也，海運（海動）則將徙于南冥（南海）。」南溟，即南冥，南海。

【語　譯】太史貞父說：「我聽說得道之人不看相，通達之人不占卜。像先生這樣的人，心明眼亮，平凡質樸；內不愧心，外不負俗；交友不為利益，仕宦不謀祿位；洞察古今，滌情蕩欲。像這般水平，即使是呂梁那樣的瀑布激流中也可以游水，太陽洗澡的暘谷中也可以沐浴；我將有幸到南海觀看翱翔於九萬里高空的大鵬，還憂慮什麼人世間的曲折變故！」

嵇荀錄 亡

養生論

【題解】 本文提出：人是能夠長壽的，「上獲千餘歲，下可數百年」。但世人卻多短命，其原因是不精於養生之道。養生包括精神和形體兩個方面，以精神修養而言，「修性以保神，安心以全身。愛憎不棲于情，憂喜不留于意。泊然無感，而體氣和平」；以形體調養而言，「凡所食之氣，蒸性染身，莫不相應」，「呼吸吐納，服食養身；使形神相親，表裏俱濟」。文章批評了世人不懂得「亡之于微」的道理，「惟五穀是見，聲色是耽」，使身體「外內受敵」，此乃短命的內在原因，「風寒所災，百毒所傷」僅僅是外部因素而已。雖有少數人注意到養生，自力服藥，又半途而廢，所以想長壽的人，萬人之中無一人能夠成功。通過正反兩方面論述，作者得出結論認為：善養生者，應該「清虛靜泰，少私寡欲」，「無為自得，體妙心玄」，這樣下去，就可以與仙人齊壽。

這篇文章明顯地受到《老子》、《莊子》的影響，某些用語都是相近的；但嵇康更受到漢末以來道教神仙長生之說的啟發，跟《老》、《莊》學說已有明顯的區別。〈養生論〉在魏晉時期極負盛名。

世或有謂神仙可以學得，不死可以力致❶者。或云上壽❷百二十，古今所同；過此以往❸，莫非妖妄者。此皆兩失其情❹。請試粗論之。

【章　旨】文章開頭，引述兩種觀點：一是「神仙可以學得」，二是「上壽百二十」。作者指出：兩種說法都與情實不符。

【注　釋】❶不死可以力致　不死可以通過人為的方式達到。力致，通過人為的方式達到。致，至；達到。力，人為的力量、努力。❷上壽　最高壽命。❸過此以往　超過一百二十歲以上。❹情　情實；真實。

【語　譯】世上有人認為：神仙是可以學習修煉得到的，不死也是可以通過人的力量達到的。也有人說：最高壽命是一百二十歲，古往今來都相同，超過這個歲數以上，全是妖言妄說。這兩種說法都有失真實。請讓我粗略地論述這個問題。

夫神仙雖不目見，然記籍所載❶，前史所傳，較❷而論之，其有必矣。似特❸受異氣，稟之自然，非積學所能致也。至于導養得理❹，以盡性命❺，上獲千餘歲❻，下可數百年，可有之耳。而世皆不精，故莫能得之。何以言之？夫服藥求汗，或有弗獲；而愧情一集，渙然流離❼。終朝未餐，則囂然思食❽；而曾子銜哀，七日不飢❾。夜分而坐，則低迷思寢❿；內懷殷憂，則達旦不瞑⓫。勁刷理鬢，醇醴發顏⓬，僅乃得之[13]；壯士之怒，赫然殊觀，植髮[14]衝冠。由此言之，精神之于形骸[15]，猶國之有君也。神躁于中，形喪于外；猶君昏于上，國亂于下也。

夫為稼于湯之世，偏有一溉之功者，雖終歸于焦爛，必一溉者後枯[16]。然則一溉之益，固不可誣也[17]。而世常謂一怒不足以侵性，一哀不足以傷身；輕而肆[18]之，是猶不識一溉之益，而望嘉穀于旱苗者也。是以君子知形恃神以立，神須形以存。悟生理之易失，知一過之害生。故修性以保神，安心以全身。愛憎不棲[19]于情，憂喜不留于意[20]。泊然[21]無感，而體氣和平。又呼吸吐納[22]，服食養身[23]；使形神相親，表裏俱濟也。

夫田種者，一畝十斛，謂之良田。此天下之通稱也。不知區種[24]，可百餘斛。田種一也，至于樹養不同，則功收相懸。謂商無十倍之利，農無百斛之望，此守常而不變者也。且豆令人重[25]，榆令人瞑[26]，合歡蠲忿[27]，萱草忘憂[28]，愚智所共知也。薰辛害目[29]，豚魚不養[30]，常世所識也。蝨處頭而黑，麝食柏而香，頸處險而癭㉛，齒居晉而黃㉜。推此而言，凡所食之氣㉝，蒸性染身㉞，莫不相應㉟。豈惟㊱蒸之使重㊲而無使輕，害之使闇㊳而無使明，薰之使黃㊴而無使堅，芬之使香㊵而無使延㊶哉！故《神農》曰：上藥㊷養命、中藥㊸養性者，誠知性命之理，因輔養以通㊹也。

【章　旨】以上是第二段，提出神仙雖「非積學所能致」，但導養得理，常人亦能長壽的觀點。分三層加以論述：第一層從「服藥求汗，或有弗獲；而愧情一集，渙然流離」寫起，說明「精神之于形骸，猶國之有君」的道理，強調精神修養之重要。第二層從商湯之時七年大旱、偏有一溉之功者後枯寫起，肯定「一溉之益」，批評「一怒不足以侵性，一哀不足以傷身」的錯誤說法，主張「泊然無感，而體氣和平」，又「呼吸吐納，服食養身；使形神相親，表裏俱濟」。第三層從「田種一也，至于樹養不同，則功收相懸」寫起，說明「性命之理，因輔養以通」的道理。

【注　釋】❶記籍所載　記錄、典籍所載述。記，記錄；記載。籍，典籍；書籍。❷較　概略；大體。❸特　獨獨。❹導養得理　導引養生得法。導養，導引養生。導引，意思是導通氣血，柔和肢體，延長壽命。古人強身去病的一種鍛煉身體的方法。《莊子・刻意》是這樣具體描述的：「吹呴呼吸，吐故納新，熊經鳥申，為壽而已。此道引之士，養形之人，彭祖壽考者之所好也。」得理，得法；得要領。❺盡性命　享盡天年。❻上獲千餘歲　上壽達到一千餘歲。李善注《文選》引《天老養生經》說：「子曰：『人生大期，以百二十年為限。節度護之，可至千歲。』」❼夫服藥求汗四句　借服藥發汗的人，有的卻不出汗；而羞愧之情一來，則大汗淋灕。求汗，要求出汗。弗獲，指不得出汗。愧情，羞愧的心情。集，集聚；至。流離，淋灕，汗多貌。❽終朝未餐二句　不吃早飯，則肚裡空空想吃東西。終朝，從旦至食時，早晨終止。朝，早晨。囂然，飢餓的樣子。囂，通「嗷」。嗷嗷待哺之意。一說囂通「枵」。耗虛之意。❾曾子銜哀二句　曾子（西元前五〇五——前四三六年），魯國南武城（今山東費縣）人，名參，字子輿。孔子學生，以孝著稱。《禮記・檀弓上》：「曾子謂子思曰：『伋，吾執親之喪也，水漿不入于口者七日。』」❿夜分而坐二句　夜半坐著，則神志模糊想睡覺。夜分，夜半。低迷，神志模糊的樣子。⓫內懷殷憂二句　內心懷著深深的憂慮，直到天亮也不合眼。殷憂，深憂。達旦不瞑，直到天亮不睡。⓬醇醴發顏　飲用醇厚的美酒使顏面發紅。⓭僅乃得之　才僅僅得到一點點而已。⓮植髮　使頭髮豎立。植，豎立。⓯形骸　形體。⓰夫為稼于湯之世四句　種莊稼於商湯大旱之時，得到灌溉一次的，雖終歸要焦死，一定是死在最後。為稼，種莊稼。溉，灌溉。⓱一溉之益二句　灌溉一次之益處，不可抹殺。李善注云：言種穀于湯之世，值七年之旱，終歸是死，而彼一溉之苗則在後枯，亦猶人處于俗，同皆有死，能攝生者則後死也。⓲肆　不受拘束；放縱。⓳棲　止。⓴憂喜不留于意　憂喜不停留於心胸。意，心。《莊子・田子方》：「喜怒哀樂，不入於胸次。」㉑泊然　淡然；淡泊。《說文》：「泊，無為也。」㉒呼吸吐納　吐故納新。《淮南子・泰族》：「呼而出故，吸而入新。」㉓服食養身　道家以服食藥物，輕身益氣，延年度世。㉔區種　一種種植方式，稱區種法，也叫「區田法」。把作物種在帶狀低畦或方形淺穴的小區內的一種農作法。種在低畦或淺穴是為了在乾旱地區需要蓄水保墒區內深耕細作，集中施肥、灌水，可以提高產量。戰國時代已有種在低畦的，漢趙過在這基礎上發展為代田法，氾勝之又進一步總結關中一帶農民的經驗，發展為區田法。《文選》李善注引氾勝之《田農書》曰：「上農區田，大區方深各六寸，相去七寸，一畝三千七百區，至秋收，區三升粟，畝得百斛也。」㉕豆令人重　大豆使人增重。李善注引陳延之《經方小品》云：「倉公對黃帝曰：『大豆多食，令人身重。』」㉖榆令人瞑　榆樹的莢仁使人瞑眼。張華《博物志》載「啖榆則瞑，不欲覺也」。「榆」即榆樹，春生莢仁，可食。瞑，合眼。眠也。㉗合歡蠲忿　合歡能免除人的忿怒。李善注引崔豹《古今注》曰：「合歡樹似梧桐，枝葉繁，互相交結，每一風來，輒自相離，了不相牽綴，樹之堦庭，使人不忿也。」蠲，通「捐」。除去；減免。㉘萱草忘憂　萱草能使人忘記憂愁。《詩·衛風·伯兮》：「焉得諼（萱）草，言樹之背。」《毛傳》：「諼草令人忘憂。背，北堂也。」任昉《述異記》：「萱草，一名紫萱，又呼為忘憂草，吳中書生呼為療愁花。」㉙薰辛害目　辛辣的食物損害眼睛。薰辛，刺激性氣味強烈的食品。㉚豚魚不養　河豚魚不能養人。豚魚，河豚魚，有毒。不養，不補養人。㉛頸處險而癭　久處險阻境地，人的脖頸上會長瘤子。頸，頭頸；脖子。處，居；留。險，危險；險阻。癭，囊狀瘤子，多生於患者頸部。㉜齒居晉而黃　居住晉國的人牙齒會變黃。晉，山西，古晉國地。黃，變黃。《爾雅翼》：「晉人尤好食棗，……食無時，久之齒皆黃。」㉝氣　氣味；氣質。㉞蒸性染身　熏染脾性和身體。蒸，熱氣上升，指熏染，滋養。染，同「蒸」。㉟莫不相應　沒有哪一樣（指「所食之氣」）不是相對應（呼應）的。㊱惟　同「唯」。唯一、僅僅的意思。㊲蒸之使重　指上文「豆令人重」。㊳害之使闇　指「薰辛害目」。闇，同「暗」。㊴薰之使黃　指「齒居晉而黃」。㊵芬之使香　指「麝食柏而香」。㊶延　《方言》云「年長也」。一說「延」當作「脠」，此指羶氣，與「香」相反。㊷上藥　上等藥。㊸中藥　中等藥。李善注引《神農本草經》曰：「上藥一百二十種為君，主養命以應天，無毒，久服不傷人，輕身益氣，不老延年。中藥一百二十種為臣，主養性以應人。」《養生經》曰：「中藥養性，合歡蠲忿，萱草忘憂也。」㊹輔養以通　即上文「樹養不同，則功收相懸」之意的發揮。輔養，輔助、保養。

【語　譯】神仙雖然沒有親眼見過，但是根據書籍上所記載的，前代史書上所記述的，概略論之，神仙是一定有的了。神仙似乎是接受了獨特之氣稟，受之於自然，並非一般人累積學習所能達到的。至於調養得法，可以享天年，上壽達千餘歲，下壽約略數百年，也是可能有的。但世人都不精通這個道理，所以沒有誰能獲得這般高壽。根據什麼這樣說呢？那些借服藥來發汗的人，有的卻不出汗；但羞愧之情一集聚，則大汗淋灕。一個早晨沒有吃飯，就飢餓得只想吃東西；而曾參心裡悲哀，七天不吃飯也不覺得飢餓。半夜裡坐著，就會神志模糊想睡覺；但若是內心懷著深深的憂慮，那麼直到天亮也難以入睡。用毛刺很硬的刷子梳理鬢髮才能使頭髮通順，喝醇厚的美酒才能使顏面發紅；而壯士發怒就會面紅耳赤，頭髮直豎連帽子都頂了起來。由此說來，精神對於形體，如同國家有君王一般。內在精神躁動不安，外在形體失去常態；猶如國君昏庸在上，國家混亂在下一樣啊。

在商湯大旱之年種莊稼，獨獨只有灌溉過一次的勞動，雖然終歸要焦枯，但澆灌過一次的莊稼一定在最後枯死。那麼這澆灌一次的益處就不可抹殺。但是世人常說，發一次怒不足以傷害性命，承受一次悲哀不足以傷害身體，於是輕視此事而恣意哀怒毫無節制，這就如同不知道一次澆灌的效果，卻盼望在旱苗中能長出好稻穀一樣。所以君子知道形體依賴精神而樹立，精神必須依賴形體而存在；領悟養生的道理易被忽略，知道一次過失也會傷害生命；因此修養性情來保養精神，平衡心理來保全身體；情感上無愛無憎，喜怒哀樂不留於心胸；淡泊無所觸動，而身體血氣平和。又呼吸吐納，吐故納新，服食藥物滋養身體，使身體與精神互相親近，外形與內心都得到益處。

田地裡種莊稼，一畝能收十斛糧食，可稱之為良田，這是天下普遍的說法。但是人們不知道用「區種」的方法可以收獲一百餘斛糧食。田地都要播種是一樣的，至於種植、培育的方式方法不同，收獲的成果卻相差懸殊。說商人沒有十倍之利，農夫沒有百斛之望，這些都是墨守常規而不知變通的人。況且吃大豆令人增重，吃榆莢使人貪睡，吃合歡使人免除忿怒，吃萱草令人忘記憂愁，這是蠢人和聰明人都明瞭的。蔥蒜之類吃多了損害眼睛，河豚魚有毒不補養人，這是普通人都有的常識。蝨子長在頭髮裡會變黑，麝吃柏葉便生出香氣，久處險阻的人脖頸會長出腫瘤，久居晉地的人牙齒會變黃。由此推斷，凡是所吃東西的氣味氣質，都會熏染改變其身體本來的特性，沒有不應驗的。豈止僅是吃大豆令人變重而不變輕、吃蔥蒜之類使視力變暗而不變明、居晉食棗子使牙齒變黃而不堅硬、吃柏葉使麝得到香氣而沒有羶氣呢！所以《神農本草》上說：上等的藥保養生命，中等的藥調養性情，誠然知道性命的道理是由於輔助、調養而得以通達的。

而世人不察，惟五穀❶是見，聲色是耽❷；目惑玄黃❸，耳務淫哇❹；滋味煎其府藏❺，醴醪❻煮其腸胃，香芳腐其骨髓。喜怒悖❼其正氣，思慮銷❽其精神，哀樂殃其平粹❾。夫以蕞爾之軀❿，攻之者非一途；易竭之身，而外內⓫受敵；身非木石，其能久乎？其自用⓬甚者，飲食不節，以生百病；好色不倦，以致乏絕。風寒所災，百毒所傷，中道夭于眾難，世皆知笑悼⑬，謂之不善持生也。至于措身失理⑭，亡之于微⑮，積微成損，積損成衰，從衰得白，從白得老，從老得終，悶若無端⑯，中智⑰以下，謂之自然。縱少覺悟，咸歎恨于所遇之初⑱，而不知慎眾險于未兆⑲，是由桓侯抱將死之疾，而怒扁鵲之先見⑳，以覺痛之日，為受病之始也。害成于微，而救之于著，故有無功之治㉑；馳騁常人之域，故有一切之壽㉒；仰觀俯察，莫不皆然。以多自證㉓，以同自慰㉔，謂天地之理，盡此而已矣。縱聞養生之事，則斷以所見，謂之不然；其次狐疑，雖少庶幾，莫知所由㉕；其次自力服藥，半年一年，勞而未驗㉖，志以厭衰，中路㉗復廢；或益之以溝澮，而泄之以尾閭，欲坐望顯報者㉘；或抑情忍欲，割棄榮願㉙，而嗜好常在耳目之前，所希㉚在數十年之後，又恐兩失，內懷猶豫，心戰于內㉛，物誘于外㉜，交賒相傾㉝，如此復敗者。夫至物㉞微妙，可以理知，難以目識。譬之豫章，生七年然後可覺耳㉟。今以躁競之心，涉希靜之塗㊱，意速而事遲，望近而應遠㊲，故莫能相終。夫悠悠者既以未效不求㊳，而求者以不專喪業㊴，偏恃者以不兼無功㊵，追術者以小道自溺㊶，凡若此類，故欲之者㊷，萬無一能成㊸也。

【章　旨】以上是第三段，論述世人中道而夭，難以長壽的原因。分三層意思：第一層從「世人不察」至「謂之不善持生也」，作者認為「惟五穀是見，聲色是耽」是世人短命的內在主要原因，「風寒所災，百毒所傷」是外部次要原因。第二層從「措身失理」至「盡此而已矣」，指出世人不懂得「積微成損，積損成衰」的道理，而「措身失理」，不講究養生之道，而至不可救治，只能得一時苟且之壽而已。第三層從「縱聞養生之事」至段末，指出有人不相信養生的道理，有人稍有懷疑但不知如何去做，有人自己服藥卻沒有恆心，或者急於求成，或者首鼠兩端，皆以「躁競之心，涉希靜之塗」，故萬無一成也。

【注　釋】❶五穀　菽、麥、黍、稷、稻。❷耽　沈溺。❸目惑玄黃　眼睛迷惑於天地間的色彩。玄，黑色。黃，黃色。❹耳務淫哇　耳朵專愛聽淫蕩聲音。務，致力於。淫哇，淫蕩之音。❺府藏　同「腑臟」。❻醴醪　酒。醴，甜酒。醪，汁滓混合的酒，即酒釀。引申為濁酒。❼悖　違背；違反。❽銷　本意指熔化金屬，這裡指思慮過度，精神為之熔化消失。❾哀樂殃其平粹　哀樂起伏危害平和純粹之心。殃，禍殃，這裡是危害的意思。平粹，平和純粹之心。❿蕞爾之軀　小小的軀體。蕞爾，很小的樣子。軀，人的軀體。⓫外內　外指沈溺於聲色美味。內，指情感上的喜怒、哀樂、憂慮。⑫自用　只憑自己的主觀意圖行事。⑬笑悼　笑其不善養生，哀其促齡也。悼，哀也。⑭措身失理　置身於不合理境地。措身，置身。失理，喪失養生之道，指「惟五穀是見，聲色是耽」。⑮亡之于微　衰亡從微小細節處開始。⑯悶若無端　糊里糊塗沒有端緒。悶，不明貌。無端，無頭緒；無端緒。⑰中智　中等智力的人。⑱縱少覺悟二句　這句底本作「縱少覺悟感歎，恨于所遇之初」，據戴明揚校點本改。少，稍。所遇之初，指遇「風寒所災，百毒所傷」之初，或生病之初。⑲慎眾險于未兆　在病痛未有徵兆之時就應謹慎地處理「眾險」諸事。慎，慎重；謹慎。眾險，指「惟五穀是見，聲色是耽；目惑玄黃，耳務淫哇」等等「攻之者非一途」諸事。未兆，未發生徵兆之時。⑳桓侯抱將死之疾二句　晉桓公患了將死之病，卻憤怒於扁鵲的先見之明。由，同「猶」。桓侯，戰國時期的晉桓公，名頎，烈侯之子，又稱晉孝公。抱，患（病）。扁鵲，戰國時名醫，姓秦，名越人，渤海郡鄚（今河北任丘）人。有豐富的醫療實踐經驗，醫名甚著，後為秦武王太醫令李醯所妒忌殺害。先見，指扁鵲早已看出晉桓公有病，四次勸他治療，晉桓公不相信，且大不悅，怒曰：「醫之好治不病以為功！」一個多月以後，「桓公體痛，使人索扁鵲，已逃秦矣。桓公遂死。」（詳見《韓非子・喻老》篇）㉑害成于微三句　病害形成於隱微之時，而救治要等到顯著之後，因此才有無功之治。微，細；小；隱而不現。著，明；顯明；顯示。無功，無效。㉒一切之壽　一時苟且之壽命。一切，一時。㉓以多自證　以多數人（壽命）都如此來證明自己的見解（指「謂之自然」）。㉔以同自慰　以眾人同為如此而自我寬慰。㉕其次狐疑三句　其次是懷疑，雖稍稍覺得也許可以，但不知從何做起。底本斷句為：「其次狐疑雖少，庶幾莫知所由」，亦可通。狐疑，猶豫不決；懷疑。少，稍。庶幾，也許可以，表示希望或推測之詞。㉖未驗　未感覺到效用。驗，效驗。㉗中路　中途；半途。㉘或益之以溝澮三句　有的人以小溝渠加水，用尾閭泄水，卻深深期望顯著的效果。溝澮，小溝渠。澮，田間水溝。尾閭，傳說為海水排泄處。坐，深。顯報，顯著的效果。報，功效。㉙榮願　榮華富貴的願望。㉚所希　所希望的（養生長壽）。㉛心戰于內　內心矛盾激烈。㉜物誘于外　情欲、榮願、嗜好等在外誘惑。㉝交賒相傾　眼前的享樂與長壽的願望互相排斥。交，近的；接觸的。指「嗜好常在耳目之前」。賒，遠的；渺茫的。指「所希在數十年之後」。相傾，相對；相互排擠。㉞至物　最高境界的事物。此處指養生之道，性命之理。至，極；最。㉟譬之豫章二句　譬如豫章樹，生長七年之後才能識別出來。豫章，木名，樟類。《淮南子・脩務》：「豫章之生也，七年而後知。」李善注《文選》引延篤曰：「豫章與枕木相似，須七年乃可別耳。」㊱希靜之塗　指養生之道。希，《老子》「聽之不聞，名曰希。」塗，同「途」。㊲意速而事遲二句　意圖速成，而養生工夫緩慢，盼望立竿見影而效應邈遠。意，意圖；意向。底本作「竟」，據戴明揚校本改。速，速成；急切。事，指養生的工夫。遲，遲緩；緩慢。望，希望；盼望。近，同「速」。立竿見影。應遠，效應邈遠。㊳悠悠者既以未效不求　芸芸眾生既因未看到成效而不求養生之道。悠悠者，眾多的人；芸芸眾生。未效，未看到成效。不求，不追求養生之道。㊴求者以不專喪業　追求者因不專一而荒廢。以不專喪業，指「中路復廢」者、「欲坐望顯報者」、「交賒相傾，如此復敗者」。專，專一；恆心。喪業，喪失、荒廢（養生）事業。㊵偏恃者以不兼無功　執其一端的人，因為不能內外兼顧而得不到養生的功效。兼，全，指「形神相親，表裏俱濟」。㊶追術者以小道自溺　追求方術的人因小技而自我沈溺。追術者，追求方術的人。小道，小技。自溺，自我沈溺。㊷欲之者　想「導養得理，以盡性命」的人。㊸萬無一能成　萬人中無一人能獲得成功。

【語　譯】但是世人卻看不清楚，只看見五穀美味，沈溺於聲色之中；眼睛被天地之間鮮豔的色彩所迷惑，耳朵專愛聽淫蕩音樂；五臟六腑被美味煎熬，濁酒烹煮著他們的腸胃，芳香腐蝕著他們的骨髓，喜怒違背了他們的正氣，過度的思慮銷毀著他們的精神，哀樂殃及他們平和純粹的心靈。這麼小小的身軀，受到攻擊的危害，途徑又遠不止一個，容易衰竭的軀體內外受敵，身非木石，怎麼能夠長久呢？那些放任過分的人，飲食沒有節制而生出各種疾病，好色不倦而導致乏絕。風寒災害，百毒傷身，在生命的半途就夭折於各種災難，世人都知道笑他們，哀憐他們的短命，說他們不善於保養生命。至於他們平日舉措不合養生之法，衰亡從微小處開始，細微之處積累起來就變成損耗，損耗之處積累起來就變成衰弱，由衰弱而白髮，由白髮而衰老，由衰老到生命終止，糊里糊塗好像沒有端緒，中等智力以下的人，稱之為自然死亡。縱然稍有覺醒，也都是感嘆悔恨於病痛之初，而不知道在各種致人死亡的災病萌發之前謹慎預防。這就好比蔡桓公身患將死之病，卻對名醫扁鵲的診斷表示憤怒（不相信），他把感到疼痛的日子，當作生病的開始了。危險形成於微小隱匿之時，直到症狀顯著時才救治，因此才有毫無功效的治療。歷觀常人之間，只能有一時苟且之壽，上下左右，無不如此；於是以多數人都如此證明自己的看法合乎自然，以眾人同為如此而自我寬慰，說什麼天地之理盡在其中了。縱然聽到了養生的事，則根據自己眼睛看到的來判斷，說它是不對的；其次是狐疑，雖然稍稍有一點期盼養生，也不知道從何做起；再其次是自己勉強服藥，一年半載，未見效應，心中厭倦，半途而廢；有的人以小溝渠來增加水，卻用尾閭來排泄水，深深地期望顯著的效果；有的人抑制情欲，割棄榮華富貴的願望，但嗜好常在耳目之前，所希求的長壽效應只能在數十年之後，又恐怕兩頭失掉，猶豫不決，內心非常矛盾，情欲、榮願、嗜好等外物卻時時在誘惑，遠近、內外相互排擠，這樣終又陷於失敗。那些最高境界的事物是微妙的，可以憑理性探知，難以靠眼睛觀察到。譬如說豫章樹，生長七年之後才能識得。現在人們用躁動競爭之心，步入虛靜的養生之途，意圖迫切而事情卻是遲緩的，希望立竿見影但效應卻很遙遠，因此沒有人能堅持到底。芸芸眾生既因沒有見到效果而不去追求，而追求的人又因為不專一而荒廢其事，偏執一端的人因不能內外兼顧、做不到形神相親而終無效果，追求方術的人又因小技而自我沈溺，大體都是以上類型。所以想延年益壽以盡性命的人，萬人之中無一人能夠成功。

善養生者，則不然矣。清虛靜泰，少私寡欲。知名位之傷德，故忽而不營，非欲而彊禁❶也。識厚味❷之害性，故棄而弗❸顧，非貪而後抑也。外物以累心不存❹，神氣以醇白獨著❺；曠然❻無憂患，寂然❼無思慮。又守之以一，養之以和❽；和理日濟❾，同乎大順❿。然後蒸⓫以靈芝，潤以醴泉⓬，晞⓭以朝陽，綏以五弦⓮。無為⓯自得，體妙心玄。忘歡而後樂足，遺生⓰而後身存。若此以往，庶可與羨門比壽、王喬爭年⓱，何謂其⓲無有哉？

【章旨】以上是第四段，正面論述養生之道。作者認為善養生者，能做到「清虛靜泰，少私寡欲」，「守之以一，養之以和」，「忘歡而後樂足，遺生而後身存」，是可以與仙人齊壽的。

【注釋】❶忽而不營二句　輕視它不去追求，並非有欲望而強行禁止。忽，忽視。營，求；追求。欲，欲望。彊，同「強」。強迫；勉強。❷厚味　脂膏豐腴的食物。❸弗　不。❹外物以累心不存　身外之物不存於心。外物，身外之物，指名位、厚味等。累心，勞心費神。不存，不存於心內，意謂排除在外。❺神氣以醇白獨著　精神氣度因為心地醇白而特別顯明。神氣，指精神。醇，同「純」。白，空白。《莊子・人間世》：「瞻彼闋者，虛室生白。」意思是：眼看著那個空虛的境界，就會使淡漠的心室呈現純白的映象。❻曠然　開朗寬大的樣子。

❼寂然　虛靜的樣子。❽守之以一二句　守之以道，養之以德。一，道。和，和順；調和。指德。《莊子．在宥》：（廣成子曰）「我守其一，以處其和。故我修身千二百歲矣，吾形未常衰。」❾和理日濟　德、道修養工夫日漸成熟。和，指德。理，指道。《莊子．繕性》：「夫德，和也；道，理也。德無不容（與一切事物合順相容），仁也；道無不理（沒有不合天理的），義也；……」濟，成功；成就。❿同乎大順　達到與天理相一致境界。大順，指天理。⓫蒸　熱氣上升。此處是滋補的意思。⓬醴泉　甘美的泉水。醴，一作「澧」。⓭晞　曬。⓮綏以五弦　用音樂來安撫。綏，安；安撫。五弦，指音樂。⓯無為　莫之為，順其自然。《莊子．繕性》：「當是時也，莫之為而常自然。」⓰遺生　遺忘生命。⓱庶可與羨門比壽句　或許可以跟仙人羨門齊壽、與王子喬爭年齡長短。羨門，傳說中的古代仙人。《史記．秦始皇本紀》：「始皇之碣石，使燕人盧生求羨門。」比壽，齊壽。比，並列；緊靠。王喬，王子喬。《列仙傳》：「王子喬者，周靈王太子晉也，道人浮丘公接以上嵩高山。」⓲其　長壽者。

【語　譯】善於養生的人就不同了，他們清虛靜泰，少私寡欲。深知名、位會損傷德行，所以輕視它而不去追求，不是想要而強行禁止；懂得厚味會傷害性命，因此棄而不顧，不是貪食而後來才加以抑制。累心的身外之物不復存在，精神因為心地醇白而特別顯明。心胸豁達開朗而沒有憂患，淡泊寧靜而沒有思慮。又守之以道，養之以德，德、道修養工夫日漸成熟，達到與天理相一致。然後用靈芝來滋養，取甘泉水來滋潤，朝陽曝曬，用音樂來安撫。無為自得，身體和精神都達到玄妙的境界。忘了歡樂而後感到歡樂的滿足，遺忘了生命而後有身體的長存。像這樣下去，或許能與仙人羨門齊壽，與王子喬爭年齡大小，憑什麼說長壽的人沒有呢？

第四卷

黃門郎向子期難養生論 附

【題解】作者向秀，字子期，約生活於西元二二七——二七二年之間，略小於嵇康，他們是好朋友，向秀亦竹林七賢之一。嵇康被殺之後，向秀應徵入洛陽，為散騎侍郎，轉黃門侍郎散騎常侍。他是魏晉之際的文學家，哲學家，雅好老、莊之學，曾為《莊子》作注，「發明奇趣，振起玄風」，「道家之言遂盛焉。」（《晉書・向秀傳》）又嘗與嵇康討論養生，針對嵇康〈養生論〉而作〈難養生論〉，詰責論辨，嵇康復作〈答難養生論〉，辭難往復，當時影響很大。

向秀認為萬物自生自化，各任其性。情欲聲色，榮華富貴，美味佳肴，皆人之本性所需，符合天理自然；因「導養之理」而禁之，則是背情失性，使情志鬱結，性氣不通，就不可能長壽，縱使得以長壽也不足羨慕。也有人認為本文是為了讓嵇康發表高論而寫的引發性文字，並非向秀本人的思想表述，它與嵇康〈養生論〉、〈答難養生論〉是一組完整的文章，闡發他們「無為自得，體妙心玄。忘歡而後樂足，遺生而後身存」的養生之道。

黃門郎向子期難①曰：若夫節哀樂，和喜怒，適飲食，調寒暑②，亦古人之所修③也。至于絕五穀，去滋味，窒情欲，抑富貴，則未之敢許也④。何以言之？

夫人受形于造化⑤，與萬物並存，有生之最靈者也⑥。異于草木，不能避風雨，辭斧斤⑦；殊于鳥獸，不能遠網羅，而逃⑧寒暑。有動以接物，有智以自輔⑨。此有心⑩之益，有智之功也。若閉⑪而默之，則與無智同。何貴于有智哉？有生則有情，稱情⑫則自然。若絕而外之⑬，則與無生同。何貴于有生哉？

且夫嗜欲⑭：好榮惡辱，好逸惡勞，皆生于自然。夫「天地之大德曰生，聖人之大寶曰位」，「崇高莫大于富貴」⑮。然則富貴，天地之情也。貴則人順己行義于下⑯；富則所欲得以財聚人⑰，此皆先王所重，開之自然，不得相外也。又曰：「富與貴，是人之所欲也⑱。」但當求之以道，不苟非義⑲。在上以不驕無患，持滿以損斂不溢⑳，若此何為其「傷德」邪？或睹富貴之過㉑，因懼而背之，是猶見食之有噎，因終身不飡耳。

神農唱粒食之始㉒，后稷纂播殖之業㉓。鳥獸以之飛走，生民以之視息㉔；周、孔以之窮神㉕，顏、冉以之樹德㉖。賢聖珍其業㉗，歷百代而不廢。今一日云：五穀非養命之宜㉘，肴醴㉙非便性之物，則「亦有和羹」㉚、「黃耇無疆」㉛、「為此春酒，以介眉壽」㉜，皆虛言也。「博碩肥腯」，上帝是饗㉝；黍稷惟馨，實降神祇㉞。神祇且猶重之，而況于人乎？肴糧入體，不踰旬而充㉟，此自然之符，宜生之驗也㊱。

夫人含五行㊲而生，口思五味㊳，目思五色㊴，感而思室㊵，飢而求食，自然之理也。但當節之以禮耳。今㊶五色雖陳，目不敢視；五味雖存，口不得嘗；以言爭而獲勝則可㊷；焉有勺藥為荼蓼㊸，西施為嫫母㊹，忽而不欲㊺哉？苟心識可欲而不得從，性氣困于防閑㊻，情志鬱而不通，而言「養之以和」㊼，未之聞也。

【章　旨】以上是文章第一部分，從正面論述美味佳肴、情欲聲色、榮華富貴，皆人之本性所需，符合天理自然，是不可抑制的。分五節闡述：第一節開門見山，擺出與嵇康〈養生論〉相對立的觀點。第二節說明人不同於草木鳥獸，因為人有思想，關閉思想就會失去人所特有的智慧；人有感情，若絕而外之，則等於沒有生命。第三節著重論述富與貴的欲望是人之天性，不可排斥。第四節論述五穀是生存所必需，佳肴美酒則利於長壽的道理。第五節說明禁止情欲聲色、美味佳肴，必然有悖人性，使情志鬱結，性氣不通，難獲長壽的道理。

【注　釋】❶難　詰責；駁詰。❷若夫節哀樂四句　節制哀樂，平和喜怒，適當飲食，協調寒暑。節，節制。和，平和。適，適度。調，協調。❸古人之所修　古人的修身之道。《管子·形勢解》：「起居時，飲食節，寒暑適，則身利而壽命益。」《淮南子·詮言》：「凡治身養性，節寢處，適飲食，和喜怒，便動靜。」❹至于絕五穀五句　斷絕五穀，除去滋味，窒息情欲，抑制富貴，我是不敢贊許的。絕，拒絕。去，離開；去除。窒，窒息。抑，抑制；壓抑。許，贊同；贊成。❺夫人受形于造化　人的形體稟受於天地自然。夫，發語詞。形，形體。造化，創造化育萬物者，指天地，自然界。❻有生之最靈者也　有生命的東西中最具靈性的。有生，有生命的。靈，靈性。❼辭斧斤　躲避刀斧。辭，躲避。斧斤，刀斧。❽逃　逃避。❾有動以接物二句　有行為動作用以接應萬事萬物，有聰明智慧以幫助自己。動，動作；行為。指主動的行為，有意識的動作。接物，接觸、接應事物。輔，輔助。❿心　心靈；思想；意識。⓫閉　關閉（心智）。⓬稱情　稱心如意。稱，副也。情，情欲。⓭若絕而外之　如果拒絕而排斥它。「若」上底本有「得」字，各本均無，據刪。外，排斥。⓮嗜欲　嗜好欲望。⓯天地之大德曰生三句　語出《易·繫辭》下、上。⓰貴則人順己行義于下　地位崇高則人們順從自己在下面行義。貴，指地位崇高。順己，順從自己。⓱富則所欲得以財聚人　富有則可滿足人們的欲望用財物聚集人才。所欲得，欲望得到滿足。以財聚人，憑藉財貨來聚集人力或人氣。⑱富與貴二句　發大財，做大官，這是人人所盼望的。這是孔子說過的話，見《論語・里仁》。⑲但當求之以道二句　當用正當的方法途徑去謀求，不苟且於不義之富貴。不苟，不苟且。非義，不義。語出《論語・里仁》「不以其道得之，不處也。」（不處，不接受）《論語・述而》「不義而富且貴，於我如浮雲」。⑳持滿以損斂不溢　保持滿盈之業以減少聚斂而不溢出。溢，泄出。㉑過　罪過。㉒神農唱粒食之始　炎帝神農開始提倡米食。神農，炎帝，中國上古原始社會末期的部落或部落聯盟領袖之一。《淮南子・脩務》：「神農乃始教民播種五穀。」唱，同「倡」。提倡；發始。粒食，米食。㉓后稷纂播殖之業　后稷繼續發展種植五穀事業。后稷，古代周部族的始祖之一，姜嫄所生，名棄。他曾在堯、舜時代做過農官，教民耕種。周人認為他是開始種稷和麥的人，故稱「后稷」（后，君主也）。纂，繼續。播殖，種植。㉔鳥獸以之飛走二句　鳥獸依賴它能飛能跑，生民靠它存活。以之，依靠它（指播殖之業）。走，跑。視息，觀察和呼吸，生存的意思。㉕周孔以之窮神　周公、孔子依賴它才能極精神之致。周，周公旦，輔佐成王，制禮作樂。孔，孔子。窮，極；達到極點。㉖顏冉以之樹德　顏回、冉耕依託它建立德行。顏，顏回。冉，冉耕。二人皆孔子弟子，以德行著稱。㉗珍其業　珍視神農、后稷開創的播殖之業。㉘宜　適宜之物。㉙肴醴　佳肴美酒。肴，葷菜。㉚亦有和羹　又有和羹。這是《詩・商頌・烈祖》中的詩句，意思是又有五味調和、腥熟得節的羹。亦，又。和，調和。羹，古代用肉或菜調和五味做成的帶汁的食物。㉛黃耇無疆　黃髮老人萬壽無疆。黃耇，指九十歲以上的人。黃，黃髮。耇，老。無疆，無限；沒有窮盡。這句也是摘自《詩・商頌・烈祖》。㉜為此春酒二句　釀成這些涷醪酒，幫助老人獲長壽。這是《詩・豳風・七月》中的詩句。介，助。眉壽，高壽；長壽。㉝博碩肥腯二句　碩大的肥豬，上帝宴食牠。博碩肥腯，語出《左傳・桓公六年》。腯，肥壯。饗，宴食。㉞黍稷惟馨二句　黍稷馨香，招致神祇下降。惟，只；只有。馨，芳香，特指散布很遠的香氣。實，實在是。神祇，天地之神。神，天神。祇，地神。㉟充　充沛；充虛繼氣。㊱此自然之符二句　這正是自然客觀的憑證，有利於生命的效驗。符，憑證。驗，驗證。㊲五行　水、木、金、火、土。㊳五

味 酸、鹹、辛、苦、甘。㊴五色 青、黃、赤、白、黑。㊵感而思室 有所感觸而思念妻室。感，有所感觸，情欲萌動。室，妻；妻室。㊶今 底本誤作「令」，從諸本改。㊷以言爭而獲勝則可 因鬥嘴賭氣而為獲勝還是可以的。言爭，言辭爭勝。指鬥嘴賭氣。㊸焉有勺藥為荼蓼 哪有把芍藥當成苦菜水草的。勺藥，香草。勺，一般寫作「芍」。荼，苦菜。蓼，一種水草。㊹西施為嫫母 把美女西施當成醜女嫫母。西施，春秋末年越國美女，浙江諸暨人。嫫母，傳說為黃帝之妃，奇醜。㊺欲 興起欲望。㊻性氣困于防閑 人性生氣被圍困於防備禁止之中。性氣，人性；生機。防閑，防備限制。閑，原指木欄之類的遮欄物，這裡是限制、防止的意思。㊼養之以和 這是嵇康〈養生論〉中的話。

【語譯】 黃門郎向子期詰責道：節制哀樂，平和喜怒，適度飲食，協調寒暑，也是古人的修身之道。至於斷絕五穀，去除美味，窒息情欲，抑制富貴，則不敢贊同。憑什麼這樣說呢？

人的形體受之於天地自然，與萬物並存，是一切有生命的東西中最具靈性的。人不同於草木，草木不能避風雨、躲刀斧；人也不同於鳥獸，鳥獸不能遠避捕捉牠們的網羅，也不會防範季節的變化。人可以用自己的行動來對付萬物，可以用聰明才智來幫助自己。這是有心靈的益處，有智慧的功效。倘若關閉心扉，一切都默不動心，那麼就與沒有智能一樣。（試問）有什麼比智能更可寶貴的呢？有生命就有情欲，稱心如意就欣然自得。倘若斷絕、排斥情欲，那麼就與沒有生命一樣。（試問）有什麼比生命更可寶貴的呢？

人的嗜好欲望，大都喜歡榮耀，痛恨恥辱；喜歡休息，厭惡勞作；這些都出於自然。《易經》上說）天地的宏德是生育造化了萬物，聖人最寶貴的是他至高無上的地位，崇高沒有比富貴再大的了。這樣看來，富貴乃天地自然之情。地位崇高，人們就順從自己在下面行義；財產富裕，能滿足人們的欲望，就可以用財物把人團聚起來。這都是先王所重視的，開通於自然，是不可以排斥的。（孔子）又說「發大財，做大官，這是人人所盼望的」；但當用正當的方法去謀求，不苟且求取非義之富貴。居高位者因不驕而無禍患，守滿盈之業者因減少聚斂而不外溢，這般做去怎麼能說「名位傷德」呢？有的人目睹富貴之人的罪過，因懼怕而拋棄它，這就好像看見吃食物有噎住的，就一輩子不吃飯一樣。

從神農提倡米食開始，后稷繼續播植五穀的事業，鳥獸因此能飛能跑，人民因此能夠生存，周公、孔子因此能夠窮盡精神，顏回、冉耕因此能夠樹立德行。賢聖非常珍視種植五穀的大業，經歷百代而不荒廢。現在一旦說什麼五穀不是調養生命最適宜的東西，佳肴美酒也不是有利於生命的物品，那麼《詩經》上寫的「亦有和羹」、「黃耇無疆」、「為此春酒，以介眉壽」，都成為空泛之言了。祭祀用的牲畜豐富、碩大、肥實，天帝才來宴食；黍稷馨香，招致神祇下降。神祇尚且看重這些，何況人呢？葷菜、糧食進入人的身體，不過十天體力就會充沛。這是最能說明問題的憑證，有利於生命的效驗。

人因體內包含著「五行」而得以生存，嘴巴想吃可口的食物，眼睛想看五顏六色，心動而產生情欲，飢餓而想求取食物，這是自然規律，只是應當以禮加以節制罷了。現在五顏六色出現在面前，眼睛卻不敢看；美味已經擺好，嘴巴卻不能去嘗；因一時爭論而賭氣獲勝還是可以的，哪裡有把芍藥當作苦菜和水草，把美女西施當作醜妃嫫母，忽視它而不萌生欲望的呢？如果心中明白可以欲求，卻又不能隨其所欲，人性生機被困於防禁，情志滯結而不通暢，還說什麼「養之以和」，沒聽到過有這樣的事情。

又云：「導養得理，以盡性命，上獲千餘歲，下可數百年❶。」未盡善也。若信可然❷，當有得者。此人何在，目之未見。此殆景響之論❸，可言而不可得❹。縱時有耆壽耉老❺，此自❻特受一氣，猶木之有松柏，非導養之所至。若性命以巧拙為長短❼，則聖人窮理盡性❽，宜享遐期❾；而堯、舜、禹、湯、文、武、周、孔，上獲百年，下者七十，豈復疏于「導養」邪❿？顧天命有限，非物⓫所加耳。

且生之為樂，以恩愛相接。天理人倫，燕婉娛心⓬，榮華悅志。服饗滋味，以宣五情⓭。納御聲色，以達性氣。此天理自然，人之所宜，三王⓮所不易也。今舍聖規而恃「區種」⓯，離親棄歡，約己苦心，欲積塵露以望山海⓰，恐此功在身後，實不可冀也。縱令勤求，少⓱有所獲，則顧景尸居⓲，與木石為鄰，所謂不病而自灸⓳，無憂而自默⓴，無喪而蔬食㉑，無罪而自幽㉒。追虛徼幸㉓，功不答勞㉔。以此㉕養生，未聞其宜。故相如㉖曰：「必若長生而不死，雖濟萬世猶不足以喜㉗。」

言背情失性，而不本天理也。長生且猶無歡，況以短生守之耶？若有顯驗㉘，且更㉙論之。

【章　旨】以上是文章第二部分，駁斥養生可獲長壽的觀點。包括二節。第一節舉聖人「窮理盡性」卻未獲數百歲、千餘歲的長壽為例，說明人的生命是有限的，並不能通過「導養」來增加壽數。第二節論述生命的樂趣來自天理自然，若違背本性去苦心養身，離親棄歡，則適得其反，勞而無功。

【注　釋】❶導養得理四句　語出嵇康〈養生論〉。❷若信可然　如果真的可以這樣。若，倘若。信，確實；真的。可，可以。然，這樣。❸此殆景響之論　這大概是捕風捉影之論。殆，大概；恐怕。景響，虛幻不實。捕風捉影的意思。景，同「影」。影子。響，回聲。❹可言而不可得　底本作「何言而不得」，據戴明揚校本改補。❺縱時有耆壽耇老　縱使偶爾有長壽者。時有，有時有；偶爾有。耆壽耇老，長壽者。古代六十稱「耆」，七十曰「老」。耇，垢也。指皮色驪悴，老年斑之類。❻自　本是；本來。❼若性命以巧拙為長短　假如生命以是否通曉養生之道決定長短。若，假若。性命，生命。巧拙，指是否「導養得理」，通曉養生之道的程度。❽窮理盡性　精通「導養」之理，盡量發揮人的本性。❾宜享遐期　應享長壽。宜，應；應該。遐期，長期。指長壽。❿堯舜禹湯文武周孔四句　堯、舜、禹、湯、周公旦均百歲左右而終，周文王九十七歲，武王九十三歲。而孔子七十三歲而終。難道是疏忽了導養嗎？疏，粗心；疏忽。⓫物　外物，指「導養」、「服食養身」之類。⓬燕婉娛心　安逸婚配使身心歡愉。燕婉，《詩・邶風・新臺》「燕婉之求」，《毛傳》：「燕，安；婉，順也。」

詩人的意思是擇偶婚配。⑬以宣五情　藉以宣泄人的情欲。宣，宣泄。五情，喜、怒、哀、樂、怨。⑭三王　三代（夏、商、周）之王，禹、湯、周之文王、武王。⑮今舍聖規而恃區種　現在捨棄聖人開闢之規道而依靠特別的養生之道。舍，捨；捨棄。聖規，聖人開闢的規範。區種，一種播植方法，見〈養生論〉。這裡用來喻指嵇康論述的養生之道，導養之理。⑯欲積塵露以望山海　想積累微塵、露水而期望成山成海。塵，微塵。露，露水。望，期望。⑰少　稍。⑱顧景尸居　眼看著自己的影子如同受祭的神主一般枯坐。景，同「影」。居，蹲；坐。⑲炙　灼；燒。中醫的一種治病方式。⑳默　沈默。㉑蔬食　素食。㉒幽　囚禁。㉓追虛徼幸　追求虛遠僥倖有成。虛，虛空。徼幸，同「僥倖」。企圖偶然獲得成功或意外地免去不幸。㉔功不答勞　功效與辛勞不相當。功，功效。答，當；應合。勞，辛勞；勞苦。㉕以此　底本作「於此」，據戴明揚校本改。㉖相如　司馬相如（西元前一七九──前一一七年），西漢辭賦家。㉗必若長生而不死二句　一定像這樣長生不老，即使度過萬世也不足以羨慕。兩句源出司馬相如〈大人賦〉：「必長生若此而不死兮，雖濟萬世不足以喜。」㉘顯驗　明顯的效驗。㉙更　復；再。

【語　譯】又說：「導引調養得法，上壽可高達千餘歲，下壽亦可有數百歲。」此論不夠好。如果真的可以這樣，應當有得此高壽的人。此人在哪裡？沒人見到過。這恐怕是捕風捉影之論，可以用嘴巴說而實際上得不到。縱然偶爾有長壽老人，那本是特受某種異氣所致，就好像樹木中有松柏，並非人為地導養所致。假如以通曉養生之道的程度決定生命的長短，那麼聖人窮理盡性，應享高壽。但是堯、舜、禹、湯、周文王、周武王、周公旦、孔丘這些聖人，最高活到百歲左右，下壽只有七十左右，難道又是疏忽了「導養」嗎？看來天命是有限度的，不是外力所能增加的。

況且生命的樂趣，同恩愛相連接。順天理，應人事，擇偶婚配使身心歡娛，榮華富貴使心志喜悅。服食宴享美味，五情得以宣泄。聽音樂御女色，人性生機得以暢達。這都是自然天性，人們所適宜的，三代之王所不能改變的。如果今天捨棄聖人開闢的正常軌道而從事導引養生，令人離親棄歡，約束自己，苦其心志，想積聚塵土和露水來期望成為高山大海，恐怕此等功效要在身亡之後，實在是不能期望的。縱使勤苦求取，稍有所得，就看著自己的影子像受祭的神主一般枯坐，與樹木石頭作伴，這就是所說的不生病而自己針灸，沒有憂慮而自己沈默，沒有喪事卻吃素食，沒有犯罪卻自己囚禁，追求虛無飄渺的目標，懷著僥倖心理，勞而無功，如此養生，沒有聽說過是適宜的。所以司馬相如說：「一定像這樣才長生不死，既使度過萬世也不足以羨慕。」說的是背情失性，不合於天理人倫。長生尚且沒有歡樂，何況以短短的生命來苦守養生之道呢？假如有明顯效驗，抑或再作論說。

答難養生論

【題解】嵇康作〈養生論〉之後，向秀作〈難養生論〉，對「絕五穀，去滋味，窒情欲，抑富貴」等養生主張提出批評。嵇康又作〈答難養生論〉，進行答辯。

嵇康堅持認為：嗜欲雖出於人，而非道德之正，不利於養生，必須棄酒色、遠名位；世之難得者，非財也，非榮也，患意之不足耳；不可寵辱，此真富貴也。他主張審輕重然後動，量得失以居身，反對耽欲而快意的做法。他指出：聖人經營四方、心勞形困，甚至神馳於利害之端、心鶩於榮辱之途，這跟閉目塞聽、無執無為以寶性全真的養生家不可同日而語。嵇康進而提出：以大和（無樂）為至樂，以恬澹（無味）為至味，是為養生之至理。最後，他具體歸納出養生五難：名利不滅、喜怒不除、聲色不去、滋味不絕、神慮消散。五者必存，定夭其年；五者排除，則「不祈喜而有福，不求壽而自延」。

嵇康的養生理論，注重精神修養，富有啟發意義。至於絕五穀、御六氣、食瓊糇云云，「千歲雖在市朝，固非小年之所辨」之類，謬悠荒忽，莫可究詰，「叔夜所說，固不免憤世嫉俗之談耳。」（蔣超伯《南漘楛語》）

答曰：所以貴智而尚動❶者，以其能益生而厚身也。然欲動則悔吝生❷，智行則前識立❸；前識立則心開而物遂❹，悔吝生則患積而身危。二者❺不藏之于內而接于外，只足以災身，非所以厚生也。夫嗜欲雖出于人，而非道德之正。猶木之有蝎❻，雖木之所生，而非木之所宜也。故蝎盛則木朽，欲勝❼則身枯。然則欲與生不並久❽，名與身不俱存，略可知矣。而世未之悟，以順欲為得生，雖有厚生之情，而不識生生之理❾，故動之死地❿也。是以古之人，知酒色為甘鴆⓫，棄之如遺；識名位為香餌⓬，逝而不顧。使動足資生⓭，不濫于物⓮；知⓯正其身，不營于外⓰。背其所凶，守其所吉。此所以用智遂生⓱之道也。故智之所美，美其養生而不羨⓲；生之為貴，貴其樂和而不交⓳。豈可疾智而輕身⓴，懃欲而賤生㉑哉！

【章　旨】針對向秀反對「窒情欲」，主張「以順欲為得生」的觀點，嵇康認為「嗜欲雖出于人，而非道德之正」，不利於養生（欲與生不並久，名與身不俱存），必須棄酒色、遠名位；使動足資生，用智遂生；指出「貴智尚動」的原則是「益生而厚身」。

【注　釋】❶貴智而尚動　看重智慧崇尚行動。貴，寶貴；重視。尚，崇尚；尊崇。動，動作；行為。這句是針對向秀〈難養生論〉中「有動以接物，有智以自輔。此有心之益，有智之功也」數語而發。❷欲動則悔吝生　欲念萌動就會有小過錯產生。欲動，欲念萌動。悔吝，小錯；小過失。❸智行則前識立　智慧運作就會形成事前之認識。智行，智慧運行。前識，事前（行為前）的認識；先見；預見。立，確立。❹心開而物遂　心扉開啟而外物順成。心開，心扉開啟。意謂處心積慮地盤算。物遂，外物順心。遂，順。❺二者　指智、欲。❻蝎　木中蠹蟲。❼勝　盡。❽不並久　不能並列長久。不能長期並存的意思。❾生生之理　使生命得以生存的道理、方法。生生，前「生」字作動詞，使動用法，後「生」字作名詞，生命。❿動之死地　行動走向死地。之，往；走向。動詞。⓫甘鴆　甘甜的毒藥。鴆，一種有毒的鳥，其羽劇毒。⓬香餌　味香的誘餌。餌，誘魚上鉤的食物。⓭動足資生　行為足以有益生命。動，動作；行為。資，助。⓮物　指酒色之類。⓯知　同「智」。⓰不營于外　不鑽營身外之物。營，求；鑽營。外，名位之類。⓱遂生　養育生命。遂，育；養育。底本「遂生」下有「養一示蓋」四字，各本皆無，衍文，刪。⓲不羨　不多餘；不過分。指「不營于外」。⓳樂和而不交　樂於和調、和諧而不苟合、混同。交，合；同。指「不濫于物」。⓴疾智而輕身　竭盡智慧而輕視身心。疾，亟；盡力；竭力。智，智慧。「智」下底本有「靜」字，各本無，據戴明揚校刪。㉑懃欲而賤生　縱欲而作賤生命。懃，同「勤」。努力；盡力。欲，欲念；嗜欲。

【語　譯】答道：人們之所以看重智慧而崇尚行動，是因為它能益生，對身體有利。然而欲念萌動小過失就會發生，智慧運行則形成先事而見；先見確立則會多思多慮，心被外物所誘惑；小過錯產生則憂患滯留身體危亡。才智和欲念不藏在裡面而與外物接觸，那只能是災禍及身，而決不可能用來養生。嗜好和欲望雖然出於人的本性，但卻決非善良的道德。就好比樹木有蛀蟲，雖然是樹木本身所生，但卻不是樹木所適宜的。所以蛀蟲繁盛，樹木就會腐朽；欲望耗盡，身體就會枯竭。如此看來，欲念和生命不可能同時長久，名位與身體也不會一起存在，大略可以知道了。但是世人沒有悟到，把順從欲望視為得到生命，雖然有厚待生命的願望，卻不懂使生命得以不息的道理，所以欲念一動就走向死地。因此古人懂得酒色乃是甜美的毒藥，如同廢物一般拋棄它；深知名利和地位是芳香的釣餌，遠離它而不屑一顧。使自己的行動足以資助生命，不濫於酒色諸物；智慧善養其身，不鑽營名位外物。丟棄凶惡害生的，堅守吉利益生的，這就是運用智慧順遂生命之道。所以智慧之為美，美在善於養生而不過分；生命之為貴，貴在與萬物協和而不苟合。怎麼可以竭盡智慧而輕卑自身，放縱欲望而作賤生命呢！

且聖人寶位，以富貴為崇高者❶，蓋謂人君貴為天子，富有天下也。民❷不可無主而存，主不能無尊❸而立；故為天下而尊君位，不為一人而重富貴也。又曰：「富與貴，是人之所欲」者，蓋為季世惡貧賤而好富貴也❹，未能外榮華而安貧賤，且抑使由其道❺。猶不爭不可令，故許其心競❻；中庸不可得，故與其狂狷❼。此俗之談❽耳，不言至人❾當貪富貴也。至人不得已而臨天下，以萬物為心，在宥群生❿，由身以道，與天下同于自得⓫，穆然⓬以無事為業，坦爾⓭以天下為公。雖居君位，饗⑭萬國，恬若素士接賓客⑮也；雖建龍旂⑯，服華袞⑰，忽⑱若布衣在身也。故君臣相忘于上，蒸民⑲家足于下。豈勸百姓之尊己，割天下以自私，以富貴為崇高，心欲之而不已⑳哉？且子文三顯，色不加悅㉑；柳惠三黜，容不加戚㉒。何者？令尹之尊，不若德義之貴；三黜之賤，不傷沖粹㉓之美。二人嘗得富貴于其身，終不以人爵嬰心㉔也，故視榮辱如一。由此言之，豈云欲富貴之情哉？

請問：錦衣繡裳，不陳于闇㉕室；何必顧眾，而動以毀譽為歡戚也㉖？夫然，則欲之患其得，得之懼其失。「苟患失之，無所不至矣」㉗。在上何得「不驕」？持滿何得「不溢」？求之何得「不苟」？得之何得不失邪？且君子「出其言善，則千里之外應之」㉘，豈在于多欲以貴得哉㉙？奉法循理，不絓世網㉚，以無罪自尊，以不仕為逸。遊心乎道義，偃息乎卑室，恬愉無遌㉛，而神氣條達。豈須榮華，然後乃貴哉？耕而為食，蠶而為衣，衣食周身，則餘天下之財㉜。猶渴者飲河，快然以足，不羨洪流。豈待積斂，然後乃富哉？君子之用心若此。蓋將以名位為贅瘤，資財為塵垢也。安用富貴乎？故世之難得者，非財也，非榮也，患意㉝之不足耳！意足者，雖耦耕甽畝㉞，被褐啜菽㉟，莫不自得；不足者，雖養以天下，委以萬物，猶未愜然㊱。則足者不須外，不足者無外之不須㊲也。無不須，故無往而不乏；無所須，故無適而不足。不以榮華肆㊳志，不以隱約㊴趨俗。混乎與萬物並行，不可寵辱，此真有富貴也。故遺貴欲貴者，賤及之㊵；忘富欲富者，貧得之㊶；理之然也。今居榮華而憂，雖與榮華偕老，亦所以終身長愁耳。故老子曰：樂莫大于無憂，富莫大于知足。此之謂也。

【章　旨】以上是第二段，針對向秀〈難養生論〉中引用的「聖人寶位，以富貴為崇高」、「富與貴，是人之所欲」等論據，展開反駁。嵇康認為：聖人（至人）以天下為公，本無富貴之欲望，更非「以富貴為崇高」，而「視榮辱如一」；君子「以名位為贅瘤，資財為塵垢」，「不可寵辱，此真有富貴也」。最後歸結到老子的主張：樂莫大于無憂，富莫大于知足，回到養生本題上來。

【注釋】❶且聖人寶位二句　聖人之大寶曰位，以富貴為崇高，兩句見《易・繫辭》下、上，向秀〈難養生論〉引作論據。❷民　底本作「富」，據戴明揚校本改。❸尊　底本作「遵」，據戴明揚校本改。❹又曰四句《論語》上）又說「富和貴，這是人的欲望」，指的是處在衰亂之中的人們厭惡貧賤而愛好富貴。季世，末世。孔子說話的時代是春秋末期，諸侯爭霸，已是亂世。❺且抑使由其道　姑且控制引導他們遵守道義。且，副詞，姑且。抑，按也。抑制；限制。使，致使；引導。道，道義。《論語・里仁》載述孔子的原話是：「子曰：富與貴，是人之所欲也；不以其道得之，不處也。貧與賤，是人之所惡也；不以其道得之，不去也。」❻不爭不可令二句　不能強制他們不爭，故允許他們以心智競爭。令，強制。許，允許；聽任。心競，（以）心智競爭。❼中庸不可得二句　中庸之道不可得，故允許他們或狂或狷。與，許。狂，激進。進取於善道，知進而不知退。狷，保守。守節無為，應進而退。《論語・子路》載述孔子的原話是：「子曰：不得中行而與之，必也狂狷乎！狂者進取，狷者有所不為也。」宋人邢昺解釋道：（狂，狷）「二者俱不得中而性恆一。欲得此二人者，以時多進退，取其恆一也。」❽俗之談　世俗的說法。❾至人　聖人；完美的人。❿在宥群生　任群生自然發展。在，存；任其自然。宥，寬容。⓫自得　自由自在。《淮南子・原道》：「自得，則天下亦得我矣。吾與天下相得，則常相有。」⓬穆然　靜默的樣子。⓭坦爾　坦蕩的樣子。⓮饗　同「享」。⓯恬若素士接賓客　淡然處之如同布衣之士接待賓客一般。恬，恬靜。素士，布衣人士。⓰龍旂　繪飾有龍圖案的旗幟，為天子之旗。⓱華衮　繪飾龍圖案的禮服，古代王公貴族的禮服，這裡指的是帝王之服。衮，同「袞」。古代天子祭祀時所穿的繡有龍形的禮服；或古代上公穿的禮服，繡有龍紋，龍首向下，與天子禮服有別。⓲忽　忽略；不在意。⓳蒸民　庶民；百姓。⓴不已　不停止。㉑子文三顯二句　子文三仕為令尹，顏面無喜悅之色。子文，楚國大夫，即鬭穀於菟，楚成王時被任命為令尹（楚國最高行政長官），曾多次被罷免又多次復職。三顯，多次地位顯赫。色不加悅，典出《論語・公治長》：「子張問曰：令尹子文三仕為令尹，無喜色；三已之，無慍色。」㉒柳惠三黜二句　柳下惠多次被罷黜，無悲戚之面容。柳惠，柳下惠，姓展，名獲，字禽。春秋時魯國大夫，任士師（掌管刑獄的官）。食邑在柳下，謚惠，故又稱柳下惠。三黜，多次遭貶斥、罷免。《論語・微子》：「柳下惠為士師，三黜。人曰：子未可以去乎？曰：直道而事人，焉往而不三黜？枉道而事人，何必去父母之邦？」㉓沖粹　淡泊虛靜純粹不雜。沖，沖虛；淡泊虛靜。粹，純；不雜。引申為凡純美之稱。㉔終不以人爵嬰心　始終不以爵位纏心。終，底本作「中」，周樹人校曰：「各本作終」，徑改。人爵，指人間世的官爵或祿位。《孟子・告子上》：「有天爵者，有人爵者。仁義忠信，樂善不倦，此天爵也；公卿大夫，此人爵也。」趙岐注：「天爵以德，人爵以祿。」嬰，環繞；羈絆。一說嬰通「攖」。攖亂之意，非也。㉕闇　冥暗。㉖何必顧眾二句　為什麼一定要眷念眾人，動不動就以他們的毀或譽作為自己的歡快和憂戚呢？顧，眷念。戚，憂戚。㉗苟患失之二句　假如生怕失去，會無所不用其極了。語出《論語・陽貨》。㉘君子出其言善二句　語出《易・繫辭上》：「君子居其室，出其言善，則千里之外應之，況其邇者乎？」㉙豈在于多欲以貴得哉　哪裡是多欲念而計較得失啊？在，底本作「患」，周樹人校曰：「各本作在。」徑改。「多」下底本有「犯」字，周樹人校曰：「各本字無，舊校亦刪。」徑刪。㉚不絓世網　不受世俗之網羈絆。絓，同「掛」。受阻；絆住。世網，世俗之網。㉛無遻　不遭遇（世網干涉）。遻，遇。㉜餘天下之財　以天下之財為多餘。餘，用如動詞，意動用法。㉝意　意念；意圖；欲望。㉞雖耦耕甽畝　即使躬耕田畝之間。雖，即使。耦耕，古時耕地法，兩人各執一耜、同耕一尺寬之地謂之耦耕。此處泛指務農。甽畝，田地；田間。甽，同「畎」。田溝。畝，田埂。㉟被褐啜菽　披麻衣吃豆子。被，同「披」。褐，麻布衣服。啜，食；吃。菽，豆。㊱愜然　滿意的樣子。愜，滿意；舒服。㊲足者不須外二句　意足者不需要外物，意不足者沒有不需要的外物。足者，意足的人。須，通「需」。需要。外，外物；身外之物。不足者，意之不足者。㊳肆　放縱。㊴隱約　靜寂儉約，不顯貴。㊵遺貴欲貴者二句　忘了已得之尊貴又想得尊貴的人，卑賤迫上了他。遺，遺忘。欲，欲求。賤，卑賤。及，趕上；追上。之，他，指「遺貴欲貴者」。㊶忘富欲富者

二句 忘了已得之財富又想得財富的人，貧乏便得到了他。欲，欲求。貧，貧乏。之，他，指「忘富欲富者」。

【語 譯】《易經》上寫的「聖人之大寶曰位」、「崇高莫大于富貴」這些話，說的是人君貴為天子，富有天下。人民不可以沒有君主而存在，君主不可以沒有尊位而樹立；所以為天下而尊君位，而不是為一人而重富貴。《論語》上又說「富和貴，這是人的欲望」，指的是衰亂之世人們厭惡貧賤而愛好富貴，不能排斥榮華而安於貧賤，姑且抑制他們，使他們遵循道義而得之；就是說不能強制他們不爭，所以允許其以心智競爭；中庸之道不可得，所以允許狂者進取於善道而不知退、狷者守節無為而不知進。這些都是就俗人而談，沒有說至人（聖人）也應當貪求富貴。聖人是不得已而君臨天下，以萬物為心，任群生自然發展，以道輔生，與天下萬物同樣自由自在，靜默無為以無事為大業，心胸坦然以天下為公。雖然居君位，饗萬國，卻恬靜得如同布衣之士接待賓客；雖然高樹龍旗，身穿帝王禮服，卻毫不介意，如同布衣穿在身上一般。所以在上層君主和臣子相互忘記自己的地位和身分，在下層老百姓家給人足。哪裡是鼓動老百姓尊敬自己、宰割天下以自私、以富貴為崇高、心裡想它而不止呢？還有楚國的令尹子文，三次做宰相，臉上沒有表現出喜悅之色；魯國的獄官柳下惠多次被罷免，也沒有悲戚之面容。這是為什麼？令尹之尊位不如德義高貴，三黜之卑賤無傷於淡泊純粹之完美。他們二人都曾身得富貴，卻始終不以爵位纏心，所以把榮和辱看得一般模樣。由此而論，怎麼能說（至人）有欲求富貴的情實呢？

請問：錦衣繡裳，不陳列在黑暗的屋子裡；為什麼一定要眷念眾人，動不動就以他們的或譽或毀作為自己的歡快或憂戚？這樣的話，則欲求之物生怕得不著，得著了又惟恐失去。假如生怕失去，會無所不用其極了。如此一來，在上的人怎麼可能不驕（而無患）？保持滿盈之業的人怎麼可能（以損斂而）不溢？求取富貴的人怎麼可能不苟（非義）？得到富貴的人又怎麼可能不再失去呢？《易・繫辭上》又說：「君子居其室，出其言善，則千里之外應之」，豈在於多欲而計較得失啊？奉行法則，遵循天理，不為塵網所糾纏，以無罪而自尊，以不仕為安逸，馳心於道義，在陋室裡靜臥養息，恬淡愉快，不會遭遇塵世干擾，神氣暢達。哪裡要依靠榮華，這樣才尊貴呢？耕田為食，養蠶作衣，衣食足身，則以天下之財為多餘。就像口渴的人飲河裡的水，痛快地喝足，不會再羨慕滔滔大水。哪裡要等待積蓄聚斂，這樣才富有呢？君子的用心就是如此，他們把名位當作贅瘤，把資財當作塵垢，哪裡用得著富貴呢？所以世上最難得的，不是財富，不是榮華，而是擔心不能滿足的欲望。知足的人即使耕田種地，披著麻布衣服，吃著豆類雜糧，沒有不自得其樂的；不知足的人即使用天下來奉養他，把萬物付託給他，還是一副不滿足的樣子。那麼，知足者不依靠身外之物，不知足的人沒有什麼外物是不依賴的。無不依賴，所以無往而不困乏；無所依賴，所以無處不感到滿足。不因為榮華放縱自己的心志，不因為貧儉而趨附世俗，混然一體與萬物同行，不可寵辱，這才是真有富貴啊！所以遺忘已得尊貴而更加欲求尊貴的人，他就是卑賤；忘記已得財富而更加欲求財富的人，他就是貧窮；道理必定是這樣的。現在身居榮華而擔憂，即使與榮華偕老，也就因此而終身愁苦罷了。所以老子說：沒有什麼比無憂無慮更快樂的了，沒有什麼比知足更富有的了。說的正是這個道理。

難曰：「感而思室，飢而求食，自然之理也。」誠哉是言！今不使不「室」、不「食」，但欲令「室」、「食」得理耳。夫不慮而欲，性之動也❶；識而後感，智之用也❷。性動者，遇物而當，足則無餘❸；智用者，從感而求，倦而不已。故世之所患，禍之所由，常在于智用，不在于性動。今使瞽者遇「室」，則西施與嫫母同情❹；聵者忘味，則糟糠與精粺等甘❺；豈識賢、愚、好、醜，以愛憎亂心哉！君子識智以無恆傷生，欲以逐物害性❻；故智用則收之以恬❼，欲動則糾之以和❽；使智止于恬，性足于和。然後神以默醇，體以和成❾；去累除害，與彼更生❿。所謂「不見可欲，使心不亂⓫」者也。縱令⓬滋味嘗⓭染于口，聲色已開于心，則可以至理遣⓮之，多算⓯勝之。何以言之也？夫欲官不識君位，思室不擬⓰親戚，何者？知其所不得，則未嘗生心也。故嗜酒者自抑于鴆醴，貪食者忍飢于漏脯⓱。知吉凶之理，故背之不惑，棄之不疑也。豈恨不得酣飲與大嚼哉？且逆旅之妾，惡者以自惡為貴，美者以自美得賤[18]。美惡之形在目，而貴賤不同，是非之情先著，故美惡不能移也[19]。苟云理足于內，乘一以御外，何物之能默哉[20]？由此言之，性氣自和，則無所「困于防閑」；情志自平，則無「鬱而不通」[21]。世之多累，由見之不明也。又常人之情：遠，雖大莫不忽之；近，雖小莫不存之。夫何故哉？誠以交賒相奪[22]，識見異情也。三年喪不內御，禮之禁也，莫有犯者。酒色乃身之讎[23]也，莫能棄之。由此言之，禮禁交，雖小不犯；身讎賒，雖大不棄。然使左手據天下之圖[24]，右手旋[25]害其身，雖愚夫不為[26]，明天下之輕于其身。酒色之輕于天下，又可知矣，而世人以身殉之，斃而不悔[27]。此以所重而要所輕[28]，豈非背賒而趣交[29]邪？智者則不然矣。審輕重然後動，量得失以居身；交賒之理同[30]，故備遠如近[31]，慎微如著[32]；獨行眾妙之門[33]，故終始無虞[34]。此與夫耽欲而快意者，何殊間哉[35]！

【章　旨】以上是第三段，向秀提出「感而思室，飢而求食，自然之理」的觀點，嵇康並不正面反對，「但欲令『室』、『食』得理耳」。他認為人的「食色」之欲包括「性動」（本性的衝動）、「智用」（識而後感）兩方面，「智用者，從感而求，倦而不已」，乃「禍之所由」。養生者必須做到心氣恬淡虛靜，視而不見，心中不產生欲望（不見可欲，使心不亂）；性氣要平和，適可而止（性動者，遇物而當，足則無餘）。嵇康主張「審輕重然後動，量得失以居身」，反對「耽欲而快意」的做法，是為「室食得理」，可以無憂無慮。

【注　釋】❶不慮而欲二句　未經思慮而自然發生欲望，是本能的衝動。慮，思考；思慮。欲，發生欲望。性，本性；本能。動，衝動。❷識而後感二句　認知而後感生欲念，是心智的作用。識，認識；知覺。感，感生欲念。❸性動者三句　生理本能衝動的行為當於物事，滿足了就不再多求。當，適切；恰當。足，滿足。無餘，沒有餘味，不再多欲求。❹今使瞽者遇室二句　現在如果讓盲人遇到婦人，則美女和醜婦是一樣的。瞽者，盲人。室，婦人。西施，美女。嫫母，醜婦。同情，同實；一樣。情，實。❺瞶者忘味二句　飢餓的人忘記辨味，糟糠與精米同等甘美。瞶，耳聾。一說同「憒」。心亂不明。按：疑當作「饑」。《孟子．盡心上》：「饑者甘食，渴者甘飲。是未得飲食之正也，饑渴害之也。」精粺，精米。等甘，同等甘美。❻君子識智二句　君子懂得智慧因變化無常而有傷養生，嗜欲因追逐外物而有害性命。識，知曉。智，智慧；心智。無恆，無常。欲，嗜欲。逐物，追逐外物。❼恬　靜。❽和　平。❾神以默醇二句　精神因恬靜而淳樸，身體因平和而安定。默，靜。醇，同「淳」。成，定。❿去累除害二句　除去累贅和禍害，與天道自然更新生長。累，負擔；累贅。彼，天道；自然。更生，更新。⓫不見可欲二句　語出《老子》三章：「不見所欲，使民心不亂。」⓬縱令　即使。⓭嘗　曾。⓮遺　排遣。⓯多算　多思；權衡得失。⓰擬　打主意。⓱漏脯　變質的肉乾。漏，當為「螻」，螻蛄臭也。⑱逆旅之妾三句　旅店主人有兩個妾，醜陋的妾因自感醜陋而受人們尊重，美麗的妾因自以為美麗而被人們排斥。逆旅，旅舍。自惡，自感醜陋。自美，自以為漂亮。故事源自《莊子．山木》：「陽子之宋，宿于逆旅。逆旅人有妾二人，其一人美，其一人惡。惡者貴而美者賤。陽子問其故，逆旅小子對曰：其美者自美，吾不知其美也；其惡者自惡，吾不知其惡也。」逆旅小子，堂倌。知，覺也。⑲是非之情先著二句　誰是誰非的情感先有了成見，所以或美或醜的外形也不能改變其感覺。著，明顯；形成。能，底本作「得」，周樹人校曰：「各本作能。」徑改。⑳苟云理足于內三句　如果說道理充盈於內心，用道以駕御外物，還會有什麼外物能（使這樣的人）「閉而默之」呢？理，道理。乘，因。一，道。御外，駕御外物。默，用如動詞，使動用法。這三句主旨是：「室、食得理」之人不受外物表面所左右，而自行其是，不存在「閉而默之」一說。這是嵇康針對向秀〈難養生論〉中「有動以接物，有智以自輔。……若閉而默之，則與無智同」的論調提出的反駁。㉑性氣自和四句　針對向秀〈難養生論〉中「苟心識可欲而不得從，性氣困于防閑，情志鬱而不通」諸語而發。㉒交賖相奪　近期的、長遠的利益相互傾奪。交，近的；現實的。賖，遠的；預期的。相奪，相亂；相互對立。㉓讎　仇敵。㉔左手據天下之圖　左手據有天下的版圖，指擁有天下。據，據有。圖，版圖。㉕旋　立即。㉖雖愚夫不為　即使最愚蠢的人也不幹。《淮南子．精神》：「尊勢厚利，人之所貪也。使之左手據天下圖，而右手刎其喉，愚夫不為。由此觀之，生貴于天下也。」㉗世人以身殉之二句　世人以身殉酒色，直至斃命也不知悔悟。之，酒色。斃，死（有貶義）；斃命。㉘此以所重而要所輕　這是拿貴重的去換取輕微的。要，求；取；得。《莊子．讓王》：「以隨侯之珠，彈千仞之雀，世必笑之。其所用者重，而所要者輕也。」所重，指身體，性命。所輕，指天下之圖，酒色之類。㉙背賖而趣交　背離長壽而走向近禍。賖，長遠的生命（長壽）。趣，趨向；走向。交，近身的災禍。㉚交賖之理同　切近的、長遠的道理是相同的。㉛備遠如近　謹慎地處理有長遠影響的事如同近的一樣。備，慎；謹慎；慎重。㉜慎微如著　慎重對待隱微的苗頭如同顯著的問題一樣。微，微小；隱微。著，明顯；顯著。㉝獨行眾妙之門　獨自行走於一切秘奧之門。獨行，獨自行走。眾妙之門，認識眾妙的門徑。眾妙，眾多秘奧。門，門徑。㉞終始無虞　始終沒有憂慮。虞，憂慮。㉟此與夫耽欲二句　這跟那種沈溺在嗜欲之中而一求快意的人，距離是何等的大啊！夫，彼；那。耽，沈溺。殊，大。間，間隙。

【語　譯】〈難養生論〉說：「心動而產生情欲，飢餓而求取食物，這是自然之理。」這話的確很對！現在不是讓人不要妻室、不吃東西，只是想使情欲、飲食得以合乎養生之理罷了。不用思慮而產生的欲念，是本性的衝動；知覺以後感生的欲念，則是用智的結果。性本能衝動的人，行為適當，滿足了就沒有多餘的要求；用智的人隨著自己的情感去追求，疲倦了也不停止。所以世人所憂慮的災禍滋生的地方，常常在於智慧的運用，而不在於本能的衝動。現在如果讓盲人遇到婦人，不管是美女西施還是醜婦嫫母，都是一樣的；飢餓的人會忘記辨別口味，糟糠與精米一樣甘美；哪裡識別得出賢明、愚頑、美麗、醜陋，用愛憎之情來迷亂心志呢？君子懂得智慧因為變化無常而有傷養生，欲念因為追逐外物而有害性命；所以用恬靜來節制智慧的運用，用平和來糾正欲念的衝動；使智慧停止在恬靜中，本性滿足於平和中。這樣做以後，精神因恬靜而淳樸，身體因平和而安定；離開外物，除掉禍害，與自然一起更新生長。這就是《老子》所說的「無視那些引發欲念的東西，使心志不被擾亂。」即使那些曾經吃過美味、開心於聲色的人，也可用此至理名言幫他們排遣，經過多思多慮，權衡得失而戰勝滋味和聲色。根據什麼這樣說呢？那些想做官的人都不知道要去謀求君主的位置，想娶妻的人決不會去打親人的主意，為什麼？因為他們知道這些是不可能得到的，就不應該產生那種心思。所以嗜好喝酒的人能控制自己不喝有毒的美酒，貪吃的人能忍住飢餓不吃變質的肉乾；他們懂得吉凶的道理，所以離開它不受迷惑，拋棄它毫不懷疑。哪裡會因為不得暢飲與大吃而怨恨呢？再說到那旅館主人的兩個妾，醜的妾因自以為醜而受到人們的尊重，美的妾因自以為美而被人們排斥。美和醜的形象就擺在眼前，而所得貴賤卻不相應，這是因為旅店堂倌心中的是非之見已先生成，所以美與醜的外形不能改變其感覺。如果說道理充盈內心，運用道以駕馭外物，有什麼東西能使這樣的人「閉而默之」呢？由此說來，性氣自和，就用不著硬性地防備禁止；情志自平，就不會鬱結不通暢。世人之所以有那麼多的負擔累贅，是由於識見不明晰造成的。還有常人之情：離得遙遠的，即使再大的事也沒有人不忽視它；近在眼前的，即使小事也沒有人不記在心上。是什麼原因呢？實在是因為眼前的和長遠的問題相互對立，而人們的認識和見解往往有異於情實。在父母亡故服喪的三年時間內不與妻子同房，這是禮法所禁制的，沒有誰來違犯。酒色是身體的仇敵，卻沒有誰會拋棄它。由此說來，禮法所禁制的近在眼前，即使很小也不違犯；身體的仇敵遠在將來，即使很大也不拋棄。但是如果讓他的左手持有天下版圖，而右手立即傷害自己的身體，那麼即使是很愚蠢的人也不會如此做，他明白天下輕於自己的生命。而酒色輕於天下，是顯而易知的，然而世人葬身於酒色，雖死了也不後悔。這是拿貴重的去換取輕微的，豈非背棄長壽的願望而走向短命的災禍？聰敏的人就不是這樣了。他們先區別輕、重，然後採取行動，衡量得失而決定如何處置；眼前的、長遠的利害其道理相同，所以慎重對待遠的如同近的一樣，慎重地對待隱微的苗頭如同顯著的問題一樣；獨自行走於一切秘奧的門徑之間，所以始終無憂無慮。這同那種沈溺於欲念之中而一求快意的人，距離是何等的大啊！

難曰：「聖人窮理盡性，宜享遐期，而堯、孔上獲百年，下者七十，豈復疏于導養乎？」❶案論堯、孔雖稟命有限❷，故導養以盡其壽。此則窮理之致，不為不養生得百年也。且仲尼窮理盡性，以至七十，田父以六弊惷愚❸，有百二十者。若以仲尼之至妙，資田父之至拙，則千歲之論，奚❹所怪哉？且凡聖人：有損己為世，表行顯功❺，使天下慕之，三徙成都❻者。或菲飲勤躬❼，經營四方，心勞形困，趣步失節❽者。或奇謀潛構，爰及干戈，威武殺伐，功利爭奪者❾。或修身以明汙，顯智以驚愚，藉名高于一世，取準的于天下❿；又勤誨善誘，聚徒三千⓫，口倦談議，身疲磬折⓬，形若救孺子，視若營四海⓭，神馳于利害之端，心騖于榮辱之塗，俛仰之間，已再撫宇宙之外者⓮。若比之于內視反聽，愛氣嗇精⓯；明白四達，而無執無為⓰；遺世坐忘⓱，以寶性全真；吾所不能同⓲也。今不言松柏不殊于榆柳也，然松柏之生，各以良殖遂性⓳。若養松于灰壤⓴，則中年枯隕；樹之于重崖，則榮茂日新；此亦毓形之一觀也㉑。竇公無所服御，而致百八十，豈非鼓琴和其心哉㉒？此亦養精之一徵也㉓。火㉔蠶十八日，寒㉕蠶三十日餘，以不得踰時之命，而將養有過倍之隆㉖；溫肥者早終，涼瘦者遲竭，斷可識矣㉗。圉馬養而不乘，用皆六十歲㉘；體疲者速彫，形全者難弊，又可知矣㉙。富貴多殘，伐之者眾也；野人多壽，傷之者寡也；亦可見矣。今能使目與瞽者同功，口與聵者等味㉚，遠害生之具，御益性之物；則始可與言養性命矣。

【章旨】以上為第四段，向秀〈難養生論〉質問道：「聖人窮理盡性，宜享遐期，而堯、孔上獲百年，下者七十，豈復疏于導養乎？」本段針對這一論點展開反駁。嵇康認為聖人稟受的天命是有限的，是依靠導養才得以享盡天年。他同時又認為：聖人們往往為追求功名而「心勞形困」，甚至「神馳于利害之端，心鶩于榮辱之塗」，損身傷生，他們並不是養生之楷模。只有那些「明白四達，而無執無為」的人，「遺世坐忘，以寶性全真」的人，「使目與瞽者同功，口與聵者等味」的人，才有資格談論保養性命的道理。

【注釋】❶聖人窮理盡性五句　見向秀〈難養生論〉。❷稟命有限　稟受於自然的生命有限。❸田父以六弊惷愚　農夫有「六弊」那樣的愚蠢。田父，農夫。父，同「甫」。對男子的美稱。以，有。六弊，六種弊端。《論語・陽貨》記述孔子提出「六言六弊」說，「六言」指仁、智、信、直、勇、剛，愛這六種品德，卻不愛學問，則相應產生「六弊」：愚（容易被人利用）、蕩（放蕩而無所守）、賊（被人利用，反而害了自己）、絞（說話尖刻，刺痛人心）、亂（搗亂闖禍）、狂（膽大妄為）。惷，同「蠢」。❹奚　疑問詞，如何；為何。❺表行顯功　特別突出的品行和顯赫的功績。表，特；突出。行，品行；德行。顯，顯著。❻三徙成都　三次遷徙形成了都邑。《莊子・徐无鬼》：「舜有羶行，百姓悅之，故三徙成都。」《史記・五帝本紀》：「舜耕歷山，歷山之人皆讓畔；漁雷澤，雷澤之人皆讓居；陶河濱，河濱器皆不苦窳。一年而所居成聚，二年成邑，三年成都。」三徙，即指耕歷山、漁雷澤、陶河濱。成都，（三年便）形成了都邑。說明老百姓歸附他，即所謂「表行顯功」。❼或菲飲勤躬　有的飲食菲薄身體勞累。這裡說的是禹。《論語・泰伯》：「子曰：禹，吾無間然矣。菲飲食而致孝乎鬼神，惡衣服而致美乎黻冕，卑宮室而盡力乎溝洫（水利）。」❽趣步失節　快步行走失去節奏。趣步，趨步；疾走；快步而行。失節，失去應有的節奏。《呂氏春秋・求人》：「禹憂其黔首，顏色黎黑，竅藏不通，步不相過，至勞也。」❾或奇謀潛構四句　有的奇謀韜略，發動戰爭，威武殺伐，爭奪功利。奇謀，出奇的陰謀。潛構，隱蔽的構想，韜略。構，構想。底本作「遘」。周樹人校曰：「當作構。各本譌稱。」據改。這裡「奇謀」說的是商湯伐夏桀的故事，「潛構」說的是周文王、周武王伐紂的故事。《管子・輕重》：「女華者，桀之所愛也，湯事之以千金；曲逆者，桀之所善也，湯事之以千金。內則有女華之陰，外則有曲逆之陽，陰陽之議合，而得成其天子，此湯之陰謀也。」又，《淮南子・說林》：「紂醢（酷刑之一）梅伯，文王與諸侯構之。」《史記・伯夷列傳》：「武王東伐紂，伯夷、叔齊扣馬而諫曰：父死不葬，爰及干戈，可謂孝乎？」❿或修身以明污四句　有的修潔自身以彰明俗人之汙穢，顯示才智以振起愚蠢的人，憑藉名高一世，成為天下人行動的準則。身，底本作「行」，周樹人校曰：「各本作身。」徑改。明污，使汙者顯明。污，汙穢。驚愚，使愚者震驚。藉，憑藉；依靠。準的，準則；標準。準，法也。的，射準也。這裡說的是孔子。《莊子・山木》：「孔子圍于陳蔡之間，七日不火食。太公任往弔之曰：子其意者飾智以驚愚，修身以明污，昭昭乎若揭日月而行，故不免也。」⓫勤誨善誘二句　殷勤教導，循循善誘，聚集了三千名弟子。勤誨，誨人不倦。（見《論語・述而》）誨，教導。善誘，善於誘導，「夫子循循然善誘人。」（《論語・子罕》）誘，誘導；引導。三千，孔子有三千名學生。《史記・孔子世家》：「孔子以詩、書、禮、樂教弟子，蓋三千焉。」又《淮南子・泰族》稱：「孔子弟子七十，養徒三千。」⓬口倦談議二句　嘴巴倦於言談議論，身軀疲於折腰作揖。談議，言談議論。指「勤誨善誘」。磬折，像磬一般曲折。這裡是形容孔子遇人曲體作揖之形狀。《莊子・漁父》：「子路問曰：今漁父杖拏逆立，而夫子曲腰磬折，言拜而應，得無太甚乎？」磬，古代樂器，用石或玉雕成，呈曲折形狀。⓭形若救孺子二句　形狀好像要拯救小孩，目光又像在經營天下。形，形容；形狀。孺子，小孩。視，目光；眼神。營，經營；治理。四海，天下。這裡指孔子。《莊子・外物》：「老萊子之弟子出薪，遇仲尼，反（返）以告，曰：有人于彼，修（長）上而趨（促，短）下，末僂（頭向前伸而背拱起來）而後耳（耳朵向後），視若營四海，不知其誰氏之子。老萊子曰：是丘也。召而來！」⓮神馳于利害之端四句　精神馳逐於利害之間，心靈追逐於榮辱之途，俯仰之間的一剎那工夫，心神已多次往來於天地之外。端，端緒；頭緒。鶩，亂馳；追求。塗，途徑。俛，同「俯」。撫，觸及；到。《莊子・在宥》：「人心排下而進上（向上爬），……其疾俛仰之間而再撫四海之外。」形容心神活動極其迅速。⓯內視反聽二句　閉目塞聽，保養精氣。內視反聽，語出《史記・商君列傳》：「商君曰：子不說（悅）吾治秦與？趙良曰：反聽之謂聰，內視之謂明，自勝之謂彊。」反聽，聽相反的話。內視，審視自身。自勝，克制自己。趙良勸說商鞅只有如此才可能「延年益壽」。嵇康借用此語是指閉目塞聽，愛惜保養精氣，跟前面所舉「聖人」的所作所為相反。⓰無執無為　無所執著，無所造作，順應自然。執，持也。⓱遺世坐忘　拋棄人世，靜坐而心亡。遺世，拋棄人世。坐忘，靜坐而心亡。《莊子・大宗師》：「仲尼蹴然曰：何謂坐忘？顏回曰：墮肢體，黜聰明，離形去知，同于大通，此謂坐忘。」大意是說，超越了生理形軀，把聰明才智拋棄，離脫肢體，去除心智，混同於大道，這就是坐忘。⑱同　等同；等量齊觀。⑲各以良殖遂性　都因良好的生長環境而順遂本性。良殖，良好的生殖環境。遂性，順遂本性。⑳灰壤　據《管子．地員》說，掘地至深層遇到灰壤，就不可能有泉源。㉑此亦毓形之一觀也　這也是養育形體的一個例子。毓，同「育」。形，形體。一觀，一個看得見的例子。㉒竇公無所服御三句　竇公沒有服食什麼特別之物，而達到一百八十歲，這難道不是彈琴使他心氣平和的緣故嗎？竇公，傳說為盲樂師，以長壽著名。桓譚《新論》載述云：「余為典樂大夫，見樂家書記，言文帝時，得魏文侯時樂人竇公，百八十歲，兩目皆盲。文帝奇之，問何服食而至此？對曰：『年十三失明，父母哀其不及眾技事，教使鼓琴，日講習以為常事。臣不能導引，無服餌也。』余以為竇公少盲，專一內視，精不外鑒，恆逸樂，所以益性命也。」服御，「服餌」之訛。致，達到。「鼓」下底本有「其內」二字，周樹人校曰：「各本二字無，舊校亦刪。」㉓此亦養精之一徵也　這也是涵養精神的一個有效驗的例證。精，神。徵，效驗。㉔火　燒火加溫。㉕寒　不燒火加溫。㉖以不得踰時之命二句　以同樣有一定時限的壽命，養育不同而相差竟超過一倍之多。踰時，超過時限。命，壽命。將養，扶養；養育。隆，盛。㉗溫肥者早終三句　（養育條件）溫肥者（壽命）早終結，涼瘦者遲衰竭，這是斷然可以肯定的了。斷，決；斷然。識，認識；認定。㉘思圉馬養而不乘二句　想想那畜養送葬的馬不駕車，因而都能活到六十歲。圉，畜養。乘，駕車。用，因；因而。桓譚《新論》：「衛后園有送葬時乘輿馬十疋，吏卒養視善飲不能乘，而馬皆六十歲乃死。」㉙體疲者速彫三句　身體疲勞的馬衰竭得快，形體保養完好的馬難以毀傷，這又是可以知曉的了。體疲者，指乘馬。彫，傷。形全者，指圉馬。弊，同「敝」。毀傷。㉚口與瞶者等味　嘴巴不知辨味。瞶，疑係「饑」之訛。等味，味覺相同。飢餓的人不知辨味。

【語　譯】駁難說：「聖人精通養生之道，應享高壽。但是堯、孔丘這些聖人最高活到百歲左右，下壽只有七十，莫非他們也會疏忽了導引養生嗎？」試論：堯、孔雖然稟受的天命是有限度的，但是靠導引調養才享盡天年的。這就是精通養生之道的結果，不是不養生就得了百年之壽。況且孔子窮理盡性，享壽七十；農夫愚蠢無知，卻有活到一百二十歲的。如果把孔子的聰慧靈氣給予笨拙的農夫，那千歲之說有什麼可奇怪的呢？大凡聖人，有的為了世人而損害自己，靠特別突出的品行以顯示功績，使天下的人都仰慕他，追隨的人很多，三次遷徙都可形成都市。有的儉食勤勞，經營四方，因為辛勞而形體困乏，連走路步伐也失去了正常的節奏。有的陰謀韜略，發動戰爭，威武殺伐，爭奪功利。有的修養自己的品行以顯示世俗的汙穢，顯示自己的智慧以震驚愚蠢的人，憑藉名高一世，為天下人的行為準則；又殷勤教導，循循善誘，聚集弟子三千，談吐議論得口乾舌燥，彎腰作揖，身子疲勞得像石磬般曲折，形容像拯救孩子一般緊張急迫，目光像在經營天下的樣子，精神奔馳於利害之端，心靈追逐於榮辱之途，一抬頭一低頭的功夫，心神已多次往來於天地之外。如果拿這些人跟另外一類人相比：他們閉目塞聽，愛氣嗇精；或者耳聰目明，而無所執著，無所造作，順應自然；或者拋棄世俗，靜坐心亡，以寶貴性命保全真我；我絕不會把兩類人等量齊觀。現在不是說松柏和榆樹柳樹沒有差異，但是松柏的生長必須有良好的環境來順遂它的本性。如果把松柏種植在深層無水源的灰壤之中，那麼到了中年就會枯死；如果把它種在高高的山崖上，就會日益繁榮茂盛，這也是養育形體的一個看得見的例子。盲樂師竇公沒有服食什麼特別之物，而達到一百八十歲，難道不是彈琴使他心神平和的緣故嗎？這也是保養精神的一個驗證。用火給蠶室加溫，只要十八天蠶就成熟了，不加溫，蠶的生長期有三十多天，以同樣一定時限的壽命，養育不同而相差竟有一倍之多；溫肥者早終結，涼瘦者遲衰竭，斷然可以明白的了。畜養送葬的馬平時不駕車，因而都能活到六十歲；身體疲勞的馬衰竭得快，不駕車形體保養完好的馬難以毀傷，又是可以知道的了。富貴的人多夭折，是因為攻伐傷害他的物事眾多；種田的人多長壽，是因為傷害他的物事少；這也是可以看清的了。現在能使常人的眼睛與瞎子的視覺一樣，不視外物，常人的味覺與飢餓者的味覺一樣，不思美味，遠離有害生命的事物，接近有益於性命的東西，這樣才可以開始跟他談論保養性命的問題。

難曰：「神農唱粒食之始，鳥獸以之飛走，生民以之視息❶。」今不言❷五穀非神農所唱也。既言「上藥」❸又唱五穀者，以上藥希寡，艱而難致❹；五穀易殖，農而可久❺；所以濟百姓而繼天❻，故並而存之。唯賢者志其大，不肖者志其小耳❼。此同出一人。至當歸❽止痛，用之不已；耒耜墾辟，從之不輟❾。何至養命，蔑而不議❿？此殆翫所先習⓫，怪于未知。且平原則有棗栗之屬，池沼則有菱芡⓬之類，雖非上藥，猶愈于黍稷之篤恭⓭也。豈云視息之具，唯立五穀哉？又云：「黍稷惟馨，實降神祇⓮。」蘋蘩荇藻⓯，非豐肴之匹；潢汙行潦，非重酎之對⓰；薦之宗廟，感靈降祉⓱。是知神饗德與信，不以所養為生⓲；猶九土述職，各貢方物，以效誠耳[19]。又曰：肴糧入體，益不踰旬，以明「宜生之驗」[20]。此[21]所以困其體也。今不言肴糧無充體之益，但謂延生非上藥之偶耳[22]。請借以為難[23]。夫所知麥之善于菽，稻之勝于稷，由有效而識之[24]。假無稻稷之域，必以菽麥為珍養，謂不可尚[25]矣。然則世人不知上藥良于稻稷，猶守菽麥之賢于蓬蒿，而必天下之無稻稷也。若能杖藥以自拔，則稻稷之賤，居然可知[26]。君子知其如此，故準性理之所宜，資妙物以養身[27]。植玄根于初九[28]，吸朝霞[29]以濟神。今若以春酒為壽[30]，則未聞高陽有黃髮之叟[31]也；若以充性為賢[32]，則未聞鼎食有百年之賓[33]也。且冉生嬰疾[34]，顏子短折[35]。穰歲[36]多病，飢年少疾。故狄食米而生癩[37]，瘡得穀而血浮[38]，馬秣粟而足重[39]，雁食粒而身留[40]。從此言之，鳥獸不足報功[41]于五穀，生民不足受德于田疇也。而人竭力以營之，殺身以爭之；養親獻尊，則唯菊苽[42]粱稻；聘享嘉會，則唯肴饌旨酒[43]。而不知皆淖溺筋液[44]，易糜速腐；初雖甘香，入身臭處[45]；竭辱精神，染污六府(46)；鬱穢氣蒸，自生災蠹(47)；饕淫所階，百疾所附(48)；味之者口爽，服之者短祚(49)。豈若流泉甘醴，瓊蘂玉英(50)，金丹石菌，紫芝黃精(51)；皆眾靈含英，獨發奇生，貞香難歇，和氣充盈，澡雪五臟，疏徹開明；吮之者體輕。又練骸易氣，染骨柔筋，滌垢澤穢，志凌青雲。若此以往，何五穀之養哉？且「螟蛉有子，果蠃負之」，性之變也(52)。橘渡江為枳(53)，易土而變，形之異也。納所食之氣，還質易性，豈不然哉？故赤斧以練丹頳髮(54)，涓子以朮精久延(55)，偓佺以松實方目(56)，赤松以水玉乘煙(57)，務光以蒲韭長耳(58)，邛疏以石髓駐年(59)，方回以雲母變化(60)，昌容以蓬虆易顏(61)。若此之類，不可詳載也。孰云五穀為最，而上藥無益哉？

【章　旨】以上為第五段，向秀在〈難養生論〉中針對嵇康「世人不察，唯五穀是見」的觀點，提出：「神農唱粒食之始，……生民以之視息」，五穀對人類的生存是最重要的。嵇康答辯說：神農「既言『上藥』又唱五穀」，五穀雖有「充體之益」，「但謂延生非上藥之偶耳」，對養生來說，上藥才是最重要的。嵇康舉赤斧、涓子、偓佺、赤松、務光、邛疏、方回、昌容等服食上藥而發生特異效果的例子，證明自己的觀點。

【注釋】❶難曰四句　見向子期〈難養生論〉注㉒、㉓、㉔。❷不言　不是說。❸上藥　《神農本草》載「上藥一百二十種為君，主養命以應天，無毒，久服不傷人，輕身益氣，不老延年。」❹致　羅致；得到。❺久長久地種植。❻繼天　延續天然之利。❼唯賢者志其大二句　只有賢明的人認識那些上藥，普通的人只認識那些五穀罷了。志，認識。大，指上藥。小，指五穀。❽當歸　中藥名。《博物志》引《神農經》曰：「下藥治病，謂大黃除實，當歸止痛。」❾從之不輟　操縱它不停止。從，同「縱」。操縱。輟，停止。❿何至養命二句　為什麼對養命延生的上藥卻忽視不談呢？養命，指上藥。蔑，忽視。⓫此殆翫所先習　這大概是賞識先熟悉的東西。殆，大概。翫，同「玩」。欣賞；賞識。習，熟悉。⓬芡　俗呼雞頭，水生植物名。葉似荷，葉下有針刺，果殼有堅刺，果實可食，味鮮美。⓭愈于黍稷之篤恭　愈，勝過。底本無此字，據嚴可均《全上古三代秦漢三國六朝文》補。篤恭，厚實和順。⓮黍稷惟馨二句　見向子期〈難養生論〉注㉞。⓯蘋蘩荇藻　四者皆水草，可食。⓰潢汙行潦二句　停聚的溝、塘之水，不能與醇酒相提並論。潢汙，停聚不流的水，即塘水。行潦，溝中的積水。酎，醇酒，經過兩次以至多次復釀的醇酒。對，匹；類。⓱薦之宗廟二句　把它們進獻給宗廟，感動神靈降下福氣。薦，進獻。靈，神靈。祉，福。⓲神饗德與信二句　神享用的是德與信，不是靠祭品為生。饗，享用。《春秋左氏傳・僖公五年》：「宮之奇曰：『鬼神非人是親，惟德是依。非德，民不合，神不享矣。』」所養，饗神之物，指祭品。⓳九土述職三句　九州之長官向天子陳述職守，各貢地方名物，以獻其忠誠之心。九土，九州。述職，向天子陳述職守。貢，獻，指納貢。方物，地方名物。效誠，獻其忠誠之心，即效忠。⓴又曰四句　見向子期〈難養生論〉注㉟、㊱。㉑此　戴明揚校曰：「此」字當為「非」字之誤。謂肴糧宜生，非困體者也。㉒今不言肴糧無充體二句　現在不是說肴糧無充體之益，而是說在延生方面它不是上藥的對手。不言，不是說。但謂，而是說。延生，延長壽命，即養生。非上藥之偶，不是上藥的對手。㉓難　即〈難養生論〉

之「難」。詰責；駁詰。㉔由有效而識之　從已有效果來認識它。識之，認識它。㉕尚　超過。㉖若能杖藥以自扶三句　如果能依仗上藥來保養自己，那麼稻稷的低賤，當然是可想而知了。杖，依仗；依靠。藥，上藥。扶，扶持。居然，當然。㉗準性理之所宜二句　以性理之所宜為準，借助妙物以養身。準，標準，這裡用作動詞，以……為準。資，借助。㉘植玄根于初九　植自然之根於初九。玄根，幽深莫測的變化之根。《老子》六章：「玄牝之門，是謂天地根。」張衡《玄圖》：「玄者無形之類，自然之根。」玄，底本作「賢」，周樹人校曰：「各本作玄。」初九，《周易．乾卦》第一爻：「初九，潛龍勿用。」居第一之位，故稱「初」；以其陽爻，故稱「九」；「潛」者隱伏之名，「龍」者變化之物。「初九」為《周易》第一卦第一爻，為一切變化的開端，故「植玄根于初九」。㉙霞　底本作「露」。周樹人校曰：「各本作霞。」㉚今若以春酒為壽　語出《詩．豳風．七月》：「為此春酒，以介眉壽。」向子期〈難養生論〉引為論據。㉛未聞高陽有黃髮之叟　沒聽說酒徒中有長壽之人。高陽，酒徒的代稱。《史記．酈生陸賈列傳》附朱建列傳：「酈生叱使者曰：『走復入言沛公，吾高陽酒徒也！』」酈食其為高陽人。黃髮之叟，高壽老人。《詩．商頌．烈祖》：「綏我眉壽，黃耇無疆。」（黃耇，鬢髮變黃的九十歲老人）向子期〈難養生論〉曾引以為據。㉜若以充性為賢　如果以肴糧充體之益為善養生。性，底本作「悅」，周樹人校曰：「各本作性。」充性為賢，即向子期〈難養生論〉文中「肴糧入體，不踰旬而充」的「充體之益」。㉝未聞鼎食有百年之賓　沒聽說列鼎而食的豪門世家有百歲之客。鼎食，列鼎而食，諸侯五鼎（牛、羊、豕、魚、麋），卿大夫三鼎。這裡泛指豪侈生活之家。百年之賓，百歲之客。㉞冉生嬰疾　冉伯牛這個學生得了病。冉生，冉耕，字伯牛，孔子的學生。嬰疾，得病。嬰，觸。㉟顏子短折　顏回這個賢人短命夭折。顏子，顏回。短折，短命夭折。《論語．雍也》：「哀公問：弟子孰為好學？孔子對曰：有顏回者好學，不幸短命死矣。」。㊱穰歲　豐收之年。㊲狄食米而生癩　狄人吃了稻米頭上便生瘌痢。狄，古族名，因為他們主要居住於北方，故又通稱為北狄。秦漢以後，「狄」、「北狄」曾是中原人對北方各族的泛稱之一。癩，通「瘌」。瘌痢；鬎鬁。發生在頭皮和頭髮的癬。《淮南子．原道》：「鴈門之北，狄不穀食。」㊳瘡得穀而血浮　生瘡的人吃了穀子便化膿。瘡，皮膚病名，指一切體表淺顯的外科疾患。底本作「創」，周樹人校曰：「黃、汪、二張本作瘡。」血浮，化膿。㊴馬秣粟而足重　馬餵食小米就會腳力沈重。秣，餵養。足重，腳力沈重。《博物志》：「馬食穀則足重不能行。」㊵雁食粒而身留　雁吃了穀米會兩翼下垂飛不起來。身留，身軀飛不起來。《博物志》：「雁食粟則翼垂不能飛。」㊶報功　酬答其功勞。㊷苽　即菰米，此指穀類。㊸肴饌旨酒　豐盛的飯菜和美酒。肴饌，豐盛的飯菜。旨酒，美酒。㊹淖溺筋液　消融筋肉和血液。淖溺，消融；溶解。筋液，筋肉血液。㊺處居；聚居。㊻六府　六腑，指胃、膽、大腸、小腸、三焦、膀胱。㊼災蠹　災害。蠹，蛀蟲。㊽饕淫所階二句　貪欲淫亂的階梯，百病附著的所在。饕，貪；貪甚。所階，所由來。㊾味之者口爽二句　品味爽口，服用它則減縮壽命。味，品味。服，飲服。短祚，短命。㊿瓊蘂玉英　瓊樹的花蕊和玉苗。蘂，花蕊。玉英，玉苗。言所養之潔。(51)金丹石菌二句　四種皆養生之物。金丹，道家以金為上藥，煉之成丹，謂金丹，服用以鍊人身體。石菌，神草，相傳海中神山所有，仙人所食者。紫芝，木耳類，可入藥。《神農本草》稱「利關節，保身，益精氣，堅筋骨，好顏色，久服輕身，不老延年。」黃精，藥名，傳說久服輕身延年。金，底本作「留」，周樹人校曰：「各本作金。」徑改。(52)螟蛉有子三句　螟蛉蟲有兒子，蜾蠃蜂背負養育牠們，本性發生了改變。螟蛉有子，果蠃負之，語出《詩・小雅・小宛》，「果蠃」當作「蜾蠃」，即蜾蠃蜂，亦稱細腰蜂，主要捕食螟蛉幼蟲。螟蛉，稻螟蛉的幼蟲，亦泛指多種鱗翅目昆蟲的幼蟲。蜾蠃蜂捕螟蛉為食，並以產卵管刺入螟蛉體內，注射蜂毒使其麻痺，然後負之置於蜂窠內，作以後由蜾蠃卵孵化出的幼蟲的食料。「螟蛉有子，蜾蠃負之」，描寫的正是這一自然現象。但古人錯認為蜾蠃蜂自己不生育，而養螟蛉為子。嵇康接受了這種偏見，作為「樹養不同」可以改變本性（螟蛉子變成蜾蠃子）的證據，藉以宣傳養生服藥是何等重要。(53)橘渡江為枳　橘樹過了長江變成枳。《淮南子・原道》載「橘樹之江北則化而為橙。」《晏子春秋》：「嬰聞之：橘生淮南則為橘，生於淮北則為枳，葉徒相似，其實味不同。所以然者何？水土之異也。」枳，亦稱枸橘、臭橘，我國北至山東、南至廣東，均有分布，果實味酸，入藥。(54)赤斧以練丹赬髮　仙人赤斧因為練丹而毛髮變成紅色。《列仙傳》載「赤斧者，巴戎人也，能作水澒鍊丹，與消石服之，三十年，反如童子，毛髮生皆赤，累世傳見之，手掌中有赤斧焉。」赤斧，仙人名，以手中有赤斧圖案而名。赬，赤色。55涓子以朮精久延　仙人涓子以服食朮精而延生。《列仙傳》載「涓子者，齊人也，好餌朮，接食其精，至三百年乃見於齊，著《天人經》四十八篇。後釣於菏澤，得鯉魚，腹中有書。隱於宕山，能致風雨。受伯陽九仙法。」朮精，中藥名。56偓佺以松實方目　仙人偓佺因吃松實而兩眼變方。《列仙傳》載「偓佺者，槐山采藥父也。好食松實，形體生毛長數寸，兩目更方，能飛行逐走馬，時人受服者，皆至二、三百歲焉。」57赤松以水玉乘煙　仙人赤松因為服食水晶而能自燒乘煙。《列仙傳》載「赤松子者，神農時雨師也。服水玉以教神農，能入火自燒。」《抱朴子．仙藥》云：「赤松子以玄蟲血漬玉為水而服之，故能乘煙上下也。」水玉，水晶。58務光以蒲韭長耳　仙人務光因為服食蒲韭而使耳朵變長。《列仙傳》載「務光者，夏時人也，耳長七寸，好琴，食蒲韭根，後五百餘歲，至武丁時復見。」蒲韭，草名，可食。59邛疏以石髓駐年　仙人邛疏因為服食石髓而不衰老。《列仙傳》載「邛疏者，周封史也。能行氣鍊形，煮石髓而服之，謂之石鐘乳。至數百年，往來入太室山中，有臥石床枕焉。」石髓，此指鐘乳石。60方回以雲母變化　仙人方回因為練食雲母而能變化形體。《列仙傳》載「方回者，堯時隱人也，練食雲母，隱於五柞山中。夏啟末，為人所劫，閉之室中，從求道。回化而得去。」61昌容以蓬虆易顏　仙人昌容因食蓬虆根而改變容顏。《列仙傳》載「昌容者，常山道人也，自稱殷王子，食蓬虆根，往來山下，見之者二百餘年，而顏色如三十許人。」蓬虆，草名，可供藥用。

【語　譯】向子期〈難養生論〉說：「神農最早倡導播種五穀，鳥獸因此能飛能跑，人民因此能夠生息。」現在我不是說五穀非神農所倡導，神農既說「上藥」又倡導五穀的原因，是因為上藥稀少，很難得到；五穀容易種植，耕者勤勉便可以長久播種，用以救濟百姓而延續天然之利，所以上藥和五穀一起存在。只是賢明的人認識那些上藥，普通的人只認識那些五穀罷了。其實這是同出於神農氏一個人的。至於當歸能夠止痛，人們用之不已；耒耜能夠開闢土地，人們就操縱它不停地使用。為什麼對養命延生的上藥卻忽視不談呢？這大概是習慣於賞識先前熟悉的東西，對不知道的東西則認為奇怪。況且平原有棗子、板栗之類，池沼則有菱、芡之類，這些雖然不是上藥，但也能勝過黍稷的厚實和順。人們賴以生息的食品，哪裡能說只有五穀呢？向子期又說「黍稷惟馨，實降神祇」。蘋、蘩、荇、藻這些水草，不屬於豐盛的佳肴之類；停聚的塘水和溝中的積水，不屬於重釀的醇酒之類；把它們進獻在宗廟中，照樣感動神靈而降福。由此知道神所享用的是德與信，不是靠祭品生存的；如同九州諸侯向天子述職，各自貢獻地方名物，用以表示效忠之誠心罷了。向子期又說：豐盛的飯菜進入身體，益處不到十天就顯示出來，以表明其適於養身的效驗，不是有損身體的東西。現在不是說菜肴糧食沒有充飢的效益，只是說它在延長壽命方面不能跟上藥相提並論。請允許我藉此展開詰辯。眾所周知，麥子比大豆好，稻子又勝過小米，這是從其生效的情況來識別的。假若沒有稻子和小米的地方，一定把豆麥作為珍貴的營養品，認為沒有什麼可以超過它的了。那麼世人不知道上藥比稻子小米優良，就像堅持認為豆麥比蓬蒿好，而認定天下無稻子和小米一樣。如果能依仗上藥來保養自己，那麼稻稷的低賤當然可想而知了。君子知道它們如此，所以以適於天性為準則，借助自然之妙物來保養自己的身體。植自然之根於「初九」，吸取朝霞之氣來補養精神。現在如果以美酒為長壽之物，然而沒聽說酒徒中有高壽之人；如果以肴糧充體之益為善養生，然而沒聽說列鼎而食的豪華世家有百歲之客。況且連孔子的門生冉耕也染患惡疾，最好學的顏回竟短命而亡。豐年多病，饑年少疾。所以北方的狄人吃了稻米頭上便生瘌痢，生瘡的人吃了穀子便會化膿，馬餵食小米腳力就會沈重難行，雁吃了穀米就會兩翼下垂飛不起來。由此而言，五穀不是鳥獸的有功之物，田疇也不是生民受德的地方。而人們卻竭力經營田疇種植五穀，捨棄性命來爭奪它。奉養雙親、獻給尊長的只有菊花、菰米、高粱、稻子；宴請親友、嘉賓聚會，只有豐盛的飯菜和美酒；而不知道這些東西消融了筋骨和血液，使它容易糜爛快速朽腐；初時雖然香甜，進入身體便腐爛發臭；衰竭傷害精神，汙染五臟六腑；鬱積的穢濁之氣上升，自然生出災難害蟲；成為貪欲淫亂的階梯，百病附著的所在；品味它的時候感覺口爽，服用以後則減短壽命。哪裡像流動的泉水般甘美，瓊樹的花蕊玉苗般潔淨，金丹、石菌，紫芝、黃精，這些都是靈丹妙藥的精英，稀世少有，生長神奇，淳正的芳香永不斷絕，平和之氣充盈，洗滌五臟，使腸胃疏朗透徹，吮吸食用的人身體輕巧。又鍊形換氣，薰染筋骨，洗滌汙垢除去穢氣，令人壯志淩雲。像這樣下去，哪裡需要五穀來調養呢？況且「螟蛉有子，蜾蠃負之」，養育而成蜾蠃蜂（細腰蜂），這是本性的改變。橘樹到了長江以北成為枳，換了地方而改變，這是形體的變異。接納了所食東西的元氣，便會返歸本質，改變性能，難道不正是這樣嗎？所以赤斧因為服食練丹而毛髮變紅成仙，涓子因為服用朮精而長壽，偓佺因為好食松樹果實而眼睛變成方形，赤松因為服食水玉而能自燒乘煙，務光因為服食蒲韭而使耳朵變長，邛疏因為服食石髓而長生不老，方回因為服食雲母而能變化形體，昌容因為服食蓬虆而改變容顏，如以上這類仙人事蹟很多，不可能一一敘述。還有誰能說五穀為第一等的好東西，而上藥沒有益處呢？

又責千歲以來，目未之見，謂無其人。即問談者[1]：見千歲人，何以別之？欲校之以形，則與人不異[2]；欲驗之以年，則朝菌無以知晦朔，蜉蝣無以識靈龜[3]。然則千歲雖在市朝，固非小年之所辨[4]矣。彭祖[5]七百，安期[6]千年，則狹見者[7]謂書籍妄記。劉根遐寢不食，或謂偶能忍飢[8]；仲都冬裸而體溫，夏裘而身涼，桓譚謂偶耐寒暑[9]；李少君識桓公玉椀，則阮生謂之逢占而知[10]；堯以天下禪許由，而揚雄謂好大為之[11]。凡若此類，上以周、孔為關鍵，畢志一誠[12]；下以嗜欲為鞭策，欲罷不能。馳驟于世教[13]之內，爭巧于榮辱之間，以多同自滅[14]，思不出位[15]，使奇事絕[16]于所見，妙理斷[17]于常論；以言通變達微[18]，未之聞也。久慍閑居[19]，謂之無歡；深恨無肴，謂之自愁[20]。以酒色為供養，謂長生為無聊[21]。然則子之所以為歡者，必結駟連騎[22]，食方丈于前[23]也。夫俟[24]此而後為足，謂之天理自然者，皆役身以物[25]，喪智于欲[26]。原性命之情，有累于所論矣[27]。夫渴者唯水之是見，酌者唯酒之是求，人皆知乎生于有疾也[28]。今若以從[29]欲為得性，則渴酌者非病[30]，淫湎者非過㉛，桀、跖之徒皆得自然㉜，非本論所以明至理之意也。

【章　旨】以上為第六段，嵇康〈養生論〉認為：「導養得理，以盡性命，上獲千餘歲，下可數百年。」向子期〈難養生論〉質問道：「此人何在，目未之見。此殆景響之論，可言而不可得。」嵇康答辯說：千歲之人不是短壽之人所能分辨的。他舉彭祖、安期長壽，劉根、仲都奇聞為例，說明世人不相信的原因，是因為「馳騖于世教之內，爭巧于榮辱之間」，不明至理（奧妙精微的大道），難以推究性命本源的真情。

【注　釋】❶談者　談論者，指向子期。❷欲校之以形二句　要想憑形貌來驗證，那末他跟一般人沒有什麼不同。校，驗；驗證。形，形貌。人，指常人。❸欲驗之以年三句　要想憑年歲來驗證，那末活不到一天的朝菌無法知道月末月初，蜉蝣小蟲活不到三天更不可能識別神龜。年，年歲。朝菌，菌類，生長期很短，朝生暮死。晦，月末的一天。朔，月初；初一。蜉蝣，小蟲，活不到三天。靈龜，神龜，據說能活三千歲。❹千歲雖在市朝二句　千歲之人即使出現在集市，當然也不是一般常年之人所能辨認。小年，短命，這裡指一般常人之壽命。❺彭祖　傳說為古帝顓頊之玄孫，歷虞、夏，至商末已七百多歲，特別長壽，為養生家所樂道，見《列仙傳》。❻安期　亦傳說中的長壽之人。《列仙傳》云：「安期先生者，瑯邪（今山東諸城）阜鄉人也，賣藥于東海邊，時人皆言千歲翁。」❼狹見者　見識狹窄短淺的人。❽劉根遐寢不食二句　仙人劉根能長久睡覺不吃飯，有的人就說他是偶然能夠忍受飢餓。劉根，字君安，京兆長安人，棄世學道，後入雞頭山仙去。見《列仙傳》。遐寢，久寢。遐，遠。或，有的人。❾仲都冬裸而體溫三句　王仲都冬天不穿衣服而體溫，夏天穿裘皮而身涼，桓譚說他是偶能耐寒暑而已。仲都，王仲都，漢代道士，傳說性耐寒暑。桓譚，字君山，漢代學者，著作有《新論》

等。《新論》載述王仲都事蹟云：「元帝被病，廣求方士，漢中送道士王仲都。詔問何所能？對曰：能忍寒暑。乃以隆冬盛寒日，令袒衣，載以駟馬，于上林昆明池上環冰而馳。御者厚衣狐裘，甚寒戰，而仲都獨無變色，臥于池臺上，曛然自若。夏大暑日，使曝坐，環以十爐火，不言熱，又身不汗。」《博物志》引《典論》曰：「桓君山以為性耐寒暑。君山以無仙道，好奇者為之。」❿李少君識桓公玉椀二句　漢代的李少君能認出齊桓公的玉碗，阮種則說他是占測知道的。李少君，漢代人。桓公，春秋時齊國國君姜小白，西元前六八五——前六四三年在位，春秋五霸之一。玉椀，指齊桓公用過的碗（銅器）。椀，同「碗」。事見《史記・封禪書》：「少君見上（皇帝）。上有故銅器。問少君，少君曰：此器齊桓公十年陳於柏寢。已而案其刻，果齊桓公器。一宮皆駭，以為少君神，數百歲之人也。」阮生，阮種，字德猷，陳留尉氏人，與嵇康為友。逢占，逢人所問而占之。⓫堯以天下禪許由二句　堯把天下讓給許由，而揚雄卻認為這是喜歡誇大其事的人編造出來的。禪，以帝位讓人。許由，堯時隱士。揚雄（西元前五三——西元一八年），西漢文學家、哲學家、語言學家。字子雲，蜀郡成都人。曾仿《論語》作《法言》，其中寫道：「或問：堯將讓天下於許由，由恥，有諸？曰：好大者為之也，顧由無求於世而已矣。」好大者，喜歡誇大其事的人。為之，編造出來的話。揚雄本指「由恥」而言，嵇康引作指「堯以天下禪許由」一事。⓬以周孔為關鍵二句　以周公、孔子的思想為主導視同關鍵，一心一意鞠躬盡瘁。畢，盡。志，志向。⓭世教　世俗禮教。⓮以多同自減　因迎合多數人而減弱自己的主張。多同，與多數人相同。自減，自己減弱主張。⓯位　崗位。⓰絕　止；絕跡。⓱斷　斷絕。⓲通變達微　通曉變化之理明徹精微之道。通變，通曉變化之理。達微，明徹精微之道。⓳久慍閑居　長期不滿意賦閑境遇。慍，怒。閑居，賦閑隱居。⓴自愁　自找苦吃。㉑無聊　底本作「聊聊」，周樹人校曰：「各本作無聊。」徑改。㉒結駟連騎　車馬相結，隨從眾多。駟，一車套四馬。騎，一人一馬的合稱。㉓食方丈于前　食物在面前擺設一丈見方。食，食物。方丈，一丈見方，形容豐盛。㉔俟　等待。㉕役身以物　用外物役使自身。㉖欲　欲望；嗜欲。㉗原性命之情二句　推究性命之情實，就會妨礙您的高論了。原，推究本原。情，情實。累，牽連；妨礙；累及。所論，指向子期〈難養生論〉中的主張。㉘渴者唯水之是見三句　乾渴的人只看見水，想喝酒的人只尋求酒，人們都知道這是產生於不正常狀態。是見、是求，兩「是」字皆代詞，分別指水和酒。疾，指渴、酗等非正常狀態（唯水是見、唯酒是求）。㉙從　放縱。㉚病　病態，非正常狀態。㉛淫湎者非過　沈溺於酒色的人不算過度。過，過度；過失。㉜桀跖之徒皆得自然　夏桀、盜跖這類人物都合乎天理自然。桀，夏桀，夏朝最後一位君主，以暴虐荒淫著稱。跖，盜跖，一說他是秦之大盜，一說他是黃帝時大盜，古無定說。但在戰國以前的著作中未見提到過，因而可能是春秋末期人。得自然，得天理自然。

【語譯】向子期又責難從來沒有親眼看見過千歲之人，便認為沒有其人。我要向〈難〉文發出質疑了：看見了千歲之人，以什麼來識別他呢？想憑外貌驗證，那麼他與常人沒有不同；想用年歲來驗證，那麼朝生暮死的菌類無法知道晦朔間隔的長短，只能活三天的蜉蝣無法知道神龜的壽數。既然這樣，那千歲之人即使出現在集市上，當然也不是短壽的人所能分辨的了。彭祖七百歲，安期先生千歲，而那些見識短淺的人卻說是書籍的虛妄記載。劉根能長久睡覺不吃飯，有人說他是偶然能夠忍受飢餓；方士王仲都冬天不穿衣服卻身體溫暖，夏天穿皮衣卻身體涼爽，桓譚認為他是偶然能夠忍耐寒暑；漢代的李少君能認出齊桓公的玉碗，阮種則說他是占測知道的；堯要把天下讓給許由，揚雄卻認為是喜歡誇大其事的人編造的。大凡這類人，上以周公、孔子的思想作為指導，視同關鍵，終身以一顆誠心效法周孔；下以嗜好欲望鞭策自己行動，使自己想停止也做不到；競相馳逐於世俗的禮教之內，爭奪取巧於榮辱之間，因迎合多數人而減弱自己的主張，思慮不超出自己的工作崗位，務必使奇聞異事在所見範圍內絕跡，使微妙的道理在平常的談論中斷絕；而談到能通曉變化之理，明白精微之道，還沒有聽說過。長期不滿隱居賦閑的生活，認為這種生活沒有歡樂；深恨沒有葷菜，認為是自找苦吃。把酒色作為供養，認為長生是無聊。然而您所認為歡樂的東西，一定是車馬相接，隨從眾多，食物豐盛，面前能擺一丈見方。等待這些而後感到滿足，認為這就是天理自然的，都是用外物來役使自己的身軀，在欲望中喪失了心智。推究性命本源的情實，就會妨礙您的高論了。乾渴的人只看見水，酗酒的人只尋求酒，人們都知道這是產生於不正常狀態。現在如果以放縱欲望為合乎天性，那麼「唯水是見」、「唯酒是求」的人不是一種病態，沈溺酒色的人不算過度，夏桀、盜跖之徒都符合天理自然，這不是本文所要闡明養生之道、性命之理的用意。

夫至理誠微❶，善溺❷于世，然或可求諸身❸而後悟，校❹外物以知之。人從少至長，隆殺好惡❺有盛衰；或稚年所樂，壯而棄之；始之所薄，終而重之。當其所悅，謂不可奪；值其所醜，謂不可歡；然還成易地❻，則情變于初也。苟嗜欲有變，安知今之所耽，不為臭腐❼？曩之所賤❽，不為奇美邪？假令廝養暴登卿尹，則監門之類，蔑而遺之❾。由此言之，凡所區區一域之情耳，豈必不易哉？又飢飧者，于將獲所欲，則悅情注心；飽滿之後，釋然疏之，或有厭惡❿；然則榮華酒色，有可疏之時。蚺蛇珍于越土，中國遇而惡之⑪；黼黻⑫貴于華夏，裸國得而棄之。當其無用，皆中國之蚺蛇、裸國之黼黻也。若以大和為至樂⑬，則榮華不足顧也；以恬澹⑭為至味，則酒色不足欽也。苟得意有地⑮，俗之所樂，皆糞土耳，何足戀哉？今談者不睹至樂之情，甘減年殘生，以從所願；此則李斯背儒、以殉一朝之欲⑯，主父發憤、思調五鼎之味⑰耳。且鮑肆自翫，而賤蘭茝⑱；猶海鳥對太牢而長愁⑲，文侯聞雅樂而塞耳⑳。故以榮華為生具，謂濟萬世不足以喜耳。此皆無主㉑于內，借外物以樂之；外物雖豐，哀亦備㉒矣。有主于中，以內樂外；雖無鐘鼓，樂已具矣。故得志者，非軒冕也㉓；有至樂者，非充屈㉔也；得失無以累之耳。且父母有疾，在困而瘳㉕，則憂喜並用矣。由此言之，不若無喜可知也。然則無㉖樂豈非至樂邪？故順天和以自然㉗，以道德㉘為師友，翫陰陽之變化㉙，得㉚長生之永久，任㉛自然以託身，並天地㉜而不朽者，孰享之哉？

【章　旨】以上為第七段，針對向子期〈難養生論〉「以從欲為得性」的觀點，嵇康認為：人從少至長，嗜欲常常變化，榮華酒色也有可疏之時；只有「以大和為至樂」、「以恬澹為至味」（即以和順無樂為至樂，恬澹無味為至味），外物無以累之，因自然以託身，並天地而不朽，這就是嵇康〈養生論〉「所以明至理之意」。

【注　釋】❶至理誠微　最高境界的道理誠然是微妙的。至理，最高境界的理，即道，養生之道。微，微妙。❷溺　湮沒。謂隱而不露。❸求諸身　求之於自身。❹校　比對；驗證。❺隆殺好惡　豐厚、減降、愛好、憎惡。隆，底本作「降」，周樹人校曰：「張燮本作隆。」黃省曾刊本亦作「隆」，據改。隆，豐厚。殺，減降。好，喜歡；愛好。惡，厭惡。❻還成易地　事物經歷過一遍之後或者改換環境。成，底本作「城」，周樹人校曰：「各本作成。」戴明揚校曰：「吳鈔本誤作城，墨校改。」今徑改。奏樂一曲為一成。古代舉樂，笙入之後是舞，從南往北，再回到南邊為「一成」，如此反覆九次為「九成」，即《尚書・益稷》「簫韶九成」之意，「一成」即一遍也。❼苟嗜欲有變三句　欲，底本作「願」，周樹人校曰：「各本作欲。」臭，底本作「敗」，周樹人校曰：「各本作臭。」今徑改。❽曩之所賤　從前所鄙視的事物。曩，從前。賤，鄙視。❾假令廝養暴登卿尹三句　假設使伙伕突然登升高官，那看門的小官之類就會被他蔑視遺棄。廝，析薪為廝，即伙伕。養，炊烹為養，即廚子。暴，暴發；突然。登，升位。卿尹，指高官。監門，看門的小官。遺，棄。❿飢飧者六句　餓了一天的人吃晚飯，面對將獲之食物，喜悅之情發自內心；吃飽之後，喜食之情便無影無蹤，或許還有點厭惡。飧，晚餐。說，同「悅」。注心，心神專注。釋然，拋開貌。⓫蚺蛇珍于越土二句　蟒蛇在百越之鄉被視為珍品，中原地區的人看見則討厭牠。蚺蛇，蟒蛇。越，古族名，秦漢以前已廣泛分布於長江中下游以南，部族眾多，故又有百越、百粵之稱。越土，南方百越所居之地。中國，古時「中國」一詞含義不一。或指京師為「中國」；

或指華夏族、漢族地區為「中國」；華夏族、漢族多建都於黃河南北，因稱其地為「中國」，與「中原」、「中土」、「中州」含義相同。嵇康所指當是河南省及其附近地區為中心的黃河中下游一帶，與下句中的「華夏」含義相同。⑫黼黻　古代禮服上繡飾的花紋。⑬以大和為至樂　以順調萬物為最大歡樂。大和，順調，與萬物十分諧和。至樂，最高境界的歡樂。⑭恬澹　恬淡。⑮地　諦；真諦。⑯李斯背儒句　李斯背叛儒家，貪求一朝之欲望。李斯（？——西元前二〇八年），楚國上蔡（今河南上蔡西南）人。早年師事儒學大師荀卿，後背棄儒家，西說秦王，秦王政任為客卿，升廷尉，秦始皇統一六國後，任丞相，主張焚《詩》、《書》，禁私學，以加強專制主義中央集權的統治。秦二世二年七月，「具斯五刑，論腰斬咸陽市。」（詳《史記》本傳）朝，早晨；一日（一整天）。⑰主父發憤句　主父偃暴發憋悶之氣，想享受五鼎美味。主父，即主父偃（？——西元前一二六年），西漢臨淄人（「主父」為複姓），任中大夫。大臣皆畏之，賄賂至千金，有人為之擔心，主父偃曰：「臣結髮游學四十餘年，身不得遂，親不以為子，昆弟不收，賓客棄我，我阨日久矣。且丈夫生不五鼎食，死即五鼎烹耳。」憤，煩悶；憋悶。五鼎之味，即五鼎食，列五鼎而食，諸侯一級的飲食規格。⑱鮑肆自翫二句　自己聞慣了鹹魚店鋪的腥臭味，反而會輕賤蘭茝香草。鮑肆，鮑魚之肆；鹹魚店鋪。鮑，鮑魚；鹹魚。味，腥臭。翫，同「玩」。習慣。蘭茝，兩種香草。《孔子家語．六本》：「與不善人居，如入鮑魚之肆，久而不聞其臭，亦與之化矣。」⑲海鳥對太牢而長愁　海鳥面對三牲太牢而長時間發愁。太牢，祭祀的三牲具全（包括牛、羊、豬三種）。《莊子．至樂》：「昔者，海鳥止於魯郊，魯侯御而觴之於廟，奏〈九韶〉以為樂，具太牢以為膳。鳥乃眩視憂悲，不敢食一臠（肉塊），不敢飲一杯，三日而死。」⑳文侯聞雅樂而塞耳　魏文侯一聽到高雅音樂就塞住耳朵。文侯，魏文侯，名斯，西元前四四五——前三九六年在位，曾任用李悝為相、吳起為將、西門豹為鄴令，獎勵耕戰，興修水利，進行改革，使魏國成為當時的強國。雅樂，古樂；正聲。《禮記．樂記》：「魏文侯問於子夏曰：吾端冕而聽古樂，則唯恐臥；聽鄭衛之音，則不知倦。」㉑主　主見；主張。㉒備　具備。㉓得志者二句　得志者，非榮華富貴之謂也。軒冕，指高官厚祿、榮華富貴。軒，車。冕，大夫以上戴的帽子。這兩句源出《莊子・繕性》：「樂全，謂之得志。古之所謂得志者，非軒冕之謂也。」❷充屈　歡喜失節之狀貌。屈，一本作「詘」，二字同。《禮記・儒行》：「儒有不隕穫于貧賤，不充詘于富貴。」❷在困而瘳　處於病困之中而得痊癒。在困，處在病困狀態。瘳，痊癒。❷無　底本無此字。周樹人校曰：「『則』下當有『無』字。」《莊子・至樂》：「至樂，無樂；至譽，無譽。」據以補「無」字。❷順天和以自然　順應自然以得天和之樂。順，底本作「被」，周樹人校曰：「各本作順。」天和，上天的和氣。《莊子・天道》：「與人和者，謂之人樂；與天和者，謂之天樂。」然，底本作「言」，周樹人校曰：「當誤。各本作然。」❷道德　《莊子・天道》：「夫虛靜、恬淡、寂漠、無為者，天地之平，而道德之至（頂峰）。」❷翫陰陽之變化　熟習陰陽二氣之變化。翫，同「玩」。玩習，猶言掌握。陰陽，古人認為陰陽二氣變化而生萬物。❸得　底本作「樂」，周樹人校曰：「各本作得。」❸任　底本作「因」，周樹人校曰：「各本作任。」❸並天地　與天地並存。

【語　譯】最高境界的道理實在微妙，很容易湮沒於世，隱而不露，然而或許可以求之於自身而後領悟，驗證外物而後知曉。人從小到大，升降憂樂，好惡愛憎，有盛有衰。有的是幼年時所喜愛的，到壯年便拋棄了它；開始時所鄙薄的，終了又重視它。正當他喜悅的東西，認為是不可除去的；碰上他討厭的時候，認為是不可歡喜的。但是事過境遷，那麼當初的感情就會變化。如果嗜欲有變化，怎麼能知道今天所醉心的東西，改日不會成為臭腐之物？從前所鄙視的東西，不會成為神奇美妙的呢？假使讓伙伕廚子突然登上卿相高位，那麼看門的小官之類就會被他蔑視遺棄。由此而言，凡是小小一個方面的情感，哪裡會一定不變呢？又如餓了一天的人吃晚飯，對於將要獲得食物，喜悅之情發自內心；吃飽之後，喜食之情便消失得無影無蹤，或許有的人還會產生厭惡。既是這樣，那麼榮華富貴、酒肴聲色都有可以疏遠的時候。蟒蛇在百越之鄉被視為珍貴的食品，中原地區的人遇見就厭惡牠；有文采的衣服在華夏很貴重，裸國的人得到便扔了它。當外物無用之時，都如同中原之於蟒蛇、裸國之於綵衣一般。如果以與自然萬物十分諧和作為最大的歡樂，那麼榮華就不屑一顧；以恬淡為最美的滋味，那麼酒色則不值得羨慕。如果修身有所得心中自有天地，那麼世俗所歡樂的東西，就都是糞土罷了，有什麼值得留戀的呢？現在談論的人沒有看到「至樂」的真諦，甘願減損年歲，殘害生命，以此順從自己的嗜欲願望；這就如同李斯背叛儒家、以貪求一朝之欲望，主父偃發露憋悶之氣、想享受五鼎美味之類。何況自己習慣了鮑魚之肆的味道，反而會輕賤蘭茝香草；就如同那飛到魯國廟堂上的海鳥，對著三牲太牢而發愁良久，創建魏國的文侯，一聽到高雅音樂就塞住耳朵。所以拿榮華富貴作為生存的工具，即使千秋萬代長生不老也不值得高興。這些人都是內心沒有主見，藉外物而歡樂；外物雖然豐富，但悲哀也同時齊備。只有主見在胸，因內心諧和而歡樂在外；即使沒有鐘鼓，歡樂也已經具備。所以古人云，得志者，非榮華富貴之謂也；有至樂者，非得意忘形之謂也；而是外物的得失都不可能牽累他而已。譬如父母有病，先是處於病痛困苦之中，後來痊癒了，那麼先是憂慮接著又歡喜，兩種情欲先後表現出來。由此而言，還不如沒有歡喜的好。這就是說，沒有歡樂豈不正是最大的歡樂嗎？所以順應自然以得「天和」之樂，以道德為師友（以得「人和」之樂），熟習陰陽二氣之變化，得長生之永久，聽任自然來寄託自己，與天地並存而不朽，誰能享有這些呢？

養生有五難：名利不滅，此一難也；喜怒不除，此二難也；聲色不去，此三難也；滋味不絕，此四難也；神慮精散❶，此五難也。五者必存，雖心希難老❷，口誦至言❸，咀嚼英華❹，呼吸太陽❺，不能不迴其操❻、不夭其年也。五者無于胸中，則信順日濟❼，玄德日全❽；不祈❾喜而有福，不求壽而自延；此養生大理之都所❿也。然或有行踰曾、閔⓫，服膺⓬仁義，動由中和⓭，無甚大之累⓮，便謂人理已畢⓯，以此自臧⓰，而不盪⓱喜怒，平神氣，而欲卻老延年者⓲，未之聞也。或抗志希古⓳，不榮名位，因自高于馳騖⓴；或運智御世，不嬰禍㉑，故以此自貴㉒；此于用身甫與鄉黨不齒者同耳㉓，以言存生，蓋闕如㉔也。或棄世不群，志氣和粹㉕，不絕穀茹芝㉖，無益于短期㉗矣。或瓊糇㉘既儲，六氣㉙並御，而能含光內觀㉚，凝神復樸㉛，棲心于玄冥㉜之崖，含氣于莫大之涘㉝者，則有老可卻㉞，有年㉟可延也。凡此數者合而為用，不可相無。猶轅軸輪轄㊱，不可一乏于輿也。然人若偏見，各備所患；單豹以營內忘外㊲，張毅以趣外失中㊳。齊以誠濟西取敗㊴，秦以備戎狄自窮㊵，此皆不兼之禍也。積善履信㊶，世屢聞之；慎言語，節飲食，學者識之。過此以往㊷，莫之或知。請以先覺，語將來之覺者㊸。

【章旨】以上是本篇長論的最後一段，作者歸納養生有五難：名利不滅、喜怒不除、聲色不去、滋味不絕、神慮消散。一定要做到「五者無于胸中」，則「不求壽而自延」。但是，那種行為高尚而「以此自臧」的人，抗志希古不榮名位而「自高于馳騖」的人，運智御世不觸禍而「以此自貴」的人，離群索居而「不絕穀茹芝」的人，如未做到「五者無于胸中」，則不可能延年益壽。只有服食瓊玉糇糧、駕御六氣、含光內視、凝神復樸、棲心於渺茫之境、含氣於天地之間的人，才「有老可卻」、「有年可延」，而且要數者合而為用，缺一不可。這就是嵇康以先覺者身分要告誡後覺者的養生之道。

【注釋】❶神虛精散　此句與前文句不同，有誤。各本文字互有出入。「神虛」乃嵇康所主張，不當為難。周樹人校曰：「各本作『神慮轉發』。尤袤本《文選》注引作『神慮消散』。」今按：胡刻本《文選》注亦引作「神慮消散」。近人葉渭清《嵇康集校記》云：「『轉發』於義迂曲，『虛精』是『慮消』之誤。」戴明揚校曰：「當以『神慮消散』為長。」神慮消散，謂心神不能專一。神慮，神思；心中所思。❷難老　難以衰老，即長壽之意。語出《詩・魯頌・泮水》：「既飲旨酒，永錫難老。」❸至言　指養生的至理真言。❹英華　延年益壽之靈丹妙藥。❺太陽　指至陽之氣。❻迴其操　扭曲其操守。迴，底本作「回」，周樹人校曰：「各本作迴。」《醫心方》引作「曲」。❼信順日濟　逐漸做到與人和與天和。信，取信於人，謂與人和。順，順應於天，謂與天和。《易・繫辭上》：「天之所助者，順也；人之所助者，信也。」❽玄德日全　潛在的深厚品德日漸完善。玄德，《老子》十章：「生之畜之，生而不有，為而不恃，長而不宰：是謂玄德。」意謂：任民自生自長，自作自息，而聖人不去管理或干涉，這就是潛在的深厚品德。日全，日漸完善。全，完善。❾祈　求。❿都所　聚集處。⓫行踰曾閔　德行超過曾參、閔子騫。行踰，品行超越。曾閔，曾參和閔子騫，兩人都是孔子弟子，以德行著稱。《新語・道基》：「曾閔以仁成大孝。」⓬服膺　心中信服。膺，胸。⓭中和　調和喜怒、哀樂、好惡之情。《禮記・中庸》：「喜怒哀樂之未發謂之中，發而皆中謂之和。」⓮無甚大之累　沒有過分大的拖累。甚大，過分誇大。累，拖累；牽累。⓯便謂人理已畢　便說什麼做人的道理已經完備。人理，做人的道理。畢，完全；全備。⓰自臧　自以為美善。臧，善。底本誤作「藏」，據戴明揚校本改。⓱盪　蕩除。⓲者　底本誤作「哉」，據戴明揚校本改。⓳抗志希古　高亢心志，效法古人。抗志，高亢其志；志高。希古，慕古；效法古人。⓴馳騖　指追逐名位的人。㉑或運智御世二句　有的人運用智慧應對世事而不致遭遇災禍。御世，治理社會。嬰，同「攖」。觸；遭遇。㉒自貴　自以為尊貴。自，底本作「言」，周樹人校曰：「各本作自。」㉓此于用身甫與鄉黨句　這兩種人的用身行事不過與鄉里老人相同罷了。鄉黨，鄉里。不齒，一本作「鯢齒」，一本作「兒齒」，戴明揚校曰：「『鯢』為『齯』之誤，『兒』為『齯』之省，『不』當作『齯』。」「齯齒，壽也。」《爾雅》《詩・魯頌・閟宮》：「黃髮兒齒。」鄭玄箋：「兒齒，亦壽徵。」者，周樹人校曰：「各本『者』字作『耆年』。」㉔闃如　空無，指完全不通養生之道。㉕或棄世不群二句　有的人離棄人世不合群，志氣和順純粹。棄世，遠離人世間。不群，不合群。和粹，和順純粹。㉖不絕穀茹芝　不斷絕五穀而食用靈芝。絕，斷絕；不食用。茹，食。芝，靈芝。㉗無益于短期　不能增加短暫的生命。益，增加。短期，短暫的生命。㉘瓊糇　用瓊玉做的乾糧。糇，乾糧。㉙六氣　指陰、陽、風、雨、晦、明。㉚含光內觀　含日月之光觀察自身體內。含光，含日月之光。內觀，內視；觀察自身體內。㉛復樸　返樸歸真，即回復到自然狀態。㉜玄冥　渺茫，深遠幽寂的奧秘境界。㉝莫大之涘　天地之間。莫大，沒有誰比它大，指天地。涘，同「涯」。邊界。㉞有老可卻　可以阻止衰老。老，底本作「生」，周樹人校曰：「各本作老。」卻，阻止；退卻。㉟年　底本作「存」，周樹人校曰：「各本作年。」㊱轅軸輪轄　皆車之重要部件。㊲單豹以營內忘外　單豹因注重本性的保養而忘了外在的危險。單豹，魯國隱士。《莊子・達生》：「魯有善豹者，巖居而谷飲，不與民共利，行年七十而猶有嬰兒之色，不幸遇餓虎，餓虎殺而食之。」營內忘外，經營內部而忘記了外界環境，這裡指單豹注意保養本性而忘了外界的危險。㊳張毅以趣外失中　張毅因追逐外在的榮利而忽略了本性的保養。張毅，生平不詳，見《莊子・達生》：「有張毅者，高門縣薄（懸簾），無不走（趣，趨）也，行年四十，而有內熱之病以死。」趣，同「趨」。中，本性的保養。㊴齊以誡濟西取敗　齊國因在濟西戒備趙國而被秦國打敗。誡，通「戒」。備也。濟西，齊地名，在濟水以西。《戰國策・燕策》：「濟西不役，所以備趙也。」（養兵以備敵）取敗，自取失敗。齊湣王三十九年，秦伐齊，拔九城。四十年，燕、秦、楚、三晉合謀，各出銳師伐齊，敗齊於濟西。燕將樂毅，遂入臨淄，盡取齊之珍寶器藏。湣王出亡走莒，終被楚將淖齒所殺。此謂齊不役濟西，但知備趙，終乃敗於秦也。㊵秦以備戎狄自窮　秦國因防備戎狄使自己陷入困境。《史記・秦始皇本紀》記載，始皇三十二年，燕人盧生入海還，獻圖書曰：「亡秦者胡也。」始皇遂派蒙恬發兵三十萬人北擊胡；三十三年斥逐匈奴，築亭障以逐戎人；三十四年築長城，而終困窘，二世胡亥立而亡。自窮，自我困窮。㊶履信　履行諾言；守信用。㊷過此以往　超過這些以外。㊸語將來之覺者　告誡暫時未覺悟的人。語，告訴；告誡。將來之覺者，後覺；後覺悟者。

【語譯】養生有五難：名利不能泯滅，這是第一難；喜怒不能消除，這是第二難；聲色不能拋棄，這是第三難；美味不能斷絕，這是第四難；心神不能專一，這是第五難。這五難一定存在的話，即使心裡希望永保青春，口裡念誦至理妙言，嘴裡咀嚼靈丹上藥，呼吸旺盛的陽氣，也不能不扭曲他的操守、夭折他的壽命。如果胸中全無此「五難」，那將逐漸做到與人和與天和，潛在的深厚品德日漸完善；不祈求喜事卻自然有福，不求長生卻自然延年益壽；此乃是養生大理之所在。

但是有的人品行超過曾參、閔子騫，心中信服仁義，不意氣用事，行動皆能調和喜怒哀樂，沒有過分大的拖累，便認為自己做人的道理完全懂了，以此自以為美善，而不去蕩除喜怒、平和神氣，卻想消除衰老延長壽命，沒有聽說過。有的人高亢其志、效法古人，不視名位為榮耀，就自以為超越了追逐名利的人；有的人運用智慧，應對世事而不遭遇災禍，故以此自我尊貴；這兩種人的用身行事，不過與鄉里的年長老人相同罷了，以此來談論保全性命的養生之道，則是完全不懂的。有的人遠離人世間，不與人合群，志氣和順純粹，卻不能斷絕五穀去服食靈芝，也無益於短暫生命的延長。有的人儲備好瓊玉做的乾糧，駕御六氣之變化，而能含著日月之光來觀察自身體內，凝聚精神，返樸歸真，棲心於渺茫幽寂的微妙境界，含氣於天地之間，那麼就可以阻止衰老，延年益壽。所有這些要合起來使用，缺一不可，如同輮、軸、輪、轄這些重要部件，對於車子來說一樣也不能少。然而人或有偏見，各自防備他所憂患的東西；像魯國的單豹因為注重本性的保養而忘了外在的危險，張毅因為追逐外在的榮利而忽略了本性的保養，齊國因為在濟西戒備趙國而被秦國打敗，秦國因為防備戎狄使得自己陷入困境，這都是不能兼顧造成的禍害。積善守信，是世人經常聽到的；言語謹慎，節制飲食，是讀書人所知道的。超過這些之外，就沒有誰知道了。請允許我把先領悟的道理，告訴暫時未覺悟的人。

第五卷

聲無哀樂論

【題解】本篇標題即揭示全文的核心論點「聲無哀樂」，就是說，音樂本身不表現人的哀、樂之情。這篇論文在寫作方法上採用問答形式，通過「秦客」（作者假設的人物，是俗儒的化身）和「東野主人」（作者自況）的八次辯論，層層深入，反覆論證，有針對性地批評儒家傳統樂論，進而闡述作者的音樂思想。

辯論伊始，「秦客」便單刀直入：《禮記・樂記》上說，「治世之音安以樂，亡國之音哀以思。」你卻認為「聲無哀樂」，其理何居？「東野主人」回答：音樂本身以善惡（好壞）為主，它與人的哀樂無關；哀樂本身是因內在情感而後發生，它與外在的音樂無涉。嵇康的基本論點是：音樂屬於外界的客觀事物，哀樂屬於內心的主觀感情；「和聲無象」，音樂本不表現一定的物象（感情）；「音聲無常」，音樂與人的情感之間沒有必然的聯繫。兩者根本不是一回事，這就是「聲無哀樂」。

第二回合：「秦客」認為，人既有哀樂之情，則發為哀樂之聲（包括音樂），「善聽察者，要自覺之。」孔子、季札、鍾子期、子產、顏淵等人善於聽察，古書上記載他們都曾有過傑出的表現。「東野主人」不屑一顧：「此皆俗儒妄記，欲神其事，而追為耳。」古書上此類「妄記」舉不勝舉，實在是大大地欺騙了後來的人。嵇康認為「推類辨物，當先求之自然之理。理已足，然後借古義以明之耳。」什麼是音樂的「自然之理」呢？「五色有好醜，五聲有善惡，此物之自然也。」人的愛、憎、喜、怒，「皆無豫于內（心），待物而成耳」；而人的「哀樂」則完全不同：「自以事會，先遘（結構，形成）于心，但因和聲（音樂），以自顯發。」意思是說，人的「哀樂」情感並非產生於聽「聲」之後，而是接觸到音樂方顯露出來罷了。「和聲之感人心，亦猶醞酒之發人性」，音樂跟酒一樣，只能引發「哀樂」之情，而它本身絕無「哀樂」可言。

第三回合：「秦客」提出，喜怒既形於色，哀樂當表於聲，只是聽力低的人不能體會識別，不應以中人水平而懷疑鍾子期的耳聰，說古人為「妄記」。「東野主人」回答：人的喜怒哀樂千變萬化，音聲無法表現它們的細微差別，如同眼淚一般，「樂」淚不必甜，「哀」淚也不必苦。所以說，「音聲有自然之和，而無係于人情。」意思是，音樂並不表現人情，它是只論和諧與否的，這「和」的天性來自天地自然，得之於金石管弦，不會因人情而改變，這便是音樂的自然之理，所以稱之為「自然之和」。

第四回合：「秦客」又舉出「葛盧聞牛鳴，知其三子為犧；師曠吹律，知南風不競，楚師必敗；羊舌母聽聞兒啼，而知其喪家」等見於《左傳》且得到事實驗證的三條記載，批評「妄記之說非『通論』」。「東野主人」答曰：介葛盧這個人不可能聽懂魯牛的鳴叫聲，這是明明白白的事；師曠「博物多識，自有以知勝敗之形，欲固眾心，而託以神微」；羊舌母（叔向的母親）聽到孫兒出生時的啼哭聲像豺狼，而知道他將來必喪我家族，這只不過是偶然猜中而被好奇的人稱道宣傳起來的。嵇康認為：「心之與聲，明為二物」，「揆（探察）心者不借聽于聲音」，「因聲以知心」是不可能的，旨在論證「聲無哀樂」的主張。他甚至寫道「心不係于所言，言或不足以證心也。」心、口不一的人，連他說的話也不能「知心」。這是針對魏晉易代之際，口是心非的兩面派和偽君子的醜惡行徑而發的。

第五回合：「秦客」認為，人的心情會隨著音樂的變化（樂器、曲度）而變化（或躁越或靜閑），問道：「苟躁靜由聲，則何為限其哀樂？」「東野主人」答曰：音樂有單複、高埤、善惡之分，大小、舒疾之別，使聽者表現出躁、靜等不同狀態；但不能說音樂含有哀樂情感。嵇康認為，音樂是以平和精神（和諧的，無哀無樂的）為本質的，它對其他事物的影響沒有固定的模式；人的心志情感是受內在意念支配的，只不過受到音樂（和聲）的感染而引發而已，「聲之與心，殊塗異軌」，怎麼能把表現「哀樂」的虛名綴附到音樂頭上呢？

第六回合：「秦客」提出，「聲音自當有一定之哀樂」，只是它對人的感化緩慢，不可能立竿見影。「東野主人」批評「聲化遲緩」說不能成立，進而論述音樂有「發滯導情」之功效，即啟動聽者心中的鬱積之思，導引內心之情，使它自然流露出來，就是「和之所感，莫不自發」。

第七回合：「秦客」提出，「聞齊、楚之曲者，惟覩其哀涕之容，而未曾見笑噱（大笑）之貌。此必齊、楚之曲，以哀為體」，「聲音之有哀樂，斷可知矣。」嵇康答道：悲哀的人對音樂的感應是以「泣涕」為常見現象，而歡樂的人對音樂的感應則是以「自得」（怡然自若的平靜神態）為主，「垂涕則形動而可覺，自得則神合而無變」，批評「秦客」只知大笑為歡樂而「不求樂于自得之域」，豈不是「知哀而不識樂」嗎？

第八回合：「秦客」借用孔子「移風易俗，莫善于樂」的話質問嵇康：你說「聲無哀樂」，怎麼「移風易俗」？嵇康回答：孔子說的「移風易俗」，最根本的不在音樂，而是施恩於民，實行寬和寧靜之政，人民就安逸，人心就平和，所以他又對子夏說了「無聲之樂，民之父母」的話。至於音樂，「八音會諧，人之所悅」，「音聲和比，人情所不能已者也。」人的自身，「淫之與正同乎心」，所以先王要制禮作樂，抑制淫邪之情欲，宣導雅正之志向，使「樂而不淫」，運用以中人平和精神為根本的禮樂，以輔助教化：「託于和聲，配而長之，誠動于言，心感于和，風俗壹成。」

這是一篇重要的音樂美學論文。在中國音樂史上，嵇康首次明確提出音樂有自身的客觀屬性，自身的規律。一方面，他認為音樂必定具有和諧的形式美（音聲有自然之和），而沒有表現的對象（和聲無象），不表現具體內容（音聲無常）；另一方面，他又認為音樂應以平和的無哀無樂的精神作為根本（聲音以平和為體），使人們的心境進入平和的境界。和諧而平和的音樂，才是真、善、美的音樂；只是和諧而不平和的音樂，則是美而不善的音樂。嵇康抓住音樂物質材料的特徵（樂音，音響的運動），把音樂當作獨立的藝術加以研究，對深入理解音樂的本質、音樂的審美感受、音樂的功用有重要意義。但是，音樂，即使是純音樂，都不是純粹的自然物，也不是純綷的生理現象，音樂的音響運動與感情的起伏變化之間存在著對應關係，「聲無哀樂」的論題是片面的，〈聲論〉中包含有詭辯的內容，這是作者理論與實踐相矛盾的產物，我們不應因此而忽略它的「合理內核」。嵇康獨特的音樂美學思想，達到了同時代人所不可企及的高度，在世界音樂美學史上也佔有重要地位！

有秦客❶問于東野主人❷曰：「聞之前論❸曰：『治世之音安以樂，亡國之音哀以思。』夫治亂在政，而音聲應之。故哀思之情，表于金石❹；安樂之象，形于管弦❺也。又仲尼聞〈韶〉❻，識虞舜之德；季札聽弦，知眾國之風❼。斯已然之事，先賢所不疑也。今子獨以為『聲無哀樂』，其理何居？若有嘉訊❽，請聞其說。」

主人❾應之曰：「斯義久滯，莫肯拯救。故令歷世，濫❿于名實。今蒙啟導，將言其一隅⓫焉。夫天地合德，萬物資生。寒暑代往，五行⓬以成章⓭為五色，發為五音。音聲之作，其猶臭味⓮在于天地之間。其善與不善，雖遭濁亂，其體自若⓯，而無變也。豈以愛憎易操，哀樂改度哉？及宮商集比⓰，聲音克諧⓱。此人心至願⓲，情欲之所鍾⓳。古人知情不可恣⓴，欲不可極㉑，故因其所用，每為之節。使哀不至傷，樂不至淫。因事與名，物有其號。哭謂之哀，歌謂之樂。斯其大較㉒也。然『樂云樂云，鍾鼓云乎哉』㉓？哀云哀云，哭泣云乎哉㉔？因茲而言，玉帛非禮敬之實[25]，歌哭非哀樂之主[26]也。何以明之？夫殊方異俗，歌哭不同；使錯而用之，或聞哭而歡，或聽歌而戚；然其哀樂之懷均也。今用均同之情，而發萬殊之聲，斯非音聲之無常哉[27]？然聲音和比[28]，感人之最深者也。勞者歌其事，樂者舞其功。夫內有悲痛之心，則激哀切之言。言比成詩，聲比成音。雜而詠之，聚而聽之。心動于和聲[29]，情感于苦言[30]。嗟歎未絕，而泣涕流漣矣。夫哀心藏于內，遇和聲而後發；和聲無象[31]，而哀心有主[32]。夫以有主之哀心，因乎無象之和聲而後發，其所覺悟，唯哀而已。豈復知『吹萬不同，而使其自己』[33]哉！風俗之流[34]，遂成其政[35]。是故國史明政教之得失，審國風之盛衰，吟詠情性，以諷其上，故曰『亡國之音哀以思』也[36]。夫喜、怒、哀、樂、愛、憎、慚、懼，凡此八者，生民所以接物傳情，區別有屬，而不可溢者也[37]。夫[38]味以甘苦為稱。今以甲賢而心愛，以乙愚而情憎，則『愛』、『憎』宜屬我，而『賢』、『愚』宜屬彼也。可以我愛而謂之『愛人』[39]，我憎則謂之『憎人』㊵，所喜則謂之『喜味』㊶，所怒則謂之『怒味』㊷哉？由此言之，則外內殊用，彼我異名。聲音自當以善惡為主，則無關于哀樂；哀樂自當以情感而後發，則無係于聲音。名實俱去㊸，則盡然可見矣。且季子㊹在魯，採詩觀禮，以別〈風〉〈雅〉，豈徒任聲以決臧否哉？又仲尼聞〈韶〉，歎其一致㊺，是以咨嗟，何必因聲以知虞舜之德，然後歎美邪？今粗明其一端，亦可思過半㊻矣。」

【章旨】秦客認為：音聲（音樂）本身含有哀樂情緒。嵇康認為：音樂屬於外界的客觀事物，哀樂屬於內心的主觀感情；「和聲無象」（音樂並不表現一定的感情），「音聲無常」（音樂與感情之間沒有必然的聯繫），兩者不是一回事，即「聲無哀樂」。

【注釋】❶秦客　假設的人物，實為俗儒之化身。❷東野主人　作者自況。❸前論　前人的論述、著作，這裡指的是《毛詩序》、《禮記・樂記》等儒家傳統作品。❹金石　指以金、石材料製作的樂器，鐘、磬等。❺管弦　指管、弦樂器，如簫、笛、琴、瑟等。❻仲尼聞韶　孔子聽到〈韶〉樂。韶，上古樂曲名，傳說是舜時的樂曲。《論語》記述孔子論到〈韶〉，說：「盡美矣，又盡善也。」（美極了，而且好極了。）一次，孔子在齊國聽到演奏〈韶〉的樂章，沈醉其間，有三個月嘗不出肉味。舜的天子之位是由堯「禪讓」而來，合乎孔子的理想政治，所以對〈韶〉樂讚嘆不已。❼季札聽弦二句　季札聞聽弦歌之聲，便知道是哪一國的風土樂調。季札，吳王壽夢最小的兒子，稱公子札，一稱季札，一稱季子，又稱延陵季子或延州來季子。壽夢死，國人欲立季札為王，他固辭不受。魯襄公二十九年（西元前五四三年），季札出使魯國，聽樂工演奏周樂，即《詩三百》中的〈風〉、〈雅〉、〈頌〉各章，每一曲歌罷，他都分別給以評價，並判斷出屬於哪一諸侯國地方的風土樂調。知，底本作「識」，吳鈔原本作「知」，據改。❽嘉訊　高論。❾主人　即「東野主人」，作者自況。❿濫　失。⓫一隅　一端；一部分。⓬五行　水、火、木、金、土。⓭章　明。⓮臭味　味道。臭，氣味。⓯若　如故。⓰宮商集比　宮音、商音等匯集排比起來。比，次；並列；組合。⓱聲音克諧　音樂和諧。《禮記・樂記》：「聲成文謂之音。」注：「宮、商、角、徵、羽，雜比曰音，單出曰聲。」克，能。諧，和。⓲此人心至願　這是人們心中最高的願望。此，指上句「宮商集比，聲音克諧」的「諧和」而言，錢鍾書曰：「西方論師謂音樂不傳心情而示心運，仿現心之舒疾、猛弱、升降諸動態；嵇〈論〉於千載前已道之。」（《管錐編》）「聲音克諧」恰合心運之最佳動態，故嵇康稱之為「人心至願」。⓳鍾　聚。⓴恣　放縱。㉑極　極端。㉒大較　大概；大略。㉓樂云樂云二句　樂呀樂呀，僅是指鐘鼓等樂器而說的嗎？這是引用孔子的話，見《論語・陽貨》。孔子的意思是，鐘鼓等樂器只是形式，並非音樂的實質。「樂」是禮樂之「樂」，指音樂。嵇康引用在這兒，亦可借用為哀樂之「樂」。㉔哀云哀云二句　哀呀哀呀，僅是指哭泣等行為而說的嗎？這是嵇康模仿孔子的話而說的話。㉕玉帛非禮敬之實　玉帛等物品不是禮敬的實質。《論語・陽貨》：「子曰：禮云禮云，玉帛云乎哉？」（禮呀禮呀，僅是指玉帛等等禮物而說的嗎？）嵇康化用了孔子的話。㉖歌哭非哀樂之主　歌唱、哭泣等行為不是悲哀、歡樂的主體。底本作「歌舞非悲哀之主」，據周樹人校改。㉗斯非音聲之無常哉　這不正是音聲與感情之間沒有必然的聯繫嗎？斯，代詞，指「均同之情，而發萬殊之聲」。無常，（與人的感情之間）沒有必然聯繫。㉘和比　和諧的組合起來。㉙和聲　和諧的曲調。㉚苦言　悲苦的歌詞。㉛和聲無象　和諧的音樂曲調並不表現特定的感情。無象，沒有固定的形象；不表現一定的物象。㉜哀心有主　悲哀的感情有所依恃而發的。主，主人；掌管；主持。這裡是有所依恃的意思。㉝吹萬不同二句　天氣吹煦萬物而發出不同的聲音，那是由萬物自身完成的（形成的）。吹萬，天氣（風）吹煦萬物。自已，自身完成。已，同「以」。動詞。用；成。「已」、「以」不但同音，而且在篆文中是同一個字，都寫作「㠯」，隸定作「目」、「以」。「自已」，疑《莊子》原本作「自㠯」（目）。此二句出自《莊子‧齊物論》。子游問「天籟」（天的音律），子綦曰：「夫吹萬不同，而使其自已也，咸其自取，怒者其誰耶？」（天氣吹煦萬物而發聲不同，那是由萬物各自發出（成就）的，都是取決於它們自己嗎？使它們怒號的又是誰呢？）莊周的宗旨是闡明「天籟」自然之理。嵇康節引，旨在論辯萬物獨自發聲，豈能用「唯哀而已」來概括？ ㉞風俗之流　風流俗敗。㉟遂成其政　就造成了「王道衰、禮義廢、政教失、國異政、家殊俗」（《毛詩序》）的政治局面。㊱是故國史明政教五句　語出〈毛詩序〉：「國史明乎得失之迹，傷人倫之廢，哀刑政之苛，吟詠情性，以風（諷）其上。」「亡國之音哀以思，其民困。」嵇康認為〈毛詩序〉之言論，正是「以有主之哀心，因乎無象之和聲而後發，其所覺悟，唯哀而已」。㊲不可溢者也　不可能溢出自身而轉移於他物。㊳夫　「夫」下當脫「人有賢愚之別」六字，審下文可知也。㊴愛人　可愛的人。㊵憎人　可憎的人。㊶喜味　可喜的滋味。㊷怒味　可怒的滋味。㊸名實俱去　（音聲的）名、實與（哀樂的）名、實統統區分開。名，指反映事物的概念，如音樂、哀樂等。實，指被反映的具體的客觀事物之當身，如樂曲善惡、哀樂情感等。去，離開。㊹季子　指公子季札。㊺仲尼聞韶二句　孔子聽到演奏大舜的〈韶〉樂，讚嘆〈韶〉音之盡善盡美，與舜的德行一致。㊻思過半　領悟超過一半。思，領悟；理解；了解。

【語譯】秦客向東野主人問道：「我從前賢論著中聽說『太平治世的音樂安詳而歡樂，亡國易主之際的音樂悲哀而憂慮。』國家的治、亂在政治得失，而音樂的情調卻往往跟它相應合。所以，哀思之情表露於金石打擊器樂，安樂之景象體現於絲竹管弦器樂。又如仲尼有一次在齊國聽到〈韶〉樂，從中識別出虞舜的德行；吳公子季札出使魯國聽到弦歌周樂〈風〉〈雅〉，便知道是哪一國的風土樂調。這些都是歷史上發生過的事，古代先賢也沒有懷疑過的。現在你卻獨自認為『聲無哀樂』，這樣說的道理是什麼呢？若有高見，請說給我聽聽！」

東野主人回應道：「『聲有哀樂』的錯誤說法久久滯留在人們頭腦裡，沒有誰肯來拯救，所以使歷代以來弄不清音樂的名和實的關係。現在承蒙您的啟發開導，我就談談其中的一些義理吧。總的來說，天地合德，萬物借以滋生；寒暑代往，五行得以形成；表現為五色，發聲為五音。音聲樂調的興起，就如同氣味存在於天地之間，其善與不善，即使遭遇濁亂，它的本體依然如故，不會改變的。難道音樂曲調能因為人的愛憎而任意彈奏，因為人的情感哀樂而改換律度嗎？至於宮、商五音匯集組合，聲調音樂能夠和諧，這諧和正是人心運作的最佳境界，是情欲聚集平衡的場所。古人知道感情不可放縱，欲望不可過度，所以循著它的趨向，常常加以節制，使悲哀不至於傷身，歡樂不至於放蕩。根據不同的事物稱謂不同的名稱，事物各有其不同的稱號：哭泣就叫做悲哀，歌唱就叫做快樂，這些是一般的大概情形。然而孔子有云『樂呀樂呀，僅是指鐘鼓等樂器而說的嗎』？悲哀呀悲哀呀，僅是指哭泣等行為方式而說的嗎？由此說來，玉、帛等物品並不是禮敬的實質，歌唱、哭泣等行為本身也不是哀樂情感的主體。用什麼來說明這個道理呢？不同的地域風俗各異，歌、哭的含意也不盡相同；假如錯雜使用它們，有的地方聽到哭泣而實歡樂，有的聽到歌唱而實憂傷；然而，(不管什麼地域）人的悲哀、歡樂情懷是一樣的。現在用同樣的感情，卻發出千變萬化的聲音，這不說明音樂與人的感情之間沒有必然聯繫嗎？不過把五音和諧地組合起來，感動人心又是最深的。勞苦的人歌唱他們的做事，歡樂的人用舞蹈表現功績。內懷悲痛之心，則激發哀切之言；言詞排列組成詩篇，聲音組合成音樂；錯雜起來反覆詠唱，聚在一起側耳傾聽；心靈被和諧的音樂所激動，情緒為悲苦的歌詞所感染，嗟嘆之聲尚未停下，已經是泣涕流漣了。這是因為心裡藏著哀痛，遇到和諧的樂聲就被誘發出來。和諧的音樂曲調沒有固定的形象（不表現一定的感情），而悲哀的情感卻是有所依恃而發的。拿一顆有主導傾向的悲哀的心，感觸沒有固定形象的和諧音樂，他所感受領悟到的，只是悲哀罷了，哪裡還能想到莊子說的『天氣吹煦萬物而發聲不同，那是由萬物各自形成』，『天籟』自然呢！由於人世流風敗俗，從而造成衰落的政治局面，因此國史明辨政治教化的利弊得失，審視各地風土樂調民俗民謠的盛衰，以吟詠情性的方式，諷諫規勸他的國君，所以稱『亡國之音哀以思』也。喜、怒、哀、樂、愛、憎、慚、懼，這八種情感，是生民用來接觸外物，傳達感情，區別類屬的，不可能溢出自身而轉移於他物的。（人有賢愚之別，）滋味可區分為甘、苦兩類。現在因甲賢而心愛他，因乙愚而憎惡他，那麼『愛』、『憎』情感是屬於我的，『賢』、『愚』品性是屬於他們的。難道可以因為我心愛而稱他做『愛人』，我憎恨而稱他做『憎人』，我喜歡的味道就叫做『喜味』，我討厭的味道就叫做『怒味』嗎？由此說來，外物的品性和內心的感受是不同一回事，彼我雙方的稱謂亦互異。聲音本身自然是以善惡（好壞）為主，那就與人的哀樂無關；哀樂本身自然是因情感而後發生，那就與外界的聲音無涉。把音聲和哀樂各自的名、實統統加以區分，『聲無哀樂』的義理就完全可以看得清楚了。況且吳公子季札出使魯國，採訪詩歌，觀摩禮儀，所以能夠辨別〈風〉、〈雅〉，難道是單靠聽音樂來論定是非好壞的嗎？再說孔子在齊國聽到樂師演奏虞舜的〈韶〉樂，讚嘆樂音正與舜的高尚德行一致，因此長吁短嘆，盡善盡美，沈醉其中，三月不知肉味，哪裡一定是從聲音中聽出了虞舜之德，然後才讚美它呢？今天我粗略地明其一端，也可說是理解領悟『聲無哀樂論』的大半了。」

秦客難曰：「八方異俗，歌哭萬殊；然其哀樂之情，不得不見❶也。夫心動于中，而聲出于心。雖託之于他音，寄之于餘聲，善聽察者，要❷自覺之，不使得過❸也。昔伯牙理琴，而鍾子知其所至❹；隸人擊磬，而子產識其心哀❺；魯人晨哭，而顏淵察其生離❻；夫數子者，豈復假智于常音❼，借驗于曲度❽哉？心戚者則形為之動，情悲者則聲為之哀。此自然相應，不可得逃。唯神明者❾能精之耳。夫能者❿不以聲眾為難，不能者不以聲寡為易。今不可以未遇善聽，而謂之聲無可察之理；見方俗之多變，而謂『聲音無哀樂』也。又云：『賢不宜言愛，愚不宜言憎』。然則有『賢』然後『愛』生，有『愚』然後『憎』起，但不當其共名耳⓫。哀樂之作，亦有由⓬而然。此為聲使我哀，音使我樂也。苟哀樂由聲，更為有實，何得『名實俱去』邪？又云：『季札採詩觀禮，以別〈風〉〈雅〉；仲尼歎〈韶〉音之一致，是以咨嗟』。是何言與⓭？且師襄奏操⓮，而仲尼覩文王之容⓯；師涓進曲，而子野識亡國之音⓰。寧復講詩而後下言，習禮然後立評哉？斯皆神妙獨見，不待留聞積日，而已綜⑰其吉凶矣。是以前史以為美談。今子以區區之近知⑱，齊⑲所見而為限；無乃誣前賢之識微⑳，負夫子㉑之妙察邪？」

主人答曰：「難云：『雖歌哭萬殊㉒，善聽察者，要自覺之，不假智于常音，不借驗于曲度。鍾子之徒云云是也。』此為心哀者，雖談笑鼓舞；情歡者，雖拊膺咨嗟；猶不能御外形以自匿，誑察者于疑似也。爾為己就㉓聲音之無常，猶謂當有哀樂耳。又曰：『季子聽聲，以知眾國之風；師襄奏操，而仲尼覩文王之容。』案如所云，此為文王之功德，與風俗之盛衰，皆可象㉔之于聲音；聲之輕重，可移于後世，襄、涓之巧，又能得之于將來。若然者，三皇五帝，可不絕于今日，何獨數事哉？若此果然也，則〈文王之操〉有常度，〈韶〉、〈武〉之音有定數，不可雜以他變、操以餘聲也。則向所謂聲音之無常，鍾子之觸類，于是乎躓㉕矣。若音聲之無常，鍾子之觸類，其㉖果然邪？則仲尼之識微，季札之善聽，固亦誣[27]矣。此皆俗儒妄記，欲神其事，而追為耳。欲令天下惑聲音之道，不言理自。盡此而推，使神妙難知，恨不遇奇聽于當時，慕古人而歎息。斯所以大罔後生也。夫推類辨物，當先求之自然之理。理已足，然後借古義以明之耳。今未得之于心，而多恃前言以為談證，自此以往，恐巧麻[28]不能紀耳。又難云：『哀樂之作，猶愛憎之由賢愚，此為聲使我哀，而音使我樂。苟哀樂由聲，更為有實矣。』夫五色有好醜，五聲有善惡，此物之自然也。至于愛與不愛，喜與不喜，人情之變，統物之理，唯止于此。然皆無豫[29]于內，待物而成耳。至夫哀樂，自以事會，先遘[30]于心，但因和聲，以自顯發；故前論已明其『無常』，今復假此談以正其名號耳。不謂哀樂發于聲音，如愛憎之生于賢愚也。然和聲之感人心，亦猶醞酒之發人性也。酒以甘苦為主，而醉者以喜怒為用。其見歡戚為聲發，而謂『聲有哀樂』，猶不可見喜怒為酒使，而謂『酒有喜怒』之理也。」

【章　旨】嵇康認為：愛、憎、喜、怒，「皆無豫于內，待物而成耳」（內，人心）；而「哀樂」則大不同：「自以事會，先遘（結構，形成）于心，但因和聲（音樂），以自顯發」。意思是，「哀樂」並非產生於聽「聲」之後，只是接觸到音樂才顯露出來罷了。所以他說：「和聲之感人心，亦猶醞酒之發人性」，認為「聲」和酒一樣，只能觸發已形成於內心的哀樂之情，而不能使人產生哀樂，因此也就跟「酒」一樣，本身並無「哀樂」。

【注　釋】❶見　顯示；顯露。❷要　總括；總之。❸過　失。❹伯牙理琴二句　伯牙彈琴，而鍾子期從琴音中得知他的志向。伯牙，春秋時期的著名琴師。鍾子期，與伯牙同時代的善聽音樂（知音）者。其，他的，指伯牙。所至，到達的地方。這裡指伯牙通過彈琴所表達的意向、志向。「所」字是一種特別的指示代詞，通常用在及物動詞的前面（如「至」）組成一個名詞性的詞組，表示「所……的事物」（如「所至」）。至，各本作「志」，誤。❺隸人擊磬二句　有個奴隸擊磬，而子產（子期）從磬聲中體會出他的心哀。子產，春秋時期鄭國著名政治家。這裡的「子產」當是「子期」之訛，應是善聽音律的鍾子期。《呂氏春秋・季秋紀・精通》：「鍾子期夜聞擊磬者而悲。使人召而問之曰：『子何擊磬之悲也？』答曰：『臣之父不幸而殺人，不得生；臣之母得生，而為公家為酒；臣之身得生，而為公家擊磬；臣不睹臣之母三年矣。』」這個奴隸的父親過失殺人被處死，母親是做酒的奴隸，他自己是擊磬的奴隸，三年不得見母親之面，昨日在集市上偶然見到母親，想給贖身又沒有錢財，連自己的身子也是「公家」（奴隸主，貴族）的，因此心中悲哀呀！識，認識；體會。❻魯人晨哭二句　魯國有個人一大早就哭泣，而顏淵（顏回）從哭聲中覺察到他的生離死別之苦。顏淵，字回，孔子最賞識的弟子。《孔子家語・顏回》篇載述此事發生在衛國。劉向《說苑・辨物》不記發生於何地，只是說孔子早晨站在廳堂上，聽到哭泣聲很悲哀。顏回說：「今天這個哭泣的人，不只哭死去的人，還哭將要生離的人。」孔子派人去問那哭泣的人，哭泣的人回答：「我父親去世，家裡貧窮，只得賣子葬父，即將與兒子分別了！」孔子說：「說得好啊，顏回是聖人呀！」❼常音　固定的音律。❽曲度　曲調節奏。❾神明者　神而明之者；精神明達的人。❿能者　能「精之」者，謂能精通它的人。⓫但不當其共名耳　只是不應當把二者共用一個名稱罷了。共名，指把「賢人」稱作「愛人」、「愚人」稱作「憎人」。⓬由　原因；緣由；因緣。⓭與　同「歟」。疑問語氣詞，略等於現代漢語的「嗎」或「呢」字。⓮師襄奏操　師襄彈奏琴曲。師襄，春秋時魯國樂官，孔子曾向他學習彈琴。⓯仲尼覩文王之容　仲尼看見了周文王的儀容。師襄教孔子演奏〈文王之操〉，孔子經過長期演奏學習，從「得其曲」開始，到「得其數」、「得其意」、「得其人」、「得其類」，「邈然遠望曰：洋洋乎，翼翼乎，必作此樂也。黯然黑，幾（頎）然而長，以王天下，以朝諸侯者，其惟文王乎？」師襄稱讚道：「善，師以為〈文王之操〉也。」孔子持文王之聲，知文王之為人（參見《韓詩外傳》）。⓰師涓進曲二句　衛國樂官師涓向晉平公進獻新曲，而子野（師曠）體會出這是亡國之音。師涓，春秋時衛靈公的樂官。據《韓非子·十過》載述，衛靈公到晉國去，「至濮水之上，夜分而聞鼓新聲者」，命令師涓「聽而寫之」。抵達晉國之後，在宴會上，師涓奉命演奏「新聲」。曲未終，晉樂太師子野（師曠）撫琴而止之，說：「此亡國之音，不可遂（終）也。」又說：這是殷紂王的樂官師延作的靡靡之音。周武王伐紂，師延東走，至於濮水而自投。「故聞此聲者，必于濮水之上。先聞者其國必削。」子野，師曠字子野，晉樂太師。⓱綜　理。⓲近知　淺近的知識。⓳齊　齊同。這裡運用《莊子》的「齊物」之意，即齊同事物的彼此與是非，一概而論。⓴微　精微。㉑夫子　指仲尼，孔子。㉒萬殊　底本作「殊萬」，誤倒，據上文校改。㉓爾為已就　您認為已承認。此四字各本作「以為就令」（認為即使承認），於義為長，可從。㉔象　形象；表現。㉕躓　跌倒；被絆倒。㉖其　表委婉的語氣詞。㉗誣　虛妄不實。㉘巧麻　善於計算的人。巧，工也。麻，同「歷」。數也。㉙豫　通「與」。參與。㉚遘　通「構」。構成；造成；結構。

【語　譯】秦客反駁說：「四面八方風俗各異，歌、哭等方式千差萬別；然而，人的哀樂之情，不可能不顯露。心動於中，而聲出於心。雖託之於音樂，或寄之於其他聲響，善於聽音辨聲的人，總是能夠覺察到其中的哀樂之情，不使它有所差謬。從前伯牙彈琴，而鍾子期由琴音得知他的意向；有個奴隸擊磬，鍾子期也從磬聲中體會出他的心哀；魯國有個人大清早哭泣，顏回從哭聲中覺察到他不只哭死去的人、同時還哭將要生離的人。以上這幾個人，難道是借助於一定的音律、憑藉曲調節奏來作出判斷的嗎？內心憂戚的人則形貌為之變動，感情悲傷的人則聲音為之哀痛。這是自然的相互感應，誰也不可能得以逃脫的，不過只有神明通達的人才能夠洞察音聲之精微罷了。能洞察精微的人不會因為音聲複雜而感到難辨，不能洞察精微的人也不會因為音聲簡單而感到容易辨析。現在不可以因未遇到善聽的人，就說什麼音聲無可察之理；看到四面八方風俗多變，就說聲音本身不含哀樂之情感。你又說：因某人『賢』而使我心愛，但不應稱賢人為『愛人』；因某人『愚』而使我『情憎』，但不應稱愚人為『憎人』。然而，有『賢』然後愛心萌生，有『愚』然後『情憎』興起，只是不應當把兩者歸到同一個人名下罷了。悲哀和快樂情感的產生，也是由外緣而引發的；這就是有的聲音使我悲哀，有的音聲使我快樂啦。如果說『哀樂』由音聲引起，『哀樂』之『名』則更為有『實』，怎能把『名』、『實』統統分開呢？你又說：季札採詩觀禮，以區別〈風〉、〈雅〉；孔子感嘆〈韶〉樂與舜的德行一致，因此讚賞不已，長吁短嘆。這是什麼話呢？況且師襄彈奏〈文王之操〉，孔子便由琴聲而看到了周文王的風度儀容；師涓向晉平公進獻〈新聲〉，子野（師曠）便由琴聲而體會到這是殷紂王時的亡國之音。他們難道也是先採詩講詩而後發表意見，先觀摩禮儀然後才加以評判的嗎？這些都屬於神妙獨見，不必停留考察多日，就已經能夠理清其中的吉凶了。因此前代史籍傳為美談。現在你憑著自己狹窄的眼面前的感知，把你能見到的作為尺度去範圍一切，一概而論；這不是抹殺前賢的體會精微，辜負了孔夫子的神妙洞察能力嗎？」

東野主人答辯道：「您詰難說：『雖然歌、哭等方式千差萬別，善於聽聲的人，總是能夠覺察其中的哀樂之情，不須借助於一定的音律、憑藉曲調節奏才作出判斷的，鍾子期、顏回等等就是這樣的人。』這意思是說，心悲者即使言談笑語，擊鼓舞蹈，情歡者即使捶胸嗟嘆，還是不能控制其形色、掩匿真情，以誑騙察言觀色的人陷入疑似之中的。您的意思是說，即使音聲與情感有時在形式上看似沒有直接的關係，但依然認為其中必有哀樂之情罷了。您又說：『季札聽聲，以知眾國之風；師襄彈琴，而孔子從琴聲中見到了周文王的儀容。』案：如您所說，這就成了文王的功德、風俗的盛衰，都可以具體地表現於聲音之中；聲音的輕重，可以傳給後世；師襄、師涓的巧妙，也能傳之於將來。像這樣的話，三皇五帝那樣的聖人可不絕於今日，豈止是以上說的幾件事呢？如果這是確實的，那就是說〈文王之操〉有常度，〈韶〉、〈武〉之音有定數，不可雜入其他變音，彈出其他聲響了；那就是說先前所謂『聲音之無常』、『鍾子期之觸類辨聲』，就都站不住腳了。像『音聲無常』、『鍾子期知音』這些說法，莫非真的會這般站不住腳嗎？那孔子聽師襄彈琴而體會精微、季札之善於聽音而辨眾國之風，本來也是虛妄不實的。那都是俗儒妄記，欲神其事而補記上去的。為的是讓天下的人迷惑於他們說的聲音之道，這是不言自明的。但是完全按這個邏輯推下去，勢必使音聲之理變得神妙難知，人們只有恨自己出生太晚而不得遇奇聽於當時，仰慕古人而自嘆弗如。這可是大大欺騙了後來的人了！類比推理以辨明事物，應該首先追求自然之理；義理已充分，然後借古義以進一步說明它就是了。現在你全無心得，而多靠前人的言論作為談話的證據，這樣下去，恐怕連最善於計算的人也不能悉舉其數的了。您還詰難說：『悲哀和快樂情感的發生，猶如「心愛」、「情憎」之緣由於「甲賢」、「乙愚」，這就是聲音使我哀，音聲使我樂。如果說哀樂緣於聲音，則是哀樂之名更為有實了。』五色有好醜之分，五聲有善惡之別，這是事物本身的自然屬性。至於愛與不愛，喜與不喜，人情之變化，決定著人們對事物的認識和態度，僅僅如此而已。但是它們都不曾深入內心，只是由於外物刺激而生成罷了。至於哀樂之情，卻本是因為碰上切身的事情，先形成於內心，只是憑藉和諧的音樂，而自己顯露發作出來；所以我在前面已經論述『音聲無常』，現在再借助這番談論以正其名號罷了。我並不是說內心的哀樂情感由和聲而引發出來，就如同愛憎產生於『甲賢』、『乙愚』一樣。當然，和諧的聲樂感動人心，也就像釀酒催發人的性情一般。酒以甘苦味道為主體，而喝醉的人卻表現為狂喜或憤怒。有些人看見歡樂或憂戚的情緒是被聲樂引發出來的，就說什麼『聲有哀樂』，就如同不能因為看到歡喜或憤怒的情緒是被酒驅使出來的，就說什麼『酒有喜怒』，它們道理是一樣的。」

秦客難曰：「夫觀氣採色❶，天下之通用也。心變于內，而色應于外，較然可見，故吾子不疑。夫聲音，氣之激者也，心應感而動，聲從變而發；心有盛衰，聲亦隆殺❷。同見役❸于一身，何獨于聲便當疑邪！

夫喜怒章❹于色診❺，哀樂亦形于聲音。聲音自當有哀樂，但闇者不能識之。至鍾子之徒，雖遭無常之聲❻，則穎❼然獨見矣。今矇瞽❽面牆而不悟，離婁照秋毫于百尋，以此言之，則明闇殊能矣。不可守咫尺之度，而疑離婁之察；執中庸之聽，而猜鍾子之聰；皆謂古人為妄記也。

主人答曰：「難云：『心應感而動，聲從變而發；心有盛衰，聲亦隆殺❾。哀樂之情，必形于聲音。鍾子之徒，雖遭無常之聲，則穎然獨見矣。』必若所言，則濁、質之飽❿，首陽之飢⓫，卞和之冤⓬，伯奇之悲⓭，相如之含怒⓮，不瞻之怖祗⓯，千變百態，使各發一詠之歌，同啟數彈之微，則鍾子之徒，各審其情矣。爾為聽聲者不以寡眾易思，察情者不以大小為異，同出一身者，斯于識之也。設使從下出則子野之徒，亦當復操律鳴管，以考其音。知南風之盛衰⓰，別〈雅〉、〈鄭〉之淫正⓱也。夫食辛之與甚噱⓲，熏目之與哀泣⓳，同用出淚⓴，使易牙㉑嘗之，必不言樂淚甜，而哀淚苦。斯可知矣。何者？肌液肉汗，踧笮㉒便出，無主于哀樂；猶簁㉓酒之囊漉㉔，雖笮具㉕不同，而酒味不變也。聲俱一體之所出，何獨當含哀樂之理邪？且夫〈咸池〉、〈六莖〉、〈大章〉、〈韶〉、〈夏〉㉖，此先王之至樂㉗，所以動天地、感鬼神者也。今必云聲音莫不象其體而傳其心，此必為至樂不可託之于瞽史㉘，必須聖人理其弦管，爾乃雅音得全也。舜命夔『擊石拊石』，『八音克諧』，『神人以和』㉙。以此言之，至樂㉚雖待聖人而作，不必聖人自執也。何者？音聲有自然之和，而無係于人情。克諧之音，成于金石；至和之聲，得于管弦也。夫纖毫自有形可察，故離瞽㉛以明闇異功耳。若以水濟水，孰異之哉？」

【章　旨】秦客認為，「聲」能表現哀樂之情，「聲」有或哀或樂的區別，「但闇者不能識之」而已。東野主人則認為：「音聲有自然之和，而無係于人情。」意思是，「聲」並不表現人的哀樂之情，它只是和諧的，這「和」的特性來自天地自然，得之於金石管弦等樂器，不會因人的哀樂、愛憎而有所改變，這是音樂的自然之理，所以稱之為「自然之和」。

【注　釋】❶觀氣採色　觀察人的面部氣色。❷隆殺　盛大和減弱。即升降。隆，底本作「降」。張燮本暨《全上古三代秦漢三國文》作「隆」，據改。❸見役　被（心，自身）所役使。見，本義為看見，看到。這兒用在動詞「役」之前表被動。❹章　顯露；顯著。❺色診　面色之候驗。色，氣色；顏色。診，視；驗。底本作「□診」。據周樹人校徑補。❻無常之聲　即「音聲無常」。嵇康的意思是音聲與人的感情之間沒有必然聯繫。秦客的意思是即使是反常（無常）的聲音，如心哀者卻歡笑鼓舞，情歡者卻捶胸長嘆等等，仍然不能掩匿真情，音聲笑貌中還是有哀樂的。❼穎　通「潁」。火光也（用戴明揚說）。❽矇瞽　瞎子；盲人。❾聲亦隆殺　底本作「樂亦降殺」。樂，黃本作「聲」，據改。降，據上文所述秦客的話校改。❿濁質之飽　濁氏、質氏的富足美食。濁，指濁氏。質，指質氏，一作郅氏。據《史記・貨殖列傳》、《漢書・貨殖傳》記載，濁氏以製作美味佳肴而尊顯，質氏以磨刀而致富鼎食。⓫首陽之飢　首陽山上伯夷、叔齊的飢餓而死。⓬卞和之冤　卞和的蒙冤受屈。《韓非子・和氏》記載，楚人和氏（一作卞和）得玉璞（蘊藏有玉的石頭，也指未經雕琢的玉）於楚山，獻給厲王，厲王認為他是欺騙，刖（斷足之刑）其左足。後來卞和把它獻給武王，又被刖去右足。一直到楚文王繼位，卞和乃抱璞哭於楚山之下，三日三夜，泣盡而繼之以血。文王派人詢問，卞和說：「我並非因為受斷足之刑而悲傷，我悲的是寶玉被稱作石頭，忠貞之士被說成誑騙，這才是我所傷心的啊！」文王派人治璞而得寶玉，遂命曰「和氏之璧」。⓭伯奇之悲　伯奇的揚聲悲歌。伯奇，尹吉甫之子。《水經注》引揚雄〈琴清英〉曰：「伯奇至孝，後母譖之，自投江中。衣苔帶藻，忽夢見水仙，賜其美藥，思惟養親，揚聲悲歌，船人聞而學之。吉甫聞船人之聲，疑似伯奇，援琴作〈子安之操〉。」⓮相如之含怒　藺相如的怒髮衝冠。指趙相藺相如在「完璧歸趙」中含怒與秦王奮爭的故事。詳載《史記・廉頗藺相如列傳》。⓯不瞻之怖祗　陳不占恐懼而又恭敬的心情。不瞻，當作「不占」，即齊人陳不占。《文選・長笛賦》注引《韓詩外傳》：「陳不占，齊人。崔杼弒莊公，陳不占聞君有難，將往赴之。食則失哺，上車失軾。其僕曰：『敵在數百里外，而懼怖如是，雖往其益乎！』占曰：『死君之難，義也；無勇，私也。』乃驅車而奔之。至公門之外，聞戰鼓之聲，遂駭而死。君子謂不占無勇而能行義，可謂志士矣。」事又見劉向《新序・義勇》。祗，敬。⓰知南風之盛衰　知道南風的由盛而衰。《左傳・襄公十八年》：「晉人聞有楚師。師曠曰：『不害！吾驟歌北風，又歌南風，南風不競，多死聲，楚必無功。』」杜預注：「歌者吹律以詠八風。南風音微，故曰不競。唯歌南、北風者，聽晉楚之強弱也。」⑰別雅鄭之淫正　辨識大、小〈雅〉和〈鄭風〉的「淫」或「正」。雅鄭，指《詩三百》中的〈大雅〉、〈小雅〉和〈鄭風〉。儒家傳統詩教，認為「雅」是正聲，而「鄭聲淫」。⑱食辛之與甚噱　吃了辣椒、生薑等辛辣食物的人與大笑不止的人。辛，辛辣食物，指辣椒、生薑等。噱，大笑的樣子。⑲熏目之與哀泣　被煙熏了眼睛的人與因為悲哀而哭泣的人。熏，火煙上出也。⑳同用出淚　同樣要因此流淚。用，為。㉑易牙　春秋時齊桓公的廚師，以善調味出名。㉒蹴笮　被困逼所迫。蹴，通「蹙」。逼迫；困窘。笮，壓迫；壓榨。㉓簁　篩子；過濾。㉔漉水慢慢地滲下；過濾。㉕笮具　壓出物體裡汁液的器具。笮，壓出物體裡的汁液。㉖咸池六莖大章韶夏　五種樂曲名稱。《漢書・禮樂志》：「昔黃帝作〈咸池〉，顓頊作〈六莖〉，堯作〈大章〉，舜作〈招〉，禹作〈夏〉。」注：「招，讀曰韶。」㉗先王之至樂　先王製作的最高境界的樂曲。先王，指黃帝、顓頊、堯、舜、禹等。至，至美至善。班固《白虎通義・禮樂篇》：「黃帝曰〈咸池〉者，言大施天下之道而行之，天之所生，地之所載，咸蒙德施也。顓頊曰〈六莖〉者，言和律曆以調陰陽，莖者，著萬物也。堯曰〈大章〉者，大明天地人之道也。舜曰〈簫韶〉者，舜能紹堯之道也。禹曰〈大夏〉者，言禹能順二聖之道而行之，故曰〈大夏〉也。」《周禮・春官・大司樂》注：「〈大夏〉，禹樂也。禹治水傅土，言其德能大中國也。」《大戴禮記・主言》：「至禮不讓而天下治，至賞不費而天下之士說（悅），至樂無聲而天下之民和。」㉘瞽史　樂太師和太史。《國語・楚語》：「臨事有瞽史之導。」注：「瞽，樂太師；史，太史。」㉙舜命夔擊石拊石三句　舜命令樂官夔敲拍著石磬，使八類樂器的聲音能夠和諧地演奏，讓神和人聽了都感到快樂和諧。拊，拍。這三句摘引自《尚書・舜典》。㉚至樂　聖人製作的樂曲。這裡特指舜製作的〈韶〉樂（一作〈簫韶〉）。據《尚書・皋陶謨》記載，舜的樂官夔演奏的樂曲中也包括舜製作的〈韶〉樂，「〈簫韶〉九成，鳳凰來儀」。（〈韶〉樂演奏了九次，鳳凰成對地飛舞起來。）㉛離瞽　離婁和眼瞎的人。離，離婁，一作離朱，嵇康〈琴賦〉稱「離子」。傳說他是黃帝時代視力特別好的著名人物，能在百步之外明察秋毫之末。瞽，眼瞎；無視力。

【語 譯】秦客詰難說：「觀察人的氣色以判斷其心境情緒，這是天下人通用的方法。心變於內，而面部氣色就會有相應的變化，明顯可見，所以你不懷疑。至於聲音，原本也是由氣的激發而形成的。心緒隨著外物的感觸而運動，聲音隨著心緒感情的變動而發生；心有盛衰，聲音也就有時盈滿有時減弱。『氣色』和『聲音』同樣被身心所驅使，你為什麼唯獨對聲音（與哀樂情感的聯繫）便認為應當懷疑呢！人的喜怒之情顯露於面色，哀樂之情也應該表現在聲音之中。聲音自當有哀樂，只是愚昧的人不能體會識別它們。至於鍾子期等善聽的人，即使遇到反常的聲音（比如心哀者卻歡笑鼓舞，情歡者卻捶胸長嘆等），也能夠敏銳準確地洞察其中的真實感情。瞎子即使面對牆壁也視而不見，離婁卻能在百步之外明察秋毫之末，由此而論，則聰明的人和愚鈍的人能力懸殊是很大的。不可以拘守在咫尺之間的狹小範圍，而懷疑離婁的明察秋毫；也不能單憑自己平庸的聽覺，便猜疑鍾子期等人的善於聽音，並斷言那都是古人的虛妄傳述。」

主人回答道：「您詰難說：『心緒隨著外物的感觸而運動，聲音隨著心緒情感的變動而發生；心緒有盛衰，聲音也有時盈盛有時衰微。人的哀樂之情，一定會表現在聲音裡。鍾子期那些善於聽音的人，即使遇到反常的聲音（心哀者卻強顏歡笑，情歡者卻捶胸長嘆），也能敏銳地洞察其中的真實情感。』如果一定像您說的那樣，那麼濁氏、質氏以賤業而致富尊顯，伯夷、叔齊以義不食周粟而餓死於首陽山下，卞和抱璞而哭的冤屈，尹伯奇以至孝而被逼投江的悲痛，藺相如的怒髮衝冠，陳不占面臨『崔杼弒其君』時的懼怖而又忠君的心情，千變百態，假使這些人各自發出一聲長吟，同彈出幾聲輕微單調的琴音，鍾子期等人都能辨聽出他們各自的哀樂之情了。這就是所謂善聽的人不以聲寡聲眾為難易，善察實情的人不以聲音大小為差異，同出於一體的，這就能體會識別了。假設聲音是從地下發出來，那麼子野（師曠）之徒，也要再拿起律管摹擬吹奏一番，以便考察其聲音，由此判斷『南風』之盛衰，辨別大、小〈雅〉和〈鄭風〉的『淫』與『正』了。但是，在日常生活中，因食用辣椒等物而被辣得流淚與因大笑不止而流淚，被煙熏了眼睛而流淚與因悲哀哭泣而流淚，雖然同樣是流淚，讓善於辨味的易牙來品嘗這些淚水的滋味，他一定不會說歡樂的淚水是甜的，而悲哀的淚水是苦的，這是確定可以知道的。為什麼呢？肌液肉汗，為困窘所迫便會滲出來，並不受哀樂之情的主宰；就如同用篩子濾酒和用袋子濾酒，雖然濾酒的器具不一樣，但酒的味道不會變化。聲音跟淚水都是一體之所出，為什麼單單應當含有哀樂之理呢？況且那〈咸池〉、〈六莖〉、〈大章〉、〈韶〉、〈夏〉，這些都是堯舜等先王製作的至善至美的最高境界的樂曲，可用來動天地、感鬼神的。現在你一定說『聲音莫不象其體而傳其心』，這樣一來必定是聖人的樂曲不能交給瞽史來演奏，一定要由聖人親自演奏，這樣才能使雅音至樂完全表達出來。可是，《尚書．舜典》說：舜曾命令夔敲拍著石磬，使八類樂器聲音得以和諧的演奏，讓神和人聽了都感到快樂諧和。由此而言，至善至美的最高境界的樂曲雖然需要聖人來創作，卻不一定要由聖人自己來演奏。道理何在？音聲有自然之和，而無繫於人情。能夠和諧的音聲，是由鐘磬等金石樂器完成的；十分諧和的音聲，是彈奏琴瑟等管弦樂器而得到的。纖細毫末都有形跡可察，所以離婁和瞎子因視力明暗而功能殊異。如果沒有牆壁等形體可察，就如同把水添加到水裡一般，形跡全無，有誰還能區別它們呢？」

秦客難曰：「雖眾喻有隱❶，足招攻難，然其大理，當有所就。若葛盧聞牛鳴，知其三子為犧❷；師曠吹律，知南風不競，楚師必敗；羊舌母聽聞兒啼，而知其喪家❸。凡此數事，皆效❹于上世，是以咸見錄載。推此而言，則盛衰吉凶，莫不存乎聲音矣。今若復謂之誣罔，則前言往記，皆為棄物，無用之也。以言通論，未之或安。若能明其❺所以，顯其所由，設二論俱濟，願重聞之。」

主人答曰：「吾謂能反三隅者，得意而忘言，是以前論略而未詳。今復煩尋環之難，敢不自一竭邪？夫魯牛能知犧歷之喪生❻，哀三子❼之不存；含悲經年，訴怨葛盧。此為心與人同，異于獸形耳。此又吾之所疑也。且牛非人類，無道相通。若謂鳥獸皆能有言，葛盧受性獨曉之；此為解其語而論其事，猶傳譯異言❽耳，不為考聲音而知其情，則非所以為難也。若謂❾知者為當觸物而達，無所不知。今且先議其所易者。請問：聖人卒入胡域，當知其所言不乎？難者必曰：知之。知之之理，何以明之？願借子之難，以立鑒識之域[10]焉。或當與關接，識其言邪？將吹律鳴管，校其音邪？觀氣採色，知其心邪？此為知心，自由氣色；雖自不言，猶將知之。知之之道，可不待言也。若吹律校音，以知其心。假令心志于馬，而誤言鹿，察者故當由鹿以知馬也。此為心不係于所言，言或不足以證心也。若當關接而知言，此為孺子學言于所師，然後知之。則何貴于聰明哉？夫言非自然一定之物，五方殊俗，同事異號，趣[11]舉一名，以為標識耳。夫聖人窮理，謂自然可尋，無微不照。苟無微不照，理蔽則雖近不見，故異域之言，不得強[12]通。推此以往，葛盧之不知牛鳴，得不全乎？

又難云：『師曠吹律，知南風不競，楚多死聲。』此又吾之所疑也。請問：師曠吹律之時，楚國之風邪？則相去千里，聲不足達；若正識楚風來入律中邪，則楚南有吳越，北有梁宋，苟不見其原，奚以識之哉？凡陰陽憤激，然後成風；氣之相感，觸地而發；何得發楚庭，來入晉乎？

且又律呂[13]分四時之氣耳，時至而氣動，律應而灰移[14]。皆自然相待，不假人以為用也。上生下生[15]，所以均五聲之和，敘剛柔之分也。然律有一定之聲，雖冬吹中呂[16]，其音自滿而無損也。今以晉人之氣，吹無損[17]之律，楚風安得來入其中，與為盈縮[18]邪？風無形，聲與律不通，則校理之地，無取于風律，不其然乎？豈[19]師曠博物多識，自有以知勝敗之形，欲固眾心，而託以神微，若伯常騫之許景公壽哉[20]？

又難云：『羊舌母聽聞兒啼而審其喪家。』復請問：何由知之？為神心獨悟闇語而當邪[21]？嘗聞兒啼若此其大而惡，今之啼聲似昔之啼聲也，故知其喪家邪？若神心獨悟闇語之當，非理之所得也，雖曰聽啼，無取驗于兒聲矣。若以嘗聞之聲為惡，故知今啼當惡，此為以甲聲為度，以校乙之啼也。夫聲之于音[22]，猶形之于心也。有形同而情乖、貌殊而心均者。何以明之？聖人齊心等德，而形狀不同也。苟心同而形異，則何言乎觀形而知心哉？且口之激氣為聲，何異于籟籥[23]納氣而鳴邪？啼聲之善惡，不由兒口吉凶；猶琴瑟之清濁，不在操者之工拙也。心能辨理善譚，而不能令籟㉔籥調利，猶瞽者能善其曲度，而不能令器必清和也。器不假妙瞽而良，籥不因慧心而調，然則心之與聲，明為二物。二物之㉕誠然，則求情者不留觀于形貌，揆心者不借聽于聲音也。察者欲因聲以知心，不亦外乎？今晉母未得之于考試，而專信昨日之聲，以證今日之啼；豈不誤中于前世，好奇者從而稱之哉？」

【章　旨】嵇康認為：「心之與聲，明為二物。」「揆（探察）心者不借聽于聲音」，「因聲以知心」是不可能的，旨在論證「聲無哀樂」的主張。他甚至提出：「心不係于所言，言或不足以證心也。」心、口不一的人，連他說的話也不能「知心」。考慮到魏晉易代之際，口是心非的兩面派和偽君子的醜惡行徑，嵇康發表「心之與聲，明為二物」的觀點，這既是他的音樂理論，又具有明顯的政治針對性，從而造成這一主張既有正確的一面，又有明顯的片面性，甚至是自相矛盾的。

【注　釋】❶眾喻有隱　各種比喻都有不足之處。❷若葛盧聞牛鳴二句　如介葛盧聽到一頭牛在叫，就知道牠的三頭小牛都成了犧牲。葛盧，東夷小國介國國君。西元前六三一年（魯僖公二十九年冬），介葛盧朝見魯僖公，僖公「禮之，加其好。介葛盧聞牛鳴，曰：『是生三犧，皆用之矣，其音云。』問之而信。」子，底本作「生」。周樹人校曰：「各本作『子』。」據改。犧，犧牲，古代祭祀時殺死作為祭品的整頭牲口。❸羊舌母聽聞兒啼二句　羊舌，指羊舌肸，字叔向，春秋時晉臣。《國語・晉語八》載述，晉國叔向的兒子出生時，叔向的母親聞訊前往看望，剛走到堂前，聽到嬰兒的號哭聲，就掉頭往回走，說：「這哭聲像是豺狼的叫聲，最終使羊舌氏一族滅亡的，一定是這個孩子了。」此事又見《左傳・昭公二十八年》。西元前五一三年（魯昭公二十八年），晉殺祁盈及楊食我（即叔向之子）。「食我，祁盈之黨也，而助亂，故殺之。遂滅祁氏、羊舌氏。」❹效　驗。❺其　底本作「斯」。周樹人校曰：「張燮本作『其』。」據改。❻魯牛能知犧歷之喪生　魯牛能記歷次小牲之死。犧歷，當為「歷犧」之誤。戴明揚校曰：「前云『歷世』，此云『歷犧』，用法正同。」❼子　底本作「生」。據周樹人校改。❽言　底本作「□」，字缺。周樹人校曰：「舊校滅其原字，改作『禍』。程本作『知』。他本闕。」案：張溥本作「言」。戴明揚校曰：「此處作『知』、作『言』，均通。嚴輯《全三國文》亦從張本作『言』。」今據補。❾謂　底本作「為」。據上下文意暨戴明揚本校改。❿域　界局；界域；範圍。⓫趣　時間副詞。速；趕快；急；急於。⓬強　強迫；使用強力。⓭律呂　用竹管製作的校正樂律的器具，以管的長短來確定音的不同高度。從低音管算起，成奇數的六隻管叫「律」，成偶數的六隻管叫「呂」。⓮律應而灰移　律氣應則灰除。古代用律呂占驗節氣的變化。方法是：以葭莩灰（葦膜燒成灰）置於律管內，到某一節氣，相應律管內的灰就會自行散出，據此預報節氣的變化。「其為氣所動者，其灰散；人及風所動者，其灰聚。」（《後漢書・律曆志》）⓯上生下生　指律管長短與音律變化的規律。《呂氏春秋・音律》：「三分所生，益之一分以上生；三分所生，去其一分以下生。」《漢書・律曆志》：「陽生陰曰下生，陰生陽曰上生。」⓰冬吹中呂　冬天吹奏中呂。古人以一年十二個月與十二律相對應，十二律中的中（仲）呂，相當於孟夏四月。⓱無損　底本作「無韻」。周樹人校曰：韻，當作「損」。戴明揚校曰：「無韻」吳鈔本原鈔作「而損」，墨校改為「無韻」。案此承上文言之，當以「無損」為合。原鈔惟「而」字偶誤。⓲盈縮　進退變化。⓳豈　底本於「豈」下有「獨」字。周樹人校曰：

「案『獨』字當衍。」今徑刪。⓴若伯常騫之許景公壽哉　像伯常騫當年應允為齊景公增壽時的神秘做法一樣的嗎？許，應允。據《晏子春秋．內篇雜下》載述，齊景公表示讚賞伯常騫的道術，問他「能益寡人之壽乎」？伯常騫對曰：「能。」公曰：「能益幾何？」對曰：「天子九，諸侯七，大夫五。」公曰：「子亦有徵兆之見乎？」對曰：「得壽地且動。」伯常騫出，遇到晏子，晏子質問他說：我由觀測天象而知道將有地震，你也是用的這個方法吧？伯常騫俯首有間，仰而曰：「然。」㉑為神心獨悟闇語而當邪　是神心獨悟隱語而領會到的嗎？闇語，隱語。闇，通「暗」。當，值；遇到。㉒音　戴明揚校曰：「由下文觀之，『音』當為『心』之誤。」㉓籟籥　籥笛。籟，籥。籥，笛。㉔籟　底本作「內」。周樹人校曰：「張燮本作籟。」據改。㉕之　底本無「之」字。周樹人校曰：「各本『物』下有『之』字。」據補。

【語　譯】秦客詰難道：「即使各種比喻都有不足之處，足以招致攻擊責難，然而它們體現的大的道理，應當是站得住腳的。如介葛盧到魯國聽到一頭牛在叫，就知道牠的三頭小牛都成了犧牲；晉國樂師師曠吹律以詠八風，南風音微多死聲，便知道楚師必敗；叔向的母親聽到孫兒出生後的啼哭聲，就知道將來滅亡羊舌氏家族的一定是他。這幾件事，都在上世得到驗證，因此都被記載下來。由此而言，那麼盛衰、吉凶，沒有不表現在聲音的了。現在如果又說它們是欺騙，那麼前人的傳說和已往的記錄，都成了可以拋棄的東西，一點用處也沒有了。要說這是通達的議論，也許不一定是穩妥的。如果能明白地講出個所以然來，清楚地擺出論據，使你的論議和歷史上的『前言往記』都能成立，我願意再聆聽你的高見。」

東野主人回答說：「我所說的舉一可以反三，是領會了意思而無須再多費言辭，因此前面的論述略而未詳。現在蒙您再次詰難，我哪裡敢不竭盡所能予以回答呢？魯國那頭牛能記住歷次小牲之死於祭祀，哀嘆自己的三頭小牛都不得存活，長年含著悲痛，訴怨於介葛盧。這就成了牛心與人心相同，所不同的僅僅是牛是獸形罷了。這又是我所懷疑的問題。況且，牛並非人類，沒有渠道相互溝通心意的。如果說鳥獸全都有自己的語言，介葛盧稟受的性能偏偏能通曉它，這便是先解析牠們的語言而後談論牠們的事情，如同人類翻譯異國的語言罷了，不能說成是由考察聲音而知其情，那麼這就不能作為批評詰難我的根據了。假使您認為特別聰明的人應當是碰到什麼都能明曉，無所不知的話，現在姑且先選擇一個容易明瞭的問題來討論。請問：聖人突然進入胡人聚居的地區，究竟是能懂得胡人說的話還是不能呢？您一定會說：聖人能懂得他們的語言。說聖人能夠懂得，用什麼來證明呢？我想借您的詰難，定一個觀察識別的標準在這裡。是與胡人聯絡接觸，從而懂得他們的語言呢？還是用吹律鳴管的方式，校測他們的聲音呢？還是通過觀察氣色，來理解他們的心意呢？這是本由觀察氣色以知其心意，即使他自己不說話，還是可以了解的。知之之道，可不待言也。如果是通過吹律校音來了解其心意的話，假設他心裡想的是『馬』，卻錯說成了『鹿』，考察人就只能由『鹿』來推知他心裡想的是『馬』了。這種情況是心意跟嘴上說的話不一致，根據嘴上講的不一定就能證明是他心裡想的。如果是與胡人往來接觸從而懂得他們的語言，這就變成如同小孩子向教他的老師學習說話，學了之後懂得了，這樣的『聰明』又有什麼特別可貴之處呢？語言本不是自然一定之物，五方殊俗，同一事物有不同的稱號，急促地舉出一個名稱，用來作標識罷了。聖人通曉一切道理，認為自然存在的事物都可以找出它的端緒來，無論多麼微小都清晰可見。如果說聖人因為能『窮理』而無論多麼微細的端緒都看得清清楚楚，那麼遇到道理不通的情況，則即使近在眼前，也不一定看得清楚，所以異國他鄉的語言，不能強迫通曉。由此推論，介葛盧聽不懂魯牛的鳴叫聲，豈不是明明白白的嗎？

您又詰難說：『師曠吹奏律管以詠八風，得知南風音微多死聲，便知道楚師必敗。』這又是我所懷疑的。請問：師曠吹律的時候，起的風是從楚國吹來的嗎？那兩地相距千里，聲音不足以傳到此地；如果確認正是楚風來入律中呢，那楚國南邊有吳、越，北邊有梁、宋，假使您沒有看見風的源頭，又憑什麼辨認它是楚風呢？凡是陰、陽二氣劇烈地衝擊，這樣就形成了風，陰氣和陽氣相互感應，觸及地面而發出風來，怎麼會發生於楚庭，來到晉國呢？再說律呂只能分別四時的節氣罷了。時至而氣動，律氣相應則管內的葭莩灰自行移走。這都是自然地相互聯繫，不須借助人力來起作用的。律管長短與音律變化，用來調節宮、商、角、徵、羽五聲的諧和，表示音律剛柔高低的分寸。然而每支管樂器都有一定的音階，即使冬天吹奏夏季節氣的中呂，它的音響還是自會完滿而沒有缺損的。現在師曠用晉人的氣息，吹那並無缺損的律管，楚國的風怎麼能吹入其中，使它振動發聲呢？風沒有形狀，所謂楚軍將傷亡慘重的『死聲』與律管又不能溝通，那麼驗證事理之地，無取於楚聲楚律，事情不正是這樣的嗎？恐怕是師曠見多識廣，自有其預知勝敗形勢的根據，他想穩定軍心，而假託神秘微妙的說法，就像當年伯常騫應允為齊景公增壽而託之於地震的神秘做法是一樣的嗎？

您還詰難說：『晉國羊舌肸（叔向）的母親聽到孫兒啼哭，便審知他將來必定喪我家族。』我又要請問：她是從哪裡得知的？是神心獨悟隱語而領會到的嗎？是曾經聽到過小兒的啼哭聲像這般大而不祥，今之啼聲近似於昔日聽到過的啼聲，所以得知叔向的兒子將喪我家族嗎？如果是她的神心獨悟隱語而領會到的，那就不是由聲音表達的道理得到的，雖說是聽聞啼哭，實際上並沒有取驗於孫兒啼哭的聲音。如果是曾經聽到過類似的哭聲是不祥的，所以知道今天的啼哭聲也應當是不祥的，這叫作以甲的啼聲為標準，拿來檢驗乙的啼聲。聲音跟內心的關係，就像人的形體跟內心的關係一樣。有外形相同而內心不同的，有外貌不同而內心相同的。何以明之？聖人心地是齊同的，德行是相等的，而他們的外部形狀卻是不同的。假使是內心相同而外形殊異，那還說什麼觀察外形而能知道內心呢？況且嘴巴激氣成聲，跟簫笛類樂器納氣而鳴有什麼不同呢？啼聲的善惡，不是由於小兒嘴巴的吉凶；就如同琴瑟的聲音是清亮還是重濁，不在於彈奏者的工拙一樣。心能使人辨明事理善於言談，卻不能使簫笛協調便捷，就像瞎子樂師懂得樂理，卻不能使樂器一定清和一樣。樂器並不借助於瞎子的本領高強而變得性能優良，笛子也不會因為吹奏的人心思敏慧而調和吉祥，如此說來，人的內心與外部的聲音，明明是兩個東西。既然確實是兩樣東西，那麼探求人的性情就不能停留在觀察外部形貌，探測人的內心也不能借助於聽他的聲音。考察者想憑藉聲音而知道心靈，不也差得太遠了嗎？現在晉國羊舌肸的母親判斷孫兒的啼聲，沒有經過考察與驗證，只是相信自己過去聽到的不祥的啼聲，用來證明今天孫兒的啼聲也是惡的，這豈不是偶然猜中的，而後世好奇的人從而稱道起來的嗎？」

秦客難曰：「吾聞敗者不羞走❶，所以全❷也。今吾心未厭❸，而言於難，復更從其餘。今平和之人，聽箏笛批把❹，則形躁而志越；聞琴瑟之音，則體❺靜而心閑。同一器之中，曲用每殊，則情隨之變；奏秦聲則歎羨而慷慨，理齊楚則情一而思專，肆姣弄❻則歡放而欲愜。心為聲變，若此其眾。苟躁靜由聲，則何為限其哀樂？而但云至和之聲❼，無所不感，託大同于聲音，歸眾變于人情，得無知彼不明此哉？」

主人答曰：「難云：『批把、箏笛，令人躁越』。又云：『曲用每殊，而情隨之變。』此誠所以使人常感也。批把、箏笛，間從而聲高，變眾而節數❽，以高聲御數節，故使形躁而志越。猶鈴鐸❾警耳，而鍾鼓駭心，故聞鼓鼙❿之音，則思將帥之臣。蓋以聲音有大小，故動人有猛靜也。琴瑟之體，間遼而音埤⓫，變希而聲清；以埤音御希變，不虛心靜聽，則不盡清和之極，是以體⓬靜而心閑也。夫曲度不同，亦猶殊器之音耳。齊楚之曲多重，故情一；變妙⓭，故思專。姣弄之音，挹眾聲之美，會五音之和，其體贍而用博，故心役于眾理。五音會，故歡放而欲愜。然皆以單、複、高、埤、善、惡為體⓮，而人情以躁、靜、專、散為應。譬猶遊觀于都肆，則目濫而情放；留察于曲度，則思靜而容端。此為聲音之體，盡于舒疾；情之應聲，亦止于躁靜耳。夫曲用每殊，而情之處變，猶滋味異美，而口輒識之也。五味萬殊，而大同于美；曲變雖眾，亦大同于和。美有甘，和有樂⑮；然隨曲之情，盡乎和域；應美之口，絕于甘境。安得哀樂于其間哉？然人情不⑯同，各師⑰所解，則發其所懷。若言平和，哀樂正等，則無所先發，故終得躁靜。若有所發，則是有主于內，不為平和也。以此言之，躁靜者，聲之功也；哀樂者，情之主也；不可見聲有躁靜之應，因謂哀樂皆由聲音也。且聲音雖有猛靜，各有一和，和之所感，莫不自發。何以明之？夫會賓盈堂，酒酣奏琴，或忻然而歡，或慘爾而泣。非進哀于彼，導樂于此也。其音無變于昔，而歡慼竝用，斯非吹萬不同邪？夫唯無主于喜怒，亦應無主于哀樂，故歡慼俱見。若資⑱不固之音，含一致之聲，其所發明，各當其分，則焉能兼御群理，總發眾情邪？由是言之，聲音以平和為體，而感物無常；

心志以所俟⑲為主，應感而發。然則聲之與心，殊塗異軌，不相經緯⑳，焉得染太和㉑于歡慼、綴虛名于哀樂哉？」

【章　旨】嵇康認為：音聲有大小、單複、高低、舒疾、善惡之變化，使聽的人或躁動或心閑，但不能說它含有哀樂情感。音樂是以平和的精神（無哀無樂）為其本質的，而對他物的影響卻沒有一定。人的心志情感是受意念支配的，聽音之前早已存在，只不過接受和聲的感染被誘發而已，怎麼能把表現哀樂情感的虛名掛到音樂頭上呢？

【注　釋】❶不羞走　不以逃跑為羞恥。羞，羞恥。這裡是形容詞意動用法，「以……為羞」的意思。❷所以全　用以保全自己。全，保全。❸厭　飽；滿足。❹批把　即「琵琶」。周樹人校曰：「各本作琵琶。」一作枇杷。劉熙《釋名．釋樂器》：「枇杷本出于胡中，馬上所鼓也，推手前曰枇，引手卻曰杷，象其鼓時，因以為名也。」應劭《風俗通義》「批把」條云：「以手批把，因以為名。」❺體　底本作「聽」。據戴明揚校改。❻姣弄　美妙的小曲。弄，小曲。❼至和之聲　指上文所述〈咸池〉、〈六莖〉等黃帝、堯、舜、禹之「先王之樂」。❽節數　節奏快。數，疾速。❾鈴鐸　鈴鐺。鐸，古樂器，一種大鈴。形如鐃、鉦而有舌，振舌發聲。宣布教令時或有戰事時用之（行軍時使用的金屬打擊樂器）。❿鼙　騎鼓，古代軍中所用的一種小鼓。⓫埤　通「卑」。低下。⓬體　底本作「聽」。據上文校改。⓭妙　戴明揚校曰：「『妙』當為『少』字之誤，下文秦客難云：『豈徒以多重而少變，則致情一而思專耶？』正承此處而言。」可從。⓮體　本；根本。⓯和有樂　據吉聯抗〈嵇康「聲無哀樂論」〉校，「和有樂」當作「樂有和」。⓰不　「不」下底本有「自」字。周樹人校曰：「各本字無。」

據刪。⑰師　效法；依循。⑱資　取用。⑲所俟　所等待的。這裡指心中早已形成的意念、情感。俟，待；等待。⑳經緯　織物的縱線叫「經」，橫線叫「緯」。這裡是交織連接的意思。㉑太和　即「至和」、「和聲」，諧和的音聲，指音樂。

【語　譯】秦客詰難說：「我聽人說過，失敗的人不以逃跑為羞恥，用以保全自己啦。現在我心裡尚不滿足，還要來辯難，再換個角度來說說。現在心境平和的人，聽到箏、笛、琵琶的演奏，就會形態躁動而意氣飛揚；聽到琴、瑟的聲音，就會體態安靜而心情閑適。同一樂器的演奏中間，每當曲調改變，則心情隨著變化：演奏秦地的樂曲，聽的人就讚嘆羨慕而慷慨激昂；演奏齊地、楚地的樂曲，聽的人就心情專一而思想專注；玩賞美妙小曲，聽的人就歡樂輕快而心滿意足。心情隨著聲樂變化，像這樣的情況多得很。如果說人的浮躁或安靜可以由聲樂引發，那為什麼要排除聲樂具有使人或哀或樂的作用呢？而你只是說先王之至樂無所不感，把大同的理想寄託於音樂，把複雜具體的變化歸結於人情（與音樂無關），這豈不是只知其一，不知其二嗎？」

東野主人回答：「詰難稱：『琵琶、箏、笛的聲音，使人躁動激揚。』又稱：『曲度每次改變，心情隨著曲度而變化。』這些的確是使人常常感覺到的現象。琵琶、箏、笛，發音部位之間距短促而聲調高，變化多而且節奏快；由於高聲調再加之以快節奏，所以使人形體躁動不安而意氣激昂。就像鈴鐸的響聲警動耳朵，鐘鼓的播擊聲警駭人心。所以聽到敲擊騎鼓的聲音，就會思念將帥之臣。那是因為聲音有大有小，所以感動人有猛烈和文靜之別。琴、瑟的體制結構是發音部位間距遼遠而且音調低，變化少而聲音清和；由於音低再加上少變，不虛心靜聽，就不能完全感受到清和之音的美妙境界，因此體態安靜而心情閑適。演奏的曲度不同，也就像不同樂器的聲音罷了。齊、楚曲調，大多反覆重唱，所以感情專一；變化少，所以思想集中。豔麗的小曲，聚集眾聲之美妙，會合五音之清和，它的內涵豐富且適用面寬泛，所以人的心情容易受到制約。五音會聚，所以聽的人歡樂輕快而心滿意足。然而總的說來，它們都是以單調、繁複、調高、調低、好聽、不好聽作為音樂的根本，而人的心情則以躁動、安靜、專一、輕鬆作為對應。譬如像遊觀於城裡的市場，就會目不暇接而心情輕鬆愉快；留在家裡欣賞音樂曲調，就會思想沈靜且儀容端莊。這就是說，聲音的本質，全部表現在節奏快慢上；人的心情對聲音的反應，也僅只表現為躁動或安靜而已。至於曲調每次改變，而心情也隨著變化，就像滋味中有不同的美味，而人的嘴巴總是能夠識別它們的。調和五味縱然有千萬種不同，而在美味這一點上是大同的；曲度變化雖然眾多，在音節和諧這一點上也是完全相同的。美味中有甘甜，和諧中有樂趣。然而隨著曲度而變化的情緒，全歸結於諧和的境界；反應美味的嘴，只到甘美的境界為止。哪裡會有悲哀和快樂之情在其間呢？不過人的心情各不相同，各自依照自己的理解，就抒發各人的情懷。如果說心情平和，哀、樂對他都一樣（沒有哀樂之別），那就沒有什麼感情會引發表露出來，所以終歸只有躁動或安靜。如果有所發作，那是心中早已形成了此種感情，不能算是心情平和的人。由此說來，躁動和安靜，是聲音的功能；悲哀和快樂，是人情的主腦；不能看見聲音會引起人的躁動或安靜的反應，於是就說悲哀和快樂都是由聲音引起的。況且聲音雖然有強有弱，各自都有一種諧和。和諧的聲音感染所及，沒有不是由自身生發出來的。憑什麼說明這一點呢？在宴會上，賓客盈堂，酒喝得酣暢時彈琴助興，有的人開懷大笑，有的人卻悽慘地哭泣。這並非是琴聲把悲哀給了這個人，把快樂給了那個人。琴音曲調並不比往日有什麼變化，飲酒的人卻樂、哀並作，這不正像風吹萬千竅穴會發出不同聲響一樣嗎？音樂不能主宰人的喜怒，也當然不能主宰人的哀樂，所以聽同一首琴曲，歡樂的人和悲戚的人同時出現了。如果取用並無固定含意的音，組成為具有一定旋律的聲調曲度，它所表現的，各自符合它的本分（即表現一定的形象，含有一定的思想感情，而不是『和聲無象』），那麼它又怎能同時兼容各種思想道理，竟能同時引發各種不同的情感呢？由此說來，聲音是以平和的精神（無哀無樂無歡無慼）為本質的，而對他物的影響卻是沒有一定的；人的心志是以自己已經形成的意念為主宰，受到和聲的感染而引發出來的。可見聲音與心志，完全是兩回事，殊途異歸，彼此不相關聯交織，怎麼能把歡、慼之情強加到『自然之和』的音聲之中，使音聲徒有表現哀樂感情的虛名呢？」

秦客難曰：「論云：『猛靜之音，各有一和。和之所感，莫不自發。是以酒酣奏琴，而歡感並用。』此言偏重之情，先積于內，故懷歡者值哀音而發，內慼者遇樂聲而感也。夫聲音自當有一定之哀樂，但聲化遲緩，不可倉卒，不能對易。偏重之情[1]，觸物而作。故今哀樂同時而應耳。雖二情俱見，則何損于聲音有定理邪？」

主人答曰：「難云：『哀樂自有定聲，但偏重之情，不可卒移，故懷慼者遇樂聲而哀耳。』即如所言，聲有定分；假使〈鹿鳴〉❷重奏，是樂聲也；而令慼者遇之，雖聲化遲緩，但當不能使變令歡耳，何得更以哀邪？猶一爝之火❸，雖未能溫一室，不復增其寒矣。夫火非隆寒之物，樂非增哀之具也。理弦高堂，而歡慼並用者，直至和❹之發滯導情，故令外物所感，得自盡耳。難云：『偏重之情觸物而作，故令哀樂同時而應耳。』夫言哀者，或見机杖❺而泣，或覩輿服❻而悲，徒以感人亡而物存，痛事顯而形潛。其所以會之，皆自有由，不為觸地而生哀，當席而淚出也。今無机杖以致感，聽和聲而流涕者，斯非和❼之所感，莫不自發也？」

【章　旨】秦客提出：「聲音自當有一定之哀樂」，只是它對人的感化比較遲緩，不可能立竿見影。嵇康堅持「聲無哀樂」的觀點，舉例批評「聲化遲緩，不可倉卒」的說法，進而提出音樂有「發滯導情」之功效，即啟發聽者心中的鬱積之思，誘導內心之情，使它自動表露出來，即所謂「和之所感，莫不自發」。

【注　釋】❶偏重之情　側重於一面的感情，指或哀或樂而言。重，底本作「并」。周樹人校曰：「『并』當作『重』。」據改。❷鹿鳴　《詩經・小雅》篇名。〈毛詩序〉云：「〈鹿鳴〉，燕群臣嘉賓也。」是歡樂的歌舞。❸一爝之火　一支火把。爝，火炬。❹至和　指至和之樂，即「太和」。極為諧和的音樂。❺机杖　坐几和手杖。机，同「几」。坐几。《禮記・曲禮上》：「大夫七十而致事（告老退休），若不得謝（批准），則必賜之几杖。」此處指死者生前用過之物。❻輿服　車子和服飾。此處亦指死者生前用過之物。❼和　和聲；和諧的音聲。指音樂。

【語　譯】秦客詰難道：「你論述說：『猛、靜之音，各自都有一種諧和。接受和聲感染的對象，其反應沒有不是由自身生發出來的。因此，飲酒酣暢時演奏琴曲，客人們有的會歡笑，有的會感到悲戚，一哀一樂是同時發生的。』你這話的意思是，側重於一面的感情（或哀或樂），先積聚在內心，所以心情歡樂的人即使遇上悲哀的音調也會笑逐顏開，內心憂戚的人即使遇上快樂的曲調也會愁容滿面。我認為，聲音（音樂）自應含有一定的哀樂情感，只不過是音聲對人的感化遲緩，不可能立竿見影，更不能跟『偏重之情』簡單對換。側重於一面的感情，往往是觸物便發，所以琴聲使懷有哀、樂不同心情的人同時反應出來了。雖然聽琴曲的人中哀樂兩種反應一齊出現，又何損於聲音自當有哀樂的一定之理呢？」

東野主人答道：「您詰難說：『哀樂之情自有一定的聲音來表現，只是由於人們心中側重一面的感情，不可能倉卒之間轉移，所以心懷憂戚的人遇上快樂的曲調也會悲哀啦。』即使如您所講的，聲音有一定的感情內容；現在假設演奏〈鹿鳴〉，這是歡樂的音樂；如果叫心中憂戚的人來聽，即使音聲對人感化遲緩，也僅只是不能馬上改變而使他歡樂罷了，怎麼會反而引他悲哀呢？

就如同一支火把，雖然不能溫暖一間房子，卻也不會再增加它的寒冷呀！因為火把絕非增添寒冷的東西，歡樂的曲調也絕非增添哀愁工具。彈琴於廳堂之上，聽眾中歡樂與悲哀的情狀同時出現的原因，實在是極為和諧的音樂具有啟發鬱積之思、誘導內心之情的功效，所以使受到感染的人們（外物），得以自我發洩其情思罷了。您還辯論說：『心內存有偏向一個側面的情感，往往觸物便發作出來，所以聽琴的人或哀或樂狀態同時反應出來了。』我認為凡是講到悲哀的，或者是因為看到已故親人使用過的舊物（坐几、手杖之類）而黯然垂淚，或者是目睹亡故親人生前坐過的車子、穿過的服飾而悲哀，這純粹是傷感於物猶存而人已亡故，痛心於逝世者的事蹟猶在眼前，而他的形體已永遠消失。他的落淚和悲哀之所以在這樣的場合出現，都有具體實在的原由可察，並不是跑到任何地方都會生出悲哀，也不是面對筵席就會流淚的。現在酒酣奏琴之時，並沒有先人的几杖之類舊物以招致傷感，卻因為聽了諧和的琴聲曲調而悲哀涕泣，這不正說明受到諧和的聲音感染的人，沒有誰不自我發洩情感的嗎？」

秦客難曰：「論云：『酒酣奏琴，而歡慼竝用。』欲通此言，故答以偏情，感物而發耳。今且隱心❶而言，明之以成效。夫人心不歡則慼，不慼則歡，此情志之大域也。然泣是慼之傷，笑是歡之用也。蓋聞齊、楚之曲者，惟覩其哀涕之容，而未曾見笑噱之貌❷。此必齊、楚之曲，以哀為體；故其所感，皆應其度。豈徒以多重而少變，則致情❸壹而思專邪？若誠能致泣，則聲音之有哀樂，斷可知矣。」

主人答曰：「雖人情感于哀樂，哀樂各有多少。又哀樂之極，不必同致也。夫小哀容壞，甚悲而泣；哀之方❹也。小歡顏悅，至樂而笑；樂之理❺也。何以言之？夫至親安豫❻，則怡然自若，所自得❼也。及在危急，僅❽然後濟，則抃不及儛❾。由此言之，儛之不若向之自得，豈不然哉？至夫笑噱，雖出于歡情，然自以理成；又非自然應聲之具也。此為樂之應聲，以自得為主；哀之應感，以垂涕為故❿。垂涕則形動而可覺，自得則神合而無變。是以觀其異，而不識其同；別其外，而未察其內耳。然笑噱之不顯于聲音，豈獨齊、楚之曲邪？今不求樂于自得之域，而以無笑噱謂齊、楚體哀，豈不知哀而不識樂乎？」

【章　旨】嵇康認為：歡樂的人對聲音（音樂）的感應是以自然得意為主，悲哀的人對音樂的感應則是以泣涕為常事。這些均與樂曲無直接關聯。批評秦客以聽者的哀、樂狀貌作為判斷「聲音之有哀樂」的依據。

【注　釋】❶隱心　憑心。❷笑噱之貌　大笑的狀貌。噱，大笑。❸情　底本作「精」。周樹人校曰：「各本作『情』。」據改。❹方　常法；定規。這裡指人在悲哀時的慣常表現形態。❺理　條理。這裡指人在歡樂時的一般表現形態。❻安豫　安樂；安好。豫，樂。❼自得　底本作「猖狂」。周樹人校曰：「各本作『自得』。」案下文正作「自得」。據改。❽僅　勉強。❾抃不及儛　鼓掌慶幸尚未達到手舞足蹈的程度。抃，鼓掌。儛，同「舞」。❿故　事；事情。

【語　譯】秦客詰難道：「你論述說：『酒酣奏琴，而歡慼並用。』我想弄通這句話，所以才拿『偏重之情，感物而發』來作答罷了。現在我還是憑心而言，用一定的效驗來說明它。大凡人心不歡則悲，不悲則歡，這是人的心情意向的大體地劃分。而哭泣是憂慼悲傷到極點的反應，笑是歡樂的表現。聽到齊、楚兩地樂曲的人，只看到他們有哀涕的形狀和容顏，卻未曾看見他們大笑的樣子。這一定是齊、楚兩地的樂曲，是以悲哀為主的，所以被它感染的人，都與其本質相應。哪裡是單靠多重奏而變化少，就會令人精神貫注而思想專一呢？如果齊、楚的樂曲果真能使人落淚，那麼聲音之有哀樂，就是斷然可知的了。」

東野主人回答道：「雖然人的感情或哀或樂，但哀、樂有多有少。另外，哀樂的最後表現形式，不一定一致。輕度的小的悲哀使人神色頹喪，十分悲哀會傷心地哭泣；這是悲哀的慣常表現形態。小小的歡喜，顏色愉悅，非常快樂就會發出笑聲；這是歡樂的合乎常理的表現形態。憑什麼這樣說呢？最親近的人安好快樂，自己就怡然自若，這叫自然得意。等到最親近的人處在危急狀態之中，竭力爭取之後才勉強度過難關，自己就會拍手慶幸而達不到手舞足蹈的程度。由此而言，即使他手舞足蹈也比不上至親安樂的人所表現出來的自然得意的情態，難道不是這樣的嗎？至於哈哈大笑，雖然出於歡樂之情，然而是由本身內在的原因造成的，也不是自然應聲的工具。這就是說，歡樂的人對聲音的感應，以自然得意為主；悲哀的人對聲音的感應，以涕泣漣漣為常事。流淚垂涕則形動可以覺察，自然得意則是精神相合而形貌沒有什麼變化。因此，您只觀察到哀者垂涕，異於常人，而不懂得樂者自得，同於常人；只知道辨別他們的外部形貌，而沒有考察他們的內心情懷。如此說來，歡樂的人中，哈哈大笑的狀貌不顯現於欣賞音樂之時，難道只有齊、楚兩地的樂曲是這樣的嗎？現在您不從自然得意的情態去尋求什麼叫歡樂，而僅僅因為沒有大笑就說什麼齊、楚兩地樂曲的主調是悲哀，這豈不是只知悲哀而不懂得什麼是歡樂的表現嗎？」

秦客問曰：「仲尼有言：『移風易俗，莫善于樂❶。』即如所論，凡百哀樂，皆不在聲，則移風易俗，果以何物邪？又古人慎靡靡❷之風，抑慆❸耳之聲，故曰：『放鄭聲，遠佞人❹。』然則鄭、衛之音❺，擊鳴球以協神人❻。敢問鄭雅之體，隆弊所極，風俗移易，奚由而濟❼？願重聞之，以悟所疑。」

主人應之曰：「夫言『移風易俗』者，必承衰弊之後也。古之王者，承天理物，必崇簡易之教❽，御無為之治：君靜于上，臣順于下，玄化潛通，天人交泰，枯槁之類，浸育靈液，六合❾之內，沐浴鴻流，蕩滌塵垢，群生安逸，自求多福，默然從道，懷忠抱義，而不覺其所以然也。和心足于內，和氣見于外；故歌以敘志，儛❿以宣情；然後文⓫之以采章，照⓬之以〈風〉、〈雅〉；播之以八音，感之以太和；導其神氣，養而就之；迎其情性，致而明之；使心與理相順，氣與聲相應；合乎會通，以濟其美。故凱樂之情，見于金石；含弘光大，顯于音聲也。若以往⓭則萬國同風，芳榮濟茂，馥如秋蘭；不期而信，不謀而成，穆然相愛，猶舒錦布綵，燦炳可觀也。大道之隆，莫盛于茲；太平之業，莫顯于此。故曰：『移風易俗，莫善于樂。』然樂之為體，以心為主。故無聲之樂，民之父母⓮也。至八音會諧，人之所悅，亦總謂之樂。然風俗移易，本不在此也。

夫音聲和比，人情所不能已者也。是以古人知情不可放，故抑其所遁；知欲不可絕，故自以為致[15]。故為可奉之禮[16]，制可導之樂[17]。口不盡味，樂不極音；揆[18]終始之宜，度賢愚之中[19]，為之檢則[20]，使遠近同風，用而不竭，亦所以結忠信、著不遷也。故鄉校庠塾[21]，亦隨之使絲竹[22]與俎豆[23]竝存，羽毛[24]與揖讓[25]俱用，正言[26]與和聲[27]同發。使將聽是聲也，必聞此言；將觀是容也，必崇此禮。禮猶賓主升降，然後酬酢[28]行焉。于是言語之節，聲音之度，揖讓之儀，動止之數，進退相須，共為一體。君臣用之于朝，庶士用之于家，少而習之，長而不怠，心安志固，從善日遷[29]，然後臨之以敬，持之以[30]久而不變，然後化成。此又先王用樂之意也。故朝宴聘享，嘉樂必存；是以國史[31]採風俗之盛衰，寄之樂工，宣之管弦，使『言之者無罪，聞之者足以誡』[32]。此又先王用樂之意也。

若夫鄭聲，是音聲之至妙。妙音感人，猶美色惑志，耽槃荒酒[33]，易以喪業。自非至人，孰能御之？先王恐天下流而不反，故具其八音，不瀆其聲；絕其大和[34]，不窮其變；捐窈窕之聲，使樂而不淫。猶大羹不和[35]，不極勺藥之味[36]也。若流俗淺近，則聲不足悅，又非所歡也。若上失其道，國喪其紀，男女奔隨，淫荒無度；則風以此變，俗以好成。尚其所志，則群能肆之；樂其所習，則何以誅之？託于和聲，配而長之，誠動于言，心感于和，風俗壹成，因而名之。然所名之聲，無中于淫邪也。淫之與正同乎心，雅鄭之體[37]，亦足以觀矣。」

【章旨】秦客借用孔子「移風易俗，莫善于樂」的話，質問嵇康，你說「聲無哀樂」，怎麼「移風易俗」？嵇康認為：移風易俗，最根本的不在音樂，而在於統治者要施恩於民，實行寬和寧靜之政（崇簡易之教，御無為之治），人民就安逸，人心就平和，「無聲之樂，民之父母也」。至於音樂，「八音會諧，人之所悅」，「音聲和比，人情所不能已者也」。人的內心本來就包含淫邪和純正兩種傾向，所以古人要制禮作樂，抑制淫邪之情，宣導雅正之志，使「樂而不淫」，以輔助教化：「託于和聲，配而長之，誠動于言，心感于和，風俗壹成。」

【注　釋】❶移風易俗二句　兩句出自《孝經・廣要道章》所載孔子的話。意思是：移風易俗，沒有什麼比音樂更好的了。❷靡靡　《文選》李善注：「靡靡，聲之細好也。」❸慆　《說文》：「慆，悅也。」底本作「滔」。周樹人校曰：「各本作『慆』。」戴明揚以「滔」為誤字，據改。❹放鄭聲二句　語出《論語・衛靈公》：「放鄭聲，遠佞人。鄭聲淫，佞人殆。」（捨棄鄭國的樂曲，斥退小人。鄭國的樂曲靡曼淫穢，小人危險。）放，屏棄。鄭聲，鄭國的樂曲。❺鄭衛之音　鄭國、衛國一帶的樂曲。周樹人校曰：「此下當有奪文。」是。《荀子・樂論》：「鄭衛之音，使人之心淫。」❻擊鳴球以協神人　敲擊鳴球等樂器，讓神人聽了都感到快樂和諧。鳴球，樂器的一種，即玉磬。語出《尚書・皋陶謨》（偽古文《尚書》析入〈益稷〉）：夔（舜的樂官）曰：「戛擊鳴球、搏拊（皮製樂器，狀如小鼓）、琴瑟，以咏。」（夔說：「演奏起玉磬、搏拊、琴瑟以作為歌詠的配樂吧！」）據東晉梅賾所上《偽孔傳》稱：「此舜廟堂之樂，民悅其化，神歆其祀……。」❼奚由而濟　通過什麼而達到（實現）的？奚，疑問代詞，跟「何」字相當，可譯成「什麼」。值得注意的是，在上古漢語裡，疑問句裡的疑問代詞賓語必須放在動詞的前面。「奚」是動詞「由」的賓語。濟，渡；達到。❽簡易之教　天地易簡之道。簡，簡約。易，平易。《周易・繫辭上傳》：「易簡，而天下之理得矣；天下之理得，而成位乎其中矣。」（明白乾坤的平易和簡約，天下的道理就都懂得了；懂得天下的道理，就能遵循天地規律而居處適中合宜的地位。）❾六合　上下四方，指天地之間。❿儛　同「舞」。⓫文　文飾；修飾。⓬照　明。⓭若以往　當作「若此以往」。戴明揚校曰：「『若』下當奪『此』字。」⓮無聲之樂二句　先王無聲的德行教化（是禮樂之原，雖無樂而勝於有樂），是人民的父母啊！語本《禮記・孔子閒居》記孔子與子夏關於禮樂的一段問答。子夏問怎樣才稱得上「民之父母」？孔子回答說：「夫民之父母乎？必達於禮樂之原，以致五至，而行三無……。」孔子的意思是，想成為「民之父母」，必須懂得什麼是禮樂的根本。也就是說，統治者施恩於民，施行寬和寧靜之政，人民就喜悅，雖無樂而勝於有樂，這就是「無聲之樂」。孔子說的「行三無」首條即「無聲之樂」，次為「無體之禮」，三為「無服之喪」，皆指禮樂的根本而言。嵇康認為，古先王「崇簡易之教，御無為之治」，人民就安逸，人心就平和，於是出現平和之樂，其本原還是先王的「無聲之樂」。⑮自以為致　引導它自我發展。⑯為可奉之禮　制定可行之禮。指有具體儀式的禮制規定，它的本原是先王的「無體之禮」。⑰制可導之樂　製作可導引性情之音樂。指「音聲和比」之樂，它的本原是先王的「無聲之樂」。⑱揆　度；考察。這裡是度量、計算的意思。⑲中　指中人，中等水平的人。⑳檢則　準則；法則。檢，法度。㉑鄉校庠塾　均指學校。《禮記・學記》：「古之教者，家有塾，黨有庠，遂有序，國有學。」五百家為黨，一萬二千五百家為遂，塾、庠、序、學皆指學校。《左傳・襄公三十一年》：「鄭人游於鄉校，以論執政。」鄉校，鄉間的公共場所。即是學校，又是鄉人聚會議事的地方。㉒絲竹　管弦樂器。這裡借指音樂。㉓俎豆　祭祀禮器。這裡借指禮制。㉔羽毛　毛，通「旄」。羽旄，古代樂舞所執的雉羽和旄牛尾，此借指樂舞。一說，指古樂舞中的羽舞旄舞。㉕揖讓　古代賓主相見的一種禮儀，此借指禮儀。㉖正言　雅正之言，指詩。㉗和聲　指音樂。㉘酬酢　應對。飲酒時主客互相敬酒，主敬客叫酬，客還敬叫酢。㉙遷　登；向上移。㉚持之以　周樹人校曰：「『以』下當奪一字。」一說當作「持之以重」，錄以備考。㉛國史　王室的史官。㉜言之者無罪二句　引自〈毛詩序〉。㉝耽槃荒酒　沈醉於遊樂荒嬉於酒色。耽，沈醉。槃，樂也。荒，迷亂。㉞絕其大和　竭盡於大和境界。絕，止；極；盡。大和，即「太和」，和諧的境界。㉟大羹不和　語出《禮記・樂記》：「大饗之禮，尚玄酒而俎腥魚，大羹不和，有遺味者也。是故先王制禮樂也，非以極口腹耳目之欲也，將以教民平好惡，而反人道之正也。」大羹，指肉汁不調以鹽菜，非以極口腹之欲的意思。㊱不極勺藥之味　不追求五味調和。勺藥，指調和五味的作料。《漢書・司馬相如傳上》「勺藥之和具而後御之。」注：「勺藥。藥草名。其根主和五藏，又辟毒氣，故合之於蘭桂五味以助諸食，因呼五味之和為勺藥耳。」。㊲雅鄭之體　雅樂和鄭聲的分體。雅，雅樂，先王「大和」之樂。鄭，鄭聲，鄭國一帶的樂曲。體，分；區分。《墨子・經上》：「體，分於兼也。」孫詒讓《墨子閒詁》：「并眾體則為兼，分之則為體。」

【語　譯】秦客問道：「孔子說過：『移風易俗，沒有比音樂更好的了。』如果像你說的那樣，凡是人間的一切哀樂，都不能表現在聲音（音樂）之中，那麼『移風易俗』這件事，到底依靠什麼呢？而且古人一向警惕靡靡之音，抵制悅耳淫蕩的小曲，所以孔子又說：『捨棄鄭國的樂曲，斥退小人。』如此看來，那鄭、衛一帶的小曲，（使人之心淫蕩；）而運用鳴球（玉磬）等多種樂器演奏的大舜的廟堂之樂，則能使神人協和。請問：鄭國樂曲和廟堂雅樂的區分，各自盛衰的極致，風俗的改變，是通過什麼達到的呢？我願意再次聆聽你的見解，以便解開我心中的疑團。」

東野主人回答說：「凡是說到『移風易俗』，一定是承接在世道衰弊之後。古代以王道治理天下的明君，秉承天意治理萬物，必定尊崇天地簡約平易之道，奉行無為的政治。君靜於上，臣順於下，潛移默化，天人交泰。枯槁的萬類，浸育靈液（雨露），六合之內，沐浴鴻流，蕩滌塵垢，群生安逸，自求多福，默然從道，懷忠抱義，而並不覺察為什麼會這樣。平和的精神充盈於內心，和悅的氣色顯露於外表；所以用唱歌敘述心志，用舞蹈宣洩感情；然後用文采來修飾它，用〈風〉、〈雅〉來宣揚它；用八音來傳播它，用太和之音來感召它；導引其神氣，涵育養成它；迎合其情性，招引而使它顯露出來；使心與理相順，氣與聲相應；融會貫通，以成就其完美。所以歡樂的情懷，體現於金石之類的樂器；發揚光大，顯露在音聲之中。如此發展下去，就會萬國同風，到處都受其感化，芳花繁茂，像秋蘭一般芬芳；人們不用約期而自然誠信，不用謀劃而自然成功，默默地相愛，就如同展開錦緞鋪陳彩帛一樣，光彩燦爛，鮮明奪目。大道之興隆，沒有比這再盛大；太平之業績，沒有比這更顯著，所以孔子說『移風易俗，莫善于樂』。但音樂的本質是以平和為主的，所以古之聖王施行寬和寧靜之政，這無聲的德行，雖無樂而勝於有樂，才稱得上是『民之父母』啊！至於八音諧和，是人們所愛聽的，也總稱之為『樂』。但是，孔子說的風俗的移易，原本不是指這樣的有聲之樂啊！

音聲和諧悅耳，確有使人不能自禁的時候。正因為如此，古人知道情感不可放縱，所以抑制它不讓它泛濫；知道欲望不可以根絕，所以因勢利導順從它的自然需求，所以要制定出可行之禮，創作可導引性情之音樂。人的嘴巴對滋味的要求是沒有窮盡的，樂曲對音聲的使用是沒有極限的，計算一下從開頭到結尾全過程的適宜程度，估量一下賢人和愚人之間屬於中等類型的人，從而制定出一個創作標準，使遠近同風，用而不竭，也能夠達到固結忠信，人民安逸，心境平和之目的。所以鄉閭學校也跟著這樣做，使樂器和禮器同時並存，舞蹈與禮儀同時並用，誦詩和弦歌之聲同時發出。使人們要聽這種音樂，必定會聽到這種詩歌；要觀看這種樂舞，必定會崇尚這種禮節。禮就如同賓客和主人先是升降揖讓，然後才進行應酬交際。於是言語的分寸，聲音的調度，揖讓的儀式，舉止禮數，進退互相配合，共為一體。君臣之間用之於朝廷，士大夫之間用之於家庭，從小就學習它，長大了也不懈怠，心安志固，從善日升，然後用恭敬的態度對待它，持之以恆，長久不變，然後教化得以成功。這正是先王製作音樂的用意。所以朝覲、宴飲、聘問、祭獻，嘉美的音樂必定要用；因此王室的史官採集風俗的盛衰，交給樂工，用管弦樂器演奏宣揚，使『言之者無罪，聞之者足以誡』。這也是先王製作音樂的用意啊！

至於鄭國的樂曲，是音樂中最為美妙的。妙音感人，就像美女對人的誘惑，沈溺於遊樂，迷亂於酒色，很容易喪失掉自己的事業。除了修養達到完美境界的『至人』，有誰能夠抵禦它呢？先王擔心天下流於放蕩而不能返真歸樸，所以創製了八音，而不讓它受到褻瀆；竭盡於最和諧的『大和』境界，而不追求無窮的變化；捐棄窈窕豔冶之聲，使人們歡樂而不放縱。就如同大饗之禮所用的『大羹』（肉汁）不調以鹽菜，不追求五味調和一樣。至於流俗淺近的音樂曲調，其音聲不足以悅耳，又非人們所喜歡的了。如果是上失其道，國喪其紀，男女奔隨，荒淫無度，那麼風氣就會因此而改變，習俗就會因人們的愛好而養成。崇尚人性所嚮往的，那麼大家都會放肆自己的言行；耽樂於他們的愛好習慣之中，那麼又怎麼責備他們呢？於是古之王者把希望寄託在平和的音聲之中，在音樂的配合下成長起來，真誠被歌詞所激動，心情被和諧的音樂所感染，風俗就這樣一起形成，因此孔子稱之為『移風易俗，莫善于樂』。但是，孔子所說的『樂』，絕對不包括淫邪之聲在內。淫邪與純正同樣來自人的內心，雅樂和鄭聲的區分，也就完全可以看得明白啦。」

第六卷

釋私論

【題 解】這是一篇闡述「公私之理」、務求「釋私」的專論。「釋」是去除、排除的意思，「私」的含意是指隱匿真情、不肯明講，「唯懼隱之不微，唯患匿之不密」。

文章首先正面提出：君子應該是「體亮心達」、心無隱諱、正大光明、行動自然，這就是「越名教而任自然」（超越名教束縛而任憑身心自然），「君子行其道，忘其為身」。接著擺出「公私之理」：一個志道存善的人，心裡想的卻無不隱匿，這就是有「私」；一個欲望並不善良的人，心裡想的無不明講，這就是有「公」。「私以不言為名，公以盡言為稱」，把「非」說成「私」，就是不明「公私之理」。嵇康把「公私之理」與「是非之理」相分離，旨在促使「善以盡善，非以救非」（善者表露心識得以盡其善，非者表露心識得以補救其非），公成而私敗。但是要區分「似非而非非，類是而非是」兩類情況，使行私者無僥倖之望而思改其非，立公者無所顧忌而行之無疑。

文章以許多歷史人物為例告誡世人：抱隱顧私，匿非藏情，是不能身立清世、信著明君的；

只有言無苟諱、行無苟隱，體清神正，是非允當，胸懷遠大，心地坦蕩，才是賢人君子的優異品格。全文首尾呼應，一氣呵成，「越名教而任自然」成為千古名句。

夫稱君子者，心無措乎是非❶，而行不違乎道者也。何以言之？夫氣靜神虛者，心不存乎矜尚❷；體亮心達者，情不繫乎所欲。矜尚不存乎心，故能越名教而任自然；情不繫乎所欲，故能審貴賤而通物情。物情順通，故大道無違；越名任心，故是非無措也。是故言君子，則以無措為主❸，以通物為美；言小人，則以匿情為非，以違道為闕。何者？匿情矜吝❹，小人之至惡；虛心無措，君子之篤行也。是以大道❺言：「及吾無身，吾有何患❻！」無以生❼為貴者，是賢于貴者也。由斯而言，夫至人之用心，固不存于有措矣。是故伊尹❽不惜賢于殷湯❾，故世濟而名顯；周旦❿不顧嫌而隱行⓫，故假攝⓬而化隆⓭；夷吾不匿情于齊桓⓮，故國霸而主尊。其用心，豈為身而繫乎私哉？故管子曰：「君子行其道，忘其為身。」斯言是矣！

【章　旨】稱之為「君子」的人，應該是「氣靜神虛」、「體亮心達」，虛懷若谷，正大光明，心中無所隱諱，不存成見，而行動不違背自然之道，這就是「越名教而任自然」（超越名教束縛而任憑心意自然），如同伊尹、周公、管仲那樣，「君子行其道，忘其為身（忘記自身）。」

【注　釋】❶心無措乎是非　心裡沒有置放是非。意思是：心裡預先不存有主觀的是非之見。措，置；安置；設置。❷矜尚　自負；誇耀。矜，自尊大也。❸以無措為主　以心無措乎是非為正。主，周樹人校曰：「張燮本作衷。」當從。衷，正也。❹矜吝　拘謹吝嗇。❺大道　自然之道。這裡指老子《道德經》。❻及吾無身二句　見《老子》十三章：「吾所以有大患者，為吾有身；及吾無身，吾有何患！」（我之所以有大禍，是因為我顧自身；如果我不顧自身，我有什麼災禍！）❼生　當為「身」之訛，音近而訛。即上文「及吾無身」之「身」字。《老子》十三章：「何謂『貴大患若身』？（怎樣叫做「受尊貴、遭大禍在你自身」？）吾所以有大患者，為吾有身……。」❽伊尹　商朝初期大臣。名伊，尹是官名。一說名摯。一說名阿衡。傳說奴隸出身（庖人），作為湯妃有莘氏女的陪嫁之臣，湯用為「小臣」，「言素王及九主之事」，湯舉任以國政，輔助成湯攻滅夏桀而王中國。商湯崩，長子太丁先卒，遵兄終弟及之制，立太丁之弟外丙；帝外丙二年而卒，立外丙之弟中（仲）壬；帝仲壬四年而卒，伊尹乃立太丁之子太甲，帝太甲無道，「不遵湯法」，於是伊尹把他放逐到桐宮，親自「攝行政當國以朝諸侯」；三年之後，太甲「悔過自責，反善，於是伊尹乃迎帝太甲而授之政。帝太甲修德，諸侯咸歸殷，百姓以寧。伊尹嘉之，作〈太甲訓〉三篇，褒帝太甲，稱太宗……」（《史記・殷本紀》）。❾殷湯　即商湯。「商」是部落名稱，從契傳至湯計十四代。西元前十六世紀，商湯攻滅夏桀，建立商朝。商湯十九傳至盤庚，遷都於殷（今河南安陽西北五里的小屯村），因而「商」也被稱為「殷」。❿周旦　周公姬旦，周武王姬發的四弟，因采邑在周（今陝西岐山縣北），稱為周公。⓫隱行　隱身潛行；隱世埋名。指隱退讓權。⓬假攝　攝政稱王。周武王克商之後兩年病死，成王年幼，不能擔當國家大事，而當時周的統治基礎還很不鞏固，沿海的東夷和殷商的勢力嚴重威脅著周的安全。在這種情勢之下，周公不避嫌疑，不得不攝理國政而稱王。⓭化隆　周的教化興隆昌盛。指發揚光大周武王的事業。周公攝政之後，他的兄弟管叔、蔡叔不服，策動殷紂王的兒子武庚造反，周公毅然舉兵東征、平定叛亂，殺武庚，經過三年艱苦的鬥爭，終於征服了今山東全境、河北以北至遼東半島的廣大地域，制禮作樂，安定周室，故可稱之為「化隆」。⓮夷吾不匿情于齊桓　管仲不對齊桓公隱匿真情。夷吾，管仲，名夷吾，潁上（今安徽潁上）人。生年不詳，卒於西元前六四五年。春秋初年，齊襄公荒淫無道，弟兄們紛紛逃往國外。公子糾由管仲、召忽輔佐，奔往魯國。公子小白由鮑叔牙輔佐，奔往莒國。西元前六八六年冬，齊襄公被殺。大夫高傒派人迎接公子小白繼位，魯國則發兵送公子糾回齊爭位，並派管仲帶領軍隊攔截從莒回來的小白。管仲截住了小白，並射了一箭，射中小白的帶鉤。小白裝死，管仲信以為真，趕緊使人報告魯國。魯國送公子糾的兵馬聞訊後行動遲緩，走了六天才趕到臨淄。這時小白已當上國君，就是齊桓公。後來魯國因齊國要求，殺了公子糾，囚禁管仲。齊桓公卻接受了鮑叔牙的意見，任命管仲為相。管仲相齊桓公四十年，在內政外交上皆有重大建樹，九合諸侯，一匡天下，使齊桓公成為春秋時期的第一個霸主。

【語　譯】被稱為君子的人，心裡不預先存有主觀的是非之見，而行為不違背自然之道。憑什麼這樣說呢？氣靜神虛的人，心裡不存在自負矜誇的意向；體亮心達的人，感情不會被欲望束縛。自負矜誇的意向不存於內心，所以能夠超越名教的形式而任順自然；感情不被欲望所束縛，所以能夠審斷貴賤而通曉物理人情。物理人情順通，所以自然之道不會違失；超越名教形式任憑純真，所以是是非非之類就沒有位置了。因此，一提到君子，人們就以不存有主觀是非為根本標誌，以能夠通達物理人情為美好的品性；一提到小人，人們就以隱匿真情為非，把違背自然大道作為大缺陷。為什麼呢？隱匿真情拘謹吝嗇，這是小人最可惡的地方；心胸坦蕩不存成見，這是君子敦厚的品行。因此老子《道德經》上說：「如果我不顧自身，我有什麼災禍！」不以自身為貴的人，比以自身為貴的人要賢明。由此而論，合乎大道的人使用心智，本來就不存有是非成見。所以伊尹對殷湯不吝惜自己的賢才，從而救助天下名聲顯達；周公姬旦不避嫌疑而隱退讓權，從而攝政使周家的教化昌盛興隆，管仲不對齊桓公隱匿真情，從而成就了齊國的霸業，齊桓公受到尊崇。他們的用心，難道是為了自身而情繫私欲嗎？所以管子說：「君子行其大道，忘記了自身。」這話就說對了！

君子之行賢也，不察于有度❶而後行也；任心無窮，不議❷于善而後正也；顯情無措，不論于是而後為也。是故傲然忘賢，而賢于度會❸；忽然任心，而心與善遇；儻然無措，而事與是俱也。故論公私者，雖云志道存善，心無凶邪，無所懷❹而不匿者，不可謂無私；雖欲之伐善，情之違道，無所抱❺而不顯者，不可謂不公。今執必公之理，以繩❻不公之情，使夫雖性善者，不離于有私；雖欲之伐善，不陷于不公。重其名而貴其心，則是非之情，不得不顯矣。夫是非必顯，有善者無匿情之不是❼，有非者不加不公之大非❽。無不是則善莫不得，無大非則莫過其非，乃所以救其非也；非徒盡善，亦所以厲❾不善也。夫善以盡善，非以救非，而況乎以是非之至者。故善之與不善，物之至者也。若處二物❿之間，所往者，必以公成而私敗。同用一器，而有成有敗。

【章　旨】君子的行為是賢明的，無拘無束的，心裡不隱藏什麼的；他們不是盤算好了再做，而是順應自然，不期而遇；這是「公」與「是」的典範。如果一個人雖然志道存善，心無兇邪，但是心裡想的無不隱匿，這就不能說「無私」；如果一個人雖然欲望與善性相衝突，真情違背道德，但是心胸懷抱無不顯露出來，這就不能說「不公」。作者將「公私之理」與「是非之理」相分離，其目的是促使「善以盡善，非以救非」（善者得以盡其善，非者得以補救其非），即所謂「公成私敗」之意。

【注　釋】❶度　底本作「慶」。各本皆作「度」。今徑改。度，法度；法。❷議　底本作「識」。各本皆作「議」。今徑改。❸會　合。❹所懷　懷抱；心懷；心中想的。❺所抱　懷抱；心懷。意思與上「所懷」同。❻繩　度；衡量。❼不是　不對；過錯。❽大非　大不對；大過錯。❾厲　勸勉。❿二物　善與不善，公與不公。

【語 譯】君子的行為是賢明的，不是先明瞭賢明的規範而後才行動；任憑真心無拘無束，不是先議論是否善良而後決定應該怎樣做；顯露真情不存成見，不是先論列是非而後再做。因此，漫不經心忘了何謂賢明，而行為恰與賢明規範相切合；不加思索憑心而行，而心靈恰與善良相吻合；心胸全然無主觀是非，而處事卻與正確共存。所以論列公和私的問題，雖說志道存善，心無兇邪，但心中想法無不隱匿起來的人，不能說他無私；雖說欲望與善性相衝突，真情違背道德，但心胸懷抱無不顯露出來的人，不能說他不公。現在拿必公之理，用來度量不公的私情，使那些雖然本性善良卻隱匿心懷的人，不能與有私相分離；雖然欲望衝擊善性卻坦露心懷的人，不會陷入不公境地。重視它的名稱又看重它的核心內涵，那麼是非的實情就不能不顯露出來了。是非一定顯露，使志道存善的人沒有隱匿真情的過失，使欲望衝擊善性的人不至於被加上不公的罪名。沒有過失那麼善就得以充分發揚，沒有大非就不要譴責其小錯，這就是在補救他的過錯；並不僅僅是促使善者盡善，同時也是勸勉不善的人。善者得以盡善，非者得以補救其非，而用是非之極來比喻。所以善與不善，是事物的兩個極端。如果處在善與不善之間，向前發展，一定是公成而私敗。同樣是處於二物之間，而有成敗之分。

夫公私者，成敗之途，而吉凶之門也。故物至而不移者寡❶，不至而在用者衆❷。若質乎中人之體❸，運乎在用之質❹，而栖心古烈❺，擬足公途；值心而言，則言無不是；觸情而行，則事無不吉。于是乎同❻之所措者，乃非所措也；欲之所私者，乃非所私也。言不計乎得失而遇善，行不準乎是非而遇吉，豈非❼公成私敗之數乎？夫如是也，又何措之有哉？故里鳧顯盜，晉文愷悌❽，勃鞮號罪❾，忠立身存；繆賢吐釁❿，言納名稱；漸離告誠⓫，一堂流涕；然斯數子，皆以投⓬命之禍，臨不測之機⓭，表露心識，猶以安全；況乎君子無彼人之罪，而有其善乎？措善之情，亦甚其所病⓮也。「唯病病，是以不病」⓯，病而能療，亦賢于病矣。

【章旨】本章深入分析「公成私敗」之理。作者認為，事物已達極點的很少，未達極點而處於是與非是之間的居多，如果「擬足公途」，敞開胸懷，則「言無不是；……事無不吉」，就像里鳧、勃鞮、繆賢、高漸離這些犯有大錯重罪的人，一旦表露心識，個個逢凶化吉，何況無罪而性善的君子們呢！

【注釋】❶物至而不移者寡　事物達到極點而不再變化的少。至，極端。這裡指善與不善。❷不至而在用者

眾　未達極點而在所為用的居多。在用，在於運用。意思是，事物多介於非善非不善之間，而在於人們如何掌握運用。❸若質乎中人之體　如果驗證於中等水準的人。質，驗證。中人，中等才智的人。「可以為善，可以為惡，是謂中人。」（《漢書‧古今人表》）❹運乎在用之質　運用於善與不善之間，即上文「處二物之間」。質，形體。這裡指上文「同用一器」之「器」，實際上是描寫事物處於善與不善之間由人選擇取向的一種狀態。❺栖心古烈　用心學習古代英烈之士。栖，同「棲」。止；擱置；著。❻同　周樹人校曰：「疑當作情。」可從。❼非底本無「非」字。據戴明揚校補。❽里鳧顯盜二句　里鳧公透露自己的盜竊行為，晉文公和樂平易地接見了他。里鳧，即里鳧胥，又稱豎頭須。晉公子重耳的「守藏者」（府庫管理員）。重耳遇難流亡時，里鳧「竊其藏以逃」，他把這些財寶全部用來行賄，求人幫助重耳。重耳果然在諸侯幫助下回國即位。里鳧求見，文公重耳始以沐浴為名拒絕接見。里鳧說明因由。「公遽見之」。晉文，晉文公，名重耳（西元前六九七——前六二八年），被迫流亡十九年後始返國即位，國力強盛，成為春秋五霸之一。愷悌，和樂平易的樣子。❾勃鞮號罪　勃鞮哭訴自己的罪行。勃鞮，即寺人披，晉國宦者。他曾受晉獻公之命趕到蒲城，追殺逃亡中的重耳，未遂，只砍下了一片衣袖；後來又受晉惠公之命趕到狄（翟）刺殺重耳，又未遂，重耳返國即位為文公，寺人披求見，文公不接見，並派人責備他。寺人披對曰：「君命無二，古之制也。除君之惡，唯力是視。蒲人狄人，余何有焉。今君即位，其無蒲狄乎？」文公聽了他這一番忠君的大道理，就接見了他。寺人披立即把瑕甥、郤芮「將焚公宮而弒晉侯」的消息告訴了文公，及時消滅叛亂。❿繆賢吐釁　繆賢吐露自己過去的罪釁。繆賢，戰國末年趙惠文王的「宦者令」。趙王得楚和氏璧，秦昭王貪求之，佯稱以十五城換和氏璧。趙王物色能夠使秦的人。繆賢推舉其舍人藺相如。趙王問何以知之？繆賢回答說：我曾犯罪，暗自打算逃亡燕國。相如制止道：「趙強燕弱，你得寵於趙王，所以燕王想交結你，現在你卻亡趙走燕，燕畏趙，必不敢留你，而把你捆起來送歸趙國。你不如袒露肉身伏在斧頭刑具上去向趙王請罪，或許會得到赦免的。」繆賢從其計。由是知藺相如是勇士，且有智謀，宜可使。趙王從之，藺相如完璧歸趙，名揚天下。⓫漸離告誠　高漸離坦露真相。漸離，高漸離，燕國人，戰國末年著名刺客。荊軻刺秦王，高漸離曾在易水岸邊擊筑送行。秦始皇統一天下後，高漸離不得不隱姓埋名，到宋子家做長工。一日，聞其家堂上客擊筑，評論道：「彼有善，有不善。」主人乃召他擊筑，一座稱善，漸離念久隱畏約無窮時，乃退，更容貌而前，舉座皆驚，以為上客，使擊筑而歌，滿堂客人無不流涕而去。⓬投　棄。⓭機　危。⓮病　憂慮。⓯唯病病二句　正因為憂慮有毛病，因此沒有毛病。二句引自《老子》七十一章。第二個「病」，指缺點。

【語　譯】公和私，是成敗之途徑，吉凶之門戶。事物達到極點而不再變化的很少，未達極點而在於人們如何掌握運用的居多。如果驗證於中等水平的人，運用於非善非不善的選擇取向狀態，全心仰慕古人英烈之風，擬足於公途，心裡有什麼就說什麼，那麼說話就沒有過錯；觸動真情的行事，那麼事情就無不吉利。於是情感的安置，就不算刻意安置了；欲望的偏私，就不算有意偏私了。說話前不算計得失而切合善良，行事前不考慮是非而遇合吉祥，這難道不正是公成私敗的氣數嗎？像這個樣子，心裡還有什麼措置可言呢？所以里鳧公透露自己的盜竊經過，晉文公和樂平易近人地接見了他；寺人披哭訴自己的罪行，忠心樹立而自身保存；繆賢吐露自己過去的罪釁，建議被採納名揚天下；刺客高漸離坦露真相，滿堂賓客無不流淚而去；然而這幾個人物，都是以斷送性命的禍殃，身臨不可預測的危險境界，表露心跡識見，尚且因此獲得安全；何況君子們沒有那些人的罪責，而獨有其善良的品行呢？把善措置於心中的情實，也是很令人憂慮的。「正因為憂慮有毛病（缺點），因此沒有毛病。」有毛病而能治療，也比有毛病而不治療好得多了。

然事亦有似非而非非，類是而非是者；不可不察也。故變通之機，或有矜以至讓，貪以致廉，愚以成智，忍以濟仁。然矜吝之時，不可謂無廉；猜❶忍之形，不可謂無仁；此似非而非非者也。或讒言似信，不可謂有誠；激盜似忠❷，不可謂無私；此類是而非是也。故乃論其用心，定其所趣；執其辭以準其理，察其情以尋其變；肆❸乎所始，名❹其所終；則夫行私之情，不得因乎似非而容其非；淑亮❺之心，不得蹈乎似是而負其是。故實是以暫非而後顯，實非以暫是而後明。公私交❻顯，則行私者無所冀❼，而淑亮者無所負❽矣。行私者無所冀，則思改其非；立公者無所忌，則行之無疑；此大治之道也。故主妾覆醴，以罪受戮❾；王陵庭爭，而陳平順旨❿。于是觀之：非似非而非⓫非者乎？明君子之篤行，顯公私之所在，闔⓬堂盈階，莫不寓目而曰：「善人也。」然背顏退⓭議，而含私者不復同⓮耳。抱隱⓯而匿情不改也者，誠神以喪于所惑⓰，而體以溺于常名；心以制于所懾，而情有繫于所欲⓱，咸自以為有是，而莫賢乎己。未有攻肌⑱之慘，駭心之禍，遂莫能收情以自反，棄名以任實。乃心有是焉，匿之以私；志有善焉，措之為惡；不措所措，而措所不措。不求所以不措之理，而求所以為措之道；故明為措，而闇于措；是以不措為拙，以致措為工。唯懼隱之不微，唯患匿之不密；故有矜忤之容，以觀常人；矯飾之言，以要⑲俗譽。謂永年⑳良規，莫盛于茲；終日馳思，莫闚㉑其外；故能成其私之體，而喪其自然之質也。

【章　旨】本章論述注意區別「似非而非非，類是而非是」（好似不對其實並非不對，類似正確其實並不正確）的現象。使行私者無僥倖之望，而「思改其非」；使立公者沒有顧忌，「行之無疑」；此大治之道也。作者特別提醒：要警惕「含私者」的「自以為是」，挖空心思地包裝，形成一個充滿私心的肉體，完全喪失了自然的本質。

【注　釋】❶猜　狠也。❷激盜似忠　戴明揚認為：「此謂奸人故作激急，有時似忠也。」❸肆　通「肄」。習；講習。❹名　明。❺淑亮　善良誠信。淑，善。亮，信。❻交　俱；同時。❼冀　希望。❽負　虧欠。❾主妾覆醴二句　主人的妾打翻酒器，受到笞辱。《戰國策・燕策》載述故事：武安君對燕王說：我的鄰舍有個遠在外地做官的人，他的妻子與人私通。聽說丈夫即將歸來，私通的男子很擔心。妻子說：你不必害怕，我已經備好了藥酒毒死他。兩天之後，丈夫抵家，其妻令小妾奉巵酒進之。小妾知道是毒酒，進之則殺死主人，說出來的話，主母就會被逐出家門，於是她假裝跌倒，把毒酒潑到地上。主人大怒，用鞭子抽打她。醴，酒。戮，羞辱。⑩王陵庭爭二句　右丞相王陵面折廷爭反對高后立諸呂，左丞相陳平卻順隨高后旨意。王陵（？——西元前一八一年），漢沛縣（今江蘇沛縣）人，漢初封安國侯，任右丞相。劉邦死後，呂后當權，欲立諸呂為王，問王陵可不可以。王陵說：高祖皇帝曾刑白馬盟曰：「非劉氏而王，天下共擊之！」今王呂氏，非約也。太后不悅。又問左丞相陳平，絳侯周勃。勃等對曰：「高帝定天下，王子弟；今太后稱制，王昆弟諸呂，無所不可。」太后悅。朝見結束，王陵責備陳平、周勃。陳平、周勃說：「於今面折廷爭，臣不如君；全社稷，定劉氏之後，君亦不如臣。」陳平（？——西元前一七八年），漢陽武（今河南原陽東南）人。惠帝、呂后時任丞相。呂太后立諸呂為王，陳平偽聽之。及太后崩，平與太尉周勃合謀，卒誅諸呂，立孝文皇帝，恢復劉氏天下。⑪而非　兩字底本無。據周樹人、戴明揚校補。⑫闔　同「合」。⑬退　「退」下底本有「譏」字。周樹人校曰：「各本字無。」今徑刪。⑭同　「同」字底本無。周樹人校曰：「各本復下有同字。」今徑補。⑮隱　「隱」字底本作「至」。周樹人校曰：「程本作怨。張溥本作隱。他本俱空闕。」今據張溥本徑改。⑯惑　「惑」字底本作「感」。周樹人校曰：「各本作惑。」今徑改。⑰情有繫于所欲　底本作「情有所繫」。周樹人校曰：「各本作情有繫于所欲」，舊校同。今據改。⑱肌　肌體。⑲要　求。⑳永年　長壽。㉑闚　同「窺」。

【語　譯】但是事物也有似非而不是非，類是而並非是的情況，不可不明察。所以變通的關鍵，有的是由矜持而變成謙讓，有的是由頑貪而更思廉潔，有的是由愚蠢變得聰明，有的殘忍而助成仁愛，如此看來，當他們矜吝之時，不可謂無廉；他們兇殘的外貌中，不可謂無仁；這就是所謂似非而不是非的情況。有的人讒言似乎可信，不可謂有誠實；盜賊有時故作激奮類似忠實，但不能說他無私；這是類是而並非是的情況。所以要研究他們的用心，判明他們的趨向；抓住他們的言辭來衡量是否合理，詳察他們的實情以便尋找他們的變化；研探它的開始，明悉其結果，那麼行私的真情，就不能憑藉似是而非的現象來掩飾其過錯；善良誠實的心，不能因為表現為似非而是的現象而虧欠了他的正確。所以實際上是正確的以暫時受到非難而最後顯現出真象，實際上不正確的以暫時受到肯定而最後被判明是錯的。公和私都會顯露，那行私者想假冒也沒有希望，而善良誠信的人也不會受到虧待。行私的人無僥倖之望，則思改其非；立公的人沒有什麼顧忌，則行之無疑；這是天下大治的途徑。所以說，小妾故意傾覆毒酒以救主人，卻因而獲罪受鞭笞；王陵庭爭反對高后立諸呂為王，而陳平等卻偽裝順從呂后旨意。從這些事情看來，豈不正是似非而並非不對嗎？彰明君子敦厚的品行，顯示公和私的存在，滿堂滿階的人，沒有哪個不寓目而稱道：「善人啊！」但是一轉臉退下來議論，隱藏私心的人話語就大不相同了。心懷怨恨而又隱藏私情不改的人，實在是精神已喪失在他所迷惑的事物之中，而他的形體也沈溺於世俗名利；心靈已經被所畏懼的東西制約，而情感又被欲望拴住不能自拔，都自以為正確，沒有人能超過自己。沒有凌犯肌體的慘痛，沒有驚心動魄的災禍，於是就沒有誰能夠約束情感而自己回頭，拋棄追求虛名而務求實際。於是心懷正確，有意隱藏它就成為私；有善良的志向，有意措置它就成為惡；不措置應當措置的東西，而卻措置不應該措置的東西，不尋求其所以不措置的道理，而尋求怎樣措置的途徑；所以表面上是措置，而實際上並不懂得措置，這就是以不措置為笨拙，以有措置為工巧。只害怕隱蔽不周到，只擔心藏匿得不嚴密；所以用矜持背情的態度對待常人，用矯飾的語言來謀求世俗的聲譽。說什麼長壽良規，沒有比這個更好的；整天神馳於這種長壽妙法，而看不到其他東西。所以能形成他充滿私心的肉體，卻失掉了他的自然本質。

于是隱匿之情，必存乎心；偽怠之機[1]，必形[2]乎事。若是，則是非之議既明，賞罰之實又篤[3]。不知冒陰[4]之可以無景[5]，而患景之不匿，不知無措之可以無患，而恨措之不巧[6]，豈不哀哉！是以申侯苟順，取棄楚恭[7]；宰嚭耽私，卒享其禍[8]。由是言之，未有抱隱顧私，而身立清世，匿非藏情，而信著明君[9]者也。是以君子既有其質，又睹其鑒；貴夫亮達，希[10]而存之；惡夫矜吝，棄而遠之。所措一非，而內愧乎神；所隱一闕[11]，而外慚其形。言無苟諱，而行無苟隱。不以愛之而苟善，不以惡之而苟非。心無所矜，而情無所繫，體清神正，而是非允當。忠感明[12]天子，而信篤乎萬民。寄胸懷于八荒，垂坦蕩以永日。斯非賢人君子，高行之美異者乎？

【章旨】本章以「申侯苟順」卻被楚王驅逐、「宰嚭耽私」（順君之過）終遭誅殺為例，說明「抱隱顧私」、「匿非藏情」的人是不可能身立清世、信著明君的；只有做到言無苟諱、行無苟隱、體清神正、是非允當、心胸坦蕩，才是賢人君子的優異品格。

【注　釋】❶偽怠之機　虛偽怠慢的跡象和徵兆。機，通「幾」。事物變化的跡象和徵兆。❷形　表現；體現。❸篤　厚；重。❹冒陰　處陰。冒，蒙而前；蒙蔽；蒙。陰，一作「蔭」，一作「廕」，義通。指遮擋住陽光的場所。❺景　同「影」。❻巧　底本作「以」。周樹人校曰：「《類聚》作巧，張燮本同。」《太平御覽》引亦作「巧」，今徑改。❼申侯苟順二句　申侯苟且順從，卻招致楚國國君的驅逐拋棄。申侯，申國國君。周宣王（西元前八二七——前七八二年在位）即位之後，為了防禦楚國，特把他的大舅舅申伯遷到謝邑（今河南南陽一帶），建立申國，史稱邑謝之申。春秋初期，被楚文王（西元前六八九——前六七七年在位）攻滅，楚文王親自委派縣尹（尊稱為縣公）進行治理，設置了直接屬於楚國中央管轄的地方政權——申縣。申侯入郢，有寵於楚文王。文王將死，打發他趕緊離開楚國。此事見於《左傳・僖公七年》、《呂氏春秋・長見》、《說苑・君道》、《新序・雜事》等文獻記載，互有出入。大意是：楚文王患病，告訴身邊的人說，申侯伯這個人，善於揣摩我的意向，凡是我有什麼欲望，他都鼓勵我去做，凡是我喜歡的，他都先為我安排好了，跟他相處感到安逸，幾天不見，我就好似丟了什麼東西。但是我因此有了不少過失，一定要替我盡快打發他離開。楚恭，指楚共王，（西元前五九〇——前五六〇年在位）楚文王寵幸又驅逐的申侯於西元前六五三年被鄭侯所殺，早於楚共王近百年。或有兩申侯，或「恭」字（其他本作「泰」）係「貲」之誤，楚文王名熊貲。❽宰嚭耽私二句　太宰嚭沈溺於私欲之中，終於遭受殺身之禍。宰嚭，太宰嚭，春秋時吳國大臣。太宰，官名，掌管吳王家內外事務。在吳越對峙期間，他接受越王句踐送來的美女寶器，勸說吳王夫差寬赦句踐，放虎歸山，又屢進讒言，殺害伍子胥。句踐臥薪嘗膽，勵精圖治，終於大敗吳國，吳王自殺。越王乃葬吳王而誅太宰嚭。《吳越春秋》引子貢評論說：「太宰嚭為人，智而愚，強而弱，順君之過，以安其私。」❾君　底本作「名」。周樹人校曰：「張燮本作君。」《藝文類聚》、《太平御覽》引亦作「君」，是。據改。❿希　底本作「布」。周樹人校曰：「《類聚》、《御覽》作希。」可從，據改。⓫所隱一闕　隱匿一點過錯。所，底本作「賤」。據戴明揚校改。闕，同「缺」。過錯。⓬明　當作「於」。周樹人校曰：「《類聚》『明』下有『於』字。二張本同。《御覽》無。案：『明』即『於』之譌衍。」

可從。

【語　譯】於是隱瞞藏匿的情懷，一定是存在心裡；虛偽怠慢的跡象徵兆，一定會表現在行事上。像這樣，那麼是非的爭議已經明白，賞罰的結果又很厚重。不知道處在遮擋陽光下可以沒有影子，而擔心自己的影子不得隱藏；不知道沒有措置可以無憂患，而恨自己措置得不夠巧妙；難道不是很悲哀的嗎！所以申侯苟且順從，卻招致楚王的驅逐拋棄；太宰嚭沈溺在私欲之中，最終遭受殺身之禍。由此說來，沒有人能心懷隱匿之情，而立身於清平治世；隱匿過失包藏真情，而得信賴於英明之主。因此，君子既有其自然之美質，又看到申侯、宰嚭等人的下場作為借鑒；推崇誠信明達，企望存有它；痛恨矯矜吝嗇，鄙棄遠離它。措置一有不當，便內愧於精神；隱匿一有缺失，便會自慚形穢。言談不要苟且隱諱，行事不要苟且隱藏。不要因為喜愛它而勉強稱其善，不要因為厭惡它而勉強說它不是。心裡沒有自負意氣，情緒無拘無束，體清神正，而是非得其當。忠正感動天子，而威信堪孚眾望。寄託胸懷於天地四方，心地坦蕩歲月長久。這不就是賢人君子，高尚品行，最優異的人嗎？

或問曰：「第五倫有私乎哉❶？曰：『昔吾兄子有疾，吾一夕十往省❷，而反必寐❸。自吾子有疾，終朝❹不往視，而通夜不得眠。』若是，可謂私乎？非私也？」答曰：「是非也❺，非私也。夫私以不言為名，公以盡言為稱，善以無吝為體，非以有措為負❻。今第五倫顯情，是無私也；矜往不眠❼，是有非也。無私而有非者，無措之志❽也。夫言無措者，不齊于必盡也；言多吝者，不具于不言而已也。故多吝有非，無措有是。然無措之所以有是，以志無所尚，心無所欲，達乎大道之情，動以自然，則無道以至非也。抱一❾而無措，則無私無非；兼有二義，乃為絕美耳。若非而能言者，是賢于不言之私，非無情以非之大者也❿。今第五有非而能顯，不可謂不公也。所顯是非，不可謂有措也。有非而謂私，不可謂不惑公私之理也！」

【章　旨】東漢司空第五倫承認自己在對待兄子病、吾子病問題上有「私」。嵇康認為他只是「有非」而「無私」，「有非而能顯，不可謂不公」。「私以不言為名，公以盡言為稱」，把「非」說成「私」，就是不明「公私之理」。

【注　釋】❶第五倫有私乎哉　第五倫這個人也有私心的嗎？第五倫，姓第五，名倫，字伯魚，東漢京兆長陵（今陝西咸陽東北）人，建武二十七年（西元五一年）舉孝廉，官會稽太守，有治績。後任蜀郡太守。章帝時擢為司空，奉公盡節，言事無所依違，忠不隱諱，直不避害，在位以「貞白」稱。《後漢書》本傳載：「或問倫曰：公有私乎？對曰：昔人有與吾千里馬者，吾雖不受，每三公有所選舉，心不能忘，而亦終不用也。吾兄子常病，一夜十往，退而安寢。吾子有疾，雖不省視，而竟夕不眠。若是者，豈可謂無私乎？」❷吾一夕十往省　我一夜之間十次去看望。省，視；看望。❸反必寐　回來一定睡得著。反，返。寐，睡。❹終朝　一整天。朝，日；天。❺是非也　這個是過錯。非，錯誤。❻負　戴明揚校曰：「當為『質』字之誤。集中多以『體』『質』互言。」可從。❼矜往不眠　矯情一夕十往而安寢與終朝不往而通夜不眠。矜往，指「吾兄子有疾」。不眠，指「吾子有疾」。❽無措之志　（這是）心無措乎是非的標誌。志，標誌。❾抱一　與大道為一。❿非無情以非之大者也　此句費解，當有訛脫。周樹人無校。戴明揚校曰：「『非』上當奪『有』字，又『情』字當然為『措』字之訛。上文即云『第五倫有非無措』。『以非之大者』，就上下文觀之，此句當為『亦非之小者也。』」此說文義可通，姑從之。

【語　譯】有人問道：「第五倫這個人有私心嗎？他曾對人說：『過去我哥哥的兒子生病，我一個晚上去看望十次，回來之後一定會睡覺。自從我自己的兒子生病，我整天不去看望，但通夜不能入睡。』像這樣，可以稱之為有私嗎？還是無私呢？」回答說：「這個情況屬於過錯，但不是私心。『私』是有話不肯講出來的名號，『公』是有話全說出來的稱謂，『善』是沒有吝嗇的體現，『非』是以心有所措為本質的。現在說的第五倫這個人直率地顯露真情，這樣做就是無私；他矯情地一夕十往而安寢和終朝不往而通宵不眠，這種做法屬於有過錯（不妥當）。沒有私而有所不妥，正是事先心裡沒有主觀是非的標誌。所謂『無措』，並不是要求與盡善盡美完全相同；所謂『多吝』，並不全指不言而已。所以多吝有過錯，無措有正確的一面。但是無措之所以有正確方面，是因為志向沒有主觀的崇尚，心中沒有欲求，情懷達到老莊所倡導的與自然為一的大道境界，遵循自然而行動，那麼就沒有途徑導致過失了。堅守大道而顯情無措，那樣就會無私無非；兼有這兩個方面，才是絕對美好的品格。如果有過錯而能講出來，這比不肯說出來私自藏匿要好得多；有過而不顯露真情，這就是大過錯了。現在說的第五倫這個人有過錯而能顯露真情，不能說他不公。所顯露的是過錯，不能說他心中有所措置。有過錯就稱之為『私』，不可說這樣的人不惑於『公私』之理啊！」

管蔡論

【題　解】這是一篇給管叔、蔡叔以重新評價的專論。傳統觀點認為：周文王姬昌的十個兒子中，姬鮮（管叔）、姬度（蔡叔）是亂臣賊子，十惡不赦的頑兇之人。嵇康不同意這一評價。他認為：管、蔡本是「服教殉義，忠誠自然」的淑善之人，德才兼備，因此得到文王、武王、周公的器重，舉而任之；他們綏輔武庚、治理殷頑，功業有績，名冠當時；猝遇大變（武王崩，成王幼，周公攝政），不通曉變通權宜之策，放出「流言」，懷疑周公有貳心，繼而「抗言率眾，欲除國患」，這一切的舉措都是出於對成王的忠誠，「愚誠憒發」，因此闖下大禍。周公不得已「流涕行誅」。從此以後，管蔡「懷忠抱誠」的一面再也無人提起，而「稱兵叛亂」的罪惡卻聞名天下。一隱一顯，結果大不一樣，令一代又一代的人們不得認識其全貌。

明人張采說：「周公攝政，管蔡流言；司馬執權，淮南三叛。其事正對。叔夜盛稱管蔡，所以譏切司馬也。安得不被禍耶？」西元二五四年，司馬師廢魏帝曹芳，另立曹髦為皇帝。西元二五五年，毌丘儉、文欽起兵淮南，反對司馬氏，毌丘儉兵敗被殺，文欽逃往東吳。西元二五七年，諸葛誕又起兵淮南，司馬昭打著天子旗號討伐。下令徵召嵇康，康避居河東。〈管蔡論〉的寫作，當跟上述事變有關。司馬氏以周公自居。嵇康或「非湯武而薄周孔」，或盛讚管蔡「服教殉義，忠誠自然」，有異曲同工之妙。

或問曰：「案記❶，管蔡流言❷，叛戾東都❸。周公征討，誅以凶逆❹。頑惡顯著，流名千載。且明父聖兄❺，曾不能鑒凶惡于幼稚，覺無良之子弟❻；而乃使理亂殷之弊民，顯榮爵于藩國；使惡積罪成，終遇禍害。于理不通，心所未安。願聞其說。」

【章　旨】採用設問形式，提出問題：周文王、周武王號稱明父聖兄，為什麼不能及早發現其子弟管叔、蔡叔之兇惡，加以管教，反而重用，使他們終遇禍害？

【注　釋】❶案記　據記載。案，據。記，書；文獻記載；文獻資料彙集。❷管蔡流言　管叔、蔡叔散布謠言。管蔡，管叔姬鮮和蔡叔姬度，兩人分別為周文王姬昌的第三子和第五子，周武王姬發之弟。武王滅商後，姬鮮封於管（今河南鄭州），故稱管叔；姬度封於蔡（今河南上蔡西南），故稱蔡叔。武王克商後兩年病死，長子姬誦（成王）年幼，不能管理這個新建的國家，王叔周公姬旦（文王第四子，武王之弟）以開國功臣的資格「乃攝行政當國」，國家行政命令，都出自周公。管叔及其群弟對此不滿，散布流言蜚語，說「公將不利于孺子！」（周公旦將要做出對幼小的成王不利的事情了！）❸叛戾東都　反叛於東方地區。戾，反叛；乖戾。東都，自陝以東，以商都殷（今河南安陽小屯村）為中心的東部地區。周武王攻陷殷都之後，並沒有把殷都及其王畿佔為己有，卻把商紂王的兒子武庚（字祿父）封在那裡，統治商殷遺民（以在鎬京之東，故稱東都）；另把商的王畿分為邶、鄘、衛三個封區，分別由武王的弟弟管叔、蔡叔、霍叔去監管（統治），以監視武庚，為之三監。武王早死，成王年幼，周公旦攝政稱王，引起管叔、蔡叔猜疑。周公特為解釋，管、蔡仍不諒解，居然策動，參加了武庚和東夷的叛亂。❹周公征討二句　周公旦奉命征討，以兇頑叛逆罪誅殺他們。管蔡聯合武庚發動叛亂之後，周公旦和召公奭、太公望毅然舉行東征，平定反叛，誅殺武庚、管叔，放逐蔡叔。❺明父聖兄　聖明的周文王、周武王。父，指周文王，管、蔡的父親。兄，指周武王，管、蔡的兄長。❻覺無良之子弟　使不良的子弟覺悟。覺，使之覺悟。子弟，指管叔、蔡叔。

【語　譯】有人問道：「據文獻記載，管叔、蔡叔先散布謠言，說周公『將不利于孺子』（成王），接著便聯合武庚在東部地區發動叛亂。周公旦奉命征討，以兇惡叛逆罪名誅殺之。管蔡愚妄兇惡之名顯著，臭名流傳千載。可是，像周文王、周武王這般明聖的父親和兄長，竟不能在他們幼稚時期看出其兇惡性質，使不良子弟覺悟；反而派他們去治理殷商舊地的疲弊頑民，讓他們在諸侯國中顯示其榮耀的官爵；使他們得以積惡成罪，終於遭致誅殺之禍。此事於理不通，心中不踏實。願意聽聽你的解說。」

答曰：「善哉，子之問也。昔文武之用管、蔡以實❶，周公之誅管、蔡以權❷。權事顯，實理沈❸，故今時人全謂管、蔡為凶頑。方為吾子論之：夫管、蔡皆服教殉義❹，忠誠自然，是以文王列而顯之；發、旦二聖，舉而任之；非以情親而相私也。乃所以崇德禮賢，濟❺殷弊民，綏❻輔武庚，以興頑俗❼，功業有績，故曠世不廢，名冠當時，列為藩臣。逮至武卒，嗣誦幼沖❽，周公踐政❾，率朝諸侯。思光前載❿，以隆王業。而管、蔡服教，不達聖權，卒⓫遇大變，不能自通。忠于乃心⓬，思在王室。遂乃抗言⓭率眾，欲除國患。翼⓮存天子，甘心毀旦⓯。斯乃愚誠憤⓰發，所以徼⓱禍也。

【章　旨】第一章設問，本章開始作答。首先強調：管蔡本是賢德之人，傅武庚治殷頑，功績顯著，名冠當時。只是突然遇到大變故，不明白周公登王位代成王執政乃是聖人的權宜之策，於是「抗言率眾，欲除國患」，由此闖禍。

【注　釋】❶文武之用管蔡以實　文王、武王是根據實際德才而任用姬鮮（管叔）、姬度（蔡叔）的。武，底本作「王」。周樹人校曰：「各本作武。」今依各本改。實，實際情況。指管、蔡的德行、才能。❷周公之誅管蔡以權　周公是權衡變化中的情況而誅殺管叔、蔡叔的。管蔡，底本無此二字。周樹人校曰：「各本誅下有管蔡二字。」今依各本增。權，變通；權變；權謀。即衡量是非輕重，因事制宜。又，佛教名詞，與「實」相對。適於一時機宜之法名「權」，究竟不變之法名「實」。❸沈　埋沒。❹管蔡皆服教殉義　管叔、蔡叔當年都很聽從教誨追求道義。殉，追逐；追求。服教，服從先王教誨。《史記・管蔡世家》：「管叔鮮、蔡叔度者，周文王子而武王弟也。武王同母兄弟十人，母曰太姒。」張守節《史記正義》引《列女傳》云：太姒……仁而明道，文王喜之，親迎于渭，造舟為梁。及入，太姒思齊，旦夕勤勞，以盡婦道。太姒號曰文母，文王理外，文母治內。太姒生十男，教誨自少及長，未嘗見邪僻之事。言常以正道持之也。❺濟　成；救助。❻綏　安。❼以興

頑俗　以振作殷頑之風氣。興，起。周初對於殷民，不用嚴刑殺戮，而主張多加教育，以期改造他們。周公曾針對殷末酗酒和盜竊之惡劣風氣，嚴申禁令，說如果殷先哲王復生也一定痛懲殷頑頹喪的風氣。❽嗣誦幼沖　繼承王位的太子姬誦是個幼童。誦，周武王長子。幼沖，幼童。沖，童。武王駕崩之時，姬誦尚在襁褓之中。❾周公踐政　周公主持朝政。《史記．魯周公世家》：「武王既崩，成王少，在襁褓之中。周公恐天下聞武王崩而畔（叛），周公乃踐阼代成王攝行政當國。」踐政，即踐阼，一作踐祚，指即位，舊時多指帝王而言。「周公踐阼」即周公不避嫌疑，登上王位代成王執政。❿載　事：事業。⓫卒　通「猝」。突然。⓬乃心　盡心。乃，竭；盡。⓭抗言　高呼。抗，通「亢」。高；高尚。⓮翼　佐。⓯旦　周公姬旦。⓰憤　煩悶；懣悶；感情激動。⓱徼　通「邀」。招致。

【語　譯】回答說：「好啊，你的問題。先前周文王、周武王任用管叔、蔡叔是根據他們的實際德才，周公誅殺管、蔡是根據變化中的情況而採取的權宜之策。周公的權宜誅殺管、蔡大顯於世，文王、武王量才任用的道理沈沒不聞，所以使當時的人都認為管叔、蔡叔是兇惡愚妄的人。現在我要給你論述這段歷史公案。管叔、蔡叔本是很聽從教誨追求道義的人，忠誠自然，因此周文王給他們名位，使他們榮顯；姬發、姬旦二位聖人，選拔任用他們；並不是靠著親情而私相授受。而是所謂崇德禮賢，拯救殷商疲弊之民，安輔武庚，以振作殷頑之風氣，事業有延續，所以長期重用，名冠當時，封為藩屏周室之諸侯。等到武王去世，繼承王位的太子姬誦是個幼童，周公旦登王位代成王執政，領導諸侯朝見天子，一心想著光大前人的業績，使周家帝王之業興隆發展。但管、蔡只知道遵循先王的教誨，不能理解聖人的權宜之策，突然遇到大變故，不能自己想通。竭盡忠心，思念王室。於是便登高一呼率眾起事，意欲消除國家的禍患。擁護天子，毀滅周公旦才甘心。這是出於忠誠但不明事理，心中懣悶而發作，由此招致災禍。

成王大悟❶，周公顯復，一化齊俗❷，義以斷恩❸；雖內信恕❹，外體❺不立，稱兵叛亂，所惑者廣。是以隱忍授刑，流涕行誅，示以賞罰，不避親戚。榮爵所顯，必鍾盛德；戮撻所施，必加有罪。斯乃為教之正體，古今之明義也。管、蔡雖懷忠抱誠，要❻為罪誅。罪誅已顯，不得復理❼。內心❽幽伏，罪惡遂章❾。幽章之路大殊，故令奕世❿未蒙發起耳。

【章　旨】管蔡稱兵叛亂，違背為臣之道，影響很壞；周公旦不得已「流涕行誅，示以賞罰，不避親戚」。於是，管蔡的忠誠內心被掩蔽，叛亂之罪大顯於世。

【注　釋】❶成王大悟二句　周成王徹底醒悟，周公旦恢復了顯要地位。「成王大悟」的時間和內容，《史記》諸書記載不明。《尚書．金縢》孔穎達《正義》引「鄭玄以為：武王崩，周公為冢宰，三年服終，將欲攝政，管、蔡流言，即避居東都，成王多殺公之屬黨，……及遭風雷之異，啟金縢之書，迎公來反（返），反乃居攝，後方始東征管蔡。」所謂「金縢之書」，是指用金質繩索捆紮的匣子裡藏的冊書，上面記錄有當年武王病重、周公設壇禱告三王，請求以自身代替武王去死的禱辭。周成王看了冊書，知道周公一向忠心耿耿，消除了先前的懷疑，識破了管蔡的流言，親自到城郊迎接周公回來攝政。周公攝政和東征，是關係周王朝命運的大事，當時王朝內部，意見極不一致，成王疑心，太公、召公等疑慮不服，議論紛紛。周公以自己的忠誠和才智，基本統一了王朝內部，穩定了自己的地位，之後才有東征的勝利，誅殺管叔，放逐蔡叔。❷一化齊俗　統一教化整齊風俗。這裡指統一王朝內部的思想認識。❸義以斷恩　堅持大義杜絕恩私。這裡指繼承發揚周文王開創的事業，堅決討伐管蔡，平定叛亂。❹恕　周校本作「如心」。明成化間吳寬鈔本作「恕」，是。❺外體　外部身體。喻臣子，指為臣之道。《文選》王褒〈四子講德論〉：「君者中心，臣者外體。」❻要　總括；總之。❼理　審理；審判。❽心　底本作「必」。周樹人校曰：「當作心。」今據改。❾章　顯露；顯著。❿奕世　累世；前人；一代又一代。

【語　譯】周成王疑心消除，徹底醒悟，周公旦恢復了顯要地位，統一教化，整治風俗，堅持大義，杜絕恩私；雖然內心真想寬恕他們，又怕君臣之道不能樹立，管、蔡舉兵叛亂，受迷惑的人很多。因此狠心授刑，流著淚誅殺，表明賞功罰罪，不避親戚。榮爵的尊顯，必定集中在有盛德的人身上；戮撻的施行，必定加在有罪的人身上。這就是實行教化的正當途徑，古往今來的明理大義。管叔、蔡叔雖然懷抱忠誠，終歸因為叛亂罪被誅殺。管、蔡犯罪遭誅的事實清清楚楚大顯於世，不能重新審理。管叔、蔡叔忠誠的內心幽昧難明，罪惡於是顯著。幽暗與顯露大不相同，所以使一代又一代的人都不能得知發起叛亂的真正原因。

然論者承名信行，便謂管蔡為惡；不知管蔡之惡，乃所以令三聖❶

不明也。若三聖未為不明，則聖不祐惡而任頑凶❷也。頑凶不容于明世，則管、蔡無取私于父兄，而見任必以忠良，則二叔❸故為淑善矣。今若本三聖之用明，思顯授之實理；推忠賢之闇權❹，論為國之大紀❺；則二叔之良乃顯，三聖之用有以❻；流言之故有緣❼，周公之誅是矣。且周公居攝，邵奭不悅❽。推此言之，則管、蔡懷疑，未為不賢，則忠賢可不達權；三聖未為用惡，而周公不得不誅。若此，三聖所用信良，周公之誅得宜，管、蔡之心見理。爾乃大義得通，內外兼敘❾，無相伐負❿者；則時論亦將釋然⓫而大解也。」

【章　旨】末章運用邏輯推理形式，次第推出結論：管叔、蔡叔本是淑善忠良之人，文王、武王、周公任用他們是賢明之舉；周公居攝，管蔡「流言」，乃緣於忠賢之人不通曉權變之術；周公不得已而誅之，措施得當。問題就這樣完全解決了。

【注　釋】❶三聖　周文王姬昌、周武王姬發、周公姬旦。❷聖不祐惡而任頑凶　聖人是不會保佑惡人而任用頑兇之徒的。祐，一本作「佑」，意同。而，底本無此字。周樹人校曰：「各本惡下有而字。」今據補。❸二叔　管叔和蔡叔。❹闇權　不通曉權變。闇，不通曉；不了解。❺大紀　綱領；大道。❻有以　有因；有依據。底本「有」上有「也」字，為衍文，據戴明揚校刪。❼流言之故有緣　流言之所以會產生是有緣故的。故，使為之也，凡事因得此而成彼之謂。緣，憑藉；依據。❽邵奭不悅　召公奭不高興。邵奭，即召公奭，與周同姓，因采邑在召（今陝西岐山縣西南），故稱召公。武王伐紂，周公拿著大鉞，召公拿著小鉞，一左一右，夾輔周王，立有大功。武王崩，成王幼，周公攝政，當國踐阼，召公疑之。周公為此特向太公望、召公奭作了解釋，內容保存在《尚書・君奭》篇中。❾內外兼敘　內心和外體兩個方面的實情都得到抒發。敘，《釋名》：「抒也，抒泄其實也。」❿負　非。⓫釋然　明白、清晰的樣子。

【語　譯】然而評論者往往是由名聲而斷定其行為的，便認為管叔、蔡叔作惡；殊不知管、蔡的兇惡，竟使得文王、武王、周公三位聖人變得不賢明了。如果三位聖人不能說不賢明，那麼聖人不會護佑惡人而任用頑兇之徒的。頑兇之人不會見容於明主之世，那麼管、蔡並沒有從父兄身上得到私愛，而是以其忠良被委以重任的，這說明管、蔡二叔本來就是淑善之人。現在如果本著三聖用人明察這一個大前提，考慮頒授榮爵一定是根據實際能力量才任用的道理；推想忠賢之人不通曉權變，論及治理國家的綱要大法；那麼管叔、蔡叔的忠良本質就會得以顯露，三位聖人任用他們是有依據的；流言之所以會產生是事出有因的，周公的誅殺他們也是正確的。況且周公旦自居於攝政王位置，召公奭也有不高興的表示。由此而論，那管、蔡懷疑周公的用心，並不能說他們不賢，只是忠賢之人可能不通曉權變之策；三位聖人也沒有任用惡人，而後來周公也是不得不誅殺他們的。如果是這樣，那麼三位聖人所任用的確實是忠良，周公的誅殺措施也屬得當，管、蔡的用心也得到正確審理。這樣才是大義得通，內心和外體都得以如實地抒發，沒有相互牴觸之處；那麼，你所提出的問題，完全可以迎刃而解了。」

明膽論

【題　解】本篇論述「明」與「膽」的相互關係。「明」是明察，即人們認識客觀事物、辨別是非的能力；「膽」是膽量，即人們遇事決斷行動的勇氣。

文章採用呂安與嵇康相互辯論的方式展開。呂安的核心論點是：「人有膽不可無明，有明便有膽矣。」顯然，他突出的是「明」的支配地位。呂安舉賈誼為例，說他有時表現果決，有時又猶豫不前，根源不在膽量大小，而在於明察與否，「蓋見與不見，故行之有果否也。」這就是所謂「有明便有膽」。至於「愚弊之倫」胡作非為，則從反面說明了「有膽不可無明」的道理。

嵇康認為：「明、膽異氣，不能相生。」「明」是由於陽氣的炫耀，「膽」是由於陰氣的凝聚；陰、陽異氣，所以「明不生膽」，反對「有明便有膽」的觀點。「元氣陶鑠，眾生稟焉。」除了至人，一般的人賦受氣分有多有少，都達不到純美水平，而總在某一方面有所缺陷，「或明于見物，或勇于決斷」；有時會「明有所塞」，有時又「勇有所撓」。中等才性的人，「二氣存一體，則明能運膽，賈誼是也」；「明」與「膽」「進退相扶」（或進或退相互依附），而不是單方面的「盈縮」；「雖相須以合德」，雖然相互需要又相互配合，「要自異氣也」，卻總是有陰陽異氣之分的。

有呂子❶者，精義味道❷，研核是非，以為：人有膽不可無明❸，有明便有膽矣。嵇先生以為：明、膽殊用，不能相生。論曰：「夫元氣陶鑠❹，眾生稟焉。賦受有多少，故才性有昏明。唯至人特鍾純美❺，兼周❻外內，無不畢❼備。降此以往，蓋闕如❽也。或明于見物，或勇于決斷。人情貪廉，各有所止。譬諸草木，區以別矣❾。兼之者博于物，偏受者守其分❿。故吾謂明、膽異氣，不能相生。明以見物，膽以決斷。專⓫明無膽，則雖見不斷；專膽無明，則違理失機⓬。故子家輭弱，陷于弒君⓭；左師不斷，見逼華臣⓮；皆智及之，而決不行也。此理坦然，非所宜滯。故略舉一隅，想不重疑⓯。」

【章　旨】呂安認為，人能明察便有勇氣。嵇康以為：人的認識能力和決斷勇氣是兩回事，不能相互滋長；除了與天地自然之道融為一體的至人之外，一般的人都會在某一方面有所不足的。

【注　釋】❶呂子　呂安，字仲悌，小名阿都，嵇康的好朋友。❷精義味道　精研義理體味至道。道，至道；自然之道。❸有膽不可無明　有膽量不可以沒有明察是非的能力。膽，膽量。喻人有勇氣，勇於決斷實行。不，底本無，戴明揚校曰：「就下文觀之，此句『可』字上當奪一『不』字。」今徑補。明，明察；認識事物的觀察能力。❹元氣陶鑠　元氣陶冶化育。元氣，嵇康亦稱「太素」，指構成宇宙的原始物質形態。❺唯至人特鍾純美　只有至人才能聚集天地純美之氣。至人，道德修養達最高境界的人；與自然之道和諧無間的人。鍾，聚；聚集。❻周　合。❼畢　底本作「必」。周樹人校曰：「各本作畢。」今徑改。❽闕如　欠缺。闕，通「缺」。❾譬諸草木二句　猶如草木，要區劃為各種各類而加以分別的了。❿分　本分；一部分。⓫專　單獨；獨自。⓬違理失機　違背事理不得要領。機，主發謂之機。關鍵部位；機要之稱。⓭子家輭弱二句　子家軟弱（無膽），陷於弒君之罪。子家，公子歸生，鄭靈公的兒子。《左傳・宣公四年》載：楚人獻給鄭靈公一隻黿，子公（公子宋）見了很想吃。等烹熟後，鄭靈公給大夫們吃，把子公召來卻不讓他入席。子公怒。染指於鼎，嘗之而出。靈公怒，欲殺子公。子公與子家謀先（先發難）。子家曰：「畜老猶憚殺之，而況君乎？」子公反而到靈公面前誣告子家。子家懼而從之。夏，弒靈公。書曰：「鄭公子歸生弒其君夷。」君子曰：「仁而不武，無能達也。」輭，同「軟」。⓮左師不斷二句　左師向戌不能決斷，遭受華臣的追迫。左師，宋桓公曾孫向戌。魯成公十五年（西元前五九二年）宋華元任以為左師，食邑於合，亦稱合左師。《左傳・襄公十七年》載：宋華閱卒，華臣（閱之弟）弱皐比（閱之子）之室，使賊殺其宰華吳。賊六人以鈹（兩刃小刀）殺諸盧門（宋城門），合左師（向戌）之屋後。左師懼曰：「老夫無罪。」……宋平公聽到這件事後，說道：「臣也，不唯其宗室是暴，大亂宋國之政。必逐之！」左師曰：「臣也，亦卿也。大臣不順，國之恥也。不如蓋（覆蓋）之！」乃舍之。此後向戌為自己製作短馬棰，每經過華臣之門，都要偷偷地協助車夫擊馬而馳，好像華臣會追上來。逼，驅逐；追趕。⓯想不重疑　想來不會再有疑惑。重，重覆；重新。

【語　譯】有位呂先生，精於義理體味至道，精研鑒核是非，認為人有「膽」（膽量）不可無「明」（沒有明察是非的能力），具備明察是非的能力就會有膽量決斷行動。嵇康以為，認識能力和決斷勇氣是兩回事，不可能相互滋生。論述說：「元氣陶冶化育，萬物稟受天地之氣而化生。賦受有多少，所以才性有昏明。唯有至人才能聚集天地純美之氣，內美外美都與自然相合，無不畢備。自至人以下，都有所欠缺。或長於明辨事物，或勇於決斷行動。人情或貪或廉，各有一定。猶如草木，要區劃為各種各類而加以分別的了。兼聚天地純美之氣的人博於萬事萬物，稟受元氣之一偏的人但守本分。所以我認為明察和膽量這兩種才性是分別稟受不同的氣形成的，不可能相互滋長。明以見物，膽以決斷。單獨有『明』而無『膽』，那麼即使看清楚了也不能決斷行動；單獨有『膽』而無『明』，那就會行動違背事理抓不住關鍵。所以鄭靈公的兒子子家軟弱不能決斷（無膽），自身陷於弒君之罪；宋平公手下的左師向戌不能決斷，精神上長期承受著亂政之人華臣逼迫的威脅。他們的智慧是能夠達到的，而是決斷能力不行。這其中的道理顯而易見，不應有什麼滯礙的。所以我只是略舉例證加以說明，想來不會再有疑惑的。」

呂子曰：「敬覽來論，可謂誨亦不加者矣。夫析❶理貴約而盡情，何尚浮穢而迂誕哉？今子之論，乃引渾元❷以為喻，何遼遼而坦謾也❸。故直答以人事之切要焉。漢之賈生❹陳切直之策，奮危言之至，行之無疑，明所察也；忌鵩作賦❺，暗所惑也。一人之膽，豈有盈縮乎？蓋見與不見，故行之有果❻否也。子家、左師，皆愚惑淺弊，明不徹達，故惑于曖昧，終丁❼禍害。豈明見照察而膽不斷乎？故霍光❽懷沈❾勇之氣，履上將之任，戰乎王賀之事❿；延年⓫文生，夙無武稱⓬，陳義奮辭，膽氣凌雲⓭；斯其驗歟⓮！及於期授首⓯，陵母伏劍⓰，明果之儔⓱，若此萬端，欲詳而載之，不可勝言也。況有覩夷塗⓲而不敢投足，階雲路而疑于迄泰清⓳者乎？若愚弊之倫⓴，為能自託幽昧㉑之中，棄身陷穽㉒之間；如盜跖竄軀于虎吻㉓，穿窬先首于溝瀆㉔；而暴虎馮河㉕，愚敢㉖之類，則能有之。是以余謂明無，膽能偏守㉗。易了㉘之理，不在多喻㉙，故不遠引煩言。若未反三隅，猶復有疑㉚，思承後誨㉛，得以騁辭㉜。」

【章旨】呂安認為：一個人的「膽」（膽量），不可能有「盈」有「縮」；但他的行為卻有時果決，有時猶豫，根源在於「明」（明察與否）。子家、左師等人皆無「明」，並非「專明無膽」。霍光是勇武的大將軍，田延年只是個書生，但在議廢昌邑王劉賀的關鍵時刻，霍光怕得顫慄，延年卻「膽氣凌雲」；這類因為能夠明辨是非而行為果決的事例，不勝枚舉。這就是「有明便有膽」。至於愚蠢無知之徒，「暴虎馮河」，膽大妄為，正說明「有膽不可無明」。

【注　釋】❶析　底本作「折」。據張本、文津本改。❷渾元　混沌的元氣；天地之氣。❸何邈邈而坦謾也　是多麼的邈遠而不著邊際。邈邈，邈遠。坦謾，疊韻連綿詞，亦寫作「但曼」、「澶漫」，淫衍也。❹賈生　賈誼（西元前二〇〇——前一六八年），西漢政論家，文學家。洛陽人。時稱賈生。二十歲時被漢文帝召為博士，文帝悅之，超遷，一歲中至太中大夫，為大臣周勃（絳侯）、灌嬰等排擠，貶為長沙王太傅，後為梁懷王太傅。他曾多次上疏，建議用「眾建諸侯而少其力」的辦法，削弱諸侯王的勢力；主張重農抑商，「驅民而歸之農」；力主抗擊匈奴等。❺忌鵩作賦　忌諱鵩鳥飛入自己的居室而作〈鵩鳥賦〉。鵩，鵩鳥，俗呼貓頭鷹，古人認為牠是不祥的鳥。賈誼被貶為長沙王太傅之第三年，四月裡的一天，落日西斜之時，有隻貓頭鷹飛入賈誼居室，停在座位旁邊，賈誼暗暗疑怪，怕有什麼緣故，因作〈鵩鳥賦〉一篇。長沙俗以鵩鳥至人家，主人死。賈誼謫居長沙卑溼之地，自以為壽不得長，傷悼之，乃為賦以自廣。❻果　果斷；果決。❼丁　當；遭逢。❽霍光　生年不詳，卒於西元前六八年，西漢大臣。字子孟，河東平陽（今山西臨汾西南）人。武帝時，為奉車都尉。昭帝年幼即位，他與桑弘羊等同受武帝遺詔輔政，任大司馬大將軍，威鎮海內。昭帝死後，奉太后命迎立昌邑王劉賀為帝，不久即廢；又迎立宣帝，前後執政凡二十年。❾沈　深沈。《國策・燕策》：田光「其智深，其勇沈。」❿戰乎王賀之事　在廢黜昌邑王劉賀事變中心悸顫慄。戰，顫慄。股顫而慄，懼之甚也。王賀之事，昌邑王劉賀即位後又被廢黜的事件。王賀，漢武帝的孫子昌邑王劉賀。昭帝崩，無嗣，劉賀即位，行為淫亂。霍光十分憂懣，問計於大司農田延年。延年曰：「將軍為國柱石，審此人不可，何不建白太后，更選賢而立之？」霍光不能決。遂召丞相御史將軍列侯中二千石大夫博士，會議未央宮。光曰：「昌邑王行昏亂，恐危社稷，如何？」群臣皆驚愕失色，莫敢發言，但唯唯而已。霍光亦心悸而顫慄。⓫延年　田延年字子賓，以材略給事大將軍幕府，霍光重之，遷為長史。出為河東太守，入為大司農。會昭帝崩，昌邑王劉賀嗣位，行淫亂，霍將軍憂懣，與公卿議廢之，莫敢發言。延年按劍，廷叱群臣，即日議決。宣帝即位，延年以決疑定策封陽成侯。後抵罪自刎，國除。⓬夙無武稱　早年並不以勇武見稱。夙，早。⓭陳義奮辭二句　闡發大義慷慨陳辭，膽氣如虹直上雲霄。陳義奮辭，指霍光主持召集公卿，會議未央宮，議廢昌邑王劉賀，莫敢發言，田延年離席按劍曰：「先帝屬將軍以幼孤，寄將軍以天下，以將軍忠賢，能安劉氏也。今群下鼎沸，社稷將傾，……如令漢家絕祀，將軍雖死，何面目見先帝于地下乎？今日之議，不得旋踵（宜速決）！群臣後應者，臣請劍斬之！」霍光謝曰：「九卿責光是也。天下匈匈不安，光當受難！」於是議者皆叩頭曰：「萬姓之命，在於將軍，唯大將軍令！」光即與群臣俱見白太后，具陳昌邑王不可以承宗廟狀，皇太后乃車駕幸未央承明殿，詔諸禁門毋內（納）昌邑群臣……。事後，御史大夫田廣明對太僕杜延年說：「當廢昌邑王時，非田子賓之言，大事不成。」太僕把這話對霍光說了，霍光道：「誠然，實勇士也。當發大議時，震動朝廷。」光因舉手自撫心曰：「使我至今病悸。」（事蹟詳見《漢書・霍光傳》、《漢書・酷吏・田延年傳》）膽氣淩霄，膽量氣勢直上雲霄。淩，升。⑭斯其驗歟 這應是證驗吧！其，表委婉的語氣詞。與，疑問語氣詞，但一般不表示純粹的疑問，多數情況下，是說話人猜想大約是這樣一件事情，要求對話人加以證實。⑮於期授首 樊於期把自己的頭給了荊軻。於期，即樊於期，一作樊于期。戰國末年人。本為秦將，逃於燕國。秦王政戮沒其父母宗族，以「金千斤、邑萬家」購樊於期之頭。燕太子丹派荊軻謀刺秦王時，荊軻請求以樊於期的頭和燕之督亢地圖作為進獻秦王的禮物，以便行刺。《戰國策・燕策》記載云：「荊軻知太子不忍，乃遂私見樊於期曰：『秦之遇將軍，可謂深矣。父母宗族，皆為戮沒。今聞購將軍之首，金千斤，邑萬家，將奈何？』樊將軍仰天太息流涕曰：『吾每念常痛于骨髓，顧計不知所出耳！』軻曰：『今有一言，可以解燕國之患，而報將軍之仇者，何如？』樊於期乃前曰：『為之奈何？』荊軻曰：『願得將軍之首，以獻秦，秦王必喜，而善見臣。臣左手把其袖，而右手揕（用刀劍刺）其胸。然則將軍之仇報，而燕國見陵之恥除矣。將軍豈有意乎？』樊於期偏袒扼腕而進曰：『此臣日夜切齒拊心也，乃今得聞教！』遂自刎。」事件發生於西元前二二七年（秦始皇二十年，燕王喜二十八年）。又見《史記・刺客列傳》。授，予。首，頭。⑯陵母伏劍 王陵的母親伏劍而死。陵，指王陵（？——西元前一八一年），漢初大臣。沛縣人。始為縣豪，劉邦兄事之。劉邦起沛，入至咸陽，王陵亦自聚眾數千人據南陽，不肯從沛公。及劉邦還攻項籍，王陵乃以兵屬漢。項羽取陵母置軍中。陵使至，則東鄉（嚮）坐陵母，欲以招陵。陵母既私送使者，泣曰：「為老妾語（告訴）陵，謹事漢王（劉邦），漢王長者也。無以老妾故，持二心。妾以死送使者！」遂伏劍而死。項王怒，烹陵母。陵卒從漢王定天下。事蹟詳見《史記・陳丞相世家》、《漢書・王陵傳》。⑰明果之儔　明察是非而行動果決的事例。明，明辨。即「有明」。果，勇決；果斷。即「有膽」。儔，類。⑱覩夷塗　面對平坦的道路。覩，同「睹」。夷，平坦。塗，同「途」。⑲迄泰清　到了天上。迄，至。泰清，即太清，天。⑳愚弊之倫　愚惑淺弊之輩。愚，底本作「思」，誤，據周校、戴校改。㉑幽昧　昏暗不明。㉒陷穽　即「陷阱」。捕捉野獸的地坑。比喻陷害人的圈套。㉓如盜跖竄軀于虎吻　像大盜逃竄於虎豹出沒的山林之中。盜跖，大盜。一作「盜蹠」。《史記・伯夷列傳》：「盜蹠日殺不辜。」張守節《史記正義》曰：「蹠者，黃帝時大盜之名。以柳下惠之弟為天下大盜，故世放（仿）古號之盜蹠。」竄，逃竄；匿。吻，口邊也。㉔穿窬先首于溝瀆　小偷一個個棄身於田舍溝瀆之間。穿窬，也作「穿踰」。穿壁越牆。指盜竊行為。此處泛指小偷。穿，穿壁；挖洞。窬，通「逾」。逾牆。溝瀆，溝渠。田間曰溝，邑中曰瀆。㉕暴虎馮河　空手搏老虎無舟而渡大河。語出《詩・小雅・小旻》：「不敢暴虎，不敢馮河。」（不敢徒手搏老虎，不敢沒船渡大河。）《毛傳》：「徒涉曰馮河，徒搏曰暴虎。」暴虎，徒手與老虎搏鬥。一說，「徒搏」謂不乘田車徒步搏虎。馮河，不用船而徒足涉河。馮，通「淜」。無舟而渡河。河，《詩經》中的「河」一般指黃河。《論語・述而》：「子曰：暴虎馮河，死而無悔者，吾不與也。」㉖愚敢　無知妄為。㉗是以余謂明無二句　因此我說「有膽不可無明」，真的無「明」的話，「膽」會偏執一隅而成為「愚敢」的。底本作「是以余謂明無膽，無膽能偏守」。呂子的主張是：「人有膽不可無明，有明便有膽矣。」此處「明無膽」之語跟呂子主張不合，當衍「無膽」二字，並發斷句錯誤，今特予校正。㉘了照察；明白。㉙喻　曉喻；開導；說明。㉚若未反三隅二句　如果不能舉一反三，你還有疑問。若，表示假設，如果。反三隅，舉一反三。語出《論語・述而》：「舉一隅不以三隅反，則不復也。」意思是說，老師舉出一事，學生卻不能類推其他許多同類事理，便不再教他了。呂子這兩句話，是針對嵇康上文「故略舉一隅，想不重疑」而發，只不過角色發生了轉換。㉛思承後誨　很想接受你進一步的教誨。誨，教誨。㉜得以騁辭　我也得以馳騁自己的辯辭。意思是，自己決不退讓。

【語　譯】呂子回答說：「我恭敬地讀完了你的論文，可稱得上誨人不倦無以復加了。但是，分析事理貴在簡約而又講清道理，哪裡會崇尚文辭浮泛蕪雜而說理又迂遠誇誕呢？現在你的論點，竟引用混沌元氣來說明，是多麼地邈遠而不著邊際！所以我直接拿人事來回答你，也許更切中要領。漢代的賈誼，多次上疏，向漢文帝陳切直之策，情緒激昂言辭光明正大，行動果決毫不猶豫，原因是他能明察是非，忌諱鵩鳥飛入自己的居室而作〈鵩鳥賦〉，原因是他對這件事感到疑怪而不能明察。一個人的『膽』，難道會有時盈滿有時縮小嗎？應該說是有時看得清（明）有時看不清（惑），所以行動便有果決與不果決之別了。公子子家、左師向戌，都是愚鈍、迷惑、淺薄、昏暗的人，認識不明達，所以迷惑於曖昧狀態，終於遭遇禍害。難道是他們明見照察而僅僅是膽小不能決斷嗎？再如霍光，身懷沈勇之氣，承擔大司馬大將軍之重任，在議廢昌邑王劉賀的關鍵時刻卻心悸顫慄；田延年本是個書生，早年並不以勇武見稱，當時卻能陳述大義，激昂慷慨，膽氣直上雲霄；這就是所謂『見與不見，故行之有果否』的驗證！至於樊於期把自己的頭給予荊軻，王陵的母親伏劍而死，明辨義理而行為果決之類，像這樣的事例成千上萬，要一件件敘述出來，不可勝言。更何況還有面對平坦的大路而不敢投足，面對登高的雲梯而疑心到了天上的人呢？至於那些愚鈍、迷惑、淺薄、昏暗之輩，只能自託昏暗之中，棄身於陷阱之間；像大盜逃竄於虎豹出沒的山林之中，小偷一個個棄身於田舍溝瀆之間；而空手搏猛虎無船渡大河的，愚蠢妄為之類的舉措，也是能做得出來的。因此，我認為『有膽不可無明』，若真的『無明』，『膽』會偏執一隅而造成愚蠢妄為的結果。這是極易明白的道理，用不著多費口舌，所以不再遠引煩言。如果不能舉一反三，你還有疑問，我很想接受你進一步的教誨，我也得以馳騁自己的答辭。」

「夫論理情性，析❶引異同，固當尋所受之終始，推氣分之所由❷。順端極末，乃不悖❸耳。今子欲棄置渾元，捃摭❹所見，此為好理綱❺目，而惡持綱領也。本論二氣❻不同，明不生膽。欲極論之，當令一人播❼無刺諷之膽，而有見事之明，故當有不果之害；非為中人血氣無之，而復資之以明❽。二氣存一體，則明能運膽，賈誼是也。賈誼明膽，自足相經❾，故能濟事。誰言殊無膽，獨任明以行事乎？子獨自作此言，以合其論也。忌鵩闇惑，明所不周，何害于膽乎？明❿既已見物，膽能行之耳。明所不見，膽當何斷？進退相扶，何謂『盈縮』？就如此言，賈生陳策，明所見也；忌鵩作賦，闇所惑也；爾⓫為明徹于前，而闇惑于後，明有盈縮也。苟明有進退，膽亦何為不可偏⑫乎？子然⑬霍光有沈勇，而戰于廢王，此勇有所撓⑭也。而子言『一人膽，豈有盈縮』，此則是也。賈生闇鵬，明有所塞也。光懼廢立，勇有所撓也。夫唯至明能無所惑，至膽能無所虧爾。自非若此，誰無弊損乎？但當總有無之大略，而致⑮論之耳。夫物以實見為主。延年奮發，勇氣淩雲，此則膽也。而云『夙無武稱』，此為信宿稱而疑成事⑯也。延年處議⑰，明所見也；壯氣騰厲，勇之決也。此足以觀矣。又子言：『明無，膽能偏守』。案子之言，此則有專膽之人，亦為膽特自一氣明矣。夫五才⑱存體，各有所生。明以陽曜⑲，膽以陰凝⑳。豈可謂有陽而生陰，可無陽邪㉑？雖相須以合德㉒，要自異氣㉓也。凡餘雜說，於期、陵母、暴虎云云，萬言致一，欲以何明邪㉔？幸更詳思，不為辭費而已矣㉕。」

【章　旨】嵇康認為：討論「明」與「膽」的相互關係，必須從元氣陶冶化育、人體「賦受有多少」談起，「明以陽曜，膽以陰凝」（「明」是由於陽氣的炫耀，「膽」是由於陰氣的凝聚），陰、陽異氣，所以「明不生膽」，這是綱領。「二氣存一體，則明能運膽」，「明既已見物，膽能行之耳」。除非至人，一般人不可能十全十美，有時「明有所塞」，有時「勇有所撓」，「明」與「膽」的關係是「進退相扶」（或進或退相互依附），而不是單方面的「盈縮」；「相須以合德」（相互需要又相互配合）。

【注釋】❶析　底本作「折」。周樹人校曰：「程本作析。」今據改。❷推氣分之所由　推究氣分的由來。氣分，稟受元氣的分量。《孔子家語・執轡》：「子夏問于子孔子曰：商（子夏姓卜名商）聞《易》云，生人萬物鳥獸昆蟲，各有奇偶，氣分不同。注：言受氣各有分，數不齊同。」❸悖　謬。❹捃摭　摘取；搜集。捃，摘取；拾取。摭，拾取；摘取。❺網　底本作「綱」。周樹人校曰：「當作『網』。舊校改『節』，非。」今據改。❻二氣　陰氣和陽氣。❼播　施；施行。❽非為中人血氣無之二句　不是說中等才性的人血氣中無膽，而又加之以明察。嵇先生的意思是，我上文中說的「專明無膽」如子家之類，目的是徹底說明「明不生膽」的道理，並不是說中等水平的人「無膽」而「專明」。為，底本無此字，但吳鈔原本有，周校本誤奪，徑補。戴明揚認為「為」字當即「謂」字之訛。可備一說。❾經　經緯；治理；經營。❿明　底本無此字。周樹人校曰：「各本『乎』下有『明』字。舊校亦加。」今據補。⓫爾　代詞，此處相當於「彼」、「此」。⓬偏　偏頗。這裡指「進退」、「盈縮」。⓭然　是；肯定。⓮撓　通「橈」。弱；削弱。⓯致　推究；詳審。⓰成事　做成的事。⓱延年處議　田延年認定廢王之議。處，定；制。⓲五才　金、木、水、火、土。《論衡・物勢》：「一人之身，含五行之氣。」⓳陽曜　陽氣炫耀。⓴陰凝　陰氣凝聚。㉑豈可謂有陽而生陰二句　難道可以一面說「有明便有膽」，一面又說「無明而只有膽」嗎？有陽而生陰，此指呂子「有明便有膽」的論斷而言。陽，明。陰，膽。無陽，此指呂子「明無，膽能偏守」的論斷而言。陽，明。嵇康認為呂安的兩處論斷是相互矛盾的，所以採用反問的形式加以批評。㉒雖相須以合德　（明和膽）雖然相互需要相互配合。須，同「需」。要求；尋求。合德，相配合。㉓要自異氣　總是各自稟受不同的氣（陰陽二氣）。㉔萬言致一二句　若此萬端，積累到一起，要用來說明什麼呢？萬言，指呂子上文中「若此萬端，欲詳而載之，不可勝言」而發。致，累；積累。致一，底本作「一致」。周樹人校曰：「各本作『致一』。」今據改。㉕不為辭費而已矣　不用多費筆墨而就此停止吧。辭費，多費筆墨。為，做。這裡根據文中具體含義譯作「用」。矣，底本無此字。周樹人校曰：「各本有『矣』字。」今據補。

【語　譯】（嵇康答曰：）「論說條理出一個人的情與性，分析找到明與膽的異同，當然應該推尋稟受元氣的始末，推究氣分的由來。由端及末，才不會謬誤。現在你想拋開混沌的元氣，拾取眼前見得到的，這叫作喜歡整理小的網眼，卻討厭抓持網的綱領。我的本論是陰陽二氣不同，明不生膽。想要徹底說清這個道理，我就要使一個人體現連諷刺的膽量都沒有，卻有看清事物的明察能力，所以應有不能決斷之害；並不是說中等才性的人血氣中沒有膽量，而又給與他明察能力。陰氣、陽氣共存於一體，則明能運膽，賈誼就是這樣的。賈誼的明與膽，本來就足以相互營運，所以能夠成事。誰說他特無膽量，單獨靠明察以行事呢？你獨自一個人創作出這種話語，用它配合你的論調。忌諱貓頭鷹暗於迷惑，是認識能力有缺陷，怎麼會妨害到膽呢？『明』既已察清事物，『膽』則能決斷實行罷了。『明』所不見，『膽』當決斷什麼？明與膽之間是進退相互依附，說什麼「一人之膽，豈有盈縮」？就這麼說的話，那賈生陳策，是明察所見；疑忌貓頭鷹而作賦，是暗於迷惑；此為明徹於前，而暗惑於後，是『明』也有『盈縮』了。如果明有進退，一個人的膽又為什麼不可以有盈縮呢？你肯定大將軍霍光有沈勇之氣，卻在廢黜昌邑王劉賀的關鍵時刻懼怕顫慄，這是勇氣有所削弱的現象。而你說的「一人膽，豈有盈縮」，這就是了。賈生迷惑於貓頭鷹飛入自己的居室，是明有所蔽塞；霍光懼怕於廢昌邑王劉賀立漢宣帝劉詢之間，是勇有所削弱。只有至人之『明』能無所迷惑，至人之『膽』能無虧損。若非這樣的至人，誰能沒有蔽塞虧損呢？只能總攬明膽有無進退之大略，而推究論述罷了。萬事萬物要以實際見到的為準。田延年奮發大議，勇氣直沖雲霄，這就是膽啊！而你卻說『夙無武稱』，這叫作相信先前傳聞的名稱而懷疑眼前看到的實際表現。田延年認定廢昌邑王劉賀之議，是他能明辨是非；膽壯氣豪騰飛凌雲，是他能勇武地決斷。從這件事足以看得出來。你又說：『明無，膽能偏守。』按你的話，這就是說有『專膽』之人，也可說膽本來自為一氣是明明白白的了。金、木、水、火、土等五材存於一人之體，各各產生一定的氣質。『明』是由於體內陽氣的炫耀，『膽』是由於體內陰氣的凝聚。難道可以一面說『有明便有膽』（有陽而生陰），一面又說『無明（而有膽）』（無陽而有陰）嗎？明和膽雖然相互依附相互配合，但總是各自稟受不同的氣（陰氣和陽氣）啊！你說的其他雜事，什麼樊於期把自己的頭給了荊軻呀，王陵的母親毅然伏劍而死呀，愚敢之輩徒手捉老虎、徒步渡黃河呀，等等，若此萬端，積累到一起，要用來說明什麼呢？希望你進一步仔細考慮，不用多費筆墨而就此停止吧！」

第七卷

張叔遼自然好學論附

【題解】張邈，字叔遼，遼東太守，著〈自然好學論〉一篇；嵇康不同意他的觀點，作〈難自然好學論〉，收入《嵇康集》時，張叔遼原作亦附入焉。張氏認為，人的好學，是出於自然本性。文章從「喜、怒、哀、樂、愛、惡、欲、懼，人情之有也」入手，得意則喜，生育則愛，「不教而能；……即自然也」。隨著社會生活的進化，飲食、娛樂、人情表述方式等不斷演進，人們本能地「適于口」、「當其心」、「欣然貌悅心釋」，全出自然，無須尋求外物輔助。最後，作者從人們對暗室燭光、黑夜陽光的自然感應，引出「六藝紛華，名利雜詭，計而後學，亦無損于有自然之好」的結論。

本文以較多篇幅敘述人的身心對環境的種種自然感應現象，而對「自然好學」之本題並未深入展開具體論述。

夫喜、怒、哀、樂、愛、惡❶、欲、懼，人情❷之有也。得意則喜，見犯❸則怒，乖離❹則哀，聽和則樂❺，生育則愛，違好則惡，飢則欲食，逼則恐懼。凡此八者，不教而能；若論所云，即自然也。

【章　旨】文章開宗明義，指出喜、怒、哀、樂、愛、惡、欲、懼等是人的本能，遇到一定的刺激，就會表現出來，不須教授，這就叫出於自然。

【注　釋】❶惡　憎惡；厭惡。❷人情　《禮記・禮運》：「何謂人情？喜、怒、哀、懼、愛、惡、欲七者，弗學而能。」❸見犯　被淩犯。❹乖離　不合；不和。乖，背戾；違背；不和諧。❺聽和則樂　聽到和諧的聲音就快樂。

【語　譯】喜、怒、哀、樂、愛、惡、欲、懼，這是人的本能就具有的。得意就歡喜，被淩犯就發怒，違離就悲哀，聽到和諧的聲音就快樂，生育就會慈愛，違反了愛好就憎恨，飢餓就想到吃東西，被威逼就會恐懼。大凡這八種表現，不需要教導就會的。如果要論述我所說的話，那就是自然本性。

腥臊未化❶，飲血茹毛❷，以充其虛❸；食之始也。加之火齊❹，糝以蘭橘❺；雖所未嘗，嘗必美之；適于口也。蕢桴土鼓❻，撫腹而吟❼；足之蹈之❽，以娛其喜；樂之質❾也。加之管弦，雜以羽毛❿；雖所未聽，察之必樂；當其心也。民生也直⓫，聚而勿教，肆心觸意⓬，八情⓭必發。喜必欲與，怒必欲罰；無爪牙以奮其威⓮，無爵賞以稱其惠；愛無以奉⓯，惡不能去⓰。有言之曰⓱：苴竹萱蒯⓲，所以表哀；溝池岨嶮⓳，所以寬懼；弦木剡金⓴，所以解憤；豐財殖貨，所以施與。苟有肺腸，誰不欣然貌悅心釋㉑哉？尚何假于食膽蜚㉒，而嗜菖蒲菹㉓也？

【章旨】隨著社會生活的進化，從「飲血茹毛」到蘭橘美味，從「撫腹而吟」到加之管弦，從「肆心觸意」到規範感情表述方式，人們都本能地「適于口」、「當其心」、「欣然貌悅心釋」，這些都出於自然，無須尋求外物輔助。

【注釋】❶腥臊未化　腥氣、臊氣沒有化解（消除）。這裡說的是未經火燒而生吃魚、肉之類的食物。據《韓非子．五蠹》載述，史前有巢氏時代，人類還不知「鑽燧取火以化腥臊」，「民食果蓏（草本植物的果實）蚌蛤（水產的動物），腥臊惡臭，而傷害腹胃，民多疾病。」❷飲血茹毛　喝血吃毛。這裡指的是生食動物，肉流著血，帶著毛，一起吃喝下去。茹，食；吃。❸虛　空虛的飢腸。❹加之火齊　加之以火候。指史前燧人氏時代取火以化腥臊。火齊，腥熟之謂也。❺糁以蘭橘　用蘭橘做成羹湯。糁，同「糂」。《說文》：「糂，以米和羹也。」❻蕢桴土鼓　以土塊為鼓槌築土做鼓。蕢，通「塊」。土塊。桴，通「枹」。鼓槌。土鼓，土做的鼓。《禮記・明堂位》：「土鼓、蕢桴、葦籥，伊耆氏之樂也。」（伊耆氏，古天子有天下之號，一說即神農）❼撫腹而吟　敲著肚皮唱歌。撫，擊。《莊子・馬蹄》：「夫赫胥氏（傳說中的上古帝王）之時，民居（人民居家）不知所為（做什麼事），行不知所之（往哪裡去），含哺而熙（嬉），鼓腹而遊（拍打著肚子遨遊）。」❽足之蹈之　蹦蹦跳跳；舞蹈。〈毛詩序〉：「永（咏）歌之不足，不知手之舞之，足之蹈之也。」❾樂之質　歌舞的本質。質，本。❿羽毛　羽旄。《禮記・樂記》：「動以干戚，飾以羽旄。」注：「羽，翟羽也；旄，旄牛尾也，文舞所執。」⓫民生也直　人的生存由於正直。《論語・雍也》：「人之生也直，罔之生也幸而免。」孔子的意思是說，人的生存由於正直（人之所以生於世而自壽終不橫夭者以其正直故也），不正直的人也可以生存，那是他僥倖免於禍害。⓬肆心觸意　縱恣其心，觸情妄行。肆心，肆其心。觸意，觸犯其情意。⓭八情　指喜、怒、哀、樂、愛、惡、欲、懼等八種情感。⓮無爪牙以奮其威　沒有爪牙來振奮他的威勢。《淮南子・兵略》：「人無筋骨之強，爪牙之利。」⓯愛無以奉　愛的感情無以表現。奉，行；實行；表現。⓰惡不能去　憎惡的感情不能去除。去，離開；去除。⓱有言之曰　底本作「有言之且」。周樹人校曰：「四字疑當為『古言云』三字。『且』即下『苴』之壞字，舊校及各本作『曰』，非。」可備一說。⓲苴竹菅蒯　喪服用的竹杖、草鞋之類。苴竹，即苴杖，粗劣的竹杖。苴，粗劣；粗惡。這裡指枯竹，自死之竹。菅蒯，菅茅蒯草，這裡指用菅茅蒯草為原料編製的草鞋、草簾之類物品。⓳溝池岨嶮　城郭溝池地形險阻。岨嶮，一本作「嶮岨」，與「險阻」同。《管子・九變》：「地形險阻，易守而難攻。」⓴弦木剡金　使木弦成弧（弓），使金（青銅）剡成矢（箭頭）。《易・繫辭下》：「弦木為弧，剡木為矢，弧矢之利，以威天下。」剡金，把金屬加工成銳利的矢。剡，削尖；銳利。㉑心釋　心悅；心花怒放；開心。㉒膽蜚　龍膽和蜚䖟。戴明揚引《神農本草》：「龍膽久服，益智不忘。蜚䖟通利血脈及九竅。」未知即此藥否？㉓菖蒲菹　用菖蒲製成的酢菜。《韓非子・難四》：「文王嗜菖蒲菹。」

《神農本草》：「菖蒲，開心孔，補五藏，通五竅，明耳目，出音聲。」

【語譯】未經火燒而生食魚肉，喝鳥獸的血，帶毛吃鳥獸的肉，以填充自己空虛的飢腸，這便是飲食的開始。加之以火候燒烤，又用蘭橘作成羹湯，雖然事先未經品嘗，嘗到之後一定以它為美味，適合於人的口感。拿土塊當鼓槌築土為鼓，敲著肚皮唱歌，雙腳不由地移動跳躍，用這些來娛樂他的喜悅，是歌舞之樂的本質。加上管弦樂器，用羽旄做裝飾，雖然在這之前未曾聽到過，知曉之後一定快樂，適合於人的心境。人的生存由於正直，聚集成群而不加以教導，放肆其心，觸犯情意，八種生下來就有的感情必然自發。高興了一定想給予，發怒時一定想懲罰，沒有爪牙以振奮他的威嚴，沒有爵位賞賜以稱他的賢惠，愛的感情無法表現，憎惡的感情不能去除。古人有言：枯竹做的杖，菅蒯織的草鞋之類的喪服，是用來表示哀痛的；溝池險阻之類的防禦設施，是用來寬慰恐懼心情的；弦木做成弓，青銅做成鋒利的箭，是用來化解憤怒的；豐富財產，增殖貨物，是用來施與的。如果有胏有腸，誰不高興了而面露喜色，心花怒放呢？還用借助什麼吃龍膽、蜚蝱，像周文王那樣嗜菖蒲菹呢？

且晝坐夜寢，明作闇息❶；天道之常，人所服習❷。在于幽室❸之中，睹蒸燭❹之光；雖不教告❺，亦皦然❻喜于所見也。不以❼尚有白日，與比朱門❽，旦則復曉，不揭此明而滅其歡❾也。況以長夜之冥，得照太陽，情變鬱陶⑩，而發其蒙⑪也。故以為難⑫事以末來⑬，而情以本應⑭。即使六藝⑮紛華⑯，名利雜詭⑰，計而後學⑱，亦無損⑲于有自然之好也。

【章　旨】從人們對暗室燭光、黑夜陽光的自然感應，引出「六藝紛華，名利雜詭，計而後學，亦無損于有自然之好」的結論，點出本題。

【注　釋】❶明作闇息　天亮起床勞作，黃昏後停工休息。明，光明。特指天亮。作，勞動；工作。闇，通「暗」。黃昏或夜間。息，休息。《樂府詩集・雜歌謠辭・擊壤歌》：「日出而作，日入而息。」❷服習　適應熟習；習慣。❸幽室　暗室。❹蒸燭　薪燭。蒸，麻幹或細木，用來照明則稱為蒸燭。❺教告　教；示；示知。❻皦然　明白貌。皦，通「皎」。❼以　因。❽與比朱門　戴明揚校曰：「『比』字，吳鈔本塗改而成，原鈔似作『此』字。案『此』字似涉下而衍。」殷翔、郭全芝《嵇康集注》：「『比』字似應作『彼』，因聲而誤。此與上文應作一句，讀為『不以尚有白日與彼朱門。』『彼』與下句之『此』，交互成文。」❾不揭此明而滅其歡　不舉此白日朱門旦曉之明而減弱其幽室睹蒸燭之光的歡樂情緒。揭，舉。此明，指白日朱門旦曉之明。❿鬱陶　喜悅；快樂。指人心欣悅初發，尚未達暢盛之境。⓫發其蒙　啟發他的蒙昧。⓬難　嵇康〈難自然好學論〉引此作「雖」，是也。⓭事以末來　事件是後天發生的。末，與下文的「本」對言。⓮情以本應　情感與先天的本能相應。本，先天具有的。⓯六藝　指《六經》。《史記・滑稽列傳》：「孔子曰：『六藝于治一也，《禮》以節人，《樂》以發和，《書》以道事，《詩》以達意，《易》以神化，《春秋》以道義。』」又，古代學校的教育內容亦稱六藝，即：禮、樂、射、御（馭）、書、數等六門。本文所指，似側重於後者。⓰紛華　奇麗繁華，泛指與學校教育相左的社會奢侈浮華狀況。典出《史記・禮書》：周衰，禮廢樂壞，「循法守正者見侮于世，奢溢僭差者謂之顯榮。自子夏門人之高弟也，猶云出見紛華盛麗而說（悅），入聞夫子之道而樂，二者心戰，未能自決；而況中庸以下漸漬于失教被服于成俗乎？」⓱雜詭　錯雜怪異。⓲計而後學　謀慮算計之後再學習。指子夏「出見紛華盛麗而說，入聞夫子之道而樂，二者心戰」那樣的情況。後，底本作「復」，據嵇康引文校改。⓳損　減。

【語　譯】況且白天坐夜裡睡，天亮起身勞作，黃昏後休息，這是天道之常規，人人都適應習慣了。在暗室裡看到薪燭的光亮，雖然沒有人教示，人們也會喜形於色。並不因為尚有白天大門敞開，早晨陽光則再明亮，不舉曉日之明而減弱他在暗室看到薪燭之光的歡喜情緒。更何況以長夜之黑暗，得照太陽，情緒歡快，啟發了他的蒙昧。所以我認為雖然事件是後天發生的，但心情與先天的本能相應。即使學校的六藝與社會的奇麗繁華並存，名利錯雜怪異，謀算之後再學習，仍無損於有「自然之好」啊。

難自然好學論

【題　解】本篇針對張叔遼提出的好學出於「自然」的論點展開詰難辯論。嵇康認為：人的本性「好安而惡危，好逸而惡勞」，以「願得」、「志從」為旨歸。洪荒之世，莫不自得，人們哪裡會知道學什麼「仁義之端，禮律之文」？大道衰微，始作文墨，造立仁義，制為名分，勸學講文，開榮利之途。「積學明經，以代稼穡」，「困而後學，學以致榮；計而後習，好以習成，有似自然」，實非自然：《六經》「抑引」，禮律「犯情」，仁義「理偽」，人的天真本性不可能自然愛好它們的。文章接著指出張叔遼「以必然之理（人體對環境改變的自然感應能力），喻未必然之好學」的邏輯錯誤；最後抓住張氏「《六經》為太陽，不學為長夜」的核心論點，運用假設《六經》會害人的辯論方法，反證《六經》只不過是求取功名利祿的工具，人們是事先算計好帶著功利目的去學習的，這當然不能稱做「自然好學」的了。

夫民之性，好安而惡危，好逸而惡勞。故不擾❶，則其願得❷；不逼❸，則其志從❹。昔鴻荒之世❺，大樸❻未虧，君無文❼于上，民無競于下；物全理順，莫不自得。飽則安寢，飢則求食。怡然鼓腹❽，不知為至德之世也❾。若此，則安知仁義之端，禮律之文？

【章　旨】人的本性是好安惡危、好逸惡勞的。原始蒙昧時期，一切聽其自然，哪裡有什麼仁義之教、禮律之文？

【注　釋】❶不擾　不被干擾；不被騷擾。❷其願得　其願望就能實現。❸不逼　不被逼迫。❹志從　神志順遂。從，順。❺鴻荒之世　史前原始蒙昧時期。鴻荒，混沌蒙昧狀態。鴻，通「洪」。❻大樸　質樸的原始自然狀態。樸，各本作「朴」，同。❼文　這裡指法律條文，禮律之文。❽鼓腹　拍打著肚子。❾不知為至德之世也　並不知道這就是後人所謂的「至德之世」啊。至德之世，最純樸完美的社會。

【語　譯】人的天性，喜歡平安而憎惡危險，愛好閑逸而厭惡勞作。所以不被干擾，其願望就得以實現；不被逼迫，其神志自然順遂。從前，原始蒙昧時期，質樸的自然狀態未遭損害，君王在上不頒布禮法制度，人民在下互不競爭，萬物無損而事理和順，沒有誰不自得其樂。吃飽了就安心睡覺，飢餓了就去尋求食物。安適愉快地敲著吃飽的肚子吟唱，並不知道這就是後人稱道的「至德之世」。像這個樣子，人們哪裡會知道什麼仁義之事、禮律之文呢？

及至人❶不存，大道陵遲❷，乃始作文墨，以傳其意。區別群物，使有類族❸。造立仁義，以嬰❹其心。制為名分，以檢❺其外。勸學講文，以神⑥其教。故《六經》⑦紛錯⑧，百家繁熾⑨，開榮利之途⑩，故奔騖⑪而不覺。是以貪生之禽，食園池之粱菽；求安之士，乃詭⑫志以從俗。操筆執觚⑬，足容蘇息⑭；積學明經，以代稼穡⑮。是以困而後學⑯，學以致榮⑰；計而後習⑱，好以習成⑲，有似自然，故令吾子謂之自然耳。推其原也：《六經》以抑引⑳為主，人性以從欲㉑為歡。抑引則違其願，從欲則得自然。然則自然之得，不由抑引之《六經》；全性之本，不須犯情㉒之禮律；固知仁義務于理偽㉓，非養真㉔之要術；廉讓生于爭奪，非自然之所出也。由是言之，則鳥不毀以求馴，獸不群而求畜㉕；則人之真性無為㉖，不㉗當自然耽㉘此禮學矣。

【章旨】大道衰微，始作文墨，勸學講文，開榮利之途。人們學習的目的是為了求取榮華富貴，「好學」並非出於自然之天性。《六經》「抑引」，禮律「犯情」，仁義「理偽」，皆違反人的自然天性；就如同鳥獸不會自動棄群以求人馴養一樣，人的天真本性也不會自然愛好《六經》、仁義、禮律之學。

【注　釋】❶至人　指「至德之世」道德最高的人。至，好到極點了。❷陵遲　頹敗；衰敗。《漢書・王嘉傳》：「縱心恣欲，法度陵遲。」注：「陵遲，即陵夷也，言漸頹替也。」❸類族　類屬。族，屬。❹嬰　繞抱。這裡是約束的意思。❺檢　約束；限制。《字彙・木部》：「檢，檢束也。」❻神　伸張；宣揚。❼六經　指《詩》、《書》、《禮》、《樂》、《易》、《春秋》。❽紛錯　紛繁交錯。❾百家繁熾　諸子百家學派繁盛。熾，《爾雅・釋言》：「熾，盛也。」❿榮利之途　做官發財之途徑。榮，顯。指名位、祿位。《漢書・儒林傳贊》：「一經說至百餘萬言，大師眾至千餘人，蓋祿利之路也。」⓫奔鶩　狂奔亂馳。鶩，亂馳。⓬詭　違；違背。⓭操筆執觚　一手握筆，一手執木簡。指寫文章。觚，木簡，指書寫材料。⓮足容蘇息　足可維持生活。蘇息，生息；生活。⓯積學明經二句　長期學習通曉經術，以代替耕種和收獲。積，積久而成。明經，明曉儒家經典。《漢書・夏侯勝傳》：「經術苟明，其取青紫（官位），如俯拾地芥耳。學經不明，不如歸耕。」⓰困而後學　遇到困難之後再學。困，不通。⓱學以致榮　學的目的是為了求得榮華富貴。致，得；求得；取得。⓲計而後習　謀劃清楚之後就不斷學習。計，謀；謀慮。習，學習；溫習。⓳好以習成　愛好是因為習慣養成的。習，習慣；習染。⓴抑引　抑制導引。㉑從欲　順欲。㉒犯情　觸犯人的自然屬性。㉓仁義務于理偽　仁義在於約束人的行為。務，從事。理，治；管理。偽，人為；人的行為。㉔真　本原；自身。這裡指人的自然天性。㉕鳥不毀以求馴二句　兩句難解。舊校於「毀」下加「類」字，「群」上加「棄」字，意謂：鳥獸不棄群而求馴畜於人，乃其自然之天性。上文「貪生之禽，食園池之粱菽」者，即為人所馴畜，而失其自然之天性者。㉖為　通「偽」。裝作；假裝。㉗不　底本作「正」。周樹人校曰：「當作『不』。」從之。徑改。㉘耽　嗜；喜好。

【語　譯】到至人不再存在，大道衰頹的時候，才開始製作文辭，以傳述他們的意思。區別種群物類，使萬物各有類屬。創立仁義，以約束人心。制定名分，以限制人的行為。勸學講文，以宣揚其教化。所以《六經》內容紛然雜陳，諸子百家學說繁盛，開闢了求取榮華富貴的途徑，所以人們狂亂追求而毫不覺悟。因此就像貪求生存的禽鳥，在園池裡吃著人們餵養的穀子、大豆；尋求安逸的士人，就違背自己的自然本性去順從世俗。他們操筆執簡，靠撰寫文章就足夠維持生息之用；經過長期學習通曉經術，便可做官食祿，以代替種田。因此人們遇到困難之後再學，學習的目的是為了取得榮顯利祿；算計好了就堅持不斷地學習，愛好就這樣由習慣養成，有點像自然的樣子，所以使您稱他們為自然好學了。推究事情的本原：《六經》以抑制、引導為主旨，而人的天性以順遂情欲為歡樂。外加的抑制和引導就違背了人的願望，順從情欲就遂從了自然天性。這樣，自然天性的獲得，不由抑引之《六經》；保全自然之性的根本，不須觸犯人的情欲的禮法；所以我們知道仁義是致力於約束人的行為，並不是養育自然天性之要術；廉潔謙讓是發生於爭奪之後，更非自然天性所具有的。由此說來，鳥是不會毀掉類族而求人馴養的，獸是不會離棄同群而求人畜養的；那麼人的天性也是沒有虛偽的，不應當是自然喜好這禮學的了。

論又云：嘉肴珍膳，雖未所嘗，嘗必美之；適于口也。處在闇室，睹蒸燭之光，不教而悅得于心。況以長夜之冥，得照太陽，情變鬱陶，而發其蒙。雖事以末來，情以本應，則無損于自然好學。

難曰：夫口之于甘苦，身之于痛癢，感物而動，應事而作。不須學而後能，不待借而後有。此必然之理，吾所不易[1]也。今子以必然之理，喻未必然之好學，則恐似是而非之議。學如一粟之論[2]，于是乎在也。今子立《六經》以為準[3]，仰仁義以為主[4]，以規矩為軒乘[5]，以講誨為哺乳[6]；由其途則通，乖其路則滯[7]。遊心極視[8]，不睹其外[9]；終年馳騁，思不出位[10]。聚族獻議，唯學為貴。執書擿[11]句，俛[12]仰咨嗟[13]。伏膺[14]其言，以為榮華。故吾子謂《六經》為太陽，不學為長夜耳。今若以明堂[15]為丙舍[16]，以諷誦[17]為鬼語，以六藝為蕪穢[18]，以仁義為臭腐[19]，睹文籍則目瞧[20]，修揖讓則變傴[21]，襲章服[22]則轉筋，譚[23]禮典則齒齲[24]；于是兼而棄之，與萬物為更始[25]，則吾子雖好學不倦，猶將闕焉[26]。則向之不學[27]，未必為長夜；《六經》未必為太陽也。俗語云：乞兒不辱馬醫[28]。若遇上古無文之治[29]，可不學而獲安，不懃[30]而得志；則何求于《六經》，何欲于仁義哉？以此言之：則今之學者，豈不先計而後學邪[31]？苟計而後動，則非自然之應也。子之云云，恐故得菖蒲葅耳[32]。

【章　旨】本章首先指出張叔遼「以必然之理（人體本能感應），喻未必然之好學」的邏輯錯誤；然後針對他「《六經》為太陽，不學為長夜」的核心論點，運用假設《六經》會害人的辯論方法，證明《六經》只不過是求取功名利祿的手段，人們是事先算計好了帶著功利目的去學習的，這當然不能說是「自然好學」的了。

【注　釋】❶不易　不能改變。易，變易；改變。一說：易，異也。不易，意謂不持異議，亦可通。❷學如一粟之論　典出王充《論衡・量知》：「人之不學，猶穀未成粟，米未為飯也。」意思是說，人若學習，結果就如同穀禾長成粟米一樣。❸立六經以為準　樹立《六經》作為標準。準，標準；準則。❹仰仁義以為主　崇尚仁義作為主體。仰，仰慕；崇高。主，主體；要素。❺以規矩為軒乘　以規則禮法當作車馬。規矩，本指規和矩，校正圓形和方形的兩種工具。這裡指規則、禮律之文。軒乘，車馬。軒，車之通稱。乘，古代稱一車四馬為一乘。❻以講誨為哺乳　以老師講解教誨當作哺乳。講誨，講論六藝教誨學生。哺乳，培養的意思。❼乖其路則滯　違背他的路徑則阻滯不通。乖，背戾；違背。滯，凝；留；停止。❽遊心極視　心神貫注窮盡視力。❾不睹其外　眼睛不看《六經》以外的圖書。❿思不出位　思慮不逾越《六經》範圍。語出《論語・憲問》：「君子思不出其位。」原意是：君子所思慮的不超出自己的工作崗位。⓫擿　同「摘」。⓬俛　同「俯」。⓭咨嗟　吟詠。⓮伏膺　同「服膺」。衷心信服。伏，通「服」。著也。膺，胸也。著之心胸之間，言能信守也。⓯明堂　明政教之堂。古代天子宣明政教的地方。凡朝會及祭祀、慶賞、選士、教學等大典，均於其中舉行。⓰丙舍　墓堂小舍。一說，第三等舍宇。⓱諷誦　背誦吟詠。《周禮・大司樂》：「以樂語教國子，興、道（導）、諷、誦、言、語。」注：「背文曰諷，以聲節之曰誦。」⓲蕪穢　叢生的荒草。⓳臭腐　腐鼠。典出《莊子・秋水》。⓴瞧　目昏。㉑傴　駝背。㉒襲章服　套上禮服。襲，衣上加衣；穿著。章服，古代以日、月、星辰、龍、蟒、鳥、獸等圖紋作為等級標誌的禮服。㉓譚　同「談」。㉔齲　蛀牙。㉕更始　除舊布新。更，調換；改變。㉖猶將闕焉　還是會丟棄（去除）這方面的內容。闕，本指宮門外兩邊的樓臺，中間空為道路。這裡是空缺、去除的意思。焉，指示代詞兼語氣詞，指代範圍或方面。這裡指代的是上述《六經》、禮律方面的內容。㉗向之不學　從前不學（《六經》等）。向，從前；往昔。㉘乞兒不辱馬醫　乞丐不以給馬醫當差求食為恥辱。《列子・說符》載述齊國有個「貧者」，跑到馬廄裡，從馬醫作役而討口飯吃。有人笑話他，說：「從馬醫而食，不以辱乎？」乞兒回答道：「天下之辱，莫過于乞。乞猶不辱，豈辱馬醫哉！」辱，以……為辱，形容詞意動用法。㉙上古無文之治　上古沒有文墨治理的時代，即本文開頭所寫的「鴻荒之世」。無文，君無文於上，指沒有「禮律」、「仁義」之類的東西。㉚懃　同「勤」。勤勞；勞苦。㉛豈不先計而後學邪　難道不是事先謀劃計算好了之後再學習的嗎？㉜恐故得菖蒲菹耳　恐怕是先得著了菖蒲菹的輔助吧！菖蒲菹，用菖蒲根做成的酢菜。《呂氏春秋・孝行覽・遇合》：「文王嗜菖蒲菹，孔子聞而服之。」據《神農本草》載：「菖蒲，開心孔，補五藏，通五竅，明耳目，出音聲。」《孝經緯援神契》曰：「菖蒲益聰。」張叔遼〈自然好學論〉認為，人之好學，出於自然本性，不需借用菖蒲菹之類的外物輔助。嵇康譏笑他可能早就得了菖蒲菹之類，先已開通心竅，服膺《六經》仁義，所以才發了那麼一通高論。

【語　譯】您的論文又說：佳肴美味，雖然是沒有嘗過的，品嘗之後一定以為美食，適合人的口味。身處在暗室裡，目睹薪燭的光亮，不用別人教導指示就會喜形於色。更何況歷長夜之黑暗，一旦得照太陽，情緒變得非常歡喜，並得以啟發蒙昧。雖然事情是後天發生的，而心情則與先天的本能相應，仍無損於「自然好學」的論斷。

詰難說：口舌對於甜和苦，身體對於痛和癢，感受外物而動，感應事物的影響而發作，這些是不需學習就具備的能力，不用假借就有的。這是自然的道理，我所不能改變的。現在您拿這些自然之理，來說明不是自然的「好學」，那恐怕是似是而非的議論了。前人關於「人之不學，猶穀未成粟，米未為飯」的論調，就是沿著這樣的邏輯建立的。現在您樹立《六經》作為標準，崇尚仁義作為主體，以規範禮律之文當作車馬，把講解教誨看作哺乳培養嬰兒一般；沿著這條途徑就暢通無阻，背離這條道路就阻滯難行。心神貫注兩眼緊盯，不看《六經》以外的圖書；終年用功，思慮從不越出《六經》之範圍。聚集家族的人進獻計謀，都說只有讀書學習最為尊貴。手執詩書，摘取文句，前俯後仰，吟詠讚嘆，衷心信服經書上寫的話，視為精華。因此，您把《六經》稱為太陽，不學習的人就是生活在長長的黑夜裡。現在如果把宣明政教的「明堂」作為墓堂小舍，把背誦吟詠視為鬼話，把六藝視作叢生的荒草，把仁義視為腐鼠，看見文書典籍就兩眼昏花，修行作揖叩頭等禮節就變成駝背，套上禮服就會抽筋，談論禮典則牙齒生蛀蟲；這樣一來，人們就會一起把它們拋棄，跟世上萬事萬物一樣，除舊布新，您雖然好學不倦，還是會丟棄《六經》這些內容的。那麼往昔不肯學習它，未必就是如同生活在長夜裡；《六經》也未必就如同太陽一般了。俗話說，乞丐不以向馬醫求食感到羞辱。如果遇到上古沒有文墨、一切順其自然的時代，人們可以不學習而獲得安定，不勤苦勞作而實現心願，向《六經》求什麼？對仁義又有什麼貪圖呢？由此而論，現今學習的人，難道不是事先謀算好了之後再學習的嗎？如果是計算之後再行動，那就不是自然天性的感應了。您所發的「自然好學論」，恐怕是得到了「菖蒲葅」的助力吧。

第八卷

阮德如宅無吉凶攝生論 難上

【題　解】宋王楙《野客叢書》卷八稱：「僕得毘陵賀方回家所藏繕寫《嵇康集》十卷，有詩六十八首，……又有〈宅無吉凶攝生論〉難上、中、下三篇。」吳鈔本原鈔，此篇及〈難〉文為〈宅無吉凶攝生論〉「難上」，〈釋難〉及〈答釋難〉為「難中」，則當尚有「難下」，為三論三答。由是知，吳鈔本所據之底本，已佚〈難下〉一卷。

本篇作者阮侃字德如，尉氏（今河南尉氏）人，有俊才，而飾以名理，風儀雅潤，仕至河內（治所在今河南武陟西南）太守。嵇康曾寓居河內山陽（今河南焦作東）二十年，與阮侃為友，故往復論難，亦如向秀與嵇康論養生耳。

本論認為：宅無吉凶，欲求「壽強」，惟在「攝生」（養生）也。本篇主於攝生。養生之道，莫如先知：知性命之所宜（益壽的途徑和方式），知夭疾之所自來（損壽的禍源和誘發因素），這樣才能做到求「壽強」落到實處，防「夭疾」措施可靠。養生之大敵，莫如無知：無知則妄求，妄求則忌祟滋生。諸如宅舍的方位有吉凶，建房時日有吉凶，陵墓方位有吉凶，甚至製衣、種穀的時日亦有吉凶，使人凍傷，坐失雨澤良機。這些都違反天地易（平易）簡（簡約）之道，妄求「壽強」而適得其反。「凡以忌祟治家者，求富而其極皆貧」，正如諺語所云：「熟知占星術（觀測天象變化行星運行以預言人事吉凶，相宅相墓之類的宗教迷信行為），衣不蔽體膚。」貧窮到這等地步，談何「善求壽強」？全文主旨在養生長壽，首尾相應，緊扣主題。

夫善求壽強❶者，必先知夭疾❷之所自來❸，然後其至❹可防也。禍起于此，為防❺于彼；則禍無自瘳❻矣。

世有安宅❼、葬埋、陰陽、度數、刑德之忌，是何所生乎？不見性命，不知禍福也。不見❽故妄求，不知❾故干幸❿。是以善執生者，見性命之所宜，知禍福之所來。故求之實⓫，而防之信⓬。夫多飲而走⓭，則為澹支⓮；數⓯行而風⓰，則為養毒⓱；久居于濕，則要⓲疾偏枯⓳；好內⓴不怠㉑，則昏㉒喪女疾㉓。若此之類，災之所以來，壽之所以去也。而掘基㉔築室，費日苦身以求之，疾生于形㉕，而治加于土木，是疾無道瘳矣。《詩》云：「愷悌㉖君子，求福不回㉗」者，匪避謗議而為義然也㉘；蓋知「回」匪所「求福」也。故壽強㉙：專氣致柔㉚，少私寡欲，直行情性之所宜，而合于養生之正度，求之于懷抱之內㉛而得之矣。

嘗有不知蠶者㉜，出口動手，皆為忌祟㉝；不得蠶絲滋甚㉞，為忌祟滋多；猶自以犯之也。有教之知蠶者㉟，其顧㊱于桑火寒暑燥濕也，于是百忌自息，而利十倍㊲。何者？先不知所以然，故忌祟之情繁；後知所以然者，故求之之術正。故忌祟常生于不知，使知性命猶知蠶㊳，則忌祟無所立矣。多食不消，舍黃丸而筮祝譴祟㊴，或從乞胡㊵求福者，凡人所笑之。何者？以智能達㊶其無禍也。故忌祟舉生于不知，由知者言之，皆乞胡也。

【章旨】文章開宗明義，正面擺出論點：善求壽強者，必須首先知道自己哪些行為是「性命之所宜」，哪些是「夭疾之所自來」，然後才能「求之實」（落到實處）而「防之信」（準確可靠）。「宅有吉凶」之類的忌祟妄說，都產生於無知。就如同不知蠶者「出口動手，皆為忌祟」；

知蠶者「百忌自息，而利十倍」一樣。作者認為，「壽強」當求之於自身而得之，而不是追求虛妄的邪僻之道。

【注釋】❶求壽強　追求長壽強身。❷夭疾　短命與疾病。❸所自來　從何而來。❹其至　它的到來。其，指「夭疾」。❺為防　設防。❻禍無自瘳　災禍無從止息。禍，指上文「夭疾」。瘳，病癒。這裡指災禍止息。❼安宅　安居。宅，住宅；房舍。一說，指葬地，墓穴。❽不見　指「不見性命之所宜」。❾不知　指「不知夭疾之所自來」。❿干幸　求取僥倖。⓫求之實　追求「壽強」落到實處。⓬防之信　防備「夭疾」的措施準確可靠。⓭走　跑。⓮瘡支　疾病名。具體不明。一說「瘡」是「痛」字之誤，「支」即「肢」字，「痛肢」，即痛其四肢。⓯數　疾速。⓰風　吹；吹風。⓱養毒　各本作「癢毒」，即生皮疹發癢。⓲要　同「腰」。⓳偏枯　中醫學病症名，指一側肢體癱瘓。亦稱「半枯」、「偏癱」、「半身不遂」。⓴好內　喜愛女色。好，喜愛。內，女色。㉑怠　懈怠；疲倦。㉒昏　通「殙」。病。㉓女疾　難解。或解為因沈溺女色而生疾。㉔基　底本作「綦」，誤，據各本校改。㉕形　形體；身體。㉖愷悌　和樂平易。㉗回　邪；邪道。一說，回，違；違背。㉘匪避謗議而為義然也　並非只是為了躲避謗議而堅持道義才這樣做的。匪，同「非」。義，道義；正道。然，這樣；這般。㉙壽強　善求長壽強身。㉚專氣致柔　結聚真氣，達到舒鬆柔和境界。專，通「摶」。結聚。氣，真氣，包括先天元氣與後天宗氣。致，達到。柔，舒鬆柔和，氣血暢通。語出《老子》十章：「專氣致柔，能嬰兒乎？」㉛求之于懷抱之內　求壽強於自身。之，代詞，指「壽強」。懷抱之內，指內心，自身。㉜嘗有不知蠶者　曾經有個不懂得蠶的習性的人。嘗，曾；曾經。知，知道；懂得。蠶，蠶的生活習性。㉝忌祟　忌諱禍患。祟，神禍，鬼神為禍。引申為禍患。㉞不得蠶絲滋甚　養蠶而不得絲的人更加厲害。此句吳寬鈔本作「不得蠶絲甚」；周樹人校本「絲」改為「滋」(可能是排版之誤)。今依吳鈔本恢復「絲」字，並據各本「絲」下補「滋」字。㉟有教之知蠶者　有人教他知道蠶的生活習性。之，代詞，指「不知蠶者」，是「教」的對象（賓語），同時又是下「知蠶」的主體（主語）。㊱顓　同「專」。㊲而利十倍　得利十倍於前。周樹人校本於「利」上增「為」字，吳寬叢書堂鈔本無「為」字。今依吳本。㊳使知性命猶知蠶　假使人們知道性命之所宜猶如知道蠶的生活習性一樣。使，假使。㊴舍黃丸而筮祝讉祟　捨棄大黃做的丸藥而去占卦祭祀以讉責鬼神作祟。舍，周樹人校本作「含」，誤。吳寬叢書堂原鈔本作「舍」，是也。黃丸，大黃丸，治消化不良。筮，占卦。祝，祭祀時司祭禮的人，祭主贊詞者。㊵乞胡　難解。戴明揚認為：「乞胡」似謂游乞之胡，以禍福惑人者，非謂胡神也。古樂府：「行胡從何方，列國持何來。」此云「乞胡」亦如「行胡」之云也。㊶達　通曉；明白。

【語　譯】善於追求長壽與強身的人，一定要事先知道短命和疾病是從哪裡來的，然後在夭疾到來之前就可以防備了。災禍起於此地，而設防於彼地，那麼禍患便無從止息了。

世俗有「安宅」、「葬埋」、「陰陽」、「度數」、「刑德」等等忌諱，這些忌諱是從哪裡產生出來的呢？是因為人們看不見性命之所宜，不知道禍福從何而來。看不見應當做的適宜的事，於是虛妄地胡亂追求；不知道禍福是怎麼來的，於是千方百計尋求僥倖。因此善於養生的人，看到生命之所宜，知道禍福之所從來，於是追求長壽和強身的做法實在，防備夭疾的措施準確可靠。喝了很多酒接著跑步，就會造成「澹支」（疾病名稱）；疾速行走且吹著風，就會發癢生毒疹；久居濕地，就會腰痛半身不遂；喜愛女色不知疲倦，就會因沈溺女色而生病。像這些，都是災禍產生、壽命夭折的原因啊！而掘基建房，費日苦身以求竣工落成，疾病生發於身軀，而治理卻加到土木工程上，這種做法疾病當然無由痊癒的了。《詩經》上說：「和樂平易的君子，求福不以邪道」，並非只是為了躲避誹謗議論而堅持道義才這樣做的，而是深知邪僻並非求福之法啊！所以要求得長壽和強壯，必須做到：結聚真氣，達到舒鬆柔和之境界，少私寡欲，率直誠實地按情性之所宜行事，合於養生之正度，求「壽強」於自身才能得到它。

曾經有個養蠶但不夠了解蠶習性的人，幾乎每開口說話動手做事都擔心自己犯了忌諱會招致災祟，如果收不到蠶絲這種擔心就愈加嚴重，造作的忌祟就越多，還以為是自己觸犯了牠們而招致鬼神為禍呢。有位先生教他明白了蠶的生活習性，他便專心致力於採桑餵養、早期保溫並注意天氣的寒暑燥濕變化，於是百忌自息，比從前得利十倍。這是什麼原因呢？因為原先不知道蠶為什麼會這樣，所以忌祟情況特別繁多；後來知道了其中的緣故，所以養蠶的方法正確。因此說忌祟常常產生於不明白事物變化的原因。假使人們知道性命之所宜如同了解蠶的習性一樣，忌祟之類就沒有立足之地了。吃多了不消化，捨棄大黃丸藥而去請人占卦祝禱以譴責鬼神作祟，或者信從。「乞胡」妄求福佑的人，一般人都知道嘲笑他，這又是什麼原因？人們運用自己的常識便能清楚地知道其中並無鬼神為禍呀。所以說忌祟現象都是產生於不知情實。由知曉事物變化緣故的人看來，它們都是以禍福惑人的「乞胡」之類罷了。

設為三公之宅❶，而令愚民居之，必不為三公，可知也。夫壽夭之不可求，甚于貴賤。然則擇百年之宮❷，而望殤子❸之壽；孤逆魁罡❹，以速彭祖之夭❺；必不幾矣❻。

或曰❼：「愚民必不得久居公侯宅。」然則果無宅也❽，是性命自然，不可求矣。有賊方至❾，不疾逃，獨安須臾❿，遂為所虜⓫。然則避禍趣⓬福，無過緣理⓭。避賊之理，莫如速逃，則斯善矣⓮。養生之道，莫如先知，則為盡矣⓯。夫避賊宜速章章然⓰，故中人不難睹；避禍之理冥冥然⓱，故明者不易見；其于理動⓲，不可妄求⓳，一也⓴。

孔子有疾，醫㉑曰：「子居處適㉒也，飲食藥也㉓，有疾天也㉔，醫焉能事㉕？」是以知命不憂㉖，原始要終，遂知死生之說㉗。

【章旨】本章具體運用實例說明宅舍跟人的貴賤壽夭之間並無直接關聯。「愚民」住在「三公之宅」裡不會成為三公，權貴住在「公侯宅」裡聽到強盜闖來也得趕緊出逃。避禍趨福，都要循理而動，不可妄求，連孔子也不例外。

【注釋】❶設為三公之宅　假設造好給三公住的房子。設，使；假設。為，建造。三公，周代三公有兩說。一說，司馬、司徒、司空為三公；一說，太師、太傅、太保為三公。西漢時以丞相（大司徒）、太尉（大司馬）、御史大夫（大司空）合稱三公。東漢時以太尉、司徒、司空合稱三公。又稱三司。為共同負責軍政的最高長官。❷宮　室；居室。❸殤子　未成年而夭折的人。❹弧逆魁罡　這裡指的是古代宗教迷信的占星術，占星家把行星運行的變化狀況視為地上人間吉凶的預兆。弧逆，地當弧星之逆。占星家以為主破敗（《韓非子・飾邪》對這種說法持批判態度）。阮德如借用世俗說法泛言方向之凶。弧，星名，屬井宿，共九星，在天狼星東南，八星如弓形，外一星象矢，形似張弓發矢，故名。「弧」字底本作「孤」，據戴明揚校改。魁罡，星名。北斗七星中，天樞、天璇、天璣、天權四星組成為斗身，古曰「魁」；玉衡、開陽、搖光組成為斗柄，古曰「杓」，又名「罡」，「天罡」。北斗星在不同的季節和夜晚不同的時間，出現於天空不同的方位，斗柄所指的方向亦隨時變化，占星家借以附會為人間吉凶之預兆。此處為阮德如借用世俗說法泛言築宅非時，犯惡神也。❺以速彭祖之夭 借以加速彭祖的夭亡（短命）。彭祖，傳說中的長壽之人，活了八百多歲。❻必不幾矣 必定不會成功的。幾，就；成功。❼或曰 有人說。❽然則果無宅也 如此，愚民就是果真無此宅。果，果真；誠然。❾有賊方至 有強盜即將闖進來。賊，強盜。方，將。❿獨安須臾 獨自安享一會兒。須臾，一會兒。⓫遂為所虜 於是被強盜俘虜。遂，副詞，相當於「於是」，「就」。⓬趣 同「趨」。⓭無過緣理 無過於緣理，沒有能超過遵循道理的。過，超過。緣，循。理，道理；事理。⓮則斯善矣 就算是好辦法了。則，句首助詞。斯，是；為。善，好。⓯則為盡矣 就算是達到極限了。則，句首助詞。盡，達到極限或使之達到極限。⓰章章然 顯露的樣子。章，顯露；顯著。⓱冥冥然 昏暗的樣子。冥，昏暗。⓲其于理動 其行為從事理發動。其，指代避賊「速逃」、避禍「先知」等行為。于，介詞，由；從。理動，循理而動。⓳不可妄求 不可虛妄地亂求。⓴一也（避賊、避禍）是一樣的道理啊。㉑醫 醫者；醫生。㉒適 適當。㉓飲食藥也 飲食如同良藥一般。《太平御覽》卷七百二十四引《公孫尼子》曰：「孔子有疾，哀公使醫視之，醫曰：『居處飲食何如？』子曰：『某春居葛籠，夏居密陽，秋不風，冬不煬（對火），飲食不饋（贈送），飲酒不勸（勉強）。』醫曰：『是良藥也。』」㉔有疾天也 有點小病是天理自然。疾，輕病；小病。㉕醫焉能事 醫生哪裡能治？焉，代詞，表示疑問，相當於「哪裡」、「怎麼」。㉖知命不憂 語出《易・繫辭上》：「樂天知命，故不憂。」意思是：樂其天然，知其命數，所以無所憂愁。㉗原始要終二句 語出《易・繫辭上》：「原始反終，故知死生之說。」意思是：推原事物的初始、反求事物的終結，就能知曉死生的規律。又，《易・繫辭下》：「《易》之為書也，原始要終以為質也。」意思是：《周易》這部書，以推原事物的初始、求得事物的結局而形成卦體大義。原，推原。要，求取；求得。

「要」字各本作「反」。反，反求。「要」、「反」義近。

【語　譯】假設建好給「三公」高官居住的宅子，而讓愚民百姓居住它，愚民一定不會成為「三公」，這是可以預知的。大概壽限的不可強求，更超過強求貴賤。如此看來，就像是選擇百年之宮，而企望未成年而夭折的孩子長壽；選擇建築方向和時間有違占星家大忌的房子，而想借以加速彭祖的夭亡；一定是不會成功的。

有的人說：「愚民一定不能長久居住於公侯之宅。」如此說來，愚民果真沒有此種宅第，這是性命自然，不可強求的了。（但是如果久住三公之宅的人，）遇有強盜正在闖來，不迅速逃走，獨求再安享一會兒，於是便被強盜俘虜。如此說來，避禍趨福，無過於循理而行。躲避強盜之理，莫如速逃，就是好辦法了。養生之道，莫如先知性命之所宜，這就是達到極限了。躲避強盜行動要快，形勢很明顯，所以一般的人都看得到；躲避夭疾道理隱蔽不明顯，所以聰明的人也不容易看到；但兩者（避賊和避禍）都是循理而動，不可虛妄亂求，是一樣的。

孔子生了小病，醫生說：「您居處是適當的，飲食合理如同良藥，有時生點小毛病是天理自然，醫生哪裡能治？」因此（樂其天然），知其命數，就不會憂愁；推原事物的初始，求得事物的結果，就能知曉死生的規律。

夫時日譴祟❶，古之盛王❷無之，而季王❸之所好聽也。制壽宮而得夭短❹，求百男而無立嗣❺，必占不啟之陵❻，而陵不宿草❼。何者？高臺深宮，以隔寒暑；靡色❽厚味，以毒其精；亡之于實❾，而求之于虛❿，故性命不遂⓫也。

或曰：所問之師不工⓬，則天下無工師矣。夫一棲⓭之雞，一闌⓮之羊，賓至而有死⓯者，豈居⓰異哉？故命有制⓱也。知命者則不滯⓲于俗矣。若許負之相條侯⓳，英布之黥而後王⓴，彭祖七百㉑，殤子之夭，是皆性命也。若相宅質居㉒，自東徂西而得㉓；反此，是滅性命之宜。孔子登東山而小魯㉔，登泰山而小天下㉕，立丘而觀居㉖，則知徂東西非禍福矣㉗。若乃忘地道之博豈㉘，而心制于帷墻㉙，則所見滋褊㉚。從達者㉛觀之，則「夫乾，確然示人易矣；夫坤，隤然示人簡矣」㉜。天地易簡㉝，而懼以細苛㉞，是更所以為逆㉟也，是以君子奉天明而事地察㊱。

【章旨】本章抨擊歷代末世之王「靡色厚味」而妄求福壽，結果適得其反，性命不遂。這並非宅居有吉凶，而是因為他們「亡之于實，而求之于虛」。性命皆有定數，宅舍的東西南北不關壽夭禍福。孔子就是這麼看的，他在《易・繫辭傳》中發揮了「天地（乾坤）的德性行為是恆久地平易和簡約」的觀點，所以後世君子們明確地遵奉「天地易簡」之道。

【注 釋】❶時日譴祟 選擇吉利日子譴責斥逐邪祟。時，善。❷盛王 盛世之王。❸季王 末代君王。季，末。❹制壽宮而得夭短 製作壽宮而得到的卻是夭折短命。制，製作；製造。壽宮，宮中的寢堂（室）。《呂氏春秋・先識覽・知接》：「桓公蒙衣袂而絕乎壽宮。」（齊桓公用衣袖覆面而絕於寢堂。）一說，壽宮謂神祠。《楚辭・九歌・雲中君》：「謇將憺兮壽宮。」王逸注：「供神之處也，祠祀皆欲得壽，故名為壽宮也。」一說，壽宮謂壽冢（生前預築的陵墓）。❺立嗣 沒有兒子的人，選定同宗、輩分相當的人（一般是近親屬）為嗣子的行為。❻必占不啟之陵 必定是占卜為不啟用的陵墓（生前預建）。占，占問；卜問。不啟之陵，不會啟用的陵墓，意謂主人「壽強」（長壽不老）。啟，打開；啟用。陵，陵墓，這裡說的是壽冢即生前預築的陵墓。❼而陵不宿草 然而墳墓上沒有去年的草根（墓主人下葬不到一年時間），意思是：占卜認定的「不啟之陵」，不到一年主人就死了，墳上連隔年的草根都不會有。宿草，陳根；一年以上的草根。❽靡色 美色。❾實 實在。指「高臺深宮」、「靡色厚味」等。❿虛 虛妄。指「時日譴祟」、占卜「壽強」之類。⓫遂 延續。⓬所問之師不工 所詢問的巫師不精巧。問，詢問。師，巫師；卜官。工，精熟；精擅。⓭棲 棲息的地方。⓮闌 柵欄一類的遮攔物。⓯死 被宰殺。⓰居 居所。⓱制 約束；控制。⓲滯 局限；拘泥。⓳許負之相條侯 許負給條侯相面。許負，西漢初善相面的老嫗。相，觀察人的容貌，以測定其貴賤安危。一般稱相面。條侯，周亞夫，絳侯周勃之子，封為「條侯」，續絳侯後。《史記・絳侯周勃世家》載其事蹟云：「條侯亞夫自未侯為河內守時，許負相之，曰：『君後三歲而侯（封侯）；侯八歲為將相，持國秉貴重矣，於人臣無兩；其後九歲而君餓死。』亞夫笑曰：『臣之兄已代父侯矣，兄如卒，子當代，亞夫何說侯乎？』」其後果真一一應驗。⓴英布

之黥而後王　英布受黥刑之後封王。英布，秦時為布衣，少年，有客相之，曰：「當刑而王（封王）。」及壯，坐法黥（受黥刑）。布欣然笑曰：「人相我當刑而王，幾是乎？」及陳勝起兵反秦，英布亦率眾叛秦，投奔項梁、項籍（羽），能征善戰，屢立戰功；項王封諸將，立布為九江王；其後英布叛楚歸漢，立為淮南王。事蹟詳見《史記・黥布列傳》。黥，古代肉刑之一，又稱「墨刑」，用刀刺刻額、頰等處，再塗上墨，作為刑罰的標識。㉑彭祖七百　底本誤作「彭祖三百」，徑改。彭祖，相傳活了七、八百歲，為長壽之人。㉒相宅質居　占視住宅安定其居。相，觀察；占視吉凶。質，定也。㉓自東徂西而得　自東往西為得性命之宜。徂，往。《詩・大雅・桑柔》第四章中有「自西徂東，靡所止處」兩句，意思是：從西一直往東，沒有安居之地。〈桑柔〉是西周芮良夫刺周厲王、責執政的詩，本文假借其詩意而活用之，指相宅者之行為舉止。戴明揚校注：案《淮南子・人間》：「魯哀公欲西益宅，史爭之，以為西益宅不祥。」惟《新序・雜事》、《家語・正論解》則云：「東益宅不祥。」或西或東，固隨時而異說也。㉔孔子登東山而小魯　孔子曾登上東山而以魯國為小。東山，費縣西北蒙山，正居魯四境之東，一名東山。小，以為小，形容詞用如動詞（意動用法）。㉕登泰山而小天下　（孔子）登上泰山之後而以天下為小。小，用法與上句同。兩句同出《孟子・盡心上》。㉖立丘而觀居　站立在山丘之上向下觀望人間之宅居。㉗則知徂東西非禍福矣　就知道往東、往西都不關禍福了。徂，底本作「伯」，周樹人校曰：「疑徂之譌。各本作曰。」依周校徑改。㉘若乃忘地道之博塏　乃至於忘記了整個地勢環境之爽亮乾燥。若乃，至於。地道，地形；地勢。博塏，嵇康〈難宅無吉凶攝生論〉引作「爽塏」，當從之。《春秋左氏傳・昭公三年》：「子之宅近市，湫隘囂塵，不可以居，請更諸爽塏者。」杜預注：湫，下。隘，小。囂，聲。塵，土。爽，明。塏，燥。㉙心制于帷墻　心思被圍牆所禁錮。制，約束；控制。帷，帳幕；帳子。㉚滋褊　更加狹小。褊，本指衣服狹小，引申為狹隘，這裡指目光狹小。㉛達者　通曉事理之人。指樂天知命，知死生之說者。㉜夫乾四句　引自《易・繫辭下》，大意是：「乾」的德徵，剛健而以平易顯示於人；「坤」的德徵，柔順而以簡約顯示於人。確然，剛健之貌。易，平易。隤然，柔順之貌。簡，簡約。㉝天地易簡　天地（乾坤）的德性行為是恆久平易、恆久簡約。㉞懼以細苛　以細碎繁雜的行為舉止恐嚇（人）。懼，恐嚇。《易・繫辭下》：「危以動，則民不與也；懼以語，則民不應也。」苛，本義指小草，這裡是煩瑣、繁細之意。㉟是更所以為逆　這樣做就是改變人的行事為逆「天地易簡」之道。是，代詞，指「懼以細苛」等行為。更，調換；改變。所以，所為，指人的行事。逆，反；違反。㊱是以君子奉天明句　因此，君子明察地奉行天地（易簡）之道。奉，遵奉。事，侍奉。察，明。

【語譯】選擇吉利日子譴責邪祟，古代的盛世的君王沒有幹這種事的，而末代衰落之君王好聽這一套。製作壽宮而得到的是夭折短命，妄求百男而連過繼兒子都沒有，占卜認定為不啟用的陵墓，（不到一年主人就死了，）陵墓上連棵隔年的草根都看不到。這是為什麼？住在高臺深宮裡，隔斷了天地自然寒暑變化；享用數不盡的美色厚味，毒害了自身的精華；身心消亡在高臺深宮、靡色厚味等實在之物裡，而求長壽於忌祟等虛妄舉止，所以性命不能延續了。

有的人說：（可能是）請來占問的巫師技藝不精熟，則天下本沒有那樣的「工師」。棲息在同一處的雞，同一柵欄裡的羊，賓客到來就有被宰殺的，難道是牠們居住的「宅舍」不同嗎？這是本來各自的性命有限制。樂天知命的人是不拘泥於世俗之見的。至於許負給周亞夫相面預言將來榮辱，有客為英布相面說他會受黥刑然後封王，彭祖壽長七百，殤子之夭折，這些都是性命的定數。假如占視住宅安定其居，自東往西為得性命之宜；反此方向就會滅性命之所宜；那麼，孔子登上東山而以整個魯國為小，登上泰山之後而以天下為小，站在山丘高處向下觀望人間宅居，就會知道往東往西是一樣的，都不關人生禍福諸事。至於忘記了房舍一帶整個地勢環境是否爽朗乾燥，而心思僅僅被圍牆所局限，則所見更加狹小。從通達之人觀察，正如《易・繫辭下》說的，

『乾』的特徵，剛健而以平易顯示於人；『坤』的特徵，柔順而以簡約顯示於人。」天（乾）地（坤）的德性行為是平易和簡約，而以細碎繁雜的舉動恐嚇人，這樣做就是改變人的舉止成為逆「天地易簡」之道，因此，君子明白詳確地奉行「天地易簡」之道。

世之工師[1]，占成居則驗[2]，使造新則無徵[3]。世人多[4]其占舊，思求其造新，是見舟之行于水，而欲推之于陸，是不明數[5]也。夫舊新之理，猶卜筮[6]也。夫蓍龜數筴[7]，可以知吉凶；然不能為吉凶[8]。何者？吉凶可知，而不可為也。夫先筮吉卦，而後名之無福[9]；猶先築利宅，而後居之無報也。占舊居以譴祟則可，安新居以求福則不可，即[10]猶卜筮之說耳。

俗有裁衣種穀皆擇日[11]，衣者傷寒[12]，種者失澤[13]。凡火流寒至[14]，則當授衣[15]；時雨[16]既降，則當下種[17]。賊方至，則當疾走。今舍實趣虛[18]，故三患[19]隨至。凡以忌祟治家者，求富而其極[20]皆貧；故有「知星宿，衣不覆㉑」之諺㉒。古言無虛，不可不察也。

【章　旨】最後一段，提出卜筮「可以知吉凶；然不能為吉凶」，認為占測新建宅居的吉凶禍福全無效驗。作者筆鋒一轉，針對「裁衣種穀皆擇日」的世俗忌祟行為造成「衣者傷寒，種者失澤」之明顯後果，深入一層指出：「凡以忌祟治家者，求富而其極皆貧」。最後，引用「知星宿，衣不覆」的諺語，實為全篇的畫龍點睛之筆。

【注　釋】❶工師　主工匠之吏。這裡指占宅者。工，凡執技藝者稱「工」（《儀禮注》）。《論衡・四諱》：「諸工技之家，說吉凶之占，皆有事狀，宅家言治宅犯凶神，人不避忌，有病死之禍。」即工師之所為。❷占成居則驗　占測舊宅吉凶則應驗。成居，舊居；舊宅第。驗，應驗。❸使造新則無徵　使（他占說）建造新居的吉凶則無效驗。徵，效驗；效應；證驗。❹多　看重；讚賞。❺數　數術；理則。《莊子・天運》：「水行莫如用舟，而陸行莫如用車；以舟之可行於水也，而求推之於陸，則沒世而不行尋常（尺寸）。」❻卜筮　古人占卜，用龜甲稱「卜」，用蓍草稱「筮」，合稱「卜筮」。❼鑿龜數筴　灼龜計蓍。鑿，灼；火烤。古人用火灼龜甲，憑據灼開的裂紋以推測行事之吉凶。數，計算；點數。筴，同「策」。指蓍草。❽可以知吉凶二句　可以告知吉凶，但是不能造成吉凶。知，使知道；告知。為，製作；創作。《韓非子・飾邪》：「鑿龜數筴，兆曰『大吉』，而以攻燕者，趙也；鑿龜數筴，兆曰『大吉』，而以攻趙者，燕也。劇辛之事，燕無功而社稷危；鄒衍之事，燕無功而國道絕……非趙龜神而燕龜欺也。」本文「夫鑿龜數筴」以下三句暗用其事。❾夫先筮吉卦二句　事先卜筮得吉卦而事後驗明其無福。指燕攻趙前卜筮「大吉」而結果大敗等事。名，明；驗明。福，福澤。《易・井卦》：「王明，並受其福。」（君王聖明，君臣將共受福澤。）❿即　周樹人校曰：「各本作則。」可從。⓫俗有裁衣

種穀皆擇日　世俗的人有裁衣和種穀都須選擇好日子的習慣做法。擇日，選擇吉宜日期。《論衡・譏日》：「裁衣有書，書有吉凶，凶日製衣則有禍，吉日則有福。」⑫衣者傷寒　（裁衣要等待吉日，因而使該）穿衣的人傷於寒冷。衣者，穿衣的人。衣，穿戴；穿衣。⑬種者失澤　（種穀要等待吉日，因而使）種穀的人失去了水澤之利。種者，播種稻穀的人。種，下種；種植。⑭火流寒至　大火向下降行，寒冷天氣到來。火，星名，並非行星中的火星，而是指恆星中的「大火」，即心宿，特指心宿二，即外國人說的天蝎座的α星。每年夏曆五月的黃昏，這星當正南方，方向最正而位置最高；六月以後，就偏西而下行，所以說是「流」，即向下降行。《詩・豳風・七月》：「七月流火，九月授衣。」⑮則當授衣　就應當授人以衣（，使禦寒也）。衣，指冬衣。《詩經》「九月授衣」，說的是夏曆九月份要將裁製冬衣的工作交給婦女們去做。本篇「火流寒至」，時間當在九月以後「寒至」之時，故逕解為授人以冬衣。⑯時雨　適時的、合乎農業時節的雨水，好雨。杜甫詩「好雨知時節，當春乃發生。」⑰下種　播下種子。⑱今舍實趣虛　現在捨棄切實的做法而趨向虛妄的忌祟之說。舍，捨棄。一說，舍，停止。亦可通。實，切實有效的做法，指「寒至授衣」、「時雨下種」、「賊至疾走」等行為舉止。趣，同「趨」。⑲三患　三種禍患。指「傷寒」、「失澤」、「為虜」。⑳極　盡頭；終了。㉑知星宿二句　知曉星宿的人，衣不蔽體。星宿，星官。古人把比較靠近的若干個恆星假想地聯繫起來，給以一個特殊的名稱，如斗、牛、心、星、井等，概稱為星宿，後世又名星官。經過長期的觀測，古人先後選擇了黃道赤道附近的二十八個星宿作為「座標」，據以觀測行星的運行狀況，其中有些星宿（如心宿中的「大火」等）還是古人測定歲時季節的觀測對象。但是，古代的天文學在很大程度上是跟宗教迷信的占星術相聯繫的，占星家把天象的變化和人間的禍福聯繫起來，甚至行星正常運行到某某星宿，也被視為吉凶之預兆。知星宿，指的就是這類妄言吉凶的占星家。㉒諺　諺語；俗語。這裡指傳言古語。段玉裁《說文解字注》：「凡經傳所稱之諺，無非前代故訓；而宋人作注，乃以俗語俗論當之。」

【語　譯】世上專門占測宅居吉凶的人，占測舊居則應驗，叫他占測建造新居的吉凶則無效驗。世人多看重他們的占測舊宅，因此想求他們占測營造新居的吉凶禍福，這好比看見舟船在水中能行走，而想把它推到陸地上來，這樣的做法實在是不明事理。占測舊居與新宅的吉凶，其理猶如卜筮一樣。灼龜而卜、計蓍而筮，可以告知吉凶，然而不能造成吉凶。為什麼呢？吉凶本來就是可以示知，而不能製作的。（當年燕攻趙，）事先卜筮大吉，而事後明其無福；就像建築占測吉利的宅第，而後來居住的結果卻並無效驗。占測舊居以驅除邪祟還可以，安定新居以求福澤則不可以，即如同卜筮的道理一般。

世俗有裁衣、種穀都得等待選擇吉宜日子的禁忌，結果使得該穿冬衣的人（因為無衣）而傷於寒冷，種穀的人坐失雨澤之時機。大凡「火」星偏西下行寒冷到來，就應當授之以冬衣；知時節的好雨降下，就應當及時播種；強盜闖進宅居，主人就應當迅速逃走。現在世俗卻要捨棄實際有效的做法而趨向虛妄的忌祟邪說，所以三種禍患隨之而至。凡是憑據忌祟之說治家的人，心求富貴而其結果都是貧窮。因此才有「知星宿，衣不覆」的諺語。古人傳下來的話語絕不是憑空說的，不可以不明察啊。

難宅無吉凶攝生論

【題　解】本篇針對阮侃〈宅無吉凶攝生論〉一文展開駁詰、論述，是一篇跟對手直接交鋒的論辯文章。

阮侃認為：宅無吉凶，日期也無吉凶，凡百忌祟，皆生於無知。嵇康不以為然，他認為：單有吉宅，不能獨自成福，尚須居住者的才質和德行來配合，乃享元吉。「卜宅雖吉，而功不獨成。相須之理誠然，則宅之吉凶，未可惑也。」

阮侃論文重在「攝生」（養生），他歸納養生之道，全在自身之諧和，「求之于懷抱之內，而得之矣。」嵇康強調：全方位的養生，不止於「一和」（人體之和），更需要外部自然環境諧和，實現最高的和諧──自然之和，即「大和」、「天和」、「大順」，順和於天，順應自然。這是嵇康養生理論乃至其美學思想的重要特徵。

本文摘引阮侃論文中的七段論述，尋找其自身矛盾之點，一一辯駁，顯示出較強的思辨能力。文章結尾寫道：「吾怯于專斷，進不敢定禍福于卜相（卜筮、相宅相命之結果），退不敢謂家無吉凶也。」這種不斷然作結論而結論自在其中的寫法，正是嵇康高明之處。

夫神祇遐遠，吉凶難明❶。雖中人自竭❷，莫得其端❸，而易以惑道❹。

故夫子寢答于問終，慎神怪而不言❺。是以吉人顯仁于物，藏用于身❻；知不可眾共，非故隱之，彼非所明也❼。吾無意于庶幾❽，而足下師心陋見❾，斷然不疑❿。繫決⓫如此，足以獨斷。思省來論⓬，旨多不通。謹因來言，以生此難⓭。

【章旨】天神地祇，吉凶禍福，本不是普通人所能看得清楚，所以孔夫子也不回答這方面的問題。阮侃卻斷然否定宅之有「吉凶」，所以我要跟他辯論。

【注釋】❶夫神祇遐遠二句　天神地祇極為邈遠，是吉是凶難以看清。《易・繫辭上傳》：「陰陽不測之謂神。」夫，句首語氣詞，引起議論。神祇，天神地祇，此處亦可視為代指天地變化之道。祇，地神。遐，遠。明，看明白。❷雖中人自竭　普通人即使竭盡自己的才智。雖，雖然；即使。中人，中等智力的人。即普通人，一般的人。竭，竭盡。❸莫得其端　沒有誰得到它的端緒。莫，否定性無定代詞，相當於現代漢語的「沒有誰」。其，第三人稱代詞，略等於現代漢語「它的」，這裡指神祇吉凶之事，即天地之道。端，開頭；端緒；頭緒。❹而易以惑道　從而用迷惑不清的解說來代替它（天神地祇吉凶之道）。易，變易；代替。惑，迷惑；惑亂。道，說；解說。❺故夫子寢答于問終二句　所以孔夫子不回答關於死是怎麼回事的問話，審慎地處理有關怪、力、亂、神問題而不多說。故，連詞，所以。夫子，孔子。寢，息。終，終結。指人死是怎麼回事。這兩句底本作「故夫子寢答于來問，終慎神怪而不言」。戴明揚校曰：「吳鈔本無『來』字，是也。周校本誤衍『來』字。」今依戴明揚校點。《論語・先進》：「季路問事鬼神。子曰：未能事人，焉能事鬼？曰：敢問死？曰：未知生，焉知死?」(子路問怎麼服事鬼神。孔子說:活人還不能服事,怎麼能去服事鬼神?子路又問:可不可以請教死是怎麼回事?孔子回答:生的道理還沒有弄明白,怎麼能夠懂得死?)又,《論語・述而》:「子不語怪、力、亂、神。」(孔子不談論怪異、勇力、叛亂和鬼神。)以上均為嵇康此論所本。❻是以吉人顯仁于物二句　因此吉人顯現仁德於宇宙萬物,潛藏日用於百姓之身。是以,因此。以,介詞;是,代詞,介詞「以」的賓語,因強調它(神祇遐遠,吉凶難明)而提前。吉人,一本作「古人」,當指「聖人」,天地之道的效法者,體現者。《易・繫辭上傳》:「一陰一陽之謂道。……顯諸仁,藏諸用。」(天地之道顯現於仁德而廣被宇宙萬物,潛藏於日用而普及百姓之身。)又云:「子曰:知變化之道者,其知神之所為乎?」(孔子說:通曉變化道理的人,大概知道神的所作所為吧?)❼知不可眾共三句　(吉人)深知不可能眾人共曉(天地之道),並非故意隱藏它,他們本不是能夠領會的人啊。眾,眾人,「中人自竭」之中人。共,共同明曉。之,它,指天地之道。《易・繫辭上傳》:「百姓日用而不知,故君子之道鮮矣。」(百姓日常應用此「道」卻茫然不知,所以君子所謂「道」的全面意義就很少人懂得了。)彼,他們,指「眾」、「中人」等。所明,能夠看明白的人;領會的人。「所」字是特別的指示代詞,用在動詞「明」之前組成名詞性詞組「所明」,表示看明白的人,領會的人。戴明揚校曰:「吳鈔本原鈔作『知不可眾共,非故隱之』,墨校補入『其所』二字,周校本從之。案原鈔是也。」今從戴氏校點。❽庶幾　差不多。指期望看明白神祇、吉凶諸事。❾足下師心陋見　你自以為是見地愚陋。師心,以自己的心為師,即依照自己的成見作為是非標準,猶今言自以為是。陋見,愚陋的見地。❿不疑　不懷疑自己。⓫繫決　斷決。⓬思省來論　思考檢查你的論文。省,察看;檢查。來論,指阮侃〈宅無吉凶攝生論〉。⓭此難　這篇駁詰文章。難,詰責;駁詰。

【語　譯】天神地祇極其邈遠,是吉是凶很難看清。普通的人即使竭盡才智,也沒有誰能得到端緒,反而變成了迷惑不清的說辭。所以孔夫子不回答關於死是怎麼回事的問話,審慎地處理有關鬼神、怪異問題而不多說。因此聖人顯現仁德於宇宙萬物，潛藏日用於百姓之身；他深知不可能眾人共曉（天地之道），並非故意隱藏它，普通人本不是能夠領悟的啊。我無意於僥倖看明白神祇吉凶之事，可是你見地愚陋卻自以為是，剛愎自信，專斷到如此程度，足以稱得上「獨斷」。我思考察看你的論述，宗旨多有不通之處。謹據來論所言，而生發出這篇詰難文字。

方推金木，未知所在，莫有食治❶。世無自理之道❷，法無獨善之術❸，「苟非其人，道不虛行」❹。禮樂政刑，經常外事❺，猶有所疏❻，況乎幽微者邪❼？縱欲辯明神微❽，祛惑起滯❾，立端以明所由❿，□斷以檢其要⓫，乃為有徵⓬。若但撮提群愚蠶種⓭，忿而棄之⓮，因謂無陰陽吉凶之理，得無似噎而怨粒稼，溺而責舟楫者邪⓯？

【章旨】本章從總體上批評阮氏文章為因噎廢食之論。

【注釋】❶方推金木三句　這三句泛言五行方向與宅門向背吉凶，普通人並無共同之準則。「食治」二字，各本並同，當係「良法」之誤，下文即云「法無獨善之術」（戴明揚說）。方，方向。金木，泛指五行，中國古代思想家企圖用日常生活中習見的金、木、水、火、土等五種物質的「相生相勝」原理來說明萬物的起源和多樣性的統一。古人以五行配方向，西方為金，東方為木，商家屬金，其門宅取向，一說當東向，一說當西向，眾說不一，所以稱「未知所在」。❷世無自理之道　世上不會有自然條理的妙道。道，神祇吉凶之道。指天地之道。❸法無獨善之術　世上所行之法都沒有自臻於完好的本領。善，好；完好。術，技術；辦法。❹苟非其人二句　假如沒有明賢的人研探闡述，《周易》的道理就難以憑空推行。語出《易．繫辭下傳》。苟，假如。其人，一定的人；相當的人。這裡指上文的「吉人」，聖人。道，這裡指神祇吉凶之道，天地之道，即上句說的世無自理之「道」。嵇康引此二句的用意是，世上只有普通的人，如果沒有聖人，神祇吉凶之道就不會虛空而行。❺經常外事　經久常行的和常規外的事情。經常，可以經久常行的事物。外事，常規之外的具體事物。❻猶有所疏　尚且還有疏漏的地方。猶，副詞。尚且；還。疏，疏忽；遺漏。所，特別指示代詞，它與動詞「疏」結合構成名詞性詞組，「所疏」指代疏漏的地方。❼況乎幽微者邪　何況那深奧的道理呢？幽微，深奧。多用於形容哲理、大道。❽縱欲辯明神微　即使想辯明神祇吉凶之微妙。縱，即使。表示假設關係之連詞。❾袪惑起滯　消除疑惑開啟疑滯。袪，除去；消除。起，啟發；開導。❿立端以明所由　確認開端以證明它從何而來。立，確定；決定。端，首；頂端；開頭。明，明白；清楚；證明。所由，由來的地方。即自何而來。由，原因；來歷。⓫□斷以檢其要　此句底本作「斷以檢要」，據戴明揚校本徑改。「斷」上空格之字，一本作「審」，可從。這句大意是：審察裁決以歸納其綱要。斷，裁決；決定。檢，檢束；約束；歸納。要，綱要；要點。⓬乃為有徵　這才叫作有驗證。乃，這才；才。為，本義是做；造作。引申為叫作。徵，效驗；驗證。⓭若但撮提群愚蠶種　如果僅只是抓取一點老百姓養蠶種穀之類的事。若，如果，表示假設。但，只；僅。撮，本義是用三個指頭或爪子抓取，這裡指數量極少。蠶，養蠶，指阮侃文中「不知蠶者，出口動手，皆為忌祟」之事。種，種穀，指阮文「俗有裁衣種穀皆擇日，衣者傷寒，種者失澤」諸事。⓮忿而棄之　忿恨而拋棄它們。忿，恨。之，代詞，指養蠶百忌和裁衣、種穀皆擇日等習俗。⓯得無似噎而怨粒稼二句　豈不如同噎食而埋怨糧食，溺水而指責舟船的人一樣嗎？得無，豈不；恐怕。噎，食物等堵塞喉嚨。粒稼，糧食。溺，淹沒；淹死。舟楫，泛指船隻。楫，船槳。

【語譯】雖說是宅門方向推五行以確定，但普通人還是不知道向東還是向西，沒有一定的準則。世上不會有自己條理的妙道，世行之法也沒有自臻於完好的本領，正如《易經》上說的：「假如沒有賢明的人研探闡述，道術就難以憑空而行。」禮樂政刑，日常內外諸事，尚且還有疏漏的地方，何況那深奧玄妙的道術呢？即使想辯明神祇吉凶之微妙，消除疑惑開啟疑滯，那就要先找到開端以明示它從何而來，審察裁決以歸納其要點，這才叫作有驗證。如果僅僅是抓取一點老百姓養蠶種穀之類的事，人們忿恨而拋棄養蠶百忌和種穀擇日的習俗，據此就說什麼本沒有陰陽吉凶之理，這豈不像因為噎食而埋怨糧食、溺水而指責舟船的人嗎？

〈論〉曰❶：百年之宮，不能令殤子壽；孤逆魁岡，不能令彭祖夭。

又曰：許負之相條侯，英布之黥而後王，皆性命也。

應曰❷：此為命有所定❸，壽有所在❹。其禍不可以智逃，福不可以力致❺。英布畏痛，卒罹刀鋸❻。亞夫忌餓，終有餓患❼。萬事萬物，凡所遭遇，無非相命也❽。然唐、虞之世❾，命何同延？長平之卒❿，命何同短？此吾之所疑也。即如所論，雖慎若曾、顏⓫，不得免禍；惡若桀、跖⓬，故當昌熾⓭；吉凶素定，不可推移；則古人何言「積善之家，必有餘慶」⑭？「履信思順，自天祐之」⑮？必積善而後福應，信著⑯而後祐來；猶罪之招罰，功之致賞也。苟先積而後受報，事理所得，不為闇自遇之也⑰。若皆謂之是相⑱，此為決相命于事行，定吉凶于智力⑲，恐非本論之意⑳。此又吾之所疑也。

又云：「多食不消，必須黃丸。」苟命自當生，多食何畏？而服良藥？若謂服藥是相之所一㉑，宅豈非是一邪㉒？若謂雖命猶當須藥以自濟㉓，何知相不須宅以自輔乎㉔？若謂藥可論而宅不可說，恐天下或有說㉕之者矣。既曰「壽夭不可求，甚于貴賤」；而復曰「善求壽強者，必先知夭疾之所自來，然後可防也。」然則㉖壽夭果可求邪？不可求也？既曰：「彭祖七百，殤子之夭，皆性命自然」；而復曰不知防疾致壽去夭，「求實㉗于虛，故性命不遂」。此為壽夭之來，生于用身；性命之遂，得于善求。然則夭短者，何得不謂之愚？壽延者，何得不謂之智？苟壽夭成于愚智，則自然之命，不可求之論，奚所措之㉘？凡此數事，亦雅論之矛楯㉙矣。

【章　旨】嵇康把阮侃的論點歸納為：命有定數，壽有存期，不可改變。然後進行反駁。先舉出歷史事件和《易經》一書中寫的話，與阮論相左。接著抓住阮文中「多食不消，必須黃丸」一類的話，認為阮侃的論述，前後自相矛盾。

【注　釋】❶論曰　阮侃〈宅無吉凶攝生論〉一文中說。以下七句皆摘自阮〈論〉本文。❷應曰　應答說；回答說。應，回應。❸命有所定　性命有定數。所定，定數。指示代詞「所」與動詞「定」構成名詞性詞組，作「有」的賓語。❹壽有所在　壽命有限期。所在，存期；期限。語法結構同上句「所定」。在，存；存在。❺其禍不可以智逃二句　他的災禍不能憑藉聰明逃脫，福澤也不是憑藉強力求得。其，第三人稱代詞，略等於現代漢語「他的」、「它的」。以，動詞，用；憑藉；靠。致，達到；求得。❻英布畏痛二句　英布畏懼疼痛，終於還是遭受刀鋸之苦。英布畏痛，英布少年時，有人給他相面，說：「當刑而王。」（經受刑罰而封王。）「畏痛」蓋指此而言。詳見〈阮德如宅無吉凶攝生論（難上）〉第三章注⑳。卒，終；終於。罹，遭；遭受。刀鋸，刑具。英布曾受黥刑（用刀刺刻額、頰等處，再塗上墨，作為標識）。❼亞夫忌餓二句　周亞夫忌諱飢餓，最終還是絕食而死。亞夫，周亞夫，事蹟見〈阮德如宅無吉凶攝生論（難上）〉第三章注⑲。忌，憎惡；畏懼；忌諱。餓，飢餓。周亞夫任河內守時，有老婦為之相面，說他最終是餓死。❽無非相命也　沒有不是面相顯示的命中注定之事。相，仔細看；審察。引申為辨察人的官體容色以判斷他的命運。命，性命；命運。❾唐虞之世　堯、舜時代。帝堯有天下之號曰「陶唐」，帝舜有天下之號曰「有虞」，後人常以唐、虞代指堯、舜。❿長平之卒　秦趙長平之戰中的四十萬降卒。長平，地名，在今山西高平西北。秦昭王四十七年（西元前二六〇年），秦國與趙國在此大戰，秦將白起坑殺趙國降卒四十萬。⓫曾顏　曾參和顏回。二人以德行著稱，都是孔子的好學生。⓬桀跖　夏桀和盜跖。⓭故當昌熾　本來就應當昌盛。故，同「固」。本來。昌熾，昌盛。⓮積善之家二句　修積善行的人家，一定會留下許多慶祥福應。語出《易・坤卦・文言》。⓯履信思順二句　能夠踐履誠信而時時考慮順從正道的人，會從上天降下祐助給他。兩句摘自《易・繫辭傳上》。履信，踐履誠信；講信用。順，指順從正道。祐，助；幫助。⓰著　顯著。⓱不為闇自遇之也　不能算作不知不覺地暗中遇合。為，算作；算是。闇，不通曉；不了解。⓲若皆謂之是相　如果都認為它們是由辨察體貌而測知的命中注定的。之，代詞，指「積善而後福應，信著而後祐來」等。⓳此為決相命于事行二句　這就變成由看相得知的命運取決於將來事情如何進行，吉凶安危決定於智力之大小。此，代詞，指代「若皆謂之是相」。為，動詞，本義是做；造作。引申為變成，成為。⓴恐非本論之意　恐怕不是你的論文本來的意思。本論，來論的本意。㉑若謂服藥是相之所一　如果認為服藥是看相所得命中注定的一件事。謂，認為。所一，名詞性詞組，表示一件事或一個方面。㉒宅豈非是一邪　住宅難道不也是其中的一件事嗎？一，「相之所一」的省略。㉓若謂雖命句　如果說雖然命有所定尚且還需要良藥以自助。命，命運中的定數。猶，猶尚；尚且還。當，疑「尚」之訛。須，要；需要。濟，益；補益；救助。㉔何知相不須宅以自輔乎　怎麼知道看相判斷命運不需要住宅條件以自輔助呢？㉕說　學說；主張；說法。㉖然則　如此，就……。然，指示代詞，這裡指代上引阮侃論文中的幾句話。則，連詞，相當於現代漢語裡的「就」，或「便」。㉗實　「之」之訛。㉘奚所措之　什麼處所放下它們？奚，疑問代詞，相當於「什麼」的意思。所，處所。措，放下；放。之，人稱代詞，它們，代上句「自然之命，不可求之論」。㉙楯　底本作「戟」。據戴明揚校本改。楯，通「盾」。

【語　譯】你的論文寫道：即使是選擇百年壽宮，也不可能使夭折的孩子長壽；居住在門向和時日都有違占星家大忌的房子裡，也不能使彭祖短命。又寫道：許負給周亞夫看相測知他會封侯，英布少年時代有人為他看相，說他「黥而後王」，這些都是命中注定的。

我要回應你：你的論點是命運有定數，壽命有限期。命中注定的災禍不可以憑藉智慧逃脫，福澤也不可以用強力求得。英布畏懼疼痛，終於還是遭受刀鋸之刑；周亞夫忌諱飢餓，最終還是餓死。萬物萬事，一切遭遇，沒有一件不是由辨察體貌得知的命中注定之事。可是，堯舜時代，人們的壽命為何都綿長？長平大戰中趙國四十萬降卒，壽命為什麼都短促？這是我的疑問之一。照你的說法，雖然像曾參、顏回那樣謹慎的人，也不得免禍；像夏桀、盜跖那樣兇惡的人，也應當昌盛。吉凶本來就是定下的，不可能推移改變，那麼古人為什麼說「積善之家，一定會有慶祥福應」？「能夠踐履誠信而順從正道的人，會得到上天的祐助」？一定要先積善而後有福應，先誠信顯著而後天祐到來；就如同犯罪招罰、立功得賞一樣。假如是先積累行事而後受到報應，事理所得，不能看作不知不覺地自然遇合。如果認為它們也是看相得知的命中注定的，這就變成由看相得知的命運取決於以後事情如何進行，吉凶安危決定於智力大小，恐怕不是你論文本來的意思。這又是我的疑問之一。

你又說：「吃多了（腸胃）不消化，一定要服用大黃製成的丸藥。」如果命自當生，多吃怕什麼，還要服用什麼良藥？如果認為服藥是看相所得命中注定的一件事，住宅難道不也是其中的一件事嗎？如果說雖然命有所定尚且還需要良藥以自助，那怎麼知道看相測知命運不需要住宅條件以自輔助呢？如果認為藥可論列而宅不會有吉凶，恐怕天下或許會有能夠說明解釋的人。你已經說「壽夭不可求，甚于貴賤」；而又說「善求壽強者，必先知夭疾之所自來，然後可防也」。如此說來，壽夭究竟是可求呢，還是不可求呢？已經說「彭祖七百，殤子之夭，皆性命自然」；又說有人不知道防疾致壽去夭，反而「求實于虛（虛妄），故性命不遂（延續）。」這麼一說就變成人之所以有壽夭之別，原來是生發於人的立身行事，性命延續，得之於善求。如此說來，生命夭短者，怎能不說他是愚蠢的？壽長者，怎能不說他是智慧的？假如壽夭是由愚蠢和智慧造成的，那所謂性命自然、不可求之論，又從何談起？上述幾點，也正是你的高論自相矛盾之處。

〈論〉曰：「專氣致柔，少私寡欲；直行性情之所宜，而合養生之正度。求之于懷抱之內，而得之矣。」又曰：「善養生者，和為盡矣❶。」誠哉斯言！匪❷謂不然，但謂全生不盡此耳❸。夫危邦不入❹，所以避亂政之害；重門擊柝❺，所以備狂暴之災；居必爽塏❻，所以遠氣毒之患。凡事之在外能為害者，此未足以盡其數也，安在守一和而可以為盡乎❼？夫專靜寡欲，莫過單豹❽，行年七十，而有童孺之色，可謂柔和之用矣❾。而一旦為虎所食，豈非恃內而忽外邪❿？若謂豹相正當給虎⓫，雖智不免，則「寡欲」何益？而云「養生可得⓬」？若單豹以未盡善而致災⓭，則輔生之道，不止于一和。苟和未足以保生，則外物之為患者，吾未知其所濟⓮矣。

【章　旨】阮侃認為：壽命強健，但求之於內心，求得自身的諧和，就達到了養生之極限。嵇康認為：全方位的養生不止於此「一和」（人體之和，嵇康又稱之為「中和」），更需要與外部自然環境諧和，實現最高的和諧——自然之和（嵇康又稱之為「大和」、「天和」），即順和於天，順應自然。）

【注　釋】❶善養生者二句　善於養生的人，求得自身諧和，就算是達到極點了。和，諧和；和諧。這裡指人體之和，調和喜怒、哀樂、好惡之情。為，算作；算是。盡，本意為「器中空也」，這裡是達到極限的意思。❷匪　不；不是。❸但謂全生不盡此耳　只是說全方位養生不止於此罷了。全，全部；全方位。盡，終止；終了。❹危邦不入　不進入危險的國家。危，危急；危險。邦，國。❺重門擊柝　安裝雙重的門還有巡夜者打更。重門，雙重門。擊柝，打更。柝，巡夜者擊以報更的木梆。❻居必爽塏　居住的地方一定要爽亮乾燥。必，一定。爽塏，明亮乾燥。爽，明。塏，燥。❼安在守一和句　哪裡僅僅單守自身諧和就可以算作達到養生之極點呢？安，哪裡，疑問代詞，這裡表示反問。一和，一身之諧和；人體之和。❽莫過單豹　沒有誰超過單豹。莫，沒有誰。否定性無定代詞。單豹，魯國人，隱居在巖谷之中，不跟俗人爭名奪利，活到七十歲，臉色還如同嬰兒一般。❾可謂柔和之用矣　可說是專氣致柔自身諧和的功用了。柔，專氣致柔，結聚真氣，達到舒鬆柔和境界。用，功用；用處。❿豈非恃內而忽外邪　難道不正是依賴自身的保養而忽略了外部危險嗎？恃，賴；依賴；依仗。內，內心；本性；自身。外，外界事物，即自然環境。這裡指為害於人體的外部事物。⓫若謂豹相正當給虎　如果說單豹的長相命運正當供給餓虎。相，觀察體貌測知命運。給，相足也；對不足者供給。虎，底本作「廚」，據各家校勘本改。⑫可得　指可得「壽強」。⑬若單豹以未盡善而致災　如果單豹因為沒有達到養生的極點而招致災禍。未盡善，不夠完善。指單豹只求自身之和（人體之和）而未達到「自然之和」。致，招致。⑭所濟　救助的方法。濟，渡；救助；接濟。

【語譯】論文說：「結聚真氣，達到舒鬆柔和的境界，少私寡欲，率直誠實地按情性之所宜行事，合於養生之正度。求之於自身，就可以獲得壽命強健。」又說：「善於養生的人，能做到一身諧和就算是達到極點了。」這話說得很真誠呀！我不認為這樣說有什麼不對，只是認為全方位的養生不能到此為止罷了。不進入危險的國家，為的是避開亂政之害；安裝雙重的門還有巡夜者打更，為的是防備狂暴之徒造成災殃；居住的地方一定要爽亮乾燥，為的是遠離氣毒之禍患。凡外部事物能對人造成災害的，這裡不可能一一列舉，哪裡能單守一身之諧和就算是達到養生之極點呢？至於說到專靜寡欲，沒有哪個能超過單豹的，他年過七十，臉色還如同嬰兒一般，可稱得上是專氣致柔自身諧和的功用了。但他一個早上就被老虎吃掉了，這難道不正是單純依賴自身諧和而忽略外界事物的危險嗎？如果說單豹的長相命運正當供給餓虎，即使智慧也不能避免，那麼「寡欲」有什麼用，還說什麼養生便可得到壽命強健？如果單豹因為沒有達到養生的極點而招致災殃，那麼輔助生命之道，不止於一身之諧和。假如自身諧和未足以保生，那麼當外物形成禍患的時候，我就不知道他的救助辦法了。

〈論〉曰：師「占成居則驗，使造新則無徵。」請問：占成居而有驗者，為但占牆屋邪❶？占居者❷之吉凶也？若占居者而知盛衰，此自占人，非占成居也。占成居❸而知吉凶，此為宅自有善惡，而居者從之。故占者觀表，而得內也❹。苟宅能制❺人使從之，則當吉之人，受災于凶宅；妖逆無道，獲福于吉居。爾為吉凶之致❻，唯宅而已？更全由故也❼，新便無徵邪？若吉凶故❽當由人❾，則雖成居，何得而云「有驗」邪？若此，果可占邪❿？不可占也？果有宅邪⓫？其無宅也⓬？

【章旨】本節批評阮侃論文中關於「工師占測舊居吉凶則應驗、叫他占測建造新居吉凶則無效驗」的說法。嵇康認為，「占成居則驗」一語含義不清：是占「牆屋」之吉凶，還是占「居者」之吉凶？無論前者或後者，阮侃的觀點都是自相矛盾的。

【注釋】❶為但占牆屋邪　是只占測房屋吉凶呢？為，是。但，只；僅。牆屋，房屋。❷居者　居住的人；屋主人。❸成居　這裡指「牆屋」，即屋宅。❹故占者觀表二句　所以占卜者觀察牆屋而推斷居者的吉凶。表，牆屋。內，居住者；屋主人。❺制　制約；約束。❻爾為吉凶之致　你認為吉凶的到來。爾，你，人稱代詞。致，招致；到達。❼更全由故也　更說吉凶全部出自舊宅。更，副詞。重新；另外。由，自；從。故，原來的；舊時的。這裡指舊宅。此句底本作「更令由人也」。「令」，吳寬原鈔本作「全」，是。周樹人校改為「令」，誤。「人」字，文津本作「故」，是。「故」指成居，乃承上文而言。❽故　副詞。本來。❾人　這裡指屋主人，居者。❿果可占邪　（吉凶）果真可以占卜的嗎？果，副詞。果真。⓫果有宅邪　（吉凶）果真有「住宅」因素嗎？果，果真。有宅，有屋宅因素在。⓬其無宅也　還是沒有屋宅的因素呢？其，表委婉的語氣詞。

【語譯】來論中說：「工師占測舊居吉凶則應驗，叫他占測建造新居吉凶則無效驗。」請問：你所說「占成居而有驗」，是只占測房屋的吉凶呢？還是占測居住者的吉凶呢？如果是占居住者的吉凶而知盛衰，這自是占人，非占房屋。「占成居」而知吉凶，這叫作屋宅自有善惡，而居住者跟著有吉凶。所以占測的人只要窺察房屋，便可得知居住者的吉凶。假如屋宅能制約人使他跟隨自己，那麼本當吉利的人，就會受災於凶宅；妖逆無道的人，也能獲福於吉居。莫非你以為招致吉凶的原因，只有宅屋一個因素？甚至說吉凶全部出自舊宅，那新宅就沒有效驗嗎？如果吉凶本來應當出自居住的人，那麼即使是舊宅，又憑什麼可說應驗呢？如此說來，人的吉凶果真可以占測的嗎？還是不可占呢？果真有住宅因素嗎？還是沒有呢？

〈論〉曰：「宅猶卜筮，可以知吉凶，而不能為吉凶也。」應曰：

此相似而不同。卜者吉凶無豫❶，待物而應❷，將來之兆❸也。相宅不問居者之賢愚，唯觀已然❹，有傳❺者已成之形也；猶睹龍顏❻而知當貴，見縱理❼而知當餓。然各有由❽，不為闇中❾也。今見其同于得吉凶，因謂相宅與卜不異，此猶見瑟⑩而謂之箜篌⑪，非但不知瑟也。縱⑫如〈論〉，宅⑬與卜同，但能知而不能為⑭，則吉凶已成，雖知何益？卜與不卜，了無所在⑮。而古人⑯將有為，必曰：問之龜筮，告以定所由差⑰。此豈徒⑱也哉？此復吾之所疑也。武王營周⑲，則云「考卜唯王，宅是鎬京⑳。」周公遷邑㉑，乃卜澗瀍，終惟洛食㉒。又曰：「卜其宅兆而安厝之㉓。」古人修之于昔如彼，足下非之于今如此，不知誰定可從？

【章旨】阮侃認為：相宅與卜筮，都是可知吉凶而不能為吉凶。嵇康認為：這兩件事有點相似但是不相同。本節具體闡述兩者之區別。

【注釋】❶卜者吉凶無豫　卜筮之時吉凶並不事先存在。卜，占卜，這裡統指卜筮行為。豫，同「預」。這裡指事先存在。❷應　應和。❸兆　預兆。❹唯觀已然　只是觀測已有的宅居狀貌。觀，底本作「覩」，吳鈔原本作「觀」，據改。❺傳　傳述；流傳。❻龍顏　「龍」古時以喻帝王，或非常之人，龍顏即指帝王或非常人的臉面。❼縱理　臉面的豎紋。❽由　原因；來歷。❾闇中　暗合；偶合。闇，同「暗」。❿瑟　底本作「琴」，據戴明揚校改。下「瑟」字同。⓫箜篌　一種樂器。⓬縱　即使。⓭宅　這裡是「占宅」的意思。⓮但能知而不能為　只能知道是吉是凶而不能做什麼。但，僅僅；只。知，這裡是「知吉凶」的意思。為，這裡是「為吉凶」的意思，即做什麼。⓯了無所在　全然沒有價值。了，終；全然。所在，存在的價值。⓰古人　底本作「吉人」，據戴明揚校改。⑰告以定所由差（龜筮）告訴吉凶之後再決定行為方式的選擇。所由，指途徑；方式方法。由，經歷；經過。差，挑選。⑱徒　徒勞。⑲武王營周　武王興建周朝的都城。武王，即周武王姬發。周，周之都城鎬京，位置在今陝西長安附近。⑳考卜唯王二句　武王卜了個卦，在這鎬京建都城。兩句引自《詩・大雅・文王有聲》。考卜，成卜也。考，成也。王，武王。宅，指宮室宗廟的基地，即都城。鎬京，在豐水東，距周文王營建的都城豐二十五里。㉑周公遷邑　周公遷都。周公，姬旦，周武王之弟。武王於滅商後兩年病死，成王年幼，周公攝政。邑，都城。㉒乃卜澗瀍二句　於是在澗水、瀍水之間占卜，最終只有洛邑一帶得到吉兆。乃，於是；就。澗，水名，發源於河南澠池縣東北白石山，至洛陽西南入洛水。瀍，水名，發源於河南孟津任家嶺，向南流經洛陽東面入洛水。惟，僅。洛食，洛陽得到吉兆。食，食墨，吉兆。占卜之前，先用墨畫龜甲，再用火烤灼，墨跡消失為兆順，謂之「食墨」。兩句摘引自《尚書・洛誥》所載周公向成王報告營洛時說的話。㉓卜其宅兆而安厝之　占卜他的墓穴塋域而安葬之。宅，指墓穴。兆，塋域。厝，同「措」。置放。

【語　譯】論文說：「相宅跟卜筮一樣，可以預知吉凶，而不能造成吉凶。」應答說：此事相似而實不同。卜筮之時吉凶並不事先存在，須等待事物而應和，屬於未來的預兆。勘察宅居則不管居住者是賢是愚，只觀測已有的狀貌，有傳說已顯示吉凶的情況。就像目睹龍顏就知道此人定會富貴，看見臉上的豎紋就知道此人定有餓患。這般判斷各有來由，不能算作偶然巧合。現在你只看到相宅與卜筮的目的都是為了得知吉凶，因此說它們沒有區別，這就好比看到瑟而說它是箜篌的人，不僅只是不懂得瑟一樣。即使如你〈論〉中所說的，占宅與卜筮一樣，僅僅能知道吉凶而不能做什麼，那麼吉凶已成，雖然知道了又有何益？占卜與不占卜，全然沒有意義。但是，古代的人將有作為，一定說：先問問龜筮，告訴了吉凶再選擇行動方案。這樣做難道是徒勞的嗎？這又是我的疑點之一。周武王要興建都城，《詩經》上記載說：「武王卜了一個卦，宮室宗廟建在鎬京。」周公旦遷都，於是在澗水、瀍水間占卜，結果是洛陽得到吉兆。《孝經》上又說：「占卜他的墓穴塋域而安葬之。」古人是那樣虔誠地遵循著占卜傳統，而今天足下卻如此地非難，不知誰的決斷才是可信從的？

〈論〉曰：為三公宅，而愚民必不為三公，可知也。或曰：愚民必不得久居公侯宅。然則果無宅也……。

應曰：不謂吉宅，能獨成福，但謂君子既有賢才，又卜其居，順履❶積德，乃享元吉❷。猶夫良農，既懷善藝❸，又擇沃土，復加耘耔❹，乃有盈倉之報❺耳。今見愚民不能得福于吉居，便謂宅無善惡，何異睹種之無十千❻，而謂田無壤埆❼邪？良田雖美，而稼不獨茂；卜宅雖吉，而功不獨成。相須❽之理誠然，則宅之吉凶，未可惑❾也。今信徵祥❿，則棄人理⓫之所宜⓬；守卜相⓭，則絕陰陽之凶吉⓮；持智力⓯，則忘天道之所存；此何異識時雨⓰之生物，因垂拱⓱而望嘉穀乎？是故疑怪之論生，偏是⑱之議興，所託不一⑲，烏⑳能相通？若夫兼而善之者㉑，得無半非家宅邪㉒？

【章旨】本章認為，宅有吉凶，不可懷疑。但是，吉宅不能獨自成福，還要有居住者的賢才和努力積德來配合，兩者相互依存（相須之理）。作者不贊成「宅無善惡」之論，同時又批評「吉凶素定」，忽視「人為」的觀點。

【注釋】❶順履　即「履信思順」（踐履誠信而時時考慮順從正道）。❷元吉　大吉。❸善蓺　善於種植。指好的種植技藝。蓺，同「藝」。種植；技藝；才能。❹耘耔　鋤草培土。此泛指田間管理。耘，除草。耔，培土。❺報　回報。❻十千　言多也。指收成很好。❼壤埆　肥沃和貧瘠。壤，肥沃的土壤。埆，同「瘠」。薄土；貧瘠的土地。❽相須　相互需要。須，通「需」。需要。❾惑　疑惑；懷疑。❿徵祥　徵兆吉祥。徵，跡象；證驗；證明。祥，祥瑞；吉祥。⓫人理　人的才質。理，紋理。這裡指人的才質，素質。⓬所宜　相稱的地位（待遇）。宜，相稱；適當。⓭守卜相　固守卜、相所顯示之「兆」。卜，卜筮。相，窺察；勘察。⓮絕陰陽之凶吉　隔斷陰陽兩界吉凶之相互影響。陰，指卜相所顯示之徵兆，即上文所云「可以知吉凶」。陽，指人為。人的作為。阮侃認為，占卜只能「知吉凶」而不能「為吉凶」，吉凶素定，人無論做什麼努力都沒有用，所以嵇康說他的主張是「絕陰陽之凶吉」。⓯持智力　憑恃智慧和強力。持，持有；憑恃。⓰時雨　適時的合乎農種季節的降雨。⓱垂拱　垂衣拱手，無所作為不肯勞動。拱，斂手也。⓲是　正確。⓳所託不一　依據的觀點不一致。所託，名詞性詞組，依託的地方。不一，不一致；不統一；不相同。⓴烏　哪裡。㉑若夫兼而善之者　如果有那個兼顧各說之長而得出全面完善的意見。若，連詞。表示假設，相當於「如果」。夫，指示代詞，那；那個。

兼，兼顧。指卜相吉兆與人為（賢才，順履積德）「相須」（相互需要，相互依賴）。㉒得無半非冢宅邪　恐怕有一半的功效不是由冢宅善惡造成的吧？得無，難道；恐怕。半，一半。

【語　譯】〈論〉文說：「建造好三公之宅，而給愚民居住，他們一定不會成為三公，這是可以預知的。」「有人說：愚民一定不可能長久地住在公侯之宅裡。如此說來，就是愚民果真沒有此種宅第，是性命自然，不可強求的。」

回答道：我不是說吉利的宅居便能獨自形成福佑，只是說君子之人已經具有賢德才能，又占卜居處，講信用順正道，積德積善，才得以享受大吉大利的。這就像那優良農夫，已經掌握完善的種植技藝，又選擇肥沃的土地，更加上除草培土，於是才有滿倉的回報罷了。現在有人看見愚民不能得福於吉居，便說什麼宅居本無吉凶之別，這跟那些見種田的沒有得到好收成，就說田地本無肥沃、貧瘠之別的人，有什麼兩樣呢？良田雖美，而莊稼卻不是靠良田就會長得茂盛；卜宅雖吉，而吉利的效驗卻不是單靠吉宅就會自然成功。（多種因素）相互依存的道理確實是這樣，宅居本身有吉凶，還是不可以懷疑的。現在有人相信徵兆吉祥，就拋開跟人的才質相稱的待遇地位；固守卜相所顯示的徵兆，就隔斷陰陽兩界凶吉之相互依存；憑恃智力，就忘記了天道之存在；這跟那些只曉得適時好雨會使作物生長，便垂衣拱手不事耕作而盼望收獲嘉美穀物的人，有什麼不同呢？正是因為以上這些緣故，疑怪之論層出不窮，偏離正確原則的議論不斷興起，各自依託的根據不同，哪裡能夠相通？如果兼顧各家之長而得出全面完善的說法，難道有一半的功效不正是來自冢宅之善惡吉凶嗎？

〈論〉曰：「時日譴祟，古盛王無之，季王之所好聽。」此言善矣，顧❶其不盡然。湯禱桑林❷，周公秉圭❸，不知是「譴祟」非也？「吉日惟戊，既伯既禱」❹，不知是「時日」非也？此皆足下家事❺，先師❻所立，而一朝背之，必若湯、周未為盛王❼，幸更思之❽。又當校知二賢❾，何如足下邪？

【章旨】阮侃認為：古代盛世帝王並無刻意選擇吉日，斥逐邪惡。嵇康以為對於選擇吉日行事，不宜拘泥傳習，局限於自身的福禍，更要全面考慮與外部自然環境的諧和。

【注釋】❶顧　連詞，表示轉折關係，相當於「但是」。❷湯禱桑林　商湯祈禱於桑林。湯，商湯，即位後十七年滅夏，建立商朝（約在西元前十六世紀）。禱，求。桑林，桑山之林，能興雲作雨。傳說湯滅夏之後，天大旱，五年不收，湯乃以身禱於桑林以求雨。❸周公秉圭　周公植璧秉圭（禱告三王）。周公，周武王姬發之弟姬旦，亦稱周公旦（「周」是封地）。秉，拿；持。圭，玉器，上圓下方，是貴族朝聘、祭祀、喪葬時所持禮器。據《尚書．金縢》記載，周武王滅殷之第二年，身染重病，周公曾設壇禱告，祈求三王（太王、王季、文王）的在天之靈，請求以自身代替武王去死，以保住武王的生命。❹吉日惟戊二句　擇日子戊日好，祭馬祖又祈禱。戊，戊日。這裡寫的當是戊辰日，古代以天干地支相配記日。伯，馬祖。兩句引自《詩．小雅．吉日》，描寫貴族陪同周宣王打獵，擇日選馬，祭祀祈禱等情景。❺家事　家學所傳之事。《詩經》、《尚書》等皆儒家經典，為正統讀書人家所研習。❻先師　前輩老師。❼必若湯周未為盛王　必然像商湯、周公這樣的人物也不能算作盛世之王。若，動詞，像。湯，商湯。周，周公旦。為，做；算是；算作。❽幸更思之　希望再考慮考慮這個問題。幸，希冀；希望。更，復；再。❾又當校知二賢　還應當考校知覺兩位賢德之人（的水平）。校，考核；考究。知，知道；知覺。二賢，商湯和周公。

【語　譯】〈論〉文說：「選擇好日子，斥逐邪祟，古代的盛世帝王沒有這類事情，衰世君王才好聽信這個。」這話說得好，但是不夠全面。商湯為求雨而祈禱於桑林，周公為保住武王生命而秉圭禱告於三王，不知這是不是「譴祟」？《詩經》上寫周宣王打獵「擇日子戊日好，祭馬祖又祈禱」，不知道是不是「時日」？其實這些都是足下家學傳習之事，前輩老師確定的，而今你一朝背叛了他，一定說像商湯、周公這類人物也不能算是盛王，希望你再考慮考慮這個問題。還應當考校明瞭兩位賢人的水平，比足下怎麼樣呢？

〈論〉曰：「賊方至，以疾走為務；食不消，以黃丸為先。」子徒知為賢于「安須臾」與「求乞胡」❶，而不知制賊、病于無形❷，事功幽而無跌❸也。夫救火以水，雖自多于抱薪，而不知曲突之先物也❹。況乎天下微事❺，言所不能及❻，數所不能分❼？是以古人存而不論，神而明之，遂知來物❽。故能獨觀于萬化❾之前，收功于大順❿之後。百姓謂之自然，而不知所以然。若此，豈常理之所逮⓫邪？今形象著明，有數者猶尚滯之⓬；天地廣遠，品物多方⓭，智之所知，未若所不知者眾也。今執避賊、消穀之術，謂養生已備，至理已盡；馳心極觀，齊⓮此而還，意所不及，皆謂無之。欲據所見，以定古人之所難言⓯，得無似螻蛄之議冰雪邪⓰？欲以所識而決古人之所棄⓱，得無似戎人問布于中國，睹麻種而不事邪⓲？吾怯于專斷，進不敢定禍福于卜相⓳，退不敢謂家無吉凶也。

【章　旨】最後一章，嵇康認為：天下微妙之事物，言語無法表達，術數無法分明，古人往往「存而不論」，只做到心領神會而已。阮侃卻抓住避賊、消食等具體應用小技，硬說養生至理已經窮盡，徒貽笑大方之門。嵇康說他怕得「專斷」之名，既不敢說人生禍福決定於「卜相」之結果，又不敢說家宅沒有吉凶之分。這是委婉地表述其觀點：宅之吉凶，未可惑也；卜宅雖吉，而功不獨成，尚須「賢才」配合，這就是嵇康論述的「相須之理」。

【注　釋】❶子徒知為句　你只知道這樣做勝過貪圖一時之安逸與胡亂求醫。徒知，只知。賢，勝過。安須臾，安適一會兒。乞胡，遊乞之胡，以禍福惑人者。求乞胡，這兒是胡亂求醫之意。❷無形　（賊、病）未形成之際。❸事功幽而無跌　事功雖幽隱不顯但不會失誤。幽，隱；不顯；幽隱無形。跌，差錯；失誤。❹不知曲突之先物也　不知道應先將煙囪做成彎曲形式（以免除火患）。曲突，彎曲的煙囪。先物，先事；先從事。物，事。《漢書・霍光傳》：人為徐生上書曰：「臣聞客有過主人者，見其灶直突，傍有積薪，客謂主人：『更為曲突，遠徙其薪，不者，且有火患。』主人嘿然不應，俄而家果失火。」❺微事　微妙之事。微，幽微。❻言所不能及　言語無法表達。及，達；達到。❼數所不能分　術數無法離析辨清。分，分辨清楚。❽來物　將來之事物。❾萬化　千變萬化；萬物變化。❿大順　天理。這裡是與天理一致的意思，即〈養生論〉中寫的「同乎大順」，嵇康又稱之為「大和」、「天和」，順和於天，達到最高的和諧——自然之和。⓫逮　及；達到。這裡是說明的意思。⓬有數者猶尚滯之　身懷術數的人尚且還有不能通曉的。有數者，有術之人。數，術數。滯，凝；停止；不流暢。之，代詞，指「形象著明」。⓭方　類；品類；輩類。⓮齊　齊等。⓯所難言　難說的事物。指上文「天下微事，言所不能及」。⓰得無似蟪蛄之議冰雪邪　豈不如同夏蟲議論冬天冰雪一般嗎？得無，恐怕；豈不。蟪蛄，寒蟬。蟬春生夏死，或夏生秋死，根本不知「冰雪」為何物。⓱欲以所識句　底本作「欲以所識棄」，周樹人校曰：「識下當奪六字。」此據戴明揚校語補「而決古人之所」六字。所識，（自己）認識的事物。所棄，（古人）放棄的事物。指上文「古人存而不論，神而明之」。⓲得無似戎人問布二句　豈不如同西部的戎人向中原的人問麻布為什麼會這般長大，目睹麻種而莫名其妙一樣嗎？戎，古代泛指我國西部的少數民族。中國，古代指中原地區。據《呂氏春秋・知接》載述，居住在西部地區的戎人來到中原一帶，看見有曬麻布的，問道：「怎麼會這般又長又大？」主人出示麻種，戎人怒曰：「誰會相信這種紛亂的東西，可以做成長大的布？」不事，不治；不知如何從事。這裡是莫名其妙的意思。⓳卜相　卜筮、相命。

【語　譯】〈論〉文說：「強盜即將闖進來，主人的當務之急是趕快逃跑；食物吃多了不消化，首先應當做的是服用大黃丸藥。」你只知道這樣做勝過貪圖片刻安逸與胡亂求醫，而不知道把強盜、疾病等災害制止於未形成之際，事功雖不顯明但不會有失誤。用水去救火，雖然優於抱薪而往，而不知道將爐灶煙囪彎曲（以消除隱患）才是首先應當考慮的事。更何況天下微妙之事，言語無法表達，術數無法分辨清楚？因此古人也只好存而不論，心領神會，於是知道將來之事物。所以能獨觀於萬物變化之原，收功於順應天理自然的變化之後。老百姓稱之為自然，而不知所以然。如此微妙，哪裡是常理所能達到的呢？眼前形象顯著明晰的事物，身懷術數之人尚且還有不能通曉的；天地廣闊邈遠，品物類別繁多，人的智慧能知曉的，比不知的少得多。現在你抓住避賊、消穀等簡單的應用技術，就認為養生已經齊備，至理已經窮盡，馳騁想像極目四海，莫不與避賊消穀之類等量齊觀，意所不及，都說成是沒有的。一心想根據自己看得見的事物，來斷定古人「言所不能及」之「天下微事」，豈不如同鳴蟬之議論冰雪一樣嗎？一心想用自己的認識來決斷古人「存而不論」的「天下微事」，豈不如同西部的戎人問中原曬的麻布為什麼會這般長大，主人出示麻種，戎人莫名其妙一樣嗎？我恐怕陷入專斷，進不敢說人生的禍福決定於卜筮相命的結果，退不敢說家宅沒有吉凶。

第九卷

阮德如釋難宅無吉凶攝生論 難中

【題　解】本篇是阮侃對嵇康〈難宅無吉凶攝生論〉一文所作的答辯，「釋」是消除的意思。

阮侃認為：古人務本抑末，以敬而遠之的態度處理鬼神問題，為的是使生人的謀慮輔之以鬼神的影響，以促成天下萬物勤勉奮發。文章鮮明地提出：「信順既修，則宅葬無貴。」（講誠信順正道而直行，宅葬並無吉凶可言。）又說：「非宅制人，人實徵宅也。」（並非宅居控制人的命運，而是人事驗證宅居之善否。）針對嵇康引用古代聖賢言行作論據，阮侃對周公設壇禱告、周宣王「時日」等行為作出了新的解釋：「先王所以誡不怠，而勸從事耳。」這跟世俗妖忌行為截然不同，「時名雖同，其用適反。」從而把論辯引向更深、更高的層次。

阮侃強調：「智所不知，不可以妄求。」他指出：「謹于邪者慢（怠慢）于正，詳于宅者略于和（身心的修養諧和）。」文章最後直率地批評嵇康「遊非其域」（神遊於不可能知曉的領域），「儻有忘歸之累也」（倘或犯了執迷不悟的毛病）。

《易》曰：「河出圖，洛出書，聖人則之。」❶《孝經》曰：「為之宗廟，以鬼享之❷。」其立本❸有如此者。子貢稱「性與天道，不可得聞❹」；仲由問神，而夫子不答❺。其飭末❻有如彼者。是何也？茲所謂「明有禮樂，幽有鬼神」❼，「人謀鬼謀」❽，以「成天下之亹亹」❾也。是以墨翟❿著〈明鬼〉之篇，董無心設〈難墨〉之說⓫。二賢之言，俱不免于殊途而兩惑。是何也？夫甚⓬有之則愚，甚無之則誕⓭。故二子者，皆偏辭也。子之言神，將為彼邪？唯吾亦不敢明也。夫私神立，則公神廢；邪忌設，則正忌喪；宅墓占，則家道苦；背向繁⓮，則妖心興。子之言神，其為此乎？則唯吾之所疾爭也。夫苟獲其類，不患微細。是以見缾冰而知天下之寒⓯，察旋機⓰而得日月之動。足下細蠶、種之說⓱，因忽而不察；是噎溺未知所在⓲，亦莫便有舟稼也⓳。

【章　旨】古人務本（畫八卦、作九疇、建宗廟）抑末（謹慎地對待關於鬼神的問題），為的是生人的謀慮輔以鬼神（已逝聖賢之精氣）的謀慮，以促成天下萬物勤勉奮發。立私神，設邪忌，占宅墓，推方位等等，皆有背於聖人「立本」之教。

【注　釋】❶河出圖三句　黃河出現龍圖，洛水出現龜書，聖人取法它（撰製八卦、九疇）。語出《周易・繫辭上》。河，黃河。圖，傳說「龍馬」身上的圖象。洛，洛水。書，傳說「神龜」背上的紋象。則，取法；效法。之，代詞，指河圖、洛書。漢儒相傳：伏羲時，有龍馬出自黃河，背負「河圖」，遂則其文，以畫八卦；大禹治水時，有神龜出自洛水，背負「洛書」，遂因而第之，以成九疇。九疇，九類大法，治國安民的法規。❷為之宗廟二句　建造宗廟，讓鬼魂享用。宗廟，祭祀祖宗的廟宇。以，動詞，給；讓；使。鬼，鬼魂。這裡指祖宗的靈魂。❸立本　樹立根本。指河圖（八卦）、洛書（九疇）、宗廟（祖宗）等。本，樹根；樹幹。這裡泛指基礎和主體。❹子貢稱性與天道二句　子貢稱說關於天性與天道的言論，我們聽不到。語出《論語・公冶長》：「子貢曰：夫子之文章，可得而聞也；夫子之言性與天道，不可得而聞也。」子貢，孔子弟子。性，天性；性命。天道，古代所講的天道一般是指自然和人類社會吉凶禍福的關係。❺仲由問神二句　子路請問怎麼服事鬼神，孔夫子不正面回答他，存而不論。仲由，子路，孔子弟子。夫子，老師，指孔夫子。語出《論語・先進》。❻飭末　謹慎地處理末事。飭，謹慎；恭敬。末，樹梢。這裡指次要的，非根本的事物。❼明有禮樂二句　語出《禮記・樂記》：「明則有禮樂（鄭玄注：教人者），幽則有鬼神（鄭玄注：助天地成物者也）。」幽，暗，與「明」相對。鬼神，鄭玄注：「聖人之精氣謂之神，賢知之精氣謂之鬼。」❽人謀鬼謀　人的謀慮溝通了鬼神的謀慮。人謀，況議於眾以定失得。鬼謀，況寄卜筮以考吉凶。語出《易・繫辭下》。❾成天下之亹亹　語見《易・繫辭》上、下：「定天下之吉凶，成天下之亹亹者。」（判定天下萬事吉凶得失，促成天下萬物勤勉奮發。）亹亹，勤勉貌。朱熹說解云：「人到疑而不能自明處，便放倒了，不復能向前，動有疑阻；既有卜筮，知是吉是凶，便自勉勉住不得。其所以勉勉者，是卜筮成之也。」（《朱子語類》）❿墨翟　即墨子（約西元前四六八——前三七六年），墨家的創始人。《墨子・明鬼》篇確認鬼神是有的，作者認為社會動亂不寧的原因是人們不相信鬼神能賞賢而罰暴。⓫董無心設難墨之說　儒者董無心有責難詰問墨家之徒的論說。董無心，戰國時代人，儒家之徒，著有《董子》一卷。難墨之說，據王充《論衡・福虛》篇記述：「儒家之徒董子，墨家之徒纏子，相見講道，纏子稱墨家，佑鬼神，是引秦穆公有明德，上帝賜之九十年。董無心難以堯舜不賜年，桀紂不夭死。」《意林》引《纏子》曰：「董子曰：『子信鬼神，何異以踵（腳後跟）解結，終無益也。』纏子不能應。」⓬甚　很；極。⓭誕　大言；虛妄。⓮背向繁　築宅建墓背靠與面向忌諱繁多。背向，宅墓選位之背向。⓯見缾冰而知天下之寒　看見缾水結冰，而知天下之寒。見缾冰，底本作「面邊水」，據戴明揚校徑改。⓰旋機　測天象的儀器。一說即渾天儀。一作「璇璣」，「璿璣」。⓱細蠶種之說　以養蠶、種穀為細小之事。蠶，指養蠶忌祟之事。種，指種穀時日（擇日）之事。⓲是噎溺未知所在　這（樣做的結果）是不了解噎食、溺水發生的原由。是，指示代詞，指代上句「足下細蠶、種之說，因忽而不察」這件事。噎，噎食。溺，溺水。⓳亦莫便有舟稼也　也就沒有理由怨及舟楫粒稼了。稼，粒稼；糧食。

【語　譯】《易經》上說：「黃河出現龍圖，洛水出現龜書，聖人取法它，畫成八卦，制成九疇（九條大法）。」《孝經》上說：「建造宗廟，給祖宗鬼魂享用。」古人就是這般地樹立根本。《論語》上記載子貢說：「老師關於文獻方面的學問，我們聽得到；老師關於天性和天道方面的言論，我們聽不到。」子路請問怎麼服事鬼神？孔夫子也不正面回答他，存而不論。古人就是這樣謹慎地處理非根本性的事物。這樣做是為了什麼？就是《禮記・樂記》上說的「明有禮樂以教人，暗中借鬼神助天地成物」，《易經》上說的「人的謀慮溝通了鬼神的謀慮」，以「促成天下萬物勤勉奮發」啊！因此墨翟著〈明鬼〉之篇，儒家之徒董無心便設題責難詰問墨家之徒纏子，使他無法應答。

二位賢者的言論，都不免於殊途而兩惑。這樣說是何道理？硬說實有鬼神則愚蠢，一定說沒有鬼神則空虛。所以二位先生的議論，都是偏頗之辭。你的談論鬼神，是算做他們中的哪一家呢？只是我也不敢明斷誰是誰非。私神樹立，則公神廢棄；邪忌開設，則正忌淪喪，占宅占墓，則家道貧苦；築宅建墓選位背靠什麼面向什麼疑怪之論繁多，則妖心必然興起。你的談論鬼神，能算成此類嗎？那正是我要竭力爭辯的了。如果能獲得同類事物的特徵，便不在乎多麼微末細小。因此看見缾水結冰就可知道天下寒冷，觀察小小的渾天儀就可得知日月的動向。你老先生把社會上養蠶百忌、種穀擇日等說法視為細微小事，於是忽略而不作考察；如此一來，你所說的噎食、溺水等等就不知道發生的原由，也就沒有理由怨及「舟楫」和「粒稼」了。

夫命者，所稟❶之分❷也；信順❸者，成命之理也。故曰：君子修身以俟命❹，「知命者不立乎巖牆之下❺」。何者？是夭遂之實也❻。猶食非命，而命必胥食，是故然矣❼。若吾論曰：居殆❽行逆，不能令彭祖夭；則足下舉信順之難❾是也。論之所說，信順既修，則宅葬無貴；故譬之壽宮無益殤子耳。足下不云「殤子以宅延，彭祖亦以宅壽」，壽夭之說，使之灼然❿，若信順之遂期⓫、殆逆之夭性⓬；而徒曰「天下或有能說之者」。子而不言，誰與能之？夫多食傷性，良藥已病[13]；是相之所一[14]也。誣彼[15]實此[16]，非所以相證也[17]。夫壽夭不可求之宅，而可得之和[18]。故論有可不知[19]。是足下忘于意[20]而責于文[21]，抑不本也[22]。〈難〉曰：「唐、虞之世，命何同延？長平之卒，命何同短？」今論命者，當辨有無，無疑眾寡也。苟一人有命，則萬千皆一也。若使此不得係命[23]，將係宅邪？則唐、虞之世，宅何同吉？長平之卒，宅何同凶？亦復吾之所疑也。〈難〉曰：事之在外而能為害者，不以數盡。單豹恃內而有虎害。按足下之言，是豹忘所宜懼，與懼所宜忘，故張毅修表，亦有內熱之禍。雖內外不同，鈞[24]其非和，一睹失之[25]，終身弗復，是亦虎隨其後矣。夫謹于邪者慢[26]于正，詳于宅者略于和。走以為先[27]，亦非齊于所稱[28]也。今足下廣之，望之久矣。

【章旨】阮侃認為：「命」是人先天稟受的本分、定數，「信順」（講誠信順正道而行）為實現命中定數所必需；「信順既修，則宅葬無貴」。批評嵇康〈難〉文實質上提出了「殤子因為宅而延生，彭祖因為宅而長壽」的觀點，進一步指出其危害：「謹于邪者慢于正，詳于宅者略于和。」（謹小慎微地對待忌祟邪說的人一定會怠慢正理大道，著迷於宅之吉凶的人一定是忽略身心的修養諧和。）

【注釋】❶稟　賦與；領受；受。❷分　分量；本分。❸信順　履信思順；講信用想正道。❹君子修身以俟命　君子修養身心聽任天命。俟，等待。語出《孟子．盡心上》：「殀壽不貳，修身以俟之，所以立命也。」（短命也好，長壽也好，都不三心二意，只管修養身心，聽任天命，這就是安身立命的方法。）❺知命者不立乎巖牆之下　懂得命運的人不站在有傾倒危險的牆壁之下。巖牆，高牆。比喻危險境地。語出《孟子．盡心上》：「莫非命也，順受其正；是故知命者不立乎巖牆之下。」（無一不是命運，順理而行接受的是正命；因此懂得命運的人不站在高牆之下。）以上引用《孟子．盡心上》兩句，以證明「信順者，成命之理也。」前句講「信」，後句講「順」。❻是夭遂之實也　這裡面就有或短命或成命（盡天年）的實際結果。是，代詞，指上引《孟子》的話。夭，短命。遂，順；成。這裡是成命（即盡天年）之意。實，果實；結果。❼猶食非命三句　就好似食物並非生命，而生命一定需要食物，本來就是這樣的。食，食物。這裡喻指「信順」。命，性命。指「所稟之分」。胥，須；依賴。❽殆　危險。❾信順之難　指嵇康舉用《易經》「履信思順，自天祐之」的話以詰難阮侃。❿灼然　明亮的樣子。灼，明白；鮮明。⓫遂期　享盡天年。期，一定的時間；期限。⓬夭性　短命。性，性命。⓭已病　止病。已，止；癒。⓮相之所一　看相得知命中注定的一件事。⓯誣彼　以「多食傷性，良藥已病」為虛。指嵇康〈難〉文中「苟命自當生，多食何畏？而服良藥？」⓰實此　以「宅有吉凶」，是「相之所一」為實。指嵇康〈難〉文中「何知相不須宅以自輔乎？」諸語。⓱非所以相證也　不能相互證明。所，指示代詞，表示相證的理由。⑱和　身心諧和。⑲故論有可不知　所以我的論文中有可「求之于懷抱之內而得之」而人們往往不知所以然。故，所以。論，指〈宅無吉凶攝生論〉。可，指壽得自身之諧和。不知，不知道；不懂。指不知防疾，反而妄求，忌祟叢生。⑳意　意旨；本意。㉑文　文辭；措辭。㉒抑不本也　沒有抓住根本。抑，副詞，表示推斷。本，本意；根本。㉓係命　歸結於命運。係，本意是用繩索以縛繫人的頸部，引申為拴結；捆綁。這裡是歸結、歸屬之意。㉔鈞　同「均」。㉕一睹失之　一旦失掉它（自身諧和）。睹，旦；天剛亮。後寫作「曙」。㉖慢　怠慢。㉗走以為先　我以和諧作為養生的首要條件。走，我。阮侃自稱。㉘亦非齊于所稱　也不是只限於你說的「避賊消穀之術」。齊，等；止；限。所稱，名詞性詞組，指嵇康〈難〉文中把阮侃養生論稱之為「執避賊消穀之術」。

【語　譯】命運是人先天稟受的本分。講信用走正道是後天成就命運的正理。所以古人說：君子只管修養身心聽任天命，懂得命運的人不站在高牆之下。為什麼？這其中就有或短命或成命（享盡天年）的結果。就好比食物不是生命，而生命一定需要食物，事情原本就是這個樣子。就像我的論文中說的即使居住在所謂的凶宅裡，地當弧星之逆，也不能令彭祖短命；你則舉出「履信思順，自天祐之」來責難我是一樣的道理。我的論文說的是信順既已修行，那麼宅居、墓葬就無吉凶可言，所以譬喻說即使選擇百年之壽宮，也不能增加殤子的壽命罷了。你不直截了當地說「殤子因為宅居吉利而延生，彭祖也因為宅居吉利而長壽」，壽夭之說，使它明明白白，就像講信用走正道就能享盡天年、居危險之地逆正道而行則短命夭亡；而只是說「天下或許有能夠說明解釋的人」。你若不說出來，有誰跟你一樣能夠解釋？至於說到多食傷性，良藥治病，那是相命可知的一件事。你是不相信的，硬說「如果命自當生，多食何畏，還要服什麼良藥？」可你又反過來以「服藥」

是「相之所一」來類比坐實「宅豈非是一邪?」這樣做法是不能相互證明的。人的或壽或夭不能求之於宅，而能得之於自身諧和。所以我的論文中有「求之于懷抱之內而得之矣」的話，可是許多人不知其所以然。足下卻忘記我的宗旨而詰責表面文辭，沒有抓住根本。〈難〉文中說：「堯、舜之世，命何同延?長平之戰中四十萬降卒，命何同短?」今論命運，應當辨別有還是無，不應疑惑於眾寡。如果一人有此命運，則千萬一起的人都同樣遭遇。如果把這一事件不歸結於命運，將歸結到宅居嗎?那麼，堯、舜之世，宅何同吉?長平四十萬降卒，宅何同凶?這也正是我要提出的問題了。〈難〉文又說：外界事物可能成為人的禍害的，數也數不完。單豹只依賴自身保養而被老虎所害。按你的說法，是單豹忘記了應當戒懼的（外部危險），或者應當戒懼的危險命中注定要忘記，所以像張毅那樣特別注重修行外表的人，又發生了內熱之禍。雖內外不同，都屬於不諧和，一旦失掉了「和」，終身不能復返，這也就相當於老虎跟隨在他的身後了。謹小慎微地對待忌祟邪說的人一定會怠慢於至理正道，著迷於宅之吉凶的人一定是忽略自身諧和。我是以諧和作為養生的首要條件，並非局限於你所說的「避賊消穀之術」。如果足下能拓寬養生之道，那將是我盼望已久的。

元、亨、利、貞❶，卜之吉繇❷，隆準❸龍顏，公侯之相者，以其數所遇❹，而形自然❺，不可為❻也。使準顏可假❼，則無相❽；繇吉可為，則無卜矣。今設為吉宅而幸❾福報，譬之無以異假顏準而望公侯也。是以子陽鏤掌❿，巨君運魁⓫，咸無益于敗亡。故吾以無故⓬而居者可占，何惑象數⓭之理也。設吉而後居者不可，則假為之說⓮也。然則非宅制人，人實徵⓯宅也，果有宅邪？其無宅也⓰？似未思其本耳。獵夫從林，其所遇者，或禽，或虎，遇禽所吉⓱，逢虎所凶⓲。而虎也，善卜可以知之耳。是故知吉凶，非為吉凶也。故其稱曰「無遠邇幽深，遂知來物⓳」，不曰遂「為」⓴來物矣。然亦卜之盡理，所以成相命者也。至乎卜世與年㉑，則無益于周錄㉒矣。若地之吉凶，有虎禽之類，然此地苟惡，則當所往皆凶；不得以西東有異，背向不同；宮姓㉓無害，商㉔則為災；福德則吉至，刑禍則凶來也。故《詩》云：「築室百堵，西南其戶㉕。」古之營居，宗廟為先，廄庫次之，居室為後。緣人理以從事，如此之著，即知無太歲刑德㉖也。若修古無違，亦宜吾論，如無所□㉗，不知誰從？

〈難〉曰：「不謂吉宅能獨成福，猶夫良農既懷善埶，又擇沃土，復加耘耔，乃有盈倉之報。」此言當哉！若三者能修，則農事畢矣。若或盡以邪㉘用，求之于虛，則宋人所謂「予助苗長」㉙，敗農之道也。今以冢宅喻此㉚，宜何比邪㉛？為樹藝乎？為耘耔也？若三者有比，則請事後說㉜；若其無徵，則愈見其誣矣。今卜相有徵如彼，冢宅無驗如此，非所以相半㉝也。

【章　旨】嵇康認為：人的命運禍福，有一半取決於冢宅之吉凶。阮侃不同意這種說法。他認為：人的命中有定數；占卜、看相得出的判斷，恰與命中定數切合，所以靈驗；否則就不靈，不可能超越命中定數而製造出吉凶來。考慮問題應從人的本體出發，緣人理以從事，「非宅制人，人實徵宅也」（並非宅居控制人的命運，而是人事驗證宅居之善惡），宅居的方位、朝向等等與吉凶無關，根本沒有什麼觸犯太歲招致刑禍之類的怪事發生過。

【注　釋】❶元亨利貞　語出《易・乾卦》：「乾：元、亨、利、貞。」（〈乾卦〉象徵天：元始，亨通，利和，貞正。）元，始也。亨，通也。利，和也。貞，正也。此言〈乾卦〉之四德，讚美「天」的陽剛之德。❷繇　通「籀」。卦兆辭，卦兆之占辭。❸隆準　高鼻梁。❹以其數所遇　因其命中定數恰恰與之切合。數，定數，指上段所說「命者，所稟之分也」。所遇，遇合；切合。❺形自然　形式是自然的。形，表現形式。指命中定數與占卜、相命結果相合。❻為　製作。指人為的加工製作，與上句「自然」相對。❼使準顏可假　如果鼻梁、顏面可以假借。準，鼻梁，指「隆準」。顏，顏面，指「龍顏」。假，借。❽相 公侯之相。❾幸 冀；希求。❿子陽鏤掌 公孫述在掌面刻上「公孫帝」三字。子陽，公孫述字子陽，扶風茂陵人。王莽天鳳年間（西元一四——一九年）任導江卒正（即蜀郡太守），劉玄更始二年（西元二四年）自立為蜀王，都成都。謀士李熊勸其稱帝。「會有龍出其府殿中，夜有光耀，述以為符瑞，因刻其掌，文曰『公孫帝』。」西元二五年四月遂自立為天子，號成家，色尚白，建元曰「龍興」。龍興十二年十一月（西元三六年），光武帝劉秀派兵擊破之，公孫述「被刺洞胸」而死。⓫巨君運魁 王莽旋轉星斗。巨君，王莽字巨君。運，旋；旋轉。魁，北斗星。北斗七星中第一至第四星（天樞、天璇、天璣、天權四星，組成為斗身），古曰「魁」。第五至第七星（玉衡、開陽、搖光，組成為斗柄），古曰「杓」。這兒的「魁」，代指北斗七星。以部分代全體，是古漢語裡常見的修辭方式之一。史書記載，西漢末年，王莽（西元前四五——西元二三年）以外戚掌握政權，於西元五年毒死漢平帝，西元八年稱帝，改國號為「新」。西元一七年（天鳳四年），天下動亂，王莽用五石銅鑄作威斗（模擬北斗），長二尺五寸，「欲以厭勝眾兵」。西元二三年（地皇四年），王莽大勢已去，漢兵攻入長安，宮中火起，王莽避至宣室前殿，旋席隨斗柄而坐，曰：「天生德于予，漢兵其如予何？」漢兵迫至，莽避至漸臺，猶抱持符命、威斗，眾兵上臺，商人杜吳殺莽。⓬故 故事；成事；舊事。⓭象數 龜卜和筮卦。《春秋左氏傳》：「龜，象也；筮，數也。」⓮假為之說 假設之辭。指「設為三公之宅」云云。底本「則」下有「何」字，據戴明揚校徑刪。⓯徵 證驗。⓰果有宅邪二句 此二句底本作「其無宅也」，據戴明揚校增補。⓱所吉 吉利的。⓲所凶 凶險的。⓳無遠邇幽深二句 不論遙遠、切近還是幽隱、深邃的事情，都能推知將來的物狀事態。語出《易．繫辭下》。邇，一本作近。⓴為 製作。㉑至乎卜世與年 至於占卜世代與年數。世，世代，古人一般以三十年為一世。年，年數；年限。㉒無益于周錄 無助於周王朝的祚祿長短。益，助；補助。周，周王朝。錄，通「祿」。《左傳．宣公三年》載，「成王定鼎于郟鄏（洛陽），卜世三十，卜年七百。」據統計，周朝自始至終歷三十六王、八百六十七年。㉓宮姓 姓氏屬宮的人家。㉔商 姓氏屬商的人家。㉕築室百堵二句 建築宮室牆百堵，西牆南牆皆開門戶。兩句引自《詩・小雅・斯干》。堵，牆垣，古人以五版為一堵。戶，門戶。㉖即知無太歲刑德　就可以知道（營居）沒有什麼太歲之忌刑德之別。太歲，星名，木星。這裡是舊曆紀年所用值歲干支的別名，如逢甲子年，甲子即是「太歲」；乙亥年，乙亥即是「太歲」，依此類推。「太歲」有方位，迷信者許多禁忌遂由此產生。《論衡・難歲》：「移徙法曰：徙抵太歲凶，負太歲亦凶。假令太歲在甲子，天下之人皆不得南北徙，起宅嫁娶，亦皆避之。」刑德，禍福。㉗如無所□　底本作「無所」。周樹人校曰：各本「論」下有「如」字。各本「所」下空一字。今據戴明揚校本徑增。此句承上句「若修古無違」而言，空格當是「修」字（殷翔、郭全芝說）。㉘邪　指「時日」吉凶之類迷信做法。㉙則宋人所謂予助苗長　那就如同拔苗助長的宋人一般。《孟子・公孫丑上》載述故事：宋國有一個耽心禾苗不長而去把它拔高些的人，十分疲倦地回去，對家裡人說：「今天累壞了！我幫助禾苗生長了！」他兒子趕快跑去一看，禾苗都枯死了。㉚此　指樹藝、沃土、耘耔三者。㉛宜何比邪　應當怎麼比呢？何比，比什麼，意思是與樹藝、沃土、耘耔三者當中哪一項相比呢？㉜則請事後說　那末就請選用耘耔相比。事，從事；用。後說，後面一種，指耘耔。㉝非所以相半　並非像你所說的各佔一半。相半，互相參半；各佔一半。嵇康認為冢宅與居者才德共同造成人的吉凶壽夭。

【語　譯】元始，亨通，利和，貞正，占卜最吉利的卦兆辭；挺拔的鼻梁龍一般的顏面，有公侯之相；這些都是因其命中定數恰相遇合，而表現得自然而然，不可以人為的製作。如果鼻梁顏面可以假借，則無公侯之相；卦兆吉辭可以人為製作，那也就沒有什麼占卜之事了。現在假設成吉宅而希求福報，打個比方來說，無異於假借「隆準龍顏」而祈望成為公侯一般。因此，公孫述在自已掌面刻上「公孫帝」三字，王莽製作威斗以象旋轉星斗，都無助於敗亡的命運。所以我以為無特別故事而居者可占，何惑象數之理也。設想為吉宅而後居者不可占，那只是假設之辭。這就是說並非宅居控制人的命運，而是人事驗證宅居。果真有宅居吉凶的因素嗎？還是沒有呢？似乎沒有從人的主體考慮。打獵的人進入森林，他所遇到的，有禽鳥，有老虎，遇禽鳥是吉利的，遇老虎則是凶險的。而是否會遇到老虎，善卜的人是可以預先知道的。所以我說占卜可以「知吉凶」，並非可以「為吉凶」也。因此，《易經》上稱「不論遙遠、切近還是幽隱、深邃的事情，都能推知將來的物狀事態」，不說「製造」將來的物狀事態。但是也要占卜合乎事理，才助成相命的了。至於像《左傳》寫的周成王占卜世代與年數，那就無助於周王朝的祚祿長短了。至於什麼地之吉凶、有虎有禽之類，此地如果是凶惡的，就應當是哪兒都凶，不應該說什麼西、東有異，背、向不同；姓宮的人家無害，姓商的人家則有災；福德來了就說這地方吉利，刑禍降臨又說這地方凶惡。所以《詩經》上說：「建築宮室牆百堵，西面南面皆有門戶。」古人營造居地，宗廟為先，廄庫次之，居室為後，緣人理以從事，如此的顯明，就可以知道沒有什麼太歲之忌刑禍福德之別。若遵循古道不違反，也合乎我的議論；如果無所遵循，不知道該服從誰？〈難〉文中寫道：「不是說吉宅能獨自形成福澤，就像那良農，已掌握完善的種植技藝，又選擇肥沃的土地，更加上除草培土，於是才有滿倉的回報。」這話說得真是妥當啊！如果三者都能做到，則農事就完備無缺了。如果有人採用邪道，求之於時日吉凶之類的虛妄做法，那就跟《孟子》裡說的自稱「我助苗長」的宋人一樣，就成了敗農之道。現在你用冢宅比喻農事，是比作哪一項呢？是種植技藝？是除草培土？如果樹藝、沃土、耘耔三者皆可比，則請選擇「耘耔」作比；如果沒有效驗，那就更顯出它的虛妄了。今卜相有徵如彼，冢宅無驗如此，並非像你所說的各佔一半啊。

按《書》有周公請命之事❶，仲尼非子路之禱❷。今鈞聖而鈞疾❸，何事不同也❹？故知臣子之情，盡斯心❺而已，所謂禮為情貌者耳。故于臣弟❻，則周公請命；親其身，則尼父❼不禱。足下是圖宅❽，將為禮邪❾？其為實矣❿！為禮則事異于古，為實則未聞顯理。如是⓫未得，吾所為遺⓬，而足下失所願矣！至「時日」⓭，先王所以誡⓮不怠，而勸⓯從事耳。俗之時日，順妖忌而逆事理。「時」名雖同，其用適反。以三賢校之⓰，愈見其合，未知所異也。

【章旨】本章針對嵇康〈難〉文所引周公秉圭請命、宣王時日等論據，作出了完全不同的解釋，認為「名雖同，其用適反。」

【注釋】❶書有周公請命之事　《尚書·金縢》記載有周公旦設壇禱告先王，請求以自身代武王之重病。書，指《尚書》。周公，姬旦，周武王姬發之弟。武王伐紂之第二年，大病不癒，周公旦設壇祭告先王，求免除姬發之病，而以己身代之。❷仲尼非子路之禱　孔子不以子路的禱告為然。仲尼，孔丘字仲尼。《論語·述而》記載：孔子病重，子路請求祈禱。孔子道：「有這回事嗎？」子路答道：「有的……」。孔子道：「我早就祈禱過了。」非，非之；不以為然。❸鈞聖而鈞疾　均為聖人又同樣生病。鈞，同「均」。❹何事不同也　為什麼處理方式不同呢？事，從事，指處理疾病所採取的行為方式。❺斯心　此心；這顆心。斯，此；這。❻臣弟　指周公姬旦。姬旦是周武王姬發的弟弟、臣子。❼尼父　孔丘字仲尼。孔子死後，魯哀公誄曰：「嗚呼哀哉尼父。」因其字以為之謚。一說，「父」讀為「甫」，丈夫之稱；男子之美稱。❽是圖宅　以圖宅為是。是，肯定。圖宅，以宅居的方位、朝向等定吉凶的圖籍、傳聞之類。❾將為禮邪　是算做禮儀行為呢？將，還是；將是。為，作為；算是；算做。❿其為實矣　大概是親身坐實吧！其，句首語氣詞，表示委婉的語氣，大概、恐怕的意思。⓫如是　如像這樣。是，此；這樣。⓬遺　失誤。⓭時日　選擇（吉利）的日期。時，擇時。⓮誡　告誡。⓯勸勸勉。⓰以三賢校之　用三位賢人的行事，持校我的說法。三賢，指嵇康〈難〉文中舉出的湯禱桑林、周公請命、宣王時日等。周樹人校：「三」當作「二」，各本皆誤。周校的依據是本段提及周公請命、仲尼非禱，「二賢」指周公、孔子，亦可通。之，底本作「君」，據戴明揚校徑改。

【語　譯】按：《尚書》中記載有周公旦設壇禱告先王，請求以自身代武王重病之事；《論語》記載孔子重病，子路請禱，孔子頗不以為然。他們兩位都是聖人且同樣生病，為什麼處理方式不相同呢？原來是這樣：臣子之情，盡心而已，就是說禮數只不過是心情表達的某種形式罷了。所以作為臣子兼弟弟，就有周公請命的事；純屬自身之病，就有孔子不以祈禱為然的事。你以圖宅吉凶之說為然，是作為禮儀形式呢？恐怕是要親身坐實吧！算做禮節形式則此事有別於古代的周公，作為親身實行則沒聽說顯示出什麼道理。像這樣一無所得，我以為是一種失誤，你的願望將全部落空！至於選擇吉利日期，先王採用這一形式為的是告誡人們不要懈怠，勤勉辦事罷了。世俗之輩的選擇吉利日期，則是順妖忌而逆事理。選擇的名目雖然相同，其作用恰恰相反。拿周公、孔子兩位聖賢的行為，對照我的言論，愈見其合理，未發現有什麼不同的地方啊。

〈難〉曰：「智之所知，未若所不知者眾。」此較❶通世之常滯也。然智所不知，不可以妄求；智所能知，惡其以學哉❷？故古之君子，脩身擇術，成性存存❸，自盡焉而已矣❹。今據❺足下所言，在所知邪？則可辨也。所不知邪？則妄求也。二者宜有一于此矣。夫小知不及大知❻，故常乃反于有❼，無為有者❽，亦蟪蛄矣❾。子尤吾之驗于所齊❿，吾亦懼子遊非其域，儻有忘歸之累也⓫。

【章　旨】最後一章，阮侃強調「智所不知，不可以妄求」，批評嵇康所論為「遊非其域」，有「忘歸之累」（執迷不悟的毛病）。

【注　釋】❶較　明。❷惡其以學哉　哪裡用得著學習呢？惡，哪裡。疑問代詞作狀語。其，表示委婉的語氣詞。❸成性存存　成就美善德性，反覆涵養蘊存。成性，本成之性。存存，存而又存。❹自盡焉而已矣　自身竭盡心力而止。盡，本義為器中空。這裡是出其所有的意思。❺據　底本作「處」。據戴明揚校徑改。❻小知不及大知　見識小的不及見識大的知道得多。語出《莊子・逍遙遊》，「小知」指寒蟬和斑鳩，「大知」指鯤鵬。❼故常乃反于有　平平常常的（宅居）居然反過來會有吉凶。故常，常例；習慣。❽無為有者　本來沒有的事而說成實有。❾亦蟪蛄矣　也是蟪蛄之類了。蟪蛄，寒蟬，春生夏死，夏生秋死。《莊子・逍遙遊》：「蟪蛄不知春秋。」❿子尤吾之驗于所齊　你責怪我驗證於同類事物。尤，責怪；非難。所齊，齊等的事物。齊，等量齊觀。

⓫儻有忘歸之累也　倘或有執迷不悟的毛病。儻，倘或；或許。忘歸，忘記歸來，執迷不悟的意思。歸，回歸；回還。

【語　譯】〈難〉文說：「人的智慧已經知道的，不如不知道的多。」這話點明世人常常有弄不通的事物。但是，智力所達不到的，不可以妄求；智力所能認識的，哪裡用得著再學習呢？所以古之君子，修身擇術，成就美善德性，反覆涵養蘊存，自己竭盡心力而止。現在據你的議論，是在已知的範圍內嗎？那還是可以辨明的。是在不知的範圍內嗎？那則是妄求了。兩者必居其一。見識小的不及見識大的知道得多，平平常常的宅居竟至於有吉凶之別，把本來沒有的事說成實有，也是《莊子》中說的那不知春秋的蟪蛄之類。你責怪我驗證於齊等的具體事物，我也很怕你心遊於不可能達到的領域，倘或還有執迷不悟的毛病。

答釋難宅無吉凶攝生論

【題解】本篇是嵇康對阮侃〈釋難宅無吉凶攝生論〉所作的回答。嵇康認為：古之聖人「合德天地，動應自然」，追求「人鬼同謀，幽明並濟」境界。阮侃並不反對這一見解，兩人的分歧在於：嵇康承認鬼神實有，因而宅亦有吉凶，「吉凶之形，果自有理」，「宅與性命，雖各一物；猶農夫良田，合而成功也」，「非從人而徵宅，宅亦成人」（並非僅僅是隨人事驗證宅居，吉宅也能助成人事）；而阮侃則認為鬼神實無，虛設而已，宅無吉凶，「人實徵宅，非宅制人」。

阮侃論文的核心是「相命」論，即命中定數不可改變，性命自然，不可為、不可求。這一論斷，跟聖人之言經典所載多有不合。嵇康正是據此與之辯難，迫使阮侃對前賢載述作出新的解釋而「陷于誣妄」的同時，又不得不以「信順者，成命之理」、「卜之盡理，所以成相命者也」來補充「相命」論，這又不可避免地陷於自相矛盾之中，嵇康〈答釋難〉則「以子之矛，攻子之盾」，咄咄逼人。

嵇康強調：「智之所知，未若所不知者眾。」他主張對於未知的事物要勇於探索，窺探幽隱之理，使認識不斷發展，不能斥之為「妄求」而裹足不前，「坐守無根」。此乃嵇康兩篇論文的精義所在。

夫先王垂訓❶，開制中人❷，言之所樹❸，賢愚不違，事之所由❹，古今不忒❺，所以致教❻也。若夫機神玄妙，不言之化❼，自非至精，孰能與之？故善求者，觀物于微，觸類而長❽，不以己為度❾也。案如所論，「甚有則愚，甚無則誕」。今使小有，便得不愚邪？了無❿乃得離之邪？若小有則不愚，吾未知小有其所限止也。若了無乃得離之，則甚無者，無為謂之誕也。又曰：「私神立，則公神廢」。然則唯惡夫私之害公，邪之傷正，不為無神也。向⓫墨子立公神之情⓬、狀⓭不「甚有」之說，使⓮董生託正忌之塗、執不「甚無」之言，二賢雅趣⓯，可得合而一，兩無不失邪？今之所辨，欲求實有實無，以明自然不詭，持論有工拙，議教有精粗也。尋雅論之指，謂河洛不神⓰，借助鬼神⓱；故為之宗廟，以神其本；不答子貢⓲，以救其末⓳。然則足下得不為託心無神鬼、齊契于董生邪？而復顧古人之言，懼無鬼神之弊，貌與情乖，立從公廢私之論，欲彌縫兩端，使不愚不誕，兩譏董墨，謂其中央⓴可得而居。恐辭辨雖巧，難可俱通，又非所望于覈㉑論也。故吾謂古人合德天地，動應自然，經世㉒所立，莫不有徵。豈匿設宗廟以欺後嗣㉓，空借鬼神以罔㉔將來邪？足下將謂吾與墨不殊，今不辭同有鬼，但不偏守一區，明所當然，使人鬼同謀，幽明並㉕濟，亦所以求衷㉖、所以為異耳。

【章旨】嵇康認為：鬼神吉凶是存在的，《尚書》、《詩經》等經典中載述的「先王垂訓」可以證明。但不偏守一區，固執一端，忽略「人謀」，要做到「人鬼同謀，幽明並濟」。反對阮侃〈釋難宅無吉凶攝生論〉提出的「甚有則愚，甚無則誕」的說法，指出那決不是人們期望的覈實之論。

【注釋】❶垂訓　傳下典範、準則。垂，自上施於下之意。訓，典範；準則。❷開制中人　以中等智力的人（能明曉）為依據。制，法度；制度。這裡是依據的意思。❸樹　樹立，這裡指確立的原則。❹由　途徑；程序。❺忒　變更；疑惑。❻致教　達到教化（之目的）。致，達到；取得。❼不言之化　無言的教化。❽長　長進。❾度　尺度；標準。❿了無　略無。即「小無」的意思，與上句「小有」相對應。⓫向　假若。⓬情　實。「情」字，底本作「城」，誤。吳鈔原作「誠」，塗改作「情」。今依各本校改。⓭狀　描述。⓮使　假設。⓯趣　旨趣；旨意。⓰河洛不神　黃河、洛水本來不神。河，黃河。洛，洛水。⓱借助鬼神　指阮侃〈釋難宅無吉凶攝生論〉所引《易經》寫的黃河出現龍馬背負「河圖」、洛水出現神龜背負「洛書」的傳說。⓲不答子貢孔子不回答子貢（應是子路）關於鬼神的問題。⑲以敕其末　用謹慎不張揚的方式處理末事。敕，底本作「救」。周樹人校曰：「救」當作「敕」。戴明揚校曰：「敕」或作「敕」，與「救」近似，故鈔者致誤也。敕，同「飭」。謹慎、恭敬的意思。又，底本「其」下無「末」字，據周樹人校補。⑳中央　指墨翟跟董無心之間，即有鬼神與無鬼神之間。㉑覈　核實；檢驗。㉒經世　歷代。㉓匿設宗廟以欺後嗣　暗暗地設置宗廟用來欺騙後世子孫。匿，暗暗地。欺，底本作「期」，據周樹人校改。㉔罔　迷惑。㉕竝　同「並」。㉖衷　中；正；不偏不邪。

【語　譯】先王傳下來的典範和準則，是以中等智力的人能夠明曉為依據的，他們通過說教所確立的原則，使賢者愚者都不違背通過具體辦事形成的程序和途徑方法，從古至今都不會變更、不能疑惑，就這樣達到教化之目的。如果機神玄妙，不運用言語而進行教化，那除了特精明的人，又有誰能夠了解它的奧妙？所以善於求知的人，見微知著，觸類而通，不以自己的主觀意念為標準。像你所論述的，強調有鬼神則愚蠢，強調無鬼神則空虛。現在假設改說「稍有」鬼神，就會不愚蠢了嗎？「略無」鬼神就不算空虛了嗎？如果「稍有」則不愚，我不知道「稍有」的限度在哪裡。如果「略無」就不再空虛，那末強調實無的也不應稱之為空虛。你又說：「私神立，則公神廢。」這樣說來，你只是厭惡私神害公神、邪忌傷正忌，並不是認為沒有鬼神。假如墨子以內心立公神之情實、口頭上卻不強調有鬼神的說法，假使董無心內裡依託正忌一邊、表面上卻不強調沒有鬼神的言論，則二賢雅趣，可得合而一，不就雙方都無所偏失了嗎？現在要辨清的，是鬼神實有還是實無的問題，以明自然不詭，持論有工拙，議教有精粗也。尋雅論之指，認為黃河、洛水本來不神，借助龍馬、神龜而使之神；所以《孝經》上說要「建造宗廟，給祖先鬼魂享用」，以崇拜其祖宗；而孔夫子不回答子路關於鬼神的問題，以迴避的方式處理具體的非根本性的事物。如此看來你豈不是真心認為沒有鬼神，齊同相合於董無心嗎？而又顧及到古人之言，害怕沒有鬼神觀念會出現種種弊端，外貌與內情乖離，所以發表從公神廢私神的論調，欲調合兩端，使自己既不愚蠢又不虛空，董無心和墨翟兩家都被你譏刺一番，說什麼董、墨兩家的中間可得而居。這恐怕辭辯雖巧，實際上難以從各方面都說通，決不是人們期望的覈實之論。所以我說古人合德天地，動應自然，歷代所立，莫不有徵；難道是匿設宗廟以欺騙後世子孫，空借鬼神以迷惑未來的人嗎？足下大概會說我跟墨翟的觀點是一樣的，現在我不推辭自己贊同有鬼的說法，但不偏守一隅，固執一端，只是明晰本來面目，使人鬼同謀，幽明並濟，這正是我追求中正、與眾說不同的地方。

論曰：「聖人鈞疾，而禱不同。故于臣弟，則周公請命；親其身，則尼父不禱。所謂禮為情貌者也。」難曰：若于臣子，則宜修情貌❶，未聞舜、禹有請君父❷也。若于身則否，未聞武王閼❸禱之命也。湯禱桑林，復為君父邪？推此而言，宜以禱為益❹，則湯、周用之；禱無所行❺，則堯、孔不請。此其殊塗同歸，隨時之義❻也。又曰：「時日❼，先王所以誡不怠，而勸從事。」足下前論❽云「時日非盛王所有」，故吾問「惟戊」之事❾。今不答「惟戊」果是非❿，而曰所以誡勸，此復兩許之言⑪也。縱令「惟戊」盡于誡勸，尋論案名⑫，當言有日邪⑬？無日也⑭？又曰：「俗之時日，順妖忌而逆事理。」案⑮：此言為惡夫妖逆，故去之，未為盛王了無日⑯也。夫時日用于盛世，而來代⑰襲以妖惑；猶先王制雅樂，而季世⑱繼以淫哇也。今忿妖忌，因欲去日⑲；何異惡鄭、衛⑳，而滅〈韶〉、〈武〉㉑邪？不思其本，見其所弊㉒，輒疾而欲除；得不為遇噎溺而遷怒邪？足下既已善卜㉓矣。夫㉔〈乾〉〈坤〉有六子㉕，支幹有剛柔㉖；統以陰陽㉗，錯以五行㉘；故吉凶可得，而時日是其所由㉙，故古人順之焉。有善其流㉚而惡其源㉛者，吾未知其可也。至于河洛宗廟，則謂匿而不信。類㉜禡㉝祈禱，則謂偽而無實。時日剛柔㉞，則謂假㉟以為勸。此聖人專造虛詐，以欺天下。匹夫之諒㊱，且猶恥之。今議古人，得無不可乃爾也！凡此數事，猶陷于誣妄。冢宅㊲之見伐，不亦宜乎？

【章　旨】本章就《尚書》記載「周公秉圭」（周武王病重，周公為此設壇禱告先王，請求以身代之）、《詩經》描寫周宣王出獵「吉日惟戊」（擇日子戊日好，祭馬祖又祈禱）諸事，針對阮侃所作的辯解（周公禱告請命僅僅是出於臣子的禮節形式，周宣王擇吉日僅僅是為了勸誡），深入分析，尖銳地批評阮侃已經「陷于誣妄」。

【注　釋】❶宜修情貌　應循行禮節儀式。這裡指為君父祈禱請命，藉以表達臣子之情。情貌，「禮為情貌」之簡寫，意思是假借某種形式表達一定的情感。❷請君父　為君父祈禱請命。❸閼　止；阻止。❹益　有益。❺行　成。❻隨時之義　嵇康引用此語的意思是說，或禱或不禱，都出自人的觀念和動機。語出《易・隨卦》：「〈彖〉曰：……隨時之義大矣哉！」（〈彖傳〉說：……隨其時節的意義多麼弘大啊！）隨，隨從；隨和；順隨。時，適宜的時機；時節。❼時日　選擇吉日。❽前論　指阮侃〈宅無吉凶攝生論〉。❾惟戊之事　指《詩・小雅・吉日》描寫周宣王打獵前祭禱以選擇吉日的事。惟戊，指代〈吉日〉篇中「吉日惟戊，既伯既禱」兩句。戊，戊日，當是戊辰日，是個好日子，「吉日」。❿果是非　果真是「時日」還是不算「時日」。⓫兩許之言　模稜兩可的話。許，可。⓬尋論案名　循著言論研求其名稱。尋，循；攀緣。論，言論。指《詩・小雅・吉日》中「吉日惟戊，既伯既禱」等語。案，通「按」。考查；研求。名，名稱；名目。⓭有日邪　有「時日」這回事嗎？曰，時日；選擇吉日。⓮無日也　還是沒有「時日」這回事呢？⓯案　通「按」。按語，著者明義之辭。⓰日　時日（之事）。⓱來代　後代；後世。⓲季世　衰世；末世。⓳去日　去除時日。⓴鄭衛　指鄭衛之音，淫聲，即上云「淫哇」。㉑韶武　舜時的〈韶〉樂和周時的〈武〉樂，皆正聲雅樂。㉒所弊　弊端；流弊。㉓善卜　稱道卜相。㉔夫　底本無此字，吳鈔原本有，據戴明揚校補。㉕乾坤有六子　語出《漢書・郊祀志》：「〈易〉有八卦，〈乾〉〈坤〉六子。」指八卦。乾坤，古人以〈乾〉、〈坤〉二卦代天地，猶如父母，滋生萬物。六子，指〈震〉、〈巽〉、〈坎〉、〈離〉、〈艮〉、〈兌〉六卦。此六卦為〈乾〉〈坤〉二卦直接派生，故稱「六子」。㉖支幹有剛柔　干支有陽剛陰柔之分。支幹，即干支，古人以天干與地支相配以紀日。剛柔，指陰陽，陽剛陰柔。天干中的甲、丙、戊、庚、壬為陽，乙、丁、己、辛、癸為陰；地支中的寅、辰、午、申、戌、子為陽，卯、巳、未、酉、亥、丑為陰。㉗統以陰陽　用陰陽來統配它們。統，統配；統領。㉘錯以五行　間雜以五行。古人以五行配日，如東方甲乙木，南方丙丁火，等等。五行，金、木、水、火、土。㉙時日是其所由　選擇吉日正是預測吉凶所必需採用的法式。其，代詞，指「吉凶可得」。所由，經由的道路、法式。由，經由；經歷。㉚流指卜知吉凶。㉛源　指選擇吉日。㉜類　同「禷」。祭名。以特別事故祭祀天神。㉝禡　軍中祭名。古時於軍隊駐紮之處設祭祭神曰禡。或曰，馬上祭曰禡。㉞時日剛柔　選擇吉日講究陰陽剛柔。㉟假　借。㊱諒　智；誠信。㊲冢宅　指阮侃「宅無吉凶」之論調。

【語　譯】你的論文寫道：周公和孔子都是聖人，同樣是面對疾病，而對祈禱這一形式的態度卻很不一致。作為患者周武王的臣子兼弟弟，周公旦則設壇禱告先王為武王請命；孔子自己生病，則不肯祈禱。這就是所謂禮節儀式僅僅是作為心情表達的形式。我要問你：如果是臣子，就應該循行這種禮節儀式，但沒聽說虞舜、夏禹有為君父祈禱請命的事。如果是自身生病就不祈禱，也沒聽說周武王有阻止周公禱告的命令。商湯禱於桑林，也是為君父請命嗎？推此而言，應是以為祈禱有益，商湯、周公就採用之；以為祈禱無用，唐堯、孔子就不請命。這正是殊途同歸，隨其時節之義。你又說：選擇吉宜時日，先王的目的是用來告誡人們不要懈怠，勤勉辦事。你先前的論文曾說過，選擇吉利的日子譴責邪祟，古代的盛世之王是不做這種事的，所以我問你周宣王「吉日惟戊」的事。現在你不直接回答「惟戊」究竟是「時日」還是不算「時日」，而只是說先王用來勸誡的，這又是模稜兩可的話。縱使「吉日惟戊」完全是為出於勸誡之目的，循著言論研求其名稱，應當說有「時日」之名呢？還是無「時日」之名稱呢？你又說道：世俗之「時日」，順妖忌而逆事理。按：這話的意思是厭惡妖逆，所以除去它，不能認為盛王也沒有「時日」的事實。「時日」用於盛世，而後代以妖惑之說因襲之；就像先王制定雅樂，而衰世繼以淫哇之聲一樣。現在忿恨妖忌之說，因此企圖除去「時日」；這跟那些厭惡鄭、衛淫聲而欲滅絕〈韶〉、〈武〉正聲雅樂的人有什麼兩樣？不考察本源，只看到流弊，就憤恨地要鏟除，這豈不成了遇噎食溺水而遷怒於舟稼嗎？足下既已稱道卜相，那〈乾〉、〈坤〉兩卦直接派生〈震〉、〈巽〉、〈坎〉、〈離〉、〈艮〉、〈兌〉六卦，天干地支有陰陽剛柔；用陰陽統領它們，間雜以五行，故吉凶可得，而選擇吉利日期正是卜知吉凶所必需採用的法式，所以古人順從「時日」做法。世上竟有善其流（占卜）而惡其源（時日）的人，我不知道他究竟是什麼意思。至於河出圖、洛出書以及宗廟等，則認為匿而不信。祭祀祈禱，則認為偽而無實。選擇吉宜日期講究陰陽剛柔，則說成是先王假借以作勸誡之用。照以上說法，聖人專造虛詐，以欺天下。匹夫之智誠，尚且以之為恥。今議論古人，恐怕不可像這個樣子！凡此數事，且已陷於誣妄；冢宅無吉凶論之被討伐，不也是很應該的嗎？

前論❶曰：「若許負之相條侯，英布之黥而後王；一闌之羊，賓至而有死者；皆性命自然也。」今論❷曰：「隆準龍顏，公侯之相，不可假求。」此為相命，自有一定。相所當成，人不能壞；相所當敗，智不能救。陷❸當生于衆險，雖可懼而無患；抑❹當貴于廝養，雖辱賤而必尊；若薄姬之困而復昌❺，皆不可為、不可求❻，而闇自遇之❼。全相之論❽，必當若此。乃一塗得通，本論❾不滯耳。吾適以「信順」為難❿，則便曰「信順者，成命之理。」必若所言，命以「信順」成，亦以不「信順」敗矣。若命之成敗取足于「信順」，故是吾前〈難〉⓫「壽夭成于愚智」耳，安得有性命自然也！若「信順」果成相命，請問：亞夫由幾惡而得餓⓬？英布修何德以致王？生羊積幾善而獲存？死者負何罪以逢灾邪⓭？既持相命，復借⓮「信順」。欲飾二論⓯，使得竝⓰通；恐似矛楯⓱無俱立之勢，非辯言所能兩濟⓲也。

【章　旨】嵇康指出：阮侃「既持相命」（堅持相命理論，相貌顯示的是命中定數，不可變更的，皆性命自然也），「復借信順」（信順者，成命之理）；實際上，這兩種觀點是對立的，不可能同時並存於一種理論體系之內，阮侃陷入了自相矛盾之中。

【注　釋】❶前論　指阮侃〈宅無吉凶攝生論〉。❷今論　指阮侃針對嵇康〈釋難宅無吉凶攝生論〉。❸陷　陷阱；坑坎；凹陷。❹抑　或；或者。❺若薄姬之困而復昌　就像薄姬那樣陷入織作困境而再度昌盛。底本無「若」字，吳鈔原本有，據戴明揚校補。薄姬，原為魏王豹宮女，漢高祖劉邦俘虜魏王豹，以其國為郡，姬淪為織作僕役。漢王入織室，見薄姬，詔內後宮，召幸之，生文帝。「困而復昌」即指此段經歷而言。❻皆不可為不可求　都不能人為地製造也不可以妄求。為，做；製作。❼闇自遇之　不知不覺中自然遇到。闇，不通曉；不了解。❽全相之論　整個的相命理論。全，整個；全體；完整。相，指相命。由看相測知命中注定之事。❾本論　根本之論；核心論點。指阮侃關於「命運是人們先天稟受的本分定數」的觀點。❿吾適以信順為難　我剛才用《易經》中「履信思順，自天祐之」來詰難他。適，剛剛；剛才。指〈難宅無吉凶攝生論〉。信順，指〈難〉文所引「履信思順，自天祐之」等語。難，詰難。指批評阮侃「吉凶素定，不可推移」的論斷。⓫前難　以前寫的〈難宅無吉凶攝生論〉。⓬亞夫由幾惡而得餓　周亞夫因了多少罪惡而得餓死？亞夫，周亞夫，絳侯周勃次子，封為條侯，繼絳侯後。早年有許姓老婦為之相面，說他封侯九年將餓死。後果應驗。而，底本誤作「以」，據戴明揚校引吳鈔本徑改。⓭生羊積幾善而獲存二句　死者，指被宰殺的羊。阮侃在〈宅無吉凶攝生論〉中寫道：關在同一柵欄裡的許多羊，賓客來了有的羊就被殺死，有的羊則照常生存，難道牠們居住的地方有吉凶之別嗎？嵇康反問「生羊積幾善而獲存？死者負何罪以逢灾邪？」乃根據自己的邏輯推理來批評阮侃。⓮惜　一本作「借」，是。⓯欲飾二論　企圖兼容「相命」和「信順」兩種理論。飾，覆蓋；包容。二論，指「相命」和「信順」二種理論。⓰竝　同「並」。⓱矛楯　即「矛盾」。楯，同「盾」。古代武器名，即盾牌。⓲兩濟　兩方面都暢通。濟，成；通。

【語　譯】你的前一篇論文說：如許負給周亞夫相面預言將來榮辱，有客為英布相面說他會受黥刑然後封王；關在同一柵欄裡的羊，賓客到來就有被宰殺的；這都是性命自然。今天的論文又說：

挺拔的鼻梁如龍一般的顏面，是公侯之相，但是不可以假借妄求。這叫做相貌顯示了命中本分，自有一定。相所當成功的，任何人不能破壞；相所當失敗的，聰明才智也不能挽救。人生的陷阱坑坎應當是由眾險形成的，雖然令人畏懼卻不一定有禍害；或者正當由廝養僕役而富貴，雖然地位辱賤而後必定尊榮，就像薄姬陷入織作困境再被漢高祖召幸生文帝而昌盛，這些都不能人為地製造，不可強求，而是在不知不覺之中的自然遇合。完整的相命之論，必當若此。乃一途得通，根本的核心理論就不滯澀了。我剛剛用《易經》中「履信思順，自天祐之」的話來詰難，你就馬上說「信順者，成命之理也」。真的如你說的這樣，人的命運是靠「信順」（講信用走正道）成就的，也應以不「信順」而失敗。如果命運的成敗取決於是否講誠信走正道，那正是我上一篇文章〈難宅無吉凶攝生論〉所說的，壽夭成於愚智罷了，怎麼會是性命成於自然呢！如果「履信思順」果真能成就相貌顯示的命運，那請問：條侯周亞夫因了多少罪惡而得餓死？英布修何德而得以封王？生羊積多少善行而得以存活？被宰殺的羊又是負何罪而遭死亡之災呢？既然堅持「相命」觀點，又借用「信順」說法，企圖兼容相貌顯示命中定數和信順者成命之理兩種理論，使兩者都得以暢通，這恐怕有如矛和盾，無俱立之勢，決非巧言善辯就能把兩種相互矛盾的觀點融匯貫通的。

論曰：「論相命，當辨有無，無疑眾寡。苟一人有命，則長平皆一[1]矣。」又曰：「知命者，不立巖牆之下」。吾謂不知命者，偏當無不順，乃畏巖牆；知命有在，立之何懼？若巖牆果能為害，不擇命之長短，則知與不知，立之有禍，避之無患也。則何知白起❷非長平之「巖牆」，而云「千萬皆命，無疑眾寡」邪？若謂長平雖同于「巖牆」，故是相命宜值之，則命所當至，期于必然；「不立」❸之誡，何所施邪？若此果有相邪？無相也？此復吾之所疑也。又曰：「長平不得係于命，將係宅邪？則唐虞之世，宅何同吉？」吾本疑前論❹，「無非相命」，故借長平卒之異同❺，以難「相命」之必然❻。廣求異端，以明事理。豈必吉宅，以質之邪？又前論已明吉宅之不獨行，今空抑❼此言，欲以誰難❽？又曰：「長平之卒，宅何同凶？」苟泰同足以致❾，則足下嫌多，不愚于吾❿也。適至守相⓫，便言「千萬皆一⓬」，校之以理，負情之對⓭，于是乎見⓮。既虛立吉宅，冀而無獲⓯，欲救相命⓰，而情以難顯⓱，故云如此，可謂善戰⓲矣。

【章　旨】秦昭王四十七年（西元前二六〇年），秦國與趙國在長平（今山西高平西北）大戰，秦將白起坑殺趙國降卒四十萬。本章圍繞這一歷史事件，繼續與阮侃展開辯論。

【注　釋】❶長平皆一　長平四十萬降卒都是同一命運。長平，地名，這裡代指秦趙長平之戰中趙國四十萬降卒。❷白起　人名。秦趙長平大戰中的秦兵指揮官。❸不立　「知命者，不立巖牆之下」的省稱。❹前論　指阮侃的第一篇論文〈宅無吉凶攝生論〉。❺長平卒之異同　長平四十萬降卒性命同短（與堯舜時代性命同延）不同。異同，不同。❻以難相命之必然　用來詰難你主張的「相命」必然的觀點。難，詰難；責難。底本「之」下有「其」字，誤衍，據戴明揚校刪。❼抑　貶；損。❽誰難　難誰；詰責何人。❾苟泰同足以致　假使大同足以致（長平卒之）死。泰，通「大」。一本作「大」。致，招致；達到。❿不愚于吾　不比我愚笨。這是反話。⓫適至守相　方才碰到你要堅守相命自然之說。適，副詞，剛剛；剛才；方才。相，相命；面相顯示的命中定數。⓬千萬皆一　指阮侃〈釋難宅無吉凶攝生論〉中說的「如果一人有此命運，則千萬一起的人都同樣遭遇。」千萬，千萬人，這裡指秦趙長平之戰中的趙國降卒。一，一樣；同一種遭遇。⓭負情之對　違背情理的回答。指嵇康〈難〉文問以「長平之卒，命何同短？」阮侃〈釋難〉對以「苟一人有命，則萬千皆一也」。負，違背。情，情理；常情。對，回答；對答。⓮于是乎見　在這裡出現。是，指示代詞，指代「負情之對」。見，同「現」。出現。嵇康的意思是說，養生多方，不獨在宅；故堯舜之世，命可同延；而長平居凶，遂同歸於短。而阮侃對以「一人有命，則萬千皆一」，則亦一人有宅，萬千皆一矣。故云「負情之對，于是乎見。」⓯虛立吉宅二句　虛設吉宅，祈盼而沒有獲得什麼。虛立，虛設；虛置。指阮侃〈宅無吉凶攝生論〉中所寫「設為三公之宅，而令愚民居之，必不為三公，可知也」；〈釋難宅無吉凶攝生論〉中「設為吉宅而幸（僥倖）福報，譬之無以異假顏準而望公侯也」。「吉宅」，底本作「吉凶字」。吳鈔原本作「吉凶宅」。戴明揚校曰：「『凶』字誤衍；周樹人校本『宅』誤作『字』。今從戴校。⓰欲救相命　企圖援助「相命」理論。救，援助；救護。嵇康以「長平之卒，命何同短」來詰難「相命」說。⑰情以難顯　情實因為難以顯現。情，情實；內情。顯，顯著；明白。⑱善戰　善於論戰。

【語　譯】你的論文說：「談論相命，應當辨明是有還是無，不必疑惑於多還是少。如果其中一人有此相命，則長平四十萬降卒都是同一種遭遇。」又說：「懂得命運的人，不站立於有傾倒危險的高牆之下。」我認為不懂得命運的人，偏偏遇上無所不順，才會畏懼可能傾倒的高牆；懂得命運有定數的人，即使站立在「巖牆」之下又有什麼可以懼怕的？若高牆果真能造成災害，它不會去選擇命長的命短的，則不管是知命的還是不知命的，站立在牆下就有災殃，避開就無禍患。那怎知白起不是長平這地方的「巖牆」，而說什麼只要有一個降卒命中注定當死於白起手下，千萬長平降卒都要跟他一樣命短，不必疑惑於眾還是寡呢？若說長平之難雖同於「巖牆」，但降卒本來就命中注定當遇此難，那麼則是命所當至，相約於必然之中；所謂「知命者，不立巖牆之下」的告誡，又是指何而言呢？如此說來，果真有相命嗎？還是沒有相命呢？這也是我疑惑不解的問題。你又說：「長平四十萬降卒被坑殺不歸結於命運，還是歸結到宅居嗎？那麼，堯舜之世，宅何同吉？」我本來疑惑於你前一篇論文中「無非相命」（沒有不是面相顯示的命中注定之事）的觀點，所以借長平四十萬降卒性命同短、與堯舜時代性命同延不同這件事，以詰難「相命」必然的說法。廣求異端，以明事理。哪裡一定說的是吉宅，用來質問驗證呢？況且你前一篇論文已經說明吉宅不能獨自成福，今天你憑空說出這種貶損的話，想用來詰難何人？又說：「長平四十萬降卒，他們的居住為什麼都是凶宅？」如果大同足以致長平降卒之死，那麼你卻嫌多，豈不跟我一樣愚笨。

剛剛碰到你要堅守相命自然之理，便說「如果一人有此命中注定之事，則千萬一起的人都跟他一樣遭遇。」校之以理，違背情理的回答，在此出現了。既虛設吉宅，祈盼而沒有獲得福報，企圖用來援救你的「相命」必然之說，情實因為難以表達明白，所以說出了如上的違背常理的昏話，可說是很善於論戰的了。

論曰：「卜之盡理，所以成相命者也❶。」此復吾所疑矣。前論❷既以「相命」為主❸，而尋❹益以「信順」❺，此一離婁❻也；今復以「卜」成之❼。成命之具三❽，而猶不知「相命」竟須幾個為足也？若唯❾「信順」，于理尚少，何以謂「成命之理」邪？若是相濟❿，則「卜」何所補？于「卜」復曰「成命」邪？且冒一諸錯⓫。請問：「卜之成命」，使單豹行卜，知將命有虎災，則隱于深宮，嚴備自衛，若虎猶及之⓬，為「卜」無所益也；若得無恙，為「相」敗于「卜」，何云「成相」邪？若謂豹「卜」而得脫，本自無厄虎「相」也，「卜」為妄語，急在蠲除⓭。若謂凡有所命，皆當由「卜」乃成，則世有終身不卜者，皆失相夭命邪？若謂「卜」亦「相」也，然則「卜」是「相」中一物也，安得云「以成相」邪？若此，不知卜筮故⑭當與相命通，相成為一⑮，不當各自行也。

【章　旨】本章批評阮侃關於「卜之盡理，所以成相命者也」的觀點，跟他前面發表的「信順者，成命之理也」一樣，都是不合邏輯的，跟他的「相命」說（性命自然）的理論相矛盾的。

【注　釋】❶卜之盡理二句　引自阮侃〈釋難宅無吉凶攝生論〉。❷前論　指阮侃〈宅無吉凶攝生論〉。❸主　事物的根本；核心。❹尋　副詞，表示時間。這裡相當於「頓時」、「隨即」的意思。❺信順　指阮侃〈釋難宅無吉凶攝生論〉中「信順者，成命之理也」二句。❻離婁　雕鏤交錯貌。這裡是描寫「相命」、「信順」兩說相互糾結不順的樣子。❼之　代詞，指「相命」。❽三　指相命、信順、卜筮。❾唯　只有；唯有。❿相濟　相成。濟，成；成功；成就。⓫且冒一諸錯　此五字各本無。周樹人校曰：「五字疑衍。」⓬若虎猶及之　如果老虎仍然追到他（單豹）。及，追上；追到。之，代詞，指單豹。⓭蠲除　免除。蠲，通「捐」。除去；減免。⓮故　固；本來。⓯一　一體。

【語　譯】論文說：「卜之盡理，所以成相命者也。」這又是我所懷疑的了。前篇論文既然以「相命」自然說作為根本論點，而一會兒又增加了「信順者，成命之理也」，這是一件糾結不順的事；如今你又拿卜筮「成命」。成命之具已有三種，還不知道「相命」究竟須有幾個才算滿足？如果只有「履信思順」，於理尚少，憑什麼叫做「成命之理」呢？若是「相命」、「信順」相輔相成，那「卜」有什麼補益？對於「卜」也說是「成命」嗎？請問：「卜之成命」，假使單豹行卜，知將命中有虎災，則隱於深宮之中，嚴備自衛，如果老虎仍然追到了他，就是「卜」沒有補益；若得無恙，就是「相命」敗於「卜筮」，還談什麼「成相」呢？如果說單豹卜筮以後得以擺脫虎害，那說明單豹原本就沒有厄於老虎的「相命」，卜辭為妄語，應立即去除。如果說凡有命中注定的事，都要經過卜筮才會成功，那世上有終生不卜的人，莫非都失相夭命嗎？如果說卜也是「相」，那就是說卜是「相」中之一物了，怎能說「卜以成相」呢？如上面所說的這些情況，都是不明曉卜筮本來應當與相命通連，相輔相成為一個整體，不應當各自獨立存在的。

論曰：「無故而居可占，猶龍顏可相也。設為吉宅而後居，而望福報，無異假準顏而望公侯也。然則人實徵宅，非宅制人也。」案如所言，無故而居可占者，必謂當吉之人，瞑目❶而前，推遇任命❷，以闇❸營宅，自然遇吉也。然則豈獨吉人？凡有命者，皆可以闇動而自得，正是前論❹，命有自然，不可增減者也。難❺以可為之「信順」、「卜筮」，成「不可增減」之命矣，奚獨禁可為之宅❻，令不善相❼，唯有闇作，乃是真宅❽邪？若瞑目可以得相，開目亦無以加也。智者愈當識之。周公營居，何故躊躇于澗、瀍，問龜筮而食洛邪？若龜筮果有助于為宅，則知闇作可有不盡善之理矣。苟闇作有不盡，則不闇豈非求之術[9]邪？若必謂龜筮不能善相于闇作，想亦不失相于考卜也。則卜與不卜，為與不為，皆期[10]于自得。自得苟全，則善卜者所遇當識[11]，何得無故則能知，有故則不知也？今疾夫「設為」[12]、比之「假顏」[13]，貴夫無故[14]、謂之「貞宅」[15]。然「貞宅」之與「設為」，其形不異，同以功成，俱是吉宅也。但無故為設貞，有故為設宅；「貞宅」授吉于闇遇，「設為」減福于用知耳。然則吉凶之形，果自有理；可以有故而得，故前論有占成[16]之驗也。然則占成之形，何以言之？必遠近得宜，堂廉有制[17]，坦然殊觀，可得而別。利人以福，故謂之吉；害人以禍，故謂之凶。但公侯之相，闇與吉[18]會耳。然則宅與性命，雖各一物，猶農夫良田，合而成功也。設公侯遷後，方樂其吉，而往居之；吉宅豈選賢而後納，擇善而後福哉？苟宅無情[19]于擇賢，不惜吉[20]于「設為」，則屋不辭[21]人，田不讓[22]耕，其所以為吉凶厚薄，何得不鈞？前吉者不求而遇，後聞吉而往，同于居吉宅，而有「求」與「不求」矣，何言「誕而不可為」邪？由此言之：非從人而徵宅，宅㉓亦成人，明矣。若挾㉔顏狀，則英布黥相，不滅其貴；隆準見劓，不滅㉕公侯。是知「顏準」是公侯之標識，非所以為公侯也。故標識者，非公侯質㉖也。吉宅宇㉗與吉者，宅實㉘也。無吉徵而字吉宅㉙，以徵假見難可也；若以非質之標識，難有徵之吉宅，此吾所不敢許也。子陽無質而鏤其掌㉚，即知當字長㉛耳；巨君篡宅而運其魁㉜，即偏恃之禍㉝，非所以為難㉞也。至公侯之命，稟之自然，不可陶易㉟；宅是外物，方圓由人，有可為㊱之理。猶西施之潔㊲不可為，而西施之服可為也。黼黻㊳芳華，所以助美㊴；吉宅善㊵家，所以成相。故世無作人方㊶，而有卜宅說，是以知人宅不可相喻㊷也。安得以不可作之人，絕㊸可作之宅邪？至刑德皆同㊹，此自一家，非本論占成居而得吉凶者也。且先了此，乃議其餘。

【章　旨】本章論述：宅居「吉凶之形，果自有理」；「宅與性命，雖各一物；猶農夫良田，合而成功也。」得出結論：「非從人而徵宅，宅亦成人，明矣。」意思是，並非僅僅隨人事驗證宅居，宅居也成就人事（成，相成）。針鋒相對地批評阮侃「人實徵宅，非宅制人」的論調。

【注　釋】❶瞑目　閉著眼睛。❷推遇任命　排離還是遇合全由命運。推，排離，指不遇。遇，遇合；得志；見賞。❸闇　不通曉；不明白；糊塗。❹前論　指阮侃〈宅無吉凶攝生論〉。❺驟　本意為馬奔跑，引申有迅疾、迫促之意。這裡形容阮侃很快又寫了第二篇論文，提出了與第一篇論文不一致的新說法。❻奚獨禁可為之宅　為什麼獨獨禁止可為之宅（來成就相命）呢？禁，底本作「居」，據黃、汪、二張本校改。可為，可以人為製作。❼令不善相　使人們不以相宅為善。令，底本作「不」，據戴明揚校改。善，以……為善，形容詞用作動詞（意動）。相，相宅。❽真宅　合於正忌之宅。真，據下文，當作「貞」。貞通「正」。❾術　術數，指卜筮。❿期　期望；要求。⓫所遇當識　（卜者）看到的卦兆如同標識（誌）。所遇，看到的結果，指卦兆吉凶。當，如同；好像。識，誌；標誌。⓬設為　指「設為吉宅而幸福報」。⓭比之假顏　指阮侃〈釋難〉文中「今設為吉宅而幸福報，譬之無以異假顏準而望公侯也」。⓮無故　指阮侃〈釋難〉文中「吾以無故而居者可占」。⓯貞宅　正宅。前云「唯有闇作，乃是真宅」，「真宅」當作「貞宅」。⓰成　成居；舊居。⓱堂廉有制　廳堂及其四側結構合乎禮儀體制。堂廉，廳堂的兩側。一說，堂的四側皆有廉。⓲吉　指宅居之吉。⓳無情　無意。⓴不惜吉　不吝惜「吉利」。惜，吝惜；捨不得。㉑辭　推辭。㉒讓　推辭；拒絕。㉓宅　底本無此字，據周樹人校補。㉔挾　依恃。㉕滅　底本誤作「減」，吳鈔原本作「滅」，據改。㉖質　本體；主體。㉗字　名。㉘實　實體。㉙無吉徵而字吉宅　沒有吉利徵驗而稱作吉宅。底本「無」上有「善宅」二字，鈔者誤衍，徑刪。㉚子陽無質

而鏤其掌　公孫述（子陽）沒有做天子的才質而在掌上鏤刻「公孫帝」三字。詳見〈釋難〉文注。㉛字長　名之為「長」。公孫述字子陽。嵇康說他「當字長」的意思是，公孫述在掌上鏤刻「公孫帝」之標識，超出了他的「質」，所以戲稱為「長」。㉜巨君篡宅而運其魁　王莽篡居宣室前殿旋轉威斗（模擬北斗七星）。㉝即偏恃之禍　就是偏恃符命、威斗等標識而被殺。即，就；接近；靠近。底本「即」誤作「既」。㉞難　詰難。㉟陶易　變易。陶，變。㊱可為　可以人為變易。㊲潔　白；明淨。㊳黼黻　古代禮服上所繡的花紋。亦泛指一般的花紋，文采。㊴美　底本作「則」。周樹人校曰：「案當誤。程本作美。他本闕。」今據程本校改。㊵善　底本無「善」字。周樹人校曰：「當奪一字。程本作善。他本闕。」今據程本校補。㊶作人方　製作人的方術。㊷喻　明；說明。㊸絕　斷絕。㊹刑德皆同　（同一地點）禍福皆同。阮侃在〈釋難〉文中說：「此地如果是凶惡的，就應當哪兒都凶，不得以西東有異、背向不同，姓宮的無害，姓商的成災，福德來了就說這地方吉利，刑禍降臨又說這地方凶惡。《詩經》上……就可以知道根本沒有什麼太歲之忌刑德之別。」嵇康採用阮侃假設「此地苟惡」以批評「地之吉凶」的一段，故稱「刑德皆同」，實際上阮侃是否定「地之吉凶」、「太歲刑德」之說的。

【語　譯】你的論文說：「沒有發生事故而居住的可以占卜，就好像隆準龍顏可從相貌顯示命運一樣。如果先假設為吉宅而後居住，希望得到福報，那就無異於憑藉隆準龍顏而希望成為公侯的人。這就是人事驗證宅居，並非宅居控制人的命運。」案如你所說的，無故而居可占者，一定說當吉利的人，閉著眼睛朝前走，推遇離合聽天由命，糊里糊塗營建宅居，自然會遇上吉利的。這樣說來，豈獨限於當吉之人，凡是有相命的，都可憑不自覺的行為而自得其命運，正是你前篇論文所說的，命有自然，不可增減的啊。驟然間你又拿可以人為的「履信思順」、「卜之盡理」來助成本「不可增減」的相命，為什麼獨獨禁用同樣可以人為的宅居（來助成相命），使人們不以相宅為善，只有糊里糊塗地營作，才是正宅呢？如果說瞑目可以得相，睜開眼睛也不能增加什麼，智者愈當識之。當年周公旦營居遷都，為什麼躊躇於澗、瀍二水之間，經過卜筮才確認吉祥之地在洛陽呢？如果卜筮確實有助於營建宅居，則可推知糊里糊塗營作定有不盡善之理。如果盲目營建宅居有不盡善之處，則不盲目豈不是要求之於術數嗎？如果一定要說卜筮作宅不比盲目作宅更能成全相命，想來也不至於因了占卜反而喪失命相的。則卜與不卜，為與不為，都是期望於自然得命。自得苟全，那善卜者得到的卦兆就如同標識一樣，怎麼可以說無故則能知、有故則不知呢？現在你痛恨那些「設為吉宅而僥倖福報」的做法，把它比喻作假借「隆準龍顏」而盼望成為公侯的人，看重那些無故而居者，稱之為「正宅」。然而「正宅」與「設為吉宅」，其形狀並無差異，同以功成，俱是吉宅。但無故為設正宅，有故為設吉宅；「正宅」受吉於闇遇，「設為」減福於用知罷了。如此說來，那麼吉凶之形，果真自有道理；可以有故而得，所以你前篇論文中有占成居則驗的話。然則占成居之形，何以言之？一定是遠近得宜，廳堂及其四側合乎規制，坦然殊觀，可得而別。利人以福，故謂之吉；害人以禍，故謂之凶。剛好是公侯之相不知不覺之中與吉宅之吉相會合罷了。如此說來，宅與性命，雖各一物；就好像農夫與良田，合而成功也。假設公侯升遷以後，有人方樂其宅居之吉，而往居之；吉宅難道會選擇賢能之人而後接納、選擇善人而後使之有福嗎？如果宅無意於擇賢，對預先「設為吉宅」的人不吝惜吉祥，那麼屋子不會推辭新主人，良田不會拒絕耕作的農夫，它們所蘊含的吉凶厚薄，怎麼可能不均勻呢？前面居住得吉祥的人是不求而遇，後來聽說吉利而去居住的人，在居住吉宅這一點上是共同的，只是有「求」與「不求」之別而已，為什麼說後者「荒誕而不可為」呢？由此言之，並非僅僅隨人事驗證宅居，宅居也助成人事，這是很明顯的。如果依恃面顏形狀，那麼英布受黥刑破相，卻不減其貴；高鼻梁被割掉，卻並未毀掉做公侯的命運。這些事實令人明曉「龍顏隆準」僅僅是可能成為公侯的標識，並非靠它成為公侯的。所以說標識這東西，還不是公侯的本質主體。吉宅名稱與吉祥徵兆，宅是實體。無吉祥徵兆而名吉宅，因其證驗虛假而被責難是可以的；如果拿非本質主體的標識如「龍顏隆準」之類，來責難實在可徵的吉宅，這是我所不能贊同的。公孫子陽沒有帝王之質而在掌上鏤刻「公孫帝」三個字作標識，就知道應當名之為「長」（外表超出了實質）；王莽篡居宣室前殿旋轉他的「威斗」（模擬北斗七星），就是偏恃符命、威斗等標識而遭殺身之禍，不能用他們作例子來責難我。至於公侯之命，稟受於自然，不能變易；但宅是外物，其形狀或方或圓由人選擇，是可以做出人為的努力的。就好像美女西施的美白姿質是不可能由人製作的，但西施的服飾是可以由人製作的。花紋彩飾，用來助成美豔；吉宅善家，助成相命。所以世上沒有製作人的方術，而有卜宅的學說，因此知道人體相貌與宅居是不能相互類比說明的。怎能以不可製作的人體顏面，類比斷絕本可以製作營建的宅居呢？至於同一地點吉凶禍福相同，這點本無分歧，不是本論占成居而得吉凶範圍之內。這件事姑且說到這兒，下面還要議論別的問題。

論曰：「獵夫從林，所遇或禽，或虎，虎凶禽吉。卜者筮而知之；非能為❶。」安知❷所言，地之善惡，猶禽吉虎凶，獵夫先筮❸，故擇而從禽；如擇居，故避凶而從吉。吉地雖不可為❹，而可擇處❺。猶禽虎雖不可變，而可擇從。苟卜筮所以成相，虎可卜，而地可擇，何為半信而半不信❻邪？

又云：「地之吉凶，有若禽虎❼，不得宮姓無害，商則為災❽也。」

案此為怪所不解❾，而以為難。似未察宮商之理也，雖此地之吉，而或長于養宮❿，短于毓商⓫。猶良田雖美，而稼有所宜。何以言之？人姓有五音，五行有相生⓬，故同姓不婚，惡不殖也⓭。人誠有之，地亦宜然。故古人仰準⓮陰陽，俯協⓯剛柔，中識⓰性理，使三才⓱相善，同會于大通⓲，所以窮理而盡物宜也。夫「同聲相應，同氣相求」⓳，自然之分⓴也。音不和，則比㉑弦不動；聲同，則雖遠相應。此事雖著㉒，而猶莫或識。苟有㉓五音各有宜，土氣㉔有相生，則人宅猶虎禽之類，豈可見宮商之不同㉕，而謂地無吉凶也？

【章旨】本章批評阮侃關於「地無吉凶」可言的觀點。嵇康認為，地有善惡、宜居不宜居之別，人們通過卜宅，以擇居的方式，避凶從吉。

【注釋】❶非能為　不是說能人為地製造吉凶。「為」下當有脫文。戴明揚校注認為脫「吉凶也」三字，可從。❷安知　兩字與上下文意不合。一說當係「案如」之誤，可從。❸先筮　事先卜筮。❹不可為　不能人為地製造出來。❺擇處　選擇地點；擇居。❻半信而半不信　相信一半而懷疑另一半。半信，指阮侃說的「虎也，善卜可以知之耳」。半不信，指阮侃說的地無吉凶，占卜無用。❼地之吉凶二句　地方的吉凶之別，就像禽吉虎凶一般。按：嵇康引阮侃此二句，跟阮氏原文本意不合。阮侃原話為「若地之吉凶，有虎禽之類」（至於什麼地之吉凶有虎有禽之類的問題）。「若」表示另提一件人們議論的事，並非作者承認「地之吉凶」，更沒有比做「禽吉虎凶」的意思。❽不得宮姓無害二句　不應當姓氏屬宮的人家居住無禍害，姓氏屬商的人家居住就鬧災。阮侃原文此二句前有「此地苟惡」，前提是假設的，旨在利用「吉凶論」內在的矛盾加以批判。❾所不解　不理解的問題。❿宮　宮姓，姓氏屬宮的人家。⓫毓商　養育姓氏屬商的人家。毓，育養。⓬人姓有五音二句　人的姓氏歸屬於「宮、商、角、徵、羽」五音，五行（木、火、土、金、水）轉相生（木生火、火生土、土生金、金生水、水生木）。清初顧炎武《日知錄》：「姓之所從來，本於五帝；五帝之得姓，本於五行，則有相配相生之理……而後世五音族姓之說，自此始矣。」東漢王符《潛夫論．卜列》：「凡姓之有音也，必隨其本生祖所出也。太皞木精，其子孫咸當為角；神農火精，其子孫咸當為徵；黃帝土精，其子孫咸當為宮；少昊金精，其子孫咸當為商；顓頊水精，其子孫咸當為羽。雖號百變，音形不易。」唐白居易輯、宋孔傳續輯《白孔六帖》云：「近世乃有五姓，謂宮、商、角、徵、羽也，以為天下萬物，悉配屬之，以處吉凶。然言皆不類。如：『張、王』為『商』，『武、庚』為『羽』，是以音相諧附；至『柳、官、宮、趙』為『角』，則又不然。其間一姓而兩屬，複姓數字，不得所歸，是直野人巫師說爾。」古代確有將眾多的姓氏歸屬於「宮商角徵羽」五音（實際上構成五個大族姓）、又將五大族姓配「五行」的說法。如果這種理論旨在闡明「同姓不婚」的道理，尚有合理因素（事實上，形成姓氏的因素很多，尤其是中國漫長的歷史上出現的民族融合等，統統歸結為五個族姓是與史實不符的）；如果用來預測「吉凶」之類，則是荒謬的。⑬同姓不婚二句　同姓不通婚，懼怕不利繁殖。語出《國語・晉語四》。惡，畏懼；害怕。殖，繁殖；生長。⑭準　仿效；效法。⑮協　協調；相合。⑯識　認識；辨別。⑰三才　指天、地、人。⑱大通　大道。⑲同聲相應二句　同類的聲音互相感應，同樣的氣息互相求合。語出《易・乾卦・文言》，是孔子的話。⑳分　界；界定。㉑比　近。㉒著　明顯。㉓有　戴明揚校曰：「上『有』字當衍。」可從。㉔土氣　「土」字，周樹人校曰：「當作五。」可從。「土氣」即「五氣」，五行之氣。㉕宮商之不同　宮姓商姓吉凶不同。不同，意思是族姓不同，雖同一地點亦吉凶不同。

【語　譯】論文說：「打獵的人出沒於林木之間，遇見的有禽鳥，有虎豹，遇到虎豹之類屬凶，遇到禽鳥之類屬吉。占卜的人可以知道遇禽還是虎，但不是說卜筮能夠人為地製造吉凶。」案如你所說，其實地之善惡，就如同禽吉虎凶，獵夫事先卜筮，所以選擇遵從遇禽之筮；如選擇宅居，也一定是避凶從吉。吉地雖然不可能人為製造，但可以選宅居處。就跟禽鳥虎豹雖不能改變，但可以選擇一種一樣。假如卜筮能夠助成相命，虎凶能夠由占卜得知，地域也可以占卜吉凶而加以選擇，為什麼你相信前一半而懷疑後一半呢？

你又說：「地之吉凶，就跟禽吉虎凶一樣，不應當宮姓的人家居住無禍害，商姓的人家居住就鬧災。」案：這是對自己不理解的事情感到奇怪，把它作為問題來責難別人，似乎沒有仔細考察姓宮、姓商的理由。雖然此地是吉祥的，但或許長於養宮姓人家，短於育商姓人家。就像良田雖美，而有的莊稼適宜，有的不適宜栽種。憑什麼說這個話？人的姓氏歸屬於宮商角徵羽五音，五音配五行，五行（木、火、土、金、水）轉相生，所以同姓不通婚，怕的是不利於繁殖。人口有這些道理，地域也應該是這樣。所以古人上效法天之陰陽，下調合地之剛柔，中辨識人的性理，使天、地、人三才相互諧和，共同會合於大道，所以窮理而使物各盡其宜。《易經》上說「同類的聲音互相感應，同樣的氣息互相求合」，此乃自然的界定。音不諧和，則比鄰的琴弦也不會振動；聲相同，則雖離得很遠也會相應。這個事理雖然明顯，卻也有不能辨識的人。假如人姓五音各有所宜，五行之氣轉而相生，則人與宅之間就像虎凶禽吉一般，豈能看見宮姓商姓吉凶結果不同，就說什麼地域本無吉凶呢？

論曰：「天下或有能說之者，子而不言，誰與能之？」難曰：足下前論❶已云，有能占成居者。此即能說之矣。故吾曰天下當有能者。今不求之于前論，而復責吾難之于能言，亦當知家宅有吉凶也。又曰：「藥之已病，為一❷也，實；而宅之為一❸也，誣。」既曰「成居可占」，而復曰「誣」邪？藥之已病，其驗交見❹，故君子信之；宅之吉凶，其報賖遙❺，故君子疑之。今若以交賖❻為虛實，恐所以求物之地鮮❼矣。吾見溝澮❽，不疑江海之大；睹丘陵，則知有泰山之高也。若守藥則棄宅，見交則非賒，是海人❾所以終身無山，山客❿白首無大魚也。

論曰：「智之所知，未若所不知者眾。此較通世之常滯。然智所不知，不可以妄求也。」難曰：智所不知，相⓫必亦未知也。今闇許⓬，便多于所知者，何邪？必生于本，謂之無⓭，而強⓮以驗有也。強有之驗，將不盈⓯于數矣，而並所成驗者⓰，謂之多于所知爾。苟知然，果有未還之理⓱，何不因見求隱⓲，尋端究緒⓳，系申而得非末⓴？失尋端之理，猶獵師㉑以得禽也。縱使尋迹㉒，時有無獲，然得禽，曷嘗不由之哉㉓？今吉凶不先定，則謂不可求，何異獸不期㉔，則不敢舉足，坐守無根㉕也？由此而言，探賾索隱㉖，何為為「妄」㉗？

【章　旨】嵇康認為，對於未知的事物要勇於探求，由近及遠，由外及內，由本及末，窺探幽昧之理，求索隱藏之處，使認識不斷發展，不能一概斥之為「妄」。批評阮侃「智所不知，不可以妄求」的觀點是「坐守無根」之論。

【注　釋】❶前論　指阮侃的第一篇論文〈宅無吉凶攝生論〉。❷為一　「是相之所一」（是相命注定的一件事）

的略寫。❸宅之為一　宅之成人，亦是「相之所一」。底本「之」下多「吉凶」二字，吳鈔原本無，案原鈔是也，徑刪。❹交見　立現；並現。交，近。見，現。❺賖遙　緩慢遙遠。賖，緩；慢。❻交賖　遠近。❼鮮　少。❽澮　田間的水溝。❾海人　居住在海邊的人。❿山客　居住在山裡的人。⓫相　相命。⓬闇許　默許；不知不覺地認可。⓭必生于本二句　必定是把生成於本命的東西說成無（未知）。⓮強　勉力；竭力；強勉。⓯盈滿；足夠。⓰並所成驗者　合著驗證成功的東西。並，合。成驗，驗證成功的；實有的。⓱苟知然二句　假如知道確實還有未通曉的道理。「然」字當在「苟」字上。「還」字當為「達」字之譌。⓲何不因見求隱　為什麼不因其顯現的部分而探求其隱秘的東西？「何」字底本無，據戴明揚校補。見，同「現」。顯現；顯露。隱，隱藏。⓳尋端究緒　探究原委。端，源頭。緒，末尾。⓴系申而得非未　此句程本作「由子午而得卯未」。戴明揚校認為程本「卯未」當為「丑未」之誤。句意費解，大致是「由本及末」的意思。㉑師　同「獅」。㉒尋迹　追逐蹤跡。㉓曷嘗不由之哉　何嘗不是聽憑它呢？曷嘗，何嘗。由，聽從；隨順。㉔不期　沒有一定的時日。期，一定的時日；期限。㉕無根　無根由。㉖探賾索隱　窺探求索幽隱難見之理。探賾，窺探幽昧之理。賾，幽深；深奧。索隱，求索隱藏之處。隱，隱藏。㉗何為為妄　為什麼叫作「妄」？何為，為何；為什麼。為妄，叫作「妄」。為，叫作；當作；算做。

【語　譯】論文中說：「天下或許有能夠說明解釋的人。你若不說出來，有誰跟你一樣能夠解釋？」我要詰難你：足下前篇論文已經說過，有能夠占卜成居（舊居）的人。這就是能夠說明解釋的人了。所以我說天下當有能夠解說宅之吉凶的人。現在不求之於前論，而又責備我難之於「能言」，也當是知道家宅有吉凶的了。又說：「良藥治好疾病，為相命注定的一件事，是真實的；而說宅之成人也是相命注定的一件事，則虛妄不實。」既已說「成居可占」，還能再說「虛妄不實」嗎？良藥治病，其效驗立現，所以君子相信它；宅之吉凶，其回報遙遠，所以君子懷疑它。現在如果以遠近為虛實的依據，恐怕用來求物的地域很少了。我看見田間的溝渠水道，毫不懷疑遠處有大江大海存在；目睹眼前的丘陵，則知道遠處有泰山那樣高的大山。如果堅守「良藥治病」則拋棄「吉宅成人」，看見近的則不相信遠的，那結果將是居住海邊的人終身不承認有山，居住山裡的人頭髮白了也不承認有大魚存在。

論文說：「人的智慧已經認識的事物，不如不知道的多。這話點明世人常常有弄不通的事物。但是，智力所達不到的，不可以妄求。」我要問你：智所不知，相命一定也是未知的。現在默許它，便比已知的要多了。為什麼呢？定然是把生於本命的東西先稱之為無，再強勉驗證其有。強有之驗，結果將是不足數的，於是連同驗證成功的，統統謂之「多於所知」罷了。假如懂得這一點，確實還有未通曉的道理，為什麼不因其隱現的部分而探求其隱秘的東西，窮原竟委，由本及末？有時候偏離了原來的設想，就如同獵獅卻得到了禽鳥。縱使追逐獅的蹤跡，有時候也無所獲，然而獵得禽鳥，何嘗不聽憑它呢？今吉凶不先定，就說它不可求，這跟野獸不如約而來獵人就不去打獵，空空地坐守有什麼區別呢？由此而言，窺探求索深奧幽昧的事理，怎麼能稱作妄求？

第十卷

太師箴

【題　解】太師，官名。西周始置。周初成王時，周公為師，召公為保，「相王室，以尹天下。」《左傳》師、保即太師、太保，掌握著西周朝廷的軍政大權，並且成為青少國君的監護者。這種政治上的長老監護制度，是從貴族家內幼兒保育和監護的禮制發展而來，並且由此形成的一種官職。戰國後廢。漢又設置，位在太傅之上。歷代相沿以太師、太傅、太保為三公，多為大官加銜，表示恩寵而無實職。箴，一種文體，是寓有勸戒意義的文辭，多用韻文寫成。「箴者，所以攻疾防患，喻針石也。」《文心雕龍．銘箴》

本篇是借用太師規戒帝王的口吻寫成的韻文。全文可分為三段：第一段讚美堯舜以前「君道自然，必託賢明」，一切都是自然和諧的；第二段寫舜禹之後，自然大道衰微，進入不和諧的人為時期，造立仁義，制為名分，使人民「天性喪真」，國君「宰割天下，以奉其私」，結果是禍亂相尋，亡國繼踵，殷紂王等皆不得好死；第三段正面告誡居帝王之位者：唯賢是授，何必親戚？應當任賢納諫，虛心聽取正直的言論。

浩浩太素，陽曜陰凝❶；二儀陶化❷，人倫肇興❸。爰初冥昧❹，不慮不營❺。欲以物開❻，患以事成❼。犯機觸害❽，智不救生。宗長歸仁❾，自然之情。故君道自然❿，必託賢明。芒芒⓫在昔，罔⓬或不寧。華胥⓭既往，紹以皇羲⓮。默靜無文⓯，大朴未虧⓰。萬物熙熙⓱，不夭不離。降及唐虞，猶篤⓲其緒。體資易簡⓳，應天順矩。絺⓴褐㉑其裳，土木其宇。物或失性㉒，懼若在予㉓。疇咨熙載㉔，終禪㉕舜禹。夫統之者勞㉖，仰之者逸㉗。至人重身㉘，棄而不恤㉙。故子州稱疾㉚，石戶乘桴㉛；許由鞠躬㉜，辭長九州㉝。先王㉞仁愛，愍㉟世憂時；哀萬物之將頹㊱，然後蒞㊲之。

【章　旨】上古洪荒之世，從混沌元氣到陰陽天地生成，從「人倫肇興」到「終禪舜禹」，一切都是和諧的，淳樸的，自然的；故「君道自然，必託賢明」。君主勞苦，人民安逸，所以水準極高的「至人」都不肯做君主，堯舜等先王是不得已而君臨天下的。

【注　釋】❶浩浩太素陽曜陰凝　廣大的混沌元氣，分化為陽氣、陰氣，陽氣照耀，陰氣凝聚。太素，混沌的元氣。嵇康視作構成宇宙的原始物質形態。陽曜陰凝，陽氣照耀，陰氣凝聚。❷二儀陶化　天地陶冶化育萬物。二儀，指天地。由陰陽二氣生成，故「兩儀」有時也逕稱陰氣、陽氣。❸人倫肇興　人倫始興。這句意思是：天地生人，人際關係開始興起。人倫，人與人之間的關係和應當遵守的行為準則。王符《潛夫論・本訓》：「陰陽有體，實生兩儀，天地壹鬱，萬物化淳，和氣生人，以統理之。」肇，始。❹爰初冥昧　原始人頭腦簡單。爰，語助詞。冥昧，幽昧。智力不發達之意。❺不慮不營　不謀思不營求。慮，謀思；謀劃。營，求。一說，「營」猶亂也。❻欲以物開　欲望因為外物而萌發。物，外物。開，萌發。❼患以事成　禍患因為辦事而形成。事，行事；行動。❽犯機觸害　觸犯危害。犯，觸犯；冒犯。機，通「幾」。危。❾宗長歸仁　尊重長者心向仁義。宗，尊。長，長者。❿君道自然　為君之道因循其自然之情。自，底本作「因」，誤。據各本校改。⓫芒芒　同「茫茫」。⓬罔　無。⓭華胥　即「赫胥」氏，傳說中的氏族首領。據《莊子・馬蹄》篇記載，上古赫胥氏時代，人民居家不知道做什麼事，走路不知道往哪裡去，嘴裡嚼著食物玩耍，拍打著肚子遨遊；人民的能力也就止於此了。⓮紹以皇羲　繼續的是伏羲。紹，繼；接續。皇羲，即伏羲氏，傳說中的氏族首領。見《莊子・胠篋》等。⓯無文　沒有禮律之文。⓰大朴未虧　原始的自然狀態沒有虧損。朴，宇宙萬物資生的原始材料。⓱熙熙　和盛的樣子。⓲篤　厚；重。⓳體資易簡　體察平易簡約之道。資，吳鈔原本作「茲」，是。易簡，平易簡約。指天地之道。⓴絺　粗葛布。㉑褐　粗麻布。㉒失性　喪失自然本性。㉓在予　責任在我。㉔疇咨熙載　有誰呀能夠發揚光大我的事業。疇，誰。咨，語氣詞，表示嘆息。熙，廣。載，事。㉕禪　禪讓；帝王讓位給他姓。㉖統之者勞　統理天下的人辛苦。統，統理。㉗仰之者逸　接受統理的人安逸。仰，接受。㉘至人重身　遨遊於萬物的元始境界的人尊貴自己的身體。至人，達到最高境界、至美至樂的人。老子、莊周筆下的至人，指能夠遨遊於「物之初」（萬物的元始境界）而與「道」為一的完美人物。這裡指的就是子州、石戶、許由等高士、逸士。重身，尊貴自己的身心。㉙棄而不恤　放棄功名而不顧。恤，顧。㉚子州稱疾　子州稱病（不就天子之位）。《莊子・讓王》載述，堯、舜要把天下讓給子州，子州說：「我正患幽憂之病，正在治療，我沒有工夫治理天下。」㉛石戶乘桴　石戶之農乘著小筏子逃到大海去。《莊子・讓王》載述，舜要把天下讓給他的朋友石戶之農，石戶之農不接受，夫妻二人就揹著傢什，領著兒子，逃到大海去了，終生不返。桴，用竹或木編成的小筏子。㉜許由鞠躬　許由辭謝（治理天下）。據《莊子・逍遙遊》載述，堯讓天下給許由，許由說：「回去歇歇吧，君主！天下對我一點用處也沒有啊！」鞠躬，謹敬貌。這裡是辭謝之意。㉝辭長九州　推辭做九州首長。長，首長；君主。蔡邕《琴操》：「許由曰：堯聘吾為天子，吾志在青雲，何乃劣劣為九州伍長乎？」㉞先王　指堯、舜等。㉟愍　憂；憂患；憂慮。㊱頹　崩塌；衰敗；衰頹。㊲莅　同「蒞」。臨；臨視；治理。

【語　譯】廣大的元始混沌之氣，分化為陽氣、陰氣，陽氣照耀，陰氣凝聚，形成了宇宙天地。天地陰陽陶冶化育萬物，人倫從此興起。原始時代人類頭腦簡單，不謀慮也不營求什麼。欲望因了外物而萌發，禍患也因為事物而形成。觸犯了危機要害，智慧也不能挽救自己。尊重長者心向仁義，是人倫自然之情。所以為君之道遵循自然，必定是託付賢明之人。茫茫上古，無人不安寧。赫胥氏時代已經過去，繼之而起的是伏羲。他沈默安靜不發布禮律之文，保持著完美質樸的元始自然狀態。萬物和樂繁盛，不夭折又不離散。以下到了唐堯、虞舜二帝君臨天下，還是尊重繼承赫胥氏、伏羲氏的餘緒，體察平易簡約的天地之道，順應自然法則行事。用粗粗的葛布麻布做衣裳，用土塊木頭蓋他的房子。如果有哪個出了偏差喪失自然本性，就警懼是自己造成的，責任在我。誰呀能發揚光大我的事業，最終禪讓給舜和禹。統理天下的人勞苦，受統理的百姓民眾安逸。

精神遨遊於元始境界、得「道」的至人，尊貴自己的身心，放棄功名而不顧。所以舜讓天下給子州，子州託病不接受；舜又把天下讓給他的朋友石戶之農，石戶之農一家三口乘小筏子逃到大海而終生不返；堯讓天下給許由，許由連忙辭謝。他們一概推辭，不肯做九州之君主。堯舜等先王仁愛，憂慮世事，哀憐萬物將會衰敗，因此才君臨天下的。

下逮❶德衰，大道沈淪❷。智惠❸日用，漸私其親。懼物乖離❹，攘臂立仁❺。名利愈競，繁禮屢陳。刑教爭馳，夭性喪真。季世陵遲❻，繼體承資❼。憑尊恃勢，不友不師。宰割天下，以奉其私。故君位益侈❽，臣路生心❾。謁智謀國❿，不吝灰沈⓫。賞罰雖存，莫勸莫禁。若乃驕盈肆志，阻⓬兵擅權。矜威縱虐，禍崇⓭丘山。刑本懲暴，今以脅⓮賢。昔為天下，今為一身。下疾⓯其上，君猜⓰其臣。喪亂弘⓱多，國乃隕顛。故殷辛不道，首綴素旗⓲；周朝敗度，彘人是謀⓳。楚靈極暴，乾溪潰叛⓴；晉厲殘虐，欒書作難㉑。主父棄禮，鷇胎不宰㉒；秦皇荼毒㉓，禍流四海。是以亡國繼踵㉔，古今相承。醜彼摧滅㉕，而襲其亡徵㉖。初安若山，後敗如崩。臨刃振鋒㉗，悔何所增。

【章　旨】舜禹之後，自然大道衰微，進入不和諧的人為時期。造立仁義，制為名分，遏制人的天性，喪失自然本真；君主宰割天下，以奉其私；君位日侈，人心離散；所以亡國繼踵，古今相承。

【注　釋】❶逮　及；及至。❷沈淪　沈沒；淪落。沈，同「沉」。❸智惠　同「智慧」。❹乖離　背離；不合；不和。❺攘臂立仁　捋起衣袖造立仁義。攘臂，捋袖露臂。攘，捋；揎。❻季世陵遲　末世衰落。季世，末世。陵遲，衰落；衰敗。❼繼體承資　繼承（父王）體統而資有天下。體，體統。資，用。❽侈　放縱；無節制。❾臣路生心　臣下生叛離之心。臣路，臣下。❿謀國　謀奪其國。⓫不吝灰沈　不惜身死。吝，惜。灰沈，猶灰滅。如灰燼之消散泯滅。沈，滅亡；消失。⓬阻　仗恃。⓭崇　高。⓮脅　威迫。⓯疾　憎嫌。⓰猜　懷疑；嫉恨。⓱弘　大。⓲殷辛不道二句　殷紂王不遵循事理規律，腦袋被懸掛在白旗上。殷辛，即殷紂王，名辛，卜辭稱「帝辛」，殷商末代之王。不道，不遵循事理規律。道，事理；規律。嵇康實指自然之道，自然法則。首，頭。綴，懸；掛。素旗，白旗。一說，太白之旗。史載殷紂王剛愎拒諫，囚箕子，殺比干，淫亂不止，周武王率諸侯伐紂，戰於牧野，紂兵敗。紂走入登鹿臺，穿上他的寶玉衣，自焚而死。周武王遂斬紂頭，懸之於白旗之上。⓳周朝敗度二句　周厲王敗壞自然法度，毚人謀算他的性命。周朝，指周朝傳位到周厲王時期。敗度，敗壞法度。史載周厲王是一個非常貪婪殘暴的人，他重用好利的榮夷公，壟斷山林川澤的一切收益，禁止平民到那裡採樵漁獵，斷絕了平民的生計，引起國人憤慨，議論紛紛。厲王利用一名衛國的巫者監視國人，屠殺敢於批評的人，形成「國人莫敢言，道路以目」（人民相遇於道路，只能彼此用眼睛看看而已）的局面。召公（召穆公名虎，又稱召伯虎）進諫道：「夫民慮之於心而宣之於口，成而行之（考慮成熟之後自然流露出來的），胡可壅也（怎麼能硬加堵塞呢）？」厲王根本不聽。西元前八四一年，國人起義，攻打王宮，周厲王逃奔到彘（一說，被國人放逐到彘），共和行政。十四年後，厲王死於彘。彘，地名，在今山西霍縣境內。⑳楚靈極暴二句　楚靈王極端貪殘暴戾，所以會有後來的乾溪潰敗喪命。楚靈，楚靈王，西元前五四一——前五二九年在位。西元前五四一年冬天，令尹公子圍以進宮探病為名，親手勒死了自己的親侄兒、當國君還不到四年的郟敖，又抽出寶劍，殺死了郟敖的兩個尚不懂事的兒子；又立即派人到郟地殺了太宰伯州犁。就這樣，公子圍控制了局勢，登上了國君寶座，後來稱之為楚靈王。即位之後，更加肆無忌憚。西元前五三七年殺令尹屈建；西元前五三〇年殺大夫成虎，引起貴族士大夫們的不滿和不安。同年冬天，楚靈王領兵駐紮在乾溪（今安徽亳縣東南），一面玩賞這裡幽美的景色，一面派兵包圍徐國，威脅吳國。正在這時，楚靈王的三個弟弟發動宮廷政變，楚靈王眾叛親離，他在山林中亂竄了三天，上吊自殺。㉑晉厲殘虐二句　晉厲公殘虐，晉卿欒書（武子）發難，指使大夫程滑殺了他。晉厲，晉厲公，名州蒲，西元前五八〇——前五七三年在君位，共八年。據《左傳》記載，西元前五七四年，晉厲公欲除去群大夫而用其左右愛幸之人，指使胥童、夷羊五、長魚矯等殺三郤，以胥童為卿。欒書、中行偃（荀偃）遂執厲公，殺胥童，次年使程滑殺晉厲公。欒書，晉卿，統率中軍的重臣。作難，發難。作，製造；興起。難，災難；憂患。㉒主父棄禮二句　趙武靈王拋棄了立長之禮，只好吃生鳥蛋飢餓而死。主父，即趙武靈王，西元前三二五——前二九九年在位。初以長子章為太子，後得吳娃，愛之，生子何，乃廢章立何，並於西元前二九九年傳位給何，是為趙惠文王。趙武靈王自號為「主父」，而封長子章為代安陽君。四年之後，吳娃死，愛弛，憐故太子，欲兩王之（分趙而王章於代），猶豫未決。主父遊沙丘異宮。公子章爭位作亂。公子成、李兌等擊敗之。公子章逃入主父沙丘宮中。公子成圍宮，殺公子章等，仍不肯解圍。主父欲出不得，又不得食，只好探鳥卵或幼鳥而食之，三個月後終於餓死沙丘宮中。鷇，待母哺食的幼鳥。不宰，不宰割烹煮。意思是生吃。㉓秦皇荼毒　秦始皇毒害。秦皇，秦始皇。荼毒，毒害；殘害。荼，本意苦菜。此假菜苦以言人之苦。毒，本謂螫人之蟲，蛇虺之類，實是人之所苦。此假以喻苦，痛。㉔亡國繼踵　亡國之君一個接著一個。踵，腳後跟。㉕醜彼摧滅　以他們的被摧滅為醜。醜，以為醜。形容詞用如動詞，意動用法。㉖襲其亡徵　因襲他們滅亡時的徵兆跡象。徵，徵兆；跡象。㉗臨刃振鋒　死到臨頭才驚懼刀鋒。振，通「震」。驚懼；驚恐。

【語　譯】及至道德衰微，大道沈淪，智巧日用，漸漸偏袒自己的親人。因為擔心別人與自己離心離德，於是絞盡腦汁造立仁義學說。名利愈是競爭，繁重的禮儀便屢屢鋪陳。刑罰和禮教相互比賽，使人們喪失了自然天性和本真。末代君王更是衰敗，他繼承體統而資有天下。他憑恃顯赫的王位和權勢，不把師友放在眼裡。宰割天下，以奉其私。所以君王日益放縱隨心所欲，臣下則滋生叛離之心，竭盡智力謀奪其國，不惜履險身亡。賞罰條令雖然存在，實際情況卻是賞賜不足以勸勉，刑罰也不能禁止。為君者若再驕橫跋扈，仗恃武力而獨攬大權；耀武揚威虐殺無辜，禍害將如同山丘一般。刑罰本來是懲治暴徒的，現在卻用來威迫賢人。過去的君王是為天下的，現在卻只為自身。下面的臣民憎恨上面的國君，君王則猜忌他的臣子。禍亂大而且多，於是國家顛覆滅亡。所以殷紂王不遵循自然大道，他的頭便被懸掛到周武王的素旗之上；周厲王敗壞自然法度，兇人便得以謀算他的性命。楚靈王極端貪殘暴戾，終於發生了乾溪潰敗眾叛親離；晉厲公殘虐臣下，重臣欒書發難殺了他。趙武靈王拋棄了立長之禮，只好吃生鳥蛋飢餓而死；秦始皇心地特毒，禍流四海。因此，亡國之君一個接著一個，古往今來相互繼承。以他們的摧滅為醜，卻又因襲他們敗亡的徵兆跡象。初安若山，後敗如崩。死到臨頭才驚懼刀鋒，悔恨的程度定是無以復加的了。

故居帝王者，無曰我尊，慢爾德音❶；無曰我強❷，肆❸于驕淫。棄彼佞倖❹，納此遻顏❺。諛言❻順耳，染德❼生患。悠悠庶類❽，我控我告：唯賢是授，何必親戚？順乃造好❾，民實肎❿效。治亂之源，豈無昌教⓫？穆穆⓬天子，思聞其僁⓭。虛心導人，允求讜言⓮。師臣司訓，敢獻在前。

【章　旨】告誡居帝王之位者：唯賢是授，何必親戚？拋棄那些佞幸小人，接納敢於犯顏直諫的忠貞之士，虛心聽取正直的言論。

【注　釋】❶慢爾德音　影響了你的聲望。慢，怠惰；懈怠。德音，美譽；聲望。❷強　強大；強盛。❸肆　放縱；極；盡。❹佞倖　同「佞幸」。由諂媚而得寵的人。佞，用花言巧語諂媚人。❺遻顏　犯顏（直諫的人）。遻，觸；抵觸。❻諛言　諂媚的話；用甜言蜜語奉承的話。❼染德　汙染德性。染，汙染。❽庶類　萬物。❾順乃造好　順從先王之道就是自然。順，從；遵循。造好，「造化」之誤，自然也。❿肎　同「肯」。可。⓫昌教　昌明教化。昌，美言；光盛；明。⓬穆穆　儀容端莊肅穆的樣子。⓭僁　同「愆」。過失；罪過。⓮允求讜言　誠懇地徵求正直的言論。允，誠。讜，當作「讜」。讜言，善言；正直的言論。

【語　譯】所以身居帝王之位者，不要只以為自己多麼尊貴，這樣會影響你的聲望；不要只想到自己多麼強大有力，放肆地驕奢淫逸。應該拋棄那些佞幸小人，接納敢於犯顏直諫的忠貞之士。諂媚奉承的話語聽起來舒服，然而汙染德性滋生禍患。悠悠萬物啊，我要控告我要訴說：唯賢是授，何必親戚？遵順先王之道就合自然，人民定肯效力。治亂之源，難道不正在昌明教化？端莊和靜的天子啊，應該想著聽到自己的過失，虛心導引人民，誠懇地徵求正直的言論。太師之責是掌管訓誥教誨，我冒昧地在你面前貢獻微言。

家誡

【題解】本篇內容是告誡子女應如何做人。文章開門見山，揭示主旨：「人無志，非人也。」立志當遵循善良準則，深思熟慮，專一不二，身體力行，務求成功。不能守志的人，將一事無成；固守志向的人，名垂青史。秉志的人，「其立身當清遠」，淡化人際間的功利關係；「凡行事，先自審其可」，堅執所守。賑濟窮乏，見義而作，損多義少則不為；謹慎言語，俗人閑談，小人爭吵，席間爭語，慎勿預之，不介入世俗紛爭；方為有志。千萬不要探聽別人的私事，看見竊竊私語的人，趁早繞道而行；若被強拉入共說，其言邪險，則當正色以道義正之；不是通家至親，不接受厚禮；不是舊交、近鄰、賢士，不接受邀請吃飯，置身於榮華之外才是最美的生活。文章以平實的筆調，透露出世事艱難、人情險惡、需要加強自我保護才能生存的社會現實狀況。這正是嵇康數十年跋涉所總結出的經驗教訓，雖然事無巨細，難免瑣碎，卻是親切感人的。

人無志，非人也。但君子用心，所欲準❶行，自當量❷其善者，必擬議❸而後動。若志之所之❹，則口與心誓❺，守死無貳❻，恥躬不逮❼，期于必濟❽。若心疲體解❾，或牽❿于外物，或累于內欲，不堪⓫近患，不忍小情⓬，則議于去就⓭；議于去就，則二心交爭；二心交爭，則向所以見役之情⓮勝矣。或有中道而廢，或有不成一匱⓯而敗之。以之守則不固，以之攻則怯弱；與之誓則多違，與之謀則善泄；臨樂則肆情⓰，處逸則極意⓱。故雖繁華熠燿⓲，無結秀之勳⓳；終年之勤，無一旦之功，斯君子所以歎息也。若夫申胥之長吟⓴，夷叔之全潔㉑，展季之執信㉒，蘇武之守節㉓，可謂固矣。故以無心守之㉔，安而體之㉕，若自然也，乃是守志之盛㉖者耳。

【章　旨】文章開宗明義：人如果沒有志向，就不能算作人。志向的確立，當遵循善良準則，深思熟慮，方能付諸實行，做到表裡一致，身體力行，專一不二，務求成功。不能守志的人，一事無成；固守志向的人，個個名垂青史。從正反兩面進一步闡明作者的基本觀點。

【注　釋】❶準　標準；準則。❷量　衡量。❸擬議　譬擬審議。擬，比擬物象。議，審議物情。❹所之　所往；所向。之，動詞。往；到……去。❺誓　約信曰誓。❻貳　二心。❼恥躬不逮　以不能身體力行為恥。恥，用作動詞，以為恥。躬，自身。逮，及；達到。❽濟　成功。❾解　同「懈」。懈怠。❿牽　牽累。⓫堪　忍受。⓬小情　小的情欲。⓭議于去就　猶豫於進退之間。議，審議物情。這裡是猶豫徘徊的意思。⓮見役之情被抑制的情欲。⑮不成一匱　差一匱而不成功。匱，同「簣」。盛土的筐；土筐。語出《尚書・旅獒》：「為山九仞，功虧一簣。」意思是說，堆造九仞高的山，卻因為差了最後一筐土而功不成。⑯肆情　放縱情欲。⑰極意　恣意；盡意。⑱熠耀　光彩閃耀；花開燦爛貌。熠，盛光。耀，照。⑲結秀之勳　結實之功。秀，果實。一說，不榮而實者謂之秀。勳，功勳；業績。⑳申胥之長吟　申包胥的七天七夜長哭。申胥，楚國大夫申包胥。申包胥有個好朋友叫伍子胥。伍子胥的父親和哥哥都被楚平王殺害，伍子胥被迫逃亡宋國，後來輾轉到了吳國，協助吳王闔閭奪取政權，被任命為「行人」，參與謀劃軍國大事，積極策劃進攻楚國。西元前五〇六年，吳軍攻陷郢都，楚昭王倉惶出逃。伍子胥親自掘開楚平王的墳墓，拉出屍首，狠狠地打了三百鞭子，實現了自己為報殺父之仇而立下的誓願。原來，他逃離楚國前夕，曾對申包胥發誓說：「我一定要覆滅楚國！」申包胥則回答說：「如果你覆滅了楚國，我就一定要復興楚國！」郢都被吳軍攻陷以後，申包胥連夜奔赴秦國，請求出兵救楚。他對秦哀公說：「寡君現在已失守國家，特使下臣報告危難。吳國就像封豬長蛇一樣吞食上國，也將是貴國的禍患。如果以君王的福靈存恤楚國，楚國將世世代代事奉君王！」秦哀公答應商量一下，讓他到賓館安歇，他說：「寡君現在逃難在荒野草澤之中，下臣怎敢安歇啊？」於是，他倚靠著宮殿院牆，站在那裡痛哭流涕，一連哭了七天七夜，直哭得聲嘶力竭，氣息奄奄，眼睛、鼻子、嘴裡流出來的都是血，仍然哭個不停。終於感動了秦國君臣，秦哀公下令出兵救楚。在申包胥帶領下，秦將子蒲、子虎率戰車於百輛，聯合尚存的楚國軍隊，大敗吳軍，吳王闔閭被迫撤軍回國。楚昭王回到郢都，獎賞有功之臣，申包胥不願接受賞賜而去。㉑夷叔之全潔　伯夷叔齊的保全志行純潔。夷叔，伯夷和叔齊，殷商末期孤竹國（今河北盧龍南）君的兩個兒子。孤竹君想在他死後立叔齊為君。叔齊讓位給哥哥伯夷。伯夷不肯，說：「這是父親的意思。」隨後就出走了。叔齊不肯繼位，也出走了。兄弟二人聽說西伯姬昌（周文王）有德行，便西行如周，到達岐陽。此時姬昌已死，武王繼位，忙著帥師伐紂。伯夷叔齊叩馬而諫，說：「父親死了不埋葬，卻帶著隊伍去打仗，能說是孝嗎？周為商臣，以臣伐君，能說是仁嗎？」武王的手下想殺了他們，姜太公說：「這是講義氣的人。」叫人把他們攙扶走了。武王滅商，建立周王朝。伯夷、叔齊以武王的做法可恥，是「以亂易暴」「不若避之，以潔吾行。」遂義不食周粟，隱居於首陽山（今山西永濟南），採食野菜山果，飢餓而死。五百多年之後，孔子對伯夷叔齊大加推重，稱讚他們「不降其志，不辱其身」；又說：「齊景公有馬千駟，死之日民無德而稱焉。伯夷叔齊，餓于首陽之下，民到于今稱之。」㉒展季之執信　展季執著於誠信。展季，春秋時魯國大夫。姓（氏）展，名獲，字禽，又字季。食邑在柳下。諡曰「惠」，故又稱柳下惠。任士師（掌管刑獄的官），多次被撤職。有人對他說：「你不可以離開魯國嗎？」他回答道：「直道而事人，焉往而不三黜？」（真誠而不摻雜一點虛偽地工作，到哪裡去不是多次被撤職？）《呂氏春秋・審己》載，齊攻魯，求岑鼎，魯君載他鼎以往，齊侯不信，使人告魯侯曰：「柳下季（即展季）以為是，請因受之。」魯君請於柳下季，季以為不守誠信，魯君乃以真岑鼎獻給齊侯。《孔子家語》載述，魯國有一獨居一室的男子。鄰有寡婦，亦獨居一室。夜暴風雨至，壞寡婦室。寡婦請求避風雨，魯男子不納。寡婦說，你為什麼這樣狠心？魯男子說，你年輕，我也年輕，所以不敢納你。寡婦說，你何不學學柳下惠，他不避這種嫌疑，也沒有人說他。魯男子說，柳下惠可以這樣辦，我卻不可以這樣。這個故事，說明柳下惠執守誠信之道，在群眾間獲得高度信賴。㉓蘇武之守節　蘇武堅守節操。蘇武（？——西元前六〇年），西漢杜陵（今陝西西安東南）人，字子卿。漢武帝天漢元年（西元前一〇〇年），奉命赴匈奴被扣，置大窖中，絕不飲食，天雨雪，武臥齧雪，與旃毛並咽之，數日不死。匈奴以為神，又把他遷到北海（今俄羅斯貝加爾湖）邊牧羊。蘇武面對匈奴貴族的多方威脅誘降，堅持十九年不屈服。始元六年（西元前八一年），因匈奴與漢和好，才被遣回朝，鬚髮盡白。㉔無心守之　不是故意堅守志行。無心，不是故意的，強制的。一說，無心，無雜念；無二心。㉕安而體之　安然平和地體現出自己的志向。㉖盛　極點；頂點。這裡是最高境界的意思。

【語　譯】人如果沒有意志，就不能算是人。但是君子的用心處世，有原則有標準，首先應衡量其是否美善，一定要比較審議之後才會付諸行動。只要是志向所在，則心口一致，表裡如一，至死無二心，以不能身體力行為恥，務求一定達到成功。如果心疲體懈，或被外物牽掛，或被內欲拖累，受不了眼前的憂患，忍不住小小的情欲，就會徘徊猶豫於進退之間；徘徊於進退之間，就會二心交爭；二心交爭，就會造成當初被抑制的情欲再佔上風了。或者做了一半而中途廢止，或者功虧一簣而敗陣。以之守則不固，以之攻則怯弱；與之誓則多違，與之謀則善泄；臨樂則肆情，處逸則恣意。所以這樣的人即使處於榮華光彩的地位，也不會有結果的業績；終年辛勤，卻沒有一朝收穫的成效；這正是君子們要為之嘆息的原因啊！至於那申包胥求秦救楚的七天七夜長哭，伯夷叔齊不食周粟餓死首陽的高潔品行，柳下惠執著於誠信不摻雜一點虛偽，蘇武的堅守節操不投降匈奴，可稱之為心志堅固了。所以說，不是故意地強制堅守心志，安然順適地體現自己的志向，就如同出於自然一般，這正是守志的最高境界呀。

所居長吏❶，但宜敬之而已矣；不當極親密，不宜數❷往；往當有時❸。其有眾人，又不當獨在後，又不當宿❹。所以然者，長吏喜問外事，或時發舉❺，則怨者謂人所說❻，無以自免也；若❼行寡言，慎備自守，則怨責之路解❽矣。

其立身當清遠。若有煩辱，欲人之盡命，託人之請求，則當謙言辭謝；其素不豫此輩事⑨，當相亮耳⑩。若有怨急，心所不忍，可外違拒，密為濟之；所以然者，上遠宜適之幾⑪，中絕常人淫輩⑫之求，下全束脩⑬無累之稱，此又秉志之一隅⑭也。

凡行事，先自審其可⑮，若于宜⑯，宜行⑰此事，而人欲易之，當說宜易之理。若使⑱彼語殊佳者，勿羞折⑲遂非也。若其理不足，而更以情求來守人⑳，雖復云云，當堅執所守，此又秉志之一隅也。

不須行小小束脩之意氣，若見窮乏而有可以賑濟者，便見義而作㉑。若人從我有所求欲者，先自思省㉒：若有所損廢多，于今日所濟之義少，則當權其輕重而拒之。雖復守辱不已㉓，猶當絕之。然大率人之告求，皆彼無我有，故來求我，此為與之多也。自不如此，而為輕竭㉔，不忍面言，強副㉕小情，未為有志也。

【章旨】本章告誡如何處世：對地方長官，敬之而已，但要防備怨家去說壞話；立身當清遠，不介入世俗紛爭；行事應分析是否合理、是否可行，善於傾聽別人的意見；別人求自己幫助，應區分不同情況，權衡利弊，該幫的幫，不該幫的不幫，不忍心當面推辭，也不能算是有志的人。

【注　釋】❶所居長吏　地方長官。所居，居住地。長吏，長官。一說，指縣令。❷數　屢次；頻繁。❸有時　選定時節；適宜的時機。❹宿　《戒子通錄》引作「前」，於義為長，當從。❺發舉　揭發；洩露。❻怨者謂人所說　怨恨的人就會認為是某人說出來的。❼若　《戒子通錄》引作「宏」。「宏」、「寡」相對成文，當從。❽解　消散；消除。❾則當謙言辭謝二句　《戒子通錄》引作：「謙言辭謝，某素不預此輩事。」無「則」、「當」二字，又「其」作「某」，於義為長。「則」為周校本誤衍「當」涉下文「當相亮耳」而衍；「其」、「某」形近而誤。某，名也。這裡是自稱。「某素不預此輩事」，就是說：我向來不參預這類事務。❿當相亮耳　應當諒解我。亮，同「諒」。一說，「亮，信也。」句意則為：「應當相信我。」⓫宜適之幾　同層次人們的企望。宜適，適合交往的人。幾，通「冀」。希望。⓬淫輩　貪婪之徒。⓭束脩　束身修行。檢束修飾，潛心修養的意思。⓮一隅　一個方面。隅，角；角落；事物的部分或片面。⓯可　能夠。⓰若于宜　如果適當。若，連詞，表示假設，等於「如果」。宜，相稱；適當。⓱宜行　應該實行。宜，應該；應當。⓲若使　假使。⓳折　責難；指斥。⓴更以情求來守人　進而以世俗人情來請求你。更，進而。求來，戴明揚校疑「來」字誤衍。一說，「求來」為「來求」之倒誤。均可通。守人，守志之人。指本人。㉑作　興起。㉒省　明白。㉓守辱不已　低三下四地求情不止。守辱，自己陷於屈辱之中。㉔輕竭　輕率地耗竭財物。㉕副　相稱；符合。

【語　譯】對地方長官，但宜敬之而已；不當極親密，不宜頻繁地去官府；去的話應當選適宜的時節。如果當時有好多人，又要注意不當獨自落在後面，又不當超前。之所以要這樣做，是因為官員喜歡詢問外面的事情，或許時有揭發檢舉什麼的，那麼怨恨的人就會認為是某人說出來的，無法使自己避免嫌疑。行動大大方方而說話不多，謹慎戒備而自我保護，那麼怨恨責怪的途徑便消除了。

立身處世應當清靜淡遠。如果有繁雜勞苦的俗事，當事者想要人盡力，被託的人來請求，一律謙言辭謝：我一向不參預此類事體，應當諒解我的。如果遇到冤屈緊急之事，於心不忍，可表面違拒，暗中接濟他。之所以要這樣做，是上可以遠離友人的各種繁雜希求，中可斷絕常人貪婪之輩的求索，下可以保全自己束身修行無過失的名聲，這也是守志的一個方面。

大凡做事，首先要考慮能否做得到，如果是適當的，那就應該去做這件事，而別人想改變它，就當會說明改變的理由。假使他說的話非常有道理，就不要羞辱責難以至於否定他。如果他說的理由不充足，進而以人情來求自己，即使他再說多少話，仍應當堅執自己的看法，這又是守志的一個方面。

不必拘泥於束身修行之意氣，如果看到極為貧乏的人，其中確有可以賑濟的，便見義而作。如果有人跟隨我企求什麼，自己先考慮清楚：如果賑濟他，損失太多，助成道義甚少，那就應權衡輕重而拒絕他。即使他低三下四地求個不停，還是應當拒絕他。不過大抵別人的告求，都是因為他沒有而我有，所以來求我，這就是援助別人而「所濟之義」也多的道理。要是不這樣區分類別（以「義」為先），而是輕率地耗盡財物，不忍心當面拒絕，而勉強地迎合世俗人情，這不能算是有志向。

夫言語，君子之機❶，機動物應，則是非之形著❷矣，故不可不慎。若于意不善了❸，而本意欲言，則當懽有不了之失，且權忍之；已後視向不言，此事無他不可，則向言或有不可；然則能不言，全得其可❹矣。且俗人傳吉遲，傳凶疾，又好議人之過闕，此常人之議也。坐中所言，自非高議；但❺是動靜消息，小小異同，但當高視，不足和答也。非義不言，詳靜❻敬道，豈非寡悔之謂？

人有相與變爭，未知得失所在，慎勿豫❼之也。且默以觀之，其是非行❽自可見。或有小是不足是，小非不足非，至竟可不言以待之；就有人問者，猶當辭以不解。近論議亦然。若會酒坐，見人爭語，其形勢似欲轉盛，便當無何舍去之❾。此將鬬之兆也。坐視必見曲直，儻❿不能不有言，有言必是⓫在一人；其不是者方自謂為直⓬，則謂曲我者有私于彼，便怨惡之情生矣；或便獲悖辱之言。正坐視之，大見是非，而爭不了⓭，則仁而無武⓮，于義無可⓯，故當遠之也。

然大都爭訟者，小人耳。正復有是非⑯，共濟汗漫⑰，雖勝何足稱哉？就不得遠，取醉為佳。若意中偶有所諱，而彼必欲知者⑱，若守不已⑲，或劫⑳以鄙情，不可憚㉑此小輩，而為所攙引㉒，以盡其言。今正堅語㉓，不知不識，方為有志耳。

【章　旨】本章告誡如何謹慎言語：言語是君子之樞機、是非之關鍵，必須慎之又慎；意旨把握不定時不發言；權且忍之；俗人閑坐論議，不予和答；小人變臉爭執，慎勿參預其間；酒席坐中有人爭語，當即起身離開，不然就推託醉酒；不願說的話，別人逼迫也不成，這才算是有志的人。

【注　釋】❶機　古代弩箭上的發動機關。引申為機要之稱，事情變化的關鍵。這裡是關鍵、機要之意。❷著顯著。❸了　明白；明晰；決斷。❹可　是；對。❺但　副詞，用在這裡表示範圍，相當於「只」、「僅」。❻詳靜　安詳清靜。❼豫　同「預」。干預。❽行　且；將。❾便當無何舍去之　便應當若無其事地起身離開。無何，勿有多問。若無其事之意。舍，同「捨」。拋開。❿儻　倘若；如果。⓫是　正確。⓬直　正直；不邪曲。⓭而爭不了　而爭論不能裁決。了，決定；決斷。⓮武　勇。⓯于義無可　道義所不許可。于，底本作「二」，周樹人校曰：「各本作于。」今據改。⓰正復有是非　怎會有是非。正，表示疑問（或無疑而問）的副詞，相當於「何」、「怎」等。⓱汗漫　漫無邊際；漫無標準。⓲者　吳鈔原本無此字，當刪。⓳若守不已　如果守人不得已。周樹人校曰：「各本『守』下有『大』字。」戴明揚校曰：「『大』當為『人』字之誤。」可從。⑳劫迫。㉑憚　怕。㉒攙引　掣引。攙，扶；牽挽。㉓今正堅語　即刻公開堅定地說。今，即；立刻。正，公然；顯然。

【語　譯】言語是君子的關鍵。話一說出來，外物就會響應，是非就很清楚地表現出來，所以說話不可不謹慎。如果對意向不善於決斷，而本意想說話，那就應該警懼會有不明晰的過失，暫且忍住不說；以後回頭看看往日不說話，事情也沒有什麼不可之處，往日如果說了或許會有不可之處；這樣看來當初能做到不說話，就是完全正確的了。況且世俗之人對好事傳揚得慢，壞事傳播卻很快，又好議論別人的過失缺點，這都是常人的議論習慣。閑坐之間說的話，自然不會有高論，只是一些動靜、消長之類的傳聞，其間小小異同而已，只當不予理睬，不值得應和。非義不言，安詳清靜地崇敬道義，說的不正是少後悔的道理嗎？

人有相互變臉爭執的，未知雙方得失，千萬不要參與進去。姑且默默觀察，其間的是非將會自然顯現出來。或許有一點兒正確的因素還不足以充分肯定，有小的不是還不足以否定它，乃至於可以用不表態的方式對待它；即使有人問及，仍當以不了解情況來推辭。遇上一般的論議場合也是這樣。如果置身酒席坐中，看見有人爭論，其形勢似欲轉盛，便應當若無其事地起身離開，因為這是即將發生爭鬥的預兆。坐在一旁觀望定會發現是非曲直，倘若不能不表明看法，一開口必定說其中一方正確有理，那無理的一方正自以為合乎正義，就會認為說他無理的人是偏袒對方，於是怨恨的情緒就產生了；說不定馬上就會聽到很難聽的話語。僅僅是坐在一旁觀望，是非看得清清楚楚，而爭論卻不能由我裁制，則仁而無武，為道義所不許可，所以還是遠離爭論場所最為妥當。

然而爭訟不已的大多是小人罷了，有何是非可言，共同陷入漫無邊際的瞎爭之中，即使取勝的一方，又有什麼值得稱道的呢？即使不得遠離，推託醉酒則是最佳選擇。如果心中偶有難言之隱，而對方一定要知道，甚至纏住不放，或用世俗鄙陋之情來逼迫，不可害怕此等小人之輩，而被他牽著鼻子走，把心裡話全說出來。應立即離開，堅定地說：「不知道！不了解！」這樣才能算是有志。

自非知舊❶鄰比❷，庶幾❸以下，欲請❹呼者，當辭以他故，勿往也。外❺榮華則少欲，自非至急，終無求欲；上美也。不須作小小卑恭，當大謙裕❻；不須作小小廉恥，當全大讓❼。若臨朝讓官，臨義讓生，若孔文舉❽求代兄死，此忠臣烈士之節。

凡人自有公私❾；慎勿強知人知❿。彼知我知之，則有忌于我。今知而不言，則便是不知矣。若見竊語私議，便舍起⓫，勿使忌人也。或時逼迫，強與我共說。若其言邪險，則當正色⓬以道義正之⓭。何者？

君子不容偽薄之言故也。及一旦事敗，便言某甲昔知吾事，是以宜備之深也。凡人私語，無所不有，宜預以為意，見之而走者，何哉？或偶知其私事，與同則不可，不同則彼恐事泄，思害人以滅迹也。非意所欽重⑭者，而來戲調、蚩笑友人之闕者，但莫應，從小共⑮轉至于不共；亦無大冰矜⑯，趨以不言答之。勢不得久，行自止也。

自非所監臨⑰，相與無他宜⑱，適有壺榼⑲之意，束脩⑳之好，此人道所通，不須逆㉑也。過此以往，自非通穆㉒，匹帛之饋，車服之贈，當深絕之。何者？人皆薄義而重利，今以自竭者，必有為而作。損貨徼㉓歡，施而求報，其俗人之所甘願，而君子之所大惡也。

被酒必大傷，志慮又憒㉔。不須離樓㉕，強勸人酒，不飲自已㉖；若人來勸己，輒㉗當為持之，勿稍逆也。見醉薰薰便止，慎不當至困醉，不能自裁㉘也。

【章　旨】末章告誡雜項：如果不是舊交近鄰賢士，邀請招呼吃飯，當藉故推辭，置身榮華場合之外是最美好的境界；不要打探別人的私事，看見竊竊私語的趁早改道繞行；若有人來調笑嘲弄友人缺點，以沈默回答他；不是通家至親，不接受厚禮；勿過多飲酒，這有傷身體，還會使志慮昏亂。

【注　釋】❶知舊　舊交。❷鄰比　近鄰。❸庶幾　此指賢才。❹請　邀請；請吃。❺外　以……為外，排斥之意。❻謙裕　謙虛大度。❼讓　謙讓。❽孔文舉　孔融（西元一五三——二〇八年）字文舉，東漢末文學家，「建安七子」之一。為人恃才負氣。《後漢書・孔融傳》載，山陽張儉跟融兄褒是舊交，儉犯事逃亡至褒家，值褒不在家。當時十六歲的孔融見張儉面有窘色，就對他說：「兄雖不在，我莫非不能當主人嗎？」於是留張儉住下。不久事情敗露，儉得脫走，遂收捕孔融兄弟入獄。孔融說：「保護藏匿張儉的是我，應當連坐。」孔褒說：「彼來求我，非弟之過，請甘其罪。」詔書竟坐孔褒，融由是顯名。❾公私　公家和私人。此指公開的一面和隱諱的一面。❿強知人知　硬去打聽別人知道的事。人，指別人。⓫舍起　拋開他們起身離去。舍，同「捨」。⓬正色　嚴肅的態度。⓭正之　糾正他。⓮欽重　欽敬。⓯小共　小同；稍同。⓰冰矜　凝寒。這裡是形容凜然如冰威嚴不可侵犯的樣子。底本作「求矜」，據戴明揚校改。⓱自非所監臨　如果不是自己監管的範圍。「所」字底本無，周樹人校曰：「各本非下有所字。」戴明揚校曰：「有所字更合。」據補。監臨，監視管轄。⓲宜適宜的事。⓳榼　盛酒的器具。⓴束脩　十束乾肉。㉑逆　違逆。㉒自非通穆　如果不是至親。通穆，通家親厚；至親至交。穆，同「睦」。㉓微　求。㉔被酒必大傷二句　過量飲酒必然大傷身體，心志思慮也會昏亂。被，加。憒，亂。底本作「慎」。「又」字以上七字底本無。今據戴明揚校補。㉕離樓　猶言玲瓏。雕鏤交錯貌。㉖已止。㉗輒　就。㉘自裁　自制。

【語　譯】如果不是舊交近鄰，賢士以下的人，想邀請你，應當藉故推辭，不要去。拒絕榮華就會減少欲望，如果不是緊急之事，總是沒有需求的欲望，這是最美好的境界。不要表示小小的卑恭，應當謙虛大度；不要表現小小的廉恥，應當保全大的謙讓。如臨朝讓官，臨義讓生，如同孔融請求代替兄長去死，這才是忠臣烈士的節操。

凡是人都有公開的一面和隱諱的一面，千萬不要強行探聽別人的事情。他知道的我也知曉，人家就會顧忌我。假如知道而不說出去，便等於不知道了。如果看見別人竊竊私語，便馬上轉身離開，不要使他們顧忌別人。有時形勢逼迫，強行跟我一起說，如果他的話邪惡兇險，就應當態度嚴肅地用道義來糾正他。為什麼呢？因為君子不能容忍虛假鄙薄的言論；而且一旦事情敗露，他還會說某某人以前知道我的事，因此應當嚴加防範。凡是人們私下交談，內容無所不有，應預先留意，遠遠看見就跑開，為什麼這樣呢？說不定無意中聽到了人家的私事，贊同他則不可以，不贊同的話他又怕洩露出去，會興起殺人滅口的惡念。不是心中欽敬的人，而跑來調笑嘲弄友人的缺點，且不要什麼都應和，從略同轉變到不同；也不要冷若冰霜態度過於威嚴，趨向於以沈默來回答他，勢不得久，將會自行終止。

如果不是自己監管的範圍，相互又沒有要緊的事，恰有同飲之意向，肉脯下酒之愛好，這是人之常情，不必拒絕。除此以外，如果不是通家至親，饋贈匹帛車服之類的厚禮，應嚴加拒絕。為什麼呢？人往往是薄義而重利的，現在自己耗竭財物，必定是另有所求而採取的措施。損失貨物而求得歡心，施而求報，這正是俗人所心甘情願的，而君子所深惡痛絕的。

多飲酒必定是大傷身體，心志思慮也會昏亂。不要糾纏不捨，強勸別人喝酒，不喝就罷了；

如果別人來勸自己喝，就應當為他端起酒杯，不要有稍稍違逆的表示。出現醉熏熏的感覺就停止不飲，小心不要喝到爛醉，不能自制的程度。

古籍精華 盡在三民

古籍今注新譯叢書

哲學類

新譯四書讀本
新譯論語新編解義
新譯學庸讀本
新譯孝經讀本
新譯易經讀本
新譯乾坤經傳通釋
新譯周易六十四卦經傳通釋：上經
新譯周易六十四卦經傳通釋：下經
新譯易經繫辭傳解義
新譯禮記讀本
新譯儀禮讀本
新譯孔子家語
新譯老子讀本
新譯帛書老子
新譯老子解義
新譯莊子讀本
新譯莊子本義
新譯莊子內篇解義
新譯列子讀本
新譯管子讀本
新譯墨子讀本
新譯公孫龍子
新譯晏子春秋
新譯鄧析子
新譯荀子讀本
新譯尹文子
新譯尸子讀本
新譯鶡冠子
新譯鬼谷子
新譯韓非子
新譯呂氏春秋
新譯韓詩外傳
新譯淮南子
新譯春秋繁露
新譯新書讀本
新譯新語讀本
新譯潛夫論
新譯論衡讀本
新譯申鑒讀本
新譯人物志
新譯張載文選
新譯近思錄
新譯傳習錄
新譯呻吟語摘
新譯明夷待訪錄

文學類

新譯詩經讀本
新譯楚辭讀本
新譯文心雕龍
新譯六朝文絜
新譯世說新語
新譯昭明文選
新譯古文觀止
新譯古文辭類纂
新譯樂府詩選
新譯古詩源
新譯千家詩
新譯詩品讀本
新譯花間集
新譯南唐詞
新譯絕妙好詞
新譯唐詩三百首
新譯宋詩三百首
新譯宋詞三百首
新譯元曲三百首
新譯明詩三百首
新譯清詩三百首
新譯清詞三百首
新譯唐人絕句選
新譯拾遺記
新譯搜神記
新譯唐才子傳
新譯唐傳奇選
新譯宋傳奇小說選
新譯明傳奇小說選
新譯容齋隨筆選
新譯明散文選
新譯明清小品文選
新譯人間詞話
新譯白香詞譜
新譯幽夢影
新譯菜根譚
新譯小窗幽記
新譯圍爐夜話
新譯郁離子
新譯歷代寓言選
新譯賈長沙集
新譯揚子雲集
新譯建安七子詩文集
新譯曹子建集
新譯阮籍詩文集
新譯嵇中散集
新譯陸機詩文集
新譯陶淵明集
新譯江淹集
新譯庾信詩文選
新譯初唐四傑詩集
新譯駱賓王文集
新譯王維詩文集
新譯孟浩然詩集
新譯李白詩全集
新譯李白文集
新譯杜甫詩選
新譯杜詩菁華
新譯高適岑參詩選
新譯昌黎先生文集
新譯劉禹錫詩文選
新譯柳宗元文選
新譯白居易詩文選
新譯元稹詩文選

新譯李賀詩集
新譯杜牧詩文集
新譯李商隱詩選
新譯范文正公選集
新譯蘇洵文選
新譯蘇軾文選
新譯蘇軾詞選
新譯蘇轍文選
新譯曾鞏文選
新譯王安石文選
新譯唐宋八大家文選
新譯柳永詞集
新譯李清照集
新譯辛棄疾詞選
新譯陸游詩文選
新譯歸有光文選
新譯唐順之詩文選
新譯徐渭詩文選
新譯薑齋文集
新譯顧亭林文集
新譯方苞文選
新譯鄭板橋集
新譯袁枚詩文選
新譯李慈銘詩文選
新譯聊齋誌異選
新譯閱微草堂筆記
新譯浮生六記

教育類

新譯爾雅讀本
新譯顏氏家訓
新譯聰訓齋語
新譯曾文正公家書
新譯三字經
新譯百家姓
新譯幼學瓊林
新譯增廣賢文・千字文
新譯格言聯璧

歷史類

新譯史記
新譯漢書
新譯後漢書
新譯三國志
新譯資治通鑑
新譯史記——名篇精選
新譯尚書讀本
新譯周禮讀本
新譯逸周書
新譯左傳讀本
新譯公羊傳
新譯穀梁傳
新譯春秋穀梁傳
新譯戰國策
新譯國語讀本
新譯說苑讀本
新譯新序讀本
新譯吳越春秋
新譯西京雜記
新譯列女傳
新譯越絕書
新譯燕丹子
新譯東萊博議
新譯唐六典
新譯唐摭言

宗教類

新譯金剛經
新譯高僧傳
新譯碧巖集
新譯百喻經
新譯楞嚴經
新譯梵網經
新譯圓覺經
新譯法句經
新譯六祖壇經
新譯禪林寶訓
新譯維摩詰經
新譯經律異相
新譯阿彌陀經
新譯無量壽經
新譯妙法蓮華經
新譯景德傳燈錄
新譯大乘起信論
新譯釋禪波羅蜜
新譯八識規矩頌
新譯永嘉大師證道歌
新譯華嚴經入法界品
新譯地藏菩薩本願經
新譯悟真篇
新譯无能子
新譯坐忘論
新譯列仙傳
新譯抱朴子
新譯神仙傳
新譯性命圭旨
新譯老子想爾注
新譯周易參同契
新譯道門觀心經
新譯養性延命錄
新譯樂育堂語錄
新譯沖虛至德真經
新譯長春真人西遊記
新譯黃庭經・陰符經

地志類

新譯山海經
新譯水經注
新譯佛國記
新譯大唐西域記
新譯洛陽伽藍記
新譯徐霞客遊記
新譯東京夢華錄

政事類

新譯商君書
新譯鹽鐵論
新譯貞觀政要

軍事類

新譯孫子讀本
新譯司馬法
新譯尉繚子
新譯三略讀本
新譯六韜讀本
新譯吳子讀本
新譯李衛公問對

◎新譯莊子讀本

張松輝／注譯

《莊子》是一部不可多得的奇書，對中國哲學、宗教、文學等都具有廣泛且深遠的影響。書中大量運用寓言、故事和比喻，將許多不易理解的抽象理論化為生動可感的藝術形象，讓讀者在吸收哲理之際，亦能獲得文學的美感與想像。本書在注譯與研析方面下了極大的工夫，以期做到注譯淺白、研析精闢的目標，使讀者能深入體會莊子思想的精髓。

國家圖書館出版品預行編目資料

新譯嵇中散集／崔富章注譯;莊耀郎校閱.－－二版二刷.－－臺北市：三民，2020
面；　公分.－－(古籍今注新譯叢書)

ISBN 978-957-14-5490-0（平裝）

843.1　　100007388

古籍今注新譯叢書

新譯嵇中散集

注譯者　崔富章
校閱者　莊耀郎

發行人　劉振強
出版者　三民書局股份有限公司
地　址　臺北市復興北路 386 號 (復北門市)
　　　　臺北市重慶南路一段 61 號 (重南門市)
電　話　(02)25006600
網　址　三民網路書店 https://www.sanmin.com.tw

出版日期　初版一刷 1998 年 5 月
　　　　　二版一刷 2011 年 11 月
　　　　　二版二刷 2020 年 6 月
書籍編號　S031600
ISBN　978-957-14-5490-0